U0506261

中國近代名家講義叢刊

文論講疏

許文雨　撰

楊　烈　整理

上海古籍出版社

圖書在版編目(CIP)數據

文論講疏／許文雨撰;楊焄整理.—上海:上海
古籍出版社,2020.9
(近現代名家講義叢刊)
ISBN 978-7-5325-9760-4

Ⅰ.①文… Ⅱ.①許… ②楊… Ⅲ.①中國文學一文
學理論一研究 Ⅳ.①I206

中國版本圖書館 CIP 數據核字(2020)第 173257 號

近現代名家講義叢刊

文論講疏

許文雨撰
楊焄整理

責任編輯 | 戎　默
裝幀設計 | 黃　琛
技術編輯 | 隗婷婷

出版發行 | 上海古籍出版社出版發行
（上海瑞金二路 272 號　郵政編碼 200020）
（1）網址：www.guji.com.cn
（2）E-mail：guji1@guji.com.cn
（3）易文網網址：www.ewen.co
印　　刷 | 上海展强印刷有限公司
（如發現印裝質量問題,請與印刷廠聯繫調換 電話：021-66366565）
開　　本 | 890mm×1240mm　1/32
印　　張 | 14.5
插　　頁 | 8
字　　數 | 388 千字
版　　次 | 2020 年 9 月第 1 版　2020 年 9 月第 1 次印刷
印　　數 | 1—2,100
書　　號 | ISBN 978-7-5325-9760-4/I·3512
定　　價 | 68.00 元

國立北京大學同學錄

中華民國十四年印梓

國立北京大學本系學齊第二年級正科生同學錄

七十四

夏葵如	挍予	安徽懷寧	二六	政治學系一年級	銀閘十九號	安徽會館門內正街恒大染房東
陶桓遠		湖北武昌	二一	英國文學系一年級	第五宿舍	武昌甲辛三十七號
荊樹蘐	友蘭	河南郾城	二五	數學系一年級	中老胡同三十號	河南郾城南街
許文玉	雄如	浙江江化	二四	中國文學系一年級	第二宿舍	浙江承化大綢緞水金
許延俊		安徽孝感	二四	教育學系一年級	第三宿舍	安徽承化彩記
許樹梅	占魁	山東益川	二三	地質學系一年級	第二宿舍	山東益川縣署無親
寧廄錡	健伯	江西吉山	二二	哲學系一年級	銀閘七號	浙江常山縣玉山境內
康殿藩	伯	京兆宛平	二九	中國文學系一年級	第一宿舍含京特	大街胡同华
曹景烈	孟炎	直隸雄縣	二二	北京大學系一年級	尚平縣教習局	北京胡同街路西
馮定遠	任元	直隸智縣	二一	英國文學系一年級	第四宿舍	寧波路湖真店鋪更祖
馮良輔	惠卿	陝西扶風	二四	經濟學系一年級	第一宿舍	轉安西安卓南街路西小
傅元乃		江西高安	二四	數學系一年級	西兆胡同十九號	江西高安萬安砂酮稀恒

1925 年《國立北京大學同學錄》

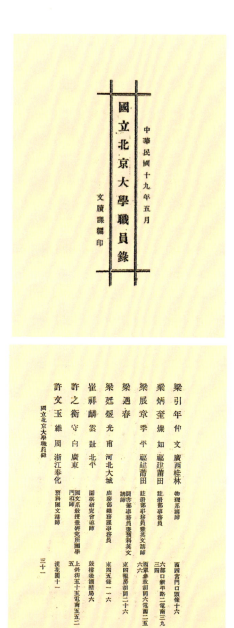

國立北京大學職員錄

中華民國十九年五月

文牘課編印

梁引年　仲文　廣西桂林　物理系講師　西四宮門口頭條十六

梁炳奎　燦如　福建莆田　註冊部承務員　六部口櫃市平路二電南三九

梁晟章　季平　福建莆田　註冊部事務員兼英文講師　三四……

梁遇春　　　　　　　　　開書部事務員壹預科英文講師……

崔廷煜光　甫　河北大城　庶務部事務員　東四五條一一六

崔祥麟　雲趾　北平　國文系教授兼研究所國學門近師……

許之衡　守白　廣東　國文系教授兼研究所國學門近師……

許文玉　維周　浙江奉化　預科國文講師……

國立北京大學職員錄　　三十一

1930 年《國立北京大學職員錄》

許文玉《詩品釋》（北京大學出版部 1929 年版）

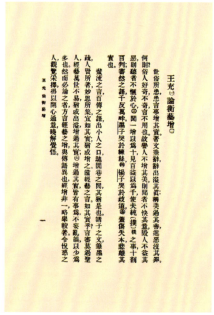

許文雨《文論講疏》（正中書局 1937 年版）

人間詞話講疏

許文雨 編著

正中書局印行

王國維〇人間詞話卷上

詞以境界〇爲最上。有境界，則自成高格，五代北宋之詞所以獨絕者在此。

〇王國維浙江海寧人。號靜安，又號觀堂。發表於民國十六年，殁日此憂患刊。汪忠愍公謂濟南本收入詞話諸卷，上卷錄自單行，有斷爛注。於本書所引諸詞，爲最重全節，顧使初本本書不更錄附日出。某原作「云者以此引文間有語迥。做不敢惜焉。並櫷昭重橫昆者盧之「筆下閒無注本由于倒瑞如有豫屬敬敢俊者子。

〇妙手造化能使筆紛奇之情思。蓋日然之表現固不「實」之並路，是卽作者辛勤締造之境界若不役自然之物則其理想之是絮謂其境來故必益實如得詞之境界必選思翁乎自然之法則始能造此境界。

有造境〇有寫境〇此「理想」與「寫實」二派之所由分然二者頗難分別，因大詩人所造之境必合乎自然，所寫之境亦必鄰於理想故也。

人間詞話講疏　　一

許文雨《人間詞話講疏》（正中書局 1937 年版）

許文雨《文論講疏》（正中書局 1947 年版）

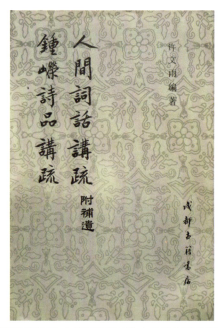

許文雨《鍾嶸詩品講疏　人間詞話講疏》（成都古籍書店 1983 年版）

目　　録

整 理 説 明

　　作爲現代學科意義上的中國文學批評史研究，雖然與傳統詩文評前後承續，且彼此之間不無交叉重疊，但在考較範圍、評騭標準、體系建構等諸多層面都亟待有所調整乃至突破。其間除了參酌借鑒源自近代西方的學術理念和研究方法，並適時予以轉化和吸納之外，全面系統地蒐集整理歷代文學批評資料以便采摭研討，毋庸贅言更是題中應有之義。朱光潛在《中國文學之未開闢的領土》（載 1926 年《東方雜誌》第 23 卷第 11 號）中就特別指出：“大部分批評學説，七零八亂的散見群籍。我們第一步工作應該是把諸家批評學説從書牘、劄記、詩話及其他著作中摘出——如《論語》中孔子論詩、《荀子·賦篇》、《禮記·樂記》、子夏《詩序》之類——搜集起來成一種批評論文叢著。於是再研究各時代各作者對於文學見解之重要傾向如何，其影響創作如何，成一種中國文學批評史。”郭紹虞在嘗試編撰《中國文學批評史》上卷（商務印書館，1934 年）的過程中，對這項工作的艱辛繁難有更爲切身的體驗：“費了好幾年的時間，從事於材料的搜集和整理，而所獲僅此。”（見該書《自序》）稍後朱自清在《評郭紹虞〈中國文學批評史〉上卷》（載 1934 年《清華學報》第 9 卷第 4 期）中對其事倍功半的緣由做過分析：“這完全是件新工作，差不多要白手起家，得自己向那浩如煙海的書籍裏披沙揀金玄。”而在著手撰著《詩言志辯》（開明書店，1947 年）時，朱自清對此又有進一步設想：“現在我們固然願意有些人去試寫中國文學批評史,但更願意有許多人分頭來搜集資料,尋出各個批評的意念如何發生,如何演變——尋出它們的史迹。這個得認真的仔細的考辨,一個字不放鬆,像漢學家考辨經史子書。"(見該書《序》)這些學者不約而同都意識到基本史料的廣泛積累和細緻考索,對這門新興學科的長遠發展具有不容或缺的重要意義。

隨着學術界逐漸達成普遍的共識,相關文獻的排比搜討也在有條不紊地陸續展開。就其撰述體式而言則極爲豐富多樣,有些是針對專書的箋注詮評,如范文瀾《文心雕龍講疏》(新懋印書局,1925年)、陳延傑《詩品注》(開明書店,1927年)、靳德峻《人間詞話箋證》(文化學社,1928年)等;有些是圍繞專題的鈎稽考校,如唐圭璋《詞話叢編》(1934年鉛印本)、郭紹虞《宋詩話輯佚》(哈佛燕京學社,1937年)、任中敏《新曲苑》(中華書局,1940年)等;有些是取資群籍的整合彙編,如唐文治《古人論文大義》(上海工業專門學校,1920年)、胡雲翼《歷代文評選》(中華書局,1940年)、程會昌《文論要詮》(開明書店,1948年)等。這些文獻整理工作儘管尚屬篳路藍縷而初闢榛莽,可經過大批學者旁搜遠紹而取精用弘的檢討梳理,毫無疑問爲後續研究奠定了相當堅實的基礎。

許文雨編撰的《文論講疏》(正中書局,1937年)便屬於上述最後一種整合彙編型著作,因其選材豐富、注釋詳備、闡發精當,在問世之初就備受稱賞推重。柳詒徵在序言裏表彰許氏"咀味乎句讀,沈潛乎詁訓,大之矚而不遺其細,本之探而不忽其末,何其耆好之獨異於等夷也",盛讚他由章句詁訓入手,沈潛往復而從容含玩,細大不捐而本末兼顧,遂能超邁浮泛蹈空的儕輩俗流。胡倫清的序言則提醒讀者注意,"名曰'講疏',蓋此爲教授生徒而作,故詮釋詳盡,俾易領悟。其中《詩品》與《人間詞話》,元元本本,注尤精審,並世同作,殆罕其匹也",編撰此書原爲應對課堂講授之需,故尤能設身處地,體貼入微,務求翔實明瞭,力避含混敷衍。而許氏憑借其卓異的敏悟銳識,確實令古人議論中諸多蘊藉未發的精義要旨得以釐然畢陳。

　　許文雨(1902—1957?)，又作許文玉，原名許孝軒，字維周，浙江奉化人。早年追隨南社詩人洪允祥學詩，後入北京大學中國文學系求學，受業於黄節、劉毓盤、劉半農等知名學者。畢業後留校任預科國文講師，此後又相繼在暨南大學、之江大學、福建省立師範專科學校、山東大學、鄭州師範學院擔任教職。生平著述除《文論講疏》以外，另有《楚辭集解》、《漢魏六朝詩集解》、《唐詩集解》、《唐詩綜論》、《中國中古史》等。

　　許文雨在北京大學任教期間，受到同事鄭奠(字石君)的啓發勉勵，最初曾著手編著過《詩品釋》(北京大學出版部，1929 年)作爲授課講義。在此之前，黄侃已經在北大開設有關鍾嶸《詩品》的專題課程，並爲此編撰《詩品箋》(載 1919 年《尚志》第 2 卷第 9 期，已收入拙編《鍾嶸詩品講義四種》，上海古籍出版社，2018 年)，以便課徒授業。許文雨此舉顯然延續着這一學術傳統，而在編制講義時也屢屢引述過黄侃的意見。數年後，他教學相長，精益求精，對該書做了大量修訂增補，又在此基礎上擴充篇幅，最終編撰成《文論講疏》。全書選録了王充《論衡·藝增》、曹丕《典論·論文》、陸機《文賦》、李充《翰林論》、摯虞《文章流别論》、蕭統《文選序》、劉勰《文心雕龍》(《體性》、《麗辭》兩篇)、鍾嶸《詩品》、白居易《與元微之論作文大旨書》、姚鼐《古文辭類纂序》、劉師培《南北文學不同論》、王國維《人間詞話》、王國維《宋元戲曲考·元劇之文章》等共計十三種文學批評專論或專著，選材範圍自漢魏六朝起直至近代。卷首冠有長篇《導言》，藉以統攝全書，共分三期撮要概述了歷代文學批評的源流嬗變，與正文各篇所作箋注詮解相輔相成。在鍾嶸《詩品》部分另有四篇附録，包括許氏本人所撰三篇書評以及他人所撰一篇書評，足見其於此真積力久而術有專攻。

　　許文雨的中國文學批評史研究肇始於《詩品》，所以在確定《文論講疏》的選目時，其衡量標準也大抵依據鍾嶸所標舉的"自然英旨"，正如他在《例略》中開宗明義所説的那樣，"本編收載中國歷代各體文論，頗以表彰自然英旨之作爲主，藉覘純粹文學之真詣"。不過仔細尋繹各篇選文，如白居易在《與元微之論作文大旨書》中倡言"文章合爲時而著,歌詩合爲事而作",姚鼐在《古文辭類纂序》中縷述"所以爲文者八,曰:神、理、氣、味、格、律、聲、色",其主旨顯然并不拘囿於此。而許氏在箋注詮解之際,有時會借題發揮,觸類旁通,如在《文心雕龍·麗辭》部分臚列"各家主駢、主散及主駢散兼用之説","蓋廣彦和之意而暢述之";有時則前後勾連,相互印證,如在《宋元戲曲考·元劇之文章》部分指出王國維對元雜劇的評鑒,"實遠宗劉彦和'狀溢目前爲秀'之論","亦有取於鍾仲偉'勝語多非補假'之説"。因而綜觀全書選篇及所作箋解,大體仍能呈現歷代文學觀念的遞嬗衍變以及各類文體批評的因緣脈絡,足以引導初學者略窺中國文學批評的基本面貌。

　　許文雨在《評古直〈鍾記室詩品箋〉》(收入《文論講疏》)一文中曾直言不諱地批評對方雖竭力效法唐人李善《文選注》的成規,可在研究視角和考察方法上仍多存痼弊,"蓋凡一切批評書之注釋,自以妙解情理、心識文體爲尚。宜堅援批評之準繩,而細考作品之優劣,此其事之不能蹠李《注》而爲者至爲明灼。況《詩品》要旨,端在討論藝術之變遷,與夫審美之得失,安有捨此不圖,而第徵引典籍,斤斤於文學訓詁間,以爲已盡厥職乎?"儘管目的在於指摘古直研究中的疏漏缺陷,但據此也不難推知《文論講疏》的重心所在。許文雨所作的箋釋評析,並不拘泥於徵引故實和訓解文辭,而更注重玩索文術以闡發義理。如古直在《鍾記室詩品箋》(上海聚珍仿宋印書局,1928 年)中曾斷言今本《詩品》已遭後人纂改,現居中品的陶淵明"本在上品",在當時得到不少學者的隨聲附和。許文雨則率先從撰述體例着眼,強調"記室絶無源下流上之例",認爲古氏所言有悖於鍾嶸在推源溯流時所遵循的義法。嗣後錢鍾書在《談藝録》(開明書店,1948 年)裏就充分發揮這一見解,最終論定古直的推斷不足爲訓。由此可見許氏在探尋文論義理時所做的努力,實際上已經突破了傳統注疏之學的局限,具有轉換研究範式的意味。

　　在抉剔闡發古人批評意旨的過程中,許文雨還會不時參酌西方文學觀念予以比勘驗證。如《導言》部分評議清人葉燮的詩學觀,指出"其以理、事二者與情同律乎詩,頗合於西人所舉文學原理以思想、情感、想象之爲駢科";在箋注陸機《文賦》"收視反聽,耽思傍訓。精騖八極,心游萬仞"數語時,則據英國批評家溫徹斯特(C. T. Winchester)所著《文學評論之原理》(景昌極、錢堃新譯述,梅光迪校訂,商務印書館,1923 年),轉述了另一位英國藝術評論家魯士鏗(John Ruskin)圍繞想象活動的一段描述;在剖析王國維《人間詞話》所述"造境"一語的意蘊時,又再次援引溫徹斯特的相關論述以資對照比較。這些融通中西的嘗試既便於啓發讀者參悟領會,更呈現出與傳統研究方式迥然異趣的特色。

對近人研究中的新材料和新成果,許文雨也博觀約取,時常引錄以供讀者借鑒。姑略舉其著者,如王充《論衡・藝增》部分參考孫人和《論衡舉正》,曹丕《典論・論文》部分徵引郭紹虞《中國文學批評史》,陸機《文賦》部分酌取鄭奠《文賦義證》,摯虞《文章流別論》部分摘錄劉師培《蒐集文章志材料方法》,蕭統《文選序》部分參酌高步瀛《文選李注義疏》,劉勰《文心雕龍》部分引證范文瀾《文心雕龍注》,鍾嶸《詩品》部分考校黃侃《文心雕龍札記》,姚鼐《古文辭類纂序》部分比勘王葆心《古文辭通義・元劇之文章》,王國維《人間詞話》部分檢核靳德峻《人間詞話箋證》,王國維《宋元戲曲考》部分參照青木正兒《中國近世戲曲史》(據鄭震節譯本)等,諸如此類,不勝枚舉。故讀者手此一編,還能按圖索驥,舉一反三,做更深入的探究。

由於《文論講疏》在箋注詮解中多有發明創獲,所以問世以後頗受歡迎推崇,不時得到學界同仁的徵引和研討。其《人間詞話》部分在一個月後就被單獨抽出,以《人間詞話講疏》的名義另行付梓(正中書局,1937年);全書也曾利用舊版重新印行(正中書局,1947 年),以滿足研究者的迫切需求;時隔數十年,《詩品》和《人間詞話》兩部分還被合訂爲一册,以《鍾嶸詩品講疏　人間詞話講疏》的名義影印行世(成都古籍書店,1983年),隨後又多次重印,其深遠影響可見一斑。可惜在歷次抽印、重印的過

程中都未曾仔細勘正，以致書中留存了不少錯謬疏漏。兹據正中書局
1937年版重新整理校訂，對全書徵引的大量文獻均盡可能逐一覆核，除明
顯誤植徑予改正以外，凡有訛脫倒衍而作校補者，均出校勘記予以説明。
爲便讀者更全面地瞭解許文雨的研究旨趣和撰著經過，另附録八篇相關
文獻：一、許文玉《〈詩品釋〉刊言》；二、許文玉《〈詩品釋〉序》；三、許文
玉《古詩書目提要——藏書自記》（以上三者均據許氏《詩品釋》，北京大
學出版部，1929年）；四、陳延傑《評〈詩品注〉後語》（載1930年《中外評
論》第16期）；五、許文玉《閲〈評《詩品注》後語〉後答陳延傑君》（載1930
年《中外評論》第27期）；六、許文雨《〈詩品〉例略》（載國立暨南大學出
版委員會編《文史叢刊》1933年第1期）；七、許文雨《〈人間詞話講疏〉序
言》；八、許文雨《〈人間詞話講疏〉例略》（以上二者均據許氏《人間詞話
講疏》，正中書局，1937年）。其中一、二、六這三篇經許氏剪裁之後已融
入《文論講疏》的箋注詮解，唯個別措詞略有出入，故仍贅附於此，以便垂
察覆核。整理校訂之際雖黽勉其事，反復斟酌，但自忖學識謭陋，見聞未
廣，疏漏必多，敬祈方家賜教指正，匡我不逮。

楊 焄

庚子新正初稿，同年仲秋改定

序

　　《易》之言文，"言有物"、"言有序"二語而已。孔子僅謂"言之無文，行而不遠"，未嘗繁其説以究之。王充、摯虞之徒，始斤斤於字句、體制，然其自爲已不厭人意。其後論者滋出，説愈精而文愈下。蓋古代語之與文未甚相遠，苟得性情之正，有歡愉憂傷之感，蘊積者久，一放於言，雖小夫婦人，莫不斐亹有章，動人深思。去古既遠，語、文判爲二途，魁儒才士窮老盡氣，殫精畢慮，曲折以求合古人之度，往往不能至，豈非時爲之邪？後乎其時，不得不繁其説以究字句、體制之離合，以啓學者之心思而省其日力。此古今中外凡爲學者所同然，未足爲異也。今之妄人，鑒魁儒才士所爲之難，乃欲率天下之人胥小夫婦人之歸，凡所稱雅潔博麗之文，一以爲不足復尚，更何有於論文之説？棄文而就野，因噎而廢食，其可嘆也已！許君維周示予所纂《文論講疏》，咀味乎句讀，沈潛乎誼詁，大之矚而不遺其細，本之探而不忽其末，何其耆好之獨異於等夷也！學者誠由此書，上窺古之作者，鍥而不舍，必能幾於成。若没溺於世俗之説，自安於倞且野，許君書雖善，漠置而不觀，余獨且奈之何哉！

乙亥九月，柳詒徵序

序

　　文學批評,在歐西發軔於二千二百年前亞里斯多德之《詩學》;自文藝復興以還,寖由粗而精,由混而析,由單純而繁複,於以成爲專門之學。雖其間或因時會之遷變,學派之差歧,持論自不能從同;然其於文學,標示準繩,鑑別優劣,釐然秩然,各有其嚴密之體系,而予作家與讀者以誠確之導引,蓋自有其真價也。我國之於斯學,繁碎叢雜,進境濡遲,瞠乎其後,自難爲諱。惟別裁衆製,亦有不容磨滅者在。愚間擬甄選自漢魏以至民初文學批評之作,彙爲一編,沿溯源流,區分統系,並以歐西各宗派文學批評之理論、方法相比附,蘄一展卷可較然於彼此異同高下之所在,藉作衡量別擇之資憑。牽率人事,因循未遑。我友許文雨兄於茲致力獨勤,年來露鈔雪纂,成《文論講疏》二十餘萬言,自後漢王仲任以至近人我鄉王靜安前輩評論詩文詞曲之作,採輯略備。名曰"講疏",蓋此爲教授生徒而作,故詮釋詳盡,俾易領悟。其中《詩品》與《人間詞話》,元元本本,注尤精審,並世同作,殆罕其匹也。曩在武林與君共講席,談藝論文,時獲攻錯之益。比君自都門來告,謂《講疏》將付諸剞劂以問世,屬爲弁言於其首,書札促逼至再三而未有已。感念君意誠功劬,克導我夫先路,且幸研習者今後可藉此於我國文學批評之篇籍,得由正確之理解以進窺斯學之奧秘也,爰不辭譾陋而爲贅一言。

民國二十四年十月,胡倫清

導　言

第一期　魏晉南北朝

　　我國有規模略具之文論，其昉於中世稘之曹魏乎？清儒閻若璩謂《論語》"爲命"及"小子"二章乃孔門論詩文之法，是上古稘之東周，文論已萌其端。然究爲談餘之偶及，雖片言百義，而於體終略而未具。中世之初，西京辭賦家流惟務博觀，述論未遑。若東漢王充，論衡當世，間涉經藝，論條亦未爲備也。大抵爾時文學，倡導乏人，成績猶未豐厚，故難爲評論之資耳。迨靈帝西園首倡，爲千古人主擅文之祖。降及建安，曹公父子，篤好斯文；鄴下風流，總標七子。上好下甚，如影斯響。文藝製作，日臻發達。不有綜合之評，何以爲優劣之別？又因其時海內分峙，人習縱橫，鼓舌騁詞，動相訾議。風氣所播，遂及文苑。故文論之專業，至是而開者，自以前者爲正因，而後者爲旁因也。以魏文《典論・論文》觀之，寥寥短篇，其論文人相輕，則《文心雕龍・知音》篇之所啓也；論建安諸子，則《文心雕龍・才略》篇之所肇也；論四科不同，則陸機《文賦》詮述十體及《文心雕龍》論文章體製各篇之所自也；論文氣清濁，則《文心雕龍・體性》篇及輓近曾氏《古文四象》説之所本也。若總括計之，此短篇中凡文學欣賞論、個性論、文體論、文氣論，胥具之矣。前乎魏文者，有此流品備具之論否耶？

　　曹魏以後，典午氏有天下，不久分崩。異族長驅中原，僭竊禹域。舊家世族，羞與爲伍，標榜門閥，不通婚媾。終南北朝之世，成爲社會特殊之梗焉。各挾一歧視之心理，互相譏評。其事雖屬於政治風俗，而影響所至，一時藝林遂大熾品論之風。此繫乎時代者也。加以荆、揚文化，新立基止，文人生息於南方之新地理，模範山水，鐫雕風雲，極情寫物，逞辭追新，或競輕綺之奇，或爭聲律之巧。篇什倍增，既有待於論定；藝術更張，亦足招其物議。發爲文論，遂開前古未有之生色。此因乎地理者也。基此二因，劉勰之《文心雕龍》、鍾嶸之《詩品》，乃應運而作矣。《雕龍》詮述，首詳文、筆之體製，如《明詩》以下十篇，悉論有韻之文；《史傳》以下十篇，悉論無韻之筆。其視自晉以來以藻彩分文、筆者，益嚴其格矣。次辨藝術之工拙，"摛神性（《神思》、《體性》），圖風勢（《風骨》、《定勢》），苞會通（《通變》、《附會》），閱聲字（《聲律》、《練字》）"，所陳至廣。惟聲律一道，拘忌文思。劉氏標爲科條，飛沉雙叠，斷斷不休，頗爲後人所譏也。至其注重文學內質，極力崇尚自然，如《物色》篇"寫氣圖貌"、"隨物宛轉"之說，《情采》篇"盼倩生於淑姿"之言，固卓然爲不朽之見矣。大抵劉氏論文，因時尚雕斲，遂誤信機械之美，以量文事。主聲律，尊韻文，以爲是亦足以駢匹自然之旨。意在調和，以免偏枯，不知適以自陷，未若鍾氏《詩品》之能貫徹著旨也。《詩品》既重"自然英旨"，故申之曰："文多拘忌，則傷真美。"以類推之，則用事有所不貴，聲病乃閭里所爲。其所持義，一以貫之，可謂有《雕龍》之長而無其短，實六代評論之傑作矣。

第二期　唐　　宋

　　綜觀南北朝之文學，南朝則盛行新綺之文，北朝捨文尚質，欲與之立異，而勢力終不逮焉。故當時選文家若蕭統，集文章清英，則取"沉思"、"翰藻"；評文家若劉勰、鍾嶸，標藝苑準的，無非"物色"、"性情"，皆由於評選之對象多爲新作品也。迄乎隋、唐，談藝所尚，好標復古。略加考究，亦非無因。蓋隋承周緒，以北統南，開國法制，本自胡戎，當不待言。即言文苑，亦且俱化於北。李諤之徒，務欲棄絕華綺，師法經典，亦宇文周之蘇綽而已。隋亡入唐，國之典章，仍沿北族。故李延壽作《南》、《北史》，《南史》書北主則曰"崩"，《北史》書南主則曰"殂"，明當朝非襲江左也。所謂獨特之士，亦復坐習斯見，以爲革正靡辭，其功可居。歷世文家，更稱頌不替，而不知蘇綽、李諤之緒餘，乃開李白、韓愈及劉知幾輩之言論耳。李白云："將復古道，非我而誰?"韓愈師事北族獨孤及，亦自云欲"尋墜緒"，以復所謂"載道"之文。故詩則李以爲五言不如四言之興寄深遠，文則韓尤痛絕駢儷也。劉知幾更强經就史，舉記事"用晦"之義，以爲符於先聖之微言。又以爲晦者，"省字約文，事溢於句外"，故復有"敍事尚簡"之説。而不知神情特不生動，有以來魏伯子之譏也。抑古人多口舌傳事，稀用簡策，故詞寡爲尚。既非其世，何勞强效?劉氏《煩省》一文亦頗悟此旨，自非不知復古之弊者。故又有支離之説，而倡"貌異心同"之模擬，"貌異"爲不悖"古省今煩"之旨，"心同"則自圓其"法經用晦"之義。然"用晦"又非即以"尚簡"爲功乎?輾轉之間，終入陷陣，殊悲其立説之窮!且必以心同古人爲貴，是亦戕賊天才之言也。總唐一代，所謂文者，半腐於載道之説，半僞於襲古之貌。推其作俑，皆河朔異族號召復古，與江左立異，遂誤盡所謂古文家也!其惟詩界，尚有清論可觀：杜甫論詩獨主"清新"之旨，不廢初唐四子之綺麗，遥接陰、何、二謝之用心，於"別裁僞體"，欲復風雅者，警之至深；司空圖之品詩，"不著一字，盡得風流"，"采采流水，蓬蓬遠春"，其發"含蓄"、"纖穠"之旨，直窺唐賢三昧。可見吟詠情性，良有取於自然之英旨，何嘗在以復古爲己任耶!子美、表聖之説，自足以滌蕩文藝矣。

宋承唐習，遥尊胡戎。《太平御覽·帝王部》亦正魏、周而蔑江左，李昉殆亦延壽之亞矣。宋祁修史，著"事增文省"之説；陳騤《文則》，亦有"載事尚簡"之談。其附響於劉知幾者歟?文宗如歐陽修，自命爲韓愈氏之後一人，襲韓之論，亦自無疑。其他石介、穆修以及張耒之倫，並以刺

怪、載道、明理爲呃呃，尤可稱爲歐陽氏之同調，殆無異於唐人之法北朝
歟。北朝蘇綽固亦以南文浮華爲怪，追仿《書》《禮》，以尋所謂載道之文
也。明理與載道，對言有異，散言則道仍兼理，孰謂宋賢有自闢户牖之論
哉！若夫斯時詩話、筆談之作，則頗紛繁。蓋自六朝輸入禪學以後，名賢
多悦其學，於是有釋氏之語録，而儒家之語録亦出。講學家既多用語録，
而文苑亦日出詩詞叢話，交互影響，終不可免。近儒劉師培氏謂：“唐、宋
以來治學術者，大抵皆涉獵之學，故叢殘璅屑之書盛，均由學士大夫好佚
惡勞，憚著書之苦，復欲博著書之名，故單辭隻義，軼事遺聞，咸筆之於書，
以冀流傳久遠。”殆指此類歟？其間啁諝小辨，以及鈔輯蕪陋之作，正復不
少。獨嚴羽之論“詩有別材，非關學問”，爲詩離雜文學而特展之名言；李
清照之倡“詞別是一家”，宜辨“五音”、“六律”，分“清濁輕重”，亦爲詞離
詩而自成大國之先聲。雖李説究屬根據“依永”、“和聲”之遺意，嚴説或
有得於鍾嶸“勝語”、“直尋”之舊説，要不可謂非一世之達材矣。若嚴氏
辨詩，“羚羊挂角，無迹可求”之談，尤與司空表聖論旨若合符契。雞鳴知
旦，代有其人，自非唐、宋古文家所能範圍也。

第三期　明　　清

　　唐、宋以降，有所謂功令之作，日以浩繁。士子既溺其心力，對於往昔
之文，遂多主循而不主革，安於擬襲，幾稀開創者矣。韓愈氏號稱起衰，其
視戰國諸子，亦終不掩其僞。歐陽氏追韓而開曾、蘇者也，於是八家之統
系立，而唐、宋之復古成。揆其成績，終多隸屬古人，聲采失鮮，味理不腴。
寖至明世，乃有北地、歷下離八家之範圍，而倡直接秦、漢之緒。然“視古
修詞”，一惟字句；“寧失諸理”，亦越文而談矣。茅坤、歸有光之倫知摹擬
秦、漢爲庸妄，乃仍取唐、宋標榜。然自有光一人外，亦如存虎之鞟，徒弄
機調，何嘗克免其譏耶！抑且有光亦或難稱，所謂“既竭於時文”矣。綜閲
明代之文，一復秦、漢派，一復唐、宋派，互相争競。逮其末年，豫章社、幾

社等尚各守其說焉。惟派中仍有異同，一世之達材，亦斷難囿以言論。故
有何景明、唐順之，異派而特出。何詆空同之偏在"以閒寂爲柔澹，濁切爲
沉著，艱窒爲含蓄，俚湊爲典厚"，其所自爲，見者終憐其俊逸也。唐則持
"本色"之論，"本色"高者，信手寫出，便是宇宙間第一等好詩；"本色"卑
者，滿卷累牘，綑縛齷齪，是殆以聲律句文之法爲微矣。希世之音，推此二
氏。別有黃庭鵠區分"詩人詩"及"文人詩"，風人性情，儒生書袋，兩不相
涉，爲詩道驅除魔障焉。及明社既屋，黃梨洲論文以理爲主，而必持以情，
所謂"文情不至，亦理之郛廓耳"。王船山論詩須"有生人之氣"，極詆聲
律宗匠沈約之作，"如敗鼓聲，落葉色，爲千古惡詩"。推之大歷才子，宋人
古文，高廷禮《正聲》，均無取焉。梨洲、船山，亦明人文論光榮之殿哉！自
餘如吳訥、徐師曾、沈騏、許學夷均有辨體之作，詳於文章分類之法，與馮
惟訥、梅鼎祚、張燮、張溥諸家總集之刻，可謂桴鼓相應。惟創發之評見，
頗罕聞耳。

　　及清代以異族入統中國，康、雍以後，文禁綦密。聰穎之士，悉赴精力
於考據訓詁，不復以言論思想表見於世。故一代樸學，成績斐然，上駕漢、
唐，而他學則遠弗逮矣。略覘藝苑，立論可觀者，終屬寥寥。大抵詩、文二
道，皆仍以賡續明人之緒者爲有勢力焉。詩之新城王氏，名冠一代，其於
滄溟李氏，尚不免有"周旋鄉人"之譏。翁方綱舉其論白傅一詩，以爲其
"神韻"之說即"格調"之改稱，非無見矣。即紀昀主一時文盟，亦稱道北
地之詩，與其文有異。豈非前後二李之緒餘，尚爲清代所取法者耶？文之
桐城派，無非依附八家。茅氏所定之說，本所不廢。若震川歸氏，則尤爲
尊奉。足知歸、茅之嗣續，不特不絕於清，且日有以發揚之也。然論詩與
新城並時而起於南方者，如錢塘陳祚明、嘉善葉燮，均有顯豁之見地，昭晰
之論斷。祚明自揭評詩之義，曰情，曰辭，曰法，以言情爲本，擇辭歸雅，而
不在徒以法勝焉。燮則發揮幽渺其理，想象其事，惝恍其情，而總持以氣，
隨其自然所至以爲法。其以理、事二者與情同律乎詩，頗合於西人所舉文
學原理以思想、情感、想象之爲駢科。若法則爲修詞之術，自非原理之要

素也。故變説視祚明爲備矣。總之，較新城徒取音節或色相俱空者爲入品，則此本枝兼立之論自勝之也。自葉變後，長洲沈德潛追尊詩教，頗辨音體，嘗欲以"鯨魚碧海"、"巨刃摩天"之義，本之定詩，以易新城之説，或所争仍同在音節之間歟？至文則桐城之敵，厥維《選》學一派。儀徵阮氏重申六代文、筆之旨，以爲偶辭、散體之分，欲以文歸《選》派，筆屬八家之裔。説頗辨覈，然亦無以抑桐城之焰也。至劉師培氏出，精於《選》理，博綜今古，資其發揮，著耀采和聲之説，論南北異同之文。疏鑿之功，洵文學史之偉業；鑑別之勤，則文論史之殊績。桐城評點之家，頗有遜色焉。若夫詞曲之學，宋、元以來，儲積甚富。惜譜家律手，論多膠於形式；短品雜話，體非具夫綱目。其例外者，亦頗有之。如杜文瀾之校勘詞律，姚變之考證今樂，見者亦爲驚絶矣。陳廷焯之論詞，以沉鬱爲言，沉則不浮，鬱則不薄，意在筆先，神餘言外，是以可貴；王國維之論曲，以意境爲主，寫情沁人心脾，寫景在人耳目，述事如其口出，是以爲佳。合此二説，則劉勰《文心雕龍》所著"隱"（"情在詞外曰隱"）、"秀"（"狀溢目前曰秀"）之旨，可以窺其全矣。值兹詞有王氏四印齋、朱氏彊村之彙刻，曲有東瀛大學及吴氏奢摩他室之叢刊，詞曲苑囿，殆已届結集之時。竊不知今之如徐師曾、許學夷輩之作辨體，以與諸彙刻相翕應者，究屬誰氏耶？

以上頗持歷史的批評，歷陳數期升降之大略。一以著文論緣起由於三國分立、五胡侵入之説；一以著唐、宋古文原於北族人主復古立異之説；一以著北地、新城有關係，歸、茅、方、姚爲系統之説；而總攬各期，獨表自然英旨，則著以梁劉勰、鍾嶸，唐司空圖，宋嚴羽，明唐順之，清末陳廷焯、王國維爲遥承不絶之説。苟有深造邁往之士，而不爲浮論所震者，對於前修之論，無論同調異派、短篇專著，均當以冷静之頭腦，平正之眼光，努力從事於比較的批評，明其異同，著其得失，以求出明碻之結果，然後爲之資地，以構成科學的批評，斯爲達其目的矣。雖然，當其用比較方法之時，孰異孰同、孰得孰失之故，亦自當推究其原。則此區區短文，所持歷史的批評，或終爲初學入手之道歟？

例　　略

一、本編收載中國歷代各體文論，頗以表彰自然英旨之作爲主，藉覘純粹文學之真詣。其他基於社會觀點立論者少錄，基於倫理觀點立論者不錄。又但憑意興，片語自賞；或出以吟詠，徒矜詞致，並乖論體，概不錄載。

二、《文心雕龍》論域，奄有體製論、體性論、體式論諸大端。茲選釋《體性》、《麗辭》二篇，以示劉書論文章體性及體式之概略。至其專論體製各篇，仍沿爾時弊習，析體碎雜，茲集未取。惟六朝人論著尚有體製與文術並陳者，則彼有所長，未便以此隘之，仍入錄焉。

三、漢儒善言訓詁，時有以今制況古制之例。本編疏文，亦每舉某體與其後起之體相況，某辭與其追擬之辭相證。蓋爲覽者計，援後證前，轉覺易明。然就作者言，則自非原其始出，不足明其所本。究之二事雖似易序，而其爲今古相況則一也。

四、本編自十八年講學北大創始，嘗承鄭石君先生之啓示，獲益滋感。七八年來，旅食無恒，時作時輟。既非一時所撰，各篇疏語，容有複見。又疏中稱引時賢，多未冠尊稱，並誌歉憾！

二十四年三月，許文雨自識

王充〔一〕《論衡·藝增》〔二〕

世俗所患,患言事增其實。著文垂辭,辭出溢其真,稱美過其善,進惡没其罪。何則? 俗人好奇,不奇,言不用也。故譽人不增其美,則聞者不快其意;毁人不益其惡,則聽者不愜於心。〔三〕聞一增以爲十,見百益以爲千。使夫純(撲)〔樸〕之事,十剖百判;審然之語,千反萬畔。墨子哭於練絲,〔四〕楊子哭於歧道,〔五〕蓋傷失本,悲離其實也。

蜚流之言,百傳之語,出小人之口,馳閭巷之間,其猶是也。諸子之文,筆墨之疏,人賢所著,妙思所集,宜如其實,猶或增之。儻經藝之言,如其實乎? 言審莫過聖人,經藝萬世不易,猶或出溢,增過其實;〔六〕增過其實,皆有事爲,不妄亂誤,以少爲多也。然而必論之者,方言經藝之增,與傳語異也。經增非一,略舉較著,令悅惑之人觀覽采擇,得以開心通意,曉解覺悟。

〔一〕《後漢書·王充傳》:“充,字仲任,會稽上虞人也。少孤,鄉里稱孝。後到京師，受業太學，師事扶風班彪。好博覽而不守章句。家貧無書，常游洛陽市肆，閱所賣書，一見輒能誦憶，遂博通衆流百家之言。後歸鄉里，屏居教授。仕郡爲功曹，以數諫争不合，去。充好論説，始若詭異，終有理實。以爲俗儒守文，多失其真，乃閉門潛思，絶慶弔之禮，户牖牆壁，各著刀筆。著《論衡》八十五篇，二十餘萬言，釋物類同異，正時俗嫌疑。刺史董勤辟爲從事，轉治中，自免還家。友人同郡謝夷吾上書薦充才學，肅宗特詔公車徵，病不行。年漸七十，志力衰耗，乃造《養性書》十六篇。裁節嗜欲，頤神自守。永元中，病卒於家。"

〔二〕　《論衡·自紀》篇述《論衡》之作，可一言以蔽之，曰"疾虚妄"。今人郭紹虞謂"疾虚妄"一義實襲桓譚《新論》"辨照然否"之態度。本此態度以論文，自偏主於質，而無補於純文學之發展。蓋充其"疾虚妄"之意，而欲息滅華文，主張以實覈華矣。黃侃云："漢世王充，好爲辯詰，瑣碎米鹽，著爲《書虚》、《語增》、《儒增》、《藝增》之篇，凡經傳飾詞，一概加以抨擊。世或喜其諦實，而實不達詞言之情。"黃氏意謂詞言表意，正取藝增，而表情始顯。故又申之曰："文有飾詞，可以傳難言之意；文有飾詞，可以省不急之文；文有飾詞，可以摹難傳之狀；文有飾詞，可以得言外之情。古文有飾，擬議形容，所以求簡，非以求繁。"然則充殆未喻夸飾有助於美文之義乎？但歷數吾國文家，闢專篇，集例證，以論文中增飾之事者，實自充始。後之劉勰《夸飾》篇、劉知幾《模擬》篇，及清儒汪中《釋三九》篇，近代劉師培《古籍多虚數説》、《論美術與徵實之學不同》，孫德謙《六朝麗指》等篇，雖見地有異，而並爲其嗣響無疑，亦可見充説之桀偉矣。現行修辭學，有曰"鋪張格"，或曰"揚厲格"者，皆源於此。

〔三〕　汪中《釋三九·中》云："辭不過其意則不愜，是以有形容焉。"劉師培《古籍多虚數説·五》云："古人屬詞紀事，恒視立言之旨爲轉移,語大則更少爲多,語小則易多爲少。”

〔四〕　見《墨子·所染》篇。

〔五〕　見《列子·説符》篇。

〔六〕　黄侃引本文起句至此,而論糾之曰:“如仲任言,意在檢正文詞,一切如實,然後使人不迷。其辨別妖異機祥之言,駁正帝王感生、天地感變諸説,誠足以開蔽矇矣。至謂文詞由此當廢增飾,則謬也。”

《尚書》:“協和萬國。”〔一〕是美堯德致太平之化,化諸夏并及夷狄也。言“協和方外”,可也;言“萬國”,增之也。夫唐之與周,俱治五千里内。周時諸侯千七百九十三國,荒服、戎服、要服,〔二〕及四海之外不粒食之民,若穿胸、〔三〕儋耳、焦僥、〔四〕跋(孫詒讓云:“當作跂。”)踵〔五〕之輩,并合其數,不能三千。天之所覆,地之所載,盡於三千之中矣。而《尚書》云“萬國”,褒增過實,以美堯也。欲言堯之德大,所化者衆,諸夏、夷狄莫不雍和,故曰“萬國”。猶《詩》言“子孫千億”〔六〕矣,美周宣王之德,〔七〕能慎(一作“順”)天地,天地祚之,子孫衆多,至於千億。言“子孫衆多”,可也;言“千億”,增之也。夫子孫雖衆,不能“千億”。詩人頌美,增益其實。案:后稷始受邰封,〔八〕訖於宣王,宣王以至外族内屬,血脈所連,不能千億。夫“千”與“萬”,數之大名也。“萬”言衆多,故《尚書》言“萬國”,《詩》言“千億”。

〔一〕　案：“協和萬國”，《堯典》文。劉師培《古籍多虛數説·二》云：“古
　　　　人於數之繁者，約之以百；百不能盡，則推之千百億兆。是均虛擬
　　　　之詞，如千門萬户，不必泥定數求。自是以外，則以三數形衆多。
　　　　於數之尤繁者，則擬以三百、三千，以見其尤多。又古人於浩繁之
　　　　數，不能確指其目，則所舉之數，或曰三十六，或曰七十二，亦虛詞，
　　　　不必確求其數矣。”兹徵引散文及韻文之詩、詞、曲中用虛數諸例
　　　　於下：《荀子·正論》云：“古者天子千官，諸侯百官。”《史記·封
　　　　禪書》云：“古之封禪者，七十有二家。”白居易《長恨歌》云：“後宫
　　　　佳麗三千人。”薛昭藴《女冠子》云：“往來雲過五，去住島經三。”又
　　　　《喜遷鶯》云：“九陌喧，千户啓。”喬吉《水仙子》云：“夢遶雲山十
　　　　二層，三般兒挨不到天明。”張可久《折桂令》云：“數九點齊州，八
　　　　景湘江。”所用數字皆屬約略表多之詞，無從實指者也。

〔二〕　《尚書·禹貢》“五服”：甸服、侯服、綏服、要服、荒服。

〔三〕　《前漢·武帝紀》應劭注：“儋耳，大耳種也。”

〔四〕　《淮南子·地形訓》云：“西南方曰焦僥。”高誘注：“焦僥，短人之國
　　　　也，長不滿三尺。”莊逵吉云：“《御覽》注：焦僥人長三尺，衣冠
　　　　帶劍。”

〔五〕　《山海經·海外北經》有“跂踵國”。

〔六〕　按：“子孫千億”，《詩·大雅·生民之什·假樂》文。《論衡·儒
　　　　增》篇云：“‘百’與‘千’，數之大者也。實欲言‘十’則言‘百’，
　　　　‘百’則言‘千’也。《詩》曰：‘子孫千億。’”《文心雕龍·夸飾》篇
　　　　云：“説多則‘子孫千億’，説少則‘民靡孑遺’。”

〔七〕　《魯詩遺説考·十六》云：“喬樅謹案：《毛詩》以《假樂》之詩爲嘉
　　　　成王。今據《論衡》述《詩》，以爲美周宣王之德，是《魯詩》之説與
　　　　《毛詩》異。”

〔八〕　《詩·大雅·生民》云：“有邰家室。”

　　《詩》云："鶴鳴九皋，聲聞于天。"〔一〕言鶴鳴九折之澤，聲
猶聞於天，以喻君子修德窮僻，名猶達朝廷也。其"聞高遠"，
可矣；言其"聞於天"，增之也。彼言聲聞於天，見鶴鳴於雲
中，從地聽之，度其聲鳴於地，當復聞於天也。夫鶴鳴雲中，人
聞聲，仰而視之，目見其形。耳目同力，耳聞其聲，則目見其形
矣。然則耳目所聞見，不過十里，使參天之鳴，人不能聞也。
何則？ 天之去人以萬數遠，則目不能見，耳不能聞。今鶴鳴，
從下聞之，鶴鳴近也。以從下聞其聲，則謂其鳴於地，當復聞
於天，失其實矣。其鶴鳴於雲中，人從下聞之；如鳴於九皋，人
無在天上者，何以知其聞於天上也？ 無以知，意從准況之也。
詩人或時不知，至誠以爲然；或時知，而欲以喻事，故增而
甚之。〔二〕

〔一〕　按："鶴鳴于九皋，聲聞于天"，《小雅・鴻雁之什・鶴鳴》篇文。
〔二〕　按："准"謂準則，猶言想象也。謂"詩人或時不知，至誠以爲然"
　　　　者，此由準則想象所得者，即"准"之義也。"況"謂比況形容，爲過
　　　　甚之夸飾，以助摹狀言情之文。謂"詩人或時知，而欲以喻事，故
　　　　增而甚之"者，即"況"之義也。"況"之作用，在提高譬喻之程度，
　　　　爲喻過其量之鋪張，而非復喻如其量之譬喻。其事既不符實，殆皆
　　　　出于懸擬，故"況"與"准"得聯言之，而成爲修辭學上之一名稱焉。
　　　　《尚書・武成》云："罔有敵于我師，前徒倒戈，攻於後以北，血流漂
　　　　杵。"《史記・項羽本紀》云："漢兵敗績，睢水爲之不流。"（《史
　　　　通・敍事》篇引）《東觀漢紀》云："赤眉降後，積甲與熊耳山齊。"
　　　　（《史通・暗惑》篇引）梁簡文《謝賚扇啓》云："蕭蕭清風，即令象

簟非貴;依依散采,便覺夏室含霜。"庾信《謝明帝賜絲布等啓》云:
"天帝賜年,無踰此樂;仙童贈藥,未均斯喜。"並散文及駢文中應
用"准況"之例。《詩·國風》云:"誰謂河廣,曾不容刀。"《大雅》
云:"嵩高維嶽,峻極于天。"並詩中應用"准況"之例。韋莊《天仙
子》云:"天外鴻聲枕上聞。"張可久《紅繡鞋》云:"絶頂峯攢雪劍,
懸崖水掛冰簾,倚樹哀猿弄雲尖。"並詞、曲中應用"准況"之例。

　　《詩》曰:"維周黎民,靡有孑遺。"〔一〕是謂周宣王之時,遭
大旱之災也。詩人傷旱之甚,民被其害,言無有孑遺一人不愁
痛者。夫旱甚,則有之矣;言無"孑遺"一人,增之也。夫周之
民,猶今之民也。使今之民也,遭大旱之災,貧羸無蓄積,扣心
思雨。若其富人穀食饒足者,廩困不空,口腹不飢,何愁之有?
天之旱也,山林之間不枯;猶地之水,丘陵之上不湛也。山林
之間,富貴之人,必有遺脱者矣。而言"靡有孑遺",增益其
文,欲言旱甚也。

〔一〕　按:"維周黎民,靡有孑遺",《大雅·蕩·雲漢》文。

　　《易》曰:"豐其屋,蔀其家,窺其户,闃其無人也。"非其
"無人"也,無賢人也。〔一〕《尚書》曰:"毋曠庶官。"〔二〕"曠",
空;"庶",衆也。(母)〔毋〕空衆官,實非其人,與空無異,故言
空也。夫不肖者皆懷五常,才劣不逮,不成純賢,非狂妄頑嚚,
身中無一知也。德有大小,材有高下,居官治職,皆欲勉效在
官。《尚書》之"官",《易》之"户"中,猶能有益,如何謂之空

而無人?《詩》曰:"濟濟多士,文王以寧。"此言文王得賢者多,而不肖者少也。〔三〕今《易》宜言"閴其少人",《尚書》宜言"無少衆官"。以"少"言之,可也;言空而無人,亦尤甚焉。五穀之於人也,食之皆飽。稻粱之味,甘而多腴;豆麥雖糲,亦能愈飢。食豆麥者,皆謂糲而不甘,莫謂腹空無所食。竹木之杖,皆能扶病。竹杖之力,弱劣不及木。或操竹杖,皆謂不勁,莫謂手空無把持。夫不肖之臣,豆麥、竹杖之類也。《易》〔持其〕具臣在戶,〔四〕言"無人"者,惡之甚也。《尚書》衆官,〔五〕亦容小材,而云"無空"者,刺之甚也。

〔一〕 按:"豐其屋,蔀其家,窺其戶,閴其無人也",《易·豐卦》文。"蔀",音瓿,蔀覆曖障光明之物也。《淮南子·泰族訓》亦引《易》此數語,而申釋之云:"無人者,非無衆庶也,言無聖人以統理之也。"

〔二〕 按:"無曠庶官,天工人其代之",《尚書·皋陶謨》文。《今文尚書經説考·二》云:"案:漢儒説此經,皆以王者代天官人爲義。此今文家説也。"又《今文尚書經説考·一上》云:"喬樅謂仲任著書立説,於《書》三家獨稱千乘歐陽氏,此其習歐陽《尚書》之明徵也。"

〔三〕 按:"濟濟多士,文王以寧",《詩·大雅·文王》文。《魯詩遺説考·十五》引《賈子新書·君道》篇曰:"《詩》云:'濟濟多士,文王以寧。'言輔翼賢正,則身必安也。"

〔四〕 按:"持其"二字,疑衍。《論語·先進》孔安國注曰:"具臣,言備臣數而已。"

〔五〕 《今文尚書經説考·二》引此文,"衆官"作"庶官"。

《論語》曰:"大哉! 堯之爲君也,蕩蕩乎民無能名焉。"〔一〕傳曰:"有年五十擊壤於路者,觀者曰:'大哉! 堯德乎!'擊壤者曰:'吾日出而作,日入而息,鑿井而飲,耕田而食,堯何等力?'"〔二〕此言"蕩蕩無能名"之效也。言"蕩蕩",可也;乃欲言"民無能名",增之也。四海之大,萬民之衆,無能名堯之德者,殆不實也。夫擊壤者曰:"堯何等力?"欲言民無能名也;觀者曰:"大哉! 堯之德乎!"此"何等"民者,猶能知之。實有知之者,云"無",竟增之。儒書又言:"堯、舜之民,可比屋而封。"〔三〕言其家有君子之行,可皆官也。夫言"可封",可也;言"比屋",增之也。人年五十爲人父,爲人父而不知君,何以示子? 太平之世,家爲君子,人有禮義,父不失禮,子不廢行。夫有行者有知,知君莫如臣,臣賢能知君。能知其君,故能治其民。今不能知堯,何可封官? 年五十擊壤於路,與竪子未成人者爲伍,何等賢者? 子路使子羔爲郈宰,〔四〕孔子以爲不可,未學,無所知也。擊壤者無知,官之如何? 稱堯之"蕩蕩",不能述其"可比屋而封"。言賢者"可比屋而封",不能議讓其愚而無知之。夫擊壤者難以言"比屋","比屋"難以言"蕩蕩",二者皆增之。所由起,美堯之德也。

〔一〕　按:"大哉! 堯之爲君也,蕩蕩乎民無能名焉",《論語·泰伯》文。

〔二〕　按:《文心雕龍·時序》篇云:"野老吐'何力'之談。"黄注引《帝王世紀》文與此同。又按:擊壤而歌,即擊土壤以爲節也,並非周處所記"其形如履"者。説見羅泌《路史》及朱珔《文選集釋》。

〔三〕　見陸賈《新語·無爲》篇。崔駰《達旨》云:"六合怡怡,比屋爲仁"。
〔四〕　案《論語·先進》篇作"費宰",《史記·弟子傳》則作"費、郈宰"。
　　　　劉寶楠云:"戴望説《史記》'費'字,後人所增。張守節《正義》引
　　　　《括地志》,釋'郈'在鄆城宿縣,未言'費'所在。知所見本無'費'
　　　　字。《漢地理志》東平國無鹽縣有郈鄉,今山東東平州東境也。子
　　　　路以墮郈後不可無良宰,故欲任子羔治之。按:戴説頗近理,然
　　　　《論語集解》亦不釋'郈',則包、周、馬、鄭諸家所據本皆作'費'。
　　　　豈當時已文誤,莫之能正耶? 所當闕疑,各就文解之也。"

　　《尚書》曰:"祖伊諫紂曰:'今我民罔不欲喪。'"〔一〕"罔",
無也,我天下民無不欲王亡者。夫言欲王之亡,可也;言"無
不",增之也。紂雖惡,〔二〕民臣蒙恩者非一,而祖伊增語,欲以
懼紂也。故曰:"語不益,心不惕;心不惕,行不易。"增其語,
欲以懼之,冀其警悟也。蘇秦説齊王曰:"臨菑之中,車轂擊,
人肩磨,舉袖成幕,連衽成帷,揮汗成雨。"〔三〕齊雖熾盛,不能
如此。蘇秦增語,激齊王也。祖伊之諫紂,猶蘇秦之説齊王
也。賢聖增文,外有所爲,内未必然。何以明之? 夫《武成》
之篇言"武王伐紂,血流浮杵",〔四〕助戰者多,故致血流如此。
皆欲紂之亡也,土崩瓦解,安肯戰乎? 然祖伊之言"民無不
欲",如蘇秦增語。《武成》言"血流浮杵",亦太過焉。死者血
流,安能浮杵? 案:武王伐紂於牧之野,河北地高,壤靡不乾
燥,兵頓血流,輒燥入土,安得杵浮? 且周、殷士卒皆齎盛糧,
或作乾糧,(孫詒讓云:"四字當是宋元人校語,誤入正文。")

無杵臼之事,安得杵而浮之? 言血流杵,欲言誅紂,惟兵頓士傷,故至浮杵。

〔一〕　按:"祖伊諫紂"云云,《尚書·西伯戡黎》文。《今文尚書經説考·八》云:"案,隸古定本'不'字作'弗'。'不'、'弗'古通用字。《論衡》作'不'字,與《史記·殷本紀》合。是三家今文同也。"

〔二〕　按:《今文尚書經説考·八》所引,"惡"上有"至"字。

〔三〕　見《國策·齊策》。

〔四〕　《孟子·盡心下》云:"盡信《書》則不如無《書》,吾於《武成》,取二三策而已矣。仁人無敵於天下,以至仁伐至不仁,而何其血之流杵也?"

《春秋》:"莊公七年,夏四月辛卯,夜中,恒星不見,星霣如雨。"《公羊傳》曰:"'如雨'者何? 非雨也。非雨,則曷爲謂之'如雨'?《不脩春秋》曰:'如雨星不及地尺而復。'君子脩之,〔一〕'星霣如雨'。""不脩春秋"者,未脩《春秋》時魯史記,曰:"雨星不及地尺如復。""君子"者,謂孔子也。孔子脩之,〔二〕"星霣如雨"。"如雨"者,如雨狀也。山氣爲雲,上不及天,下而爲雲。"雨星",星隕不及地,上復在天,故曰"如雨"。孔子正言也。夫"星霣",或時至地,或時不能,尺丈之數難審也。史記言"尺",亦似太甚矣。夫地有樓臺山陵,安得言"尺"? 孔子言"如雨",得其實矣。孔子作《春秋》,故正言"如雨"。如孔子不作,"不及地尺"之文遂傳至今。

〔一〕　今人《論衡舉正》校此文，"君子脩之"下增"曰"字。

〔二〕　今人《論衡舉正》校此文，"孔子脩之"下亦增"曰"字。

　　光武皇帝之時，郎中汝南賣光上書言："孝文皇帝時，居明光宫，天下斷獄三人。"頌美文帝，陳其效實。光武皇帝曰："孝文時不居明光宫，斷獄不三人。"積善修德，美名流之，是以君子惡居下流。夫賣光上書於漢，漢爲今世，增益功美，猶過其實，況上古帝王久遠，賢人從後褒述，失實離本，獨已多矣。不遭光武論，千世之後，孝文之事載在經藝之上，人不知其增"居明光宫，斷獄三人"，而遂爲實事也。

曹丕［一］《典論·論文》［二］

文人相輕，自古而然。傅毅之於班固，伯仲之間耳。而固小之，［三］與弟超書曰："武仲以能屬文爲蘭臺令史，［四］下筆不能自休。"夫人善於自見，而文非一體，鮮能備善，是以各以所長，相輕所短。里語曰："家有弊帚，享之千金。"［五］斯不自見之患也。［六］

［一］《魏志·文帝紀》："文皇帝諱丕，字子桓，武帝太子也。好文學，以著述爲務，自所勒成垂百篇。"《隋志》："《魏文帝集》十卷。梁二十三卷。"

［二］吕向注："文帝《典論》二十篇，兼論古者經典文事。有此篇，論文章之體也。"嚴可均曰："謹案：《隋志·儒家》：'《典論》五卷，魏文帝撰。'舊、新《唐志》同。本紀：'帝好文學，以著述爲務，所勒成垂百篇。'明帝時刊石，詳《搜神記》。又《齊王芳紀》注：'臣松之昔從征，西至洛陽，見《典論》石在太學者尚存。'《御覽》五百八十九引戴延之《西征記》：'《典論》六碑，今四存二敗'。《隋志·小學類》有一字石經《典論》一卷。唐時石經亡，至宋而寫本亦亡。世所習見，僅裴注之帝《自敍》及《文選》（第五十二卷）之《論文》而

已。"案：嚴輯《典論》一卷，見《全三國文》卷八。《文心雕龍·序志》篇舉"魏文述《典》"，即指本篇。《序志》篇又謂："魏《典》密而不周。"則以此篇評人僅及七家，論文止於四體故也（陳鐘凡説）。劉師培曰："案：此篇推論建安文學優劣，深切著明。文氣之論，亦基於此。"

〔三〕 據嚴校，《藝文類聚》五十三引，篇首有"夫"字。張雲璈《膠言》："此習由來已久。厥後《北史·魏收傳》：'收與邢邵俱以才名互相訾毀。邵云："江南任昉，文體本疏。魏收非直模擬，亦大偷竊。"收聞之云："伊常於沈約集中作賊，何意道我偷任！"'《邢邵傳》：'袁翻以文章位望稱先達。嘗有貴人初授官，大宴客，翻與邵俱在座。翻意主人必託己爲讓表，主人竟命邵作之。翻甚不悦，每謂人云："邢家小兒常客作章表，自買黃紙，寫而送之。"'皆此類也。"按：此説亦見趙翼《陔餘叢考》卷四十"文人相輕"條。趙翼又歷舉文人尊古卑今之陋習，蓋連類而及之。

〔四〕 臧勵龢《選注》："傅毅，字武仲，茂陵人。後漢章帝時爲蘭臺令史，與班固等同典校書，早卒。蘭臺，藏秘書之宮觀。蘭臺令史，掌蘭臺之書奏。"

〔五〕 李善注："《東觀漢記》曰：'吳漢入蜀都，縱兵大掠。上詔讓漢曰："城亡，[1]孩兒老母口萬數，[2]一旦放兵縱火，聞之可爲酸鼻。家有弊帚，享之千金。"'杜預《左氏傳注》：'亨，通也。''亨'或爲'享'。"胡紹煐《箋證》："杜注見昭公四年《傳》。古'享'字皆作'亨'。"案：本文以"亨"訓"通"，於義未豁。姚永樸云："案：《小爾雅·廣言》：'享，當也。'言以弊帚當千金之價。"

〔六〕 臧勵龢《選注》："此段言文人積習。"

---

① "城亡"，李善注原作"城降"。
② "口"，原脱，據李善注補。

今之文人，魯國〔一〕孔融文舉、廣陵〔二〕陳琳孔璋、山陽〔三〕王粲仲宣、北海〔四〕徐幹偉長、陳留〔五〕阮瑀元瑜、汝南〔六〕應瑒德璉、東平〔七〕劉楨公幹，斯七子者，於學無所遺，於辭無所假，咸以自騁驥騄於千里，仰齊足而並馳。以此相服，亦良難矣。〔八〕蓋君子審己以度人，故能免於斯累，而作《論文》。〔九〕

〔一〕　《選注》：“魯國，漢國，在今山東。”
〔二〕　《選注》：“廣陵，後漢郡，今江蘇江都縣，即郡中地。”
〔三〕　《選注》：“山陽，漢郡，地在今山東。”
〔四〕　《選注》：“北海，漢郡，地在今山東。”
〔五〕　《選注》：“陳留，縣名，今屬河南。”
〔六〕　《選注》：“汝南，漢郡，地在今河南。”
〔七〕　《選注》：“東平，漢國，今山東東平縣，即國中地。”
〔八〕　據嚴校，“七子”，《類聚》作“七人”；“咸以自”句，《三國志・王粲傳》注作“咸自以騁騏驥於千里”，《類聚》作“咸自以騁騄驥於千里”。胡紹煐云：“作‘自以’是也。”姚永樸云：“案：《廣雅・釋詁》：‘仰，恃也。’言各恃其才而不相讓。”曹子建《與楊德祖書》：“今世作者，可略而言也。昔仲宣獨步於漢南，孔璋鷹揚於河朔，偉長擅名於青土，公幹振藻於海隅，德璉發迹於北魏，足下高視於上京。當此之時，人人自謂握靈蛇之珠，家家自謂抱荊山之玉。”
〔九〕　嚴校依《類聚》改“而”作“及”。《選注》：“此段言作《論文》之由。”

王粲長於辭賦，徐幹時有齊氣，〔一〕然粲之匹也。〔二〕如粲之《初征》、《登樓》、《槐賦》、《征思》，〔三〕幹之《玄猿》、《漏卮》、

《圓扇》、《橘賦》，〔四〕雖張、蔡〔五〕不過也。然於他文，未能稱
是。琳、瑀之章表書記，今之雋也。〔六〕應瑒和而不壯，〔七〕劉楨
壯而不密。〔八〕孔融體氣高妙，有過人者，然不能持論，〔九〕理不
勝詞，至於雜以嘲戲。及其所善，揚、班儔也。〔一○〕

〔一〕　李善注："言齊俗文體舒緩，而徐幹亦有斯累。《漢書・地理志》
　　　　曰：'故齊詩曰："子之營兮，遭我虖巇之間兮。"'此亦其舒緩之體
　　　　也。"按：齊詩各句用"兮"字，爲稽留語，此舒緩之證。胡紹煐《箋
　　　　證》："《魏志》注引作'幹詩有逸氣，然非粲匹也'，亦誤。"
〔二〕　按：謂幹爲"粲之匹"者，指下列各篇賦。
〔三〕　按：《文選注》引有王粲《遊海賦》、《神女賦》、《寡婦賦》、《思征
　　　　賦》(孫志祖據本篇謂當作"征思")、《羽獵賦》、《閑邪賦》、《車渠
　　　　碗賦》。檢嚴輯《全後漢文》卷九十，錄粲《大暑賦》、《游海賦》、
　　　　《浮淮賦》、《閑邪賦》、《出婦賦》、《傷天賦》、《思友賦》、《寡婦
　　　　賦》、《初征賦》、《登樓賦》、《羽獵賦》、《酒賦》、《神女賦》、《投壺
　　　　賦》、《圍碁賦序》、《彈碁賦序》、《迷迭賦》、《瑪瑙勒賦》、《車渠椀
　　　　賦》、《槐樹賦》、《柳賦》、《白鶴賦》、《鶡賦》、《鸚鵡賦》、《鶯賦》。
〔四〕　按：《文選注》引有徐幹《齊都賦》。《全後漢文》卷九十三，輯錄幹
　　　　《齊都賦》、《西征賦》、《序征賦》、《哀別賦》、《嘉夢賦》、《冠賦》、
　　　　《團扇賦》、《車渠椀賦》。其《玄猿》、《漏巵》、《橘賦》三篇蓋已全
　　　　佚，不可復覩。"《圓扇》"蓋即"《團扇》"，"圓"、"團"形近易譌。
〔五〕　呂延濟注："張衡、蔡邕。"
〔六〕　嚴校本依《類聚》作"陳琳、阮瑀"。曹丕《與吳質書》："孔璋章表
　　　　殊健，微爲繁富。元瑜書記翩翩，致足樂也。"
〔七〕　曹丕《與吳質書》："德璉常斐然有述作意，其才學足以著書。"《文
　　　　心雕龍・才略》篇："應瑒學優以得文。"《詩源辯體》卷之四曰：

“文帝《典論》稱‘應瑒和而不壯’，竊謂以仲宣代應瑒更切。”

〔八〕　曹丕《與吳質書》：“公幹有逸氣，但未遒耳。其五言詩之善者，妙絕時人。”《文心雕龍·才略》篇：“劉楨情高以會采。”鍾嶸品劉楨云：“仗氣愛奇，動多振絕，真骨凌霜，高風跨俗。但氣過其文，雕潤恨少。”

〔九〕　《文心雕龍·風骨》篇引劉楨語云：“孔氏卓卓，信含異氣，筆墨之性，殆不可勝。”又《才略》篇：“孔融氣盛於爲筆。”尤本李善注：“《漢書》：東方朔、枚皋不根持論。”許巽行《筆記》：“師古曰：‘論議委隨，不能持正，如樹木之無根柢也。’見《嚴助傳》。”

〔一〇〕　嚴校本“至於”作“以至乎”；又依《類聚》，“所善”上加“時有”二字；又謂“揚、班”下，《粲傳》注有“之”字。《文選》卷四十五“設論”類收揚雄《解嘲》、班固《答賓戲》。檢《全後漢文》卷八十三，所輯録孔融文已缺嘲戲之體。今人孫至誠録孔融《聖人優劣又論》曰：“馬之駿者，名曰騏驥；犬之駿者，名曰韓盧。犬之有韓盧，馬之有騏驥，猶人之有聖也。名號等設，騏驥與韓盧並是，寧能頭尾相當，八脚如一，無先後之覺矣。”評之曰：“魏文論北海文，短其‘不能持論，理不勝詞，以至雜以嘲戲’，如此文之類是也。”

　　常人貴遠賤近，向聲背實；又患闇於自見，謂己爲賢。〔一〕夫文，本同而末異，蓋奏議宜雅，〔二〕書論宜理，〔三〕銘誄尚實，〔四〕詩賦欲麗。〔五〕此四科不同，故能之者偏也，唯通才能備其體。

〔一〕　歐陽修《答吳充秀才書》：“文之爲言，難工而可喜，易悦而自足。”
〔二〕　陸機《文賦》：“奏平徹以閑雅。”《文心雕龍·定勢》篇：“章表奏議，準的乎典雅。”

〔三〕 陸機《文賦》:"論精微而朗暢。"《文心雕龍·定勢》篇:"符檄書移,楷式乎明斷;史論序注,師範乎覈要。"《文選序》:"論則析理精微。"

〔四〕 陸機《文賦》:"誄纏緜而悽愴,銘博約而溫潤。"《文心雕龍·定勢》:"箴銘碑誄,體制乎弘深。"《文選序》:"銘則序事溫潤,美終則誄發。"

〔五〕 陸機《文賦》:"詩緣情而綺靡,賦體物而瀏亮。"《文心雕龍·定勢》:"賦誦歌詩,則羽儀乎清麗。"

　　文以氣爲主,氣之清濁有體,不可力强而致。〔一〕譬諸音樂,曲度雖均,節奏同檢,〔二〕至於引氣不齊,巧拙有素,雖在父兄,不能以移子弟。〔三〕

〔一〕 郭紹虞曰:"'氣之清濁有體,不可力强而致'者,是指才氣而言;曰'齊氣'、曰'逸氣'云者,又兼指語氣而言。蓄於内者爲才性,宣諸文者爲語勢,蓋本是一件事之兩方面,故亦不妨混而言之。"

〔二〕 李善注:"《蒼頡篇》曰:'檢,法度也。'"

〔三〕 劉良注:"譬如簫管之類者,言其用氣吹之,各不同也。素,本也。言其巧妙者,雖父兄親於子弟,亦不能教而移之也。"

　　蓋文章經國之大業,不朽之盛事。年壽有時而盡,榮樂止乎其身,二者必至之常期,未若文章之無窮。是以古之作者,寄身於翰墨,見意於篇籍,不假良史之辭,不託飛馳之勢,而聲名自傳於後。故西伯幽而演《易》,周旦顯而制《禮》,不以隱約〔一〕而弗務,不以康樂而加思。〔二〕夫然則古人賤尺璧而重寸陰,懼乎時之過已。而人多不强力,貧賤則懾於飢寒,富貴則流於逸樂,遂營目前之務,而遺千載之功,日月逝於上,體貌衰於下,忽然與萬物遷化,斯志士之大痛也。〔三〕融等已逝,唯幹著論,成一家言。〔四〕

〔一〕　案:《左傳·昭二十五年》注:"隱約,窮困。"
〔二〕　呂延濟注:"康,安也。加,移也。"案:謂不以安樂之故而移著述之念也。
〔三〕　"之"字,嚴可均校云:"《藝文類聚》作'所'。"姚永樸云:"案:以上言文章可貴,人之强力於此者少。"
〔四〕　姚永樸云:"案:此數句回繳七子,而深服偉長《中論》,與帝《與吳質書》同。"案:魏王昶亦盛推偉長,其《戒子書》云:"北海徐偉長,不沾名高,不求苟得,澹然自守,惟道是務,有所是非,則託古人以見其意。吾敬之重之,願兒子師之。"

陸機《文賦》〔一〕

余(《秘府》"余"上有"或曰"二字)每觀才士〔二〕之所(《秘府》無"所"字)作,竊有以得其用心。夫(《秘府》有"其"字)放言遣辭,良多變矣。妍蚩好惡,可得而言。每自屬文,尤見其情。恒患意不稱物,文不逮意。〔三〕蓋非知之難,能之難也。故作《文賦》以述先士之盛藻,因論作文之利害所由,他日殆可謂曲盡其妙。〔四〕至於操斧伐柯,雖取則不遠,〔五〕若夫隨手之變,良難以辭逮。蓋所能言者,具於此云(《秘府》有"爾"字)。〔六〕

〔一〕 李善注引臧榮緒《晉書》曰:"機字士衡,天才綺練,當時稱絶,新聲妙句,係蹤張、蔡。妙解情理,心識文體,故作《文賦》。"述《文賦》作期,則如杜甫《醉歌行》云:"陸機二十作《文賦》。"評《文賦》體製,則如陸雲《與兄平原書》云:"《文賦》甚有辭,綺語頗多。"吳訥《文章辨體·辨騷賦》云:"晉陸機《文賦》已用俳體。"論《文賦》工拙,則如《文心雕龍·總術》云:"昔陸氏《文賦》,號爲曲盡,然汎論纖悉,而實體未該。故知九變之貫匪窮,知言之選難備矣。"黃侃則曰:"案:《文賦》以辭賦之故,舉體未能詳備。彥和拓之,所載文體,幾於網羅無遺。然經傳子史,筆札雜文,難於羅縷。視其經略,誠恢廓於平原。至其詆陸氏非'知言之選',則尚待商兌也。"又《文心·序志》云:"《文賦》巧而碎亂。"黃侃則曰:"'碎亂'者,蓋謂其不能具條貫。然陸本賦體,勢不能如散文之敍録有綱,此評或過。"並足備參。究以臧書"妙解情理,心識文體"二語,足該《文賦》全體,尤徵通識。本篇原文依《文選》李善本,而以六臣本、五臣本及范文瀾用日本遍照金剛《文鏡秘府論》所載《文賦》校者參校之。

〔二〕　《莊子·天下》篇郭疏:"才士,才能之士。"

〔三〕　五臣翰注:"體屬於物,患意不似物;文出於意,患詞不及意也。"

〔四〕　五臣向注:"謂賦成之後,異日觀之,乃委曲盡其妙道矣。"

〔五〕　《詩·豳風·伐柯》云:"伐柯伐柯,其則不遠。"孔穎達云:"《考工記·車人》云:'柯長三尺,博三寸,厚一寸有半。五分其長,以其一爲之首。'注云:'首六寸,謂頭斧也。柯,其柄也。'是斧柄大小之度。執柯以伐柯,比而視之,舊柯短則如其短,舊柯長則如其長,其法不在遠也。"

〔六〕　姚永樸云:"案:以上總序。"

佇中區以玄覽,〔一〕頤情志於典墳。〔二〕遵四時以歎逝,瞻萬物而思紛。〔三〕悲落葉於勁秋,喜(《秘府》作"嘉"字)柔條於芳春。〔四〕心懍懍以懷霜,志眇眇而臨雲。〔五〕詠世德之駿烈,(《秘府》作"俊烈"。)誦先人(《秘府》作"民"字)之清芬。〔六〕游文章之林府,嘉麗藻(《秘府》作"藻麗")之彬彬。〔七〕慨投篇而援筆,聊宣之乎斯文。〔八〕

〔一〕 按：《説文》：“佇，久立也。”“佇中區”云者，蓋有曠立覽遠之義。“玄”訓爲幽遠深冥。“玄覽”義同“覽冥”。高誘釋《淮南・覽冥》題篇之義云：“覽觀幽冥變化之端，至精感天，通達無極。”此道家深觀物化之説。魏晉才士好驅遣玄言，不妨偶襲。《廬山諸道人遊石門詩序》云：“虚明朗其照，閒邃篤其情，乃悟幽人之玄覽，達恒物之大情。其爲神趣，豈山水而已。”亦哲人之自述其玄覽宇宙，抒其遐想之意也。

〔二〕 案：《左傳・昭公十二年》述楚之左史倚相能讀三墳五典，孔穎達疏引孔安國《尚書序》云：“伏羲、神農、黄帝之書謂之三墳，言大道也。少昊、顓頊、高辛、唐、虞之書謂之五典，言常道也。”

〔三〕 李善注：“遵，循也。循四時而歎其逝往之事，攬視萬物盛衰而思慮紛紜也。”鄭石君先生《文賦義證》：“案：士衡有《感時賦》、《歎逝賦》（《全晉文》九十六）。”

〔四〕 案：《文心雕龍・物色》篇專詮此意，其略云：“春秋代序，陰陽慘舒，物色之動，心亦搖焉。是以獻歲發春，悦豫之情暢；滔滔孟夏，鬱陶之心凝；天高氣清，陰沈之志遠；霰雪無垠，矜肅之慮深。歲有其物，物有其容。情以物遷，辭以情發。一葉且或迎意，蟲聲有足引心。況清風與明月同夜，白日與春林共朝哉！是以詩人感物，聯類不窮。”《詩品序》云：“若乃春風春鳥，秋月秋蟬，夏雲暑雨，冬月祁寒，斯四候之感諸詩者也。”蓋四序之景，各有所表，文士意會，眷物彌重。此寫景文之所由發生也。

〔五〕 李善注：“懍懍，危懼貌。眇眇，高遠貌。懷霜、臨雲，言高潔也。”案：上言文情由景而發，此則申言所發之情，乃表現提鍊的人生耳。

〔六〕 李善注：“歌詠世有俊德者之盛業。先人（孫志祖《考異》：“疑本文是‘先民’，‘人’字避唐諱改。”）謂先世之人，有清美芬芳之德而誦勉。”《文賦義證》：“庾信《哀江南賦序》：‘陸機之辭賦，先陳世德。'案：士衡有《祖德賦》、《述先賦》(《全晉文》九十六)。"

〔七〕　李善引《論語》孔安國注："彬彬，文質見半之貌。"

〔八〕　案：以上"真"、"先"，古通。姚永樸云："以上賦之發端。"

　　其始也，皆收視反聽，耽(《秘府》作"𨓅"字)思傍訊。精
騖(《秘府》作"鶩"字)八極，心遊萬仞。〔一〕其致也，情曈曨而
彌鮮，物昭晰而互進。傾羣言之瀝液，漱六藝之芳潤。浮天淵
以安流，濯下泉而潛浸。〔二〕於是沈辭怫(《秘府》作"拂"字)
悅，若遊魚銜鈎而出重淵之深；浮藻聯翩，若翰鳥纓繳而墜曾
(《秘府》作"層"字)雲之峻。〔三〕收百世之闕文，採千載之遺
韻。〔四〕謝朝華(《秘府》作"花"字)於已披，啓夕秀於未振。〔五〕
觀古今之(《秘府》作"於"字)須臾，撫四海於一瞬。〔六〕

〔一〕　李善注："收視反聽，言不視聽也。耽思傍訊，静思而求之也。毛
萇《詩傳》曰：'耽，樂之久。'《廣雅》曰：'訊，問也。'精，神爽也。
八極、萬仞，言高遠也。包咸《論語注》：'七尺曰仞。'"蓋言先絶耳
目之紛擾，而後能深思博慮，窮極宇宙，馳騖物表也。此明文家静
思之功用，想象之偉造。《文心雕龍・神思》篇云："陶鈞文思，貴
在虛静，疏瀹五藏，澡雪精神。"知静求爲運思之初步矣。又論由
静致思之效曰："寂然凝慮，思接千載；悄焉動容，視通萬里。"而西
人魯士鏗(Ruskin)亦有數語狀想象曰："方詩人、畫家之想象也，
冥索平生之見聞，躑躅胸臆間，迷悶恍惚，若無所届。"(景譯《文學
評論之原理・想象》章)均可視爲陸賦"精騖"、"心游"之確詁。
而王士禎謂："'精騖八極，心游萬仞'者，翕輕清以爲性者也。"此
牽合皇甫湜《顧況集序》之旨，而以翕引大自然增助文性爲解，殊

嫌混言,不切想象運用之妙諦。

〔二〕　李善注:"《爾雅》曰:'致,至也。'《埤蒼》曰:'瞳曨,欲明也。'"孫
　　　　志祖《李注補正》:"'六藝'指六經。"(許巽行《筆記》及梁章鉅《旁
　　　　證》所引何焯説並同。)王士禛云:"'情瞳曨而彌鮮,物昭晰而互
　　　　進'者,煦鮮榮以爲詞者也。'傾羣言之瀝液,漱六藝之芳潤'者,
　　　　結泠汰(清泠洗滌之意)以爲質者也。"案:由上述想象所至,情因
　　　　將發而更新,景以不隔而入文矣。加以積學儲寶,六藝羣言,統歸
　　　　驅遣,深思眇慮,幾於上窮碧落,下極黃泉。設譬言之,猶如上浮於
　　　　理想之淵,以展其平穩之流駛;更如下濯於泉水,而暗暗浸入,無微
　　　　不至焉。

〔三〕　于光華注:"佛,音佛。佛悦,難出貌。"李善注:"聯翩,將墮貌。王
　　　　弼《周易注》:'翰,高飛也。'"五臣翰注:"纓,纏也。繳,射也。"
　　　　案:上言由情融景,並表學問,而佐以精思,皆作者下筆以前應有
　　　　之修養。諸事既備,而後以辭表出之現象,亦當續述。"沈辭"表
　　　　吐辭艱澀之象,"浮藻"表出語駿利之象。"曾"與"層"同。

〔四〕　張雲璈《膠言》:"閻氏《尚書古文疏證》云:'顧氏《音學五書》云:
　　　　"文人言韻,莫先於陸機《文賦》。"予謂《文心雕龍》云:"昔魏武論
　　　　賦,嫌於積韻,而善於資代。"《晉書・律曆志》:"魏武時,河南杜夔
　　　　精識音韻,爲雅樂郎中。"二書雖一撰於梁,一撰於唐,要及魏武、
　　　　杜夔之事俱有"韻"字,知此學之興,蓋在漢建安中,不待張華論
　　　　韻,何況士衡。故止可云古無"韻"字,不得如顧氏謂起宋以下
　　　　也。'雲璈案:古無'韻'字,李氏《嘯賦注》:'"均",古"韻"字也。'
　　　　《鶡冠子》曰:"五聲不同均,然其可喜一也。"'則'韻'字之義亦久。
　　　　繁休伯《與文帝牋》:'曲美常均。'亦是'韻'字,皆在士衡之前。"

〔五〕　于光華注:"朝華,早開之花,喻古人所已言者。夕秀,晚放之花,
　　　　喻古人所未言者。二句言其不相承襲。"楊慎曰:"古之詩人用前
　　　　人語,有翻案法,有代財法,有奪胎法,有換骨法。翻案者,反其意

而用之。東坡特妙此法。代財者，因其語而新之，益加瑩澤。奪胎換骨，則宋人詩話詳之矣。如梁元帝詩‘郎今欲渡畏風波’，太白衍爲兩句云‘郎今欲渡緣何事，如此風波不可行’；鮑照詩‘春風復多情’，而太白反之曰‘春風復無情’是也。又如曹孟德詩云‘對酒當歌’，而杜子美云‘玉珮仍當歌’。非杜子美一闡明之，讀者皆云‘當歌’爲‘當然’之‘當’矣。江總詩‘不悟倡園花，遙同蔥嶺雪’，而張説云‘欲持梅嶺花，遠競榆關雪’；古樂府云‘新人工織縑，舊人工織素。持縑來比素，新人不如故’，而無名氏效之云‘野雞毛羽好，不如家雞能報曉。新人雖如花，不如舊人能續麻’，此皆所謂披朝華而啓夕秀，有雙美而無兩傷者乎?”案：此説證擬製能發古人之義，則不妨後先輝映，並峙千秋。較陸賦“謝絶朝華”及下文“離則雙美”之示人以不相襲者，其見解又進一層云。黄侃曰：“‘收百世之闕文’四句，言通變也。”

〔六〕　胡紹煐《箋證》：“‘一瞬’與上‘須臾’對。瞬，猶息也。”于光華注：“二句言包括萬有。”按：以上“震”、“問”、“沁”，古通。

　　然後選義按部，考辭就班。〔一〕抱景者咸叩，懷響者畢彈。〔二〕或因枝以振葉，或沿波而討源。〔三〕或本隱以之（《秘府》作“未”字）顯，或求易而得難。或虎變而獸擾，或龍見而鳥瀾。〔四〕或妥帖而易施，或岨峿而不安。〔五〕罄澄心以凝思，眇衆慮而爲言。籠天地於形內，挫萬物於筆端。〔六〕始躑躅於燥吻，終流離於濡翰。〔七〕理扶質以立幹，文垂條而結繁。〔八〕信情貌之不差，故每變而在顔。思涉樂其必笑，方言哀而已歎。〔九〕或操觚（《秘府》作“觶”字）以率爾，或含毫而邈然。〔一〇〕

〔一〕 按：西人魯士鏗論想象之終事曰：“忽爾時會，則意象之羣，咸自呈露，考辭就班，莫不妥帖矣。”又按：袁守定《佔畢叢談》曰：“凡搆思之始，衆妙紛呈，茫無統紀。必擇其意貫氣屬、應節而不雜者屬而爲文，陸平原所謂‘選義按部，考辭就班’也。”

〔二〕 五臣濟注：“物有抱光景者，必以思叩觸之而求文理；物有懷音響者，必以思彈擊之以發文意。”按：此二語，清人杜詔、杜庭珠取以顏所編唐詩曰《叩彈集》者是也。

〔三〕 《文賦義證》：“《文心·附會》：‘凡大體文章，類多枝派。整派者依源，理枝者循幹。是以附辭會義，務總綱領。驅萬塗於同歸，貞百慮於一致。使衆理雖繁，而無倒置之乖；羣言雖多，而無棼絲之亂。扶陽而出條，順陰而藏迹。首尾周密，表裏一體，此附會之術也。’”

〔四〕 李善注：“擾，馴也。”胡紹煐《箋證》：“按：瀾之言渙散也。本書《洞簫賦》注：‘瀾漫，分散也。’連言爲‘瀾漫’，單言曰‘瀾’。此言龍見（同現）而鳥散也。”何焯云：“此二句疑大者得而小者畢舉之意也。”

〔五〕 李善注：“妥帖，易施貌。岨峿，不安貌。”《集評》引方曰：“以上十句皆‘選義’、‘考辭’之事，即發明序中‘放言遣詞，良多變’意。”

〔六〕 朱琦《集釋》：“妙與眇通。”按：“罄澄心”、“眇衆慮”二語，即薛雪《一瓢詩話》所謂“詩之用，片言可以明百義”也；“籠天地”、“挫萬物”二語，即《一瓢詩話》所謂“詩之體，坐馳可以役萬象”也。

〔七〕 五臣翰注：“躑躅，不進貌。”李善注：“流離，津液流貌。毛萇《詩傳》曰：‘濡，漬也。’《漢書音義》：‘韋昭曰：翰，筆也。’”

〔八〕 五臣濟注：“質，猶本根也。爲文之理，必先扶持本根，乃立其幹。謂先樹理，次擇詞也。”

〔九〕 《文賦義證》：“《文心·夸飾》：‘談歡則字與笑並，論慼則聲共淚偕。’”

〔一〇〕　張雲璈《膠言》：“觚即木簡，猶今以粉版作書。”梁章鉅《旁證》：
　　　　“按：《廣韻》‘率’有急遽之訓。”按：“操觚”、“含毫”二語，言文
　　　　思之緩速。《文心雕龍・神思》篇系以例證云：“相如含筆而腐
　　　　毫，揚雄輟翰而驚夢，桓譚疾感於苦思，王充氣竭於思慮，張衡研
　　　　京以十年，左思練都以一紀，雖有巨文，亦思之緩也。淮南崇朝
　　　　而賦《騷》，枚皋應詔而成賦，子建援牘如口誦，仲宣舉筆似宿
　　　　構，阮瑀據鞍而制書，禰衡當食而草奏，雖有短篇，亦思之速
　　　　也。”又《升庵詩話》卷一舉“唐人云：‘潘緯十年吟古鏡，何涓一
　　　　夕賦瀟湘。’書家亦云：‘思訓經年之力，道玄一日之功。’”並足
　　　　以廣其説。以上“元”、“寒”、“删”、“先”，古通。

　　　伊兹事〔一〕之可樂，固聖賢之所欽。課虛無以責有，叩寂
寞而求音。〔二〕函緜邈於尺素，吐滂沛乎寸心。〔三〕言恢之而彌
廣，思按之而逾（《秘府》作“愈”字）深。播芳蕤之馥馥，發青
條之森森。〔四〕粲風飛而猋竪，鬱雲起乎翰林。〔五〕

〔一〕　李善注：“兹事，謂文也。”
〔二〕　按：袁守定《佔畢叢談》曰：“凡拈題之始，心與理冥，略無所覩，思
　　　　之則出，深思則愈出，陸平原所謂‘課虛無以責有，叩寂寞以求
　　　　音’也。”
〔三〕　五臣良注：“緜邈，遠也。滂沛，大也。雖遠者，含文於尺素之上；
　　　　雖大者，吐辭於寸心之間也。”
〔四〕　李善注：“《説文》曰：‘蕤，草木華盛貌。’以喻文采，若芳蕤之香馥，
　　　　青條之森盛也。”
〔五〕　五臣向注：“粲然如風飛飈立，鬱然如雲起翰林。”姚永樸云：“以上
　　　　言文之功候。”案：以上“侵”韻。又案：開篇至此爲前半篇，所謂

“妙解情理”者即此。

體有萬殊，物無一量。紛紜揮霍，〔一〕形難爲狀。辭程才以效伎，意司契而爲匠。〔二〕在有無而僶俛，當淺深而不讓。〔三〕雖離方而遯員，期窮形而盡相。〔四〕故夫夸（《秘府》作“誇”字）目者尚奢，愜心者貴當。〔五〕言窮者無隘，論達者唯曠。〔六〕詩緣情而綺靡，賦體物而瀏亮。〔七〕碑披文以相質，〔八〕誄纏緜而悽愴。〔九〕銘博約而温潤，〔一〇〕箴頓挫而清壯。〔一一〕頌優游以彬蔚，〔一二〕論精（《秘府》作“晶”字）微而朗暢。〔一三〕奏平徹以閑雅，〔一四〕説煒曄而譎誑。〔一五〕雖區分之在茲，亦禁邪而制放。〔一六〕要辭達而理舉，故無取乎冗長。〔一七〕

〔一〕　李善注：“紛紜，亂貌。揮霍，疾貌。”

〔二〕　李善注：“衆辭俱湊，若程才效伎；取捨由意，類司契爲匠。”

〔三〕　梁章鉅《旁證》：“僶俛，《詩·谷風》作‘黽勉’。錢氏大昕以爲‘勉’即‘俛’字。”案：二句分承上文，論意則僶（嚴粲曰：“力所不堪，心所不欲而勉爲之，謂之曰僶。”）俛有無，論辭則淺深不讓。

〔四〕　何焯云：“二句蓋亦張融所謂‘文無定體以有體爲常’也。”

〔五〕　《文賦義證》：“《文心·知音》：‘夫篇章雜沓，質文交加，知多偏好，人莫圓該。慷慨者逆聲而擊節，醖藉者見密而高蹈，浮慧者觀綺而躍心，愛奇者聞詭而驚聽。’《定勢》：‘桓譚稱：“文家各有所慕，或好浮華而不知實覈，或美衆多而不見要約。”陳思亦云：“世之作者，或好煩文博采，深沉其旨者；或好離言辨白，分毫析釐者。所習不同，所勢各異。”言勢殊也。’《章表》：‘懇惻者辭爲心使，浮侈者情爲文使。繁約得正，華實相勝，脣吻不滯，則中律矣。’《哀弔》：‘隱心而結文則事愜，觀文而屬心則體奢。奢體爲辭，則雖麗不哀。必使情往會悲，文來引泣，乃其貴耳。’”

〔六〕梁章鉅《旁證》：“孫氏鑛曰：‘“言窮者無隘”，言雖盡而意有餘也。“論達者唯曠”，論達者由於識之曠也。’”于光華注：“以上十二句承‘物無一量’。”

〔七〕李善注：“詩以言志，故曰緣情。綺靡，精妙之言。”余蕭客《紀聞》引樓穎《國秀集序》曰：“‘詩緣情而綺靡’，是彩色相宜，煙霞交映，風流婉麗之謂。”李善注：“賦以陳事，故曰體物。瀏亮，清明之稱。”謝榛《四溟詩話》云：“陸機《文賦》曰：‘詩緣情而綺靡，賦體物而瀏亮。’夫‘綺靡’重六朝之弊，‘瀏亮’非兩漢之體。徐昌穀曰：‘“詩緣情而綺靡”，則陸生之所知，固魏詩之查穢耳。’”汪師韓《詩學纂聞》云：“魏文帝《典論》曰：‘詩賦欲麗。’陸士衡《文賦》曰：‘詩緣情而綺靡。’劉彥和《明詩》亦曰：‘四言正體，則雅潤爲本；五言流調，則清麗居宗。’以‘綺麗’説詩，後之君子所斥爲不知禮義之歸也。”謹按：陸氏“詩”、“賦”二條止用新義，亦猶“頌”、“説”二條止用古義耳。所以今古雜陳者，則以此本賦體，故與指物比興之章，其文術實相殊也。劉彥和（《文心雕龍‧論説》）、謝茂秦不明斯理，一以專制時代指諫之説，而責下文“説”條所述戰國縱橫之旨；一以道人時代詩教之義，而責陸氏所尚魏晉士夫“詩”、“賦”之製，幾何而不鑿枘乎！王闓運論詩文體法，取陸氏語，以意解之曰：“‘詩緣情而綺靡’。詩，承也，持也。承人心性而持之，以風上化下，使感於無形，動於自然。故貴以詞掩意，託物寄興，使吾志曲隱而自達，聞者激昂而欲赴。其所不及設施，而可見施行。幽窈曠朗，猶心遠俗之致，亦於是達焉。非可快意騁詞，自仗其偏頗，以供世人之喜怒也。自周以降，分爲五、七言，皆賢人君子不得志之所作。晉人浮靡，用爲談資，故入以玄理；宋、齊遊宴，藻繪山川；梁、陳巧思，寓言閨闥。皆知情不可放，言不可肆，婉而多思，寓情於文。雖理不充周，猶可諷誦。唐人好變，以騷爲雅，直指時事，多在歌行。覽之無餘，文猶足豔。韓、白不達，放弛其詞。下逮宋人，遂成俳曲。近代儒生深諱綺靡，乃區分奇偶，輕詆六朝，不解緣情之言，疑爲淫哇之語。其原出於毛、鄭，其後成於里巷，故風雅之道息焉。'賦體物而瀏亮'。賦者，詩之一體，即今謎也，亦隱語，而使人諭諫。夫聖人非不能切戒臣民，君子非不敢直忤君相，刑傷相繼，政俗無裨，故不爲也。莊論不如隱言，故荀卿、宋玉賦因作矣。漢代大盛，則有相如、平子之流以諷其君。太冲、安仁發攄學識，用兼詩書，其文爛焉。要本隱以之顯，故託體於物，以貴清明也。"(《國粹學報》第二年第二十三期。)

〔八〕　李善注："碑以敍德，故文質相半。"按：相，助也。謂以文助質，頗有表揚之詞也。王闓運云："碑始於廟碑，文則始墓道，以文述事而不可以事爲主。相質者，飾質也。"

〔九〕　李善注："誄以陳哀，故纏緜悽慘。"

〔一〇〕　李善注："博約，謂事博文約也。銘以題勒示後，故博約溫潤。"王闓運云："銘、記一類也，言欲博，典欲約。"

〔一一〕　李善注："箴以譏刺得失，故頓挫清壯。"五臣銑注："箴所以刺前事之失者，故須抑折前人之心。頓挫，猶抑折也。"王闓運云："箴當聳聽，故當頓挫。"

〔一二〕　李善注："頌以褒述功美，以辭爲主，故優遊彬蔚。"五臣向注："優游，縱逸。彬蔚，華盛貌。"按：此條援用古者"美盛德之形容"爲"頌"之義。"頌"與"容"聲義俱同(見《史記·樂書》注)。王闓運云："後世之頌皆應制贊人之文，故貴優游，不可謂譽。"又云："以上皆有韻之文，詩之末流，專主華飾。"

〔一三〕　李善注："論以評議臧否，以當爲宗，故精微朗暢。"王闓運云："是非不決，論以明之，故必探其精微，使朗然而曉。"

〔一四〕　李善注："奏以陳情敍事，故平徹閑雅。"王闓運云："奏施君上，故必氣平理徹。"

〔一五〕　李善注:"説以感動爲先,故煒曄譎誑。"按:此須分別言之:"煒曄"之説,即劉勰"言資悦懌"之謂,兼遠符於時利義貞之義;而"譎誑"之説,劉勰獨持"忠信以肝膽獻主"之義反駁陸説,不知陸氏乃述戰國縱橫家遊説之旨也。王闓運云:"説當回人之意,改已成之事。譎誑之使反於正,非尚詐也。"又云:"以上皆無韻之文,直行單敘。"阮福云:"按:此賦賦及十體之文,不及傳、志。蓋史爲著作,不名爲文。凡類於傳、志者,不得稱文。是以狀文之情,分文之派,晉承建安,已開其先。昭明、《金樓》,實守其法。"按:闓運所釋陸賦十體,分爲有韻之文與無韻之文二種。蓋"無韻爲筆"之説,乃起於晉、宋以後也。在陸氏之意,即無韻而偶,亦得稱"文"。惟傳記等體,以直質爲工,據事直書,弗尚藻彩者,是則陸氏意中歸之"筆"類,故其賦勿及焉。此義劉申叔《中古文學史》已闡發之,今用以補闓運所未詳者。

〔一六〕　《文賦義證》:"《文心・序志》:'辭人愛奇,言貴浮詭。飾羽尚畫,文繡鞶帨。離本彌甚,將遂訛濫。'《定勢》:'自近代辭人,率好詭巧。原其爲體,訛勢所變,厭黷舊式,故穿鑿取新。察其訛意,似難而實無他術也,反正而已。故文反正爲乏,辭反正爲奇。效奇之法,必顛倒文句。上字而抑下,中辭而出外,回互不常,則新色耳。'"

〔一七〕　《文賦義證》:"《文心・鎔裁》:'若術不素定,而委心逐辭,異端叢至,駢贅必多。辭敷而言重,則蕪穢而非贍。'"《杜詩詳注》卷二十三引趙曰:"凡物之剩者曰冗長。"于光華注:"以上十四句承'體有萬殊'。"案:以上"漾"、"宕"韻,古通。

其爲物也多姿,其爲體也屢遷。其會意也尚巧,其遣言也

貴妍。〔一〕暨音聲之迭代,若五色之相宣。〔二〕雖逝止之無常,固
崎錡而難便。〔三〕苟達變而識次,猶開流以納泉。如失機而後
會,恒操末而續顛。謬玄黃之袟敍,故淟涊而不鮮。〔四〕

〔一〕　李善注:"萬物萬形,故曰多姿。文非一則,故曰屢遷。"案:四句見
　　　　陸氏文尚妍麗之主張。沈約評陸文"綴旨星稠,繁文綺合",知陸
　　　　説能自踐矣。

〔二〕　李善注:"音聲迭代而成文章,若五色相宣而爲繡也。《論衡》曰:
　　　　'學士文章,其猶絲帛之有五色之功。'杜預《左氏傳注》:'宣,明
　　　　也。'"案:此二句與《文心·聲律》篇論避免"吃文之患"説相似。
　　　　彼文云:"左礙而尋右,末滯而討前。則聲轉於吻,玲玲如振玉;辭
　　　　靡於耳,纍纍如貫珠。"黃侃曰:"究其治之之術,亦用口耳而已,無
　　　　他繆巧也。"

〔三〕　李善注:"逝止,由去留也。崎(音綺)錡(音蟻),不安貌。逝止無
　　　　常,惟情所適,以其體多變,固崎錡難便也。"

〔四〕　李善注:"《禮記》曰:'朱緑之,玄黃之,以爲黼黻文章。'《楚辭》王
　　　　逸注:'淟涊,垢濁也。'音韻失宜,類繡之玄黃謬敍,故淟涊垢濁而
　　　　不鮮明也。"黃侃曰:"'暨音聲迭代'至'淟涊不鮮',蓋謂文章音
　　　　節,須令諧調。"案:以上"先"。

　　　　或仰逼於先條,或俯侵於後章。〔一〕或辭害而理比,或言順
而義妨。〔二〕離之則雙美,合之則兩傷。考殿最於錙銖,〔三〕定去
留於毫芒。苟銓衡之所裁,固應繩其必當。〔四〕

〔一〕　郭紹虞云:"謀篇方法,或因枝以振葉,或沿波以討源,或本隱以之

顯,或求易而得難。否則不能謀篇。其弊成爲'或仰逼於先條,或俯侵於後章'。"案:此言其弊。其不弊者,如《文心·章句》云:"啓行之辭,逆萌中篇之意;絕筆之言,追媵前句之旨。故能外文綺交,内義脈注。"

〔二〕　郭紹虞曰:"選辭目的,使選義按部,考辭就班,抱景者咸叩,懷響者畢彈。使不注重選辭,則其弊爲或辭害而理比,或言順而義妨。"案:"理比"謂理順也。蓋有理順而辭不順,亦有辭順而理不順者。《文賦義證》:"《文心·神思》:'拙辭或孕於巧義,庸事或萌於新意。'《總術》:'或義華而聲悴,或理拙而文澤。'《雜文》:'陳思《客問》,辭高而理疏;庾敳《客咨》,意榮而文悴。'《才略》:'劉向之奏議,旨切而調緩;趙壹之辭賦,意繁而體疏。'《風骨》:'若瘠義肥辭,繁雜失統,則無骨之徵也。'"

〔三〕　李善注:"《漢書音義》:'項岱曰:"殿,負也。最,善也。"'"

〔四〕　李善注:"《聲類》曰:'銓所以稱物也。'(據梁章鉅説正)《漢書》曰:'衡,平也,平輕重也。'苟有輕重,雖應繩墨,必須除之。"案:以上論定去捨。用"陽"、"唐"韻,古通。

　　或文繁理富,而意不指適。〔一〕極無兩致,盡不可益。〔二〕立片言而居要,乃一篇之警策。〔三〕雖衆辭之有條,必待兹而效績。〔四〕亮功多而累寡,故取足而不易。〔五〕

〔一〕　《文賦義證》:"《文心·情采》:'采濫辭詭,則心理愈翳。'"

〔二〕　李善注:"其理既極,而無兩致;其言又盡,而不可益。"

〔三〕　朱琦《集釋》:"警,猶驚也。警策,蓋謂一篇中之驚動者,即《孟子》'吾於《武成》取二三策'之意也。"案:紀昀評《文心雕龍·隱秀》篇曰:"陸平原云:'一篇之警策。'其'秀'之謂乎!"《隱秀》篇論

“秀”曰:“秀也者,篇中之獨拔者也。”又曰:“秀以卓絶爲巧。”黃
侃復發之曰:“辭以得當爲先,故片言可以居要。意不稱物,宜資
要言以助明。意資要言,則謂之秀。”以諸氏之言觀之,則朱珔所
謂“一篇中之驚動者”,於義甚諦。惟《孟子》所謂“取《武成》二三
策”者,係指其有信史之價值,並非論其文學之動人與否。朱珔舉
彼爲況,誠有誤也。《吕氏童蒙訓》曰:“杜詩云:‘語不驚人死不
休。’所謂‘驚人’語,即警策也。文章無警策,則不足以傳世,蓋不
能竦動世人。但晉、宋間人專致力於此,故失於綺靡,而無高古氣
味。”又案:范文瀾云:“陸雲《與兄平原書》中數言‘出語’,即警策
語。篇中若無‘出語’,則平澹不能動人。故云‘撮辭以舉要’,審
一篇之警策應置何處也。”

〔四〕 李善注:“必待警策之言,以效其功也。”

〔五〕 李善注:“言其功既多,爲累蓋寡,故以取足而不改易其文。”案:原
文注語並苦辭拙,謂取足於此而不另易者,蓋申上“極無兩致,盡
不可益”之旨。理“極”言“盡”,故曰“取足”。“無兩致”,“不可
益”,故曰“不易”。以上論立主腦。用“麥”、“昔”、“錫”,古通。

　　或藻思綺合,清麗千眠。〔一〕炳(《秘府》作“晒”字)若縟
繡,〔二〕悽若繁絃。必所擬之不殊,乃闇合乎曩篇。雖杼柚於
予懷,怵他人之我先。〔三〕苟傷廉而愆義,亦雖愛而必捐。〔四〕

〔一〕 李善注:“《説文》曰:‘綺,文繒也。’(據許巽行《筆記》補)謂文藻
思如綺會。千眠,光色盛貌。”

〔二〕 李善注:“《説文》曰:‘縟,繁彩色也。’又:‘繡,五色彩備也。’”朱
珔《集釋》:“案:本書《西京賦》、《月賦》、《景福殿賦》、劉越石《答
盧諶》詩注引《説文》,‘彩色’皆作‘彩飾’。《長笛賦》注引無‘繁’

字,‘色’亦作‘飾’。又‘繡,五色彩備’句,今《說文》無‘色’字。”

〔三〕　《詩・小雅・谷風之什・大東》篇《釋文》:“《說文》云:‘杼,盛緯器。’柚音逐,本又作軸。”李善注:“杼軸,以織喻也。雖出自己情,懼他人我先也。”袁守定《佔畢叢談》云:“凡得好句,當下轉自疑,恐其經人道過。陸平原所謂‘雖杼軸於予懷,怵他人之我先’也。”

〔四〕　案:以上論戒雷同。用“先”韻。

　　或苕發穎豎(《秘府》作“竪”字),離衆絕致。〔一〕形不可逐,響難爲係。〔二〕塊孤立而特峙,非常音之所緯。〔三〕心牢落而無偶,意徘徊而不能掃。〔四〕石韞玉而山輝,水懷珠而川媚。〔五〕彼榛楛之勿翦,亦蒙榮於集翠。〔六〕綴《下里》於《白雪》,吾亦(《秘府》有“以”字)濟夫所偉。〔七〕

〔一〕　胡紹煐《箋證》:“紹煐按:《說文》:‘芀,葦華也。’《繫傳》云:‘芀者,抽條遙遠,生華而無荂荂也。’‘苕’與‘芀’同。葦華謂之‘芀’,故凡草華秀亦謂之‘芀’。謝靈運《南樓中望所遲客》詩:‘遙華未堪折,蘭苕已屢摘。’是蘭華亦稱‘苕’,不專指葦言也。”李善注:“《小雅》曰:‘禾穗謂之穎。’言作文利害,理難俱美,或有一句同乎苕發穎豎,離於衆辭,絕於致思也。”黃侃《補文心雕龍・隱秀》篇云:“意有所重,明以單辭;超越常音,獨標苕穎,則秀生焉。”

〔二〕　李善注:“言方之於影,而形不可逐;譬之於聲,而響難係也。”

〔三〕　李善注:“文之綺麗,若經緯相成。言斯句既佳,塊然立而特峙,非常音之所能緯也。”《文心雕龍・隱秀》篇云:“秀也者,篇中之獨拔者也。”

〔四〕　胡紹煐《箋證》:“《漢書・霍去病傳》:‘諸宿將常留落不耦。’‘耦’與‘偶’同。《史記》作‘留落不遇。’‘牢落’、‘遼落’、‘留落’並雙聲，‘牢’、‘遼’、‘留’又一聲之轉。‘掑’，善音他狄切。《鄘風·君子偕老·釋文》：‘掑，摘也。摘，他狄反。’然則此音他狄切，正是‘摘’字。《倉頡篇》云：‘摘，取也。’（《眾經音義》十六引）”案：不能取者，謂心牢落而無偶，則或取或去，徘徊未定也。

〔五〕　李善注：“雖無佳偶，因而留之，譬若水石之藏珠玉，山川爲之輝媚也。《孫卿子》曰：‘玉在山而草木潤，淵生珠而崖不枯。’”余蕭客《紀聞》：“《玉書》曰：‘金玉隱於山川，氣浮於上，日月交光，草木受之爲禎祥，鳥獸得之爲異類。’（《靈寶筆法》中）”黃侃《補隱秀》篇曰：“或狀物色，或附情理，皆可謂秀。玉在山而草木潤，淵生珠而岸不枯，秀之喻也。”

〔六〕　朱珔《集釋》：“《廣雅》：‘木叢生曰榛。’《荀子·勸學》篇注：‘楛，濫惡也。’賦意若草木之叢雜濫惡，未翦除也。”李善注：“榛楛，喻庸音也。以珠玉之句既存，故榛楛之辭亦美。”案：謂草木雖有叢雜濫惡，而一旦翠鳥來集，亦可增其美觀。喻庸拙之文，亦添榮生色於警策之句也。“翠”宜解爲翠鳥。張銑訓爲“青”，實不合。蔡邕《翠鳥》詩云：“庭陬有若榴，綠葉含丹榮。翠鳥時來集，振翼修形容。回顧生碧色，動搖揚縹青。”又張翰詩云：“青條若總翠。”“總”，亦集意。皆咏“集翠”之美觀也。陸雲《與兄平原書》云：“兄文章之高遠絕異，不可復稱言。然猶皆欲微多，但清新相接，不以爲病耳。”《文心雕龍·鎔裁》篇曰：“士衡才優，而綴辭尤繁；士龍思劣，而雅好清省。及雲之論機，亟恨其多，而稱‘清新相接’，不以爲病，蓋崇友于耳。夫美錦製衣，脩短有度，雖翫其采，不倍領袖，巧猶難繁，況在守拙？而《文賦》以爲‘榛楛勿翦，庸音足曲’，其識非不鑒，乃情苦芟繁也。”黃侃《札記》云：“此段極論文之不宜繁，自是正論。然士衡所云‘榛楛勿翦，蒙榮集翠’，亦有此一理。古人文傷繁者，不厪士衡一人。閱之而不以繁爲病者，必由有新意清氣以彌縫之也。”姚永樸云：“此謂瑕不能掩瑜者也。若夫‘混妍蚩而成體，累良質而爲瑕’，此則又謂瑜不能掩瑕者也。古今文章自有此二種，後人乃或謂士衡以榛楛爲可勿翦，何啻癡人說夢。”

〔七〕　李善注：“言以此庸音而偶彼嘉句，譬以《下里》鄙曲綴於《白雪》之高唱，吾雖知美惡不倫，然且以益夫所偉也。《説文》曰：‘偉，奇也。’”案：以上論濟庸調。用“紙”、“尾”、“薺”、““蟹”、“賄”，古通。

　　或託言於短韻，對窮迹而孤興。〔一〕俯寂寞而無友，仰寥廓而莫承。〔二〕譬偏絃之獨張，含清唱而靡應。〔三〕

〔一〕　李善注：“短韻，小文也。言文小而事寡，故曰窮迹；迹窮而無偶，故曰孤興。”

〔二〕　李善注：“言事寡而無偶，俯求之則寂寞而無友，仰應之則寥廓而無所承。”

〔三〕　李善注：“言累句以成文，猶衆絃之成曲。今短韻孤起，譬偏絃之獨張。絃之獨張，含清唱而無應；韻之孤起，蘊麗則而莫承也。毛萇《詩傳》曰：‘靡，無也。’”案：以上謂文不照應之弊。用“蒸”。

　　或寄辭於瘁音，徒靡言（六臣本、《秘府》本並作“言徒靡”）而弗華。〔一〕混妍蚩而成體，累良質而爲瑕。〔二〕象下管之偏疾，故雖應而不和。〔三〕

〔一〕　案：文無剛健之氣，則有同瘴瘁之音。以此爲文，誠劉勰所謂“振采失鮮，負聲無力”，殊失“風骨”之義。“靡”訓爲好。“華”謂光華。《易·大畜》以爲“剛健篤實，輝光乃新”，蓋惟健實，始見華耀。陸機、劉勰,並同斯旨。若徒有靡好之言,而索莫乏氣,失其榮衛,又烏能藻耀而高翔耶?

〔二〕 李善注:"妍謂言靡,蚩謂瘁音。既混妍蚩,共爲一體,翻累良質,而爲瑕也。"案:梅曾亮嘗述管同語云:"子之文病雜,一篇之中,數體駁見。武其冠,儒其服,非全人也。"即陸氏之説也。

〔三〕 李善注:"其音既瘁,其言徒靡,類乎下管,其聲偏疾,升歌與之間奏,雖復相應,而不和諧。杜預《左氏傳注》曰:'象,類也。'《禮記》曰:'升歌清廟,下管象。'(梁章鉅《旁證》:'此引《禮·明堂位》文。')王肅《家語注》曰:'下管,堂下吹管。象,武舞也。'"案:以上謂文不調諧之弊。用"歌"、"麻",古通。

　　或遺理以存異,徒尋虛以(六臣本作"而")逐微。〔一〕言寡情而鮮愛,辭浮漂而不歸(六臣本作"頤")。〔二〕猶絃么(《秘府》作"緩"字)而徽急,故雖和而不悲。〔三〕

〔一〕 案:《文心·指瑕》云:"晉末篇章,依希其旨。始有賞際奇至之言,終無撫叩酬酢之語。"黃侃舉晉以後用字"造語依稀"之弊曰:"如戒嚴曰'纂嚴',送別曰'瞻送',解識曰'領悟',契合曰'會心'。至如品藻稱譽之詞,尤爲模略,如嵇紹'劭長',高坐'淵箸',王微'邁上',卞壺'峯距',王恭'亭亭直上',王忱'羅羅清疏'。叩其實義,殊欠分明。而世俗相傳,初不撢究。"

〔二〕 《文賦義證》:"《文心·情采》:'辭人賦頌,爲文而造情。爲文者淫麗而煩濫。'"

〔三〕 李善注:"《説文》曰:'么,小也。'"五臣翰①注:"徽,調也。絃小而

① "翰",原誤作"銑",據《文選六臣注》改。

調急,雖聲和諧,則躁烈而不悲也。"案:以上謂文不深切之弊。用
"支"、"微",古通。

　　或奔放以諧合,務嘈囋而妖冶。徒悦目而偶俗,固高聲
(《秘府》作"聲高"。)而曲下。〔一〕寠《防露》與《桑間》,又雖悲
而不雅。〔二〕

〔一〕　案:《北齊書·文苑列傳》曰:"江左梁末,彌尚輕險。始自儲宮,
　　　　刑乎流俗,雜恙懘以成音,故雖悲而不雅。"然則此種文弊,無間
　　　　晉、梁。"奔放諧合",即謂"輕險"之詞。《説文》云:"恙懘,煩聲
　　　　也。"胡紹煐云:"嘈囋,蓋聲盛之貌。"是"嘈囋""偶俗",固無異於
　　　　"恙懘成音"之流俗矣。"妖冶"下曲,目下桑間、濮上之音。"務嘈
　　　　囋",故聲高而盛也。
〔二〕　案:謝靈運《山居賦》曰:"楚客放而《防露》作。"《月賦注》:"《房
　　　　露》,古曲名。""房"與"防"古字通。是《防露》亦爲曲名,乃楚客
　　　　屈原被放時所作,當係悲詞也。《禮記·樂記》曰:"桑間、濮上之
　　　　音,亡國之音也。"是桑間亦悲音。寠,覺也。覺此二種悲音未歸
　　　　雅正耳。(以上於李善、吕延濟、楊慎、孫志祖、朱珔、胡紹煐之説,
　　　　各有所取,但與各家均異。)以上謂文不雅正之弊。用"馬"韻。

　　或清虛以婉約,每除煩而(六臣本作"以")去濫。〔一〕闕大
羹之遺味,同朱絃之清氾。雖一唱而三歎,固既雅而不豔。〔二〕

〔一〕　案:翦截浮詞,則蕪穢不生,見清虛婉約之體。《文賦義證》:"陸
　　　　雲《與兄平原書》:'兄《丞相箴》小多,不如《女史》清約耳。'"
〔二〕　臧勵龢《選注》:"太羹,肉汁不調五味者也。遺,猶餘也。言文少

質多,比之太羹,尚闕餘味,質之甚也。朱絃,瑟之練朱絃也,其聲疏越。言方之古樂,同其清氾,亦形其質也。一唱三歎,一人唱,三人從而贊歎之也。"《康熙字典》引陸賦"朱絃清氾"語,注云:"氾,叶乎絢切,音現。""氾"之義散也。清散則不繁密,以形古樂之質樸。李善云:"作文之體,必須文質相半,雅豔相資。今文少而質多,故既雅而不豔。"案:以上謂文不富麗之弊。用"勘"、"豔"、"陷",古通。

若夫豐約之裁,俯仰之形,因宜適變,曲有微(《秘府》作"徽"字)情。或言拙而喻巧,或理朴(《秘府》作"質"字)而辭輕。或襲故而彌新,或沿濁而更清。或覽之而必察,或研之而後精。[一]譬猶舞者赴(五臣作"趁")節以投袂,歌者應絃而遣聲。[二]是蓋輪扁(《秘府》有"之"字)所不得言,[三]故亦非華說之所能精(《秘府》作"明"字)。[四]

〔一〕　案:"豐約"猶言繁簡,"俯仰"猶言上下。翦裁之繁簡,形製之上下,雖有萬殊,要必隨時而適用,因而宜變通;即勢以會奇,因方以借巧,然後本隱以顯,曲見微情;襲故而愈新,沿濁而益清,抑且研思而愈覺精美,斯則善運通變之至效也。以言其次,則或拙辭孕以巧義,或真意緣以輕辭。循覽之際,須加別察。此又劉勰所謂"情數詭雜,體變遷貿"之所致也。

〔二〕　李善注:"《左氏傳》曰:'投袂而起。'杜預曰:'投,振也。'"五臣銑注:"文入妙理,譬如善舞者趁節舉袖,善歌者與絃相應,遣合其聲如一也。"

〔三〕　《莊子·天道》篇載輪扁曰:"斲輪徐則甘而不固,疾則苦而不入。

不徐不疾，得之於手而應於心。口不能言，有數存焉。"案："數"謂形而上之技巧，非指形而下之規矩繩墨也。

〔四〕　李善注："王充《論衡》曰：'虛談竟於華葉之言，無根之深，安危之際，文人不與，徒能華說之效。'"五臣良注："凡發言不能成功者，謂之華說也。"案：此重申序末所云"隨手之變，良難以辭逮"之義。自"或仰逼於先條"句至此，連用"或"字十有八。姚永樸謂："皆論文境不同，各有利病。"然其要歸於行文自然之義，行乎所不得不行，止乎所不得不止，蓋不欲執區區文術之談，以概文家真詣也。以上用"庚"、"青"，古通。

　　普辭條與文律，良余膺之所服。〔一〕練世情之常尤，識前（《秘府》作"刪"字）修之所淑。〔二〕雖濬發於巧心，或受欵（《秘府》作"蚩"字）於拙目。〔三〕彼瓊敷與玉藻，若中原之有菽。〔四〕同橐籥之罔窮，與天地乎並育。〔五〕雖紛藹於此世，嗟（胡克家曰："案：'嗟'當作'差'。凡'差'字，五臣多改作'嗟'字。此合各本，以五臣亂善。"）不盈於予（六臣本作"手"）掬。〔六〕患掣缾〔七〕之屢空，病昌言〔八〕之難屬。故踸踔於短垣（五臣、《秘府》並作"韻"字），放庸音以足曲。恒遺恨以終篇，豈懷盈而自足。〔九〕懼蒙塵於叩缶，顧取笑乎（《秘府》作"於"字）鳴玉。〔一〇〕

〔一〕　呂延濟謂："普，普見也。"《說文》云："膺，胸也。"賦意亦猶昭明謂"歷觀文囿，泛覽辭林，未嘗不心遊目想"也。

〔二〕　五臣翰注："尤，過也。練簡時人之常過，乃識前賢之所美也。"

〔三〕　五臣向注："濬，深也。"案："欨"與"嘘"同。

〔四〕　許巽行《筆記》："瓊敷，楊用修云：'《易》"震爲勇"，"勇"與"華"同。"華"，古音敷。陸此賦亦當爲"瓊勇"。'案：《易·釋文》云：'勇，王肅音孚。干云："花之通名，鋪爲花貌謂之蘪。"'是令升(干寶字)又作'蘪'字。"李善注："瓊敷、玉藻，以喻文也。《毛詩》曰：'中原有菽，庶民采之。'毛萇曰：'菽，藿也。力采者得之。'"朱珔《集釋》："案：《詩》鄭箋云：'勤於德者則得之。'與毛不異。其上文云：'藿生原中，非有主也，以喻王位無常家也。'士衡賦則當謂瓊敷、玉藻之文，惟勤學能致。所喻絕非《詩》本旨。又《晉書·涼武昭王傳》：'經史道德，若采菽中原，勤者多獲。'《宋書·武三王傳》：'張約之上疏曰："仁義之在天下，若中原之有菽；理感之被萬物，故不繫於貴賤。"'是此語六朝人習用之，而喻意各別耳。"

〔五〕　臧勵龢《選注》："橐籥，冶工用具，即鞲鞴。橐爲外之櫝，籥爲内之管，中空虛，能育聲氣。《老子》言其'虛而不屈，動而愈出'。"

〔六〕　五臣翰注："紛藹，謂繁多也。文華之詞雖繁多於人世，嗟攬之不滿於手掬也。"《文賦義證》："《文心·隱秀》：'凡文集勝篇，不盈十一；篇章秀句，裁可百二。'"

〔七〕　案：《左傳·昭公七年》杜預注曰："挈缾汲者，喻小智。"

〔八〕　案：《尚書·大禹謨》孔安國傳："昌，當也。"蓋以"昌言"爲言之當也。

〔九〕　李善注："《國語》曰：'有短垣，君不踰。'"(段氏云："《國語》本作'君有短垣，而自踰之'。")朱珔《集釋》："段氏言：'"蹢躅"，謂腳長短也。"短垣"可云蹢躅不進，不得施於"短韻"。此不應複，是寫書者涉上文而誤。'余謂段説是也。'蹢躅短韻'，殊不成文義。推賦意，與上'患挈缾之屢空'皆爲喻語。'挈缾'喻小智，故云'昌言難屬'。此謂力薄而放庸音，如'蹢躅於短垣'，未免蹢躅之狀，總形支絀。二者皆由於才有不逮，故下云'恒遺恨以終篇，豈懷盈而自足’也。”李善注：“《爾雅》曰：‘庸，常也。’”

〔一〇〕　李善注：“《答賓戲》曰：‘孔終篇於西狩。’缶，瓦器而不鳴，更蒙
　　　　之以塵，故取笑乎玉之鳴聲也。”案：自此段“普辭條文律”起，
　　　　至下段“開塞所由”爲止，乃陸氏賦陳文體之後，自述爲文甘苦，
　　　　聊發感慨也。以上用“屋”、“沃”，古通。

　　若夫應感之會，通塞之紀，〔一〕來不可遏，去不可止。藏若
景滅，行猶響起。〔二〕方天機之駿利，夫何紛而不理。思風發於
胸臆，言泉流於脣齒。紛葳（六臣本作“葳”）蕤以馺遝，唯毫
素之所擬。文徽徽以溢目，音泠泠而盈耳。〔三〕及其六情底滯，
志往神留。兀若枯木，豁若涸流。攬營（《秘府》作“熒”字）魂
以探賾（《秘府》作“潛”字），頓精爽於（《秘府》作“而”字）自
求。理翳翳而愈伏，思乙乙（《秘府》作“軋軋”）其若抽。〔四〕是
以或竭情而多悔，或率意而寡尤。〔五〕雖茲物之在我，非余力之
所勠。〔六〕故時撫空懷而自惋，吾未識夫開塞之所由。〔七〕

〔一〕　案：劉勰論“養氣”，亦云：“時有通塞。”《禮·月令》注：“紀，會
　　　也。”蓋避與前句辭複，易“會”爲“紀”耳。
〔二〕　郭紹虞曰：“感興方濃，不能遏止其發露；感興不來，不能勉强醞
　　　釀。此一節形容感興起滅，確是所謂‘每自屬文，尤見其情’，深知
　　　此中之甘苦者。”
〔三〕　李善注：“葳蕤，盛貌。馺遝，多貌。毫，筆也。縑曰素。”五臣向
　　　注：“徽徽溢目，文章盛也；泠泠盈耳，音韻清也。”郭紹虞曰：“以上
　　　說感興來時，醞釀成熟，故能提起銳筆，一呵而就，此所以‘或率意
　　　而寡尤’。”

〔四〕 李善注：“仲長子《昌言》曰：‘喜怒哀樂好惡，謂之六情。’《國語》韋昭曰：‘厎，著也。滯，廢也。’”五臣濟注：“兀若枯木，思不動也；豁若涸流，思之竭也。謂豁然空虛，涸而無水。”案：《老子道德經注》：“營，魂也。”蓋單言曰“魂”，重言之則曰“營魂”，其義一也。《秘府》“營”作“熒”，謂熒獨之魂，亦助一解。李善注：“《左氏傳》：‘樂祁曰：“心之精爽，是謂魂魄。”’”案：必“攬營魂”、“頓精爽”以造文，勢必如劉勰所謂“銷鑠精膽，蹙迫和氣。秉牘以驅齡，灑翰以伐性”，故有“揚雄輟翰而驚夢，桓譚疾感於苦思，王充氣竭於思慮”，“曹公懼爲文之傷命，陸雲歎用思之困神”也。又案：陸厥《與沈約書》云：“翳翳愈伏，而理賒於七步。”狀思理初發之致，蓋本於此賦。胡紹煐《箋證》：“《史記·律書》：‘乙者，言萬物生軋軋也。’《禮記·月令》注：‘乙之言軋軋也。’並讀‘乙’同‘軋’，蓋古音轉借。或作‘札’，《古詩》‘札札鳴機杼’是也。此作‘乙乙’（李善本），猶存古音古義。”郭紹虞曰：“以上説感興或來，或感興已去之時，即欲勉強作文，而時機未熟，不免徒勞無功，此所以‘或竭情而多悔’。”

〔五〕 案：二句猶劉勰所謂“或率爾造極，或精思愈疏”也。李善引《論語》包咸注：“尤，過也。”

〔六〕 李善注：“物，事也。勠，并也。言文之不來，非予力之所并。《國語》：‘戮力一心。’賈逵曰：‘勠力，并力也。’”余蕭客《紀聞》：“勠音留。”（《冲虛經釋文補遺》下）

〔七〕 李善注：“開，謂天機駿利；塞，謂六情厎滯。”姚永樸云：“案：以上言作文之甘苦。”

　　伊兹文之（《秘府》作“其”字）爲用，固衆理之所因（《秘府》作“由”字）。恢萬里而（《秘府》作“使”字）無閡，通億載而爲津。俯貽則於來葉,仰觀象乎(《秘府》作"於"字)古人。[一]濟文武於將墜,宣風聲於不泯。[二]塗無遠而不彌,理無微而弗(《秘府》作"不"字)綸。[三]配霑潤於雲雨,象變化乎鬼神。[四]被金石而德廣,流管絃而日新。[五]

〔一〕 五臣良注:"伊,惟也。惟此文之爲用,固乃考衆妙之理所因而成,使廣大萬里而爲一也;通文章之津梁,使得達也;遺法則於來世,是見古人之象也。"

〔二〕 李善注:"《論語》:'子貢曰:"文武之道,未墜於地。"'"

〔三〕 李善注:"《周易》曰:'《易》與天地準,故能彌綸天地之道。'王肅曰:'彌綸,纏裹也。'"

〔四〕 五臣翰注:"文德可以養人,故配霑潤於雲雨;出幽入微,故象變化乎鬼神。"

〔五〕 李善注引《吳越春秋》:"樂師謂越王曰:'君王德可刻之於金石,聲可託之於管弦。'"姚永樸云:"案:以上言文之作用。"案:以上用"真"韻。又案:自"體有萬殊"句起至此篇末,爲本文後半篇,所謂"心識文體"者即此。

李充《翰林論》^{〔一〕}

　　或問曰:"何如斯可謂之文?"答曰:"孔文舉之書、^{〔二〕}陸士衡之議,^{〔三〕}斯可謂成文矣。^{〔四〕}"

〔一〕　《全晉文》小傳:"李充,字弘度,重弟矩之子。成帝時,辟丞相王導掾,轉記室參軍,又參征北褚哀軍事,除剡令,入爲大著作郎,遷中書侍郎。有《論語注》十卷、《翰林論》五十四卷、《集》二十卷。"黄侃云:"觀其所取,蓋以沈思翰藻爲貴者。故極推孔(融)、陸(機),而立名曰'翰林'。"

〔二〕　按:書爲平行文,上書或疏則爲上行文,於體最近。文舉名融,其文傳於今者,以書疏、上書爲最多。《文選》載其《與曹公書論盛孝章》及《薦禰衡疏》等。嚴可均所輯,則更有《上書薦謝該》、《上書請準古王畿制》、《上書》、《上三府所辟稱故吏事》、《崇國防疏》、《重答王修》、《喻邴原舉有道書》、《遣問邴原書》、《與王朗書》、《遺張紘書》、《又遺張紘書》、《答虞仲翔書》、《與韋休甫書》、《與宗從弟書》、《與諸卿書》、《與許博士書》、《與曹公書薦邊讓》、《與曹公書》、《與曹公書啁征烏桓》、《難曹公表制酒禁書》、《又書》、《報曹公書》、《答路粹書》等首,並皆體氣高妙。《文心雕龍·書

記》篇曰:“文舉屬章,半簡必録。”又《才略》篇曰:“孔融氣盛於爲
筆。”“筆”括上表、書牘等體。

〔三〕　　按:士衡名機。嚴可均所輯機文,有《大田議》、《晉書限斷議》二
篇。《文心雕龍·議對》篇云:“陸機斷議,亦有鋒穎。”即弘度此
論,亦有一條云:“在朝辨政而議奏出,宜以遠大爲本。陸機議晉
斷,亦名其美矣。”

〔四〕　　嚴可均云:“見《初學記》二十一、《御覽》五百八十五。”

潘安仁之爲文也,猶翔禽之羽毛,衣被之綃縠。〔一〕

〔一〕　　案:《世説新語·文學》篇注引孫興公云:“潘文爛若披錦,無處不
佳。”《詩品》引謝混云:“潘詩爛若舒錦,無處不佳。”並稱潘之輕
華。《翰林》以“禽羽”、“綃縠”況潘之文,其於作風之體認,雖與
興公、益壽無殊,然優劣之見,恰與孫、謝相反。檢《詩品》“潘岳”
品云:“《翰林》歎其翩翩然如翔禽之有羽毛,衣服之有綃縠,猶淺
於陸機。”又云:“《翰林》篤論,故歎陸爲深。”知《翰林》之旨,實甲
陸而乙潘,自異於贊潘文之“無處不佳”者矣。嚴可均云:“見《初
學記》二十一、《御覽》五百九十九。”案:此條須參以《詩品》,增輯
“猶淺於陸機”一語,始見《翰林》微旨。

容象圖而讚立,宜使辭簡而義正。〔一〕孔融之讚楊公,〔二〕亦
其義也。〔三〕

〔一〕　　《文選序》曰:“圖像則讚興。”《廣雅》曰:“圖,畫也。”《文心雕龍·
頌讚》篇論“讚”云:“本其爲義,事生獎歎。所以古來篇體,促而不
廣。必結言於四字之句,盤桓乎數韻之辭,約舉以盡情,昭灼以送

文,此其體也。"

〔二〕 檢《全後漢文》卷八十三,孔融文無此篇。

〔三〕 嚴可均云:"見《御覽》五百八十八。"

　　表宜以遠大爲本,不以華藻爲先。〔一〕若曹子建之表,可謂成文矣。〔二〕諸葛亮之表劉主,〔三〕裴公之辭侍中,〔四〕羊公之讓開府,〔五〕可謂德音矣。〔六〕

〔一〕 《文選》三十七"表"下注曰:"表者,明也,標也。如物之標表。言標著事序,使之明白,以曉主上,得盡其忠曰表。三王以前,謂之敷奏,故《尚書》云'敷奏以言'是也。至秦并天下,改爲表,總有四品:一曰章,二曰表,三曰奏,四曰駁。六國及秦、漢兼謂之上書,行此五事。至漢、魏以來都曰表,進之天子稱表,進諸侯稱上疏,魏以前天子亦得上疏。"《文心雕龍》曰:"章表奏議,經國之樞機。"即此"以遠大爲本"之意也。《雕龍》又謂章表宜"繁約得正,華實相勝",正與此"不宜先華"之旨相發。

〔二〕 《文心雕龍》云:"陳思之表,獨冠羣才。觀其體贍而律調,辭清而志顯,應物掣巧,隨變生趣,執轡有餘,故能緩急應節矣。"

〔三〕 《文心雕龍》云:"孔明之辭後主,志盡文暢。"黃式三云:"前表悲壯,後表衰颯。前表意周而辭簡,後表意窘而辭繀(繀音重,增益也,複也)。"前、後表體性不類,又《國志》趙雲卒年與後表不符,故黃氏定後表爲僞作。黃以周則謂後表出吳張儼所撰《默記》,乃張儼所擬作也。

〔四〕 "裴公",疑即裴頠。頠累遷侍中,拜尚書,加光禄大夫。《初學記》十一載其《讓吏部尚書表》佚文二句。

〔五〕 《文心雕龍》云:"羊公之辭開府,有譽於前談。"案:《文選》載羊祜

《讓開府表》一首。

〔六〕　嚴可均云：“見《御覽》五百九十四。”

駁不以華藻爲先。[一]世以傅長虞每奏駁事，爲邦之司直矣。[二]

〔一〕　案：“駁”爲“表”之一體，見前則第〔一〕條注。故不務先華，與前則論“表”同旨。

〔二〕　傅咸，字長虞，有《重表駁成粲議太社》一首，載《全晉文》五十二。“邦之司直”，《詩·鄭風·羔裘》篇文，《毛傳》：“司，主也。”嚴可均云：“見《御覽》五百九十四。”

研玉名理，而論難王、馬。[一]論貴於允理，不求支離，[二]若嵇康之論文矣。[三]

〔一〕　《禮記正義》曰：“案《聖證論》，王肅難鄭，馬昭申鄭。”《唐書·元行冲傳》曰：“王肅規鄭玄數千百條，鄭學馬昭，詆劾肅短。”（見顧懷三《補後漢書藝文志》卷二引）

〔二〕　《文心雕龍》云：“原夫論之爲體，所以辨正然否。窮於有數，追於無形。鑽堅求通，鈎深取極。乃百慮之筌蹄，萬事之權衡也。故其義貴圓通，辭忌枝碎。必使心與理合，彌縫莫見其隙；辭共心密，敵人不知所乘，斯其要也。是以論如析薪，貴能破理。斤利者，越理而橫斷；辭辨者，反義而取通。覽文雖巧，而檢迹知妄。惟君子能通天下之志，安可以曲論哉。”

〔三〕　今存嵇康文有《難張遼叔自然好學》一篇，略論廣義之文。嚴可均云：“見《御覽》五百九十五。”

在朝辨政而議奏出,宜以遠大爲本。陸機議晉斷,亦名其美矣。〔一〕

〔一〕 已見第一則第〔三〕條注。嚴可均云:"見《御覽》五百九十五。"

盟檄發於師旅。〔一〕相如《喻蜀父老》,〔二〕可謂德音矣。〔三〕

〔一〕 《文心雕龍》云:"盟者,明也。盟之大體,必序危機,獎忠孝,共存亡,戮心力,祈幽靈以取鑒,指九天以爲正,感激以立誠,切至以敷辭,此其所同也。"又云:"檄者,皦也。宣露於外,皦然明白也。檄之大體,或述此休明,或敍彼苛虐,指天時,審人事,算强弱,角權勢,標蓍龜於前驗,縣鞶鑑於已然,雖本國信,實參兵詐。譎詭以馳旨,煒燁以騰說。凡此眾條,莫或違之者也。"

〔二〕 《文心雕龍》以爲"檄"、"移"有別,"其在金革,則逆黨用檄,順命資移","移者,易也。移風易俗,令往而民隨者也",故以相如《難蜀父老》入之"移"體。《翰林》統言"盟檄",所分未密。

〔三〕 嚴可均云:"見《御覽》五百九十七。"

木氏《海賦》,〔一〕壯則壯矣,然首尾負揭,狀若文章,亦將由未成而然也。〔二〕

〔一〕 《文選》卷十二載木華《海賦》。①

〔二〕 案:此條嚴氏《全晉文》失收,見《文選·海賦》李善注引。

---

① "卷十二",原誤作"卷十三",據《文選》改。

應休璉五言詩百數十篇，以風規治道，蓋有詩人之旨。[一]

〔一〕　案：此條嚴輯失收，見《困學紀聞》卷十八《評詩》門翁元圻注引。
　　　　翁注又引孫盛《晉陽秋》曰："應璩作五言詩百三十篇，言時事頗有
　　　　補益，世多傳之。"可參。

揚子論秦之劇，稱新之美，此乃計其勝負，比其優劣
之義。[一]

〔一〕　案：此條嚴輯亦失收，見《文選·劇秦美新》注引。今人范文瀾說。

誠誥施於弼違。[一]

〔一〕　案：此條嚴輯亦失收，見《御覽》五九三引。

摯虞《文章流別論》[一]

　　文章者，所以宣上下之象，明人倫之紋，窮理盡性，以究萬物之宜者也。王澤流而詩[二]作，成功臻而頌[三]興，德勳立而銘[四]著，嘉美終而誄[五]集。祝史陳辭，官箴[六]王闕。《周禮》：“大師掌教六詩：曰風，曰賦，曰比，曰興，曰雅，曰頌。”[七]言一國之事，繫一人之本，謂之風。言天下之事，形四方之風，謂之雅。①頌者，美盛德之形容。[八]賦者，敷陳之稱也。[九]比者，喻類之言也。[一〇]興者，有感之辭也。[一一]後世之爲詩者多矣，其稱功德者謂之頌，其餘則總謂之詩。頌，詩之美者也。古者聖帝明王，功成治定而頌聲興，於是史録其篇，工歌其章，以奏於宗廟，告於鬼神。故頌之所美者，聖王之德也。則以爲律吕，或以頌形，或以頌聲，其細已甚，非古頌之意。昔班固爲《安豐戴侯頌》，[一二]史岑爲《出師頌》、《和熹鄧后頌》，[一三]與《魯頌》體意相類，[一四]而文辭之異，古今之變

_____

① “言一國之事”至“謂之雅”，原脱漏，據嚴可均輯《全晉文》補。

也。揚雄《趙充國頌》，頌而似雅。〔一五〕傅毅《顯宗頌》，文與《周頌》相似，而雜以《風》《雅》之意。〔一六〕若馬融《廣成》、《上林》之屬，純爲今賦之體，而謂之頌，失之遠矣。〔一七〕

〔一〕《晉書》卷五十一《摯虞傳》："摯虞字仲洽，京兆長安人也。少事皇甫謐，才學通博，著述不倦。拜中郎，久之，補尚書郎、將作大匠。歷秘書監、衛尉卿、光禄勳、太常卿，卒。撰《文章志》四卷，注解《三輔決録》。又撰古文章，類聚區分爲三十卷，名曰《流別集》，各爲之論，辭理愜當，爲世所重。"《國故》第三期載劉師培《蒐集文章志材料方法》云："文學史者，所以考歷代文學之變遷也。古代之書，莫備於晉之摯虞。虞之所作，一曰《文章志》，一曰《文章流別》。《志》者，以人爲綱者也；《流別》者，以文體爲綱者也。"

〔二〕按：此文反言之，即《孟子》所謂"王迹熄而詩亡"。

〔三〕《釋名·釋典藝》云："稱頌成功謂之頌。"

〔四〕《釋名·釋典藝》云："銘，名也。述其功美，使可稱名也。"又《釋言語》云："銘，名也。記名其功也。"

〔五〕《墨子·魯問》篇云："誄者，道死人之志也。"《釋名·釋典藝》云："誄，累也。累列其事而稱之也。"《文選序》云："美終則誄發。"

〔六〕《文選序》云："箴興於補闕。"

〔七〕見《周禮·春官》，鄭注云："教，教瞽矇也。"孫詒讓云："據《瞽矇》云：'掌九德、六詩之歌，以役太師。'故知此'教六詩'，即教彼官。《國語·魯語》云：'昔正考父校商之名頌十二篇於周太師，以《那》爲首。'《漢書·食貨志》云：'孟春之月，行人振木鐸，徇於路，以采詩，獻之太師，比其音律，以聞於天子。'則凡録詩入樂，通掌於太師矣。《毛詩大序》云：'故詩有六藝焉，一曰風，二曰賦，三曰比，四曰興，五曰雅，六曰頌。'其次與此經同。"

〔八〕　《周禮》鄭注云：“頌之言誦也，容也。誦今之德，廣以美之。”孫詒讓云：“頌、誦、容，並聲近義通。《詩序》云：‘頌者，美盛德之形容，以其成功告於神明者也。’《釋名·釋言語》云：‘頌，容也。敍說其成功之形容也。’”

〔九〕　《周禮》鄭注云：“賦之言鋪，直鋪陳今之政教善惡。”《釋名·釋典藝》云：“敷布其義謂之賦。”成伯璵《毛詩指說》云：“賦者，敷也。指事而陳布之也。”

〔一〇〕　《周禮》鄭注：“比，見今之失，不敢斥言，取比類以言之。”孫詒讓云：“《鬼谷子·反應》篇云：‘比者，比其辭也。’陶弘景注云：‘比謂比類也。’《釋名·釋典藝》云：‘事類相似謂之比。’《毛詩指說》云：‘物類相從，善惡殊態，以惡類惡，謂之爲比。“牆有茨”，比方是子者也。’”

〔一一〕　《周禮》鄭注云：“興，見今之美，嫌於媚諛，取善事以喻勸之。”《毛詩指說》云：“以美喻比，謂之爲興。歎咏盡韻，善之深也。聽關雎聲和，知后妃能諧和衆妾。在河洲之闊遠，喻門壼之幽深。鴛鴦于飛，陳萬化得所，此之類也。”

〔一二〕　案：後漢竇融封安豐侯，卒，謚戴。班固所爲頌文已佚。《文心雕龍》論“頌”之“褒德顯容”，舉“孟堅之頌戴侯”爲例。

〔一三〕　《文選》史孝山《出師頌》李善注云：“史岑有二：字子孝者，仕王莽之末；字孝山者，當和熹之際。”史岑《和熹鄧后頌》文已佚，惟《出師頌》存。

〔一四〕　按：就見存之文言之，僅《出師頌》近《魯頌·駉》篇及《閟宮》篇。

〔一五〕　按：《趙充國頌》頗近《小雅·采芑》諸篇。

〔一六〕　《後漢書·傅毅傳》：“毅追美孝明皇帝，功德最盛，而廟頌未立，乃依《清廟》作《顯宗頌》十篇奏之。”全文已佚。嚴可均僅輯得四句。《文心雕龍》論“頌”之“褒德顯容”，舉“武仲之美顯宗”爲例。又謂：“摯虞云‘雜以《風》《雅》’，而不辨旨趣，徒張虛論，有似黃白之偽説矣。”

〔七〕　《後漢書·馬融傳》：“鄧太后臨朝，鄧隲兄弟輔政。俗儒世士以文
　　　　德可興，武功宜廢。融以爲文武之道，聖賢不墜，五材之用，無或可
　　　　廢。上《廣成頌》以諷諫。太后怒，遂令禁錮之。”《文心雕龍》云：
　　　　“馬融之《廣成》、《上林》，雅而似賦，何弄文而失質乎。”案：《上林
　　　　頌》今佚。嚴可均云：“見《藝文類聚》五十六、《御覽》五百八
　　　　十八。”

　　賦者，敷陳之稱，古詩之流也。〔一〕古之作詩者，發乎情，止
乎禮義。〔二〕情之發，因辭以形之；禮義之旨，須事以明之。故
有賦焉，所以假象〔三〕盡辭，敷陳其志。前世爲賦者，有孫卿、
屈原，尚頗有古詩之義，至宋玉則頗有淫浮之病矣。〔四〕《楚辭》
之賦，賦之善者也。故揚子稱：“賦莫深於《離騷》。”〔五〕賈誼
之作，則屈原儔也。〔六〕古詩之賦，以情義爲主，以事類〔七〕爲佐；
今之賦，以事形爲本，以義正爲助。情義爲主，則言省而文有
例矣；事形爲本，則言富而辭無常矣。文之煩省，辭之險易，蓋
由於此。夫假象過大，則與類相遠；〔八〕逸辭過壯，則與事相
違；〔九〕辨言過理，則與義相失；〔一〇〕麗靡過美，則與情相
悖。〔一一〕此四過者，所以背大體而害政教。是以司馬遷割相如
之浮説，〔一二〕揚雄疾“辭人之賦麗以淫”。〔一三〕

〔一〕　“敷陳”，即上引《釋名》所謂“敷布其義”也。班固《兩都賦序》云：
　　　　“賦者，古詩之流也。”
〔二〕　卜商《毛詩序》云：“故變風發乎情，止乎禮義。發乎情，民之性也；

止乎禮義，先王之澤也。”

〔三〕　《左傳·桓公六年》：“申繻曰：‘以類命（案：“命”、“名”古同聲通義，《論衡·詰術》篇可參）爲象，取於物爲假，取於父爲類。’”杜注釋“象”爲“若孔子首象尼丘”；釋“假”爲“若伯魚生，人有饋之魚，因名之曰鯉”；釋“類”爲“若子同生，有與父同者”。與王充《論衡·詰術》篇：“以類名爲像，若孔子名丘也；取於物爲假，若宋公名杵臼也；取於父爲類，有似類於父也。”厥旨正同。然而“假”猶言“興”，“象”猶言“比”也。

〔四〕　《漢書·藝文志·詩賦序》云：“大儒孫卿及楚臣屈原離讒憂國，皆作賦以風，咸有惻隱古詩之義。其後宋玉、唐勒，漢興，枚乘、司馬相如，下及揚子雲，競爲侈麗閎衍之詞，没其風諭之義。”

〔五〕　《前漢書·揚雄傳贊》云：“以爲賦莫深於《離騷》，反而廣之。”

〔六〕　《漢書·藝文志》“屈賦之屬”，隸以賈誼賦。

〔七〕　《文心雕龍·事類》篇云：“事類者，蓋文章之外，據事以類義，援古以證今者也。”

〔八〕　案：“假象過大”云者，謂比興不甚切近，等於侈陳，則“與類相遠”也。左思《三都賦序》云：“相如賦《上林》而引盧橘夏熟，揚雄賦《甘泉》而陳玉樹青葱，班固賦《西都》而歎以出比目，張衡賦《西京》而述以遊海若，假稱珍怪，以爲潤色。若斯之類，匪啻於兹。考之果木，則生非其壤；校之神物，則出非其所。於辭則易爲藻飾，於義則虛而無徵。”太冲既闡此義，故總之曰“美物者貴依其本”。此正面言之，仲洽則反面言之也。

〔九〕　按：左思《三都賦序》云：“讚事者，宜本其實。”“逸辭過壯”，即不實之謂，故於事有違失矣。

〔一〇〕　《文心雕龍·論説》篇云：“辭辨者，反義而取通。覽文雖巧，而檢迹知妄。唯君子能通天子之志，安可以曲論哉。”此亦仲洽“過理失義”之謂也。

〔一〕　《漢書·司馬相如傳》引揚雄云:“靡麗之賦,勸百諷一。”《文心雕龍·情采》篇引《老子》云:“美言不信。”《莊子·齊物論》云:“言隱於榮華。”《情采》篇又申之曰:“爲文者,淫麗而煩濫。采濫辭詭,則心理愈翳。固知翠綸桂餌,反所以失魚。‘言隱榮華’,殆謂此也。”又贊曰:“繁采寡情,味之必厭。”並同仲洽之旨。

〔二〕　《史記·司馬相如傳》云:“相如雖多虛辭濫説,然其要歸,引之節儉,此與《詩》之風諫何異。”是史遷欲割其虛濫而取其要歸,不願爲浮文所翳也。

〔三〕　《揚子法言·吾子》篇云:“辭人之賦麗以淫。”李軌注云:“奢侈相勝,靡麗相越,不歸於正也。”

　　《書》云:“詩言志,歌永言。”〔一〕言其志謂之詩。古有採詩之官,王者以知得失。古之詩,有三言、四言、五言、六言、七言、九言。〔二〕古詩率以四言爲體,而時有一句二句雜在四言之間。後世演之,遂以爲篇。古詩之三言者,“振振鷺,鷺于飛”〔三〕之屬是也,漢郊廟歌多用之。〔四〕五言者,“誰謂雀無角,何以穿我屋”〔五〕之屬是也,於俳諧倡樂多用之。〔六〕六言者,“我姑酌彼金罍”〔七〕之屬是也,樂府亦用之。〔八〕七言者,“交交黃鳥止於桑”〔九〕之屬是也,於俳諧倡樂亦用之。〔一〇〕古詩之九言者,“泂酌彼行潦挹彼注兹”〔一一〕之屬是也,不入歌謠之章,故世希爲之。〔一二〕夫詩雖以情志爲本,而以成聲爲節。然則雅音之韻,四言爲正。其餘雖備曲折之體,而非音之正也。〔一三〕

〔一〕　《虞書》文。

〔二〕　孔穎達《詩疏》所引尚有八言。

〔三〕　《魯頌·有駜》文。

〔四〕　黃侃《詩品講疏》引仲洽此文,加注云:“唐山夫人《安世房中歌》‘安其所’、‘豐草葽’、‘雷震震’諸篇皆三言,《郊祀歌》‘練時日’、‘太乙況’、‘天馬徠’諸篇皆三言。”(見《華國月刊》第二期第十册)

〔五〕　《召南·行露》文。黃侃注云:“案:當舉《郊特牲》伊耆氏《蜡辭》‘草木歸其澤’一句,爲詩中五言之始見者。”

〔六〕　黃侃注云:“凡非大禮所用者,皆俳(音牌)諧倡樂,此中兼有《樂府》所載歌謠。《藝文志》所列諸方歌謠,宜在俳諧倡樂之內。”

〔七〕　《周南·卷耳》文。

〔八〕　黃侃注云:“如《悲歌》‘悲歌可以當泣,遠望可以當歸’二句,《猛虎行》‘飢不從猛虎食,暮不從野雀栖’二句,又《上留田行》前四句,皆以六言成句者也。”

〔九〕　《秦風·黃鳥》文。黃侃注云:“案:從‘鳥’字斷句亦可。宜舉‘昔也日蹙國百里’二句。”

〔一〇〕黃侃注云:“樂府中多以七字爲句,如鼓吹鐃歌中‘千秋萬歲樂無極’、‘江有香草目以蘭’,此外不能悉舉。”

〔一一〕《大雅·泂酌》文。黃侃注云:“案:此仍從‘潦’字斷句,《詩三百篇》實無九言,當舉《卜居》之‘與波上下偷以全吾軀’(句末“乎”字爲助聲)、《九辯》之‘吾固知其齟齬而難入’。”

〔一二〕黃侃注云:“按:《烏生》篇‘唶我秦氏家有遊蕩子’及‘白鹿乃在上林西苑中’,皆九言。所謂‘不入歌謠之章’者,蓋因其希見爾。”《毛詩·關雎》篇孔疏曰:“詞句更不見有九字、十字者,由聲度闡緩,不協金石也。”

〔一三〕《文心雕龍·明詩》篇云:“四言正體,則雅潤爲本。”《漢書·藝文志·歌詩》載《河南周歌詩》七篇,又載《河南周歌聲曲折》七篇、

《周謠歌詩》七十五篇,又《周謠歌詩聲曲折》七十五篇。嚴可均云:"見《藝文類聚》五十六。"

《七發》造於枚乘,借吳、楚以爲客主。先言出輿入輦蹶躄痿之損,深宮洞房寒暑之疾,靡曼美色晏安之毒,厚味暖服淫曜之害,宜聽世之君子要言妙道,以疏神導引,蠲淹滯之累。既設此辭以顯明去就之路,而後説以色聲逸遊之樂。其説不入,乃陳聖人辨士講論之娛,而霍然疾瘳。此因膏粱之常疾以爲匡勸,雖有甚泰之辭,而不没其諷諭之義也。其流遂廣,其義遂變,率有辭人淫麗之尤矣。〔一〕崔駰既作《七依》,〔二〕而假非有先生之言曰:"嗚呼!揚雄有言:'童子雕蟲篆刻。'俄而曰:'壯夫不爲也。'〔三〕孔子疾'小言破道'。〔四〕斯文之簇,豈不謂義不足而辨有餘者乎?賦者將以諷,吾恐其不免於勸也。"〔五〕

〔一〕 《文心雕龍·雜文》云:"自《七發》以下,作者繼踵。傅毅《七激》,會清要之工;崔駰《七依》(文殘),入博雅之巧;張衡《七辨》(文殘),結采綿靡;崔瑗《七厲》(文佚),植義純正;陳思《七啓》,取美於宏壯;仲宣《七釋》(文殘),致辨於事理。自桓麟《七説》(文殘)以下,左思《七諷》(文殘)以上,枝附影從,十有餘家,或文麗而義暌,或理粹而辭駁。觀其大抵所歸,莫不高談宮館,壯語畋獵。窮瓌奇之服饌,極蠱媚之聲色。甘意揺骨髓,豔詞動魂識。雖始之以淫侈,而終之以居正。然諷一勸百,勢不自反。"

〔二〕 《全後漢文》卷四十四輯存九條。

〔三〕　見《揚子法言·吾子》篇。

〔四〕　見《家語·好生》篇。又《淮南子·泰族訓》引孔子曰："小辯破言，小利破義，小藝破道，小見不達，必簡。"

〔五〕　《法言·吾子》篇云："或曰：'賦可以諷乎？'曰：'諷乎？諷則已，不已，吾恐不免於勸也。'"嚴可均云："見《藝文類聚》五十七、《御覽》五百九十。"

揚雄依《虞箴》作《十二州》、《十二（當作"二十五"）官箴》而傳於世，不具九官。①崔氏累世彌縫其闕，胡公又以次其首目而爲之解，署曰《百官箴》。〔一〕

〔一〕　嚴可均云："謹案：《後漢·胡廣傳》：'初，揚雄依《虞箴》作《十二州》、《二十五官箴》，其九箴亡闕。後涿郡崔駰及子瑗，又臨邑侯劉騊駼增補十六篇，廣復繼作四篇，乃悉撰次首目，名曰《百官箴》，凡四十八篇。'如傅此言，則子雲僅存二十八篇。今徧索羣書，除《初學記》之《潤州箴》、《御覽》之《河南尹箴》顯誤不錄外，得州箴十二，官箴二十一，凡三十三箴，視東漢時多出五箴。縱使《司空》、《尚書》、《太常》、《博士》四箴可屬崔駰、崔瑗，仍多出一箴，與《胡廣傳》未合。猝求其故而不得，覆審乃明所謂'亡闕'者，謂有亡有闕，《侍中》、《太史令》、《國三老》、《太樂令》、《太官令》五箴多闕文，其四箴亡，故云'九箴亡闕'也。《百官箴》收整篇，不收殘篇，故子雲僅二十八篇。羣書徵引據本集，本集整篇、殘篇兼載，故有三十三篇。其《司空》、《尚書》、《太常》、《博士》四箴，《藝文類聚》作揚雄，必可據信也。"（見《全漢文》卷五十四揚雄各篇箴

①　"不具九官"，原脫漏，據嚴可均輯《全晉文》補。

後）嚴可均云：“見《書鈔》原本一百二。”

　　夫古之銘至約，今之銘至繁，亦有由也。質文時異，論既論則之矣。且上古之銘，銘於宗廟之碑。蔡邕爲楊公作碑，〔一〕其文典正，末世之美者也。後世以來之器，銘之嘉者，有王莽《鼎銘》、〔二〕崔瑗《机銘》、〔三〕朱公叔《鼎銘》、〔四〕王粲《硯銘》，〔五〕咸以表顯功德。天子銘嘉量，諸侯、大夫銘太常、勒鍾鼎之義，所言雖殊，而令德一也。李尤爲銘，自山河都邑至於刀筆平契，無不有銘，〔六〕而文多穢病。討論潤色，言可采録。〔七〕

〔一〕　案：蔡邕《太尉楊賜碑》系銘以昭景烈，見嚴輯《全後漢文》卷七十八。

〔二〕　已佚。

〔三〕　嚴輯《全後漢文》卷四十五載崔瑗《杖銘》，無《机銘》，豈“杖”、“机”形近致譌耶？

〔四〕　已佚。

〔五〕　嚴輯《全後漢文》卷九十一據《藝文類聚》五十八、《初學記》二十一，載王粲《硯銘》。

〔六〕　嚴輯《全後漢文》卷五十載李尤《河銘》、《洛銘》、《函谷關銘》、《京師城銘》、《錯佩刀銘》、《筆銘》等，凡八十四銘。以較《華陽國志》所載“百二十銘”，尚亡三十七銘。

〔七〕　嚴可均云：“見《御覽》五百九十。”

　　詩、頌、箴、銘之篇，皆有往古成文，可放依而作。惟誄無

定制,故作者多異焉。見於典籍者,《左傳》有魯哀公爲孔子誄。〔一〕

〔一〕《左傳·哀公十六年》:"夏四月己丑,孔丘卒。公誄之曰:'昊天不弔,不憖(且也)遺一老。俾屏余一人以在位,煢煢余在疚。嗚呼哀哉,尼父,無自律!(律,法也。言喪尼父,無以自爲法也。)'"嚴可均云:"見《御覽》五百九十六。"

　　哀辭者,誄之流也。崔媛、〔一〕蘇順、〔二〕馬融〔三〕等爲之率,〔四〕以施於童殤夭折不以壽終者。建安中,文帝與臨淄侯〔五〕各失稚子,命徐幹、〔六〕劉楨〔七〕等爲之哀辭。哀辭之體,以哀痛爲主,緣以歎息之辭。〔八〕

〔一〕 "崔媛"當係"崔瑗"之誤。瑗所作哀辭已亡。《文心雕龍·哀弔》篇云:"後漢汝陽王亡,崔瑗哀辭,始變前式。然'履突鬼門',怪而不式;'駕龍乘雲',仙而不哀。又卒章五言,頗似歌謠,亦仿佛乎漢式也。"

〔二〕 後漢蘇順哀辭已佚。《文心雕龍·哀弔》篇云:"蘇順哀文,雖發其情華,而未極其心實。"

〔三〕 馬融哀辭已佚。

〔四〕 率,魁率也。

〔五〕 臨淄侯曹植有《行女哀辭》及《金瓠哀辭》,並悼失稚子之作。

〔六〕 《文心雕龍·哀弔》篇云:"建安哀辭,惟偉長差善,《行女》一篇,時有惻怛。"但稽嚴輯《全後漢文》,無徐幹哀辭。

〔七〕 嚴輯《全後漢文》無劉楨哀辭。

〔八〕　嚴可均云:"見《御覽》五百九十六。"

　　今所傳哀策者,〔一〕古誄之義。〔二〕

〔一〕　任昉《文章緣起》謂"哀策"始於漢樂安相李尤作《和帝哀策》。今
　　　　檢《全後漢文》卷五十,尤此文已亡。《文選》所載哀策文二首,乃
　　　　顏延年、謝玄暉所製,非仲洽所及見。
〔二〕　按:誄者,累列行事以爲謚也。而哀策則簡其功德而哀之,其義不
　　　　遠。嚴可均云:"見《御覽》五百九十六。"

　　若《解嘲》之弘緩優大,〔一〕《應賓》之淵懿溫雅,〔二〕《連
旨》之壯厲伉慷,〔三〕《應閒》之綢繆契闊,〔四〕郁郁彬彬,靡有不
長焉矣。〔五〕

〔一〕　《漢書·揚雄傳》云:"哀帝時,丁傅、董賢用事,諸附離之者,起家
　　　　至二千石。時雄方草創《太玄》,有以自守,泊如也。或嘲雄以玄
　　　　尚白,而雄解之,號曰《解嘲》。"《文心雕龍·雜文》篇云:"揚雄
　　　　《解嘲》,雜以諧讔,迴環自釋,頗亦爲工。"夫曰"迴環",則辭緩可
　　　　知。舍人之言,足發仲洽之旨。何焯評《解嘲》云:"詞古義深,本
　　　　東方之體,而恢奇淵深過之。"
〔二〕　按:《應賓》篇未聞,疑即班固之《答賓戲》。《文心雕龍·雜文》篇
　　　　連舉《解嘲》、《賓戲》、《達旨》、《應閒》,序次適符仲洽,亦一旁證。
　　　　《廣絕交論》善注引應瑒《釋賓》,未知即此否? 班序《答賓戲》云:
　　　　"永平中爲郎,典校秘書,專篤志於儒學,以著述爲業。或譏以無
　　　　功,又感東方朔、揚雄自喻以不遭蘇、張、范、蔡之時,曾不折之以正
　　　　道,明君子之所守,故聊復應焉。"《文心雕龍》評云:"班固《賓

戲》,含懿采之華。"亦即仲洽"淵懿温雅"之意。

〔三〕　按:"《連旨》"疑當作"《達旨》","連"、"達"形似而譌。《後漢書·崔駰傳》云:"駰與班固、傅毅同時齊名,常以典籍爲業,未遑仕進之事。時人或譏其太玄静,將以後名失實。駰擬揚雄《解嘲》,作《達旨》以答焉。"《文心雕龍》云:"崔駰《達旨》,吐典言之式。"今檢其文,運用複筆,辭氣甚奮,與仲洽所謂"壯厲忼慷"者有符。

〔四〕　《後漢·張衡傳》注引衡集云:"觀者觀余去史官五載而復還,非進取之勢也。唯衡内識利鈍,操心不改。或不我知者,以爲失志矣。用爲聞(閒,非也)余,余應之以時有遇否,性命難求,因兹以露余誠焉,名之《應閒》云。"按:此即該文之序,猶《解嘲》、《答賓戲》之各有序也。《文心雕龍》評云:"張衡《應閒》,密而兼雅。""密"字即仲洽"綢繆"之義。

〔五〕　嚴可均云:"見《書鈔》一百。"

　　古有宗廟之碑,後世立碑於墓,[一]顯之衢路,其所載者,銘辭也。[二]

〔一〕　《聘禮》鄭注云:"宫必有碑,所以識日景,引陰陽也。凡碑引物者,宗廟則麗牲焉。"蔡邕《銘論》云:"碑在宗廟兩階之間。"《文心雕龍》云:"宗廟有碑,樹之兩楹,事止麗(猶繫也)牲,未勒勳績。後代自廟徂墳,以石代金。"

〔二〕　《文心雕龍》云:"碑實銘器,銘實碑文。"嚴輯本不注出處。

　　圖讖之屬,雖非正文之制,然以取其縱橫有義,反覆成章。[一]

〔一〕　張衡《請禁絕圖讖疏》云：“圖讖成於哀、平之際。”《釋名·釋典
　　　　藝》云：“讖，纖也。其義纖微而有效驗也。”仲洽謂圖讖“成章”
　　　　“有義”，蓋即成國所謂“有效驗”之意。按：嚴輯本此條不注出
　　　　處，僅側注八“□”文。

　　　《幽通》[一]精以整，《思玄》[二]博而贍，《玄表》擬之而
不及。[三]

〔一〕　《文選·賦·志上》收班固《幽通賦》。
〔二〕　《文選·賦·志中》收張衡《思玄賦》。
〔三〕　范文瀾云：“見《金樓子·立言下》引‘摯虞論邕《玄表賦》’，嚴氏
　　　　未輯。”案：《玄表賦》今僅存“庶小善之有益”一句，見嚴輯引《文
　　　　選》謝朓《拜中書記室辭隨王牋》注。

　　　發洛至陳留，述所經歷也。[一]

〔一〕　范文瀾云：“見《文選·東征賦》注引，嚴氏亦未收。”按：善注引
　　　　《大家集》曰：“子穀爲陳留長，大家隨至官，作《東征賦》。”

蕭統《文選序》^{〔一〕}①

　　式觀元始,眇覿玄風。^{〔二〕}冬穴夏巢之時,茹毛飲血之世,世質民淳,斯文未作。^{〔三〕}逮乎伏羲氏之王天下也,始畫八卦,造書契,以代結繩之政,由是文籍生焉。^{〔四〕}《易》曰:"觀乎天文,以察時變;觀乎人文,以化成天下。"^{〔五〕}文之時義遠矣哉!^{〔六〕}

〔一〕　《梁書·昭明太子傳》:"昭明太子統,字德施,武帝長子也。天監元年,立爲皇太子。薨時年三十一,謚曰昭明。所著文集二十卷,又撰古今典誥文言爲《正序》十卷,五言詩之善者爲《文章英華》二十卷,《文選》三十卷。"又《南史》本傳:"統小字維摩。"此序注家,舊有唐吕延濟、劉良、張銑、吕向、李周翰五臣注,《學海堂集》卷七則載林伯桐、張杓、熊景星、曾釗、鄭灝若、羅日章、黄位清、謝念功、劉瀛、張廷臣十家注,最近則高步瀛《文選義疏》。他如余蕭客《文選音義》、許巽行《文選筆記》、張雲璈《選學膠言》,亦有數條散見者。

————————

① "蕭統"上原有"梁",而全書選録各篇,於作者前均未標示時代,因據删。

〔二〕　鄭灝若注:"《毛詩·邶風·式微》箋:'式,發聲也。'"張銑釋"元
　　　　始"爲"太初",謂氣之始也。張杓注:"王逸《楚詞·哀郢》注:
　　　　'眇,遠也。'《説文》:'玄,幽遠也。'"

〔三〕　張杓注:"《禮記·禮運》:'昔者先王未有宮室,冬則居營窟,夏則
　　　　居橧巢;未有火化,食草木之實,鳥獸之肉,飲其血,茹其毛。'《毛
　　　　詩·大雅·緜》箋:'鑿地曰穴。'王肅《家語·問禮》篇注:'在樹
　　　　曰巢。'《爾雅·釋言》:'茹,食也。'"

〔四〕　張杓注:"東晉《古文尚書》也。"

〔五〕　張杓注:"《賁》卦《彖》傳文也。《集解》引虞翻曰:'日月星辰爲天
　　　　文,曆象在天成變,故以察時變。'干寶曰:'聖人之化,成乎文章,
　　　　觀文明而化成天下。'"孔疏:"人文,則詩、書、禮、樂之謂。"

〔六〕　張杓注:"《易》曰:'豫之時義大矣哉!'"案:以上序文學之起源。

　　　若夫椎輪爲大輅之始,大輅寧有椎輪之質;〔一〕增冰爲積
水所成,積水曾微增冰之凛。〔二〕何哉? 蓋踵其事而增華,變其
本而加厲。物既有之,文亦宜然,隨時變改,難可詳悉。〔三〕

〔一〕　曾釗注:"椎輪,即椎車也。椎車無輻,合大木爲輪。其形如椎,故
　　　　謂之椎。無輪,故古止名爲椎車。今謂椎輪者,散文可通也。陸機
　　　　《羽扇賦》:'玉輅基於椎輪。'"

〔二〕　張杓注:"《廣雅·釋詁四》曰:'增,重也。'《楚詞·招魂》曰:'增
　　　　冰峩峩,雪千里些。'《荀子·勸學》篇:'冰,水爲之,而寒於水。'
　　　　《淮南子·修務訓》注:'曾,則也。'《毛詩·式微》傳:'微,無也。'
　　　　《説文》:'癛,寒也。'‘凛'當作'癛'。"

〔三〕　案:以上序文學之進化。

　　嘗試論之曰：《詩序》云："詩有六義焉，一曰風，二曰賦，三曰比，四曰興，五曰雅，六曰頌。"〔一〕至於今之作者，異乎古昔。古詩之體，今則全取賦名。〔二〕荀、宋表之於前，賈、馬繼之於末。〔三〕自兹以降，源流實繁。述邑居，則有"憑虛"、"亡是"之作；戒畋遊，則有《長楊》、《羽獵》之制。〔四〕若其紀一事，詠一物，風雲草木之興，魚蟲禽獸之流，推而廣之，不可勝載矣。〔五〕

〔一〕　張杓注："《詩序》，子夏作，文載《選》中。從此至'不可勝載'，序賦之源流。賦爲六義之一，故引《詩序》文發端也。鄭康成注《周禮》'太師職'曰：'風，言聖賢治道之遺化也。賦之言鋪，直鋪陳今之政教善惡。比，見今之失，不敢斥言，取比類以言之。興，見今之美，嫌於媚諛，取善事以勸喻之。雅，正也，言今之正者，以爲後世法。頌之言誦也，容也，誦今之德，廣以美之。'"

〔二〕　林伯桐注："此序以荀、宋以來作者對《三百篇》以上作者言，故曰'今'也。班固《兩都賦序》曰：'賦者，古詩之流也。'"

〔三〕　張杓注："此言荀不言屈者，昭明以屈子之《騷》當別爲一類，荀卿有《禮》、《智》諸賦，故舉之也。《荀子·儒效》篇注：'表，標也。'"王芑孫《讀賦卮言·導源》篇曰："荀況《賦篇》言：'請陳佹詩。'班固言：'賦者，古詩之流。'曰'佹'，旁出之辭；曰'流'，每下之説。夫既與詩分體，則義兼比興，用長箴頌矣。單行之始，椎輪晚周。別子爲祖，荀況、屈平是也；繼別爲宗，宋玉是也。追其統系，《三百篇》其百世不遷之宗矣。下此則兩家歧出，有由屈子分支者，有自荀卿別派者。昭明序《選》，所以云荀、宋表前，賈、馬繼後，而慨然於源流自兹也。相如之徒，敷興摛文，乃從荀法；賈傅以下，湛思邈慮,具有屈心。抑荀正而屈變,馬愉而賈戚,雖云一轍,略已殊塗。"

〔四〕　高步瀛《義疏》:"張衡《西京賦》託於憑虚公子,相如《上林賦》託於亡是公,皆述邑居。"呂延濟注:"揚雄作《羽獵》、《長楊》,以戒畋獵。"

〔五〕　羅日章注:"紀事如潘岳《籍田》、《西征》、《射雉》,班彪《北征》諸賦;詠物如王褒《洞簫》,馬融《長笛》,嵇康之《琴》,潘岳之《笙》諸賦;風雲如宋玉、江逌、王凝之《風賦》,其後王融、謝朓、沈約《擬風賦》,荀況、成公綏、楊乂《雲賦》,陸機《白雲》、《浮雲》二賦;草木如鍾會、孫楚《菊花賦》,魏文帝、曹植、摯虞《槐賦》,陸機《桑賦》,魏文帝、王粲《柳賦》、徐幹、潘岳《橘賦》;魚蟲禽獸如摯虞《觀魚賦》,蔡邕、孫楚、傅奕《蟬賦》,成公綏《螳螂賦》,禰衡《鸚鵡賦》,顔延之《赭白馬》,張華《鷦鷯》,鮑照《舞鶴》諸賦。有入《選》者,有不入《選》者。"案:以上序"賦"之源流。

又楚人屈原,含忠履潔。君匪從流,臣進逆耳。深思遠慮,遂放湘南。〔一〕耿介之意既傷,壹鬱之懷靡愬。〔二〕臨淵有懷沙之志,〔三〕吟澤有憔悴之容。〔四〕騷人之文,自兹而作。〔五〕

〔一〕　張杓注:"《史記·屈原列傳》:'屈原者名平,楚之同姓也。爲楚懷王左徒,王甚任之。上官大夫與之同列爭寵,惡害其能,因讒之。王怒而疏屈平。'王逸《離騷經序》:'屈原膺忠貞之質,體清潔之性。'又《楚詞·九歌序》:'昔楚南郢之邑,沅、湘之間,屈原放逐,竄伏其域。'"

〔二〕　曾釗注:"《楚詞·九辯》:'獨耿介而不隨。'賈誼《吊屈原賦》:'獨壹鬱而誰語。'"

〔三〕　熊景星注:"《史記・屈原傳》:'乃作《懷沙》之賦。'"
〔四〕　張柯注:"《楚辭・漁父》:'屈原既放,游於江潭,行吟澤畔,顏色憔悴,形容枯槁。'"
〔五〕　按:騷人之作,本亦謂之"賦"。《漢志》稱屈原所作爲"賦"是也。六朝評選之家,如蕭儲既區"騷"、"賦"爲二類,劉勰復裂"騷"、"賦"爲二篇,蓋並從王逸之所哀,不復據劉歆、班固之所敍矣。《詩藪》内編卷一云:"騷與賦句語無甚相遠,體裁則大不同。騷複雜無倫,賦整蔚有序。騷以含蓄深婉爲尚,賦以誇張宏鉅爲工。"以上敍"騷"之源流。

　　詩者,蓋志之所之也,情動於中而形於言。〔一〕《關雎》、《麟趾》,正始之道著;〔二〕桑間、濮上,亡國之音表。〔三〕故風雅之道,粲然可觀。自炎漢中葉,厥塗漸異。退傅有"在鄒"之作,降將著"河梁"之篇,四言、五言,區以別矣。〔四〕又少則三字,多則九言,〔五〕各體互興,分鑣並驅。頌者,所以游揚德業,褒讚成功。吉甫有"穆若"之談,季子有"至矣"之歎。〔六〕舒布爲詩,既言如彼;總成爲頌,又亦若此。〔七〕

〔一〕　案:以上《毛詩序》文。
〔二〕　張柯注:"《詩序》曰:'《關雎》、《麟趾》,王者之風。《周南》、《召南》,正始之道,王化之基。'"
〔三〕　張柯注:"《禮記・樂記》曰:'桑間濮上之音,亡國之音也。'鄭康成注曰:'濮水之上,地有桑間者,亡國之音於此水出焉。昔殷紂使師延作靡靡之樂,已而自沉於濮水。後師涓過焉,夜聞而寫之,爲晉平公鼓之,是之謂也。桑間,在濮陽南。'"案:在今河南延津、滑二縣境。

〔四〕　李周翰注：“漢火德，故稱炎。”《商頌‧長發》傳：“業，世也。”
《漢書‧韋賢傳》：“其先韋孟，家本彭城，爲楚元王傅，傅子夷
王及孫王戊。戊荒淫不遵道，孟作詩諷諫，後遂去位。徙家於
鄒，又作一篇。孟卒於鄒。或曰：其子孫好事，述先人之志而
作是詩也。”《尚書古文疏證》：“孟詩古奧不逮二《雅》，而纏緜
悱惻之致溢於言表，猶《三百篇》遺則，爲孟作無疑。”案：孟
《諷諫詩》、《在鄒詩》二篇，皆四言。《漢書‧李陵傳》：“陵將
步卒五千人，出居延北，至浚稽山，與單于相值，連戰兵敗，遂
降。”《文選》録陵《與蘇武詩》，皆五言，有“攜手上河梁”之句，
但《漢書》不載。

〔五〕　熊景星注：“三字，《安世房中歌》、《郊祀歌》諸篇。九言，《文章緣
始》以爲魏高貴鄉公作。按：謝莊《明堂樂歌‧白帝章》亦九言。”

〔六〕　張杓注：“《詩序》：‘頌者，美盛德之形容，以其成功告於神明
也。’《詩‧大雅‧烝民》：‘吉甫作頌，穆如清風。’鄭箋：‘穆，和
也。’漢《司隸校尉魯峻碑》作‘穆若清風’。《左氏‧襄二十九年
傳》：‘吳公子來聘，請觀於周樂，爲之歌頌，曰：“至矣哉！”’”

〔七〕　張杓注：“鄭康成《儀禮‧既夕》注：‘成，猶併也。’此言展布其事爲
詩，總括其事爲頌，體又不同。”案：以上序“詩”之源流，兼言
“詩”、“頌”之同異。

　　次則箴興於補闕，戒出於弼匡；〔一〕論則析理精微，銘則序
事清潤；〔二〕美終則誄發，圖像則讚興。〔三〕又詔誥教令之流，〔四〕
表奏牋記之列，〔五〕書誓符檄之品，〔六〕弔祭悲哀之作，〔七〕答客
指事之制，三言八字之文，〔八〕篇辭引序，〔九〕碑碣誌狀，〔一〇〕衆
制鋒起，源流間出。譬陶匏異器，並爲入耳之娛；黼黻不同，俱

爲悦目之玩。作者之致，蓋云備矣。〔一〕

〔一〕　《文心雕龍·銘箴》篇："箴者，鍼也。所以攻疾防患，喻箴石也。"
　　　又《詔策》篇，"戒"體如東方朔《誡子詩》、馬援《戒兄子書》、班昭
　　　《女誡》皆是，惟《文選》不收"戒"體，各篇均不入録。

〔二〕　陸機《文賦》："論精微而朗暢，銘博約而温潤。"《文心雕龍·論
　　　説》篇："論也者，彌綸羣言，而研精一理者也。"又《銘箴》篇："銘
　　　者，名也。觀器必也正名，審用貴乎盛德。"案："論"主析理，故
　　　務其精妙；"銘"或述德，故辭旨清潤。《文選》卷五十一至五十
　　　五收"論"體，又四十九至五十收"史論"體，又卷五十六收
　　　"銘"體。

〔三〕　《文心雕龍·誄碑》篇："誄者，累也。累其德行，旌之不朽也。"又
　　　《頌讚》篇："讚者，明也，助也。"《文選》卷五十六至五十七收"誄"
　　　體，又卷四十七收"贊"體，廁夏侯孝若《東方朔畫贊》一首。

〔四〕　《文心雕龍·詔策》篇："詔者，告也。誥以敷政。誥命動民。教
　　　者，效也。出言而民效也。令者，使也。"《文選》卷三十五收"詔"
　　　體，三十六收"令"體、"教"體，而"誥"體則缺。

〔五〕　《文心雕龍·章表》篇："表者，標也。表以陳請。"又《奏啓》篇：
　　　"奏者，進也。言敷於下，情進於上也。"又《書記》篇："記之言志，
　　　進己志也。牋者，表也，表識其情也。"《文選》卷三十七至三十八
　　　收"表"體，又卷三十九收"上書"體，即"奏"體，又卷四十收"牋"
　　　體、"奏記"體。

〔六〕　《文心雕龍·書記》篇："書者，舒也。舒布其言，陳之簡牘，取象於
　　　夬，貴在明決而已。"又《祝盟》篇："在昔三王，詛盟不及，時有要
　　　誓，結言而退。"又《書記》篇："符者，孚也。徵召防僞，事資中孚。
　　　三代玉瑞，漢世金竹，末代從省，易以書翰矣。"又《檄移》篇："檄

者,皦也。宣露於外,皦然明白也。"《文選》四十一至四十三收
"書"體,又四十四收"檄"體,"誓"、"符"二體並缺。又"符"體罕
傳,檢《全後漢文》九十七,錄《古刻叢鈔①·討羌符》,又《晉書·
梁王肜傳》載《詰博士蔡充符》。

〔七〕　《文心雕龍·哀弔》篇:"弔者,至也。《詩》云:'神之弔矣。'言神
至也。哀者,依也。悲實依心,故曰哀也。以辭遣哀,蓋下淚之
悼。"高步瀛《義疏》:"《春秋繁露·祭義》篇:'祭者,察也。以善
逮鬼神之謂也。'"張杓注:"《廣雅·釋詁》:'悲,傷也,痛也。哀,
痛也。'"《文選》卷六十收"弔文"體、"祭文"體,卷五十七至五十
八收"哀"體。"悲"非體,"悲哀",連言之耳。

〔八〕　呂延濟注:"'答客',東方朔《答客難》。'指事',《解嘲》之類。
'三言',謂漢武帝《秋風辭》。'八字',謂魏文帝樂府詩。"按:
呂注是也。《文選》卷四十五"設論"類正收東方朔《答客難》、揚
雄《解嘲》。"指事",指其行事也,見《詩·雞鳴》疏。《文選》卷
四十五"辭"類收漢武帝《秋風辭》,實係樂府詩也。《秋風辭》省
其句中"兮"字,即係三言。沈約《宋書·樂志·楚辭鈔》早有先
例。魏文樂府,如《善哉行》"人亦有言憂令人老,嗟我白髮生一
何早"之句,與《毛詩·關雎》篇孔疏所舉"我不敢傚我友自逸"
八言之例,亦無不同。《文選》卷二十七"樂府"體正收魏文《善
哉行》。紀昀《四庫總集類存目一·〈文選音義〉提要》謂:"八言
詩見東方朔本傳,蕭統序所云'八字'正用此事。"又張杓注"八
字",舉蔡邕"黃絹幼婦外孫𤳊臼"之語;曾釗注"三言",舉《孝經
援神契》"寶文出"一讖,並皆與序旨謬戾,蓋蕭嗣書中無此諸
文也。

〔九〕　高步瀛《義疏》:"《詩·關雎》章後孔疏曰:'篇者,徧也。言出情

---

① "鈔",原誤作"攷",據嚴可均輯《全後漢文》改。

鋪事,明而偏者也。'方廷珪《文選集成》謂'篇'指本書'樂府'曹
子建《美女》、《白馬》、《名都》等篇,未知是否。"張杓注:"趙岐《孟
子·萬章注》:'辭,詩人所以歌詠之辭。'劉逵《吳都賦注》:'宮商
角徵,各有引序。'"案:方廷珪、張杓釋證"篇"、"辭",並謬。"篇"
者,《論衡·書記》篇所謂"著文爲篇"也。"辭"者,《文心雕龍·
·書記》篇所謂"舌端之文,通己於人。子産有辭,諸侯所賴,不可已
也"。是"篇"指普通著述,《文選》既不列體;"辭"爲言説之詞,與
《文選》所標"辭"體亦異。"序"類見《文選》四十五至四十六。高
步瀛《義疏》:"方廷珪謂'引'指'樂府'曹子建《箜篌引》,未知是
否。又本書有《典引》。方熊《文章緣起補注》:'《典引》實爲符命
之文,非以"引"爲文之一體。'則不得以《典引》當之矣。"

〔一〇〕《文心雕龍·誄碑》篇:"碑者,埤也。上古帝皇,紀號封禪,樹石埤
岳,故曰碑也。"曾釗注:"'碣'本從'木',作'楬'。《周禮·秋
官·蜡氏》:'死於道路者,令埋而置楬焉。'注:'楬欲識之,今楬櫫
是也。'"張杓注:"誌,墓誌。狀,行狀也。"《文心雕龍·書記》篇:
"狀者,貌也。體貌本原,取其事實。先賢表謚,並有行狀,狀之大
者也。"《文選》卷五十八至五十九收"碑文"體,卷五十九收"墓
誌"體,又卷六十收"行狀"體。

〔一一〕吕向注:"陶,壎。匏,笙也。白黑曰黼,黑青曰黻。"案:以上序各
體文之源流。文體既繁,作者不一,故衹釋其義,或舉其名,不復言
始自何人,與序"詩"、"賦"異也。(張杓説)

余監撫〔一〕餘閑,居多暇日。歷觀文囿,泛覽辭林,未嘗不
心遊目想,移晷忘倦。自姬、漢以來,眇焉悠邈,時更七代,數
逾千祀。詞人才子,則名溢於縹囊;飛文染翰,則卷盈乎緗
帙。〔二〕自非略其蕪穢,集其清英,蓋欲兼功,太半難矣。〔三〕

〔一〕　張杓注:"《左氏·閔二年傳》:'里克曰:"太子君行則守,①有守則
　　　　從。從曰撫軍,守曰監國。"'"
〔二〕　張杓注:"《爾雅·釋草·釋文》引《字林》曰:'縹,青白色。'《釋
　　　　名·釋采帛》曰:'緗,桑也。如桑葉初生之色也。'《説文·巾部》
　　　　曰:'帙,書衣也。'"
〔三〕　黄侃曰:"以上言選文以清英爲貴。"

　　若夫姬公之籍,孔父之書,〔一〕與日月俱懸,鬼神争奥,孝
敬之准〔二〕式,人倫之師友,豈可重以芟夷,加之剪截?〔三〕

〔一〕　按:周公、孔子之書籍,謂六經也。
〔二〕　許巽行《筆記》:"《説文》:'準,平也。'《五經文字》云:'《字林》作
　　　　"准"。'"
〔三〕　黄侃曰:"以上言尊經不選之意。"

　　老、莊之作,管、孟之流,〔一〕蓋以立意爲宗,不以能文爲
本。今之所撰,又以略諸。〔二〕

〔一〕　案:《管子》、《老子》、《莊子》之書,《漢志》俱列道家。《孟子》之
　　　　書,《漢志》列儒家。
〔二〕　《抱朴子·百家》篇:"狹見之徒,區區執一。惑詩賦瑣碎之文,而
　　　　忽子論深美之言。真僞顛倒,玉石混淆,同廣樂於桑間均龍章於素
　　　　質。"黄侃曰:"以上言子以立意爲宗,而文未必善,故不選。"

_____

①　"君",原誤作"軍",據《左傳》改。

　　若賢人之美辭,忠臣之抗直,謀夫之話,辨士之端,〔一〕冰釋泉涌,金相玉振。〔二〕所謂坐狙丘,議稷下,〔三〕仲連之却秦軍,〔四〕食其之下齊國,〔五〕留侯之發八難,〔六〕曲逆之吐六奇,〔七〕蓋乃事美一時,語流千載,概見墳籍,旁出子史。若斯之流,又亦繁博,雖傳之簡牘,而事異篇章。今之所集,亦所不取。〔八〕

〔一〕　高步瀛《義疏》:“《韓詩外傳》七曰:‘君子避三端:避文士之筆端,避武士之鋒端,避辯士之舌端。’”

〔二〕　《義疏》:“《左氏春秋序》曰:‘涣然冰釋。’《王仲宣誄》曰:‘思若湧泉。’《詩·棫樸》曰:‘金玉其相。’《毛傳》曰:‘相,質也。’《孟子·萬章下》曰:‘金聲而玉振之也。’”案:趙注:“振,揚也。”《説文解字》“玉”下曰:“其聲舒揚,專以遠聞,智之方也。”

〔三〕　《義疏》:“曹子建《與楊德祖書》注引魯連子曰:‘齊之辯者曰田巴,辯於狙丘,而議於稷下。’《史記·田完世家》曰:‘宣王即位,齊稷下學士復盛,且數百千人。’《集解》引劉向《別録》曰:‘齊有稷門,城門也。談説之士期會於稷下也。’《水經·淄水注》曰:‘系水傍城北流,逕陽門西。水次有故封處,所謂齊之稷下也。當戰國之時,以齊宣王喜文學,游説之士鄒衍、淳于髡、田駢、接子、慎到之徒七十六人,皆賜列第,爲上大夫,不治而論議。是以齊稷下學士復盛,且數百十人。劉向《別録》以稷爲齊城門也,談説之士期會於稷門下,故曰稷下也。’”

〔四〕　《義疏》:“《趙策》曰:‘秦圍趙之邯鄲,魏王使客將軍新垣衍間入邯鄲,因平原君謂趙王曰:“趙誠發使尊秦昭王爲帝,秦必喜,罷兵去。”時魯仲連適遊趙,乃見平原君曰:“梁客新垣衍安在? 吾請爲

君責而歸之。”魯連見新垣衍曰：“彼秦者，棄禮義而上首功之國
也。彼則肆然而爲帝，則連有赴東海而死矣，吾不忍爲之民也。且
秦無已而帝，則且變易諸侯之大臣，而將軍又何以得故寵乎？”於
是新垣衍起，再拜謝曰：“吾請去，不敢復言帝秦。”秦將聞之，爲卻
軍五十里。’”

〔五〕　《義疏》：“《史記·酈生傳》曰：‘酈生食其者，陳留高陽人也。漢
王數困滎陽、成皋，酈生因曰：“方今燕、趙已定，唯齊未下。臣願
得奉明詔，說齊王，使爲漢而稱東藩。”上曰：“善！”使酈生說齊王
曰：“夫漢王發蜀漢，定三秦，涉西河之外，援上黨之兵，下井陘，誅
成安君，此非人之力也，天之福也！今已據敖倉之粟，塞成皋之險，
守白馬之津，杜大行之阪，距蜚狐之口，天下後服者先亡矣。王疾
先下漢王，齊國社稷，可得而保也。不下漢王，危亡可立而待也。”
田廣以爲然，迺聽酈生，罷歷下兵守戰備。’《漢書·酈食其傳》顏
注曰：‘食音異，其音基。’”

〔六〕　《義疏》：“《史記·留侯世家》曰：‘漢王與酈食其謀撓楚權。食其
曰：“陛下誠能復立六國後世，楚必斂衽而朝。”漢王曰：“善！趣刻
印，先生因行佩之矣。”食其未行。張良從外來謁，漢王方食，具以
酈生語告於子房。良曰：“誰爲陛下畫此計者？陛下事去矣！臣
請藉前箸爲大王籌之。”曰：“昔者湯伐桀而封其後於杞者，度能制
桀之死命也。今陛下能制項籍之死命乎？”曰：“未能也。”“其不可
一也。武王伐紂，封其後於宋者，度能得紂之頭也。今陛下能得項
籍之頭乎？”曰：“未能也。”“其不可二也。武王入殷，表商容之閭，
釋箕子之拘，封比干之墓。今陛下能封聖人之墓，表賢者之閭，式
智者之門乎？”曰：“未能也。”“其不可三也。發鉅橋之粟，散鹿臺
之錢，以賜貧窮。今陛下能散府庫以賜貧窮乎？”曰：“未能也。”
“其不可四矣。殷事已畢，偃革爲軒，倒置干戈，覆以虎皮，以示天
下不復用兵。今陛下能偃武修文，不復用兵乎？”曰：“未能也。”

“其不可五矣。休馬華山之陽，示以無所爲。今陛下能休馬無所用乎？”曰：“未能也。”“其不可六矣。放牛桃林之陰，以示不復輸積。今陛下能放牛不復輸積乎？”曰：“未能也。”“其不可七矣。且天下游士離其親戚，從陛下游者，徒欲日夜望咫尺之地。今復六國，天下游士各歸事其主，從其親戚，陛下與誰取天下乎？其不可八矣。誠用客之謀，陛下事去矣！”漢王輟食吐哺，罵曰：“豎儒！幾敗而公事！”令趣銷印。’又曰：‘漢六年正月封功臣，良曰：“臣願封留足矣。”乃封張良爲留侯。’《正義》引《括地志》曰：‘故留城在徐州沛縣東南五十五里。’”

〔七〕《義疏》：“《史記·陳丞相世家》曰：‘高帝南過曲逆，上其城，望見其屋室甚大，曰：“壯哉縣！”於是乃詔御史，更以陳平爲曲逆侯。’又曰：‘凡出六奇計，奇計或頗秘，世莫能聞也。’《漢書·地理志》‘中山國曲逆縣’注引張晏曰：‘濡水於城北曲而西流，故曰曲逆。章帝醜其名，改曰蒲陰，在蒲水之陰。’案：後漢蒲陰縣在今河北完縣東南。”

〔八〕章炳麟《文學總略》：“《文選序》云：‘謀夫之話，辯士之端，雖傳之簡牘，而事異篇章。’此即語言、文字之分也。然《選》例亦不一致。依史所載，荊卿《易水》，漢祖《大風》，皆臨時觸興而作，豈嘗先屬草稿，亦與出話何異？而《文選》固録之矣。至於辭命，則有草創潤色之功，蘇、張陳説，度亦先有篇章。《文選》録《易水》、《大風》二歌，而獨汰去辯説，亦自相鉏吾矣。士衡《文賦》云：‘説煒曄而譎誑。’是亦列爲文之一種，要於修辭立誠，有不至爾。”黃侃曰：“以上言子、史載言，雖美不取。”案：此謂不選《戰國策》及兩漢奏疏。

至於記事之史，繫年之書，所以褒貶是非，紀別異同。〔一〕

方之篇翰,亦已不同。〔二〕若其讚論之綜緝辭采,序述之錯比文華,事出於沈思,義歸乎翰藻。〔三〕故與夫篇什,雜而集之。〔四〕

〔一〕　張杓注:"杜氏《左氏傳序》:'起事者以事繫日,以日繫月,以月繫時,以時繫年,所以紀遠近,別同異也。'又曰:其微顯闡幽,裁成義類,皆據舊例而發義,指行事以正褒貶。"

〔二〕　黃侃曰:"以上言不選史之意。"

〔三〕　案:文辭加"綜緝"、"錯比"之功者,即劉勰所謂"麗辭"。謂"事出沈思",則非振筆縱書;"義歸翰藻",則非清言質説。

〔四〕　黃侃曰:"以上言不選史而選史之讚論、序述之意。篇什,謂文章之單行者。"又曰:"案:此昭明自言選文之例。據此序觀之,蓋以'綜緝辭采,錯比文華,事出沈思,義歸翰藻'爲貴,所謂'集其清英'也,然未嘗有文、筆之別。阮君(元)補苴以劉彥和、梁元帝二家之説,而强謂昭明所選是文非筆耳。"

　　遠自周室,迄於聖代,〔一〕都爲三十卷,名曰《文選》云耳。〔二〕

〔一〕　劉良注:"聖代,謂梁也。"

〔二〕　案:以上序。

　　凡次文之體,各以彙〔一〕聚。詩、賦體既不一,又以類分。類分之中,各以時代相次。〔二〕

〔一〕　張銑注:"彙,類也。"

〔二〕　《義疏》:"此附言分體類之意。自'賦'至'祭文',凡三十七,而文分隸其中,所謂'各以彙聚'也。'賦'自'京都'至'情'凡十五類,'詩'自'補亡'至'雜擬'凡二十三類,所謂'又以類分'也。而每類之中,文之先後,以時代爲次。如'賦'之'京都'類,先班孟堅,次張平子,次左太冲是也。'詩'之各類中,先後間有錯見,李氏皆訂其失矣。"鄭石君先生舉列詩失次云:"五言始於《十九首》曁諸樂府,應列詩首。阮步兵先録《詠懷詩》,始顯其本來面目,蕭《選》則後於《五君詠》。他若'贈答'之詩,'贈'宜居前,'答'宜居後,其中顛倒亦多。"案:以上例。

劉勰《文心雕龍·體性》篇^{〔一〕}

夫情動而言形,理發而文見,蓋沿隱以至顯,因内而符外者也。然才有庸儁,氣有剛柔,學有淺深,習有雅鄭,並情性所鑠,陶染所凝。是以筆區雲譎,文苑波詭者矣。故辭理庸儁,莫能翻其才;風趣剛柔,寧或改其氣;事義淺深,未聞乖其學;體式雅鄭,鮮有反其習。各師成心,其異如面。若總其歸塗,則數窮八體:一曰典雅,^{〔二〕}二曰遠奧,^{〔三〕}三曰精約,^{〔四〕}四曰顯附,^{〔五〕}五曰繁縟,^{〔六〕}六曰壯麗,^{〔七〕}七曰新奇,^{〔八〕}八曰輕靡。^{〔九〕}典雅者,鎔式經誥,方軌儒門者也;遠奧者,馥采典文,經理玄宗者也;精約者,覈字省句,剖析毫釐者也;顯附者,辭直義暢,切理厭心者也;繁縟者,博喻釀采,煒燁枝派者也;壯麗者,高論宏裁,卓鑠異采者也;新奇者,擯古競今,危側趣詭者也;輕靡者,浮文弱植,縹緲附俗者也。故雅與奇反,奧與顯殊,繁與約舛,壯與輕乖,文辭根葉,苑囿其中矣。

〔一〕 《梁書·文學傳》云:"劉勰,字彥和。依沙門僧祐,與之居處積十餘年,遂博通經論。天監初,起家奉朝請。中軍臨川王宏引兼記室。遷車騎倉曹參軍,出爲太末令,政有清績。除仁威南康王記室,兼東宮通事舍人。初,勰撰《文心雕龍》五十篇,論古今文體,引而次之。既成,未爲時流所稱。勰自重其文,欲取定於沈約。約時貴盛,無由自達,乃負其書候約出,干之於車前,狀若貨鬻者。約便命取讀,大重之,謂爲深得文理,常陳諸几案。然勰爲文長於佛理,京師寺塔及名僧碑誌必請勰製文。有敕與慧震沙門於定林寺撰經。證功畢,遂啓求出家,先燔鬢髮以自誓,敕許之。乃於寺變服,改名慧地。未期而卒。"清儒劉毓崧考定《文心雕龍》一書成於齊和帝之世。其《序志》篇云:"夫《文心》者,言爲文之用心也。昔涓子《琴心》,王孫《巧心》,心哉美矣,故用之焉。古來文章以雕縟爲體,豈取騶奭之羣言雕龍也。"《體性》篇黃侃《札記》云:"體斥文章形狀,性謂人性氣有殊,緣性氣之殊而所爲之文異狀。然性由天定,亦可以人力輔助之,是故慎於所習,此篇大旨在斯。"

〔二〕《定勢》篇云:"模經爲式者,自入典雅之懿。章表奏議,則準的乎典雅。"古鈔本遍照金剛《文鏡秘府論》南卷論文體凡分六事,其一云:"夫模範經誥,褒述功業,淵乎不測,洋哉有閑,博雅之裁也。稱博雅則頌、論爲其標。頌明功業,論陳名理。體貴於弘,故事宜博;理歸於正,故言必雅也。博雅之失也緩,體大義疏,辭引聲滯,緩之致焉。文體既大,而義不周密,故云疏;辭雖引長,而聲不通利,故云滯也。"其二云:"敷演情志,宣昭德音,植義必明,結言唯正,清典之致也。語清典則銘、讚居其極。銘題器物,讚德述功,皆限以四言,分有定準。言不沈遁,故聲必清;體不詭雜,故辭必典也。清典之失也輕,理入於浮,言失於淺,輕之起焉。敍事爲文,須得其理。理不甚會,則覺其浮;言須典正,涉於流俗,則覺其淺。""博雅"、"清典",並括於彦和"典雅"之義矣。舉《雕龍》所稱引羣製爲證,《諸子》篇云:"孟、荀所述,理懿而辭雅。"《詔策》篇云:

"潘勖《九錫》，典雅逸羣。"《風骨》篇云："潘勖錫魏，思摹經典，羣才韜筆。"《封禪》篇云："《典引》所敘，雅有懿乎。"本篇云："孟堅雅懿，故裁密而思靡。"黄侃云："義歸正直，辭取雅馴，皆入此類。若班固《幽通賦》、劉歆《讓太常博士》之流是也。"

《幽通賦》節録："系高頊之玄冑兮，氏中葉之炳靈。颶颶風而蟬蜕兮，雄朔野以颺聲。皇十紀而鴻漸兮，有羽儀於上京。巨滔天而泯夏兮，考遷愍以行謡。終保己而貽則兮，里上仁之所廬。懿前烈之純淑兮，窮與達其必濟。咨孤蒙之眇眇兮，將圮絶而罔階。豈余身之足殉兮，違世業之可懷。靖潛處以永思兮，經日月而彌遠。匪黨人之敢拾兮，庶斯言之不玷。魂煢煢與神交兮，精誠發於宵寐。夢登山而迥眺兮，覿幽人之髣髴。攬葛藟而授余兮，眷峻谷而勿墜。昒昕寤而仰思兮，心矇矇猶未察。黄神邈而靡質兮，儀遺讖以臆對。曰乘高而遰神兮，道遻通而不迷。葛縣縣於樛木兮，詠《南風》以爲綏。蓋惴惴之臨深兮，乃二《雅》之所祇。既訊爾以吉象兮，又申之以炯戒。盍孟晉以迨羣兮，辰倏忽其不再。承靈訓其虚徐兮，佇盤桓而且俟。惟天地之無窮兮，鮮生民之晦在。紛屯邅與蹇連兮，何艱多而智寡。上聖迕而後拔兮，豈羣黎之所禦。昔衛叔之御昆兮，昆爲寇而喪予。管彎弧欲斃讎兮，讎作后而成己。變化故而相詭兮，孰云預其終始。雍造怨而先賞兮，丁繇惠而被戮。栗取弔于逌吉兮，王膺慶於所慼。叛迴穴其若兹兮，北叟頗識其倚伏。單治裏而外凋兮，張脩襮而内逼。聿中龢爲庶幾兮，顔與冉又不得。（下略）"

《詩品·典雅品》云："玉壺買春，賞雨茆屋。坐中佳士，左右修竹。白雲初晴，幽鳥相逐。眠琴緑陰，上有飛瀑。落花無言，人澹如菊。書之歲華，其曰可讀。"（司空圖《詩品》）

《詞品·閒雅品》云："疏雨未歇，輕寒獨知。茶煙晝青，嫋藤一枝。秋老茆屋，檜蟲挂絲。葉丹苔碧，酒眠悟詩。飲真抱和，仙

人與期。其曰偶然,薄言可思。"(楊伯虁《詞品》)

按:右二則只詁"雅"之一義,名同劉氏,已離其宗。大抵六代文士,以典爲雅。陳思善用史事,康樂善用經語,皆名震一時。彭澤真曠,反有"田家語"之誚。唐、宋詩詞,則頗以真爲雅,塗轍漸殊矣。唐詩、宋詞,各附一例爲證:

王維《輞川閑居》:"一從歸白社,不復到青門。時倚檐前樹,遠看原上村。青菰臨水映,白鳥向山翻。寂寞於陵子,桔槔方灌園。"

朱敦儒《感皇恩》:"一個小園兒,兩三畝地。花竹隨宜旋裝綴。槿籬茅舍,便有山家風味。等閒池上飲,林間醉。　都爲自家,胸中無事。風味爭來趁遊戲。稱心如意,膡活人間幾歲。洞天誰道在,塵寰外。"

〔三〕　《宗經》篇云:"《易》惟談天,入神致用。故《繫》稱旨遠辭文,言中事隱。韋編三絕,固哲人之驪淵也。"《諸子》篇云:"《鬼谷》眇眇,每環奧義。"本篇云:"子雲沈寂,故志隱而味深。"蓋《周易》、《鬼谷子》、《太玄經》,並歸"遠奧"之體。黃侃云:"理致淵深,辭采微妙,皆入此類。若賈誼《鵩賦》、李康《運命論》之流是也。"

《鵩鳥賦》節錄:"(上略)萬物變化兮,固無休息。斡流而遷兮,或推而還。形氣轉續兮,變化而蟺。沕穆無窮兮,胡可勝言。禍兮福所倚,福兮禍所伏。憂喜聚門兮,吉凶同域。彼吳彊大兮,夫差以敗。越棲會稽兮,句踐霸世。斯遊遂成兮,卒被五刑。傅説胥靡兮,迺相武丁。夫禍之與福兮,何異糾纏。命不可説兮,孰知其極。水激則旱兮,矢激則遠。萬物迴薄兮,振盪相轉。雲蒸雨降兮,糾錯相紛。大鈞播物兮,塊圠無垠。天不可預慮兮,道不可預謀。遲速有命兮,焉識其時。且夫天地爲鑪兮,造化爲工。陰陽爲炭兮,萬物爲銅。合散消息兮,安有常則。千變萬化兮,未始有極。忽然爲人兮,何足控搏。化爲異物兮,又何足患。小智自私兮,賤彼貴我。達人大觀兮,物無不可。貪夫徇財兮,烈士徇名。夸者死權兮,品庶每生。怵迫之徒兮,或趨西東。大人不曲兮,意變齊同。愚士繫俗兮,窘若囚拘。至人遺物兮,獨與道俱。衆人惑惑兮,好惡積億。真人恬漠兮,獨與道息。釋智遺形兮,超然自喪。寥廓忽荒兮,與道翱翔。乘流則逝兮,得坻則止。縱軀委命兮,不私與已。其生兮若浮,其死兮若休。澹乎若深淵之静,泛乎若不繫之舟。不以生故自寶兮,養空而浮。德人無累兮,知命不憂。細故蔕芥兮,何足以疑。”

續舉詩、詞、曲類似之品,述證如下:

詩品微妙。順德黄先生曰:“康樂之詩,合《詩》、《易》、聃、周、《騷》、《辯》、僊、釋以成之。其所寄懷每寓本事,説山水則苞名理。康樂詩,不易識也。”舉謝靈運《富春渚》爲例:“宵濟漁浦潭,旦及富春郭。定山緬雲霧,赤亭無淹薄。遡流觸驚急,臨圻阻參錯。亮乏伯昏分,險過吕梁壑。洊至宜便習,兼山貴止託。平生協幽期,淪躓困微弱。久露干禄請,始果遠遊諾。宿心漸申寫,萬事俱零落。懷抱既昭曠,外物徒龍蠖。”

詞品深鬱。陳廷焯云:“美成詞無處不鬱,令人不能遽窺其旨。”如《蘭陵王·柳》云:“柳陰直,煙縷絲絲弄碧。隋隄上,曾見幾番,拂水飄綿送行色。登臨望故國。誰識,京華倦客?長亭路,年去歲來,應折柔條過千尺。　閒尋舊蹤跡。又酒趁哀絃,燈照離席。梨花榆火催寒食。愁一箭風快,半篙波暖,回頭迢遞便數驛,望人在天北。　悽惻,恨堆積。漸別浦縈迴,津堠岑寂。斜陽冉冉春無極。念月榭攜手,露橋聞笛。沈思前事,似夢魂裏,淚暗滴。”

曲品玄虛。任訥云:“《太平圖傳奇·玉交枝》一曲,論道之語也。”其詞曰:“淒清相對,恰是儒家況味,斂他半米成慚愧,自心中自應知。辟的纑没他人一絇絲,織的履没他人一根卉,這才是没些泥水,易的粟入得我肚皮。"

〔四〕　遍照金剛《文鏡秘府論》南卷論文體六事,其五云:"指事述心,斷辭趣理,微而能顯,少而斯洽,要約之旨也。論要約則表、啓擅其能。表以陳事,啓以述心,皆施之尊重,須加肅敬,故言在於要,而理歸於約。要約之失也簡。情不申明,事有遺漏,簡自見焉。謂論心意不能盡申,敍事理又有所闕焉也。"按:此兼論其流弊。實則精要簡約,即經、史、子各體,並當以此義裁之。《徵聖》篇云:"《春秋》一字以褒貶,此簡言以達旨也。"《宗經》篇云:"《春秋》辨理,一字見義。"《史傳》篇云:"褒見一字,貴踰軒冕;貶在片言,誅深斧鉞。"《宗經》篇又云:"文能宗經,則體約而不蕪。"《諸子》篇云:"辭約而精,《尹文》得其要。"《誄碑》篇云:"《周》(蔡邕《汝南周勰碑》)、《胡》(蔡邕《太傅胡廣碑》)眾碑,莫非精允。"《定勢》篇云:"史論序注,則師範於覈要。"《鎔裁》篇云:"精論要語,極略之體。西河文士,王濟略而不可益。"《麗辭》篇云:"魏晉群才,析句彌密,聯字合趣,剖毫析釐。"是皆彦和本書所述證,足發"精約"之義者。黃侃云:"斷義務明,練辭務簡,皆入此類。若陸機《文賦》、范曄《後漢書》諸論之流是也。"

　　《文賦》節録:"(上略)或託言於短韻,對窮迹而孤興。俯寂寞而無友,仰寥廓而莫承。譬偏絃之獨張,含清唱而靡應。或寄辭於瘁音,言徒靡而勿華。混妍蚩而成體,累良質而爲瑕。象下管之偏疾,故雖應而不和。或遺理以存異,徒尋虛而逐微。言寡情而鮮愛,辭浮漂而不歸。猶絃幺而徽急,故雖和而不悲。或奔放以諧合,務嘈囋而妖冶。徒悅目而偶俗,固聲高而曲下。寤《防露》與《桑間》,又雖悲而不雅。或清虛以婉約,每除煩而去濫。闕大羹之遺味,同朱絃之清氾。雖一唱而三歎,固既雅而不豔。(下略)"

　　續舉詩、詞、曲類似各品,述證如下:

　　《詩品·洗鍊品》云:"如鑛出金,如鉛出銀。超心鍊冶,絕愛

緇磷。空潭瀉春,古鏡照神。體素儲潔,乘月返真。載瞻星氣,載歌幽人。流水今日,明月前身。"(司空圖《詩品》)

《詞品·精鍊品》云:"如莫邪劍,如百鍊鋼。金石在中,匪曰永藏。鈇心掐胃,韜神斂光。水爲沈流,星無散芒。離離九疑,鬱然深蒼。萬棄一取,驅驪錦囊。"(楊伯夔《詞品》)

按:右品語二則,證以實例,詩則六代之陶公,文體省净,殆無長語(本鍾嶸《詩品》);唐之柳儀曹,祖述陶詩,而有其峻潔(本《續昭昧詹言》),允爲洗煉之上選矣。若清真之詞,沈義父極稱其無一點市井氣(《樂府指迷》),殆亦百鍊而化爲柔者也。録柳詩《旦攜謝山人至愚池》、周詞《蘇幕遮》前片以見例:

《旦攜謝山人至愚池》:"新沐換輕幘,曉池風露清。自諧塵外意,況與幽人行。霞散衆山迥,天高數雁鳴。機心付當路,聊適羲皇情。"

《蘇幕遮》(前片):"燎沉香,消溽暑。鳥雀呼晴,侵曉窺簷語。葉上初陽乾宿雨。水面清圓,一一風荷舉。"

曲品簡净説。鬱藍生云:"武康姚静山作《精忠》一本,事詞簡净。"(《曲品》)吳梅云:"元人劇詞,約分三類。工鍛鍊者,則宗王實甫云。"(《中國戲曲概論》)

〔五〕　遍照金剛《文鏡秘府論》南卷論文體六事,其六云:"舒陳哀憤,獻納約戒,言唯折中,情必曲盡,切至之功也。言切至則箴、誄得其實。箴陳戒約,誄述哀情,故義資感動,言重切至也。切至之失也直。體尚專直,文好指斥,直乃行焉。謂文體不經營,專爲直冒,言無比附,好相指斥也。"所闡"切至"之説,頗符"顯附"之義。而本書徵例尤廣,《宗經》篇云:"《書》實記言,覽文如詭,而尋理即暢。子夏歎《書》,昭昭若日月之明,離離如星辰之行,言昭灼也。文能宗經,則事信而不誕,義直而不回。"《諸子》篇云:"墨翟、隨巢,意顯而語質。"《奏啓》篇云:"賈誼之務農,晁錯之兵事,匡衡之定郊,王吉之觀禮,温舒之緩獄,谷永之諫仙,理既切至,辭亦通暢。"《章表》篇云:"孔明之辭後主,志盡文暢。"皆"顯附"之例證也。黃侃曰:"語貴丁寧,義來周浹,皆入此類。若諸葛亮《出師表》、曹冏《六代論》之類是也。"

《出師表》節錄:"臣亮言:先帝創業未半,而中道崩殂。今天下三分,益州罷弊,此誠危急存亡之秋也。然侍衛之臣不懈於內,忠志之士忘身於外者,蓋追先帝之遇,欲報之於陛下也。誠宜開張聖聽,以光先帝遺德,恢志士之氣;不宜妄自菲薄,引喻失義,以塞忠諫之路也。宮中府中,俱爲一體,陟罰臧否,不宜異同。若有作姦犯科及爲忠善者,宜付有司,論其刑賞,以昭陛下平明之治。不宜偏私,使內外異法也。侍中、侍郎郭攸之、費禕、董允等,此皆良實,志慮忠純,是以先帝簡拔以遺陛下。愚以爲宮中之事,事無大小,悉以咨之,然後施行,必能裨補闕漏,有所廣益也。將軍向寵,性行淑均,曉暢軍事,試用於昔日,先帝稱之曰能,是以衆議舉寵爲督。愚以爲營中之事,悉以咨之,必能使行陣和穆,優劣得所也。"(下略)

續舉詩、詞、曲類似各品,述證如下:

詩品切至。據上引遍照之說,則以文之能曲盡其情者謂之"切至"。王先謙評《鐃歌》十八曲皆切至之奇辭,茲錄《上邪》一首以見例:"上邪!我欲與君相知,長命無絕衰!山無陵,江水爲竭,冬雷震震,夏雨雪,天地合,乃敢與君絕!"

詞品慨切。沈雄曰:"陳參政(失名)《木蘭花慢》詞,亦自慨切。"茲錄如下:"北歸人未老,喜依舊,著南冠。正雪暗滹沱,雲迷芒碭,夢落邯鄲。鄉心促,日行萬里,幸此身生入玉門關。多少秦煙隴霧,西湖淨洗征衫。　　燕山望不見吳山,回首一征鞍。慨故宮離黍,故家喬木,那忍重看。鈞天紫薇何處,問瑤池八駿幾時還?誰在天津橋上,杜鵑聲裏闌干?"

曲品爽切。任訥云："劉熙載《昨非集》中《對玉環》帶《清江引》二首，或翻騰，或爽切，兼有其筆。"録其第一首如下："對酒當歌，光陰休放過。睡魅愁魔，工夫剩幾多？任你説蹉跎，勝他聾與跛。官似甘羅，那宜衰朽做。封似蕭何，怕來賓客賀。有人問我何功課，我也渾忘我。樵憑爛斧柯，釣豈需船舵，大半逍遥因懶惰。"

〔六〕　按："繁縟"與"精約"，體適相反。《定勢》篇云："覈辭辨約者，率乖繁縟。"本篇亦曰："繁與約舛。"並明言之。《雕龍》書中徵引諸例，如《徵聖》篇云："《儒行》縟説以繁辭。"《諸子》篇云："《韓非》著博喻之富。"《詮賦》篇云："相如《上林》，繁類以成豔。"本篇云："長卿傲誕，理侈而辭溢。"《議對》篇云："陸機斷議，諓辭弗剪，頗累文骨。文以辨潔爲能，不以繁縟爲巧。"《明詩》篇云："晉世羣才，張、左、潘、陸，比肩詩衢，采縟於正始，力柔於建安。"《銘箴》篇云："温嶠《侍臣》(《侍臣箴》見《類聚》十六)，博而患繁。"繁辭縟采，厥例甚多。黃侃曰："辭采紛披，意義稠複，皆入此類。若枚乘《七發》、劉峻《辨命論》之流是也。"

《七發》節録："(上略)客曰：'龍門之桐，高百尺而無枝，中鬱結之輪困，根扶疏以分離。上有千仞之峯，下臨百丈之谿。湍流遡波，又澹淡之。其根半死半生，冬則烈風漂霰飛雪之所激也，夏則雷霆霹靂之所感也。朝則鸝黃鳱鴠鳴焉，暮則羈雌迷鳥宿焉。獨鵠晨號乎其上，鵾雞哀鳴翔乎其下。於是背秋涉冬，使琴摯斫斬以爲琴，野繭之絲以爲絃，孤子之鉤以爲隱，九寡之珥以爲約。使師堂操暢，伯子牙爲之歌。歌曰："麥秀蔪兮雉朝飛，向虛壑兮背槁槐，依絶區分臨迴溪。"飛鳥聞之，翕翼而不能去；野獸聞之，垂耳而不能行；蚑蟜螻蟻聞之，拄喙而不能前。此亦天下之至悲也，太子能彊起聽之乎？'太子曰：'僕病未能也。'客曰：'犓牛之腴，菜以筍蒲。肥狗之和，冒以山膚。楚苗之食，安胡之飯，搏之不解，一啜而散。於是使伊尹煎熬，易牙調和。熊蹯之臑，芍藥之醬。薄耆之

炙,鮮鯉之鱠。秋黄之蘇,白露之茹。蘭英之酒,酌以滌口。山梁
之餐,豢豹之胎。小飯大歠,如湯沃雪。此亦天下之至美也,太子
能彊起嘗之乎?'太子曰:'僕病未能也。'"

續徵詩、詞、曲繁縟例證如下:

謝靈運《初去郡》:"彭薛裁知恥,貢公未遺榮。或可優貪競,
豈足稱達生。伊余秉微尚,拙訥謝浮名。廬園當棲巖,卑位代躬
耕。顧己雖自許,心迹猶未并。無庸方周任,有疾像長卿。畢婁類
尚子,薄遊似邴生。恭承古人意,促裝返柴荆。牽絲及元興,解龜
在景平。負心二十載,於今廢將迎。理棹遄還期,遵渚騖脩坰。遡
溪終水涉,登嶺始山行。野曠沙岸净,天高秋月明。憩石挹飛泉,
攀林搴落英。戰勝臞者肥,止監流歸停。即是羲唐化,獲我擊
壤聲。"

吳文英《無悶‧催雪》:"霓節飛瓊,鸞駕弄玉,杳隔平雲弱水。
倩皓鶴傳書,衛姨呼起。莫待粉河凝曉,趁夜月、瑶笙飛環佩。寒
驢吟影,茶煙竈冷,酒亭門閉。　　歌麗。泛碧蟻。放繡箔半鉤,
寶臺臨砌。要須借東君,灞陵春意。曉夢先迷胡蝶,早風戾、重寒
侵羅袂。還怕掩、深院梨花,又作故人清淚。"

元人《叨叨令》帶《風入松》:"罷罷!耍耍!茫茫世界儘寬大。
五斗米折不得彭澤腰,一碗飯受不得淮陰胯。種幾畝邵平瓜,賣幾
文君平卦。哈哈!快活殺心坎上無牽掛,耳邊廂没嘈雜。哈哈!
世上人勞勞堪訝!你看那秦代長城替别人打,漢朝陵寢被偷兒挖,
魏時銅雀臺到如今没片瓦。哈哈!名利場最兜搭。班定遠玉門關
枉白了青絲髮,馬新息銅柱標抵不得明珠價。哈哈!却更有一般
堪詫,動不動説甚麽玉堂金馬!虛費了文園筆札,只恐怕渴死了漢
相如,空落下文君再寡。"

〔七〕　《文鏡秘府論》論文體六事,其四云:"魁張奇偉,闡耀威靈,縱氣凌
人,揚聲駭物,宏壯之道也。敍宏壯則詔、檄振其響。詔陳王命,檄

敍軍容,宏則可以及遠,壯則可以威物。宏壯之失也誕。制傷迂闊,辭多詭異,誕則成焉。宏壯者亦須準量事類,可得施言。不可漫爲迂闊,虛陳詭異也。"《雕龍·檄移》篇云:"陳琳之檄豫州,壯有骨鯁;鍾會檄蜀,徵驗甚明;桓公檄胡,觀釁尤切,並壯筆也。"實即遍照詔、檄"宏壯"之例證。又《章表》篇云:"文舉之薦禰衡,氣揚采飛。"《雜文》篇云:"陳思《七啓》,取美於宏壯。"《詮賦》篇云:"偉長博通,時逢壯采。"本篇云:"公幹氣褊,言壯而情駭;叔夜儁俠,興高而采烈。"則壯辭麗采,蓋兼徵之。黃侃云:"陳義俊偉,措辭雄瓊,皆入此類。揚雄《河東賦》、班固《典引》之流是也。"

《河東賦》:"伊年暮春,將瘞后土,禮靈祇,謁汾陰於東郊,因茲以勒崇垂鴻,發祥隤祉,欽若神者,盛哉鑠乎,越不可載已。於是命羣臣,齊法服,整靈輿,迺撫翠鳳之駕,六先景之乘,掉奔星之流斿,矍天狼之威弧,張燿日之玄旄,揚左纛,被雲梢,奮電鞭,驂雷輜,鳴洪鐘,建五旗,羲和司日,顏倫奉輿,風發飄拂,神騰鬼趭,千乘霆亂,萬騎屈橋,嘻嘻旭旭,天地稠㟪,簸丘跳巒,涌渭躍涇,秦神下讋,跖魂負沴,河靈矍踢,爪華蹈衰,遂臻陰宮,穆穆肅肅,蹲蹲如也。靈祇既鄉,五位時敍,綱縕玄黃,將紹厥後。於是靈輿安步,周流容與,以覽虖介山。嗟文公而愍推兮,勤大禹於龍門。灑沈菑於豁瀆兮,播九河於東瀕。登歷觀而遙望兮,聊浮游以經營。樂往昔之遺風兮,喜虞氏之所耕。瞰帝唐之嵩高兮,眽隆周之大寧。泓低徊而不能去兮,行睆陔下與彭城。濊南巢之坎坷兮,易閭岐之夷平。乘翠龍而超河兮,陟西岳之嶢崝。雲霏霏而來迎兮,澤滲灕而下降。鬱蕭條其幽藹兮,滃汎沛以豐隆。叱風伯於南北兮,呵雨師於西東。參天地而獨立兮,廓盪盪其亡雙。遵逝虖歸來,以函夏之大漢兮,彼曾何足與比功。建乾坤之貞兆兮,將悉總之以羣龍。麗鉤芒與驂蓐收兮,服玄冥及祝融。敦衆神使式道兮,奮六經以擸頌。踰於穆之緝熙兮,過清廟之雝雝。軼五帝之遐迹兮,躡三皇之高蹤。既發軔於平盈兮，誰謂路遠而不能從。"

　　續舉詩、詞、曲各類似之品，述證於下：

　　《詩品·勁健品》云："行神如空，行氣如虹。巫峽千尋，走雲連風。飲真茹强，蓄素守中。喻彼行健，是謂存雄。天地與立，神化攸同。期之以實，衡之以終。"（司空圖《詩品》）

　　《詩品·豪放品》云："觀花匪禁，吞吐大荒。由道返氣，處得以狂。天風浪浪，海山蒼蒼。真力彌滿，萬象在傍。前招三辰，後引鳳凰。晚策六鰲，濯足扶桑。"（司空圖《詩品》）

　　《詩品·悲慨品》云："大風捲水，林木爲摧。意苦若死，招憇不來。百歲如流，富貴冷灰。大道日喪，若爲雄才。壯士拂劍，泫然彌哀。蕭蕭落葉，漏雨蒼苔。"（司空圖《詩品》）

　　按：右品三則，皆只明"壯"之一義，於"壯"而"麗"者，實未之及。其惟杜公，發爲壯語，兼該諸態。胡應麟曰："杜七言壯而闊大者，'二儀清濁還高下，三伏炎蒸定有無'；壯而高拔者，'藍水遠從千澗落，玉山高並兩峯寒'；壯而豪宕者，'五更鼓角聲悲壯，三峽星河影動搖'；壯而沈婉者，'三年笛裏關山月，萬國兵前草木風'；壯而飛動者，'含風翠壁孤雲細，背日丹楓萬木稠'；壯而整嚴者，'江間波浪兼天湧，塞上風雲接地陰'；壯而典碩者，'紫氣關臨天地闊，黃金臺貯俊賢多'；壯而穠麗者，'香飄合殿春風轉，花覆千官淑景移'；壯而奇峭者，'窗含西嶺千秋雪，門泊東吳萬里船'；壯而精深者，'織女機絲虛夜月，石鯨鱗甲動秋風'；壯而瘦勁者，'萬里悲秋常作客，百年多病獨登臺'；壯而古淡者，'百年地僻柴門迥，五月江深草閣寒'；壯而感愴者，'錦江春色來天地，玉壘浮雲變古今'；壯而悲哀者，'雪嶺獨看西日落，劍門猶阻北人來'；結語之壯者，'關塞極天惟鳥道，江湖滿地一漁翁'；叠語之壯者，'高江急峽雷霆鬥，古木蒼藤日月昏'；拗字之壯者，'側身天地更懷古，回首風塵甘息機'；雙字之壯者，'江天漠漠鳥雙去，風雨時時龍一吟'。以上諸句,古今作者,無出其範圍也。"又蘇東坡曰:"七律之偉麗者,子美之'旌旗日暖龍蛇動,宮殿風微燕雀高'、'五更鼓角聲悲壯,三峽星河影動搖',爾後寂寞無聞。歐陽永叔云'蒼波萬古流不盡,白鳥雙飛意自閑',又'萬馬不嘶聽號令,諸蕃無事樂耕耘',可以並驅爭先矣。小生亦云'令嚴鐘鼓三更月,野宿貔貅萬竈煙',又'露布朝馳玉關塞,捷書夜到甘泉宮',亦庶幾焉耳。"

《詞品·雄放品》云:"海潮東來,氣吞江湖。快馬斫陣,登高一呼。如波軒然,蛟龍牙須。如怒鶻起,下盤浮圖。千里萬里,山奔電驅。元氣不死,乃與之俱。"(郭祥伯《詞品》)

按:此則品語,可舉粗豪派蘇、辛之詞當之。又陳同甫與稼軒爲友,其人才相若,詞亦相似。劉熙載嘗舉同甫《賀新郎·寄幼安和見懷韻》、《酬幼安再用韻見寄》、《懷幼安用前韻》數闋,以明兩公之氣誼懷抱,皆所謂豪傑之詞也。茲錄辛稼軒《破陣子》爲例:

《破陣子·爲陳同甫賦壯詞以寄之》:"醉裏挑燈看劍,夢回吹角連營。八百里分麾下炙,五十絃翻塞外聲,沙場秋點兵。　　　馬作的盧飛快,弓如霹靂弦驚。了卻君王天下事,贏得生前身後名,可憐白髮生。"

曲品豪放說。吳梅云:"元人劇詞,喜豪放者學關漢卿。漢卿所作《救風塵》、《玉鏡臺》、《謝天香》諸劇,類皆雄奇排奡,無搔頭弄姿之態。"(《中國戲曲概論》)又云:"明徐文長詞精警豪邁,如詞中之稼軒、龍洲。"吳氏並列舉其《狂鼓史·寄生草》、《翠鄉夢·折桂令》、《雌木蘭·混江龍》、《尾聲》等爲例。(《中國戲曲概論》)茲錄其《雌木蘭·混江龍》於下:

《混江龍》:"軍書十卷,書書卷卷把俺爺來填。他年華已老,衰病多纏。想當年,搭箭追雕飛白羽;今日呵,扶藜看雁數青天。呼雞餵狗,守堡看田。調鷹手軟,打兔腰拳。提攜嗒姊妹,梳掠嗒丫鬟。見對鏡添妝開口笑,聽提刀厮殺把眉攢。長嗟歎,道兩口兒北邙近也,女孩兒東坦蕭然。"

〔八〕　案:《雕龍》書中各篇,於"新奇"一義闡發至多,或述説,或徵人,録如下方:

"仲宣躁鋭,穎出而才果。"(本篇。鍾嶸云:"魏文帝詩頗有仲宣之體,則新奇。"①)

"宋初文詠,體有因革,莊老告退,而山水方滋。儷采百字之偶,争價一句之奇。情必極貌以寫物,辭必窮力而追新。此近世之所競也。"(《明詩》篇)

"擬諸形容,則言務纖密;象其物宜,則理貴側附。"(《詮賦》篇)

"支離構辭,穿鑿會巧。空騁其華,固爲事實所擯;設得其理,亦爲浮辭所埋。"(《議對》篇)

"跨略舊規,馳騖新作,雖獲巧意,危敗亦多。豈空結奇字,紕繆而成經矣。"(《風骨》篇)

"宋初訛而新。從質及訛,彌近彌澹。競今疏古,風味氣衰也。"(《通變》篇)

"自近代辭人,率好詭巧。原其爲體,訛勢所變,厭黷舊式,故穿鑿取新。察其訛意,似難而實無他術也,反正而已。故文反正爲乏,辭反正爲奇。效奇之法,必顛倒文句,上字而抑下,中辭而出外,回互不常,則新色耳。夫通衢夷坦,而多行捷徑者,趨近故也;正文明白,而常務文反言者,適俗故也。然密會者以意新得巧,苟異者以失體成怪。舊練之才,則執正以馭奇;新學之鋭,則逐奇而失正;勢流不反,則文體遂弊。秉兹情術,可無思耶。"(《定勢》篇)

"後之作者,採濫忽真,遠棄風雅,近師辭賦。故體情之製日

---

① 此處引鍾嶸語,文字標校有誤,參見本書《詩品》卷中"魏文帝詩"條。

疏,逐文之篇愈盛。"(《情采》篇)

"晉末篇章,依希其旨,始有賞際奇至之言,終無撫叩酬酢之語,每單舉一字,指以爲情。夫賞訓錫賚,豈關心解?撫訓執握,何預情理?《雅》《頌》未聞,漢魏莫用。懸領似如可辯,課文了不成義。斯實情訛之所變,文澆之致弊。而宋來才英,未之或改,舊染成俗,非一朝也。"(《指瑕》篇)

"凡精慮造文,各競新麗,多欲練辭,莫肯研術。"(《總術》篇)

"自近代以來,文貴形似,窺情風景之上,鑽貌草木之中。吟詠所發,志惟深遠;體物爲妙,功在密附。故巧言切狀,如印之印泥,不加雕削,而曲寫毫芥。故能瞻言而見貌,即字而知時也。"(《物色》篇)

"殷仲文之孤興,謝叔源之閒情,並解散辭體,縹渺浮音,雖滔滔風流,而大澆文意。"(《才略》篇)

"去聖久遠,文體解散,辭人愛奇,言貴浮詭,飾羽尚畫,文繡鞶帨,離本彌甚,將遂訛濫。"(《序志》篇)

案:右所彙錄,足見六代文體變新之由,故徵説特詳。綜厥論旨,以爲晉末宋初之文,競寫山水,搜剔新境,而體因之變一也;近師辭賦,逐文彌甚,而體因之變二也;俗尚練字,造語依稀,而體因之變三也。劉勰心識文體,其所甄序,最得要義。然以此爲"訛勢",則不免爲成見所蔽。吾人師其流變之談,而略其復古之見可也。黃侃云:"詞必研新,意必矜創,皆入此類。潘岳《射雉》、顏延之《曲水詩序》之流是也。"范文瀾云:"新奇之得者,如潘岳《澤蘭》、《金鹿哀辭》,失者如王融《曲水詩序》,如'侮食來王'句,好奇而致訛者也。"

《射雉賦》節錄:"涉青林以遊覽兮,樂羽族之羣飛。聿采毛之英麗兮,有五色之名翬。屬耿介之專心兮,奢雄豔之姱姿。巡丘陵以經略兮,晝墳衍而分畿。(徐爰曰:此以上言雉之形性也。)於是青陽告謝,朱明肇授。靡木不滋,無草不茂。初莖蔚其曜新,陳柯槭以改舊。天決決以垂雲,泉涓涓以吐溜。麥漸漸以擢芒,雉驚驚而朝雊。(徐爰曰:此以上序節物氣候,雉可射之時也。)眄箱籠以揭驕,睍驍媒之變態。奮勁骸以角搓,瞵悍目以旁睞。鶯綺翼而頳搗,灼繡頸而袞背。鬱軒翥以餘怒,思長鳴以效能。(徐爰曰:此以上言媒之形勢。)爾乃攀場拄翳,停僮葱翠。綠柏參差,文翮鱗次。蕭森繁茂,婉轉輕利。衷料炅以徹鑒,表厭蹠以密緻。(徐爰曰:此以上序翳之形飾。)恐吾遊之晏起,慮原禽之罕至。甘疲心於企想,分倦目以寓視。(徐爰曰:此以上言拄翳之後,遲獲之意也。)何調翰之喬桀,邈疇類而殊才。候扇舉而清叫,野聞聲而應媒。褰微罬以長眺,已跟蹰而徐來。摘朱冠之艶赫,敷藻翰之陪鰓。首藥綠素,身拕黼繪。青鞦莎摩,丹臆蘭綷。或蹴或啄,時行時止。班尾揚翹,雙角特起。(徐爰曰:此以上言野雉之狀貌也。)(下略)”

續舉詩、詞、曲類似各品,述證如下:

詩品新奇説。鍾嶸《詩品》云:“魏文帝詩頗有仲宣之體,則新奇。”兹録其《孟津》詩爲例:“良辰啓初節,高會極歡娛。通天拂景雲,俯臨四達衢。羽爵浮象樽,珍膳盈豆區。清歌發妙曲,樂正奏笙竽。曜靈忽西邁,炎燭繼望舒。翊日浮黄河,長驅旋鄴都。”

詩品詭怪説。皎然《詩式》云:“詩有六迷。以詭怪爲新奇,其一也。”此語切中唐人之弊。李賀、盧全、劉叉等,即以詭怪派著名者也。元好問論盧全詩,至謂“真書不入今人眼,兒輩從教鬼畫符”,其詆之深矣。兹舉李賀《秦王飲酒》詩爲例。《秦王飲酒》:“秦王騎虎遊八極,劍光照空天自碧。羲和敲日玻璨聲,劫灰飛盡今太平。龍頭瀉酒邀酒星,金槽琵琶夜根根。洞庭雨脚來吹笙,酒酣喝月使倒行。銀雲櫛櫛瑶殿明,宮門掌事報六更。花樓玉鳳聲嬌獰,海綃紅文香淺清。黄鵝跌舞千年觥,仙人燭樹蠟煙輕,青琴醉眼淚泓泓。"

詞品新奇説。李漁云："琢句鍊字,雖貴新奇,亦須新而妥,奇而確。妥與確,總不越一理字。欲望句之驚人,先求理之服衆。時賢勿論,吾論古人。古人多工於此技,有最服予心者,'雲破月來花弄影'郎中是也。"(《窺詞管見》第七則)案:"雲破月來"乃張先《天仙子》句,張先喜用"影"字,除"雲破"句外,尚有《歸朝歡》之"嬌柔嬾起,簾押捲花影"句,及《翦牡丹·舟中聞雙琵琶》之"柳徑無人,墜輕絮無影"句,用"影"字皆極新奇。

詞品尖巧説。周保緒曰："史梅溪甚有心思,而用筆多涉尖巧,非大方家數,所謂一鉤勒即薄者。"按:姜白石嘗歎梅溪有李長吉之韻,殆以尖巧爲奇秀清逸之選乎?舉梅溪《綺羅香》一闋録下。《綺羅香·春雨》："做冷欺花,將煙困柳,千里偸催春暮。盡日冥迷,愁裏欲飛還住。驚粉重、蜨宿西園,喜泥潤、燕歸南浦。最妨他、佳約風流,鈿車不到杜陵路。　　沈沈江上望極,還被春潮晚急,難尋官渡。隱約遙峯,和淚謝孃眉嫵。臨斷岸、新緑生時,是落紅、帶愁流處。記當日、門掩梨花,翦鐙深夜語。"

曲品新奇説。任訥《曲諧》卷一云："《海浮稿》(明馮惟敏《海浮山堂詞稿》)中,《贈田桂芳·朝天子》結語新奇,自來無人道過。"其詞如下："太真,出塵,畫兒上曾斯認。重重叠叠挽烏雲,薄設設鋪蟬鬢。曉月雙彎,秋波一瞬,窄金蓮尖玉筍。見人,便親,心繫兒摟成緊。"(《贈田桂芳》第三首,《海浮山堂詞稿》卷三)

曲品尖新説。今人王悠然本尖新之旨,輯《蕩氣迴腸曲》一書。任訥《曲諧》舉《雍熙樂府》所載元明人無名氏作之極尖新者,其例如下："舒玉筍絲韁款把,蹙金蓮寶鐙斜踏。裙拖著翡翠紗,扇掩著泥金畫,比昭君少面琵琶。天寶年間若有了他,那輪着楊妃上馬。"(《馬上美人·沉醉東風》)

〔九〕　《文鏡秘府論》論文體六事,其三云："體其淑姿,因其壯觀,文章交映，光采傍發，綺豔之則也。陳綺豔則詩、賦表其華。詩兼聲色，賦敍物象，故言資綺靡，而文極華豔。綺豔之失也淫。豔貌違方，逞欲過度，淫以興焉。文雖綺豔，猶須准其事類相當，比擬敍述。不得豔物之貌而違於道，逞己之心而過於制也。"此論綺靡華豔，與《雕龍》所謂"輕靡"之體性頗近。而彦和徵引殊廣，《辨騷》篇云："《九歌》、《九辯》，綺靡以傷情。"《樂府》篇云："《赤雁》羣篇，靡而非典。"《雜文》篇云："張衡《七辨》，結采綿靡。"《明詩》篇云："晉世羣才，稍入輕綺。張、潘、左、陸，比肩詩衢。采縟於正始，力柔於建安。或析文以爲妙，或流靡以自研，此其大略也。"《時序》篇云："茂先搖筆而散珠，太冲動墨而橫錦，岳、湛曜聯璧之華，機、雲標二俊之采，應、傅、三張之徒，孫、摯、成公之屬，並結藻清英，流韻綺靡。"本篇云："安仁輕敏，鋒發而韻流。"《才略》篇云："曹攄清靡於長篇。"黃侃曰："辭須蒨秀，意取柔靡，皆入此類。江淹《恨賦》、孔稚圭《北山移文》之流是也。"

　　《恨賦》："試望平原，蔓草縈骨，拱木斂魂。人生到此，天道寧論！於是僕本恨人，心驚不已。直念古者，伏恨而死。至如秦帝按劍，諸侯西馳。削平天下，同文共規。華山爲城，紫淵爲池。雄圖既溢，武力未畢。方架黿鼉以爲梁，巡海右以送日。一旦魂斷，宮車晚出。若乃趙王既虜，遷於房陵。薄暮心動，昧旦神興。別豔姬與美女，喪金輿及玉乘。置酒欲飲，悲來填膺。千秋萬歲，爲怨難勝。至如李君降北，名辱身冤。拔劍擊柱，弔影慚魂。情往上郡，心留雁門。裂帛繫書，誓還漢恩。朝露溘至，握手何言？若夫明妃去時，仰天太息。紫臺稍遠，關山無極。搖風忽起，白日西匿。隴雁少飛，代雲寡色。望君王兮何期，終蕪絕兮異域。至乃敬通見抵，罷歸田里。閉關却掃，塞門不仕。左對孺人，右顧稚子。脫略公卿，跌宕文史。齎志沒地，長懷無已。及夫中散下獄，神氣激揚。濁醪夕引，素琴晨張。秋日蕭索，浮雲無光。鬱青霞之奇意，入脩

夜之不暘。或有孤臣危涕,孽子墜心。遷客海上,流戍隴陰。此人
但聞悲風汩起,血下霑衿。亦復含酸茹歎,銷落湮沉。若乃騎疊
迹,車屯軌,黄塵币地,歌吹四起。無不煙斷火絶,閉骨泉裏。已矣
哉!春草暮兮秋風驚,秋風罷兮春草生。綺羅畢兮池館盡,琴瑟滅
兮丘隴平。自古皆有死,莫不飲恨而吞聲。"

續徵詩、詞、曲類似各品,述證如下:

詩品淫靡説。按:情過其才,是謂淫靡。鍾記室品湯惠休之
詩是也。《唐語林》亦評元微之爲淫靡,兹録其詩爲例。《憶遠
曲》:"憶遠曲,郎身不遠郎心遠。沙隨郎飯俱在匙,郎意看沙那比
飯。水中畫字無字痕,君心暗畫誰會君。況妾事姑姑進止,身去門
前同萬里。一家盡是郎腹心,妾似生來無兩耳。妾身何足言,聽妾
私勸君:君今夜夜醉何處,姑來伴妾自閉門。嫁夫恨不早,養兒將
備老。妾自嫁郎身骨立,老姑爲郎求娶妾。妾不忍見姑郎忍見,爲
郎忍耐看姑面。"

詞品綺靡説。蔡伯世云:"柳耆卿情勝乎辭。"劉熙載云:"耆
卿詞,綺羅香澤之態,所在多有,故覺風期未上耳。"兹録耆卿《秋
夜月》一闋於下。《秋夜月》:"當初聚散。便唤作、無由再逢伊面。
近日來,不期而會重歡宴。向尊前,閒暇裏,斂著眉兒長歎。惹起
舊愁無限。　盈盈淚眼,漫向我耳邊,作萬般幽怨。奈你自家心
下,事難見。待信真個,恁別無縈絆。不免收心,共伊長遠。"

曲品輕脱説。任訥《曲諧》卷一云:"明劉效祖《詞臠》中《掛
枝兒》輕脱可誦。"舉其一首如下:"日初長,柳絲綻黄金模樣。雨
纔過,桃杏花撲面清香。賣花人一聲聲唤起懷春情况,蝴蝶兒争新
緑,雙燕兒鬧雕梁。打點出那小扇輕羅,也還要去流水橋邊賞。"

若夫八體屢遷,功以學成,才力居中,肇自血氣。氣以實

志,志以定言,吐納英華,莫非情性。是以賈生俊發,^{〔一〕}故文潔而體清;長卿傲誕,^{〔二〕}故理侈而辭溢;子雲沈寂,^{〔三〕}故志隱而味深;子政簡易,^{〔四〕}故趣昭而事博;孟堅雅懿,^{〔五〕}故裁密而思靡;平子淹通,^{〔六〕}故慮周而藻密;仲宣躁鋭,^{〔七〕}故穎出而才果;公幹氣褊,^{〔八〕}故言壯而情駭;嗣宗俶儻,^{〔九〕}故響逸而調遠;叔夜儁俠,^{〔一〇〕}故興高而采烈;安仁輕敏,^{〔一一〕}故鋒發而韻流;士衡矜重,^{〔一二〕}故情繁而詞隱。觸類以推,表裏必符。豈非自然之恒資,才氣之大略哉!

〔一〕《札記》云:"《史記・屈賈列傳》:'廷尉乃言賈生年少,頗通諸子百家之書。文帝召以爲博士。是時賈生年二十餘,最爲少。每詔令議下,諸老先生不能言,賈生盡爲之對。'此'俊發'之徵。"

〔二〕《札記》云:"《文選》謝惠連《秋懷》詩注引嵆康《高士傳贊》曰:'長卿慢世,越禮自放。犢鼻居市,不恥其狀。託疾避患,蔑生卿相。乃至仕人,超然莫尚。'此'傲誕'之徵。"

〔三〕《札記》云:"《漢書・揚雄傳》:'默而好深湛之思,清静無爲,少嗜欲。'此'沈寂'之徵。"

〔四〕《札記》云:"《漢書・劉向傳》:'向爲人簡易,無威儀,廉清樂道,不交接於世俗。'此'簡易'之徵。"

〔五〕《札記》云:"《後漢書・班固傳》:'及長,遂博貫載籍,九流百家之言無不窮究。性寬和容衆,不以才能高人。'此'雅懿'之徵。"

〔六〕《札記》云:"《後漢書・張衡傳》:'通五經,貫六藝,雖才高於世,而無驕尚之情。常從容淡净,不好交接俗人。'此'淹通'之徵。"

〔七〕《札記》云:"《魏志・王粲傳》:'之荆州,依劉表。以粲貌寢而體弱通侻,不甚重也。'裴注:'通侻者,簡易也。'《王粲傳》謂:'粲善

作文,舉筆便成,無所改定。'此'銳'之徵。又陳壽評曰:'粲特處
常伯之官,興一代之制。然其冲虛德宇,未若徐幹之粹也。'此似
'躁'之徵。"

〔八〕《札記》云:"《魏志·王粲傳》注引《先賢行狀》謂:'劉楨輕官忽
祿,不就世榮。'又引《典略》載楨平視太子夫人甄氏事。謝靈運
《擬鄴中集詩序》曰:'楨卓犖偏人。'此'氣褊'之徵。"

〔九〕《札記》云:"《魏志·王粲傳》:'籍才藻豔逸,而倜儻放蕩,行己寡
欲,以莊周爲模。'此'俶儻'之徵。"

〔一〇〕《札記》云:"《魏志·王粲傳》:'康文辭壯麗,好言老、莊而尚奇任
俠。'注引《康別傳》曰:'孫登謂康曰:"君性烈而才儁。"'此'任
俠'之徵。"

〔一一〕《札記》云:"《晉書·潘岳傳》:'岳性輕躁趨世利,與石崇等諂事
賈謐,每候其出,輒望塵而拜。構愍懷文,岳之辭也。'此'輕敏'之
徵。"《文選·籍田賦》注引臧榮緒《晉書》曰:"岳總角辨慧,摛藻
清豔。"《才略》篇:"潘岳敏給。"此是"敏"之徵。"

〔一二〕《札記》云:"《晉書·陸機傳》:'機服膺儒術,非禮勿動。'此'矜
重'之徵。"

　　夫才有天資,學慎始習。斲梓染絲,功在初化。器成綵
定,難可翻移。故童子雕琢,必先雅製。沿根討葉,思轉自圓。
八體雖殊,會通合數,得其環中,則輻輳相成。故宜摹體以定
習,因性以練才。文之司南,用此道也。

　　贊曰:才性異區,文體繁詭。辭爲膚根,志實骨髓。雅麗
黼黻,淫巧朱紫。習亦凝真,功沿漸靡。

劉勰《文心雕龍·麗辭》篇^[一]

造化賦形，支體必雙；神理爲用，事不孤立。夫心生文辭，運裁百慮，高下相須，自然成對。^[二]唐虞之世，辭未極文，而皋陶贊云："罪疑惟輕，功疑惟重。"益陳謨云："滿招損，謙受益。"豈營麗辭，率然對爾。^[三]《易》之《文》、《繫》，聖人之妙思也。序《乾》四德，則句句相銜；龍虎類感，則字字相儷；乾坤易簡，則宛轉相承；日月往來，則隔行懸合。雖字句或殊，而偶意一也。^[四]至於詩人偶章，大夫聯辭，奇偶適變，不勞經營。^[五]自揚、馬、張、蔡，崇盛麗辭，如宋畫吳冶，刻形鏤法，^[六]麗句與深采並流，偶意共逸韻俱發。至魏晉羣才，析句彌密，聯字合趣，剖毫析釐。然契機者入巧，浮假者無功。

[一]　《説文·鹿部》云："麗，旅行也。"段玉裁曰："此'麗'之本義。其字本作'丽'，旅行之象也。後乃加'鹿'耳。《周禮注》曰：'麗，耦也。'《禮》之'儷皮'、《左傳》之'伉儷'、《説文》之'驪駕'，皆其義也。兩相附則爲'麗'。《易》曰：'離，麗也。日月麗乎天，百穀草

木麗乎土。'是其義也。麗則有耦可觀。《叕部》曰：'麗爾,猶靡麗
也。'是其義也。兩而介其間亦曰麗,《離》卦之一陰麗二陽是也。"
此解"麗"有"耦"義、"兩"義。故"麗辭"即世所謂駢體文也。彥
和此篇,題雖宗駢,而亦兼斥駢文之弊,終主之以駢散兼用之説。
至於駢文成立原理,彥和固已昭揭篇端,尤徵偉識。兹先列各家主
駢、主散及主駢散兼用之體式論;復根據自然界現象、文學史上事
實,證明駢體爲文體之代表式。蓋廣彥和之意而暢述之。

　　主駢説一:"文之工者,美必兼兩。每一下筆,其可見之妙在
此,却又有不可見之妙在彼。譬如作屋,左砂高聳,右砂低卸,必須
培高右砂方稱。拙者羃土填石,人一見知爲補右砂之闕。巧者只
栽竹樹,令高與左齊,人一見只賞歎林木幽茂之妙,而不知其意實
補右砂低卸也。"(魏禧《日錄論文》)

　　主駢説二:"孔子於《乾》、《坤》之言,自名曰'文',此千古文
章之祖也。爲文章者,而惟以單行之語,縱橫恣肆,動輒千言萬字,
不知此乃古人所謂直言之言、論難之語,非言之有文也,非孔子之
所謂'文'也。《文言》數百字,不但多用韻,抑且多用偶。即如'樂
行'、'憂違',偶也;'長人'、'合禮',偶也;'和義'、'幹事',偶也;
'庸言'、'庸行',偶也;'閑邪'、'善世',偶也;'進德'、'修業',
偶也;'知至'、'知終',偶也;'上位'、'下位',偶也;'同聲'、'同
氣',偶也;'水濕'、'火燥',偶也;'雲龍'、'風虎',偶也;'本天'、
'本地',偶也;'無位'、'無民',偶也;'勿用'、'在田',偶也;'潛
藏'、'文明',偶也;'道革'、'位德',偶也;'偕極'、'天則',偶也;
'隱見'、'行成',偶也;'學聚'、'問辨',偶也;'寬居'、'仁行',
偶也;'合德'、'合明'、'合序'、'合吉凶',偶也;'先天'、'後
天',偶也;'存亡'、'得喪',偶也;'餘慶'、'餘殃',偶也;'直内'、
'方外',偶也;'通禮'、'居體',偶也。凡偶,皆文也。於物兩色
相偶而交錯之,乃得名爲'文','文'即象其形也。(原注:《考工

記》曰："青與白謂之文,赤與黑謂之章。"《説文》曰:" 文,錯畫也,象交文。")然則千古之文,莫大於孔子之言《易》。孔子以用韻比偶之法錯綜其言,而自名曰'文'。何後人之必欲反孔子之道,而自名曰'文',且尊之曰"古"也?"(阮元《文言説》)

主複(駢之廣義)説:"古今文體,分單、複二派。蓋自六經以來,秦漢之後,形格日變,要莫能再創他體也。複者,文之正宗;單者,文之別調。"(王闓運《論文體單複答陳完夫問》)

主散説一:"古文辭禁:一禁用四六駢語,謂凡古文皆直書其事,直論其理,而駢體則皆餖飣浮詞,駢句又傷文體。歐公'竹簟暑風'之語,猶有議者。不知公乃爲兩制序文,故兼一二駢語耳,他文則從不犯也。或謂經傳亦有駢語,然皆四字短句,氣質古健,若駢麗長句,則斷然無有矣。"(《古文辭通義》卷二注引李氏《古文辭禁》)

主散説二:"古文與他體異者,以首尾氣不可斷耳。有二首尾焉,則斷矣。退之謂六朝文雜亂無章,人以爲過論。夫上衣下裳,相成而不複也。故成章,若衣上加衣,裳下有裳,此所謂無章矣。其能成章者,一氣者也。欲得其氣,必求之於古人。周秦漢及唐宋人文,其佳者皆成誦乃可。"(梅伯言《與孫芝房書》)

"曾亮好爲駢體文,異之曰:'人有哀樂者,面也。今以玉冠之,雖美,失其面矣。此駢體之失也。'余曰:'誠有是,然《哀江南賦》《報楊遵彥書》,其意顧不快耶而賤之也?'異之曰:'彼其意固有限,使有孟、荀、莊周、司馬遷之意,來如雲興,聚如車屯,則雖百徐、庾之詞,不足盡其一意。'余遂稍學爲古文詞。"(又《管異之文集書後》)

駢散兼用説一:"若夫事或孤立,莫與相偶,是夔之一足,跲踔而行也。若氣無奇類,文乏異采,碌碌麗辭,則昏睡耳目。必使理圓事密,聯璧其章,迭用奇偶,節以雜佩,乃其貴耳。"(《文心雕

龍·麗辭》)

駢散兼用説二:"討論體勢,奇偶爲先。凝重多出於偶,流美多出於奇。體雖駢,必有奇以振其氣勢;雖散,必有偶以植其骨。儀厥錯綜,致爲微妙。《尚書》'欽明文思',一字爲偶;'安安',疊字爲偶;'允恭克讓',二字爲偶。偶勢變而生三,奇意行而若一。'光被四表,格於上下',語奇也,而意偶。'克明峻德'四字一句奇,'以親九族'十六字四句偶,'協和萬邦'十字三句奇,而'萬邦'與'九族'、'百姓'語偶,'時雍'與'黎民於變'意偶,是奇也而偶寓焉。'乃命羲和'節,奇。'若天'、'授時',隔句爲偶。中六字綱目爲偶。'分命'、'申命'四節,體全偶而詞悉奇。'帝曰咨'節,奇。'期三百'十七字,參差爲偶。'允釐'八字,顛倒爲偶,而意皆奇。故雙意必偶,'欽明'、'允恭'等句是也。單意可奇可偶,'光被'、'允釐'等句是也。雖文字之始基,實奇偶之極軌,批根爲説,而其類從。慧業所存,斯爲隅舉。"(包世臣《藝舟雙楫·文譜》)

駢散兼用説三:"天地之道,陰陽而已。奇偶也,方圓也,皆是也。陰陽相並俱生,故奇偶不能相離,方圓必相爲用。道奇而物偶,氣奇而形偶,神奇而識偶。孔子曰:'道有變動,故曰爻。爻有等,故曰物。物相雜,故曰文。'又曰:'分陰分陽,迭用柔剛。'故《易》六位而成章,相雜而迭用。文章之用,其盡於此乎?六經之文,班班具存。自秦迄隋,其體遞變,而文無異名。自唐以來,始有'古文'之目,而目六朝之文爲'駢儷'。而爲其學者,亦自以爲與'古文'殊路。既歧奇與偶爲二,而於偶之中,又歧六朝與唐與宋爲三。夫苟第較其字句,獵其影響而已,則豈徒二焉三焉而已,以爲萬有不同可也。吾甚惜夫歧奇偶而二之者之毗于陰陽也。毗陽則躁剽,毗陰則沉膇,理所必至也。於相雜迭用之旨,均無當也。"(李兆洛《駢體文鈔序》)

駢散兼用説四："夫文辭一術,體雖百變,道本同源。經緯錯以成文,玄黄合而爲采。故駢之與散,並派而争流,殊塗而合轍。千枝競秀,乃獨木之榮;九子異形,本一龍之産。故駢中無散,則氣壅而難疏;散中無駢,則辭孤而易瘠。兩者但可相成,不能偏廢。且夫烏生於東,兔没於西者,兩曜各用其光照也;狐不得南,豹無以北者,一水獨限其方域也。物之然否因乎地,言之等量判乎人。世儒執墟曲之見,騰陷井之波。宗散者鄙儷詞爲俳優,宗駢者以單行爲薄弱。是猶恩甲而仇乙,是夏而非冬也。夫駢散之分,非理有參差,實言之濃淡,或爲繪繡之飾,或爲布帛之温。究其要歸,終無異致。推厥所自,俱出聖經。夫經語皆樸,惟《詩》、《易》獨華。《詩》之比物也雜,故辭婉而妍;《易》之造象也幽,故辭驚而創。駢語之采色,於是乎出。《尚書》嚴重而體勢本方,《周官》整齊而文法多比;戴《記》工累疊之語,《繫辭》開屬對之門;《爾雅·釋天》以下,句皆珠連;左氏敍事之中,言多綺合。駢語之體製,於是乎生。是則文有駢散,如樹之有枝幹,草之有花萼,初無彼此之别。所可言者,一以理爲宗,一以辭爲主耳。夫理未嘗不藉乎辭,辭亦未嘗能外乎理,而偏勝之弊,遂至兩歧。始則土石同生,終乃冰炭相格。求其合而一之者,其惟通方之識,絶特之才乎?"(劉開《與王子卿太守論駢體書》)

駢散兼用説五:"今人作散文者,必卑視駢體,古人無是也。王聞修謂韓、柳不輕王、駱、歐、蘇不輕楊、劉,是能見駢散之真者也。其爲駢文輒與散文離立者,文必不工,張文襄已言之。蔣心餘有言:'作四六不過將散行文字稍加整齊,大肆烘托。'曾賓谷:'謂駢體脱俗,即是古文。'沈祥龍謂:'駢散二體,交相爲用。如《易·繫詞》多對偶句,即駢也;其長短錯落處,即散也。六朝文爲駢體,然不能無散句;八家文爲散體,然不能無駢句。蓋非散無以醒駢之意,非駢無以暢散之詞,豈可離而二之。'此駢文與散文相需之道。

專以塗澤搯撦爲駢文，以雷同孤固爲散文，兩家所未知也。（孔巽軒論駢文，以爲達意明事之用。謂如不然，則祇可用之婚啓，不可用之書札；可用之銘誄，不可用之論辨，直爲無用之物。若六朝之文，無非駢體，但縱橫開闔，一與散文同也。曾文正謂陸宣公之文，剖析事理，精當不移，非韓、蘇所能及。駢文之工，固視乎其人耳。）"（《古文辭通義》卷三）

"路閏生曰：'文體有散有駢，其源皆出於經。散爲奇，駢爲偶。《堯典》篇首十九字，奇也；"分命羲仲"以下，則偶矣。《關雎》首章，奇也；"參差荇菜"以下，則偶矣。奇與偶相生，奇之中復有偶，偶之中復有奇，吾惡從而分之？善爲散體者，不專求之散體也，於屈、宋遇之，於揚、馬、班、張遇之，於古今體詩遇之。凡讀駢體文，如見其所謂散體者。善爲駢體者，不專求之駢體也，於《左》、《國》遇之，於《史》、《漢》遇之，於諸子百家遇之。凡讀散文，如見其所謂駢體者。宗散體而薄駢體，其辭陋；業駢體而廢散體，其義駮。好丹非素，論甘忌辛，其不可也必矣。'"（《古文辭通義》卷三引）

駢散兼用説六："近世阮元以爲孔子贊《易》，始著《文言》，故文以耦儷爲主，又牽引文筆之説以成之。夫有韻爲文，無韻爲筆，是則駢散諸體，一切是筆非文，藉此證成，適足自陷。既以《文言》爲文，《序卦》、《説卦》又何説焉？且文辭之用，各有體要。《彖》、《象》爲占繇，占繇故爲韻語；《文言》、《繫辭》爲述贊，述贊故爲儷辭；《序卦》、《説卦》爲目録箋疏，目録箋疏故爲散録。必以儷辭爲文，何緣十翼不能一致？豈波瀾已盡，有所謝短乎？蓋人有陪貳，物有匹耦，愛惡相攻，剛柔相易，人情不能無然，故辭語應以爲儷。諸事有綜會，待條牒然後明者，《周官》所陳，其數一二三四是也。反是，或引端竟末，若《禮經》、《春秋經》、《九章算術》者，雖欲爲儷無由。猶耳目不可雙，而胸腹不可雙，各任其事。舍是二者，單

複固恣意矣。未有一用單者,亦未有一用複者。"(章炳麟《文學總略》)

綜上諸説,主駢主散,成相斫書。獨《文心雕龍》全書統本執中之見,其論麗辭,亦稱"節以雜佩",故爲調和駢散之爭者所陰奉之要義。實則駢體自有其成立之理,而與宇宙萬象相終始;而散體者,特由駢體遷蜕,斷鶴脛而續鳧脛者也。二者理實相成,請申述之:

甲、由宇宙萬象而基立駢體

(一)由文之對象言之。劉勰云:"造化賦形,支體必雙。"是則宇宙現象,凡屬動植,草木、鳥獸、昆蟲,舉莫能例外,矧夫人類哉!其或畸狀異類,支離其體,肬贅其形,則悉成自後天,無非病態,難言通例。吾人造寫物色,著之文辭,反映表現,有似投影,烏有形影而互歧,與真實之頓乖者乎?故劉勰又云:"體植必兩,辭動有配。"明乎斯旨已。至於世間萬事,禍福倚伏,正反對立,是非橫生,美醜善惡,胥相對待。語及彝倫,上下如君臣,平峙如夫婦,義歸攸絜,勢難缺一。吾人辨析事理,造文記述,有舉此見彼之科,著因同求異之律。此又劉勰所云"神理爲用,事不孤立"者也。孰謂偶體非文,而必裂象乖義以爲文哉!

(二)由文之本體言之。文之本體,以辭爲範。文辭表象,其職在達。夫以我辭範,達彼象界,融洽無間,譚何容易。況辭之本質,已屬抽象,形容事物,使之就範,是以虛迎實,適詮其可,不遺妙諦,勢非左右兼濟,高下相形,則象界無以曲包,而隱蔚末由畢宣,理至顯也。然則辭以相儷而愈明,範以用複而見效。猶物之麗廔,則闓明生焉;猶事有比較,則分劑定焉。舒文載實,瞻言見貌,麗辭之用,其在兹乎!非然者,必以孤單之辭,狀不孤單之像,鑿枘相違,達於何有?故篤論原理,則駢文體式,良足代表。若夫解散辭體,務縱送激射以爲奇,浮音縹渺,滔滔不歸,究難語於文本矣。

乙、由駢體斷續而演成散體

論中國文學之變遷，以唐代爲一大關鍵。於文則麗辭化散，號爲古文辭；於詩則律體化散，流爲詩餘，號稱曰詞。此種趨勢，蓋明示修辭術之演變，無論爲詞，爲古文辭，悉易以斷續離合回互激射之道行之，前世所未有也。各引例證，以明其概。

（一）散體文——古文辭

麗辭變相一：就麗辭加以曼衍，壯盛其句。使去其衍詞。則依然麗辭之真相也。録韓愈《原道》開篇一節示例：“博愛之謂仁，行‘而’宜‘之’之謂義，由是‘而之焉’之謂道，足‘乎’己‘無待於外’之謂德。仁與義爲定名，道與德爲虛位。故道有君子小人，而德有凶有吉。”右文删其“而”、“之”、“而之焉”、“乎”、“無待於外”等詞，仍係麗辭。

麗辭變相二：就俳體加以删節，以應機變。使彌補其隙，則原係俳句體也。録韓愈《原毁》首二段示例：“古之君子，其責己也重以周，其待人也輕以約。重以周，故不怠；輕以約，故人樂爲善。聞古之人有舜者，其爲人也，仁義人也。求其所以爲舜者，責於己曰：‘彼，人也；予，人也。彼能是，而我乃不能是。’蚤夜以思，去其不如舜者，就其如舜者。聞古之人有周公者，其爲人也，多材多藝人也。求其所以爲周公者，責於己曰：‘彼，人也；予，人也。彼能是，而我乃不能是。’蚤夜以思，去其不如周公者，就其如周公者。舜，大聖人也，後世無及焉；周公，大聖人也，後世無及焉。是人也，乃曰：‘不如舜，不如周公，吾之病也。’是不亦責於己者重以周乎？其於人也，曰：‘彼，人也。能有是，是足爲良人矣；能有是，是足爲藝人矣。’取其一，不責其二；即其新，不究其舊，恐恐然懼其人之不得爲善之利。一善，易修也；一藝，易能也。其於人也，乃曰：‘能有是，是亦足矣。’曰：‘能善是，是亦足矣。’不亦待於人者輕以約乎？”“今之君子，其責人也詳，其待己也廉。詳，故人難於

爲善；廉，故自取也少。己未有善，曰：‘我善是，是亦足矣。’
（按：與上段學舜相當。）己未有能，曰：‘我能是，是亦足矣。’
（按：與上段學周公相當。）外以欺於人，內以欺其心，未少有得
而止矣。是不亦待於己者已廉乎？其於人也，曰：‘彼雖能是，其
人不足稱也；彼雖善是，其用不足稱也。’舉其一，不計其十；究其
舊，不圖其新。恐恐然惟恐人之有聞也。是不亦責於人者已詳
乎？”右文後段約簡其辭而其意固與前段相當也。

　　陳繹曾《文說》舉《尚書》“天聰明自我民聰明，天明畏自我民
明畏”，爲對語不對字；“衆非元后何戴，后非衆罔與守邦”，爲對意
不對字；“天敍五典，天秩有禮”下，間以“五禮有庸哉，五服有章
哉”，“佑賢輔德”下，間以“邦乃其昌”，爲散文用對語法。是則散
體俳句，原係對語之一式。特其詳略互見，衍省略殊。此皆矯辭之
過，於意無有闕也。

　　（二）散體韻文——詞

　　麗辭變相一：就諧律之麗辭，稱爲新體詩者，加以曼衍，抑揚
其調。使去其衍詞，原即新體詩也。錄唐玄宗《好時光》詞爲例：
“寶髻‘偏’宜宮樣，‘蓮’臉嫩，體紅香。眉黛不須‘張敞’畫，天教
入鬢長。　　莫倚傾國貌，嫁取‘箇’有情郎。彼此當年少，莫負
好時光。”右詞據先師劉子庚引《全唐詩注》云：“唐人樂府，元是律
絕等語，雜和聲歌之。凡五音二十八調，各有分屬。自宮調失傳，
遂并和聲亦作實字矣。此詞疑亦五言八句詩，如‘偏’、‘蓮’、‘張
敞’、‘箇’等字，本屬和聲，而後人改作實事也。”按：此等字今已
括出，復新體詩之原狀。

　　麗辭變相二：就諧律之今體詩，芟削數字，化爲險急之調。錄
李璟《攤破浣溪紗》一闋示例：“菡萏香銷翠葉殘，西風愁起碧波
間。還與容光共憔悴，不堪‘××××’看。　　細雨夢回雞塞遠，小
樓吹徹玉笙寒。簌簌淚珠多少恨，‘××××’倚闌干。”右詞疑本七

言律體,截斷兩句,以協詞調。茲括出未填之詞觀之,則原相可知。

〔二〕　《札記》云:"明對偶之文依於天理,非由人力矯揉而成也。"

〔三〕　范《注》云:"皋陶、益語,皆見《尚書》僞《大禹謨》篇。"《札記》云:
"明上古簡質,文不飾瑂,而出語必雙,非由刻意也。"

〔四〕　范《注》:"《易・乾卦・文言》:'元者,善之長也;亨者,嘉之會
也;利者,義之和也;貞者,事之幹。君子體仁足以長人,嘉會
足以合禮,利物足以和義,貞固足以幹事。君子行此四德者,故
曰:乾,元亨利貞。'又:'九五曰:"飛龍在天,利見大人。"何謂
也? 子曰:"同聲相應,同氣相求。水流濕,火就燥。雲從龍,風
從虎。聖人作而萬物覩。本乎天者親上,本乎地者親下,則各從
其類也。"'《易・上繫辭》:'天尊地卑,乾坤定矣。卑高以陳,貴
賤位矣。動靜有常,剛柔斷矣。方以類聚,物以羣分,吉凶生矣。
在天成象,在地成形,變化見矣。是故剛柔相摩,八卦相蕩,鼓之
以雷霆,潤之以風雨。日月運行,一寒一暑。乾道成男,坤道成
女。乾知大始,坤作成物。乾以易知,坤以簡能。易則易知,簡
則易從;易知則有親,易從則有功;有親則可久,有功則可大;可
久則賢人之德,可大則賢人之業,易簡而天下之理得矣。天下之
理得,而成位乎其中矣。'《易・下繫辭》:'子曰:"天下何思何
慮? 天下同歸而殊塗,一致而百慮。天下何思何慮? 日往則月
來,月往則日來,日月相推而明生焉。寒往則暑來,暑往則寒來,
寒暑相推而歲成焉。往者屈也,來者信也,屈信相感而利生焉。"
"句"、"字"二句,《札記》云:"明對偶之文,但取配儷,不必比其
句度,使語律齊同也。"'"

〔五〕　《札記》云:"明用奇用偶,初無成律,應偶者不得不偶,猶應奇者不
得不奇也。"

〔六〕　范《注》云:"《淮南・修務訓》:'夫宋畫吳冶,刻刑鏤法,亂修曲
出。'高誘《注》:'宋人之畫,吳人之冶,刻鏤刑法,亂理之文,修飾

之功,曲出於不意也。'"

　　故麗辭之體,凡有四對:言對爲易,事對爲難,反對爲優,正對爲劣。言對者,雙比空辭者也;事對者,並舉人驗者也;反對者,理殊趣合者也;正對者,事異義同者也。長卿《上林賦》云:"修容乎禮園,翺翔乎書圃。"此言對之類也;宋玉《神女賦》云:"毛嬙鄣袂,不足程式;西施掩面,比之無色。"此事對之類也;仲宣《登樓》云:"鍾儀幽而楚奏,莊舃顯而越吟。"此反對之類也;孟陽《七哀》云:"漢祖想枌榆,光武思白水。"此正對之類也。凡偶辭胸臆,言對所以爲易也;徵人之學,事對所以爲難也;[一]幽顯同志,反對所以爲優也;並貴共心,正對所以爲劣也。又以事對各有反正,指類而求,萬條自昭然矣。張華詩稱:"遊雁比翼翔,歸鴻知接翮。"劉琨詩言:"宣尼悲獲麟,西狩泣孔丘。"[二]若斯重出,即對句之駢枝也。是以言對爲美,貴在精巧;事對所先,務在允當。若兩事相配,而優劣不均,是驥在左驂,駑爲右服也。若夫事或孤立,莫與相偶,是夔之一足,趻踔而行也。[三]若氣無奇類,文乏異采,碌碌麗辭,則昏睡耳目。[四]必使理圓事密,聯璧其章,迭用奇偶,節以雜佩,[五]乃其貴耳。類此而思,理自見也。

　　贊曰:體植必兩,辭動有配。左提右挈,精味兼載。炳爍聯華,鏡静含態。玉潤雙流,如彼珩珮。

〔一〕　馬敍倫《修辭九論》云:“事對之義,藉昔事以彰今情。始作者不期
而遇,繼體者徵人之學。腹之儉富,無與辭原。惟用之宜,誠助情
采。若陳之茂《寧德皇后哀疏》曰:‘十年罹難,終弗返於蒼梧;萬
國銜冤,徒盡簪於白柰。’朱弁《出使久拘表》曰:‘節上之旄盡落,
口中之舌徒存。歎馬角之未生,魂飛雪窖;攀龍髯而莫逮,淚灑冰
天。’斯雖援徵故實,不異吐露胸懷。外琢之功,似擲於虛牝;内誠
之暴,頗賴於華辭。獨難喻於流俗,非有傷於雅篇。至若悲内兄而
云‘感口澤’,傷弱子而曰‘心如疑’;北面事親,别舅摛‘渭陽’之
詠;堂上養老,送兄賦‘柏山’之悲。用事若斯,何貴舉驗。劉勰、
顏推,所以並著以爲戒也。”

〔二〕　范《注》:“張華《雜詩》,見《玉臺新詠》。劉琨《重贈盧諶詩》,見
《文選》,亦載《晉書》本傳。”

〔三〕　范《注》:“《韓非子·外儲説左下》:‘魯哀公問於孔子曰:“吾聞古
者有夔一足,其果信有一足乎?”’”

〔四〕　馬敍倫云:“遠誦王勃、楊炯之體,近摛吳綺、章藻功之作,皆彦和
所謂‘碌碌’者也,此藻麗之病也。”

〔五〕　《札記》云:“明綴文之士,於用奇用偶,勿師成心。或捨偶用奇,或
專崇儷對,皆非爲文之正軌也。”

鍾嶸〔一〕《詩品》〔二〕

氣之動物，物之感人，故搖蕩性情，形諸舞詠。〔三〕照燭三才，暉麗萬有。靈祇待之以致饗，幽微藉之以昭告。動天地，感鬼神，莫近于詩。〔四〕

昔《南風》之辭，〔五〕《卿雲》之頌，〔六〕厥義敻矣。夏歌曰："鬱陶乎予心。"〔七〕楚謠曰："名余曰正則。"〔八〕雖詩體未全，然是五言之濫觴也。

逮漢李陵，始著五言之目（明鈔本"目"下有"矣"字）。〔九〕古詩眇邈，人世難詳。推其文體，固是炎漢之製，非衰周之倡也。〔一〇〕

自王、揚、枚、馬之徒，詞（明鈔本作"詩"字）賦競（明鈔本作"竟"字）爽，而吟詠靡聞。〔一一〕從李都尉迄班婕妤，將百年間，有婦人焉，一人而已。〔一二〕詩人之風，頓已缺喪。東京二百載中，惟有班固《詠史》，質木無文。〔一三〕

降及建安，曹公父子，篤好斯文；平原兄弟，鬱爲文棟；〔一四〕

劉楨、王粲,爲其羽翼;次有攀龍託鳳,自致於屬車者,蓋將百計(明鈔本作“年”字)。〔一五〕彬彬之盛,大備於時矣。

是後陵遲衰微,迄於有晉。太康中,三張、〔一六〕二陸、〔一七〕兩潘、〔一八〕一左,〔一九〕勃爾復興,蹤武前王,風流未沫,亦文章之中興也。

永嘉時,貴黃老,稍尚虛談。於時篇什,理過其辭,淡乎寡味。爰及江表,微波尚傳,孫綽、許詢、桓、庾諸公詩,皆平典似《道德論》,〔二〇〕建安風力〔二一〕盡矣。

先是郭景純用儁上之才,〔二二〕變創其體;劉越石仗清剛之氣,〔二三〕贊成厥美。〔二四〕然彼衆我寡,未能動俗。

逮義熙中,謝益壽斐然繼作。〔二五〕元嘉中,有謝靈運,才高詞盛,富豔難蹤,固已含跨劉、郭,陵轢潘、左。〔二六〕

故知陳思爲建安之傑,公幹、仲宣爲輔;〔二七〕陸機爲太康之英,安仁、景陽爲輔;〔二八〕謝客爲元嘉之雄,顏延年爲輔:〔二九〕斯皆五言之冠冕,文詞之命世也。

夫四言文約意(明鈔本作“易”字)廣,取效《風》、《騷》,便可多得。每苦文繁而意少,故世罕習焉。〔三〇〕五言居文詞之要,是衆作之有滋味者也,故云會於流俗。豈不以指事造形,窮情寫物,最爲詳切者邪?

故詩有三(明鈔本作“六”字)義焉,一曰興,二曰比,三曰賦。文已盡而意有餘,興也;因物喻志,比也;直書其事,寓言寫物,賦也。〔三一〕弘斯三義,酌而用之,幹之以風力,潤之以丹彩（明鈔本作“粉”字），使味之者無極，聞之者動心，是詩之至也。

若專用比、興，則患在意深，意深則詞躓；若但用賦體，則患在意浮，意浮則文散，嬉成流移，文無止泊，有蕪漫之累矣。

若乃春風春鳥，秋月秋蟬，夏雲暑雨，冬月祁寒，斯四候之感諸詩者也。嘉會寄詩以親，離羣託詩以怨。至於楚臣去境，[三二]漢妾辭宮；[三三]或骨橫朔野，或魂逐飛蓬；或負戈外戍，殺氣雄邊；塞客衣單，孀閨淚盡；又（明鈔本作“或”字）士有解佩出朝，一去忘返；[三四]女有揚蛾入寵，再盼傾國。[三五]凡斯種種，感蕩心靈，非陳詩何以展其義，非長歌何以騁其情？故曰：“《詩》可以羣，可以怨。”[三六]使窮賤易安，幽居靡悶，（明鈔本作“閟”字），莫尚於詩矣。

故詞（明鈔本作“詩”字）人作者，罔不愛好。今之士俗，斯風熾矣。纔能勝衣，[三七]甫就小學，必甘心而馳騖焉。於是庸音雜體，人（明鈔本作“各”字）各爲容。至使膏腴子弟，恥文不逮，終朝點綴，分夜呻吟。獨觀謂爲警策，衆睹終淪平鈍。次有輕薄之徒，笑曹、劉爲古拙，[三八]謂鮑照義皇上人，[三九]謝朓今古獨步。而師鮑照，終不及“日中市朝滿”，[四〇]學謝朓，劣得“黃鳥度青枝”。[四一]徒自棄於高聽，無涉於文流矣。

觀王公縉紳之士，每博論之餘，何嘗不以詩爲口實。隨其嗜欲，商榷不同，淄澠並泛，朱紫相奪，喧議競起，準的無依。

近彭城劉士章，〔四二〕俊賞之士，疾其淆亂，欲爲當世詩品，口陳標榜，其文未遂。感而作焉。

昔九品論人，〔四三〕《七略》裁士，〔四四〕校以賓實，〔四五〕誠多未值。至若詩之爲技，較爾可知。以類推之，殆均博弈。〔四六〕方今皇帝，資生知之上才，體沉鬱之幽思，文麗日月，賞究天人。昔在貴遊，已爲稱首。況八紘既奄，風靡雲蒸，抱玉者聯肩，握珠者踵武。〔四七〕固已（明鈔本無"固"字，"已"作"以"）睥漢、魏而不顧，吞晉、宋於胸中。諒非農歌轅議，〔四八〕敢致流別。嶸之今録，庶周旋於閭里，均之於談笑耳。〔四九〕

〔一〕　案：《嶸傳》，《梁書》，《南史》互有詳略，兹參録如下：鍾嶸，字仲偉，潁川長社人，晉侍中雅七世孫也。父蹈，齊中軍參軍。嶸與兄巘、弟嶼並好學，有思理。嶸，齊永明（齊武帝年號）中爲國子生，明《周易》。衛軍王儉領祭酒，頗賞接之。建武（齊明帝年號）初，爲南康王侍郎。時齊明帝躬親細務，綱目亦密。於是郡縣及六署九府常行職事，莫不爭自啓聞，取決詔敕。文武勳舊，皆不歸選部。於是憑勢互相通進，人君之務，粗爲繁密。嶸乃上書言："古者明君揆才頒政，量能授職，三公坐而論道，九卿作而成務，天子可恭己南面而已。"書奏，上不懌，謂太中大夫顧暠曰："鍾嶸何人？欲斷朕機務，卿識之否？"答曰："鍾嶸位末名卑，而所言或有可采。且繁碎職事，各有司存。今人主總而親之，是人主愈勞而人臣愈逸，所謂代庖人宰而爲大匠斲也。"上不顧而他言。遷撫軍行參軍，出爲安國令。永元（齊東昏侯年號）末，除司徒行參軍。天監（梁武帝年號）初，制度雖革，而日不暇給。嶸乃言曰："永元肇亂，坐弄天爵。勳非即戎，官以賄就。揮一金而取九列，寄片札以招六校。

騎都塞市，郎將填街。服既縓組，尚爲臧獲之事；職惟黃散，猶躬胥徒之役。名實淆紊，茲焉莫甚。臣愚謂永元諸軍官是素族士人，自有清貫，而因斯受爵，一宜削除，以懲僥競。若吏姓寒人，聽極其門品，不當因軍，遂濫清級。若僑雜傖楚，應在綏撫，正宜嚴斷禄力，絕其妨正，直乞虛號而已。謹竭愚忠，不恤衆口。"勑付尚書行之。遷中軍臨川王行參軍。衡陽王元簡出守會稽，引爲寧朔記室，專掌文翰。時居士何胤築室若邪山，山發洪水，漂拔樹石，此室獨存。元簡命嶸作《瑞室頌》以旌表之，辭甚典麗。嶸嘗求譽於沈約，約拒之。及約卒，嶸品古今五言詩爲《詩評》，言其優劣云云，蓋追宿憾，以此報約也。承聖（梁元帝年號）元年，卒於官。

〔二〕《詩品》之名及各刻本。《詩品》之名，《梁書》本傳及隋、唐、宋各志均作"詩評"。今人古直云："案：序云：'彭城劉士章欲爲當世詩品，口陳標榜，其文未遂，感而作焉。'則本名'詩品'。《國語·鄭語》：'以品處庶類者也。'韋昭注：'高下之品也。'仲偉此書自比'九品論人'，故曰'詩品'云爾。"郭紹虞云："案：是書晦於宋以前而顯於明以後，故唐、宋類書除《吟窗雜録》節引數語外，餘如《藝文類聚》、《初學記》、《北堂書鈔》、《太平御覽》、《事類賦注》等書均未見稱引，而明、清叢書中則屢見採輯。今就見於各叢書者録之：有《稗史集傳》本、《説郛》本、《夷門廣牘》本、《格致叢書》本、《天都閣藏書》本、《顧氏文房小説》本、《四十家小説》本、《續百川學海》本、《漢魏叢書》本、《津逮秘書》本、《龍威秘書》本、《歷代詩話》本、《學津討原》本、《詩法萃編》本、《擇是居叢書》本、《詩觸叢書》本、《談藝珠叢》本、《玉雞苗館叢書》本、《對雨樓叢書》本、《諸子百家精華》本、《螢雪軒叢書》本。尚有《一瓻筆存》本，係鈔本。"案：尚遺嚴可均輯《全梁文》本、鄭文焯手校《津逮》本。就上列各本《詩品》言之，今人趙萬里獨推重《擇是居叢書》本，以該本據明正德元年退翁書院鈔本開雕，時有勝義，足供較勘也。本《講疏》用何氏《歷代詩話》本，而以《擇是

居叢書》本及《對雨樓叢書》本（二本大致相同）參校之。《詩品》之
注，似以明馮惟訥《詩紀‧別集》所標注者爲最先見。友人儲皖峯
云："《峭帆樓叢書》本《離憂集》卷上載有陸鉞所著《鍾嶸詩品注
釋》。"謹檢《離憂集‧巽菴小傳》，有"陸鉞，字仲威，號巽菴，常熟人。
少羸疾，棄舉子業，與錢牧齋輩聯社吟咏。所著書有《杜詩注證謬》、
《鍾嶸詩品注釋》、《紀年詩集》、《紀年文集》、《詩餘》，共若干卷。年
五十五，忽盲廢"云云。鉞此書刻本未見。本品詩家爵里，以友人彭
嘯咸所考最詳，茲多據錄。

《詩品》與當時風會。總我國之史觀之，中古之中世期，乃混
亂最久而最甚之時代也。漢之末也，則爲三國鼎峙之局；晉之亂
也，則爲十六國割據之局；及過江以還，則爲南北朝對立之局。因
國土之分裂，與種族之殊異，排擠凌轢之端，播爲風氣，卒其推衍所
至，久而彌熾。三國之世，縱橫騁詞，震動敵國，已有所聞。并以九
品設官定制，寒門世族，浸以養成。迨夫典午失馭，海內分崩，南北
區號，歷久爲梗。《宋書》"索虜"，《魏書》"島夷"，肆其穢詞，互相
醜詆。至若出使專對，行人之選，尤必誇其才地，抵掌談論，抑揚盡
致，以與鄰國爭勝衡長焉。是爲屬於政治之批評。又因其時異族
雜處，種類混淆，衣冠之族，輒自標異，門閥積習，無可移易，以士庶
之別，而爲貴賤之分，矜己斥人，所爭尤嚴。是則起於風俗之批評。
夫競爭正統，指斥僭號，矜尚門地，區別流品，既悉爲當時政治、風
俗習見之例，則其他之文化學術，有不蒙其影響者乎？歷覽藝林，
前世文士，頗矜作品，鮮事論評。及曹丕褒貶當世之人，肆爲之辭，
於是搦筆論文，多以甄別得失爲己任。在梁一代，蕭子顯秉其史論
之識，以繩文學；劉勰更逞其雕龍之辯，以評衆製；庾肩吾則載書法
之士，而品之有九；鍾嶸亦錄五言之詩家，而次之爲三，衡鑒之作，
於斯稱最矣。竊謂嶸處於政治、風俗譏議相尚之秋，殆自有所默授
而作。若蕭、劉、庾諸氏，亦蔚然並起於此時，更足證風會之有自

也。爰就論世之義，略闡明之，以弁卷首，爲讀書知人之先導云爾。

品例略志。《詩品》體例，分品取九品、《七略》之意；論域限以五言之目；評見則宗尚自然，頗與《雕龍》同趣，斯皆鍾氏序中顯訂之例。顧案之本書，悉未有符。一者則自弛其説，云"三品升降，差非定制"，若應璩、謝混，一名兩品，次於何有？二者如夏侯湛《家風》之詩、謝惠連風謠之製，均見品及，則四言、雜言，概乎遭混。三者則且屈例以求，"加事義"、"表學問"云云，胥妨"英旨"，自不煩言。其餘標例所無，隨文敷陳，讀者或習而不察，著者則厥旨未彰。頃既從事釋述，特表其緒餘，示諸卷首，釋例附見。一曰見分體置品之微。記室品第之説，第以其卷次求之，殊多未盡。彼之心目中固尚有明劃之三派焉。一派爲正體詩，以曹子建爲首。子建所製，得乎懽怨中和，有五言正宗之目。子建而後，陸士衡循其規矩者也，謝靈運則能光大其體法者也。此派之詩，至謝超宗、顏則輩而繼響漸絕。一派爲古體詩，以應璩爲首，而輔以元瑜、堅石諸人，造懷指事，頗申古語。嵇康、阮籍，雖復矯異，勢未甚違。此派之詩，至張欣泰、范縝而不絕如縷。一派爲新體詩，以張華爲首，託體華豔。休、鮑後起，美文動俗。王、沈以下，流爲宮體。此派之詩風靡一時，固無論矣。記室就此三體，分次三卷，先正體派，次爲古體、新體二派，蓋有揚正抑俗之微意存焉。惟其間廁列，頗多所抽換，以顯優劣。如顏、謝分品（採湯惠休説），休、鮑亦分品（所謂"商、周不敵"也），皆其例，餘得類推。要以大體觀之，則異派分卷，殆屬恒例。如曹公氣態蒼莽，子建"詞采華茂"，其體迥異，故析置之也。同派必表源流，即非同卷，亦絕無源下流上之例。此應璩、陶潛以簡樸同其體系者，雖曰青出，終當共廁一卷也。斯蓋記室千年就埋之旨，足與蕭子顯《文學傳論》之説合調，殆所謂"百慮而一致"歟？余誠恐今世復有王漁洋輩斤斤不釋者，爰爲銷解其略云爾。二曰標作家風格之觀。《雕龍·體性》僅及八體，以言文態，未見總盡。《詩品》援源以論作家，就人而贊風格，合論理甚順之序，無範圍作風之嫌。竊謂風格品語，爲記室微旨所寄，令人玩索不置。箋釋之責，繫此最重。芻蕘之獻，因詳於斯。與其他非論文之書僅訓詁字句者，自不同科。三曰存知人論世之義。如上卷品李陵詩，中卷品秦嘉、徐淑詩，皆其例。蓋與謝靈運《鄴中八詠詩》小序同旨。四曰明一代文變所自。本書以詳於流變聞，故入品者，文或未工，而身繫風會，實有足多。如孫綽、許詢之詩，頗表晉代玄風，蕭《選》未收，此則品序悉詳。五曰不廢平側之理。記室惡用四聲，除文拘忌。唯平側之理，初未委棄。其"清濁通流，口吻調利"云云，與"浮聲"、"切響"之說亦復何殊？然則此謂"清濁"，自不離乎平側之意也（與切韻家所謂"清濁"絕非一事）。更就其所舉音韻爲重諸例，曰"置酒高堂上"，曰"明月照高樓"，平側皆調，尤可證。六曰行文無後世之精確。如云："曹公父子，篤好斯文；平原兄弟，鬱爲文棟。"令後人爲之，必以異辭同義爲戒。《藝苑卮言》有云："太原兄弟，俱擅菁華；汝南父子，嗣振《騷》、《雅》。"斯其例也。六代則無論詩文，都無此戒。陸機《五等諸侯論》云："三代所以直道，四王所以垂業。"則"四王"與"三代"義併。謝靈運詩"揚帆"、"挂席"，用偶句而實一事。厥例頗多。今人不省，强分"曹公父子"指操、丕，"平原兄弟"指植、彪。不知白馬與陳思贈答，有"以莛扣鐘"之誚，何能並稱"文棟"乎？本書嘗稱魏文足以"對揚厥弟"，《雕龍·明詩》篇則謂"文帝、陳思，縱轡以騁節"，《才略》篇又謂"文帝以位尊減才，思王以勢窘益價"，由於"俗情抑揚"。然則"文棟"自係偕譽丕、植，不得以後世行文之法，刻舟而求也。錄此，聊見中古修詞之一例。

〔三〕　與下云"若乃春風春鳥，秋月秋蟬，夏雲暑雨，冬月祁寒，斯四候之感諸詩者也"同意，乃揭明詩之源泉，由景生情，而情寄於詩爾。

〔四〕　白居易曰："夫文尚矣，三才各有文：天之文，三光首之；地之文，五材首之;人之文,六經首之;就六經言,《詩》又首之。何者?聖人感人心而天下和平。感人心者,莫先乎情,莫始乎言,莫切乎聲,莫深乎義。詩者,根情,苗言,華聲,實義。上自聖賢,下至愚騃,微及豚魚,幽及鬼神,羣分而氣同,形異而情一。未有聲入而不應,情交而不感者。"此論詩歌作用之偉大,足與記室之言相發。"三才"者,合大自然與人間世而言之。詩人窺情風景,體察人羣,照燭所及,必見精詣。若夫美教化,移風俗,宏括萬有,陶冶一切,輝光日新,胥詩之大用也。饗靈祇、告幽微之製,以頌體爲多,《詩大序》所謂"頌者,美盛德之形容,以其成功告於神明"是也。孔穎達曰:"周禮之例:天曰神,地曰祇,人曰鬼。鬼神與天地相對,唯謂人之鬼神耳。人君誠能用詩人之美道,聽嘉樂之正音,使賞善伐惡之道舉無不當,則可使天地效靈,鬼神降福也。"此則似涉初民之誕妄,實欲藉詩歌之藝術,使人類爲向上之演進,自有其用意也。

〔五〕僞《家語·辨樂》:"舜彈五弦之琴,歌《南風》之詩,其詩云:'南風之熏兮,可以解吾民之愠兮;南風之時兮,可以阜吾民之財兮。'"《文選·琴賦》注引《尸子》,只此詩首二句。孫志祖曰:"案:《南風》之詩,鄭注《樂記》云:'其辭未聞也。'"

〔六〕此處"歌"、"頌"互文,非另體也。《尚書大傳》:"舜將禪禹,於時俊乂百工相和而歌曰:'卿雲爛兮,糺縵縵兮。日月光華,旦復旦兮。'"案:《大傳》即古之緯書,自難徵信。

〔七〕僞《古文尚書·五子之歌》文。

〔八〕《離騷》文。順德黃先生曰:"《離騷》文辭複雜,五言句實不一二覯。"

〔九〕《漢書·藝文志·詩賦略》載《雜各有主名歌詩》十篇。章學誠《校讎通義》曰:"《漢志》臣工之作,有《黃門倡車忠等歌詩》,而無蘇、李'河梁'之篇。或云《雜各主名歌詩》十篇或有蘇、李之作。"皎然《詩式》曰:"五言,周時已見濫觴,及乎成篇,則始於李陵、蘇武。"

〔一〇〕　《文心雕龍·明詩》曰：“古詩佳麗，或稱枚叔。其‘孤竹’一篇，則傅毅之詞。比采而推，其兩漢之作乎？”

〔一一〕　案：《漢書·藝文志·詩賦略》載枚乘賦九篇、司馬相如賦二十九篇、王褒賦十六篇、枚皋賦百二十篇、揚雄賦十二篇。謂皆“詞賦競爽”，信矣。然《漢書·禮樂志》明云：“以李延年爲協律都尉，多舉司馬相如等數十人造爲詩賦，略論律呂，以合八音之調，作十九章之歌。”是即所謂《郊祀歌》十九章也。又《漢書·佞幸·李延年傳》亦云：“延年善歌，爲新變聲。是時上方興天地諸祠，欲造樂，令司馬相如等作詩頌，延年輒承意弦歌，所造詩謂之新聲曲。”並相如曾爲歌詩之證。又《漢書·何武傳》：“宣帝時，天下和平，四夷賓服，神爵、五鳳之間，屢蒙瑞應，而益州刺史使辯士王褒頌漢德，作《中和》、《樂職》、《宣布》詩三篇。”是褒亦能詩。至枚氏父子，亦頗有傳疑之作。如《玉臺》載乘《雜詩》九首，《文章緣起》謂乘作《麗人歌詩》，劉向《別録》則謂皋有《麗人歌賦》，是亦難斷枚氏無詩。獨子雲確未聞有吟咏耳。《文心雕龍·明詩》曰：“嚴、馬之徒，屬辭無方。成帝品録，三百餘篇，朝章國采，亦云周備，而辭人遺翰，莫見五言。”而不指非五言之詩，似較仲偉之説爲審。

〔一二〕　案：此可證卓文君《白頭吟》、王昭君《怨詩》皆非本人作。

〔一三〕　許學夷《詩源辯體》卷三曰：“班固五言《詠史》一篇，則過於質直。鍾嶸云：‘班固《詠史》，質木無文。’是也。”

〔一四〕　案：建安十六年，曹植封平原侯。《文心雕龍·明詩》篇曰：“文帝、陳思，縱轡以騁節。”胡應麟論古體雜言曰：“魏文兄弟，崛起建安。”又論古體五言曰：“子桓兄弟，努力前規。”

〔一五〕　《薑齋詩話》卷下曰：“建立門庭，自建安始。曹子建鋪排整飾，立階級以賺人升堂，用此致諸趨赴之客，容易成名，伸紙揮毫，雷同一律。”

〔一六〕　《詩紀·別集》注云：“三張，載、協、亢也。”

〔一七〕　"二陸"，機、雲也。

〔一八〕　"兩潘"，岳、尼也。

〔一九〕　"一左"，謂思。不及其妹芬者，以芬只擅賦耳。

〔二〇〕　劉熙載《詩概》云："此由乏理趣耳，夫豈尚理之過哉！"胡適之先生
以"桓、庾"爲桓温、庾亮，見其所著《文學史》第八章。《詩紀·別
集》四引《續晉陽秋》曰："正始中，王弼、何晏好莊、老玄勝之談，而
世遂貴焉。至過江，佛理尤盛，故郭璞五言始會合道家之言而韻
之。詢及太原孫綽轉相祖尚，又加以三世之辭，而《詩》、《騷》之體
盡矣。詢、綽並爲一時文宗，自此作者悉體之。至義熙中，謝混始
改。"案：孫、許之詩未盡平典，亦間有研練之詞。《剡溪詩話》引
孫綽《秋日》詩"疏林積涼風，虛岫凝結霄"，又引許詢詩"青松凝素
髓，秋菊落芳英"、"丹葩耀芳蕤，綠竹蔭閑敞"、"曲櫺激鮮飇，石室
有幽響"，均善造狀。而詢詩"丹葩"二句，尤與左思詩"白雪停陰
岡，丹葩耀芳林"迫似。若謂太冲宗歸建安，則詢詩又豈盡異趣
哉！（所引詢諸詩，丁刊《全晉詩》卷五均失收。）

〔二一〕　黃侃《文心雕龍·體性札記》曰："風趣即風氣，或稱風氣，或稱風
力，或稱體氣，或稱風辭，或稱意氣，皆同一義。"

〔二二〕　《文心雕龍·明詩》曰："江左篇製，溺乎玄風，嗤笑徇務之志，崇盛
亡機之談。袁、孫已下，雖各有雕采，而辭趣一揆，莫與爭雄，所以
景純仙篇，挺拔而爲俊矣。"

〔二三〕　《文心雕龍·才略》篇曰："劉琨雅壯而多風。"

〔二四〕　《詩源辯體》卷之五曰："鍾嶸云'永嘉時，貴黃老，至劉越石仗清剛之
氣，贊成厥美'云云，此論甚詳。予考永嘉以後，傳者絕少，故不能備
述。但劉越石前與潘、陸同時，今謂永嘉而後，景純'變創'，越石'贊
成'，則失考矣。"又《詩概》云："劉越石詩定亂扶衰之志，郭景純詩除
殘去穢之情，第以'清剛'、'儁上'目之，殆猶未覘厥蘊。"

〔二五〕　《宋書·謝靈運傳論》曰："叔源大變太元(孝武年號)之體。"

〔二六〕　按：仲偉以爲靈運才高則含跨劉琨、郭璞，詞盛則凌轢潘岳、左思，亦猶元稹謂杜“兼昔人獨專”之意。

〔二七〕　李重華《貞一齋詩説》曰：“魏詩以陳思爲主，①餘子輔之。五言自漢迄魏，得思王始稱大成。”

〔二八〕　《詩藪》外編卷二曰：“鍾記室以士衡爲晉代之英，嚴滄浪以士衡獨在諸公之下，雖各舉所知，咸自有謂。學者精心體味，兩得其説迺佳。”

〔二九〕　《詩源辯體》卷之七曰：“鍾嶸云：‘謝客爲元嘉之雄，顏延年爲輔。’愚按：太康五言，再流而爲元嘉。然太康體雖漸入俳偶，語雖漸入雕刻，其古體猶有存者。至謝靈運諸公，則風氣益漓，其習盡移，故其體盡俳偶，語盡雕刻，而古體遂亡矣。此五言之三變也。”又《詩源辯體》卷三十五曰：“鍾嶸《詩品》言‘陳思爲建安之傑’，至‘顏延年爲輔’，乃當時衆論所同，非一人私見也。”

〔三〇〕　案：四言至是時早不能抗行《三百》，文益繁而習益敝，故仲偉言之云爾，非謂四言本無足爲也。唐李白嘗言：“興寄深微，五言不如四言。”

〔三一〕　丁刊《升庵詩話》卷十二“賦興比”條引李仲蒙曰：“敍物以言情謂之賦，情、物盡也；索物以託情謂之比，情附物也；觸物以起情謂之興，物動情也。”劉熙載《藝概》卷三云：“風詩中賦事，往往兼寓比、興之意。鍾嶸《詩品》所由，竟以‘寓言寫物’爲賦也。賦兼比、興，則以言內之實事，寫言外之重旨。故古之君子，上下交際，不必有言也，以賦相示而已。不然，賦物必此物，其爲用也幾何？”

〔三二〕　《史記·太史公自序》曰：“屈原放逐，著《離騷》”。

〔三三〕　陸時雍《詩鏡總論》謂：“王嬙以絶世姿作蠻夷嬪。”

〔三四〕　案：張協《詠史》詩云：“抽簪解朝衣，散髮歸海隅。”又沈約《八詠

---

① “爲主”，《貞一齋詩説》原作“作主”。

詩》詠"解佩去朝市"云："去朝市,朝市深歸暮。辭北纓而南徂,浮
東川而西顧。"仲偉意與之同。

〔三五〕李夫人"一顧傾人城,再顧傾人國",見李延年歌。

〔三六〕《論語·陽貨》篇文。

〔三七〕《淮南·氾論訓》云："周公事文王也,身若不勝衣。"

〔三八〕《詩藪》內編卷二云："建安首稱曹、劉。陳王精金粹璧,無施不可。
公幹才偏,氣過其詞。"

〔三九〕案:鍾憲謂:"大明、泰始中,鮑、休美文,殊已動俗。"今觀此語,尤
見齊、梁士俗尊鮑之甚矣。鮑詩之流爲梁代側豔之詞,及此體之風
靡一世,均於此覘之。

〔四〇〕《詩紀·別集》注:"鮑照《結客少年場行》。"案:此詩真至,足追
曹、劉,世徒賞其藻豔,曷足語此。

〔四一〕《詩紀·別集》注:"虞炎《玉階怨》。"陳師道曰:"謝朓云:'黃鳥度
青枝。'語巧而弱。"(杜詩《雨》四首《詳注》引)吳騫《拜經樓詩話》
卷三曰:"'黃鳥'句未見於謝集,不知出何詩也。"案:陳、吳均不
知此句文義與上句有殊,故有此誤。上句謂師鮑照,而不及鮑照之
句;此句則謂學謝朓所得獨此,尚遠遜於原作之"黃鳥"句也。《水
經·濁漳水注》:"以木爲偏橋,劣得通行。""劣得",謂"僅得"也。
若岑參《送鄭少府赴滏陽》云:"黃鳥度宮牆。"則又襲虞炎矣。今人
彭嘯咸云:"《淮南子·道應訓》:'孔子曰:"菑、澠之水合,易牙嘗而
知之。"'注:'菑、澠,齊二水名。'"案:此說又見僞《列子·說符》篇。

〔四二〕齊中庶子劉繪,字士章。下卷有品。

〔四三〕《漢書·古今人表》分九等。

〔四四〕《漢志》:"劉歆總羣書而奏其《七略》。"

〔四五〕"賓實",即"名實"。《莊子·逍遙游》篇曰:"名者,實之賓也。"
(僞《列子·楊朱》篇引《老子》同)

〔四六〕《論語·陽貨》篇曰:"不有博弈者乎? 爲之猶賢乎已!"

〔四七〕　古直曰：“‘方今皇帝’，謂梁武帝。齊竟陵王開西邸，招文學，帝與沈約、謝朓、王融、蕭琛、范雲、任昉、陸倕並遊，號曰八友。”曹植《與楊德祖書》云：“吾王於是頓八紘以掩之。”五臣注：“八紘，八方也。”《升庵詩話》卷十四“鍾常侍《詩品》”條注云：“言文士之多。”

〔四八〕　此記室謙辭。“蒭蕘軒議”，即太史公所謂“其言不雅馴，薦紳先生所不道”也。①

〔四九〕　鄭文焯云：“夫古今選家，知人論世，病在不親；稗官紀事，又多失實；史傳或意爲軒輊，未足定月旦也。嶸之今録，去古未遙，且有周旋當代者，宜其較爾賓實，宏致流別矣。”

　　一品之中，略以世代爲先後，不以優劣爲詮次。又其人既往，其文克定。今所寓言，不録存者。

　　夫屬詞比事，乃爲通談。若乃經國文符，應資博古；撰德駁奏，宜窮往烈。至乎吟咏情性（明鈔本作“性情”），亦何貴於用事？〔一〕“思君如流水”，〔二〕既是即目；“高臺多悲風”，〔三〕亦唯所見；“清晨登隴首”，羌無故實；〔四〕“明月照積雪”，〔五〕詎出經史？觀古今勝語，多非補假，皆由直尋。〔六〕

　　顏延、謝莊，尤（明鈔本作“猶”字）爲繁密，〔七〕於時化之。故大明、泰始中，文章殆同書抄。近任昉、王元長等，辭不貴奇，競須新事。〔八〕爾來作者，寖以成俗。遂乃句無虛語，語無虛字，拘攣補衲，蠹文已甚。但自然英旨，罕值其人。〔九〕詞既失高，則（明鈔本無“則”字）宜加事義。〔一〇〕雖謝天才，且表學

---

① “所不道”，《史記·五帝本紀》原作“難言也”。

問,亦一理乎?

陸機《文賦》,通而無貶;^{〔一〕}李充《翰林》,疏而不切;^{〔二〕}王微《鴻寶》,密而無裁;^{〔三〕}顔延論文,精而難曉;^{〔四〕}摯虞《文志》,詳而博贍,頗曰知言:^{〔五〕}觀斯數家,皆就談文體,而不顯優劣。至於謝客集詩,逢詩輒取;^{〔六〕}張隲《文士》,逢文即書:^{〔七〕}諸英志録,並義(明鈔本作"載"字)在文,曾無品第。

嶸今所録,止乎五言。^{〔一八〕}雖然,夫(明鈔本無"夫"字)網羅今古,詞文殆集。輕欲辨彰(明鈔本作"張"字)清濁,掎摭病利。凡百二十人,預此宗流者,便稱才子。至斯三品升降,差非定制,方申變裁,^{〔一九〕}請寄知者爾。

〔一〕 案:《滄浪詩話》云:"詩有別才,非關學問。"①

〔二〕 《詩紀·別集》注:"徐幹《雜詩》。"

〔三〕 《詩紀·別集》注:"陳思《雜詩》。"

〔四〕 案:吳均《答柳惲》首句云:"清晨發隴西。"沈約《有所思》起句云:"西征登隴首。"仲偉殆誤合二句爲一句耶?《漢書·武帝紀》:太始二年詔云:"往者朕郊見上帝,西登隴首,獲白麟以饋宗廟。"又《禮樂志》載《郊祀歌》云:"朝隴首,覽西垠。雷電燎,獲白麟。"即賦其事。是"登隴首"之語確有史實可稽,仲偉於是爲失言矣。王士禎《論詩》云:"五字清晨登隴首,羌無故實使人思。定知妙不關文字,已是千秋幼婦詞。"則又爲仲偉所誤矣。

〔五〕 《詩紀·別集》注:"謝康樂《歲暮》。"

〔六〕 案:文資事義者謂之"補假",《文心雕龍》專闢《事類》篇以論之

---

① "非關學問",《滄浪詩話》原作"非關書也"。

矣。"直尋"之義,在即景會心,自然靈妙,實即禪家所謂"現量"是
也。《薑齋詩話》卷下曰:"禪家有'三量',惟'現量'發光,爲依佛
性。'長河落日圓',初無定景;'隔水問樵夫',初非想得,則禪家
所謂'現量'也。'僧敲月下門',祇是妄想揣摩,若即景會心,則或
'推'或'敲',必居其一,何勞擬議哉!"

〔七〕《詩源辯體》卷之七曰:"顔、謝諸子,語既雕刻,而用事實繁,故多
　　　有難明耳。"

〔八〕案:"昉既博物,動輒用事",仲偉已評之於後矣。元長詩,陳祚明
　　　評其"刻畫裁成,特少警思",亦此之謂也。

〔九〕鄭文焯曰:"《苕溪》引'牽聯補衲','英旨'作'英特','罕值'作
　　　'罕遇'。胡仔所見,當據宋本。"

〔一○〕《文心雕龍・事類》篇所謂"文章之外,據事以類義"者也。

〔一一〕案:陸機《文賦》妙解情理,心識文體,自可謂之"通"矣。但仲偉
　　　謂其"無貶",則殊不見然。賦中明有"雖應不和"、"雖和不悲"、
　　　"雖悲不雅"、"既雅不豔"云云,即區分褒貶之證也。

〔一二〕嚴可均《全晉文》只輯數條,餘並亡佚,頗難懸揣。

〔一三〕《隋書・經籍志・雜家》載《鴻寶》十卷。書今未見。

〔一四〕案:延之《庭誥》亦有論文之語。其論律呂音調(即憲子),曾見誚
　　　于王融,下文載之。其論言、筆之分,復爲劉勰所詆,具詳《文心雕
　　　龍・總術》篇。

〔一五〕《隋書・經籍志・史部》載《文章志》四卷,摯虞撰。書今未見。

〔一六〕《隋書・經籍志・總集》載謝靈運《詩英》九卷。疑即指此。

〔一七〕《隋書・經籍志・史部》載《文士傳》五十卷,張隱撰。"隱"字疑
　　　爲"隲"字形近而譌。書今未見。

〔一八〕案:仲偉評小謝"綺麗風謡",已非盡五言。又評夏侯湛見重潘安
　　　仁,以《世說》考之,乃湛《周詩》爲安仁所稱,然《周詩》實四言也。
　　　可知古人著書,例不甚嚴。

〔一九〕　“變裁”，猶前言“流別”也。

昔曹、劉殆文章之聖，陸、謝爲體貳之才。銳精研思，千百年中，而不聞宮商之辨，四聲之論。或謂前達偶然不見，豈其然乎?〔一〕

嘗試言之：古曰詩頌，皆被之金竹，故非調五音，無以諧會。若“置酒高堂上”、〔二〕“明月照高樓”，〔三〕爲韻之首。故三祖〔四〕之詞，文或不工，而韻入歌唱。此重音韻之義也，與世之言宮商異矣。〔五〕今既不被管絃，亦何取於聲律耶?

齊有王元長者，嘗謂余云：“宮商與二儀俱生，自古詞人不知之。惟顏憲子乃云‘律呂音調’，而其實大謬。唯見范曄、謝莊頗識之耳。”〔六〕常欲進《知音論》，未就。”王元長創其首，謝朓、沈約揚其波。〔七〕三賢或貴公子孫，〔八〕幼有文辯。於是士流景慕，務爲精密，襞積細微，專相凌架。故使文多拘忌，傷其真美。余謂文製本須諷讀，不可蹇礙，但令清濁通流，口吻調利，斯爲足矣。〔九〕至平上去入，則余病未能；蜂腰鶴膝，閭里已具。〔一〇〕

陳思贈弟，〔一一〕仲宣《七哀》，〔一二〕公幹思友，〔一三〕阮籍《詠懷》，〔一四〕子卿“雙鳧”，〔一五〕叔夜“雙鸞”，〔一六〕茂先寒夕，〔一七〕平叔衣單，〔一八〕安仁倦暑，〔一九〕景陽苦雨，〔二〇〕靈運《鄴中》，〔二一〕士衡《擬古》，〔二二〕越石感亂，〔二三〕景純詠仙，〔二四〕王微風月，〔二五〕謝客山泉，〔二六〕叔源離宴，〔二七〕鮑昭（明鈔本作

"照"字）成邊，〔二八〕太冲《詠史》，〔二九〕顏延入洛，〔三〇〕陶公《詠貧》之製，〔三一〕惠連《擣衣》之作，〔三二〕斯皆五言之警策者也。此謂篇章之珠澤，〔三三〕文采之鄧林。〔三四〕

〔一〕　《南齊書・陸厥傳》載厥《與沈約書》論宮商云：“沈尚書亦云：自靈均以來，此秘未覩，或闇與理合，匪由思至。張、蔡、曹、王，曾無先覺；潘、陸、顏、謝，去之彌遠。”

〔二〕　阮瑀《雜詩》。

〔三〕　曹植《七哀》。

〔四〕　魏武帝操，太祖；文帝丕，高祖；明帝叡，烈祖。

〔五〕　詳見下第〔一〇〕條引《詩源辯體》。陳澧《切韻考・通論》云：“范蔚宗言宮商，猶後世之言平仄也。”蓋宮爲平、商爲仄歟？

〔六〕　《南齊書・陸厥傳》載范詹事《自序》：“性別宮商，識清濁，特能適輕重，濟艱難。古今文人多不全了斯處。”《南齊書・樂志》曰：“宋孝武使謝莊造明堂辭，莊依五行數，木數用三，火數用七，土數用五，金數用九，水數用六。”案：莊辭今存《宋明堂歌》九首、《宋世祖廟歌》二首。

〔七〕　《師友詩傳録》載阮亭曰：“齊、梁後拘限聲病，喜尚形似。鍾嶸嘗以譏謝玄暉、王元長矣。然二公豈失爲一代文宗耶！”

〔八〕　王融，字元長，宋征虜將軍王僧達孫。避齊和帝諱，以字行。謝朓，宋僕射謝景仁之從孫。沈約，宋征虜將軍沈林子之孫。

〔九〕　黃侃《文心雕龍・聲律札記》引此云：“斯可謂曉音節之理，藥聲律之拘。”

〔一〇〕　《詩源辯體》卷三十五曰：“鍾嶸與王融、謝朓、沈約同時，而論詩不爲所惑，良可宗尚。其論三子云：‘曹、劉、陸、謝，不聞宮商之辨，四聲之論。三祖之詞，文或不工，而韻入歌唱。此重音韻之義也，

與世之言宮商者異矣。文製本須諷讀,不可蹇礙。但令清濁通流,
口吻調利,斯爲足矣。平上去入,余病未能;蜂腰、鶴膝,閭里已
具'云云。此論堪爲吐氣。"案:"蜂腰"、"鶴膝"乃沈休文所謂"八
病"之二。"蜂腰"者,第二字不得與第五字同聲,如"遠'與'君別
'者',乃至雁門關"。一說第三字不得與第七字同韻,如"徐步
'金'門旦,言'尋'上苑春"。"鶴膝"者,第五字不得與第十五字
同聲,如"新裂齊紈'素',皎潔如霜雪。裁爲合歡'扇',團團似明
月"。詳見《詩紀·別集》二所載。黃侃《文心雕龍·聲律札記》
曰:"記室云:'蜂腰鶴膝,閭里已具。'蓋謂雖尋常歌謠,亦自然不
犯之,可無嚴設科禁也。"

〔一〕　如《贈白馬王彪》詩是。王葆心曰:"記室品詩,別擇其尤,別標目
　　　　錄,備記'陳思贈弟'以下之成式。彥和所謂'選文以定篇',亦其
　　　　意也。"

〔二〕　案:即篇名。

〔三〕　如《贈徐幹》詩是。

〔四〕　汪師韓《詩學纂聞》曰:"詩有一人之集止一題者,《阮步兵集》四言
　　　　十三篇、五言八十篇,其題皆曰《詠懷》。"

〔五〕　案:庾信《哀江南賦》曰:"李陵之雙鳧永去,蘇武之一雁空飛。"白居
　　　　易《與元九書》云:"五言始於蘇、李,去《詩》未遠,梗概尚存。故興離
　　　　別則引'雙鳧'、'一雁'爲喻,猶得風人之什二三焉。"蓋自唐以前人
　　　　早認"雙鳧"詩爲漢蘇武之作。近人梁任公疑係六朝之蘇子卿,羌無
　　　　徵證,恐不可從。又案:《前漢書·揚雄傳》:《解嘲》辭曰:"雙鳧飛
　　　　不爲之少。"雄,古今之善摹擬者,此語自有所本,殆出於蘇武之此詩
　　　　歟? 又何遜《秋夕歎白髮》云:"違俗等雙鳧。"當亦本此。

〔六〕　《贈秀才入軍》第十九首開句云:"雙鸞匿景曜。"即指此首。

〔七〕　"寒夕"自係其詩所用之字,必非隱栝詩句之意者。此詩殆已佚
　　　　去。或即以《雜詩》"繁霜降當夕"當之,恐誤。

〔一八〕　"衣單"詩亦佚。

〔一九〕　《悼亡》詩第二首有"溽暑隨節闌"之句,疑即指此。

〔二〇〕　《雜詩》第十首有云:"階下伏泉涌,堂上水衣生。洪潦浩方割,人懷昏墊情。""苦雨"蓋指此詩。

〔二一〕　擬詩也。

〔二二〕　計有十四首,詳下"古詩"品第〔三〕條注。

〔二三〕　如《重贈盧諶》及《扶風歌》是。

〔二四〕　今存《遊仙詩》十四首是也。

〔二五〕　案:江文通《雜體詩》有《王徵君微養疾》一首,中云:"清陰往來遠,月華散前墀。"寫"風月"也。原詩自有此。

〔二六〕　《文心雕龍·明詩》以爲宋初"莊、老告退,而山水方滋",蓋即指靈運也。

〔二七〕　丁刊《全晉詩》卷七載《送二王在領軍府集》詩,題下有夾注云:"此詩見宋版《初學記》卷十八,作謝琨。又劣版末二句作謝琨。"案:此詩末二句云:"樂酒輟今辰,離端起來日。"似"離宴"即指此詩。

〔二八〕　如《代出自薊北門行》是。

〔二九〕　詩凡八首。

〔三〇〕　謂《北使洛》詩也。

〔三一〕　如《乞食》一首、《詠貧士》七首及《飲酒》第十五首皆是。

〔三二〕　"擣衣",篇名。

〔三三〕　鄭文焯校云:"自'陳思贈弟'句,並有韻之文,故疑末句當以'澤'字煞。"

〔三四〕　"鄧林",見《海外北經》。畢沅云:"'桃林'即'鄧林'也。'鄧'、'桃'音相近。"案:《中山經》云:"桃林廣員三百里。"是其地之大可知,借以喻文彩總萃之處也。《周書·王褒庾信傳論》云:"曹、王、陳、阮,負宏衍之思,挺棟幹於鄧林。"

卷　上

古　詩〔一〕

其體源出於《國風》。〔二〕陸機所擬十四首，文溫以麗，意悲而遠，驚心動魄，可謂幾乎一字千金。〔三〕其外"去者日以疏"四十五首，〔四〕雖多哀怨，頗爲總雜。舊疑是建安中曹、王所製。〔五〕"客從遠方來"、"橘柚垂華實"，亦爲驚絶矣。〔六〕人代冥滅，而清音獨遠，悲夫！

〔一〕案：古詩多無主名之詩，故鍾嶸有"人代冥滅"之歎。而劉勰、徐陵謂中有枚乘、傅毅之作，則作者殆兼兩漢。更以時序言之："凜凜歲云暮"篇，以"涼風"、"螻蛄"狀時，明係秋節，而謂"歲暮"，則必在漢武未改曆以前，仍秦制以十月爲歲首之時也。蓋以十月爲歲首，則秋杪自可謂之"歲暮"矣。（友人戴静山據《讀書雜志》三"春正月"條所考及陳垣《二十史朔閏表·例言》，定漢武太初改曆僅改歲首，而四時十二月並不改。）又"東城高且長"篇，亦既言"秋草"，復云"歲暮"，厥例亦同。兩篇自皆爲西漢作品無疑。若以地理言之：李善既舉"驅車上東門"及"游戲宛與洛"（"青青陵上柏"篇句）爲"辭兼東都"，近人黄侃復釋之曰："阮嗣宗《詠懷詩》注：'《河南郡圖經》曰："東有三門，最北頭有上東門。"'（文雨案：《洛陽伽藍記》："東面有三門，北頭第一門曰建春門，漢曰上東門。"）案：此東都城門名也，故疑爲東漢人之辭。《古詩》注曰：'《漢書》：南陽郡有宛縣。洛，東都也。'案：張平子《南都賦》注引摯虞曰：'南陽郡治宛、洛之南，故曰南都。'《南都賦》曰：'夫南陽者，真所謂漢之舊都者也。'賦以'宛'、'洛'互言,明在東漢之世。"然則"驅車上東門"及"青青陵上柏"兩篇爲東漢作品無疑。

〔二〕　案:《文心雕龍·宗經》篇亦分析《易》、《書》、《詩》、《禮》、《春秋》爲各種文體之源,與本書論詩源意相似。劉熙載《詩概》云:"《古詩十九首》與蘇、李同一悲慨,然《古詩》兼有豪放曠達之意,與蘇、李之一於委曲含蓄,有陽舒陰慘之不同。知人論世者自能得諸言外,固不必如鍾嶸《詩品》謂《古詩》'出於《國風》',李陵'出於《楚辭》'也。"

〔三〕　吳汝綸《古詩鈔》云:"陸機所擬,今可見者十二首。鍾記室云'十四首',蓋二篇亡佚矣。舊傳爲枚乘作者,殆此諸篇。《玉臺》所錄枚乘《雜詩》皆在此。惟'今日良宴會'、'青青陵上柏'、'明月皎夜光'三首,以非《玉臺》體,徐陵不錄。而李善據'遊戲宛與洛'與'驅車上東門',辨其非盡枚乘。知此三篇,舊必亦云乘作。陸所擬亡二篇,其一篇必'驅車上東門'矣,餘一篇不可復考。且《詩品》以此十四篇者'驚心動魄','一字千金',而疑'去者日以疏'以下四十五首爲'建安中曹、王所製';《玉臺》亦以'凜凜歲云暮'、'孟冬寒氣至'、'客從遠方來'等詩篇,引爲古詩,不云枚乘,知此十四篇與餘篇,古自分劃,不雜廁也。"案:吳說甚是,惟於陸氏篇章欠考。陸氏除"行行重行行"、"今日良宴會"、"迢迢牽牛星"、"涉江採芙蓉"、"青青河畔草"、"明月何皎皎"、"蘭若生春陽"、"青青陵上柏"、"東城高且長"、"西北有高樓"、"庭中有奇樹"、"明月皎夜光"十二章擬作外,其《駕言出北闕行》,唐人《藝文類聚》於題下有"驅車上東門"五字,爲十四篇擬作之一甚明,毋勞以《選注》迂迴定之。又其"遨遊出西城",以辭氣考之,亦明是"迴車駕言邁"之作。吳《鈔》發其疑,而不指出陸氏所擬之篇,誠有遺憾已。胡應麟《詩藪》內編卷二以爲此諸詩"興象玲瓏,意致深婉,真可以泣鬼神,動天地",其言似本仲偉。

〔四〕 案：此"四十五首"，就現存漢京之詩考之：本品所舉，則有"客從遠方來"、"橘柚垂華實"二首；十九首除上所舉，餘篇尚有"冉冉孤生竹"（《文心雕龍·明詩》篇曰："古詩佳麗，或稱枚叔。其'孤竹'一篇，蓋傅毅之詞。"可知舊本均題爲"古詩"，彥和亦無斷然之意也）、"去者日以疏"、"生平不滿百"、"凜凜歲云暮"、"孟冬寒氣至"五首；此外則有古詩"上山采蘼蕪"、"四坐且莫諠"、"悲與親友別"、"穆穆清風至"、"橘柚垂華實"、"十五從軍征"、"新樹蘭蕙葩"、"步出城東門"八首；又古詩"採葵莫傷根"、"甘瓜抱苦蒂"二首；又《太平御覽》九百九十四引古詩之"青青陵中草"一首。統計以上，僅得古詩十八首耳。別有明黃庭鵠《古詩冶》，本王世貞之說，錄"兩漢古詩十八首"，號稱"後十九首"。其前六首，即上舉古詩八首之前六首也；其第七首以下，曰《長歌行》，曰《雞鳴高樹巔》，曰《陌上桑》，曰《相逢行》，曰《傷歌行》，曰《羽林郎》，曰《董嬌饒》，曰《飛鵠行》，曰《豔歌行》，曰《飲馬長城窟行》，曰《古八變歌》，曰《豔歌》，皆樂府詩而移稱古詩者也。誠若是，則費錫璜《漢詩說》連舉"荒昧高古"之"江南可采蓮"、"里中有啼兒"、"晨行梓道中"、"棗下何攢攢"四首，亦得充數矣。推之凡五言樂府，如《怨詩行》、《尹賞歌》、《邪徑童謠》，均可備篇。竊恐漢代聲詩與徒詩，容有辭同及聲調互用者，此係詩、樂初分時之現象。若遂泯其標界，概目以古詩，終非事實所允也。《詩藪》雜編卷一云："古詩'冉冉孤生竹'、'驅車上東門'又載《樂府》，則《飲馬長城窟》之類，舊亦鍾氏'四十五首'數中，未可知也。"此說亦不敢苟同。又楊升庵《詩話》載漢無名氏詩"客從北方來"一首，又謂從類書中會合叢殘得"閨中有一婦"一首，又雜錄漢古詩逸句，謂皆四十餘首之遺句見於類書中者也。然明人僞撰及仿古之風皆極盛行，庭鵠之效顰蕭《選》，固不足取，而升庵匿類書之名所錄者，亦難保必無杜撰耳。又王闓運目《玉臺》所載古絕句四首爲古詩，察其音製，何殊

《子夜》、《讀曲》？閩運殆襲李于麟《古今詩删》之誤耳。《詩源辯
體》卷三云："‘日暮秋雲陰’乃六朝人詩，‘菟絲從長風’則六朝樂
府語耳。"所闢甚是。

〔五〕　案：四十五首中如"上山採蘼蕪"篇，李因篤評云："怨而不亂，《小
雅》之遺。""橘柚垂華實"篇，李因篤評云："寫逐臣棄友之悲，託之
橘柚，猶《楚詞》言香草也。"然則仲偉所謂"多哀怨"者，宜指此種。
其所謂"總雜"，約含二義：一係雜有樂府性質，二係體兼文質。蓋
以聲情言之，四十五首中固有題爲古詩而實樂府體者，如鍾惺評
"橘柚垂華實"、"十五從軍征"數篇"聲情全是樂府"是也。而聲
情之最顯而易知者，當係用問答談話一體。仍以"十五從軍征"爲
例，張玉穀《賞析》云："問‘有阿誰’，‘遥望’二句，鄉人答辭。"陳
祚明《評選》云："此樂府體。"此即總雜樂府之證也。《詩藪》內編
卷一云："魏文兄弟，崛起建安。自是有專工古詩者，有偏長樂府
者。"以此言推之，則漢京古詩實與樂府相混。又四十五首之體，
實兼文質。《詩藪》內編卷二云："古詩自質，而甚文。"舉"上山採
蘼蕪"、"四坐且莫諠"、"翩翩堂前燕"、"洛陽城東路"、"長安有狹
邪"等詩爲例。是即總雜文質之證也。而《詩藪》雜編卷一云："惟
‘悲與親友別’、‘蘭若生春陽’七篇，（案：指"蘭若生春陽"、"悲與
親友別"、"穆穆清風至"、"橘柚垂華實"、"十五從軍征"、"新樹蘭
蕙葩"、"步出上東門"七篇。然"橘柚"已見稱於本品，胡氏亦失言
矣。）奇警略遜，疑鍾氏所謂‘總雜’者。"其說殊有未晰。至雜編又
謂"蘭若"等詩"詞氣溫厚，非建安所及，不得謂出曹、王"，則洵爲
近實。然仲偉亦僅舉"舊疑"，本未標爲定論，自不爲過。觀《北堂
書鈔·樂部·箏》所引曹植詩"彈箏奮逸響，新聲妙入神"二句，又
見《古詩十九首》"今日良宴會"篇。《書鈔》當有舊據，足證仲偉
所疑亦未必盡出臆見也。若許學夷《詩源辯體》云："又或疑《十九
首》多建安中曹、王所製，其説亦似有見。班固《詠史》質木無文，

當爲五言之始。蓋先質木，後完美，其造詣與唐人相類。"是則徒求理論之通暢，與今動輒曰以文學史眼光觀察者如出一轍，而覈實與否，則在所不計也。又案："曹、王"分指曹植、王粲，而馮舒《詩紀匡謬》"樂府起於漢，又其辭多古雅"條引此作"陳王"，又紀昀《四庫・〈古詩解〉提要》亦引作"陳王"，則專指曹植一人。

〔六〕　案：《十九首》有"客從遠方來"，不在《玉臺》所載枚乘詩內。"橘柚垂華實"亦古詩，但不在《十九首》內。《詩藪》雜編卷一云："鍾氏取'客從遠方來'、'橘柚垂華實'二首爲優。今讀'去者日以疏'、'生年不滿百'等篇已列《十九首》者，詞皆絕到，非'行行重行行'下。外九首，'上山採蘼蕪'一篇章旨渾成，特爲神妙。"案：胡氏所謂"外九首"，乃指《十九首》以外之九首，即"蘭若生春陽"、"上山采蘼蕪"、"四坐且莫諠"、"悲與親友別"、"穆穆清風至"、"橘柚垂華實"、"十五從軍征"、"新樹蘭蕙葩"、"步出城東門"九首是也。然胡氏亦薄昭明所刊落者耳，其鑑裁未必果勝仲偉。

漢都尉李陵〔一〕詩

　　其源出於《楚辭》。〔二〕文多悽愴（明鈔本無"愴"字），怨者之流。〔三〕陵，名家子，有殊才，生命不諧，聲頹身喪。使陵不遭辛苦，其文亦何能至此！

〔一〕　《前漢書》卷五十四《李廣傳》："陵，字少卿，廣之孫也。少爲侍中，善騎射，愛人。武帝以爲有廣之風，拜爲騎都尉。天漢中，將步卒五千擊匈奴，轉鬬矢盡，遂降。單于以女妻之，立爲右校王。在匈奴二十餘年，卒。"《隋志》："漢騎都尉李陵集二卷。"

〔二〕　案：仲偉此説，謝榛《四溟詩話》訐其“一脈不同”。實則“楚臣去
　　　　境”與漢將“負戈外戍”，所處悲境何殊？即以少卿《別歌》與《楚
　　　　辭·國殤》較其體製，亦非無源流可言也。奈何紛紛附響謝山人
　　　　者之未之思耶！近代王闓運答唐鳳廷問漢唐詩家流派，曾言：“漢
　　　　初有詩，即分兩派，枚、蘇寬和，李陵清勁。自後五言，莫能外之。”
　　　　厥語實於無意中符合仲偉之評見。仲偉隱枚、蘇於“古詩”中，以
　　　　“溫麗”稱之，上配《國風》，是即湘綺所謂前者一派；次以少卿“怨
　　　　者之流”附於《楚辭》，是即湘綺所謂後者一派。張玉穀《古詩賞
　　　　析》云：“論其氣體，蘇較敷腴，李較清折，其猶李唐中之太白、少陵
　　　　二家乎？”是更沿流言之，可補仲偉所不及見者。

〔三〕　《詩源辯體》云：“馮元成云：‘少卿怨而不怒。’愚案：少卿三篇，慷
　　　　慨悲懷，自是羈臣口吻。如‘屏營衢路側，執手野踟蹰’、‘風波一
　　　　失所，各在天一隅’、‘臨河濯長纓，念子悵悠悠’、‘行人懷往路，何
　　　　以慰我愁’、‘行人難久留，各言長相思’等句，皆羈臣口吻也。”案：
　　　　此説亦都尉源出《楚辭》之證。

漢婕妤班姬[一]詩

　　其源出於李陵。[二]“團扇”短章，辭旨清捷，怨深文綺，得
匹婦之致。[三]侏儒一節，可以知其工矣。[四]

〔一〕　《前漢書》九十七《外戚傳》：“孝成班倢伃，帝初即位，選入後宮。
　　　　始爲少使，俄而大幸，爲倢伃，居增成舍。成帝遊於後庭，嘗欲與倢
　　　　伃同輦載，倢伃辭曰：‘觀古圖畫，賢聖之君皆有名臣在側，三代末
　　　　主迺有嬖女。今欲同輦，得無近似之乎？’倢伃誦詩，及‘窈窕’、
　　　　‘德象’、‘女師’之篇。（顏注：“皆古箴戒之書也。”）每進見上疏，

依則古禮。其後趙氏姊弟驕妒,倢伃恐見危,求供養太后長信宮,上許焉。倢伃退處東宮,作賦自傷悼。成帝崩,倢伃充奉園陵。薨,因葬園中。"

〔二〕案:《文心雕龍‧明詩》篇以李陵、班倢伃連稱。而仲偉序西京詩人,起李都尉,訖班倢伃;此更著其源流,蓋以二人同具騷怨耳。

〔三〕案:"'團扇'短章",即所傳《怨歌行》十句。李因篤《音評》云:"'團扇'之歌,怨而不亂。"成書《選評》云:"清婉秀弱,想見柔腸百結。"張玉穀《賞析》云:"意婉音和,不流噍殺。"諸氏稱譽其工,與仲偉所評初無二致。《詩源辯體》云:"班倢伃樂府五言《怨歌行》,託物興寄,而文采自彰。馮元成謂'怨而不怒,風人之遺',王元美謂'可與《十九首》、蘇、李並驅'是也。成帝品録詞人,不應遂及後宮,不必致疑。"此更辨其劉勰之所疑,其言洵有見解。前此嚴羽《詩話》却因未憭此層,至妄易詩人主名。今人復不自知爲嚴氏所欺,紛獻疑義,盡亦取許伯清之論,以上窺仲偉之旨乎?

〔四〕《全後漢文》録《新論‧道賦》篇云:"諺曰:'侏儒見一節,而長短可知。'孔子言:'舉一隅,足以三隅反。'觀吾小時二賦,亦足以揆其能否。"

魏陳思王植^{〔一〕}詩

其源出於《國風》。^{〔二〕}骨氣奇高,^{〔三〕}詞采華茂,^{〔四〕}情兼雅怨,^{〔五〕}體被文質,粲溢今古,卓爾不羣。^{〔六〕}嗟乎!陳思之于文章也,^{〔七〕}譬人倫之有周孔,^{〔八〕}鱗(明鈔本作"麟"字)羽之有龍鳳,^{〔九〕}音樂之有琴笙,女工之有黼黻。^{〔一○〕}俾爾懷鉛吮墨者,抱篇章而景慕,映餘暉以自燭。^{〔一一〕}故孔氏之門如用詩,則公

幹升堂,思王入室,景陽、潘、陸自可坐於廊廡之間矣。^{〔一二〕}

〔一〕 《魏志·陳王傳》:"陳思王植,字子建。年十歲餘,誦讀《詩》、
《論》及辭賦數十萬言。善屬文。建安十六年,封平原侯。十九
年,徙封雍丘王。太和三年,徙封東阿。六年二月,封爲陳王。發
疾薨,時年四十一。景初中,撰録前後所著賦頌詩銘雜論凡百餘
篇,副藏内外。"《隋志》:"魏陳思王曹植集三十卷。"《歲寒堂詩
話》卷上曰:"鍾嶸《詩品》以古詩第一,子建次之,此論誠然。"

〔二〕 胡應麟《詩藪》内編卷二曰:"陳王四言,源出《國風》。"此以體言。
劉熙載《詩概》云:"'曹子建《贈丁儀王粲》有云:'歡怨非貞則,中
和誠可經。'此意足推風雅正宗。"此以義言。黄子雲《野鴻詩的》
曰:"子建詩駸駸乎有三代之隆焉。"此以氣象言。

〔三〕 《詩藪》内編卷二云:"陳王才藻宏富,骨氣雄高。'八斗'之稱,良
非溢美。"元陳繹曾《詩譜》曰:"陳思王斷削精潔,自然沈健。"然則
仲偉所云,亦恃有琢磨之功焉。陳祚明《評選》曰:"陳思土詩,如
天馬飛行,籋雲凌山,赴波踰阻,靡所不臻,曾無一蹶。"

〔四〕 案:子建《薤露行》收句云:"騁我逕寸翰,流藻垂華芬。"自述如
此。《詩藪》内編卷二曰:"子建華贍精工。"又曰:"子建《名都》、
《白馬》、《美女》諸篇辭極贍麗,然句頗尚工,語多致飾,視東、西京
樂府,天然古質,殊自不同。"又曰:"子建《送應氏》、《贈王粲》等
篇全法蘇、李詞藻,氣骨有餘。"

〔五〕 謝靈運《擬魏太子鄴中集·平原侯植詩序》曰:"公子不及世事,但
美遨遊,然頗有憂生之嗟。"

〔六〕 陳思王《前録序》曰:"故君子之作也,質素也如秋蓬,摛藻也如春
葩。"案:此以"蓬"喻質高,以"葩"喻藻豔,亦文質兼舉。《蘭莊詩
話》云:"曹子建詩質樸渾厚,春容雋永,風調非後人易到。陳子

昂、李太白慕以爲宗,信乎晉以下鮮其儷也。予每讀其詩,灑然有
千古之想。"

〔七〕《詩源辯體》卷四注云:"'文章',詩、賦通稱。"

〔八〕案:子建《薤露行》云:"孔氏删《詩》《書》,王業燦已分。"似子建一
生精神事業,未嘗無希聖之意。劉熙載《詩概》云:"子建詩隱有
'仁義之人,其言藹如'之意。"竊謂子建之詩,譬之諸子,則儒
家也。

〔九〕子建《薤露行》又云:"鱗介尊神龍,走獸宗麒麟。"

〔一○〕杜甫《寄張彪三十韻》云:"曹植休前輩。"仇兆鰲云:"自東漢至建
安,詩盛於七子,而以子建爲稱首。《詩品》謂其'骨氣奇高,詞采
華茂,粲溢今古,卓爾不羣。譬人倫之有周孔,鱗羽之有龍鳳,音樂
之有琴笙,女工之有黼黻',據此可見其壓倒前輩矣。"

〔一一〕《序》云:"陳思爲建安之傑,公幹、仲宣爲輔。次有攀龍託鳳,自致
於屬車者,蓋將百計。"

〔一二〕案:此數語爲張爲《詩人主客圖》所本。《茗香詩論》曰:"前人謂:
'孔氏之門如有詩,則公幹升堂,思王入室,景陽、潘、陸自可坐於
廊廡之間。'噫!是何言也?以漢之樂府古歌辭升堂,《十九首》入
室,廊坐陶、杜,庶幾得之。"《詩源辯體》卷四云:"鍾嶸云:'孔氏之
門如用詩,則公幹升堂,思王入室。'此但以其才質所就言之,必至
李、杜、高、岑,方可以堂室論也。"斯二説者,一上移之於漢,一下
移之於唐,皆憑己之好惡爲説耳。

魏文學劉楨 〔一〕 詩

　　其源出於古詩。〔二〕仗氣愛奇,〔三〕動多振絶。〔四〕真骨凌
霜,〔五〕高風跨俗。〔六〕但氣過其文,〔七〕雕潤恨少。〔八〕然自陳思

以下,楨稱獨步。〔九〕

〔一〕　《魏志·王粲傳》:"東平劉楨,字公幹。被太祖辟爲丞相掾屬,以不敬被刑。刑竟,署吏。二十二年,卒。"《隋志》:"魏太子文學劉楨集四卷。録一卷。"

〔二〕　陳祚明《評選》云:"公幹詩古而有韻,比漢多姿。"

〔三〕　謝靈運《擬魏太子鄴中集·劉楨詩序》曰:"卓犖偏人,而文最有氣,所得頗經奇。"

〔四〕　徐禎卿《談藝録》曰:"劉楨錐角重陷,割曳綴懸。"

〔五〕　皎然《詩式》曰:"鄴中七子,劉楨語與興驅,勢逐情起,不由作意,氣格自高。"陸時雍《詩鏡總論》曰:"劉楨稜層,挺挺自持。"

〔六〕　葛立方《韻語陽秋》卷二十曰:"公幹嘗有《贈從弟》云:'亭亭山上松,瑟瑟谷中風。風聲一何盛,松枝一何勁。'其寄意如是。"

〔七〕　案:此有贊從仲偉之説者,如《詩藪》内編卷二云:"公幹才偏,氣過詞。"《詩源辯體》卷四云:"公幹詩聲咏常勁,鍾嶸稱公幹'氣過其文'是也。如'靈鳥宿水裔,仁獸游飛梁。華館寄流波,豁達來風涼'、'步出北寺門,遥望西苑園。細柳夾道生,方塘含清源'、'涼風吹沙礫,霜風何皚皚。明月照緹幕,華燈散炎輝'等句,聲韻爲勁。"又有否從仲偉之説者,如陳祚明《評選》云:"公幹詩有氣故高,如翠峯插空,高雲曳壁,秀而不近,幾無浩蕩之勢,頗饒顧盼之姿。《詩品》以爲'氣過其文',此言未允。"自以正説爲是。

〔八〕　皎然《詩式》"鄴中集"條云:"劉楨不拘對屬,偶或有之。"

〔九〕　《詩源辯體》卷四云:"公幹、仲宣,一時未易優劣。鍾嶸以公幹爲勝,劉勰以仲宣爲優。予嘗爲二家品評,公幹氣勝於才,仲宣才優於氣。鍾嶸謂'陳思已下,楨稱獨步',元美謂'二曹龍奮,公幹角立'是也。"劉熙載《詩概》云:"公幹氣勝,有陳思之一體。"(案:融齋此言實隱本仲偉"晉平原相陸機"品。)

魏侍中王粲[一]詩

其源出於李陵。[二]發愀愴之詞,[三]文秀而質羸(明鈔本此句作"文質而秀羸")。[四]在曹、劉間別構一體。[五]方陳思不足,比魏文有餘。[六]

〔一〕《魏志·王粲傳》:"王粲,字仲宣,山陽高平人也。太祖辟爲丞相掾,賜爵關内侯,後遷軍謀祭酒。魏國既建,拜侍中。善屬文,舉筆便成,無所改定,時人常以爲宿構。然正復精意覃思,亦不能加也。著詩賦論議垂六十篇。建安二十一年從征吳,二十二年春道病,卒,時年四十一。"《隋志》:"後漢侍中王粲集十一卷。"

〔二〕謝靈運《擬魏太子鄴中集·王粲詩序》曰:"家本秦川,貴公子孫。遭亂流寓,自傷情多。"蓋與李陵爲"名家子,生命不諧,聲頹身喪"者,同有身世之悲。故仲偉評陵"文多悽愴",評粲"發愀愴之詞",足見二人寄情篇什之相似矣。

〔三〕徐禎卿《談藝録》曰:"仲宣流客,慷慨有懷。"陳祚明評選其詩曰:"王仲宣詩如天寶樂工,身經播遷之後,作《雨淋鈴》曲,發聲微吟,覺山川奔逆,風聲雲氣,與歌音並至。祇緣述親歷之狀,故無不沉切。"

〔四〕按:此有否從仲偉之説者,如《文選》何義門評王粲《咏史》詩云:"仲宣詩極沉鬱頓挫,而鍾記室以爲'文秀而質羸',殆所未喻。"亦有贊從仲偉之説者,如《詩源辯體》卷四云:"仲宣詩聲韻常緩,鍾嶸稱仲宣'文秀而質羸'是也。如'常聞詩人語,不醉且無歸。今日不極歡,含情欲待誰'、'軍中多飫饒,人馬皆溢肥。徒行兼乘

還，空出有餘資’、‘征夫懷親戚，誰能無戀情？撫衿倚舟檣，眷眷
思鄴城’等句，聲韻爲緩。”殆各有所見耳。

〔五〕《詩藪》內編卷二云：“陳王精金粹璧，無施不可。公幹才偏，氣過
　　　詞；仲宣才弱，肉勝骨。”

〔六〕　陳祚明《評選》云：“王仲宣詩跌宕不足，而直摯有餘。傷亂之
　　　情，《小雅》、變《風》之餘也。與子桓兄弟氣體本殊，無緣相比。”
　　　劉熙載《詩概》云：“仲宣情勝，有陳思之一體。”（案：融齋此語
　　　實隱本仲偉“晉平原相陸機”品，蓋“文”即“情”也，互文自無
　　　不可。）

晉步兵阮籍^{〔一〕}詩

　　其源出於《小雅》。^{〔二〕}無雕蟲之功，^{〔三〕}而《詠懷》之作，可
以陶性靈，^{〔四〕}發幽思。^{〔五〕}言在耳目之內，情寄八荒之表。^{〔六〕}洋
洋乎會於《風》《雅》，^{〔七〕}使人忘其鄙近，自至（明鈔本作“致”
字）遠大。^{〔八〕}頗多感慨之詞。^{〔九〕}厥旨淵放，^{〔一〇〕}歸趣難求。^{〔一一〕}
顏延年（明鈔本無“年”字）注解，怯言其志。^{〔一二〕}

〔一〕《晉書》四十九：“阮籍，字嗣宗，陳留尉氏人也。文帝輔政，籍聞
　　　步兵廚營人善釀，有貯酒三百斛，乃求爲步兵校尉。景元四年
　　　卒，時年五十四。籍能屬文，初不留思。作《詠懷》詩八十餘篇，
　　　爲世所重。”《隋志》：“魏步兵校尉阮籍集十卷。梁十三卷，錄
　　　一卷。”

〔二〕順德黃先生《阮步兵詠懷詩注・自敘》曰：“鍾嶸有言：嗣宗之詩，
　　　源於《小雅》。夫《雅》廢國微，謂無人服《雅》，而國將絕爾。今注
　　　嗣宗詩，開篇‘鴻號’‘翔鳥’，‘徘徊’‘傷心’，視《四牡》之詩‘翩翩

者雛,載飛載下,集于苞栩。王事靡盬,我心傷悲',^①抑復何異? 嗣宗,其《小雅》詩人之志乎!"

〔三〕 陳祚明評選其詩曰:"阮公《咏懷》,神至之筆。觀其抒寫,直取自然,初非琢練之勞,吐以匠心之感。"

〔四〕 劉熙載《詩概》云:"此爲以性靈論詩者所本。杜詩亦云:'陶冶性靈成底物,新詩改罷自長吟。'"《竹林詩評》云:"阮籍之作,如剡溪雪夜,孤楫沿流,乘興而來,興盡而已。"

〔五〕 王船山評選《咏懷》詩曰:"且其託體之妙,或以自安,或以自悼,或標物外之旨,或寄疾邪之思。"

〔六〕 王世貞《卮言》卷三云:"阮公《咏懷》,遠近之間,遇境即際,興窮即止,坐不著論宗佳耳。"王船山評選《咏懷》詩曰:"此詩以淺求之,若一無所懷,而字後言前,眉端吻外,有無盡藏之懷,令人循聲測影而得之。"許學夷《詩源辯體》卷四曰:"嗣宗五言《詠懷》八十二首,中多興比,體雖近古,然多以意見爲詩,故不免有迹。其他託旨太深,觀者不能盡通其意,鍾嶸謂其'言在耳目之內,情寄八荒之表'是也。"

〔七〕 王船山評選《咏懷》詩曰:"步兵《咏懷》自是曠代絶作,遠紹《國風》,近出入於《十九首》。"張歷友《師友詩傳録》曰:"昔人謂《十九首》爲《風》餘,又曰詩母。"又步兵淵源於《雅》,已見第二條所釋。

〔八〕 《詩藪》内編卷二曰:"嗣宗《咏懷》,興寄冲遠。"徐禎卿《談藝録》曰:"阮生優緩有餘。"王船山評選《咏懷》詩曰:"步兵以高朗之懷,脫穎之氣,取神似於離合之間。大要如晴雲出岫,舒卷無定質。而當其有所不及,則弘忍之力,肉視荆、聶矣。"

〔九〕 陳祚明評選《咏懷》詩曰:"嗣宗《咏懷》詩如白首狂夫,歌哭道中,

---

① "我心傷悲",《小雅・四牡》原作"不遑將父",黄氏誤記。

輒向黄河亂流欲渡。彼自有所以傷心之故,不可爲他人言。"

〔一〇〕 《文心雕龍·明詩》曰:"阮旨遙深。"

〔一一〕 王船山《評選》曰:"步兵《咏懷》,意固迢庭,而言皆一致。信其但
然而又不徒然;疑其必然而彼固不然。不但當時雄猜之渠長,無可
施其怨忌;且使千秋以還,了無覓脚根處。"

〔一二〕 今《文選》所載顏延年注數條,止輯事類,未標義諦。延年《詠阮步
兵》有云:"物故不可論,途窮能無慟?"則延年雖"怯言其志",固非
不明其志者也。成書《古詩存》評《咏懷》詩云:"著一毫穿鑿,便不
必讀此。"蓋得延年之意矣。

晉平原相陸機[一]詩

其源出於陳思。[二]才高詞贍,舉體華美。氣少於公幹,[三]
文劣於仲宣。[四]尚規矩,[五]不貴綺錯,[六]有傷直致之奇。[七]然其
咀嚼英華,厭飫膏澤,文章之淵泉也。[八]張公嘆其大才,信矣![九]

〔一〕 《晉書》五十四:"陸機,字士衡,吳郡人也。少有異才,文章冠世,成
都王穎表爲平原内史。所著文章凡三百餘篇,並行於世。"《隋志》:
"晉平原内史陸機集十四卷。梁四十七卷,録一卷,亡。"《文選·文
賦》李注引臧榮緒《晉書》曰:"陸機與弟雲勤學,天才綺練,當時獨
絶,新聲妙句,係蹤張、蔡。"近人劉師培曰:"案:臧書以機文爲'綺
練',所評至精。"《漁洋詩話》曰:"陸機宜在中品。"案:曹、陸體自足
繼,故記室重之。若《文選》亦多取陸詩,則又非記室一人之見矣。

〔二〕 《詩紀·別集》四引李空同曰:"陸機本學陳思王,而四言渾成過之,
然五言則不及矣。"《詩源辯體》卷五曰:"士衡樂府五言,體製聲調與
子建相類,而俳偶雕刻,愈失其體,時稱曹、陸爲乖調是也。"

〔三〕　《詩紀·別集》二引《何氏語林》云：“陸平原天才秀逸，辭藻宏麗。”《藝苑巵言》卷三曰：“陸士衡翩翩藻秀，頗見才致，無奈俳弱何。”蓋與公幹“卓犖有氣”者殊矣。

〔四〕　按：記室以“文秀”許仲宣。劉彥和《文心雕龍·隱秀》云：“雕削取巧，雖美非秀。”是陸文之不逮仲宣者，乃由其俳偶雕刻，漸失自然渾成之氣歟？《詩源辯體》卷五論士衡五言云：“如《從軍行》、《飲馬長城窟》、《門有車馬客》、《苦寒行》、《前緩聲歌》、《齊謳行》等，則體皆敷敍，語皆構結，而更入於俳偶雕刻矣。中如‘懷往歡絕端，悼來憂成緒’、‘永歎遵北渚，遺思結南津’、‘夕息抱影寐，朝徂銜思往’、‘豐條並春盛，落葉後秋衰’、‘淑氣與時隕，餘芳隨風捐’、‘男歡智傾愚，女愛衰避妍’、‘淑貌色斯升，哀音承顏作’、‘福鍾恒有兆，禍集非無端’、‘烈心厲勁秋，麗服鮮芳春’、‘規行無曠迹，短步豈逮人’等句，皆俳偶雕刻者也。”

〔五〕　船山《古詩評選》卷四曰：“平原擬古，步趨如一。”李重華《貞一齋詩説》曰：“陸士衡擬古詩名重當世，余每病其呆板。”陳祚明《選評》曰：“士衡詩束身奉古，亦步亦趨，在法必安，選言亦雅，思無越畔，語無溢幅。”

〔六〕　按：此旨蓋見於《文賦》。《文賦》歷舉或“言徒靡而弗華”，或“徒尋虛以逐微”，或“務嘈囋而妖冶”諸弊，實即排斥“綺錯”之言也。

〔七〕　《詩源辯體》卷五云：“士衡五言聲韻龐悍，復少溫厚之風。如‘逍遙春王圃，躑躅千畝田。迴渠遶曲陌，通波扶直阡’、‘無迹有所匿，寂寞聲必沉。肆目眇弗及，緬然若雙潛’、‘鳴玉豈樸儒，憑軾皆俊民。烈心厲勁秋，麗服鮮芳春’等句，皆聲韻龐悍者也。”黃子雲《野鴻詩的》亦曰：“平原五言樂府，一味排比敷衍，間多硬句，且踵前人步伐，不能流露性情，均無足觀。”

〔八〕　按：此數語，可謂明士衡之職志矣。《文賦》云：“遊文章之林府，嘉麗藻之彬彬。”可證。

〔九〕　《詩紀·別集》四引《文章傳》曰：“機善屬文，司空張華見其文章，篇篇稱善，猶譏其作文太冶，謂曰：‘人之作文，患於不才；至子爲文，乃患太多也。’”黄子雲《野鴻詩的》云：“平原當日偶爲茂先一語之褒，故得馳名江左。昭明喜其平調，又多採録。後因沿襲而不覺，實晉詩中之下乘也。”按：其言稍過，不如鍾評抑揚之有當。

晉黄門郎潘岳[一]詩

其源出於仲宣。[二]《翰林》歎其翩翩然如翔禽之有羽毛，衣服（明鈔本作“被”字）之有綃縠，猶淺於陸機。[三]謝混云：“潘詩爛若舒錦，[四]無處不佳；陸文如披沙簡金，往往見寶。[五]”嶸謂益壽輕華，[六]故以潘爲勝；《翰林》篤論，故歎陸爲深。余常言陸才如海，潘才如江。[七]

〔一〕　《晉書》五十五：“潘岳，字安仁，滎陽中牟人也。辟司空太尉府，舉秀才，出爲河陽令，轉懷令。尋爲著作郎，遷給事黄門侍郎。美姿儀，辭藻絶麗，尤善爲哀誄之文。”《文選·籍田賦》注引臧榮緒《晉書》：“潘岳，字安仁。總角辯慧，摛藻清豔。”《隋志》：“晉黄門郎潘岳集十卷。”《漁洋詩話》曰：“潘岳宜在中品。”案：王、潘相次，與曹、陸相次同意。

〔二〕　按：《世説》引孫綽云：“潘文淺而净。”與記室評仲宣“文秀而質羸”者同。劉熙載《詩概》云：“王仲宣、潘安仁悲而不壯。”則王、潘爲同派尤明。

〔三〕　按：晉李充有《翰林論》五十四卷，今多亡佚，僅存數條。《初學記》二十、《御覽》五百九十九並引有一條云：“潘安仁之爲文也，猶翔禽之羽毛，衣被之綃縠。”視仲偉所録，詳猶弗逮。

〔四〕　安仁詩,如《辯體》所舉“幽谷茂纖葛,峻巖敷榮條。落英隕林趾,飛莖秀陵喬”、“川氣冒山嶺,驚湍激岩阿。歸鴈映蘭渚,游魚動圓波”等句,誠所謂“爛若舒錦”者也。

〔五〕　按:《世說·文學》篇引孫綽云與此同,緣古人恒憑口耳傳述故耳。近人劉師培曰:“蓋陸氏之文工而縟,潘氏之文雖綺而清,故孫氏論文以爲潘美於陸。”

〔六〕　按:張華嘗譽陸機爲文,患其才多。謝混(字叔源,小字益壽)抑陸揚潘,實反張華之説。故姚振宗《隋志考證》云:“‘輕華’,謂張華也。”又云:“據《世說》,‘益壽’云云乃孫綽之言也。”

〔七〕　按:此評潘、陸二人高下,實遵《翰林》之論。《詩源辯體》卷五云:“安仁體製既亡,氣格亦降。察其才力,實在士衡之下。元美謂安仁‘氣力勝士衡’,誤矣。鍾嶸云:‘陸才如海,潘才如江。’”黃子雲《野鴻詩的》云:“安仁情深而語冗繁,唯《内顧》詩‘獨悲’云云一首、《悼亡》詩‘曜靈’云云一首,抒寫新婉,餘罕佳構。昔人謂之‘潘江’,過矣!”此皆承仲偉貶潘之意,或又加甚其辭也。陳祚明《評選》曰:“安仁情深之子,每一涉筆,淋漓傾注,宛轉側折,旁寫曲訴,刺刺不能自休。夫詩以道情,未有情深而語不佳者。所嫌筆端繁冗,不能裁節,有遜樂府古詩含蘊不盡之妙耳。安仁過情,士衡不及情;安仁任天真,士衡準古法。夫詩以道情,天真既優,而以古法繩之,曰未盡善,可也。蓋古人能用法者,中亦以天真爲本也。情則不及,而曰吾能用古法,無實而襲其形,何益乎?故安仁有詩,而士衡無詩。鍾嶸惟以聲格論詩,曾未窺見詩旨。其所云陸深而蕪,潘淺而净,互易評之,恰合不謬矣。不知所見何以顛倒至此?”倩父此評,①實亦遥本益壽,與記室左傾於《翰林論》者自殊。倩父

---

　　① 陳祚明字應爲“胤倩”,因其《采菽堂古詩選》題名作“虎林陳祚明胤倩父評選”,前人往往誤以爲其字爲“倩父”。此處姑仍其舊,不作校正,下文亦不另説明。

不尋其立説之點,顓恃意氣争之,已屬不當;且"深燕"與"淺净"二種意誼,亦有誤解。

晉黄門郎張協[一]詩

　　其源出於王粲。[二]文體華净,少病累。[三]又巧構形似之言。[四]雄於潘岳,靡於太冲。[五]風流調達,實曠代之高手。[六]詞彩葱蒨,音韵鏗鏘。使人味之,亹亹不倦。[七]

〔一〕《晉書》五十五:"張協,字景陽。少有儁才,與載齊名。以屬詠自娱,擬諸文士。永嘉初,徵爲黄門侍郎。託疾不就,終于家。"《隋志》:"晉黄門郎張協集三卷,梁四卷,録一卷。"

〔二〕《詩源辯體》卷五曰:"宋景濂謂'安仁、茂先、景陽學仲宣',此論出於鍾嶸,不免以形似求之。"案:仲宣、景陽同以情勝,形製猶次焉爾。江淹《雜體詩序》曰:"仲宣文多兼善,辭少瑕累。"與此品協詩"少病累"同。

〔三〕劉熙載《詩概》云:"張景陽詩開鮑明遠。明遠逎驚絶人,然練不傷氣,必推景陽獨步。'苦雨'諸詩,尤爲高作,故鍾嶸《詩品》獨稱之。《文心雕龍·明詩》云:'景陽振其麗。''麗'何足以盡景陽哉!"

〔四〕《漁隱》前集八引《詩眼》云:"'形似'之意,蓋出於詩人之賦,'蕭蕭馬鳴,悠悠旆旌'是也。古人形似之詩,如鏡取形、燈取影也。"船山《古詩評選》卷四曰:"詩中透脱語,自景陽開先,前無倚,後無待,不資思致,不入刻畫,居然爲天地間説出,而景中賓主,意中觸合,無不盡者。"又云:"此猶天之寒暑,物之生成,故曰化工之筆。"

〔五〕陳祚明《評選》云:"《詩品》謂'雄於潘岳,靡於太冲',此評獨當。

一反觀之,正是'靡'類安仁。其情深語盡同,但差健,有斬截處,正是'雄'類太冲。其節高調亮同,但不似太冲簡老,一語可當數語。固當勝潘逷左。"按:倩父易語雖無不可,而仲偉則實未失言。試就潘、張之詩觀之:安仁寫景之詩曰"游魚動圓波"、"時菊耀秋華",興象本極生發,而繼之曰"依水類浮萍,寄松似懸蘿",則頓失之弱矣;若景陽"寒花發黃采,秋草含綠滋",亦寫即景,而能振之曰"閒居玩萬物"、"高尚遺王侯",得非"雄於安仁"乎?更就張、左之詩觀之:景陽詩曰"密葉日夜疏,叢林森如束",太冲詩曰"柔條旦夕勁,綠葉日夜黃",同寫秋象,詞亦近似;而太冲詩終之曰"高志局四海,塊然守空堂。壯齒不恒居,歲暮常慨慷",幽情忽奮,靡辭爲之變色;若景陽則終意屈於象,逐靡不返。執是定品,豈非所謂"靡於太冲"乎?

〔六〕　陳祚明《評選》又云:"景陽詩寫景生動,而語蒼蔚。自魏以來,未有是也。"

〔七〕　《詩源辯體》卷五云:"景陽五言雜詩華彩俊逸,實有可觀。[1] 如'房櫳無行迹,庭草萋以綠。青苔依空牆,蜘蛛網四屋'、'浮陽映翠林,迴飇扇綠竹。飛雨灑朝蘭,輕露栖叢菊'、'借問此何時,蝴蝶飛南園。流波戀舊浦,行雲思故山'等句,皆華彩俊逸者也。鍾嶸謂景陽'雄于潘岳',至'使人齎齎不倦',此論甚當。滄浪《詩評》止稱太冲而不及景陽,未免爲過耳。"

晉記室左思[一]詩

其源出於公幹。[二]文典以怨,頗爲精切,[三]得諷諭之

---

① "實有可觀",《詩源辯體》原無此句。

致。〔四〕雖野於陸機,〔五〕而深於潘岳。〔六〕謝康樂常(明鈔本無
"常"字)言:"左太冲詩,潘安仁詩,古今難比。"〔七〕

〔一〕《晉書》九十二《文苑傳》:"左思,字太冲,齊國臨淄人也。勤學,貌
　　　寢,口訥,而辭采壯麗。"《隋志》:"晉齊王府記室左思集二卷。梁
　　　有五卷,録一卷。"

〔二〕按:仲偉前評公幹詩,以爲"仗氣愛奇,動多振絶",但"雕潤恨
　　　少";《藝苑卮言》卷三亦謂"太冲莽蒼","但太不雕琢";《詩源辯
　　　體》卷五又論"太冲語多許直",是皆是徵其淵源之所自也。劉熙
　　　載《詩概》:"劉公幹、左太冲詩壯而不悲。"以劉、左同談,則關係
　　　愈見。

〔三〕按:太冲《詠史》云:"卓犖觀羣書。"則其典可知。又云:"著論準
　　　《過秦》。"是欲效賈生之傷,則其怨亦自明矣。張玉穀《古詩賞析》
　　　卷十一曰:"太冲《詠史》,初非呆衍史事,特借史事以詠己之懷抱
　　　也。或先述己意,而以史事證之;或先述史事,而以己意斷之;或止
　　　述己意,而史事暗含;或止述史事,而己意默寓。"是則其精切
　　　可知。

〔四〕按:此可舉例以明之:王船山評選太冲《詠史》"荆軻飲燕市"一首
　　　曰:"'豪右何足陳'之下,復就意中平敍四句,不更施論斷。風雅
　　　之道,言在而使人自動,則無不動者;恃我動人,亦孰令動之哉?太
　　　冲一往,全以結構養其深情。三國之降爲西晉,文體大壞,古度古
　　　心,不絶來兹者,非太冲其焉歸?"

〔五〕陳祚明《評選》云:"太冲一代偉人,其雄在才,而其高在志。有其
　　　才而無其志,語必虛僑;有其志而無其才,音難頓挫。鍾嶸以爲
　　　'野於陸機',悲哉!彼安知太冲之陶乎漢、魏,化乎矩度哉!"劉熙
　　　載《詩概》云:"'野'者,詩之美也,故表聖《詩品》中有'疏野'一

品。若鍾仲偉謂左太冲‘野於陸機’，‘野’乃不美之辭。然太冲是豪放，非野也，觀《詠史》自見。”按：此二家之説，並未喻仲偉之旨。惟許學夷舉太冲“貴者雖自貴，視之若埃塵。賤者雖自賤，重之若千鈞”等句，以爲“太不雕琢，方之士衡，有過與不及之分”，斯爲得“野於陸機”之解歟？

〔六〕　按：潘文淺净，而太冲精典，故相形見深。黄子雲《野鴻詩的》云：“太冲祖述漢、魏，而修詞造句，全不沿襲一字，落落寫來，自成大家。視潘、陸諸人，何足數哉！”蓋推太冲高出一時，有嚴滄浪之意，而與鍾旨微殊。

〔七〕　按：康樂詩實擅有二種之長：一曰妙合自然，取之於喻，猶如初發芙蓉；二曰經緯綿密，察諸其文，恒見麗典絡繹。自前者言之，潘詩輕華，容有螺蛤之思；由後者言之，左詩精切，尤篤平生之好。其所以置左於潘上者，亦緣己之所作，多出深思苦索，鍛練而成，如“池塘春草”。卒然信口而致者，殆罕有焉。《丹鉛餘録》云：“左太冲《招隱》詩：‘峭蒨青葱間，竹柏得其真。’五言詩用四連緜字，前無古，後無今。”

宋臨川太守謝靈運[一]詩

其源出於陳思，雜有景陽之體。[二]故尚巧似，[三]而逸蕩過之。[四]頗以繁蕪爲累。[五]嶸謂若人興多才高（明鈔本“高”下有“博”字），寓目輒書，内無乏思，外無遺物，[六]其繁富，宜哉！然名章迥句，處處間起；[七]麗典新聲，絡繹奔會。[八]譬猶青松之拔灌木，白玉之映塵沙，未足貶其高潔也。初，錢唐杜明師夜夢東南有人來入其館，是夕即靈運生于會稽。旬日而謝玄

亡。〔九〕其家以子孫難得,送靈運於杜(明鈔本作"社"字)治養之。〔一〇〕十五方還都,故名"客兒"。〔一一〕

〔一〕 《宋書》卷六十七:"謝靈運,陳郡陽夏人也。祖玄,晉車騎將軍。父瑍,早亡。靈運少好學,博覽羣書。文章之美,江左莫逮。從叔混,特知愛之。襲封康樂公。性奢豪,車服鮮麗,衣裳器物,多改舊制。世共宗之,咸稱謝康樂也。父、祖並葬始寧縣,並有故宅及墅,遂移籍會稽,修營別業,傍山帶江,盡幽居之美。每有一詩至都邑,貴賤莫不競寫,宿昔之間,士庶皆徧。遠近欽慕,名動京師。靈運詩書皆兼獨絕,每文竟,手自寫之,文帝稱爲二寶。"《隋志》:"宋臨川内史謝靈運集十九卷。梁二十卷,録一卷。"

〔二〕 按:《詩源辯體》卷七引李獻吉云:"康樂詩是六朝之冠,然其始本於陸平原。"但仲偉已云平原"源出陳思",知獻吉所言,仍不離《詩品》之旨也。陳祚明選靈運《酬從弟惠連》五章,評其"源出陳思",此恐僅就聯章體而言耳。實則陳思之"詞彩華茂",大爲靈運導其先路。又陳思之詩已有響字,《詩家直説》舉其"朱華冒緑池"、"時雨静飛塵"之"冒"、"静"二字爲例;而靈運詩尤爲數見,如"蘋萍泛沈深,菰蒲冒清淺"、"初篁包緑籜,新蒲含紫茸"、"白雲抱幽石,緑篠媚清漣"、"海鷗戲春岸,天鷄弄和風"等句,中字盡響,是與陳思又有源可溯也。皎然《詩式》云:"謝詩上躡《風》、《騷》,下超魏、晉,建安製作,其椎輪乎!"斯爲得其宗旨矣。黄子雲《野鴻詩的》云:"景陽寫景,漸啓康樂。"意殆謂靈運所雜之體乎? 陳祚明《評選》以爲"陳思、景陽都非靈運所屑",蓋亦過矣。

〔三〕 按:仲偉前評景陽"巧構形似之言",此"故"字實承景陽體而云。陳繹曾《詩譜》云:"謝靈運以險爲主,以自然爲工。"蓋即申釋"巧似"二字之義。

〔四〕　按：定陶孫器之①評詩曰："謝康樂如東海揚帆，風日流麗。"而景
　　　陽亦"風流調達"，故堪相較。

〔五〕　蕭綱《與湘東王書》："學謝則不屆其精華，但得其冗長。"汪師韓
　　　《詩學纂聞》曰："鍾嶸《詩品》既見其'以繁蕪爲累'矣，而乃云'譬
　　　猶青松之拔灌木，白玉之映塵沙，未足貶其高潔'。後人刻畫山
　　　水，無不奉謝爲崑崙虛，不敢異議。"

〔六〕　船山《古詩評選》卷五曰："謝詩有極易入目者，而引之益無盡；有
　　　極不易尋取者，而徑遂正自顯。然顧非其人，弗與察爾。言情則於
　　　往來動止、縹緲有無之中，得靈蠁而執之有象；取象則於擊目經心、
　　　絲分縷合之際，貌固有而言之不欺。而且情不虛情，情皆可景；景
　　　非滯景，景總含情。神理流於兩間，天地供其一目，大無外而細無
　　　垠。落筆之先，匠意之始，有不可知者存焉。豈徒'興會標舉'，如
　　　沈約之所云者哉！"方虛谷《顏鮑謝詩評》云："靈運尤情多於景，而
　　　爲謝氏詩之冠。"

〔七〕　按：此即沈約所謂"如彈丸脫手"也。《滄浪詩話》云："謝靈運之
　　　詩，無一篇不佳。"

〔八〕　按：焦竑《題謝康樂集辭》曰："棄淳白之用，而競丹艧之奇；離質
　　　木之音，而任宮商之巧。豈非世運相乘，古始易解，即謝客有不得
　　　而自主者耶？"此論"麗典新聲"由乎風會之義甚明。黃庭鵠《古詩
　　　冶》卷十三引馮時可評曰："康樂設奇托怪，鈎深抉隱，窮四時之
　　　變，極萬物之類。"陳祚明《評選》云："謝康樂詩如湛湛江流，源出
　　　萬山之中，穿巖激石，瀑掛湍迴，千轉百折，歘爲洪濤。及其浩溔澄

---

①　"定陶孫器之"，當作"敖陶孫器之"。按：敖陶孫，字器之，撰有《敖器之詩話》。以下
　所引評詩語即見該書。明人楊慎《升庵詩話》引其語，題爲"孫器之評詩"，又改"敖陶"爲"定
　陶"，蓋誤以"定陶"爲地名，"孫"爲姓氏，"器之"爲人名。許氏所言即承訛襲謬。此處姑仍
　其舊，不作校正，下文亦不另説明。

湖,樹影山光,雲容花色,①涵徹洞深。蓋緣派遠流長,時或瀦爲小
澗,亦復搖曳澄瀁,波蕩不定。”二家形容“絡繹奔會”之致最盡。

〔九〕　按:沈約《宋書》本傳云:“謝靈運祖玄,晉車騎將軍。父瑍,生而
不慧,爲秘書郎,蚤亡。靈運幼便穎悟,玄甚異之,謂親知曰:‘我
乃生瑍,瑍那得生靈運?’”若記室所云者不誤,則靈運生甫旬日,
車騎何能辨其聰慧,見親知而歎之耶? 仲偉殆誤其父瑍爲祖玄歟!

〔一〇〕　舊注:“‘治’,音稚,奉道之家靖室也。”

〔一一〕　《異苑》:“初,錢塘杜明師夢有人入其館,是夕靈運生於會稽。旬
日而謝玄亡。其家以子孫難得,送靈運於杜治養之。十五方還都,
故名客兒。”(見杜詩《巖麓山道林二寺行》《詳注》引)

---

① “花”,《采菽堂古詩選》原作“草”。

卷　中

漢上計秦嘉、〔一〕嘉妻徐淑〔二〕詩

　　夫妻事既可傷,文亦悽怨。〔三〕爲五言者不過數家,而婦人居二。〔四〕徐淑叙別之作,亞於"團扇"矣。〔五〕

〔一〕　《全後漢文》卷六十六小傳:"秦嘉,字士會,隴西人。桓帝時仕郡,舉上計掾。入洛,除黄門郎。病卒於津鄉亭。"

〔二〕　嚴可均《鐵橋漫稿》卷七《後漢秦嘉妻徐淑傳》:"隴西秦嘉妻者,同郡徐氏女也,名淑,有才章。適嘉。嘉仕郡,淑居下縣,有疾。嘉舉上計掾,將行,以車迎淑爲別,而與淑書曰:'不能養志,當給郡使,隨俗順時,僶俛當去,知所苦故爾。未有瘳損,想念悁悁,勞心無已。當涉遠路,趨走風塵,非志所慕,慘慘少樂。又計往還,將彌時節。念發同怨,意有遲遲,欲暫相見,有所屬託。今遣車往,想必自力。'淑答書曰:'知屈珪璋,應奉藏使,策名王府,觀國之光。雖失高素皓然之業,亦是仲尼執鞭之操也。自初承問,心願東遷,迫疾,惟宜抱歎而已。日月已盡,行有伴侣,想嚴裝已辦,發邁在近。誰謂宋遠,企予望之。室邇人遐,我勞如何! 深谷逶迤,而君是涉;高山巖巖,而君是越,斯亦難矣。長路悠悠,而君是踐;冰霜慘烈,而君是履。身非形影,何得動而輒俱? 體非比目,何得同而不離? 於是詠萱草之喻,以消兩家之思;割今者之恨,以待將來之歡。今適樂土,優游京邑,觀王都之壯麗,察天下之珍妙,得無目玩意移,往而不能邪!'嘉重報淑書曰:'車還空反,甚失所望,兼敍遠別,恨恨之情,顧有悵然。間得此鏡,既明且好,形觀文彩,世所希有。意

甚愛之，故以相與。（以上嘉與淑書、淑答嘉書、嘉重報淑書，並見
《藝文類聚》三十二。以下據羣書引見彙録之。）並致龍虎組緹履
一緉、寶釵一雙，價值千金；好香四種，各一斤；素琴一張，常所自彈
也。明鏡可以鑒形，寶釵可以耀首，好香可以去穢，麝香可以辟惡
氣，素琴可以娱耳。（《藝文類聚》三十二、《北堂書鈔》一百三十六
引兩條，《御覽》六百九十七、七百十七、七百十八，又九百八十一
引兩條。）'淑又報嘉書曰：'既惠音令，兼賜諸物，厚顧殷勤，出於
非望。鏡有文彩之麗，釵有殊異之觀，芳香既珍，素琴益好（《文
選》嵇康《贈秀才入軍》詩注作"又好"）。惠異物於鄙陋，割所珍
以相賜，非豐恩之厚，孰肯若斯？覽鏡執釵，情想髣髴；操琴詠詩，
思心成結。勑以芳香馥身，喻以明鏡鑒形，此言過矣，未獲我心也。
昔詩人有"飛蓬"之感，班婕妤有"誰榮"之歎。（《藝文類聚》三十
二。）今君征未旋，鏡將何施？明鏡鑒形，當待君至。（《御覽》七百
十七。）未奉光儀，則寶釵不列也；未侍幃帳，則芳香不發也。（《藝
文類聚》三十二，《御覽》七百十八、九百八十一。）今奉越布手巾二
枚、細布巾一量、嚴器中物幾具，旄牛尾拂一枚，可以拂塵垢；金錯
盌一枚，可以盛書水；琉璃盌一枚，可以服藥酒。（《藝文類聚》七
十三，《北堂書鈔》一百三十六，《御覽》六百九十七、七百三、七百
十六、七百十七、七百六十。）'嘉遂行，入洛，尋除黄門郎。居數
年，病卒於津鄉亭。初，淑生一女，無子。及嘉奉使，淑乞子而養
之。尋守寡，時猶豐少，兄弟將嫁之，誓而不許。爲書與兄弟曰：
'蓋聞君子導人以德，矯俗以禮，是以列士有不移之志，貞女無迴
二之行。淑雖婦人，竊慕殺身成義，死而後已。夙遭禍罰，喪其所
天，男弱未冠，女幼未笄。是以僶俛求生，將欲長育二子，上承祖宗
之嗣，下繼祖禰之禮。然後觀於黄泉，永無慚色。仁兄德弟，既不
能屬高節於弱志，發明德於闇昧，許他人，逼我干上。乃命官人，
訟之簡書。夫智者不可惡以事，仁者不可脅以死。晏嬰不以白刃

臨頸，改正直之詞；梁寡不以毀形之痛，忘執節之義。高山景行，豈
不思齊？計兄弟不能匡我以道，博我以文，雖曰既學，吾謂之未也。
(《御覽》四百四十一引杜預《女記》。)' 淑竟毀形不嫁，哀慟傷生。
(劉知幾《史通》。)亡後，子還所生。朝廷通儒移其鄉邑，錄淑所養
子還繼秦氏之祀。(《通典》六十九：晉咸和五年，散騎侍郎賀僑
妻于氏上表。可均按：于氏表云："還繼秦氏之祀。"下云："異姓尚
不爲嫌。"是淑所養子，異姓子也。)淑所著詩文，有集一卷。(《隋
志》："梁有婦人後漢黃門郎秦嘉妻徐淑集一卷。亡。"《唐志》不著
錄。嘉字士會，見《北堂書鈔》原本一百三十六"組履"注。)"按：
嘉官上計，淑書則稱"藏使"。蓋"藏使"者，庫藏之使。上計之職，
輸賦於國庫，故以稱之。

〔三〕　按：嘉《留郡贈婦》詩三首序云："嘉爲郡上計，其妻徐淑寢疾還
家，不獲面別，贈詩云爾。"又《藝文類聚》三十二載秦嘉妻徐淑文
曰："身非形影，何得動而輒俱？體非比目，何得同而不離？"誠所
謂"悲莫悲于生別離"也。嘉與淑贈答詩並皆悽愴，不可卒讀。

〔四〕　按：一即班姬，一即指淑。班"團扇"詩已詳前釋。淑詩今所存
《答秦嘉》一首，據《玉臺新咏考異》云："此亦歌詞，特連'兮'字爲
五言耳。然鍾嶸《詩品》謂：'五言不過數家，而婦人居二。徐淑敍
別之作，亞于"團扇"。'則當時固以爲五言詩矣。"要之，紀氏以此
即充仲偉所指之例，殊未必然。他家五言，當時固未有此種也。姚
寬《西溪叢語》以秦嘉《留郡贈婦》詩之第一首爲即淑詩，人多不
信，恐其誤據小序耳。今既不能斷言，但頗疑淑本有集一卷，已佚，
其中當有五言詩歟？

〔五〕　李因篤評淑詩云："不在'團扇'之亞。"說似與仲偉相反。按：仲偉
語意，似亦以時代爲次，今語即"班姬第二"之謂也。所以置淑中卷
者，以與其夫秦嘉連述，故降而合之，於行文爲便耳。嘉不如淑，詩
自可觀。李因篤評云："淑詩不煩追琢，質任自然，勝於秦掾矣。"

魏文帝[一]詩

　　其源出於李陵,[二]頗有仲宣之體,則新奇。[三]百餘篇①率皆鄙直如偶語。[四]惟"西北有浮雲"十餘首,殊美贍可玩,始見其工矣。[五]不然,何以銓衡羣彦,對揚厥弟者耶?[六]

〔一〕《魏志·文帝紀》:"文皇帝諱丕,字子桓,武帝太子也。好文學,以著述爲務,自所勒成垂百篇。"《隋志》:"魏文帝集十卷。梁二十三卷。"《詩源辯體》卷四云:"子桓五言在公幹、仲宣之亞,鍾嶸《詩品》以公幹、仲宣處上品,子桓居中品,得之。元瑞謂'子桓過公幹、仲宣遠甚',予未敢信。"

〔二〕王船山評選文帝《雜詩》二首云:"果與'行行重行行'、'攜手上河梁'狎主齊盟者,唯此二詩而已。"亦以文帝詩推並李陵。然則仲偉固不昧於其源所自出,而謝山人殆可謂輕議前賢矣。

〔三〕按:仲偉已云仲宣源出李陵,此又云文源於李陵而有仲宣之體,故可致其"新奇",説殊周至。今以文帝詩觀之,例如《於譙作》、《孟津》諸首,華腴矯健,則陳倩父所謂"建安體"者,自不能與少卿盡肖,應共仲宣而論矣。此"新奇"二字,所斷正恰。或本"新奇"作"所計",殆刻之誤焉。(《對雨樓叢書》校刊本便不誤。)又按:《詩鏡總論》云:"子桓、王粲時激《風》、《雅》餘波,子桓逸而近《風》,王粲莊而近《雅》。"然則文帝之與仲宣,大檢似,而亦有流別矣。

〔四〕按:文帝詩如《煌煌京雒行》、《折楊柳行》,議論故事,運以排偶。

---

　　① "頗有仲宣之體則新奇百餘篇",許氏標點實誤,當校改標點作"頗有仲宣之體則,新歌百許篇",此處姑仍許氏標校。

仲偉所評"鄙直如偶語"者,殆此種歟?

〔五〕　按:"西北有浮雲",係《雜詩》第二首起句。《藝苑巵言》卷三云:
"子桓之《雜詩》二首可入《十九首》,不能辨也。"徐禎卿《談藝錄》
云:"曹丕資近美媛。"正言其文溫以麗耳。

〔六〕　按:文帝《典論·論文》及《與吳質書》皆"銓衡羣彥"之作。謝康
樂《擬鄴中集》亦此意。仲偉前云"平原兄弟,鬱爲文棟",本無軒
輊之意,與此許文帝"對揚厥弟"正同。王船山謂仲偉"伸子建以
抑子桓,莽許陳思以入室",是徒議表面之編列,未之細剔原文也。

晉中散嵇康〔一〕詩

頗似魏文。過爲峻切,訐直露才,傷淵雅之致。〔二〕然託喻
(明鈔本作"諭"字)清遠,良有鑒裁,亦未失高流矣。〔三〕

〔一〕　《晉書》四十九:"嵇康,字叔夜,譙國銍人也。其先姓奚,會稽上虞
人,以避怨徙焉。銍有嵇山,家於其側,因而命氏。康有奇才,學不
師受,博覽無不該通,長好老、莊,與魏宗室婚,拜中散大夫。以吕
安事繫獄,遇害。"《隋志》:"魏中散大夫嵇康集十二卷。梁十五
卷,録一卷。"

〔二〕　按:仲偉評魏文,已嫌其百許篇之率直;此謂叔夜之"峻切",則又
過之。顏延年《詠嵇中散》有云:"立俗迕流議,尋山洽隱淪。鸞翮
有時鎩,龍性誰能馴?"皆可謂知人之論。即如叔夜《幽憤》詩所
云"性不傷物,頻致怨憎。昔慚下惠,今愧孫登",已足爲顏、鍾
二家評詠之徵證矣。陳倩父云:"叔夜婞直,所觸即形。"又云:
"婞直之人,必不能爲婉轉之調。"豈其然歟!《詩源辯體》卷四
曰:"王元美云:'嵇叔夜土木形骸,不事藻飾,想於文亦爾。如

《養生論》、《絕交書》，類信筆成者。詩少涉矜持，更不如嗣宗。'愚按：叔夜四言雖稍入繁衍，而實得風人之致，以其出於性情故也；惟五言或不免於矜持耳。"此亦王船山評叔夜"四言居勝"之意。殆以五、四言相較云然。若謂四言非矜持，則不免掩護前人矣。仲偉固不如是也。

〔三〕　按：如叔夜《酒會》數首，淡宕有致，王船山所謂"賦即事自遠"，陳祚明所謂"未有酒會之意，但覺身世之感甚深"，誠皆知言矣。陳祚明又云："嵇中散詩，如獨流之泉，臨高赴下。其勢一往必達，不能曲折縈洄，然固澂澈可鑒。"亦可謂達仲偉所謂"鑒裁"之意。《文心雕龍・明詩》篇云："嵇旨清峻。"又云："叔夜含其潤。"近人劉師培曰："按：鍾氏《詩品》謂'康詩露才，頗傷淵雅之志，然託喻清遠，良有鑒裁，亦未失高流'，與彥和所評相近。"竊謂彥和係顓從藝苑立論，仲偉結語許其"高流"，似尚存知人論世之旨。葉少蘊《石林詩話》以爲叔夜不肯附晉，絕高於阮，豈得嵇、阮連稱。陳繹曾《詩譜》曰："嵇康人品胸次高，自然流出。"蓋深得之。

晉司空張華[一]詩

　　其源出於王粲。其體華豔，[二]興託不奇。[三]巧用文字，務爲妍合(明鈔本作"冶"字)。[四]雖名高曩代，而疏亮之士，猶恨其兒女情多，風雲氣少。[五]謝康樂云："張公雖復千篇，(明鈔本"一"上有"猶"字)一體耳。"[六]今置之中品疑弱，處之下科恨少，在季、孟之間矣。

〔一〕　《晉書》三十六："張華，字茂先，范陽方城人也。學業優博，辭藻溫麗。拜黃門侍郎、中書令，加散騎常侍，代下邳王晃爲司空。著

《博物志》十篇及文章,並行於世。"《隋志》:"晉司空張華集十卷,
録一卷。"

〔二〕 按:仲偉評士衡詩,"其源出於陳思",而"文劣於仲宣"。劉熙載
《詩概》云:"仲宣情勝,得陳思之一體。""情"即謂"文",係互詞。
蓋仲宣、士衡皆有得於陳思之文。仲偉此云茂先詩"源出王粲",
當亦言其文耳。故此稱"其體華豔",與上稱士衡"舉體華美",意
正相同。近人劉師培云:"晉代之詩,張華與士衡體近。"其言洵
是。王船山云:"張公始爲輕俊,以洒子建、仲宣之樸澀。"然則茂
先雖源出魏人,而自是晉倡,非襲古不變者也。

〔三〕 《詩譜》評之云:"氣清虛,思頗率。"《古詩歸》卷八云:"張茂先詩,
有何首高妙動人處?《答何劭》詩、《雜詩》已被選而復汰之,味不
足也。"《詩源辯體》卷五亦云:"茂先五言,如'居歡惜夜促,在戚怨
宵長'、'道長苦智短,貴重困才輕',則傷於拙矣。"

〔四〕 《文心雕龍·時序》云:"茂先搖筆而散珠。"亦言其文字之"妍冶"
也。《詩源辯體》云:"茂先如'朱火清無光,蘭膏坐自凝'、'佳人
處遐遠,蘭室無容光'、'巢居知風寒,穴處識陰雨。不曾遠別離,
安知慕儔侶'等句,其情甚麗。"

〔五〕 按:茂先情麗,殊見虛思清氣。大抵時代推遷,漸致淺綺,其勢然
也。元遺山《論詩》云:"風雲若恨張華少,溫李新聲奈爾何?"有江
河日下之感矣!

〔六〕 《詩源辯體》卷五云:"張茂先五言得風人之致,題曰《雜詩》、《情詩》,
體固應爾。或疑其調弱,非也。觀其《答何劭》二作,其調自別矣。但
格意終少變化,故昭明不多録耳。謝康樂云:'張公雖復千篇,猶一體
也。'語雖或過,亦自有見。"《野鴻詩的》云:"茂先失於氣餒而不健,然
其雍和溫雅,中規中矩,頗有儒者氣象。《情詩》、《雜詩》等篇,不免康
樂'千篇一體'之譏。餘若《厲志》諸什,斷不可一概掩之。"陳祚明曰:
"張司空範古爲趨,聲情秀逸,蓋步趨繩墨之內者,未可以'千篇一體'

少之。"三説皆不以康樂所云爲非,特最後一説毫不著貶意耳。

魏尚書何晏、〔一〕晉馮翊守孫楚、〔二〕晉著作郎王瓚、〔三〕晉司徒掾張翰、〔四〕晉中書令潘尼〔五〕詩

平叔"鴻鵠"(明鈔本作"雁"字)之篇,風規見矣。〔六〕子荆"零雨"之外,正長"朔風"之後,雖有累札,良亦無聞。〔七〕季鷹"黄華"之唱,正叔"緑蘩"之章,〔八〕雖不具美,而文彩高麗。並得虬龍片甲,鳳凰一毛。事同駁聖,〔九〕宜居中品。

〔一〕《魏志・曹真傳》:"晏,何進孫也。母尹氏,爲太祖夫人。晏少以才秀知名,好老、莊言,作《道德論》及諸文賦著述凡數十篇。"《隋志》:"魏尚書何晏集十一卷。梁十卷,録一卷。"

〔二〕《晉書》五十六:"孫楚,字子荆,太原中都人也。才藻卓絶,爽邁不羣。惠帝初,爲馮翊太守。"《隋志》:"晉馮翊太守孫楚集六卷。梁十二卷,録一卷。"

〔三〕《文選》注引臧榮緒《晉書》:"王瓚,字正長,義陽人。辟司空掾,歷散騎侍郎,卒。"《隋志》:"梁有散騎侍郎王瓚集五卷,①亡。"

〔四〕《晉書》九十二《文苑傳》:"張翰,字季鷹,吳郡吳人也。有清才,善屬文。其文筆數十篇,行於世。"《隋志》:"梁有大司馬東曹掾張翰集二卷。録一卷。"

〔五〕《晉書》五十五:"潘尼,字正叔。少有清才,與岳俱以文章見知。永興末,爲中書令。"《隋志》:"晉太常卿潘尼集十卷。"

---

① "王瓚",《隋書・經籍志》原作"王讚"。

〔六〕 何晏《擬古》詩首句即"鴻鵠比翼遊",故以稱篇。其詩云:"常恐失網羅,憂禍一旦並。"蓋有諷時自規之意。陳祚明《評選》云:"非不自知,①而不自克,悲哉!"

〔七〕 按:孫楚《征西官屬送於陟陽侯作》詩有"零雨被秋草"之句,王瓚《雜詩》有"朔風動秋草"之句。《過庭詩話》云:"孫楚'晨風飄歧路'、王瓚'朔風動秋草',自陳思詩'驚風飄白日'來,而陳思乃得之《楚辭·悲回風》也。"而沈休文則云:"子荊'零雨'之章,正長'朔風'之句,並直舉胸情,非傍詩史,正以音律調韻,②取高前式。"然則仲偉所謂"累札無聞"者,即言子荊、正長他詩坐少此種,並非謂他詩皆不佳也。方東樹喜立異説,至謂"零雨"、"朔風"並非佳製,其《昭昧詹言》卷一五:"正長'朔風',原本《風》《雅》,韻律似《十九首》,然無甚警妙。若子荊'零雨',非所知也。姚先生云:'子荊以喪妻而歸,故其詞云爾。'余謂即如是,而篇中無一言交代明白,'三命'十句與起處詞意全不相貫接,何足取乎?"

〔八〕 按:張翰《雜詩》有"黃華如散金"之句,潘尼《迎大駕》有"綠蘩被廣隰"之句。"唱"、"章"互文。

〔九〕 鄭文焯云:"'駁聖'可對'雜霸',並新語之妙倫。"

魏侍中應璩〔一〕詩

祖襲魏文。〔二〕善為古語,〔三〕指事殷勤,〔四〕雅意深篤,得詩人激刺之旨。〔五〕至於"濟濟今日所",〔六〕華靡可諷味焉。〔七〕

〔一〕《魏志·王粲傳》:"瑒弟璩,以文章顯,官至侍中。"注引《文章敍録》曰："璩字休璉，博學，好屬文，善爲書記文。明帝世，歷官散騎常侍。齊王即位，稍遷侍中。大將軍長史曹爽秉政，多違法度，璩爲詩以諷焉。其言雖頗諧合，多切時要，世共傳之。復爲侍中，典著作。嘉平四年卒，追贈衛尉。"《隋志》："魏衛尉卿應璩集十卷。梁有録一卷。"

〔二〕　按：魏世羣才，詩多五言，競摹互賞，本成風氣。《文心雕龍·明詩》曰："建安之初，五言騰踊。文帝、陳思，縱轡以騁節；王、徐、應、劉，望路而爭驅。慷慨以任氣，磊落以使才。造懷指事，不求纖密之巧；驅辭逐貌，惟取昭晰之能，此其所同也。"然則仲偉評文帝"對揚厥弟"，"頗有仲宣之體"；評王粲"方陳思不足，比魏文有餘"；評劉楨次於陳思；此又評應璩"祖襲魏文"，因類似以相較，仍同彥和之旨；因相較分高下，則存抑揚之意。謝山人妄議"一脈不同"，直未思《文心》之言，亦昧于建安以下之風尚矣。至璩詩與魏文有似，尤易言之。如陳祚明評璩《百一詩》"年命在桑榆"章云："此自質切。"成書評："此詩有所爲而言，不妨直質。"皆與仲偉評魏文"鄙質"（或本作"直"字）之言相合。再如璩《雜詩》純用古事，此與魏文《煌煌京雒行》、《折楊柳行》議論故事者尤近。徐昌毅《談藝録》謂璩詩"微傷於媚"，與仲偉評魏文"美贍可翫"，更覺同脈。

〔三〕　《詩源辯體》卷四論云："應璩《百一詩》則猶近拙樸。"《詩藪》外編卷一云："如'下流不可處，君子慎厥初'、'所占於此土，是爲仁智居'，皆拙樸語。"按：《齊書·文學傳論》所言"三體"，其次一體，所謂"全借古語，用申今情"，即舉"應璩指事"爲例。蓋加以事義，故其詩不得奇。

〔四〕　按：《齊書·文學傳論》亦稱："應璩指事。"成書《古詩存》評璩《雜詩》云："純用古事，筆力足以運之，故佳。"

〔五〕　《文心雕龍·明詩》曰："應璩《百一》，獨立不懼，辭譎義貞，亦魏之遺直也。"黃庭鵠《古詩冶》評《百一詩》"下流不可處"云："本譏朝士,而借己以諷,亦微而婉矣。"

〔六〕　聞黃季剛先生有云:"應之'濟濟今日所'是其詩佚句,刻有譌字。"
今案:"濟濟今日所"恐係應詩首句,亦如嵇康《答二郭》開句"天下
悠悠者"之比。黃氏豈疑"所"字有譌?查漢京固用之甚多,不容
再疑。如《散樂俳歌辭》"呼俳嚬所"、《鄭白渠歌》"田于何所",用
法與應此句正同。

〔七〕　按:"華靡"即陶潛品中所謂"風華清靡",特用字有衍省耳。仲偉
以潛詩原出於璩,故評語亦同。

晉清河守陸雲、〔一〕晉侍中石崇、〔二〕晉襄城太守曹攄〔三〕晉朗陵公何劭〔四〕詩

清河之方平原,殆如陳思之匹白馬。於其哲昆,故稱二
陸。〔五〕季倫、顏遠,並有英篇。〔六〕篤而論之,朗陵爲最。〔七〕

〔一〕　《晉書》五十四:"陸雲,字士龍。六歲能屬文,與兄機齊名,雖文章
不及,而持論過之。成都王穎表爲清河内史。所著文章三百四十
九篇,又撰《新書》十篇,並行於世。"《隋志》:"晉清河太守陸雲集
十二卷。梁十卷,錄一卷。"

〔二〕　《晉書》三十三:"石崇,字季倫,渤海南皮人也。少敏惠,好學不
倦。拜黃門郎,累遷散騎常侍、侍中。"《隋志》:"晉衛尉卿石崇集
六卷。梁有錄一卷。"

〔三〕　《晉書》九十《良吏傳》:"曹攄,字顏遠,譙國譙人也。好學,善屬
文。惠帝末,爲襄城太守。永嘉二年,爲征南司馬。"《隋志》:"梁
有征南司馬曹攄集三卷。錄一卷。"

〔四〕　《晉書》三十三:"何劭,字敬祖,陳國陽夏人也。博學,善屬文。

趙王倫簒位,以勖爲太宰。所撰荀粲、王弼傳及諸奏議文章,並行於世。永寧元年,薨,贈司徒,謚曰康子。"按:勖父曾封朗陵侯,勖嗣爵,故亦稱朗陵公也。《隋志》:"梁有太宰何勖集一卷。録一卷。"

〔五〕　按:仲偉下卷評陳思與白馬答贈,如"以莛扣鐘";清河與平原亦不乏往復之什,其品恐未至如是懸遠,故云"殆如",乃大約言之耳。至當時二陸並稱,自因兄弟關係,不必才堪齊等也。

〔六〕　石崇之作,如《王明君辭》,徘徊哀怨。曹攄如《感舊》詩,亦有名言。攄又有《贈石崇》詩,宛轉入情。

〔七〕　按:本書所評止於五言,清河長於四言,蓋非其選。又仲偉不貴用事,以警策爲高,則季倫、顏遠似均有不及朗陵之清儁歟? 朗陵詩如《贈張華》云:"暮春忽復來,和風與節俱。俯臨清泉涌,仰觀嘉木敷。"讀之狀溢目前,此仲偉所以深許之也。

晉太尉劉琨、〔一〕晉中郎盧諶〔二〕詩

其源出於王粲。〔三〕善爲悽戾之詞,自有清拔之氣。〔四〕琨既體良才,又罹厄運,故善敍喪亂,多感恨之詞。〔五〕中郎仰之,微不逮者矣。〔六〕

〔一〕　《晉書》六十二:"劉琨,字越石,中山魏昌人。少得儁朗之目,文詠頗爲當時所許。"《隋志》:"晉太尉劉琨集九卷。梁十卷。劉琨別集十二卷。"《漁洋詩話》曰:"劉琨宜在上品。"案:琨、諶自係連及,亦猶下卷殷、謝之比。曰"諶不逮",曰"殷不競",其義已見。

〔二〕　《晉書》四十四:"盧諶,字子諒,范陽涿人也。好老、莊,善屬文。

元帝之初,徵爲散騎中書侍郎,而爲末波所留,遂不得南渡。撰
《祭法》,注《莊子》,及文集,皆行於世。"《隋志》:"晉司空從事中
郎盧諶集十卷。梁有錄一卷。"

〔三〕 按:仲宣流客,慷慨有懷,論其處境,越石、子諒或有足擬,故詩並
愀愴悽戾耳。仲偉述源,大致在此。必分別之,則仲宣文秀,當與
越石不同。劉熙載曰:"鍾嶸謂越石詩出於王粲,以格言耳。"蓋不
可盡以藻詞求之也。

〔四〕 《文心雕龍·才略》:"劉琨雅壯而多風,盧諶情發而理昭,亦遇之
於時勢也。"劉熙載曰:"兼悲壯者,其惟劉越石乎?"

〔五〕 陳祚明曰:"越石英雄失路,滿衷悲憤,即是佳詩。隨筆傾吐,如金
笳成器,本擅商聲,順風而吹,嘹嚦悽戾,足使櫪馬仰歎,城烏俯
咽。"按:如《重贈盧諶》云:"功業未及見,夕陽從西流。時哉不我
與,去矣若雲浮。朱實隕勁風,繁英落素秋。狹路傾華蓋,駭駟摧
雙輈。何意百鍊剛,化爲繞指柔。"其感恨最深。

〔六〕 按:盧諶《贈劉琨》二十章,其書中亦自謂:"貢詩一篇,不足以揄
揚弘美,亦以攄其所抱而已。"

晉弘農太守郭璞〔一〕詩

　　憲章潘岳。文體相輝,彪炳可玩。始變永嘉平淡之體,故
稱中興第一。《翰林》(明鈔本無"林"字)以爲詩首。但《游
仙》之作,辭多慷慨,乖遠玄宗。〔二〕而云"奈何虎豹姿",又云
"戢翼棲榛梗",乃是坎壈詠懷,非列仙之趣也。〔三〕

〔一〕 《晉書》七十二:"郭璞,字景純,河東聞喜人也。博學有高才,而訥
於言論,詞賦爲中興之冠。所作詩賦誄頌數萬言。"《隋志》:"晉弘

農太守郭璞集十七卷。梁十卷,録一卷。”《漁洋詩話》曰:“郭璞宜
在上品。”案:李善謂“璞之制,文多自紓”,未能“餐霞倒景”,“錙
銖塵網”,^①其言或與記室品意有符。

〔二〕　按:永嘉以還,爲詩“理過其辭”,江表諸公,“詩皆平典似《道德
論》。”故潘岳、郭璞起而變革其體,中興之功,不可没也。其時之
人,如謝益壽大變太元^②之氣,而以“輕華”尊潘,謂其“爛若舒錦,
無處不佳”,此與仲偉評郭“用儁上之才”,“文體相輝,彪炳可玩”
者,義極一致。《文心雕龍·才略》云:“景純豔逸,足冠中興。”其
亦由於憲章安仁歟?

〔三〕　劉熙載《藝概》云:“郭景純亮節之士,《游仙》詩假棲遯之言,而激
烈悲憤,自在言外。”許學夷曰:“愚按:景純《游仙》中雖雜坎壈之
語,至如‘放情凌霄外,嚼蕊挹飛泉’、‘神仙排雲出,但見金銀臺’、
‘升降隨長煙,飄飄戲九垓’、‘鮮裳逐電曜,雲蓋隨風迴’等句,則
亦稱工矣。”陳祚明曰:“景純本以仙姿遊於方内,其超越恒情,乃
在造語奇傑,非關命意。《游仙》之作,明屬寄託之詞。如以‘列仙
之趣’求之,非其本旨矣。”方東樹曰:“景純此詩,正道其本事。鍾
記室乃譏之,誤也。”鄭文焯曰:“湘綺翁論璞《游仙詩》舉典繁富,
言之有物,蓋託詠當時宮中之事,喻以列仙之遊,義多諷歎。而此
謂坎壈自悲,未爲得也。”案:昭明所選,亦未及“戢翼棲榛梗”一
篇,則仲偉所云,或爲當時之通論也。

晉吏部郎袁宏^{〔一〕}詩

彦伯《詠史》,^{〔二〕}雖文體未遒,而鮮明緊健,去凡俗遠矣。^{〔三〕}

---

　①　“錙銖塵網”,李善《文選注》原作“滓穢塵網,錙銖纓紱”。

　②　“太元”,原誤作“太玄”,許氏所言當本自沈約《宋書·謝靈運傳論》所云“叔源大變
太元之氣”,因據改。

〔一〕 《晉書》九十二《文苑傳》:"袁宏,字彥伯。有逸才,文章絶美。撰《後漢紀》三十卷,及《竹林名士傳》三卷,詩賦誄表等雜文凡三百首,傳於世。"《隋志》:"晉東陽太守袁宏集十五卷。梁二十卷,録一卷。"

〔二〕 黄庭鵠注曰:"袁虎(宏小字)少孤貧,爲人運租。謝尚鎮牛渚,秋月,乘月率爾汎江,聞估客船上詠詩聲,甚有情致,訊問,大相賞得,引宏參其軍事。"《詩紀·別集》四引《續晉陽秋》曰:"虎少有逸才,文章絶麗。曾爲《詠史》詩,其風情所寄。在運租船中諷詠,聲既清會,辭亦藻拔,即《詠史》之作也。"

〔三〕 按:彥伯《詠史》二首,譚元春評前首云:"好眼好識,看斷今古。"王船山則云:"猶未免以論斷爭雄。"船山又評後首云:"先布意深,後序事蘊藉。詠史高唱,無如此矣!"《文心雕龍·才略》云:"袁宏發軫以高驤,故卓出而多偏。"亦即仲偉之旨。

晉處士郭泰機、〔一〕晉常侍顧愷之、〔二〕宋謝世基、〔三〕宋參軍顧邁、〔四〕宋參軍戴凱〔五〕詩

泰機"寒女"之製,孤怨宜恨。〔六〕長康能以二韻答四首之美。〔七〕世基"横海",〔八〕顧邁"鴻飛"。〔九〕戴凱人實貧羸,而才章富健。觀此五子,文雖不多,氣調警拔。吾許其進,則鮑照、江淹未足逮止。越居中品,僉曰宜哉。

〔一〕 傅咸集有《答郭》詩,其序曰:"河南郭泰機,寒素後門之士。不知余無能爲益,以詩見激切,可施用之才,而況沉淪不能自拔於世。余雖心知之,而未如之何。此屈非復文辭可了,故直戲以答其

〔二〕　《晉書》九十二《文苑傳》："顧愷之，字長康，晉陵無錫人也。博學
　　　有才氣，所著文集及《啓矇記》行於世。"《隋志》："晉通直常侍顧
　　　愷之集七卷。梁二十卷。"

〔三〕　《宋書》卷四十四："謝晦兄絢，高祖鎮軍長史，早卒。世基，絢之子
　　　也，有才氣。"

〔四〕　《隋志》："梁有征北行參軍顧邁集二十卷。"

〔五〕　《隋志》："梁有戴凱之集六卷，亡。"

〔六〕　按：郭泰機《答傅咸》（張玉穀曰："按傅詩及序，則此乃贈傅，非答
　　　傅也，題誤。"）有"寒女雖巧妙，不得秉杼機。衣工秉刀尺，棄我忽
　　　如遺"之句。陳祚明評其詩曰："郊、島用意，不能過之。"然則仲偉
　　　所謂"孤怨宜恨"，蓋言其工也。

〔七〕　案：其義未聞。《詩紀·別集》四引《歷代吟譜》云："顧長康拜桓
　　　溫墓，賦詩曰：'山崩溟海竭，魚鳥將何依？'畫嵇康詩曰：'手揮五
　　　弦易，目送歸鴻難。'"日本遍照金剛《文鏡秘府論·論病》引長康
　　　詩"山崩"二句，以爲"諱病"。

〔八〕　按：世基將刑，爲連句詩，開句曰："偉哉橫海鱗。"故仲偉稱之。

〔九〕　"鴻飛"，應是顧邁逸句。

宋徵士陶潛[一]詩

　　其源出於應璩，又協左思風力。[二]文體省静，殆無長
語。[三]篤意真古，[四]辭興婉愜。每觀其文，想其人德。世歎
（明鈔本作"難"字）其質直。[五]至如"歡言酌春酒"、[六]"日暮
天無雲"，[七]風華清靡，[八]豈直爲田家語耶？古今隱逸詩人
之宗也。[九]

〔一〕《晉書》九十四《隱逸傳》：“陶潛，字元亮，大司馬侃之曾孫也。博學，善屬文，所有文集並行於世。”《宋書》九十三《隱逸傳》：“陶潛，字淵明，或云淵明，字元亮，尋陽柴桑人也。自以曾祖晉世宰輔（曾祖侃，晉大司馬），恥復屈身後代。自高祖王業漸隆，不復肯仕。所著文章皆題其年月，義熙以前，則書晉氏年號；自永初以來，唯云甲子而已。元嘉四年卒，時年六十三。”《隋志》：“宋徵士陶潛集九卷。梁五卷，録一卷。”《漁洋詩話》曰：“陶潛宜在上品。”案：本品所次，歷受人議，實則記室絶無源下流上之例，故應、陶終同卷也。又《文選》收陶詩獨少，則時議亦有所限云。《太平御覽》刊上品末一人，雖陶潛名，顯係後人添入。果屬原有，何至次謝靈運下？適形其風尚陶詩，爲宋人之見而已。

〔二〕《石林詩話》卷下曰：“鍾嶸論陶淵明，乃以爲出於應璩，此語不知其所據。應璩詩不多見，惟《文選》載其《百一》詩一篇，所謂‘下流不可處，君子慎厥初’者，與陶詩了不相類。五臣注引《文章録》云：‘曹爽用事，多違法度。璩作此詩以刺在位，意若百分有補於一者。’淵明正以脱略世故、超然物外爲意，顧區區在位者，何足累其心哉？且此老何嘗有意欲以詩自名，而追取一人而模放之？此乃當時文士與世進取競進而爭長者所爲，何期此老之淺，蓋嶸之陋也。”《詩源辯體》卷六曰：“鍾嶸謂淵明詩，‘其源出於應璩，又協左思風力’，葉少藴嘗辯之矣。愚按：太冲詩渾樸，與靖節略相類。又太冲常用魚、虞二韻（魚、虞古爲一韻），靖節亦常用之，其聲氣又相類。應璩有《百一詩》，亦用此韻，中有云：‘前者墮官去，有人適我閭。田家無所有，酌酒焚枯魚。’又《三叟》詩簡樸無文，中具問答，亦與靖節口語相近。嶸蓋得之於驪黄間耳。”王船山評陶詩《擬古》“迢迢百尺樓”篇云：“此真《百一詩》中傑作。鍾嶸一品，千秋論定矣。”又今人游國恩君舉左思《雜詩》、《詠史》與淵明《擬古》、《詠荆軻》相比，以爲左之胸次高曠，筆力雄邁，與陶之音節蒼涼激越、辭句揮灑自如者,同其風力。此論甚是。

〔三〕《遯齋閒覽》引王荊公曰:“如‘結廬在人境,而無車馬喧。問君何能爾? 心遠地自偏’,由詩人以來,無此句也。然則淵明趨向不羣,詞彩精拔(蕭統《陶靖節集序》中語),晉、宋之間,一人而已。”元好問論淵明詩云:“豪華落盡見真淳。”

〔四〕元好問論淵明詩云:“南窗白日羲皇上,未害淵明是晉人。”

〔五〕陳後山曰:“陶淵明之詩,切於事情,但不文耳。”《滄浪詩話》云:“淵明之詩,質而自然。”

〔六〕《讀山海經》之句。

〔七〕《擬古》之句。王船山《薑齋詩話》卷下曰:“‘日暮天無雲,春風散微和’,想見陶令當時胸次,豈夾雜鉛汞人能作此語。程子謂見濂溪,一月坐春風中。非程子不能知濂溪如此,非陶令不能自知如此也。”

〔八〕按:仲偉評應璩詩,用“華靡”二字;此衍言之,則曰“風華清靡”耳。

〔九〕《詩紀·別集》四引陽休之曰:“余覽陶潛之文,辭采雖未優,而往往有奇絕異語,放逸之致,棲託仍高。”《薑齋詩話》又曰:“鍾嶸謂陶令爲‘隱逸詩人之宗’,亦以其量不宏而氣不勝,下此者可知已。”而黃文煥則謂:“鍾嶸以‘隱逸’蔽陶,陶不得見也。析之以憂時念亂,思扶晉衰,思抗晉禪,經濟熱腸,語藏本末,湧若海立,屹若劍飛,斯陶之心膽出矣。”則尤有見於陶詩《詠荊軻》、《述酒》諸首之微旨,而非徒論其詩之風格也。

宋光祿大夫顏延之〔一〕詩

其源出於陸機。〔二〕尚巧似,體裁綺密,情喻淵深,動無虛散,一句一字,皆致意焉。〔三〕又喜用古事,〔四〕彌見拘束。雖乖秀逸,是經綸文雅才。雅才減若人,則蹈於困躓矣。湯惠休曰:"謝詩如芙蓉出水,〔五〕顏如錯彩鏤金。〔六〕"顏終身病之。

〔一〕《宋書》九十三:"顏延之,字延年,琅邪臨沂人也。少孤貧,居負郭,室巷甚陋。好讀書,無所不覽。文章之美,冠絕當時。孝建三年卒,時年七十三。追贈散騎常侍,特進金紫光禄大夫如故,謚曰憲子。延之與陳郡謝靈運俱以詞采齊名,自潘岳、陸機之後,文士莫及也,江左稱顏、謝焉。所著並傳於世。"《隋志》:"宋特進顏延之集二十五卷。梁三十卷。又有顏延之逸集一卷,亡。"

〔二〕按:仲偉評士衡詩云:"才高辭贍,舉體華美。"而成書《古詩存》評延年詩亦云:"力厚思深,吐屬華贍。"此一同也。仲偉又評士衡詩"尚規矩",而王船山却評延年詩"立法自縛",此二同也。統以觀之,顏源於陸,信哉!

〔三〕按:《文心雕龍·才略》篇曰:"陸機才欲窺深,辭務索廣,故思能入巧,而不制繁。"與仲偉此評延年數語亦頗近。《宋書·謝靈運傳論》云:"延年之體裁明密。"陳祚明《評選》曰:"延年束於時尚,填綴求工。《曲阿後湖》之篇,誠擅密藻,其它繁拕之作,間多滯響。"按:"虛"指"意浮"。仲偉《序》云:"意浮則文散,嬉成流移,文無止泊。"延年體密,故無是病也。

〔四〕張戒《歲寒堂詩話》卷上曰:"詩以用事爲博,始於顏光禄。"例如《侍遊曲阿》云:"虞風載帝狩,夏諺頌王遊。"《應詔觀北湖田收》云:"周御窮轍迹,夏載歷山川。"《拜陵廟》云:"周德共明祀,漢道遵光靈。"皆才不勝學。

〔五〕案:《師友詩傳録》載張實居曰:"出水芙蓉,天然豔麗,不假雕飾。"又案:《石林詩話》卷下曰:"湯惠休稱謝靈運爲'初日芙渠',

最當人意。'初日芙渠'非人力所能爲,而精彩華妙之意,自然見
於造化之外。靈運諸詩,可以當此者亦無幾。"案:延年亦有華妙
之句,如《辯體》所舉"流雲藹青闕,皓月鑒丹宮"、"故國多喬木,空
城擬寒雲"、"庭昏見野陰,山明望松雪",皆是。

〔六〕　黃徹《碧溪詩話》卷五曰:"顏延之嘗問鮑照己與靈運優劣,照曰:
　　　　'謝五言如初發芙蓉,自然可愛;君詩鋪錦列繡,亦雕繢滿眼。'鍾
　　　　嶸《詩品》乃記湯惠休云:'謝如芙蓉出水,顏如錯采鏤金。'與本傳
　　　　不同。傳又稱延之嘗薄惠休製作,以爲'委巷中歌謠'耳。豈惠休
　　　　因爲延之所薄,遂爲'芙蓉'、'錯鏤'之語,故史取以文飾之耶?"
　　　　《詩源辯體》卷之七亦錄湯、鮑二說,而論之云:"豈當時以艱澀深
　　　　晦者爲鋪錦鏤金耶? 然延年較靈運,其妙合自然者雖不可得,而拙
　　　　處亦少,觀其集當知之。"

宋豫章太守謝瞻、〔一〕宋僕射謝混、〔二〕
宋太尉袁淑、〔三〕宋徵君王微、〔四〕
宋征虜將軍王僧達〔五〕詩

　　其源出於張華。才力苦弱,故務其清淺,殊得風流媚
趣。〔六〕課其實錄,則豫章、僕射,宜分庭抗禮;徵君、太尉,可託
乘後車;征虜卓卓,殆欲度驊騮前。〔七〕

〔一〕　《宋書》五十六:"謝瞻,字宣遠,一名檐,字通遠,陳郡陽夏人。年
　　　　六歲,能屬文,爲《紫石英讚果然》詩,當時才士莫不歎異。瞻善於
　　　　文章,辭采之美,與族叔混、弟靈運相抗。"《隋志》:"宋豫章太守謝
　　　　瞻集三卷。"

〔二〕　《晉書》七十九:"謝混,字叔源。少有美譽,善屬文。"《隋志》:"晉

左僕射謝混集三卷。梁五卷。"

〔三〕 《宋書》七十:"袁淑,字陽源,陳郡陽夏人。少有風氣,不爲章句之
學,而博涉多通。好屬文,辭采遒豔,縱橫有才辯,文集傳於世。"
《隋志》:"宋太尉袁淑集十一卷,并目錄。梁十卷,錄一卷。"

〔四〕 《宋書》六十二:"王微,字景玄,琅邪臨沂人。少好學,無不通覽。
善屬文,所著文集傳於世。"《隋志》:"宋秘書監王微集十卷。"

〔五〕 《宋書》七十五:"王僧達,琅邪臨沂人。少好學,善屬文。"《隋
志》:"宋護軍將軍王僧達集十卷。梁有錄一卷。"

〔六〕 按:仲偉評張華詩"兒女情多,風雲氣少",即此評五人詩皆"清
淺"、"風流"之意也。兹就五人現存之詩觀之:宣遠之詩,爲《辯
體》所舉者,如"開軒滅華燭,月露皓已盈"、"巢幕無留燕,遵渚有
來鴻。輕霞冠秋日,迅商薄清穹"、"四筵霑芳醴,中堂起絲桐"等
句;叔源之詩,如"惠風蕩繁囿,白雲屯曾阿。景昃鳴禽集,水木湛
清華"等句;陽源之詩,如"寒燠豈如節,霜雨多異同。迺知古時
人,所以悲轉蓬"等句;景玄之詩,如"思婦臨高臺,長想憑華軒。
弄絃不成曲,哀歌送苦言"等句;僧達之詩,如"聿來歲序暄,輕雲
出東岑。麥壟多秀色,楊園流好音"等句,皆語工而清淺者也。惟
景玄規橅子建之句,則頗不弱,故仲偉又謂文通詩得"筋力"於景
玄也。

〔七〕 今就仲偉評詩之意推之,宣遠不爲屬響,叔源頗有閒情,自無軒輊
之分。陽源語弱,而時寓古悲;景玄辭哀,而情入淒怨,若論五言之
警策,自亞於二謝矣。僧達與顏延年贈答,雖加事義,未乖秀逸,由
天才豐盛,不徒恃閒趣成什故也。謂之"度驊騮前",殆以此歟?

宋法曹參軍謝惠連〔一〕詩

小謝才思富捷,〔二〕恨其蘭玉夙凋,故長轡未騁。《秋懷》、

《擣衣》之作,雖復靈運銳思,亦何以加焉。〔三〕又工爲綺麗歌謠,風人第一。〔四〕《謝氏家録》云:康樂每對惠連,輒得佳語。〔五〕後在永嘉西堂,思(明鈔本"思"下有"謝"字)詩竟日不就。寤寐間忽遇惠連,即成"池塘生春草"。故常(明鈔本作"嘗"字)云:"此語有神助,非吾語也。〔六〕"

〔一〕　《宋書》五十三:"謝惠連,幼而聰敏,年十歲,能屬文,族兄靈運深相知賞。元嘉七年,爲司徒彭城王義康法曹參軍。是時義康治東府城,城塹中得古冢,爲之改葬,使惠連爲祭文,留信待成,其文甚美。又爲《雪賦》,亦以高麗見奇。文章並傳於世。十年,卒,時年三十七。既早亡,且輕薄多尤累,故官位不顯。無子。"又卷五十一《宗室傳》:"杜德靈雅有姿色,本會稽郡吏。謝方明爲郡,方明子惠連愛幸之,爲之賦詩十餘首,'乘流遵歸渚'篇是也。"《隋志》:"宋司徒府參軍謝惠連集六卷。梁五卷,録一卷。"

〔二〕　下引《謝氏家録》一段佳話可證。蓋"池塘"之句乃康樂率然信口之作,謂見惠連而成,非其己語,則知惠連捷思,固平時素著也。

〔三〕　《古詩存》評云:"小謝詩平鋪直敍,無見才力處,殊不足爲乃兄接武。惟《秋懷》、《擣衣》二首,在集中爲有意經營之作。"案:成書似用本品爲説。劉履《選詩補注》不取《秋懷》詩,並詆其篇中"頹魄"、"傾曦"二句爲"失理",未免苛論古人。

〔四〕　按:仲偉評小謝"歌謠綺麗",用一"又"字,以本書所録"止乎五言","歌謠"則非盡五言故也。王船山評選《前緩聲歌》云:"小謝樂府,奕奕標舉,短歌微吟,亦復關情不淺。遙想此士風流,當知緱嶺吹笙,月明人澹,而飄然欣賞,固不在洞庭張樂下也。"蓋與仲偉評其"綺麗"者正合。

〔五〕　按:此可見小謝亦多佳語。《辯體》舉之曰:"惠連如'亭亭映江

月,颼颼出谷飆。斐斐氣幕岫,泫泫露盈條'、'夕陰結空幕,宵月
皓中閨'、'蕭瑟合風蟬,寥唳度雲鴈。寒商動清閨,孤燈曖幽幔'
等句,其語實工。"

〔六〕　王若虛《溳南詩話》卷一云:"謝靈運夢見惠連而得'池塘生春
　　　草'之句,以爲神助。《石林詩話》云:'世多不解此語爲工,蓋欲
　　　以奇求之耳。此語之工,正在無所用意,猝然與景相遇,借以成
　　　章,故非常情所能到。'冷齋云:'古人意有所至則見於情,詩句
　　　蓋寓也。謝公平生喜見惠連,而夢中得之。此當論意,不當泥
　　　句。'張九成云:'靈運平日好雕鐫,此句得之自然,故以爲奇。'
　　　田承君云:'蓋是病起,忽然見此爲可喜而能道之,所以爲貴。'
　　　予謂天生好語,不待主張,苟爲不然,雖百説何益?李元膺以爲
　　　反覆求之,終不見此句之佳,正與鄙意暗同。蓋謝氏之誇誕,猶
　　　存兩晉之遺風。後世惑於其言而不敢非,則宜其委曲之至是
　　　也。"又按:劉楨《贈徐幹》詩云:"細柳夾道生,方塘含清源。輕
　　　葉隨風轉,飛鳥何翩翩。"王夫之評云:"謝客疑神授者,此乃白
　　　日得之,詎不欣幸?"

宋參軍鮑照[一]詩

　　其源出於二張。[二]善製形狀寫物之詞。[三]得景陽之諔
詭,[四]含茂先之靡嫚。[五]骨節強於謝混,[六]驅邁疾於顔
延。[七]總四家而擅美,[八]跨兩代而孤出。嗟其才秀人微,故致
(明鈔本作"取"字)湮當代。然貴尚巧似,不避危仄,頗傷清
雅之調。[九]故言險俗者,多以附照。

〔一〕《宋書》五十一《宗室傳》:"臨川王義慶,招聚文學之士鮑照等。

照,字明遠,文辭贍逸,嘗爲古樂府,文甚遒麗。世祖以照爲中書舍人。上好爲文章,自謂物莫能及。照悟其旨,爲文多鄙言累句。當世咸謂照才盡,實不然也。"《隋志》:"宋征虜記室參軍鮑照集十卷。梁六卷。"《漁洋詩話》曰:"鮑照宜在上品。"案:明遠與茂先同卷,亦猶應、陶同卷之意。

〔二〕　仲偉下云:"得景陽之詼詭,含茂先之靡嫚。"等於自注。

〔三〕　此可以鮑詩舉例言之:《鮑參軍詩注》卷三《吳興黃浦亭庾中郎別》篇,黃先生《補注》曰:"本集《河清頌》'蠢行藻性'、《舞鶴賦》'鍾浮曠之藻質'、《凌煙樓銘》'藻思神居',及此篇之'藻志',皆明遠自造詞,《詩品》所謂'善製形狀寫物之詞'者也。"

〔四〕　按:《莊子·德充符》李注云:"詼詭,奇異也。"今人劉盼遂云:"詼詭即弔詭,亦作弔儻,亦作倜儻,亦作佚蕩。"然則此評其"詼詭",猶杜陵以"俊逸"題鮑耳。許學夷《詩源辯體》卷五於景陽詩中俊逸之句引證頗多,已見卷上張協品第〔七〕條注。又《辯體》卷七舉明遠詩之最軼蕩者,如"蔓草緣高隅,脩楊夾廣津。迅風首旦發,平路塞飛塵"、"鷄鳴洛城裏,禁門平旦開。冠蓋縱橫至,車騎四方來"、"驄馬金絡頭,錦帶佩吳鉤。失意杯酒間,白刃起相讎"、"嚴秋筋竿勁,虜陣精且彊。天子按劍怒,使者遥相望"、"疾風衝塞起,沙礫自飛揚。馬毛縮如蝟,角弓不可張"等句,以爲"較之顏、謝,如釋險阻而就康莊",所見甚是。

〔五〕　按:"靡嫚",即"靡曼"。《呂覽·本生》篇高誘訓解云:"靡曼,細理弱肌,美色也。"張茂先詩,仲偉評其"兒女情多",舉例言之,如《情詩》云:"蘭蕙緣清渠,繁華蔭綠渚。佳人不在兹,取此欲誰與?"《雜詩》云:"微風搖茝若,層波動芰荷。榮采曜中林,流馨入綺羅。"皆綺靡傷情。明遠"綺靡"之句,《辯體》舉其"歸華先委露,別葉早辭風"、"蜀琴抽白雪,郢曲發陽春"、"珠簾無隔露,羅幌不勝風"、"揚芬紫煙上,垂綵綠雲中"等句,並體性不遠。《齊書·

文學傳論》曰："雕藻淫豔,傾炫心魂,亦猶五色之有紅紫,八音之
有鄭衛,斯鮑照之遺烈也。"則鮑詩之"靡嫚",此論亦發之,不獨仲
偉爲然,蓋亦一時之通談耳。後世亟稱其偉響而略其豔詞,或不免
有掩護之迹。《詩紀·別集》卷之五引曾原曰:"明遠之詩,詞氣俊
偉而乏渾涵,然未至流於靡麗,下此則皆靡麗矣。"說近崇古。

〔六〕 《詩譜》曰:"六朝文氣衰緩,唯劉越石、鮑明遠有西漢氣骨。"至如
謝混之詩,仲偉已病其"淺弱",本不能與"操調險急"之鮑照相擬。
特仲偉以二人同源出張華,故及之耳。考叔源《西池》之唱,起云:
"悟彼蟋蟀唱,信此勞者歌。有來豈不疾,良遊常蹉跎。"所謂佳
製,已是索莫乏氣之徵。而明遠之詩,任舉其一首,靡不骨節堅強。
如《秋日示休上人》起云:"枯桑葉易零,疲客心易驚。今茲亦何
早,已聞絡緯鳴。"何其出語之挺拔耶!

〔七〕 陳祚明《評選》曰:"鮑參軍詩如驚潮怒飛,迴瀾倒激,堆埼隖嶼,蕩
滌浸泪,微尋曲到,不作安流,而批擊所經,時多觸閡,然固不足阻
其洶湧之勢。"劉熙載《詩概》云:"'孤蓬自振,驚沙坐飛',此鮑明
遠賦句也。若移以評明遠之詩,頗復相似。"

〔八〕 黃庭鵠《古詩冶》舉鮑詩《詠秋》爲例。

〔九〕 《升庵詩話》卷八引定陶孫器之評詩曰:"鮑明遠如飢鷹獨出,奇矯
無前。"

齊吏部謝朓[一]詩

其源出於謝混。[二]微傷細密,頗在不倫。[三]一章之中,自
有玉石,然奇章秀句,往往警遒。足使叔源失步,明遠變
色。[四]善自發詩端,[五]而末篇多躓,[六]此意銳而才弱也。至
爲後進士子(明鈔本"子"下有"之"字)所嗟慕。[七]朓極與余

論詩,感激頓挫過其文。

〔一〕　《南齊書》四十七:"謝朓,字玄暉,陳郡陽夏人也。少好學,有美名。文章清麗,長五言詩。沈約常云:'二百年來無此詩也。'"《隋志》:"齊吏部郎謝朓集十二卷,謝朓逸集一卷。"《漁洋詩話》曰:"謝朓宜在上品。"案:叔源、玄暉同卷,與應、陶、張、鮑同卷,例並同。

〔二〕　按:叔源水木清華,想見閒雅之情;玄暉山水都邑,別饒曠逸之趣。謝家名章,接踵可稱,固不容昧厥源之所自也。

〔三〕　《存餘堂詩話》引劉後村曰:"謝康樂一字百煉乃出冶,玄暉尤麗密。謝朓詩如《暫使下都》云:'大江流日夜,客心悲未央。金波麗鳷鵲,玉繩低建章。'如《登三山》云:'白日麗飛甍,參差皆可見。餘霞散成綺,澄江淨如練。'皆吞吐日月、摘躡星辰之句。"陳祚明《評選》曰:"玄暉按章使字,法密旨工。"成書評玄暉《和徐都曹出新亭渚》:"何等細密。"按:玄暉詩正多此例,仲偉以爲"不倫",亦坐尊古而賤今之見耳。

〔四〕　按:玄暉五言之警策者,有如《詩源辯體》卷八所舉:"日出衆鳥散,山暝孤猿吟"、"天際識歸舟,雲中辨江樹"、"南中榮橘柚,寧知鴻雁飛"、"春草秋更綠,公子未西歸"、"大江流日夜,客心悲未央"、"金波麗鳷鵲,玉繩低建章"、"風動萬年枝,日華承露掌"、"餘霞散成綺,澄江静如練"、"寒城一以眺,平楚正蒼然"、"朔風吹飛雨,蕭條江上來"等句,以視叔源,則後來居上矣。若明遠慷慨任氣、磊落使才者,視此工密之製,亦不能無愧遜,惟其緊健處亦尚略似。《詩藪》外編卷二曰:"明遠得記室(左思)之雄,而以詞爲尚,故時與玄暉近也,而去魏遠也。"

〔五〕　《漁洋詩話》卷中云:"或問:'詩工於發端,如何?'應之曰:'如謝

宣城"大江流日夜,客心悲未央。"'"王船山曾評此二語云:"舊稱
朓詩工於發端,如此發端語,寥天孤出,正復宛詣,豈不夐絶千古?
非但危唱雄聲已也。"又評"朔風吹飛雨,蕭條江上來"云:"發端峻
甚,遽欲一空今古。"又評"滄波不可望,望極與天平"云:"此一發
端者洵爲驚人,然正一往得之。"

〔六〕 陳祚明《評選》云:"玄暉結句幽尋,亦鏗湘瑟。而《詩品》以爲'末
篇多躓',理所不然。夫宦轍言情,旨投思遁,賦詩見志,固應歸宿
是懷。仰希逸流,貞觀丘壑,以斯託興,趣頗蕭然。恒見其高,未見
其躓。"按:此論稍涉掩護,殆如王船山評玄暉"發端聲情,所引太
高",故篇末難以爲繼歟?

〔七〕 《太平廣記》引《談藪》曰:"梁高祖重陳郡謝朓詩,常曰:'不讀謝
詩三日,覺口臭。'"《詩紀·別集》五引《語林》曰:"謝玄暉長於五
言詩,沈休文見之曰:'二百年來無此詩也。'"

齊光禄江淹[一]詩

文通詩體總雜,[二]善于摹擬。[三]筋力於王微,[四]成就於
謝朓。[五]初,淹罷宣城郡,遂宿冶亭。夢一美丈夫,自稱郭璞,
謂淹曰:"吾有筆在卿處多年矣,可以見還。"淹探懷中,將(明
鈔本作"得"字)五色筆以授之。[六]爾後爲詩不復成語,故世傳
江淹才盡。[七]

〔一〕 "齊",當作"梁"。《梁書》十四:"江淹,字文通,濟陽考城人也。
天監元年,爲散騎常侍、左衛將軍,遷金紫光禄大夫。卒,謚曰憲
伯。淹少以文章顯,晚節才思微退,時人皆謂之才盡。凡所著述百
餘篇,自撰爲前、後集,並《齊史》十志,並行於世。"《隋志》:"梁金

紫光禄大夫江淹集九卷,江淹後集十卷。梁二十卷。"《漁洋詩話》曰:"江淹宜在上品。"案:文通與王微、謝朓同卷,此意已叠見前例。

〔二〕　文通詩不名一格,故云。

〔三〕　《滄浪詩話》曰:"擬古惟江文通最長,擬淵明似淵明,擬康樂似康樂,擬左思似左思,擬郭璞似郭璞,獨擬李都尉一首不似西漢耳。"皎然《詩式》曰:"'團扇'二首,江則假象見意,班則貌題直書。至如'出入君懷袖,動搖微風發。常恐秋節至,涼飆奪炎熱',旨婉詞正,有潔婦之節。但此兩對,亦可以掩映江生。江生詩曰:'畫作秦王女,乘鸞向煙霧。'興生於中,無有古事。假使佳人玩之在手,'乘鸞'之意,飄然莫偕,雖蕩如夏姬,自忘情改節。吾許江生情遠詞麗,方之班女,亦未可減價。"《詩家直說》云:"江淹擬劉琨,用韻整齊,造語沉著,不如越石吐出心肝;擬顏延年,辭致典縟,得應制之體,但不變句法耳。"《詩譜》曰:"江淹善觀古作,曲盡心手之妙,其自作乃不能爾。"

〔四〕　按:文通《雜體詩》有《王徵君微養疾》一首,黃庭鵠《古詩冶》注云:"原詩缺"。今就文通擬作觀之,其起語曰:"窈藹瀟湘空,翠潤澹無滋。"黃庭鵠引孫評云:"古峭甚。"然則以文通所擬必似者例之,此"古峭"之語,即"筋力於王微"也。

〔五〕　按:文通調婉而詞麗之詩,有如《詩源辯體》卷八所舉"玉柱空掩露,金樽坐含霜"、"昔我別楚水,秋月麗秋天。今君客吳坂,春色縹春泉"、"愁生白霜日,思起秋風年"、"松氣鑑青靄,霞光鑠丹英"、"絳氣下縈薄,白雲上杳冥"、"電至烟流綺,水綠桂含丹"、"涼靄漂虛座,清香盪空琴"等句,似皆仲偉所謂"成就於謝朓"者也。

〔六〕　王船山評選文通《清思》詩云:"一反一順,而了無畔岸。郭景純而後,絕響久矣!'夢筆'之說,豈以其綵哉?"又評選《郊外望秋答殷

博士》云:"'長夜亦何際'五字,夫豈可以'綵筆'目之? 足見文通
當時了無知己。"

〔七〕　按: 此有二説: 一以爲文通才盡,由於後日官顯,處富貴之境,忘
其爲詩,故精語亦歇。如《藝苑卮言》卷八云:"文通裂錦還筆入夢
以來便無佳句,人謂才盡,殆非也。昔人夜聞歌'渭城'甚佳,質明
迹之,乃一小民傭酒館者,捐百緡,予使鬻酒。久之,不復能歌'渭
城'矣。近一江右貴人,彊仕之始,詩頗清淡,既涉貴顯,雖篇什日
繁,而惡道坌出。人怪其故,予曰:'此不能歌"渭城"也。'"一以爲
越世高談,與時代背馳,故有"才盡"之譏。如王船山評選文通《卧
疾怨别劉長史》云:"文通於時,乃至不欲取好景,亦不欲得好句,
脈脈自持,一如處女,惟循意以爲尺幅耳。此其以作者自命何如
也? 前有'任筆沈詩'之俗譽,後有宮體之陋習,故或謂之'才盡'。
彼自不屑盡其才,才豈盡哉!"

梁衛將軍范雲、〔一〕梁中書郎丘遲〔二〕詩

范詩清便宛轉,如流風迴雪。〔三〕丘詩點綴映媚,似落花依
草。〔四〕故當淺於江淹,而秀於任昉。〔五〕

〔一〕　《梁書》卷十三:"范雲,字彦龍,南鄉舞陰人。善屬文,便尺牘,下
　　　筆輒成,未嘗定藁,時人每疑其宿構。高祖受禪,以侍中遷散騎常
　　　侍、吏部尚書,尋遷尚書右僕射。卒,贈侍中、衛將軍。有集三十
　　　卷。"《隋志》:"梁尚書僕射范雲集十一卷,并録。"
〔二〕　《梁書》四十九《文學傳》:"丘遲,字希範,吳興烏程人也。八歲便
　　　屬文。及長,州辟從事,舉秀才,除太學博士。高祖踐祚,拜散騎侍
　　　郎,拜中書郎,遷司徒從事中郎。卒官。所著詩賦行於世。"《隋

志》:“梁國子博士丘遲集十卷,并録。梁十一卷。”

〔三〕　按:此評范詩之聲調也。陳祚明選其《贈張徐州謖》詩,有“造章
　　　警快”之評,即其例。

〔四〕　按:此評丘詩之辭筆也。丘詩如《旦發魚浦潭》中有云:“村童忽
　　　相聚,野老時一望。詭怪石異象,嶄絶峯殊狀。森森荒樹齊,析析
　　　寒沙漲。藤垂島易涉,崖傾嶼難傍。”歷寫山水人物,有如仲偉所
　　　評者。《竹林詩評》云:“丘遲之作,如琪樹玲瓏,金芝布濩,九霄春
　　　露,三島秋雲。”

〔五〕　以仲偉所評,知范、丘二家均務於清淺,較諸江郎“古峭”之語“筋
　　　力於王微”者,爲殊科矣。若夫任昉“博物”,“動輒用事”,視范、丘
　　　清淺之章,殊損奇秀之致焉。

梁太常任昉[一]詩

彦昇少年爲詩不工,故世稱“沈詩任筆”,昉深恨之。[二]晚
節愛好既篤,文(明鈔本作“又”字)亦遒變。善銓事理,拓體
淵雅,得國士之風,故擢居中品。但昉既博物,動輒用事,[三]
所以詩不得奇。少年士子效其如此,弊矣。

〔一〕　《梁書》十四:“任昉,字彦昇,樂安博昌人。雅善屬文,尤長載筆,
　　　才思無窮,當世王公表奏,莫不請焉。昉起草即成,不加點竄。沈
　　　約一代詞宗,深所推挹。高祖踐祚,拜黄門侍郎,出爲寧朔將軍、新
　　　安太守。卒於官舍,追贈太常卿,謚曰敬子。所著文章數十萬言,
　　　盛行於世。”《隋志》:“梁太常卿任昉集三十四卷。”

〔二〕　按:《南史·任昉傳》云:“既以文才見知,時人云:‘任筆沈詩。’昉
　　　聞,甚以爲病。晚節轉好作詩,用事過多,屬辭不得流便。自爾都

下之士慕之,轉爲穿鑿。"與仲偉此評全合。陳祚明曰:"以彦昇之才,而晚節始能作詩,要將深詣於斯,不肯隨俗靡靡也。今觀其所存,僅二十篇許耳,而思旨之曲,情懷之真,筆調之蒼,章法之異,每一篇如構一迷樓。必也冥心洞神,雕搜無象,然後能作。方將抉《三百篇》、《離騷》之蘊,發《十九首》、漢、魏之覆,雲變瀾翻,自成一家,而高視四代,此擎巨黿手也。千秋而下,惟少陵與相競爽。所造至此,鍾嶸胡足以知之,而謂'動輒用事,詩不得奇'。悲夫!奇孰奇於彦昇?且其詩具在,初亦未嘗用事也。作此品題,何殊夢語!"按:陳説未是。史載彦昇有集三十四卷,今其所存詩僅二十許篇,則亡逸者必多,陳氏當亦無從證明其未嘗用事也。況仲偉前曾云:"辭既失高,則宜加事義,雖謝天才,且表學問。"此又云:"善銓事理,拓體淵雅。"前後一貫,循實酌中,初非有所武斷。其以"淵雅"許彦昇,又何嘗有排斥之意耶?陳氏坐昧其旨耳。

〔三〕　鄭文焯云:"古以用事爲疏處,所謂'詞必己出'也。"

梁左光禄沈約[一]詩

觀休文衆製,五言最優。[二]詳其文體,察其餘論,固知憲章鮑明遠也。[三]所以不閑於經綸,而長於清怨。[四]永明相王愛文,[五]王元長等皆宗附之。約於時,謝脁未遒,江淹才盡,范雲名級故微,故約稱獨步。雖文不至,其工麗亦一時之選也。[六]見重閭里,誦詠成音。[七]嶸謂約所著既多,今翦除淫(明鈔本作"涇"字)雜,收其精要,允爲中品之第矣。故當詞密於范,意淺於江也。[八]

〔一〕　《梁書》卷十三：“沈約，字休文，吳興武康人也。篤志好學，能屬文。高祖受禪，爲尚書僕射，轉左光禄大夫。卒，謚曰隱。所著文集一百卷，行於世。”《隋志》：“梁特進沈約集一百一卷，并録。”

〔二〕　按：陳繹曾《詩譜》云：“沈約佳處，斷削清瘦可愛，自拘聲病，氣骨蔪然。唐諸家聲律皆出此。”王船山《古詩評選》曰：“休文得年七十三，吟成數萬言，唯《古意》‘明月雖外照，寧知心内傷’十字爲有生人之氣，其他如敗鼓聲，如落葉色，庸陋酸滯，遂爲千古惡詩宗祖。大歷人以之而稱才子，宋人以之而稱古文，高廷禮以之而標‘正聲’之目矣。”蓋船山用《詩譜》説，乃至概加誅伐，未免變本加厲。觀沈確士汰存休文諸詩，如《夜夜曲》、《新安江》、《直學省愁卧》、《宿東園》、《別范安成》、《游沈道士館》、《早發定山》、《冬節後至丞相第》等篇，邊幅尚闊，詞氣尚厚，在蕭梁之代，亦推大家矣。

〔三〕　陳祚明以爲此評“憲章明遠”，譌厥源流，易其説曰：“休文詩體全宗康樂，以命意爲先，以煉氣爲主，辭隨意運，態以氣流，故華而不浮，雋而不靡。”

〔四〕　鄭文焯云：“‘閑’，當作‘嫻’。”按：此謂休文終非經國才，亦如明遠之“才秀人微”，而有“清怨”之詞也。《詩紀·別集》六引劉會孟曰：“沈休文《懷舊》九首，杜子美《八哀》之祖也。”

〔五〕　《文心雕龍·時序》篇云：“魏武以相王之尊，雅愛詩章。”與此言蕭子良重文，皆著上好之效。謝无量云：“永明文學承元嘉之後，更鑽研聲律，於是四聲八病之説始起，立駢文之鴻軌，啓律詩之先路。當時竟陵王子良，實有提獎之功。竟陵王者，齊武帝第二子也。禮士好藝，天下詞客，多集其門，而梁武帝與王融、謝朓、任昉、沈約、陸倕、范雲、蕭琛八人尤見敬異，號曰‘竟陵八友’。八人之中，謝朓長於詩，任昉、陸倕長於筆，沈約則文、筆兼美云。”

〔六〕　陳祚明曰：“《詩品》獨謂‘工麗’見長，品題並謬。要其據勝，特在含毫之先。命旨既超,匠心獨造,渾淪跌宕,具以神行。句字之間,不妨率直。"

〔七〕 按:沈休文"酷裁八病"之説,仲偉極不謂然,嘗曰:"蜂腰鶴膝,閭里已具。"蓋薄之也。此又云:"見重閭里,誦詠成音。"亦露貶意。

〔八〕 按:江、范二評,甫見於前,故連類及之耳。仲偉既評范詩"清便",又評沈詞"工麗",則范暢而沈密可知;又既評范"淺於江",而稱江之"筋力"、"成就"獨厚,則以"工麗"見選之沈詩,自亦視江爲較淺矣。

卷　下

漢令史班固、[一]漢孝廉酈炎、[二]漢上計趙壹[三]詩

　　孟堅才流,而老於掌故。[四]觀其《詠史》,有感歎(明鈔本作"歎感")之詞。[五]文勝託詠"靈芝",懷寄不淺。[六]元叔散憤"蘭蕙",[七]指斥"囊錢",[八]苦言切句,[九]良亦勤矣。斯人也而有斯困,悲夫!

〔一〕《後漢書》卷七十《班固傳》:"班固,字孟堅,北地人。顯宗時,除蘭臺令史。坐竇憲敗,死獄中。"《隋志》:"後漢大將軍護軍司馬班固集十七卷。"

〔二〕《後漢書》卷一百十《文苑傳》:"酈炎,字文勝,范陽人。州郡辟命,皆不就。後爲妻家所訟,繫獄死。"《隋志》:"梁有酈炎集二卷。録一卷。"

〔三〕《後漢書》卷一百十《文苑傳》:"趙壹,字元叔,漢陽西縣人。郡舉上計,十辟公府,並不就。終於家。"《隋志》:"梁有上計趙壹集二卷,録一卷,亡。"《詩藪》外編卷一曰:"趙壹《疾邪》詩句格猥凡,漢五言最下者。"

〔四〕按:孟堅本領史筆,又擅詩才焉。

〔五〕孟堅《詠史》結句云:"百男何憒憒,不如一緹縈。"詠歎至深。

〔六〕陳祚明評"靈芝"章曰:"大致古勁,結句質言耳。然固慨深。"

〔七〕元叔《疾邪》詩第二首有"蘭蕙化爲芻"之句,陳祚明評此詩云:"忼激之詞,情極坌涌。"

〔八〕 元叔《疾邪》詩第一首有"文籍雖滿腹,不如一囊錢"之句。

〔九〕 案:仲偉深歎元叔之詩"言苦句切",故近代王闓運謂趙壹、程曉下開孟郊瘦刻一派(《王志》)。

魏武帝、[一]魏明帝[二]詩

曹公古直,甚有悲涼之句。[三]叡不如丕,亦稱三祖。[四]

〔一〕 《魏志·武帝紀》:"太祖武皇帝,沛國譙人。姓曹,諱操,字孟德。少機警,有權數而任俠。舉孝廉,爲郎,遷南頓令。後封魏王。文帝追謚曰武皇帝。"《隋志》:"魏武帝集二十六卷。梁三十卷,錄一卷。梁又有武皇帝逸集十卷,亡。魏武帝集新撰十卷。"《漁洋詩話》云:"下品之魏武宜在上品。"許學夷曰:"按:嶸《詩品》以丕處中品,曹公及叡居下品。今或推曹公而劣子桓兄弟者,蓋鍾嶸兼文質,而後人專氣格也。"

〔二〕 《魏志·明帝紀》:"明皇帝諱叡,字元仲,文帝太子也。"《隋志》:"魏明帝集七卷。梁五卷,或九卷,錄一卷。"

〔三〕 元稹曰:"曹氏父子鞍馬間爲文,往往橫槊賦詩,故其遒文壯節,抑揚怨哀,悲離之作,尤極於古。"《升庵詩話》卷八引定陶孫器之《評詩》曰:"魏武帝如幽燕老將,氣韻沉雄。"

〔四〕 許學夷注云:"武帝,太祖;文帝,高祖;明帝,烈祖。"按:許注是也,結句總而言之耳。或本作"二祖",誤。《文心雕龍·樂府》篇亦稱"三祖"。

魏白馬王彪、[一]魏文學徐幹[二]詩

白馬與陳思答贈,[三]偉長與公幹往復,[四]雖曰以莛扣

鐘,〔五〕亦能閑(明鈔本作"閒"字)雅矣。

〔一〕　《魏志》卷二十:"武皇帝孫姬生楚王彪,字朱虎,封壽春侯。黃初
　　　　七年,徙封白馬。太和六年,改封楚。"
〔二〕　《魏志》卷二十一《王粲傳》:"北海徐幹,字偉長。爲司空軍謀祭酒
　　　　掾屬、五官將文學。"《隋志》:"魏太子文學徐幹集五卷,梁有録一
　　　　卷,亡。"《漁洋詩話》曰:"徐幹宜在中品。"案:鍾序曾舉偉長勝
　　　　語,而品第抑之,與公幹懸隔,殆以上卷無聯品之例,偶因彪、植之
　　　　贈答而數及幹作歟?
〔三〕　按:陳思《贈白馬王》詩,今具存。白馬王亦有答詩,《初學記》載
　　　　其詩曰:"盤徑難懷抱,停駕與君訣。即車登北路,永歎尋先轍。"
　　　　蓋亦憤而成篇焉。近人丁福保刊《全三國詩》失收。
〔四〕　公幹《贈徐幹》、偉長《答劉公幹》詩,今並存。
〔五〕　《玉篇》云:"《東方朔傳》曰:以莛撞鐘,言其聲不可發也。"《詩藪》
　　　　外編云:"以公幹爲巨鐘,而偉長爲小桯,抑揚不已過乎!"《漁洋詩
　　　　話》曰:"建安諸子,偉長實勝公幹,而嶸譏其'以莛扣鐘',乖反
　　　　彌甚。"

魏倉曹屬阮瑀、〔一〕晉頓丘太守歐陽建、〔二〕晉文學應璩、〔三〕晉中書令嵇含、〔四〕晉河南太守阮侃、〔五〕晉侍中嵇紹、〔六〕晉黃門棗據〔七〕詩

元瑜、堅石七君詩,並平典不失古體。〔八〕大檢似,而二嵇
微優矣。〔九〕

〔一〕《魏志·王粲傳》：“陳留阮瑀，字元瑜。太祖以爲司空軍謀祭酒，管記室，徙爲倉曹掾屬。”《隋志》：“後漢丞相倉曹屬阮瑀集五卷，梁有録一卷，亡。”

〔二〕《晉書》三十三：“歐陽建，字堅石，世爲冀方右族。才藻美贍，擅名北州。歷山陽令、尚書郎、馮翊太守。”不言爲頓丘太守。《隋志》：“晉頓丘太守集二卷。”

〔三〕案：已見中卷，此與阮、嵇連類而及。中卷因爲陶潛所師承，故載之。①

〔四〕《晉書》八十九《忠義傳》：“嵇含，字君道。舉秀才，除郎中，轉中書侍郎。劉弘表爲平越中郎將、廣州刺史，爲弘司馬掩殺。”案：史不言含爲中書令。《隋志》：“梁有廣州刺史嵇含集十卷，録一卷，亡。”

〔五〕《宋書·符瑞志下》：“晉武帝太康二年六月丁卯，白雀二見，河内南陽太守阮侃獲以獻。”丁仲祜《全三國詩》引《陳留志》曰：“阮侃，字德如，尉氏人。魏衛尉卿阮共之子，有俊才，而飭以名理，風儀雅潤。與嵇康爲友。仕至河内太守。”《隋志》：“梁有阮侃集五卷，録一卷，亡。”

〔六〕《晉書》八十九《忠義傳》：“嵇紹，字延祖，魏中散大夫康之子。累遷至侍中。王師敗於蕩陰，紹被害。”《隋志》：“晉侍中嵇紹集二卷，録一卷。”

〔七〕《晉書》九十三《文苑傳》：“棗據，字道彥，潁川長社人。賈充伐吳，請爲從事中郎，徙黃門侍郎、太子中庶子。太康中，卒。”《隋志》：“梁有太子中庶子棗據集二卷，録一卷。”

〔八〕按：此評七君詩爲“古體”，蓋對張華、陸機等之“新體”而言。大

---

　　① 許氏所言有誤，此處“應璩”當據《吟窗雜録》本等作“應瑒”。此處姑仍其舊，不作校正。

抵在晉初，二派詩之勢力足以抗衡；及江左，則張、陸派占優勢矣。

〔九〕　嵇家詩總以清峻見長，故仲偉褒之。

晉中書張載、〔一〕晉司隸傅玄、〔二〕
晉太僕傅咸、〔三〕晉侍中繆襲、〔四〕
晉散騎常侍夏侯湛〔五〕詩

孟陽詩，乃遠慚厥弟，而近超兩傅。〔六〕長虞父子，繁富可嘉。〔七〕孝沖雖曰後進，見重安仁。〔八〕熙伯《挽歌》，唯以造哀爾。〔九〕

〔一〕　《晉書》五十五："張載，字孟陽，安平人。長沙王乂請爲記室督，拜中書侍郎。載見世方亂，無復仕進意，遂稱篤告歸。卒。"《隋志》："晉中書郎張載集七卷。梁一本二卷，録一卷。"

〔二〕　《晉書》四十七："傅玄，字休奕，北地泥陽人。州舉秀才，累遷至司隸校尉。卒。"《隋志》："晉司隸校尉傅玄集十五卷。梁五十卷。"

〔三〕　《晉書》四十七："傅玄子咸，字長虞。拜太子洗馬，累遷至司隸校尉。卒。"《隋志》："晉司校尉傅咸集十七卷。梁三十卷，録一卷。"

〔四〕　《魏志・劉劭傳》："同時東海繆襲亦有才學，官至尚書光禄勳。"注引《文章志》："襲，字熙伯。歷事魏四世。正始六年，卒。"《隋志》："魏散騎常侍繆襲集五卷。梁有録一卷。"

〔五〕　《晉書》五十五："夏侯湛，字孝若，譙國人。仕至散騎常侍。元康初，卒。"《隋志》："晉散騎常侍夏侯湛集十卷。梁有録一卷。"

〔六〕　許學夷《詩源辯體》曰："張孟陽氣格不及太冲，詞彩遠慚厥弟。太康諸子，載獨居下。"至於傅氏父子，或擅樂府詩，不免擬漢、魏而拙；或類《道德論》，不免貽"平典"之譏。是孟陽才華，固可過之。

〔七〕　剛侯富於樂章，長虞繁於經言。

〔八〕　《世說》曰：“夏侯湛作《周詩》成，示潘安仁。安仁曰：‘此非徒溫雅，乃別見孝弟之性。’潘因此遂作《家風》詩。”今案：《周詩》係四言，於本書爲例外，故仲偉隱其篇歟？

〔九〕　繆襲《挽歌》云：“白日入虞淵，懸車息駟馬。”哀涼獨造。

晉驃騎王濟、^{〔一〕}晉征南將軍杜預、^{〔二〕}晉廷尉孫綽、^{〔三〕}晉徵士許詢^{〔四〕}詩

永嘉以來，清虛在俗。王武子輩詩，貴道家之言。^{〔五〕}爰洎江表，玄風尚備。真長、^{〔六〕}仲（明鈔本作“冲”字）祖、^{〔七〕}桓、^{〔八〕}庾^{〔九〕}諸公猶相襲。世稱孫、許，彌善恬淡之詞。^{〔一〇〕}

〔一〕　《晉書》四十二：“王渾子濟，字武子。仕至侍中。卒，追贈驃騎將軍。”《隋志》：“梁有晉驃騎將軍王濟集二卷，亡。”

〔二〕　《晉書》三十四：“杜預，字元凱，京兆杜陵人。仕至鎮南大將軍，卒。”《隋志》：“晉征南將軍杜預集十八卷。”

〔三〕　《晉書》五十六：“孫楚子綽，字興公。仕至廷尉卿，領著作，卒。”《文選注》引何法盛《晉中興書》：“孫綽，字興公，太原人也。于時才筆之士，綽爲其冠。”《隋志》：“晉衛尉卿孫綽集十五卷。梁二十五卷。”

〔四〕　《晉書》五十六：“綽少與高陽許詢俱有高尚之志。一時名流，或愛詢高邁，則鄙於綽；或愛綽才藻，而無取於詢。沙門支遁試問綽：‘君何如許？’答曰：‘高情遠致，弟子早已伏膺；然一詠一吟，許將北面矣。’”《文選》江淹《擬許徵君自序》詩注引《晉中興書》曰：“高陽許詢，字玄度。有才藻，善屬文，時人皆欽愛之。”又沈約《宋

書·謝靈運傳論》注引《續晉陽秋》曰："許詢有才藻，善屬文。"
《隋志》："晉徵士許詢集三卷。梁八卷，錄一卷。"

〔五〕　按：武子善《莊》、《老》，其見之於詩，蓋亦固然。今僅存《平吳後三月三日華林園》詩，係四言。其五言已不見，殆佚去矣。元凱詩亦不見，《北堂書鈔》一百四十二、一百四十四所載諸語，如曰"大羹生華，蘭椒馥芳"、"菰糧雪累，班纊錦文"、"馨香播越，氣干青雲"，類是清虛之賦。

〔六〕　《晉書》卷七十五："劉惔，字真長，沛國相人也。尚明帝女廬陵公主。以惔雅善言理，簡文帝初作相，與王濛並爲談客，俱蒙上賓禮。累遷丹陽令，爲政清整。桓溫嘗問惔：'會稽王談更進耶？'惔曰：'極進，然故第三流耳。'溫曰：'第一復誰？'惔曰：'故在我輩。'其高自標置如此。尤好《老》、《莊》，任自然，卒官。孫綽爲之誄曰：'居官無官官之事，處事無事事之心。'時人以爲名言。"《世說新語》："劉真長爲丹陽尹，許玄度出都，就劉宿，牀帷新麗，飲食豐甘。許曰：'若保全此處，殊勝東山。'劉曰：'卿若知吉凶由人，吾安得不保此？'王逸少在坐，曰：'令巢、許遇稷、契，當無此言。'二人並有愧色。"

〔七〕　《晉書》卷九十三："王濛，字仲祖，哀靖皇后父也。與沛國劉惔齊名友善。惔常稱濛性至通，而自然有節。濛每云：'劉君知我，勝我自知。'時人以惔方荀奉倩，濛比袁曜卿。凡稱風流者，舉濛、惔爲宗焉。簡文帝之爲會稽王也，嘗與孫綽商略諸風流人。綽言曰：'劉惔清蔚簡令，王濛溫潤恬和，桓溫高爽邁出，謝尚清易令達。'而濛性和暢，能言理，辭簡而有會。"

〔八〕　《晉書》卷九十八《叛逆傳》："桓溫，字元子。少與沛國劉惔善。"

〔九〕　《晉書》七十三："庾亮，字元規。美姿容，善談論，性好《老》、《莊》。"

〔一〇〕　孫綽《秋日》，懷心濠上；許詢《竹扇》，妙思觸物。

晉徵士戴逵^{〔一〕}詩

安道詩雖嫩弱，有清工之句。裁長補短，袁彥伯之亞乎？^{〔二〕}逵子顒，亦有一時之譽。^{〔三〕}（按：各本均脱評語，今據《對雨樓叢書》本引《吟窗雜録》補入。）

〔一〕 《晉書》九十四《隱逸傳》：“戴逵，字安道，譙國人。武陵王晞聞其善鼓琴，使人召之。逵對使者破琴，曰：‘戴安道不爲王門伶人。’後徙居會稽之剡縣。性高潔，常以禮度自處，深以放達爲非。累徵不就，病卒。”《隋志》：“晉徵士戴逵集九卷，殘缺。梁十卷，録一卷。”

〔二〕 按：彥伯泛渚遊吟，脱去凡俗；安道不爲王門伶人，可稱放達。仲偉以戴擬袁，亦有是意歟？

〔三〕 按：顒子仲若，永初、元嘉中屢徵不就。

晉謝琨、^{〔一〕}晉東陽太守殷仲文^{〔二〕}詩

晉、宋之際，殆無詩乎？^{〔三〕}義熙中，以謝益壽、殷仲文爲華綺之冠，殷不競（明鈔本作“竞”字）矣。^{〔四〕}

〔一〕 琨名已見中卷，此據《對雨樓叢書》本補。亦猶應璩見中卷，並見下卷之例。中卷因宣遠連及，此復連及仲文耳。①

〔二〕 《晉書》九十九：“殷仲文，南蠻校尉覬之弟也。少有才藻，美容貌。

---

① 許氏所言有誤，“晉謝琨”乃“宋謝混”之訛，因評語中云“以謝益壽、殷仲文爲華綺之冠”而竄入，此處姑仍其舊。

從兄仲堪薦之於會稽王道之,甚相賞待。桓玄姊,仲文之妻。玄《九錫》,仲文之辭也。帝反正,抗表自辭。仲文素有名望,自謂必當朝政。又謝混之徒,疇昔所輕者,並皆比肩,常怏怏不得志。忽遷爲東陽太守,意彌不平。義熙三年,以謀反伏誅。仲文善屬文,爲世所重。謝靈運嘗云:‘若殷仲文讀書半袁豹,則文才不減班固。’言其文多而見書少也。”《隋志》:“晉東陽太守殷仲文集七卷。梁五卷。”

〔三〕　按:仲偉以詩至晉、宋之際,建安風力已盡,殆如朝華已謝而夕秀未振,故云“無詩”。

〔四〕　按:殷、謝齊稱,亦見於《文心雕龍·才略》篇。仲偉《序》中只云:“義熙中,謝益壽斐然繼作。”而不及殷仲文,即此謂“殷不競”之意也。《世說新語》云:“殷仲文天才宏贍,而讀書不甚廣。傅亮歎曰:‘殷仲文讀書半袁豹,才不減班固。’”

宋尚書傅亮[一]詩

季友文,余嘗忽而不察。今沈特進撰詩,載其數首,[二]亦復平美(明鈔本作“矣”字)。[三]

〔一〕　《宋書》四十三:“傅亮,字季友,北地靈州人也。博涉經史,尤善文詞。高祖受命,表册文誥,皆亮辭也。少帝即位,進爲中書監、尚書令。元嘉三年,伏誅。初,亮見世路屯險,著論名曰《演慎》。既居宰輔,兼總重權。少帝失德,内懷憂懼,作《感物賦》以寄意。奉迎大駕,道路賦詩三首,其一篇有悔懼之辭,曰:‘鳳櫂發皇邑,有人祖我舟。餞離不以幣,贈言重琳球。知止道攸貴,懷禄義所尤。四牡倦長路,君轡可以收。張邴結重軌,疏董頓夕軸。東隅誠已謝,西景逝不留。惟命安可圖,懷此作前修。敷袵銘篤誨,引帶佩嘉謀。迷寵非予志,厚德良未酬。撫躬愧疲朽,三省懟爵浮。重明照蓬艾,萬品同率由。忠誥豈假知,式微發直謳。'"又見《南史》卷十五。《隋志》:"宋尚書令傅亮集三十一卷。梁二十卷,録一卷。"

〔二〕　沈約仕梁,位至光禄侍中、少傅,加特進。云"撰詩",其書未聞。

〔三〕　按:王船山評選傅亮《從征》四言云:"平浄。"亦猶仲偉之旨。

宋記室何長瑜、羊曜璠、〔一〕① 宋詹事范曄〔二〕詩

乃不稱其才,〔三〕亦爲鮮舉矣。〔四〕

〔一〕《宋書》卷六十七《謝靈運傳》:"靈運與族弟惠連、東海何長瑜、潁川荀雍、太山羊璿之以文章賞會,共爲山澤之游,時人謂之'四友'。靈運自始寧至會稽,時長瑜教惠連讀書,亦在郡内。靈運又以爲絶倫,謂方明(惠連父)曰:'何長瑜,當今仲宣,而飴以下客之食。尊(惠連父方明)既不能禮賢,宜以長瑜還靈運。'靈運載之而去。璿之,字曜璠。臨川内史。爲司空竟陵王誕所遇,誕敗坐誅。長瑜文才之美,亞於惠連,雍、璿之不及也。臨川王義慶招集文士,長瑜自國侍郎至平西記室參軍。嘗於江陵寄書與宗人何勗,以韻語序義慶府僚佐云:'陸展染鬢髮,欲以媚側室。青青不解久,星星行復出。'如此者五六句。而輕薄少年遂演而廣之,凡厥人士,並爲題目,皆加劇言苦句,其文流行。義慶大怒,白太祖,除爲廣州所統曾城令。及義慶薨,朝士詣第敍哀。何勗謂袁淑曰:'長瑜便

① 許氏所據底本此處原脱漏"宋記室何長瑜、羊曜璠"條評語,而誤將標題與下一則"宋詹事范曄詩"合爲一則。兹據《吟窗雜録》等,逐録何、羊二家評語如下:"才難,信矣!以康樂與羊、何若此,而二人文辭,殆不足奇。"

可還也.' 淑曰:'國新喪宗英,未宜便以流人爲念.' 盧陵王紹鎭尋
陽,以長瑜爲南中郎行參軍,掌書記之任,行至板橋,遇暴風溺
死.'《隋志》:"梁有平南將軍何長瑜集八卷."

〔二〕《宋書》六十九:"范曄,字蔚宗,順陽人.少好學,博涉經史,善爲
文章,能隸書,曉音律.元嘉元年,左遷宣城太守.不得志,乃刪衆
家《後漢書》爲一家之作.母亡,報之以疾,曄不時奔赴,及行,又
攜妓妾自隨,爲御史中丞所奏.太祖愛其才,不罪也.尋遷左衛將
軍、太子詹事.曄少時,兄晏常云:'此兒進利,終破門户.' 終如晏
言."又見《南史》卷三十三.《隋志》:"梁有范曄集十五卷,錄
一卷."

〔三〕案:長瑜流放,曜璠、蔚宗坐誅,當時以罪人目之.罪人而不稱其
才,時論限之也."乃"與"而"同訓.

〔四〕《宋書·謝靈運傳》:"與族弟惠連、東海何長瑜、潁川荀雍、太山羊
璿之以文章賞會.長瑜才亞惠連,雍、璿之不及也."按:羊、何時
與謝家兄弟以詩共和,其篇什宜有足稱.今觀長瑜嘲府僚之詩,劇
言苦句,頗病其佻.曜璠平反休、鮑之論,其詩宗鮑可知.蔚宗樂
遊應詔,轉抑開張,同其文史之筆.三子雖未盡以詩才見稱,其皆
爲一時難得之選,蓋可論矣.

宋孝武帝、[一]宋南平王鑠、[二]
宋建平王宏[三]詩

　　孝武詩彫文織綵,過爲精密,爲二藩希慕,見稱輕
巧矣.[四]

〔一〕《宋書》卷六:"世祖孝武皇帝諱駿,字休龍,小字道民,文帝第三子

也。"《隋志》:"宋孝武集二十五卷。梁三十一卷,録一卷。"

〔二〕 《宋書》卷七十二《文九王傳》:"南平穆王鑠,字休玄,文帝第四子也。"《隋志》:"宋南平王鑠集五卷。"

〔三〕 《宋書》卷七十二《文九王傳》:"建平宣簡王宏,字休度,文帝第七子也。少而閑素,篤好文籍,太祖寵愛異常。"

〔四〕 按:孝武詩如"屯煙擾風穴,積水溺雲根"、"長楊敷晚素,宿草披初青",其彫織精密,殊見輕巧。《齊書·王儉傳》云:"宋武帝好文章,天下悉以文采相尚。"然則不獨"二藩希慕",其風流蓋被之廣矣。

宋光禄謝莊[一]詩

希逸詩氣候清雅,不逮於王、袁。[二]然興屬閒長,良無鄙促也。[三]

〔一〕 《宋書》卷八十五:"謝莊,字希逸,陳郡陽夏人,太常弘微子也。南平王鑠獻赤鸚鵡,普詔羣臣爲賦。太子左衛率袁淑文冠當時,作賦畢,齎以示莊。莊賦亦竟,淑見而歎曰:'江東無我,卿當獨步!我若無卿,亦一時之傑也。'遂隱其賦。太宗即位,以莊爲散騎常侍、光禄大夫。泰始二年卒,謚曰憲子。所著文章四百餘首,行於世。女爲順帝皇后。追贈金紫光禄大夫。"又見《南史》卷二十。《隋志》:"宋金紫光禄大夫謝莊集十九卷。梁十五卷。"《漁洋詩話》曰:"謝莊宜在中品。"案:希逸詩,《文選》亦不取。

〔二〕 按:仲偉前以王微、袁淑列於同品,江文通《雜體詩》亦以《王微君微養疾》、《袁太尉淑從駕》、《謝光禄莊郊遊》相連次,知"王、袁"即微、淑二人也。《宋書·莊傳》:"希逸七歲能屬文,袁淑歎曰:

'江東無我,卿當獨步!'"或本以"王、袁"作"范、袁",非。

〔三〕　按:希逸詩往往不起議論,而輝映有餘,如王船山評其《七夕夜詠
牛女應制》是也。成悼雲又評其《侍宴蒜山》"詩筆清麗,興致不
淺",蓋與"鄙促"之體適相反矣。

宋御史蘇寶生、^{〔一〕}宋中書令史陵修之、
宋典祠令任曇緒、宋越騎戴法興^{〔二〕}詩

蘇、陵、任、戴,並著篇章,亦爲縉紳之所嗟詠。人非^{〔三〕}文
才是,^{〔四〕}愈其可嘉焉。^①

〔一〕　《宋書·王僧達傳》:"蘇寶者,名寶生,本寒門,有文義之美。元嘉
中,立國子學,爲《毛詩》助教。爲太祖所知,官至南臺侍御史、江
寧令。坐知高闍反,不即啓聞,與闍共伏誅。"又九十四《恩倖傳》:
"戴明寶死,世祖使文士蘇寶生爲之誄焉。"又《徐爰傳》:"元嘉中,
使著作郎何承天草創國史。世祖初,又使奉朝請山謙之、南臺御史
蘇寶生踵成之。六年,又以爰領著作郎,使終其業。"又卷一百《自
序》:"山謙之病亡,使南臺侍御史蘇寶生續造諸傳,元嘉名臣,皆
其所撰。"《隋志》:"梁有江寧令蘇寶生集四卷。"

〔二〕　《宋書》卷九十四《恩倖傳》:"戴法興,會稽山陰人也。世祖親覽朝
政,不任大臣,而腹心耳目,不得無所委寄。法興頗知古今,素見親
待。法興多納貨賄,凡所薦達,言無不行,天下輻湊,門外成市,家
產千金。前廢帝即位,遷越騎校尉。而道路之言,謂法興爲真天
子。帝怒,免法興官,於其家賜死。法興能爲文章,頗行於世。"又

---

① 許氏所據此處文字稍有衍誤,當依《吟窗雜錄》等,標校作"人非文是,愈有可嘉焉",
此處姑仍其舊。

見《南史》卷七十七《恩倖傳》。《隋志》:"梁有越騎校尉戴法興集
四卷,亡。"

〔三〕　蘇、戴二人,均罪至誅死。餘陵、任二人,未詳。

〔四〕　《南史·王僧達傳》:"時有蘇寶者,生於寒門,有文義之美。"《歷代
吟譜》曰:"戴法興能爲文,頗行於世。"

宋監典事區惠恭^{〔一〕}詩

惠恭本胡人,爲顏師伯^{〔二〕}幹。顏爲詩,輒偷筆(明鈔本無
"筆"字)定之。後造《獨樂賦》,語侵給主,被斥。及大將
軍^{〔三〕}修北第,差充作長。時謝惠連兼記室參軍,惠恭時往共
安陵^{〔四〕}嘲調,末作《雙枕》詩以示謝。謝曰:"君誠能,恐人未
重,且可以爲謝法曹造遺。"^①大將軍見之賞歎,以錦二端賜謝。
謝辭曰:"此詩公作長^{〔五〕}所製,請以錦賜之。"

〔一〕　事迹略見品中所敍,他書未見。

〔二〕　《宋書》卷七十七:"顏師伯,字長淵,琅邪臨沂人,東揚州刺史竣族
兄也。"

〔三〕　"大將軍",指彭城王義康。

〔四〕　"安陵",疑用戰國時安陵君典,指當時所謂"繁華子"也。

〔五〕　"公",即稱大將軍,以大將軍修北第,惠恭差充作長故也。

---

① "且可以爲謝法曹造遺大將軍見之賞歎",當標點作"且可以爲謝法曹造遺,遺大將軍。
見之賞歎",此處姑依許氏理解標點(參見附錄一《評陳延傑〈詩品注〉》)。

齊惠休上人、〔一〕齊道猷上人、〔二〕齊釋寶月〔三〕詩

惠休淫靡，情過其才。世遂匹之鮑照，恐商、周矣。〔四〕羊曜璠云："是顏公忌照之文，故立休、鮑之論。〔五〕"庾、白二胡，〔六〕亦有清句。《行路難》是東陽柴廓所造。寶月嘗憩其家，會廓亡，因竊而有之。廓子賚手本出都，欲訟此事，乃厚賂止之。〔七〕

〔一〕《宋書》卷七十一《徐湛之傳》："沙門釋惠休，善屬文，辭采綺豔。湛之與之甚厚。世祖命使還俗，本姓湯。位至揚州從事史。"《隋志》："宋宛朐令湯惠休集三卷。梁四卷。"按：杜甫《留別公安太易沙門》詩以"麗藻"定休上人詩品。

〔二〕《詩紀》晉十七《帛道猷小傳》："本姓馮，山陰人。居若邪山，少以篇牘著稱，性率素，好丘壑，一吟一詠，有濠上之風。"其《陵峯採藥觸興爲詩》一篇，《詩紀》錄注云："《釋氏古詩》題云'寄道壹'，有相招之意。"《高僧傳》曰："猷與道壹經有講筵之遇，後與壹書，因贈詩云：'連峯數千里，修林帶平津。雲過遠山翳，風至梗荒榛。茅茨隱不見，雞鳴知有人。閒步踐其徑，處處見遺薪。始知百代下，故有上皇民。'"此詩亦殊有清句。《漁洋詩話》曰："帛道猷、湯惠休宜在中品。"案：此亦同魏收《魏書》末置《釋老》之意。

〔三〕《樂府詩集》卷四十八《估客樂》題下引《古今樂錄》曰："《估客樂》者，齊武帝之所製也。使樂府令劉瑤管絃被之教習，卒，遂無成。有人啓釋寶月善解音律，帝使奏之，旬日之中，便就諧合。寶月又上兩曲。"

〔四〕近人劉師培曰："側豔之詞，起源自昔。晉、宋樂府，如《桃葉歌》、《碧玉歌》、《白紵詞》、《白銅鞮歌》，均以淫豔哀音，被於江左。迄於蕭齊，流風益盛。其以此體施於五言詩者，亦始晉、宋之間，後有鮑照，

前則惠休。"又自注曰:"明遠樂府固妙絕一時,其五言詩亦多淫豔,特麗而能壯,與梁代之詩稍別。《齊書·文學傳論》謂:'次則發唱驚挺,操調險急,雕藻淫豔,傾炫心魂,斯鮑照之遺烈。'其確證也。綺麗之詩,自惠休始。《南史·顏延之傳》云:'延之每薄湯惠休詩,謂人曰:"惠休製作,委巷中歌謠耳,方當誤後事。"'即據側麗之詩言之。"按:"側豔之詩",即仲偉所謂"情過其才",劉氏述休、鮑之同在此。其異則在休綺麗,鮑麗而能壯。是於蕭子顯休、鮑後出之論,及仲偉鮑周、休商之旨,可謂闡述盡之矣。

〔五〕 "休、鮑之論",在當時殆爲習談。《齊書·文學傳論》亦有"休、鮑後起,咸亦標世"之語。

〔六〕 按:"白"字,《歷代詩話》本及《對雨樓叢書》本並作"帛",謂帛道猷也。"庾",疑係寶月姓。"二胡",猶言二釋子,指道猷、寶月也。蓋稱"釋"自道安起,其前嘗有稱"胡"者。《升庵詩話》載道猷《陵峯採藥》詩,謂"連峯數千里,修林帶平津"、"茅茨隱不見,雞鳴知有人"四句爲"古今絕唱"。寶月有《估客樂》二曲,亦有名於時云。

〔七〕 後人選本多題《行路難》爲柴廓作,即本此。

齊高帝、〔一〕齊(彭嘯咸云當作"宋")
北征將軍張永、〔二〕齊太尉王文憲〔三〕詩

齊高帝詩,詞藻意深,無所云少。〔四〕張景雲雖謝文體,頗有古意。至如王師文憲,〔五〕既經國圖遠,或忽是雕蟲。〔六〕

〔一〕 《南齊書》卷一:"太祖高皇帝諱道成,字紹伯,姓蕭氏,小諱鬥將。"

〔二〕 《宋書》五十三《張茂度傳》:"子永,字景雲。初爲郡主簿、州從事,

補餘姚令，入爲尚書中兵郎。涉獵書史，能爲文章。後廢帝元徽二年，遷使持節都督南兗、徐、青、冀、益五州諸軍事，征北將軍，南兗州刺史。"《隋志》："梁又有宋右光祿大夫張永集十卷。"

〔三〕　《南齊書》卷二十三："王儉，字仲寶，琅邪臨沂人也。幼有神彩，專心篤學，手不釋卷。上表求校墳籍，依《七略》撰《七志》四十卷。上表獻之，表辭甚典。少有宰相之志，物議咸相推許。時大典將行，儉爲佐命，禮儀詔策，皆出於儉。褚淵唯爲禪詔文，使儉參治之。薨，追贈太尉，謚文憲公。儉寡嗜慾，唯以經國爲務，車服塵素，家無遺財。手筆典裁，爲當時所重。少撰《古今喪服集記》，並文集，並行於世。"又見《南史》卷二十二。《隋志》："太尉王儉集五十一卷。梁六十卷。"

〔四〕　按：高帝詩如《塞客吟》，遐心樓玄；《羣鶴詠》，託志雲間。其詩意深矣，自不在其篇之多少也。

〔五〕　仲偉既稱"王師"，故呼謚而不名。

〔六〕　《韻語陽秋》卷六曰："王儉少年以宰相自命，嘗有詩云：'稷契匡虞夏，伊呂翼商周。'（《春日家園》）又字其子曰元成，仍取作相之義。至其孫訓亦作詩云：'旦奭康世功，蕭曹佐旷俗。'大率追儉之意而爲之。後官亦至侍中。"按：此說可實仲偉"經國圖遠，忽是雕蟲"之評矣。

齊黄門謝超宗、〔一〕齊潯陽太守丘靈鞠、〔二〕齊給事中郎劉祥、〔三〕齊司徒長史檀超、〔四〕齊正員郎鍾憲、〔五〕齊諸暨令顏則、〔六〕齊秀才顧則心詩

檀、謝七君，並祖襲顏延，欣欣不倦，得士大夫之雅致

乎！〔七〕余從祖正員嘗（明鈔本作"常"。案：作"常"是也，
"常"下脱"侍"字）云：大明、泰始中，鮑、休美文，殊已動俗。
唯此諸人，傳顏陸體，用固執不如顏。〔八〕諸暨最荷家聲。〔九〕

〔一〕《南齊書》卷三十六："謝超宗，陳郡陽夏人也。祖靈運。父鳳，
坐靈運事，同徙嶺南，早卒。元嘉末，超宗得還。與慧休道人來
往，好學，有文辭，盛得名譽。殷淑儀卒，超宗作誄，奏之，帝大嗟
賞曰：'超宗殊有鳳毛，恐靈運復出。'太祖即位，轉黃門郎。有
司奏撰立郊廟歌，敕司徒褚淵、侍中謝朏、散騎侍郎孔稚珪、太學
博士王暕之、總明學士劉融、何法岡、何曇秀等十人並作，超宗辭
獨見用。超宗輕慢，王逡之奏超宗圖反，賜自盡。"又見《南史》
卷十九。《金樓子·雜記上》："謝超宗是謝鳳之兒，字幾卿，①中
拜率更令。"

〔二〕《南齊書》卷五十二《文學傳》："丘靈鞠，吳興烏程人也。少好學，
善屬文。褚淵爲吳興，謂人曰：'此郡才士，唯有丘靈鞠及沈勃
耳。'爲鎮南長史、尋陽相，遷長沙王車騎長史、太中大夫，卒。著
《江左文章録序》，起太興，訖元熙。文集行於世。"

〔三〕《南齊書》三十六："劉祥，字顯徵，東莞莒人也。少好文學，性韻剛
疏，輕言肆行，不避高下。永明初，遷長沙王鎮軍，板諮議參軍。歷
鄱陽王征虜、豫章王大司馬諮議、臨川王驃騎從事中郎。"又見《南
史》卷十五。《隋志》："梁有領軍諮議劉祥集十卷，亡。"

〔四〕《南齊書》卷五十二《文學傳》："檀超，字悦祖，高平金鄉人也。少
好文學，放誕任氣。太祖賞愛之，遷驍騎將軍、常侍、司徒右

---

① "字"，當作"子"，參見《梁書》卷五十《文學·謝幾卿傳》："父超宗，齊黃門郎。"今
存《金樓子》諸本均誤，此處姑仍其舊。

長史。"

〔五〕　據本品所云,知憲爲巘之從祖,仕至正員常侍。餘未詳。

〔六〕　《宋書》卷七十三《顏延之傳》:"子竣。竣弟惻(《南史》卷三十四
　　　　作"測"),亦以文章見知,官至江夏王義恭大司徒録事參軍。① 蚤
　　　　卒。"案:"顏則"疑即顏惻,品云"祖襲顏延,諸暨最荷家聲"可證。
　　　　《隋志》:"宋大司馬録事顏測集十一卷,并目録。"

〔七〕　案:《齊書·文學傳論》以"顏、謝"與"休、鮑"對舉,知顏、謝雖各
　　　　擅奇,不愧同調。超宗素有"靈運復出"之譽,其《齊南郊樂章》十
　　　　三首、《齊北郊樂歌》六首、《齊明堂樂歌》十五首、《齊太廟樂歌》
　　　　十六首,皆《南齊書·樂志》所謂"多删顏延之、謝莊辭"者,亦異代
　　　　之同調矣。《南史》載靈鞫獻挽歌三首,有"雲橫廣階闇,霜深高殿
　　　　寒"之句,與延年"流雲藹青闕,皓月鑒丹宮"裝點復同。劉、檀二
　　　　君詩已不見,恐亦受繁密之化者。鍾憲詩如《登羣峯標望海》,顧
　　　　則心詩如《望廨前水竹》,雖較爲輕倩悠揚,而仍源於顏、謝之綺織
　　　　麗組也。至諸暨"最荷家聲",更無論矣。綜此七君,皆得曹魏以
　　　　來士大夫詩之正則,非虛評也。

〔八〕　按:仲偉前評延之詩,"其源出於陸機",故連及稱"顏、陸"焉。大
　　　　抵顏、陸以華曠典正爲宗,休、鮑以雕藻淫豔相尚。顏、陸師古,不
　　　　愧正統之派;休、鮑炫時,直如異軍突起耳。

〔九〕　《南史·顏延之傳》:"延之曰:'測得臣文。'"

齊參軍毛伯成、^{〔一〕}齊朝請吳(明鈔本作
"胡"字)邁遠、^{〔二〕}齊朝請許瑤之詩

　　伯成文不全佳,亦多惆悵。吳(明鈔本作"胡"字)善於風

---

①　"江夏王"下,原誤衍"傳",《宋書》今存各本均誤,據《南史》删。

人答贈。〔三〕許長於短句詠物。〔四〕湯休謂遠云："吾詩可爲汝詩父。"以訪謝光禄,云："不然爾,湯可爲庶兄。"〔五〕

〔一〕　《世説·言語》篇："毛伯成既負其才氣,常稱:'寧爲蘭摧玉折,不作蕭敷艾榮。'"注引《征西寮屬名》曰:"毛玄成,字伯成,潁川人。仕至征西行軍參軍。"《隋志》:"晉毛伯成集一卷。"(見"別集"類)又:"毛伯成詩一卷。"注:"伯成,東晉征西將軍。"(見"總集"類)

〔二〕　《南史》卷七十二《文學·檀超傳》:"有吳邁遠者,好爲篇章。宋明帝聞而召之,及見,曰:'此人連絶之外,無所復有。'邁遠好自誇,而蚩鄙他人。每作詩得稱意語,輒擲地呼曰:'曹子建何足數哉!'超聞而笑曰:'劉季緒才不逮於作者,而好詆訶人文章。季緒瑣瑣,焉足道哉! 至於邁遠,何爲者乎!'"《隋志》:"宋江州從事吳邁遠集一卷,殘缺。梁八卷,亡。"

〔三〕　陳祚明評曰:"邁遠詩稍有遠情,《長別離》曰:'富貴貌難變,貧賤容易衰。'《古意贈今人》曰:'容華一朝改,惟餘心不變。'皆可觀。然無全首。"

〔四〕　許《詠楠榴枕》只四句,曰:"端木生河側,因病遂成妍。朝將雲髻別,夜與蛾眉連。"

〔五〕　湯休以吳好自誇,故深折之,亦如檀超之聞而笑之耳。謝莊之言,殆未知湯意矣。

齊鮑令暉、〔一〕齊韓蘭英〔二〕詩

令暉歌詩,往往嶄絶清巧,〔三〕擬古尤(明鈔本作"猶"字)勝,〔四〕唯《百願》淫矣。〔五〕照嘗答孝武云："臣妹才自亞於左芬，臣才不及太冲爾。"蘭英綺密，甚有名篇。〔六〕又善談笑。齊武謂韓云："借使二媛生於上葉，則'玉階'之賦、〔七〕'紈素'之辭，〔八〕未詎多也。"

〔一〕　《玉臺新詠》注引《小名録》："鮑照妹，字令暉。有才思，亞於明遠。著《香茗賦》，集行於世。"

〔二〕　《南齊書》卷二十《武穆裴皇后傳》："吳郡韓蘭英，婦人，有文辭。宋孝武世，獻《中興賦》，被賞入宮。明帝世，用爲宮中職僚。世祖以爲博士，教六宮書學。以其年老多識，呼爲'韓公'。"《金樓子·箴戒篇》云："齊鬱林王初欲廢明帝，其文則内博士韓蘭英所作也。蘭英號'韓公'，總知内事，善於文章。始入，爲後宮司儀。"又云："齊鬱林王時，有顏氏女，夫嗜酒，父母奪之，入宮爲列職。帝以春夜命後宮司儀韓蘭英爲顏氏賦詩，曰：'絲竹猶在御，愁人獨向隅。棄置將已矣，誰憐微薄軀！'帝乃還之。"《隋志》："梁有宋後宮司儀韓蘭英集四卷，亡。"

〔三〕　如令暉《寄行人》三、四二句收云："是時君不歸，春風徒笑妾。"即"嶄絶清巧"之例。

〔四〕　令暉有擬"青青河畔草"、"客從遠方來"諸篇，皆勝。

〔五〕　聞黃季剛先生有云："鮑之'百願'係一詩題，其詩大意近淫，故云'淫矣'。"謹案："百願"如係詩題，則承上句言之，定是擬古之作，亦猶宋顏峻《淫思古意》之比耳。

〔六〕　蘭英詩尚存《奉詔爲顏氏賦詩》一首，其"名篇"之"綺密"者，今已不見。

〔七〕　班倢伃退處東宮，作賦自傷悼，有"華殿塵兮玉階苔"之句。齊武即拈"玉階"二字，以代表其賦焉。

〔八〕　班倢伃《怨歌行》開句云："新裂齊紈素。"齊武即指此詩。

齊司徒長史張融、[一]齊詹事孔稚珪[二]詩

　　思光紆緩誕放（明鈔本作“放誕”），縱有乖文體，然亦捷（明鈔本作“健”字）疾豐饒，差不局促。[三]德璋生於封谿，[四]而文爲雕飾，[五]青於藍矣。

〔一〕《南齊書》卷四十一：“張融，字思光，吳郡吳人也。年弱冠，道士同郡陸修靜以白鷺羽塵尾扇遺融，曰：‘此既異物，以奉異人。’宋孝武聞融有早譽，敕以佳禄。出爲封溪令。廣越嶂嶮，獠賊執融，異之而不害也。融家貧願禄，與從叔征北將軍永書：‘聞南康缺守，願得爲之。’永明八年，遷司徒右長史。融自名集爲《玉海》，文集數十卷行於世。”

〔二〕《南齊書》卷四十八：“孔稚珪（《南史》卷三十二《張融傳》，又卷四十九本傳，均作“孔珪”，無“稚”字），字德璋，會稽山陰人也。太祖爲驃騎，以稚珪有文翰，取爲記室參軍，與江淹對掌辭筆。風韻清疏，好文詠，飲酒七八斗。與外兄張融情趣相得。永元元年，爲都官尚書，遷太子詹事。卒，贈金紫光禄大夫。”《隋志》：“齊金紫光禄大夫孔稚珪集十卷。”

〔三〕思光言辭辯捷（見《南史》卷三十九《劉繪傳》），其詩如《憂旦吟》，如《別詩》，亦可謂“捷疾”而“不局促”矣。惜其“豐饒”之作，今已失見。

〔四〕《升庵詩話》卷十四録此條，并加注云：“封谿，今之廣東出猩猩處。”

〔五〕稚珪如《遊太平山》一首，可謂“雕飾”之文已。

齊寧朔將軍王融、[一] 齊中庶子劉繪[二] 詩

　　元長、士章，並有盛才，[三] 詞美英净。[四] 至於五言之作，幾乎尺有所短。[五] 譬應變將略，非武侯所長，未足以貶卧龍。

〔一〕　《南齊書》卷四十七：“王融，字元長，琅邪臨沂人也。啓世祖求自試，尋遷丹陽丞、中書郎。爲《曲水詩序》，文藻富麗。虜使房景高曰：‘此製勝於顔延年。’竟陵王子良板融寧朔將軍、軍主。世祖疾篤，欲立子良。鬱林深忿疾融，即位，收下廷尉獄，賜死。”又見《南史》卷二十一。《隋志》：“齊中書郎王融集十卷。”《漁洋詩話》曰：“王融宜在中品。”案：元長詩，《文選》亦不取。

〔二〕　《南齊書》卷四十八：“劉繪，字士章，彭城人。高宗即位，遷太子中庶子。東昏殞，轉大司馬從事中郎。中興二年，卒。”《隋志》：“梁國從事中郎劉繪集十卷，亡。”

〔三〕　《齊書·融傳》：“元長博涉，有文才。”又《南史·任昉傳》：“王融有才俊，自謂無對。”本書《序》云：“彭城劉士章，俊賞之士。”

〔四〕　《南史·劉繪傳》云：“繪麗雅有風。”陳祚明評王融云：“元長詞備華腴。”《竹林詩評》云：“王融作《遊仙詩》，如金莖百尺，仙掌銅盤，集沆瀣於中天，倚清寒而獨矯也。”

〔五〕　《詩源辯體》卷八云：“王元長五言，較玄暉、休文聲韻益卑，大半入梁、陳矣，故昭明獨無取焉。”按：士章亦坐此，故仲偉並抑之。

齊僕射江祏[一] 詩

　　祏詩猗猗清潤，弟祀明靡可懷。[二]

〔一〕　《南齊書》卷四十二：“江祏，字弘業，濟陽考城人也。永泰元年，祏爲侍中、中書令。上崩，遺詔轉右僕射。弟祀，字景昌，歷晉安王鎮北長史，南東海太守，行府州事。祀以少主難保，勸祏立遥光。事覺，祏、祀同日見殺。”又見《南史》卷四十七。

〔二〕　按：仲偉評祏、祀兄弟詩清靡明潤，亦可謂“魯、衛之政”矣。惜詩並佚耳。

齊記室王巾、〔一〕齊綏建太守卞彬、〔二〕 齊端溪令卞録詩

王巾、二卞詩，並愛奇嶄絶，〔三〕慕袁彦伯之風。雖不弘綽，而文體勤净，去平美遠矣。〔四〕

〔一〕　《文選注》引《姓氏英賢録》：“王巾，字簡栖，琅琊臨沂人。有學業，爲《頭陀寺碑》，文詞巧麗，爲世所重。起家郢州從事，征南記室。天監四年，卒。”《文選筆記》：“嘉德案：徐楚金《説文通釋》云：‘中，從丨，引而上行，艸始脱莩甲，未有歧根。齊有輔國録事參軍王中，字簡栖，作《武昌頭陀寺碑》，見稱于世。’今各本作‘王巾’，字之誤耳。胡云：‘何校“巾”改“中”。’陳云：‘“巾”，“中”誤。《通釋》作“王中”，音徹，俗作“巾”，非。’嘉德又考何氏《讀書記》，則又云：‘簡栖之名當作“屮”，古文“左”字也。’案：古文‘左’，篆作‘屮’，《玉篇》作‘屮’，即‘屮’字。《説文》：‘屮，手也。’今字作‘左’，此今之‘左右’字也，不與‘中’篆同。然則簡栖之名，依小徐説，當是‘屮’字。義門又以爲名‘屮’，或形相似而舛誤，當再考。”《隋志》：“梁有王巾集十卷，亡。”

〔二〕　《南齊書》五十二：“卞彬，字士蔚，濟陰冤句人也。才操不羣，

文多指刺。頗飲酒,擯棄形骸。作《蚤虱賦》。什物多諸詭異,
自稱‘卞田居’。① 永元中,爲平越長史、綏建太守。卒官。彬又
目禽獸云:‘羊性淫而狠,猪性卑而率,鵝性頑而傲,狗性險而出。’
皆指斥貴勢。其《蝦蟆賦》云:‘紆青拖紫,名爲蛤魚。’世謂比令僕
也。又云:‘科斗唯唯,羣浮闇水。維朝繼夕,聿役如鬼。’比令史
諮事也。文章傳於閭巷。"案:彬目禽獸語,檢《南史》七十二《文
學傳》,在彬所爲《禽獸決録》書中,可補。惟彬官綏建太守,《南齊
書》及《南史》並同,與《詩品》異。②

〔三〕　王巾爲《頭陀寺碑》,文詞甚巧麗,爲世所重。其詩今未之見。《南
史・卞彬傳》載其謡辭一首,曰:"可憐可念尸著服,孝子不在日代
哭,列管暫鳴死滅族。"齊高帝曰:"此彬自作。"其句法緊健,亦足
以當"愛奇嶔絶"之評矣。

〔四〕　按:仲偉前評彦伯詩"鮮明緊健,去凡俗遠矣",亦猶此云"文體勤
浄,去平美遠矣"之意。蓋勤除疵累,自然"鮮明";歸諸浄盡,非即
"緊健"乎? 至謂美而平平,自近於凡俗。苟能令其"文體勤浄",
則必超出之矣。

齊諸暨令袁嘏〔一〕詩

嘏詩平平耳,多自謂能。常語徐太尉云:"我詩有生氣,須
人捉着。不爾,便飛去。〔二〕"

---

① "卞田居"下,原誤衍"婦"。《南齊書》原作"自稱‘卞田居’,婦爲‘傅蠶室’","婦"當
屬下讀,許氏此處句讀有誤。
② 許氏所據底本原作"齊綏遠太守卞彬",許氏已另據《南齊書》及《南史》,徑改作"齊
綏建太守卞彬",此處語焉未詳,略有疏失。

〔一〕　《南齊書》卷五十二《卞彬傳》："又有陳郡袁嘏,自重其文,謂人云:
　　　　'我詩應須大材迓之,不爾,飛去!'建武末,爲諸暨令,被王敬則
　　　　(《南史》"敬則"下羨"賊"字)所殺。"

〔二〕　按:此亦見《南史·文學傳》,惟字句稍有異同。何文煥《歷代詩
　　　　話考索》云:"此語雋甚! 坡僊云:'作詩火急追亡逋。'似從此
　　　　脫化。"

齊雍州刺史張欣泰、〔一〕梁中書令范縝〔二〕詩

　　欣泰、子真,並希古勝(明鈔本無"勝"字)文,鄙薄俗製。
賞心流亮,不失雅宗。〔三〕

〔一〕　《南齊書》卷五十一:"張欣泰,字義亨,竟陵人也。少有志節,好隸
　　　　書,讀子史。建元初,歷官寧朔將軍,累除尚書都官郎。從車駕出
　　　　新林,敕欣泰甲仗廉察。欣泰停仗,於松樹下飲酒賦詩。永元初,
　　　　以欣泰爲持節,督雍、梁、南、北秦四州、郢州之竟陵、司州之隨郡軍
　　　　事,雍州刺史,將軍如故。時少帝昏亂,欣泰與弟密謀。事覺,伏
　　　　誅。"又見《南史》卷二十五。

〔二〕　《梁書》卷四十八《儒林傳》:"范縝,字子真,南鄉舞陰人也。博
　　　　通經術,尤精三《禮》。性質直,好危言高論,不爲士友所安。爲
　　　　尚書左丞。後徙廣州,還,爲中書郎、國子博士。卒官。文集十
　　　　卷。"又見《南史》卷五十七。《隋志》:"梁尚書左丞范縝集十
　　　　一卷。"

〔三〕　《歷代吟譜》云:"張欣泰飲酒賦詩。"《南史·縝傳》:"縝作《傷暮》
　　　　詩、《白髮詠》以自嗟。"今二人詩皆不見。以仲偉"希古"與"鄙薄
　　　　俗製"之評推之,當非齊、梁時代所能容,此其所以詩名未振歟?

梁秀才陸厥〔一〕詩

觀厥《文緯》,具識丈夫之情狀。〔二〕自製未優,〔三〕非言之
失也。

〔一〕　《南齊書》卷五十二《文學傳》:"陸厥,字韓卿,吳郡吳人。少有風
　　　　概,好屬文,五言詩體甚新奇。永明九年,舉秀才,遷後軍行參軍。
　　　　文集行於世。"又見《南史》卷四十八。《隋志》:"齊後軍法曹參軍
　　　　《陸厥集》八卷。梁十卷。"

〔二〕　按:"文緯"想係韓卿評論文學之書,以仲偉謂其"非言之失",可
　　　　思得之。惟《隋志》未曾著錄,則其書或早佚矣。《南齊書·厥
　　　　傳》載其與沈約書論宮商,韓卿以爲宮商律呂,不得言"曾無先
　　　　覺",更不必"責其如一",是韓卿大有揚子雲"壯夫不爲"之意。
　　　　"文緯"所標義諦,自不外此,故仲偉允其"具識丈夫之情狀"也。
　　　　抑韓卿此種議論,既與齊、梁諸公相左,故當時史籍遂抑其書而
　　　　不著錄歟?

〔三〕　《南齊書·厥傳》云:"厥少有風概,好屬文,五言詩體甚新奇。"今
　　　　就其詩觀之,知本傳自無溢美之詞。陳祚明評韓卿"雅縟之筆,澤
　　　　以古風"者,更有當於心也。仲偉評其"未優",毋乃因其言而求
　　　　文,不覺望之過奢乎?

梁常侍虞羲、〔一〕梁建陽令江洪〔二〕詩

子陽詩奇句清拔,謝朓常嗟誦(明鈔本作"頌"字)之。〔三〕
洪雖無多,亦能自迴出。〔四〕

〔一〕《南史》卷五十九《王僧孺傳》："虞羲,字士光,會稽餘姚人。盛有才藻。卒於晉安王侍郎。"《文選注》引《虞羲集序》曰:"虞羲,字子陽,會稽人。齊始安王引爲侍郎。天監中,卒。"《隋志》:"齊前軍參軍虞羲集九卷,殘缺。"

〔二〕《南史》卷五十九《王僧孺傳》:"江洪,濟陽人。竟陵王子良嘗夜集學士,刻燭爲詩,四韻者則刻一寸,以此爲率。蕭文琰曰:'頓燒一寸燭,而成四韻詩,何難之有?'乃與丘令楷、江洪等共打銅鉢立韻,響滅則詩成,皆可觀覽。"又卷七十二《文學·吳均傳》:"濟陽江洪,工屬文。爲建陽令,坐事死。"又見《梁書》四十九《文學·吳均傳》。《隋志》:"梁建陽令江洪集二卷。"

〔三〕陳祚明評子陽《詠霍將軍北伐》云:"高壯。已稍洗爾時纖卑習氣矣。"王船山評子陽《詠橘》云:"子陽留心雅製,於體欲備,老筆沉酣,足以逮之,不問當時俗賞。"觀此二評,可見子陽之自拔於儕輩。其惟李青蓮稱"驚人句"之謝朓,足以賞音矣。

〔四〕成書評洪《胡笳曲》云:"詞極斬截,韻極鏗鏘,壯志悲音,如聽清笳暮奏。"按:洪他詩如《秋風曲》三首,亦是絶句妙法,皆一代迥出之作也。仲偉以洪詩與子陽聯評,正以二人並迥拔獨絶也。又案:史稱吳均"文體清拔有古氣,好事者或斆之,謂爲吳均體",《梁書》及《南史》並以江洪附《吳均傳》,殆以江洪爲斆吳均體者,此仲偉所以以迥拔目洪詩歟?

梁步兵鮑行卿、[一]梁晉陵令孫察詩

行卿少年,甚擅風謡之美。察最幽微,而感賞至到耳。

〔一〕《南史》卷六十二《鮑泉傳》:"鮑行卿以博學大才稱。位後軍臨川王錄事,兼中書舍人,遷步兵校尉。上《玉璧銘》,武帝發詔褒賞。

好韻語，及拜步兵，面謝帝曰：‘作舍人，不免貧。得五校，實大校。’例皆如此。有《集》二十卷。撰《皇室儀》十三卷、《乘輿龍飛記》二卷。”案：鮑行卿詩，今已亡佚。惟有鮑子卿，亦梁時人，其《咏畫扇》、《詠玉堦》二詩尚存，但與仲偉所評，了不相及，自不得傅會爲一人也。

附錄一：評陳延傑《詩品注》

許文雨

　　梁鍾嶸《詩品》一書，舉自漢迄其當代之詩加以論列，有總品，有各品。總品於歷代詩藝，已敍其概；各品則分上、中、下之品第，詳其源流，舉其得失，窺索務廣，而評隲務精。良由嶸距漢京尚邇，聞見容詳，而宋、齊以來詩家則多與之並世，濡染尤深，故其書較後世徒資載記而成者，為易工而更確歟！嶸書出後，閱唐歷宋，詩話之家，繼踵而起，何莫非其影響所及！但率多奉其片言，據其隻義，製類敷衍，旨鮮發明。其不至斷章襲意，而為有系統之理董者，千載莽莽，曠無一人。迄於今日，人代愈遠，而徵證愈難。嶸之所品，蓋有傳作久絕，無從追考，已不少闕疑之例已。然其原文之彰明較著者，固不能熟視無覩；又遺著儘可考證者，亦不應不求甚解。此今之為嶸書作注者應守之態度，亦治一切古書者所當堅以自勉也。不謂近年刊行之陳君《詩品注》，與此區區之見適相違反。豈以記室鬱旨，窺求果特難歟？自忘譾陋，略述陳書之失，約有十端，各繫以原文原注，以昭質證，並列案語，評之如次：

　　一曰不明文法，如：

　　　　總品云："降及建安，曹公父子，篤好斯文；平原兄弟，鬱為文棟。劉楨、王粲，為其羽翼。"陳君注云："'平原兄弟'，陸機、陸雲。"

案：此因不知"其"一代詞，即指"平原兄弟"，故致此誤。蓋楨、粲自不得為機、雲羽翼也。應改注平原侯曹植兄弟。又如：

　　　　總品云："學謝朓，劣得'黃鳥度青枝。'"陳君注云："今謝宣城集中不見此詩，想是玄暉逸句也。"

案：此與吳騫《拜經樓詩話》同一錯誤，皆不知"學劣得"係指學者而言耳。應據《詩紀·別集》原注作虞炎《玉階怨》改正。

二曰不解句讀,如：

　　"魏侍中應璩"品云："至於濟濟(陳君於此施點號),今日所華
　　(陳君於此施點號),靡可諷味焉。"

案：陳君所用點號,荒謬絕倫！試問"至於濟濟"成何意？"今日所華"復
成何意？句讀之不知,毋怪乎惑之不解也。應改爲"至於濟濟今日所"點
斷,"華靡可諷味焉"圈斷。聞黃季剛先生有云："應之'濟濟今日所'是其
詩佚句,刻有譌字。"今案：黃意良是,而"譌字"説則不確。竊謂"濟濟今
日所"殆係應詩之首句,亦如嵇康《答二郭》開句"天下悠悠者"之比。黃
氏豈疑"所"字有譌刻？然漢京固已習用不鮮,無庸復疑。如《散樂俳歌
辭》云："呼俳噏所。"《鄭白渠歌》云："田于何所。"用法與應此句正同。下
句"華靡"二字,即"宋徵士陶潛"品中所謂"風華清靡",特用字有省有衍
耳。鍾嶸以陶詩原出應璩,故評語亦同。又如：

　　"宋監典事區惠恭"品云："惠恭作《雙枕》詩以示謝,謝曰：'君誠
　　能,恐人未重,且可以爲謝法曹(陳君於此圈斷),造遺大將軍(陳君
　　於此點斷)。見之賞嘆。'"

案：陳君不知"可以爲"之主詞即"《雙枕》詩",故致此誤。今試補足主
詞,照陳君圈斷讀之,直令人噴飯。蓋詩篇乃一中性名詞,胡能作活官耶？
而"造遺大將軍"句亦不詞,應以"造遺"二字改爲屬上讀,"大將軍"三字
改爲屬下讀。

三曰,不符原文,如：

　　"晉記室左思"品云："謝康樂嘗言：'左太冲詩、潘安仁詩,古今
　　難比。'"陳君注云："《詩藪》曰：'"詠史"之名起自孟堅,但指一事。
　　魏杜摯《贈毌丘儉》疊用入古人名,堆垛寡變。太冲題實因班,體亦本
　　杜,而造語奇偉,創格新特,錯綜震蕩,逸氣干雲,遂爲古今絶唱。'"

案：原文左、潘聯稱,注却引《詩藪》所述"詠史詩"之流變,是於潘何與焉？
又如：

　　"齊吏部謝朓"品云："奇章秀句,往往警遒,足使叔源失步,明遠

變色。"陳君注云:"《詩藪》曰:'如《遊敬亭山》、《和伏武昌》、《劉中
丞》之類,雖篇中綺繪間作,而體裁鴻碩,詞氣冲澹,往往與靈運、延之
逐鹿。'"

案:原文之叔源、明遠,注却引證《詩藪》所述之靈運、延之,何其剌謬耶!
陳君好將《詩藪》搬入,當者固有,大可不必者亦正多,姑舉上二則爲證
而已。

四曰不瞭原旨,如:

"梁常侍虞羲、梁建陽令江洪"品云:"子陽(羲字)詩奇句清拔。
洪雖無多,亦能自迥出。"陳君注云:"江洪詩似徐幹,微傷於靡。"

案:江洪詩如果"微傷於靡",則鍾嶸又何必與虞羲之"奇句清拔"者同置
一品?陳君此注,殊失原旨。今略爲徵證,以正其說。考成書《古詩存》評
江洪《胡笳曲》云:"詞極斬截,韻極鏗鏘,壯志悲音,如聽清笳暮奏。"又考
洪他作如《秋風曲》三首,亦屬絕句妙法,皆一代迥出之作也。鍾嶸以虞、
江連評,正以二人詩並迥拔絕人耳。

五曰不知著例,如:

"晉散騎常侍夏侯湛"品云:"孝冲雖曰後進,見重安仁。"陳君注
云:"《世説》曰:'夏侯湛作《周詩》成,示潘安仁。安仁曰:"此非徒溫
雅,乃别見孝弟之性。"'"

案:湛《周詩》乃四言之章,揆諸鍾嶸總品"所錄止乎五言"之例,則説已衝
突。陳君於總品及此處均無釋例之語,可證其尚未顧及此層也。愚意古
人著書,例不甚嚴,即嶸所評小謝"綺麗風謡",亦非盡五言,湛詩或亦
其比。

六曰不求旁證,如:

總品云:"王微'風月'。"陳君注云:"王微今止傳《雜詩》一首,無
言'風月'者。"

案:考古斷非一説了事,若直證不得,則資旁搜;再無所獲,則從蓋闕,斯
例然也。陳君一稽原著不得,遽言其無,殊背吾人考古之精神。須知微此

詩雖不傳,江淹《雜體詩》尚有《王徵君微養疾》一首,中云:"清陰往來遠,
月華散前墀。"寫"風月"也。原詩自應有此。

　　七曰誤存爲佚,如:

　　　　"晉驃騎王濟、晉征南將軍杜預"品,陳君注云:"王濟、杜預詩
　　　　並佚。"

案:王濟《平吳後三月三日華林園》詩尚存,不得概曰佚。又如:

　　　　"齊黃門謝超宗、齊潯陽太守丘靈鞠、齊給事中郎劉祥、齊司徒長
　　　　史檀超、齊正員郎鍾憲、齊諸暨令顔則、齊秀才顧則心"品,陳君注云:
　　　　"七君詩並佚。"

案:謝超宗詩,如《齊南郊樂章》十三首、《齊北郊樂歌》六首、《齊明堂樂
歌》十五首、《齊太廟樂歌》十六首均存。(《南齊書·樂志》則謂其"多删
顔延、謝莊之辭"。)又鍾憲詩如《登羣峯標望海》,顧則心詩如《望廨前水
竹》,亦均有載。陳君第一檢《詩紀》或近刊《八朝全詩》即得。竊不知陳
君據何書而逕云其佚也。

　　八曰苟取塞責,如:

　　　　總品云:"至於謝客集詩,逢詩輒取。"陳君注云:"'謝客',即謝
　　　　靈運也。"

案:即須此注,亦當移在上文"謝客爲元嘉之雄"句下。上文既不注,此處
却略去"謝客集詩"之書名,而注一爲讀《詩品》者所盡知之名字,是非有
意圖圇塞責而何?查《隋書·經籍志》載謝靈運集《詩英》九卷,雖不敢逕
定即是,而陳君何妨舉之,以備一説。

　　九曰徒事敷衍,如:

　　　　"宋參軍鮑照"品云:"其原出於二張。"陳君注云:"明遠文詞瞻
　　　　逸,有似景陽;其麗而稍靡,則學茂先焉。"

案:此品已接續云:"得景陽之詭詭,含茂先之靡嫚。"曰"得",曰"含",即
"原"之謂也。是原文固自説明,不勞作注。況陳君所謂"文詞瞻逸",即
敷衍"諔詭"二字;"麗而稍靡",即敷衍"靡嫚"二字,實毫無新義也。

十曰動輒闕疑，如：

　　“晉徵士戴逵”品（評語脱），陳君無注説。

案：有品無評，寧非咄咄怪事？嶸全書止此一處，自係脱文，非本無也。陳君不注脱，亦不示疑，一若戴逵品下當然無評者。此誠未喻其用心，豈“蓋闕”之例，觸處可以運用耶？又案：《對雨樓叢書》本引《吟窗雜録》補入評語，恐不可靠。然陳君何妨一稽引之，以助説明。抑陳君每遇原文稍難解者輒不注，或尚得强援其自序所云：“有疑則闕，庶幾與鍾《品》無乖謬者”爲説；而對此併無原文之處，亦仍不之省，是豈復有援説之餘地者哉！

　　以上十誤，僅就所見及者言之，非謂陳君之書此外便無誤也。抑觀陳君《自敍》，其注係用裴松之注《三國志》、劉孝標注《世説新語》之義，是陳君特重事實之注，而非止於訓詁之注已。不知松之、孝標本自有成書，後乃移諸陳壽及臨川書中。劉知幾所謂“才短力微，不能自達，庶憑驥尾，千里絶羣”者，洵一切實之論。且此二注家均去作者密邇，其不滿於近人所著，爲之廣異補闕，則尤爲原因之所在。今陳君之距梁代，邈逾千祀，遺篇舊製，什九不存，廣益裨補，於何取材？而欲上效《三國志》、《世説新語》之注體，其亦不思之甚歟！余既歷指陳君所注之誤，因並其作注之義先不當用者，爲略道之。質諸當世，以爲然否？

附録二：評古直《鍾記室詩品箋》

許文雨

　　鍾嶸《詩品》裁量八代高下，觀瀾索源，獨抒孤懷，信籠圈條貫之書，足以苞舉藝苑者矣。後世詩話家流，徒以璅屑之辭，阿所私好，求其能嗣響此書者，乃曠世而未見也。夫藝文鼎盛之世，不施以密察之論，則無所準的，訛濫焉辨？郁郁八代，詩囿大啓。後學爲之目炫，矩矱賴有鍾氏，得非論文之幸事歟！然其書向無解釋，奇文蠹存，而錯簡時有。如戴逵名存下卷，而評語俄空；謝混與殷仲文同評，而該品失題其名。興言校勘，能勿喟然？他如應璩之逸句、郭璞之逸章、鮑令暉之逸題，胥賴此本而垂，厥證已莫能徵。人代遼邈，遺編冥滅，斯前修不早治之之過也。明馮惟訥當纂集古詩之餘，載《詩品》於《別集》，標注數條，允推首功。許學夷辯體而名"詩源"，私淑記室，其心甚顯。且甄錄尤備，疏説恒浹，異代賞音，惟此最快。王世貞、謝榛等徒取片言，以爲譽毀，不該不徧，亦何足稱哉。清初陳祚明《古詩評選》所引《詩品》頗多，時或反脣相稽，難言精解。然視王士禎、沈德潛之説有訐斷而無申説者，固已殊矣。

　　比年以來，《詩品》一書頗爲國人所樂治。陳延傑、古直二君先後有注箋之作，而拙著《詩品釋》亦已刊印問世。陳注在拙著撰稿前已得寓目，曾作一文糾評其失矣（見《詩品釋》附録）。古箋則爾時尚未獲睹，失之交臂，深用悵然。刻函廣州夏子樸山購得其書，越日覽竟，乃就管見所及，評略如下。

　　古君此箋實宗《文選》李善之注，條記舊文，堪稱閎蘊。而於"釋事忘意"之譏，恐亦難免。蓋凡一切批評書之注釋，自以妙解情理、心識文體爲尚。宜堅援批評之準繩，而細考作品之優劣，此其事之不能躡李注而爲者至爲明灼。況《詩品》要旨，端在討論藝術之遷變，與夫審美之得失。安有捨此不圖，而第徵引典籍，斤斤於文字訓詁間，以爲已盡厥職乎？自斯義不明，如《文心雕龍》諸注家，輒致力於句字之疏證，而罕關評見之詮析，故博而寡要，勞而少功。治《詩品》者苟不翻然變計，則亦前車之續而已。此決可宣諸當世者也。

先就古君《詩品箋》關於考訂字句者言之，精確之説，誠難僕數。以世多知之，兹不復表彰。而論糾其紕繆者數事。

首舉其失解最甚者：

《詩品序》云："'置酒高堂上'，爲韻之首。"歷來指爲阮瑀《雜詩》，自不誤。古君獨以爲此句非瑀句之韻首，易箋爲曹植《箜篌引》"置酒高殿上"句，臆云《詩品》"殿"作"堂"，乃"所見異文也"。不知六朝人如張正見、江總之擬"置酒高殿上"，《樂府》厠相和瑟調；孔欣之擬"置酒高堂上"，《樂府》厠相和平調，並無"堂"、"殿"異文之糾混，足證古説實誤。案：范曄《在獄與甥姪書》論文則曰："別宮商，識清濁。"論筆則曰："差易於文，不拘韻故也。"是"韻"即指"宮商"、"清濁"也（從黃侃説）。至阮元《文韻説》，尤詳言之，首云："梁時恒言所謂'韻'者，固指押脚韻，亦兼謂章句中之音韻。故古人所言之宮羽，今人所言之平仄也。"中又引證沈約《答陸厥書》"韻與不韻"諸語，云："休文此説，乃指各文章句之内有音韻宮羽而言，非謂句末之押脚韻也。"末復綜而論之曰："凡文者，在聲爲宮商。（中略）韻者即聲音也，聲音即文也。"統觀范、沈二氏用誼，恰與記室此文相合。記室先以"詩頌非調五音，無以諧會"爲言；次舉"置酒高堂上"、"明月照高樓"二句"爲韻之首"，是其意謂二句音諧，堪稱第一也。若從古箋易爲"置酒高殿上"，則浮切既差，口吻安得調利？記室雖頗訴當日四聲八病之苛分，然於平仄之理，固非屏棄勿講者（此點即近儒陳衍《詩品平議》亦有誤會）。觀此舉例，既謂"重音韻"，下文又有"令清濁通流"之言，皆顯證也。況果如古箋"韻首"之説，則是舉其起調，何以原文至此忽絶？徒例勿評，是當作脱簡論，亦豈可通乎？

又頗有誤讀者：

考《詩品》述源，必繼述其故。例如品李陵詩，"其源出於《楚辭》"，即繼之曰："文多悽愴，怨者之流。"品王粲詩，"其源出於李陵"，即繼之曰："發愀愴之詞。"品劉琨詩，"其源出於王粲"，即繼之曰："善爲悽戾之詞。"陵、粲二品，古君均於繼述其故句下加箋，而琨品獨於其前加箋，意似以"悽戾之詞"句與下"自有清拔之氣"句連讀，斯失之矣。蓋"悽戾之詞"即源出於王粲者，實句斷而意連。若"清拔之氣"，則琨自有之體性，與其源無關。此不可不辨也。

又有勘語不符實者：

"古詩"品"陸機所擬十四首"句下，古君箋云："陸機擬古，今存十二首，見《文選》。"案：陸機擬作除此十二章外，其《駕言出北闕行》，唐人《藝文類聚》於題下有"驅車上東門"五字，爲十四篇擬作之一甚明。又其"邀遊出西城"篇，以辭氣考之，亦明是擬古詩"迴車駕言邁"之作。然則"陸機所擬十四首"現均完存，古君於是爲失稽矣。又同品"其外'去者日以疏'四十五首"句下，古君箋云："'去者日以疏'，《文選·古詩十九首》之第十四首。除《十九首》外，古詩今存者無過十餘首。合十九首，止得三十餘首。較仲偉所見，又佚十餘首也。"案：《詩品》"其外"云者，乃指陸機所擬十四首以外之古詩尚有四十五首也。合計仲偉所見古詩共五十九首。古君偶失其解，致誤計其數耳。

次就古箋關於《詩品》指陳各家之體性，反獨多遺漏，略舉如下：

《詩品》謂班姬"清捷"，徐淑"悽怨"，魏文"新奇"，陳思"奇高"，張協"諔詭"，張華"靡嫚"，謝混"輕華"，謝惠連"富捷"，謝朓"警遒"，任昉"淵雅"，沈約"清怨"等，古君均無箋説。（此外缺箋者尚多，不備舉。）似此卓爾之詩人，竟置其體性不究，則所以輔翼記室者，果安在哉？

又有雖加箋説而反致誤者：

上卷"王粲"品云："文秀質羸。"古箋云："言文辭秀拔，而體質羸也。《魏志》曰：'王粲容貌短小。'又曰：'劉表以粲貌寝而體弱，不甚重也。'魏文帝《與吳質書》曰：'仲宣獨自善於辭賦，惜其體弱，不足起其文。'是並仲宣‘質羸’之證。”今案：“文”、“質”散言則“文”實兼“質”，對言則“文”外“質”內。“質羸”云者，謂文之質素嫌弱也。古君解爲“體弱”、“質羸”，又引《魏志》“容貌短小”、“體弱”爲證，此甚誤也。又案：所引魏文帝書，李善注云：“《典論·論文》曰：‘文以氣爲主，氣之清濁有體。’弱，謂之體弱也。”（據何焯、陳景雲校）然則文帝所謂“體弱”，自係指文之體性，與《魏志》指其“體貌”者絶非一事。古君竟引爲同談，此再誤也。

下卷“虞羲、江洪”品云：“子陽詩奇句清拔，謝朓常嗟誦之。洪雖無多，亦能自迥出。”古箋云：“洪詩多詠歌姬、詠舞女之類，纖靡甚矣，豈‘迥出’者今不傳耶？”今案：此箋亦失之。例如洪之《胡笳曲》，成書評云：“詞極斬截，韻極鏗鏘，壯志悲音，如聽清笳暮奏。”蓋即記室“迥拔”之謂矣。此虞、江二人所以同置一品也。

大抵古箋頗富於漢學精神，而玩索文術則非其所長。《詩品》泛瀾藝海，含咀詞腴，求千秋之毛、鄭，倘有待於異日！

附録三：《詩品平議》後語

《詩品平議》，候官陳衍著。最近家刻本。

歷代詩話家辭及《詩品》者頗繁，既鱗爪散見，未嘗成帙，獨陳氏以當世談藝之耆宿，抗顏與記室争直，勒成《平議》一書，悍然論證，諍而不阿。值兹文籍不如囊錢之日，猶得聞老成之言，以起殄竭之餘，抑何幸耶！余髫齡喜詩，中年彌篤。萑苻遍地，而篇什常隨；館穀告罄，而講誦不輟。魏、晉羣才，宋、齊文棟，情存景慕，樂討原流，心參記室，固非朝夕。覯兹《平議》，敢附塵辭，庶比於一察自好者耳。

以《平議》與原書比勘，足證宗尚不同。《平議》云："鍾上品數少卿而不及子卿，深所未解。""陸機擬古詩只十二首，尚有二首，不知何指。"此並宗尚《文選》之意也。又云："公幹詩佳者頗少，鍾氏妄列上品。""仲宣在建安七子中，無陳思，殆可獨步。"此宗尚《雕龍》之意也。又斥班姬詩不出李陵，取陸機之較能運動諸篇及沈約諸詩，移敫評大謝"東海揚帆，風日流麗"於謝宣城，並皆宗尚沈碻士《古詩源》之意也。謹按：記室品第，差非定制。"子卿雙鳧"，既稱爲"五言之警策"者，則品中勿及，自非疑僞而置。況"雙鳧"係與少卿贈答之什，何不可以蘇、李同品，如秦嘉與徐淑、劉琨與盧諶之例耶？逆記室本意，或古詩一品已包併枚、蘇之作歟？以體性論，蘇、李自異，枚、蘇自同。晚近王湘綺亦嘗言之矣。陸機擬古，間有不入《選》體。記室舉其全，則非有誤也。"曹王"、"曹劉"，記室均並稱之。又評劉"少彫潤"，王"質羸文秀"，知其心亦以同仁視之矣。《雕龍》連稱李陵、班婕妤，記室更以爲李陵"文多悽愴"，班姬"文綺怨深"，實源流所自，此自取表情一節之似耳。陸機詩"尚規矩"，以此見品，蓋同《文選》之見。沈約品在江、范之間，未爲過抑，非同王船山盡詆爲"敗鼓聲"、"落葉色"也。宣城往往遒警,爲記室所稱,與敖評亦未見大異。綜之,平反舊説,則吾豈敢,言非一端,似宜別白耳。

若夫陳氏謂大謝"無篇不善,無語不雋",小謝(《平議》稱朓曰"小謝")首韻、結語俱工,似皆過甚之辭。吾鄉姜西溟(宸英)《選詩類鈔》(稿藏鄞縣童氏,未刊),頗指責靈運"久敬曾存故"等語鄰於晦澀;若汪師韓之《詩學纂聞》,尤悍攻之。玄暉結句乏力,亦難爲諱。如《秋夜》及《郡内高齋閑坐答呂法曹》等篇,今人時訾及之。殆所謂前驅多功,而後援難繼歟?夫靈運之詩最爲時人推重,故昭明所選獨盡,記室取殿上卷,非同率爾。玄暉與記室論詩最得,親炙之説,應更深切。然則二謝詩品,可無間然矣。

閒嘗考覽記室三品之結構,因後世未能索解,致多訛病。請備一説以殿:記室所分割者,蓋以曹、陸、顔、謝,目爲正體派;休、鮑、王、沈,爲新體派;嵇、阮七君,爲古體派。前曾闡發此義,刊諸《詩品釋》卷首,頗與《南齊書·文學傳論》"三體"之説,有闇合乎曩篇之感。仲偉、景陽,豈所謂百慮而一致耶?明乎派別之意,則品第之間,思已過半。大抵三卷之中,先正體派,次新體派,又次則古體派。此爲記室表章正體,上承詩教之微旨。其間厠列,又多所抽換,以顯優劣。如顔、謝分品(采湯惠休説),休、鮑亦分品(所謂"商、周不敵"也),皆其例。餘得類推。但就其大體言之,則異派多不同卷。如曹公之氣態蒼莽,與子建"詞采華茂"者,即因異體而析置。反之,如應璩、陶潛,其體簡樸相類,源流所同,故不復分卷。(按:陶公亦得與左思同卷,但屈於時議耳。)準斯以談,則王漁洋所斤斤不釋者,或足以銷解萬一乎?

附録四：書評——《詩品釋》

齊

（本文原載十九年八月四日《大公報・文學副刊》
第百三十四期，作者署名"齊"。）

　　研究《詩品》之專書，張陳卿君《鍾嶸詩品之研究》最先出，陳延傑君
《詩品注》附《詩選》次之（見本刊第二十七期書評）。本書今年（案：係十
八年出，此誤）出，最後。張書乃分析研究，他二書則皆疏通證明，爲體各
異。此外未成書者，尚有黄侃君《詩品講疏》，屬草遠在張書前。嘗見范文
瀾君《文心雕龍講疏》引用，頗精湛。又張君有《詩品疏釋》一稿，於《詩品
研究》中述及，未見。陳君又有《讀詩品》一文（《東方雜誌》二十二卷二十
三號），較其注早出。文中有源流表，不及張書所列之確。其補著淵源各
條，後收入注中，惟辨王漁洋品第之説，尚可供參考。

　　張書間有浮詞：緒論、結論二章幾可全删，餘五章則多佳處。第二章
"鍾嶸傳記"及第三章"《詩品》著作的期間"，可稱審慎翔實。第四章
"《詩品》評詩的標準"亦尚扼要，但結處以形式混入内容，不無疵纇。第
五章中"《詩品》中的人數"，所論甚確；又"《詩品》中的系統"，羅列書中
明著淵源諸作家而統計之，乃知"鍾嶸以爲漢魏六朝的詩家，受《楚辭》的
影響最大"，此説甚新，可思也。《詩品》向無注，陳書實創舉，然頗疏略，
本刊嘗論之。許書"附録二"專論此著，指述其失，約有十端，均當。原書
具在，兹從略。

　　許書後來居上，勝於陳著。至其得失，可得而言。書前有《刊言》
（案：此篇本書已删。其説略附見於本書第〔二〕條注），論鍾嶸心目中自
漢迄梁之詩之分畫；又有《序》（案：本書改附第〔二〕條注中），闡三品論
詩之義，頗具通識。惟《序》中不及"九品論人"之説，沿流而忘其源，未知

何取？豈以嶸《序》已自言之歟？《詩品》著語簡而涵義深，學者以貌取之，往往失其真趣。許君於此，三致意焉。其所疏釋，時能曲喻旁通，令人躊躇滿志。如嶸《序》云：

> 元嘉中，有謝靈運，才高詞盛，富豔難蹤，固已含跨劉、郭，陵轢潘、左。（二、三頁）

《釋》云：

> 按：仲偉（嶸字）以爲靈運才高則含跨劉琨、郭璞，詞盛則陵轢潘岳、左思，亦猶元稹謂杜“兼昔人獨專”之意。（九頁）

如此分疏取譬，則“含跨”二語不致囫圇讀過矣。又卷中“鮑照”條云：

> 總四家而擅美。（張協、張華、謝混、顏延之。）（九三頁）

《釋》云：

> 黃庭鵠《古詩冶》舉鮑詩《詠秋》爲例。

此足啓學者心思。惟《古詩冶》不易得，似宜詳其説。又“沈約”條云：

> 見重閭里，誦詠成音。（一○五頁）

《釋》云：

> 按：沈休文“酷裁八病”之説，仲偉極不謂然，嘗曰：“蜂腰鶴膝，閭里已具。”蓋薄之也。此又云云，亦露貶意。

是蓋能深得嶸之心者。

其有關於體例者，則如釋嶸《序》中“嶸今所録，止乎五言”（一四頁）二語云：

> 按：仲偉評小謝“綺麗風謠”，已非盡五言。又評夏侯湛見重潘安仁，以《世説》考之，乃湛《周詩》爲安仁所稱，然《周詩》實四言也。可知古人著書，例不甚嚴。（一六頁）

著此例足以祛學者之疑。又如卷下“魏武帝、明帝”條題引許學夷《詩源辯體》云：

> 按：嶸《詩品》以丕處中品，曹公及叡居下品。今或推曹公而劣子桓兄弟者，蓋鍾嶸兼文質，而後人專氣格也。

引此説甚有見。陶公品第之論，昔賢所斷斷爭辨者，得此亦可迎刃而解矣。其辨正舊説者，則如釋嶸《序》中"學謝朓，劣得'黃鳥度青枝'"（四頁）一語，據《詩紀·別集》注，謂"黃鳥"句乃虞炎《玉階怨》，非朓作，此語蓋謂"學謝朓結果而得劣句"（一二頁）。按：陳衍君於此語亦有新解，仍以"黃鳥"句爲朓詩（《文學常識》中《石遺雜説》），似不及許説爲有據。至如白馬王彪《答陳思王》詩，丁福保君《全三國詩》不載，陳書逕云已佚，許君乃於《初學記》中得之，亦一快事也。

此書之校勘及句讀亦有可言。如卷下"戴逵"條下，各本均脱評語，許君據《對雨樓叢書》引《吟窗雜録》補入，以爲即不足信，亦可助説明。又卷中"應璩"條末云："至於'濟濟今日所'，華靡可諷味焉。"許君據黃侃君説，謂是應詩佚句，並釋"所"字甚詳。此二語，陳書句絶爲三，殊誤；張書不誤而無説。又卷下"區惠恭"條有云：

> 末作《雙枕》詩以示謝（惠連）。謝曰："君誠能，恐人未重，且可以爲謝法曹造遺。"大將軍見之賞歎，以錦二端賜謝……

"君誠能"至"見之賞歎"數語，張、陳書均誤絶，陳書尤謬。

許君爲此書，頗能審慎。如嶸《序》有云：

> "清晨登隴首"，羌無故實。

《釋》云：

> 案：吴均《答柳惲》首句云："清晨發隴西。"或當時口傳，誤記一二字耶？

此等自當存疑。張書録此詩，逕改爲"清晨登隴首"，殊非是。

此書有附録二：其一爲《古詩書目提要——藏書自記》，首論丁福保君《全漢三國南北朝詩·緒言》中所列書目，斷爲總集失收甚多；因就所藏爲丁君所未及者録之，並爲提要焉。所録凡二十二種，有數種甚罕見，提要頗精詳可觀。附録二即《評陳延傑〈詩品注〉》，具如前所論。

　　案：拙撰《詩品釋》一書，當十八年度，撰者講學北大，曾自費付印五百部，由北大出版部發行。迄茲七稔，書早絶版。當時曾承《大公報》副刊齊君爲文獎飾，後見郭紹虞君《中國文學批評史》（商務印書館《大學叢書》）上册頁一〇九、一一二、一一三亦致優評，彌增顔汗。年來自悔少作，續有研思，重加改定，彙列於本《講疏》中，視原書已迥異矣。文雨附誌。

白居易[一]
《與元微之[二]論作文大旨書》[三]①

夫文尚矣，三才[四]各有文。天之文，三光首之；地之文，五材首之；人之文，六經首之。就六經言，《詩》又首之。[五]何者？聖人感人心而天下和平。感人心者，莫先乎情，莫始乎言，莫切乎聲，莫深乎義。詩者，根情，苗言，華聲，實義。上自聖賢，下至愚騃，微及豚魚，幽及鬼神，羣分而氣同，形異而情一。未有聲入而不應，情交而不感者。[六]聖人知其然，因其言，經之以六義；[七]緣其聲，緯之以五音。[八]音有韻，義有類。韻協則言順，言順則聲易入；類舉則情見，[九]情見則感易交。於是乎孕大含深，貫微洞密。上下通而一氣泰，憂樂合而百志熙。五帝、三王所以直道而行，垂拱而理者，揭此以爲大柄，決此以爲大寶也。[一〇]

---

① 本篇節選自白居易《與元九書》，標題爲許氏另擬。

〔一〕《全唐詩》小傳：“白居易，字樂天，下邽人。貞元中，擢進士第，補校書郎。元和初，對制策入等，調盩厔尉、集賢校理，尋召爲翰林學士、左拾遺，拜贊善大夫。以言事貶江州司馬，徙忠州刺史。穆宗初，徵爲主客郎中、知制誥。復乞外，歷杭、蘇二州刺史。文宗立，以秘書監召，遷刑部侍郎。俄移病，除太子賓客，分司東都，拜河南尹。開成初，起爲同州刺史，不拜，改太子少傅。會昌初，以刑部尚書致仕。卒，贈尚書右僕射，謚曰文。自號醉吟先生，又稱香山居士。與同年元稹酬詠，號元、白。與劉禹錫酬詠，號劉、白。《長慶集》詩二十卷，《後集》詩十七卷，《別集補遺》二卷。”案：白氏以詩名，元和、長慶間，詩旨注重社會問題。觀其所爲諷喻詩，信能謳吟時代之痛苦，爲人類正義而呼籲，實遠符於西周遒人採風之旨。其詩誠可謂詩人之詩，而非僅辭人之詩矣。宋儒石介嘗作《怪説》以刺西崑，亦未始非原於白氏之説也。唐張爲作《詩人主客圖》，推白氏爲“廣大教化主”，并引其《讀史》詩第四首、《秦中吟》第二首、《寓意》詩第一首及第二首爲證，自非無見。王漁洋謂：“廣大居然太傅宜，沙中金屑苦難披。”譏其不如韋應物，亦過矜門户之見矣。

〔二〕《全唐詩》小傳：“元稹，字微之，河南河内人。幼孤，母鄭，賢而文，親授書傳。舉明經書判，入等，補校書郎。元和初，應制策第一，除左拾遺，歷監察御史。坐事貶江陵士曹參軍，徙通州司馬。自虢州長史徵爲膳部員外郎，拜祠部郎中、知制誥。召入翰林，爲中書舍人、承旨學士，進工部侍郎同平章事。未幾罷相，出爲同州刺史，改越州刺史，兼御史大夫、浙東觀察使。太和初，入爲尚書左丞，檢校户部尚書，兼鄂州刺史、武昌軍節度使。年五十三卒，贈尚書太僕射。稹自少與白居易唱和，當時言詩者稱元、白，號爲元和體。其集與居易同名《長慶》。”

〔三〕此文《舊唐書》白氏本傳已著録，大旨謂“文章合爲時而著，歌詩合爲事而作"。

〔四〕　"三才"目下天、地、人。《文心雕龍・原道》篇云:"仰觀吐曜,俯察含章,高卑定位,故兩儀既生矣,惟人參之,性靈所鍾,是謂三才。"

〔五〕　《説文》"示"下云:"从二(古文"上"字),三垂,日、月、星也。"日、月、星三者,能垂光,故亦稱"三光"。以金、木、水、火、土爲"五材",杜預注《左氏傳》説。"六經",指《詩》、《書》、《易》、《春秋》、《禮》、《樂》。説經宗今文者,序先以《詩》。白先,以此文重在論詩,故云,未必用今文義也。此由"天文"、"地文"而及"人文",《文心雕龍・情采》篇則舉"形文"、"聲文"而及"情文",事固不同,亦足略擬。蓋天地間各種聲色本無非文,非僅僅狹義的積字成句始稱爲文也。

〔六〕　以上言詩,以緣情感人爲主,與《詩大序》"動天地,感鬼神,莫近於詩"之旨合。

〔七〕　"六義",即《周官》所謂"六詩",其序風、賦、比、興、雅、頌是也。通言"義"亦賅"體",故不曰"三體三義",而逕曰"六義"也。

〔八〕　《孟子》趙注:"五音,宮、商、角、徵、羽也。"

〔九〕　作法謂之"義",調諧謂之"韻",得其作法謂之"類舉",調易上口謂之"言順"。

〔一〇〕　《小戴記・禮運》篇云:"禮義也者,所以達天道、順人情之大竇也。"又云:"聖王修義之柄、禮之序,以治人情。"此則易"禮義"而言"詩"。"深"、"大"、"微"、"密",皆謂詩旨。古者採風問俗,使民間之情不隔於朝廷,社會慘舒之況,務使當局者知之審切,故能熙融百志,舒泰如一,實皆王官采詩之功。譬之持器,此其柄也;譬之通竇,此其決引之處也。鬱滯既宣,自可以無爲而治矣。

故聞"元首明"、"股肱良"之歌,則知虞道昌矣;〔一〕聞"五

子洛汭”之歌，則知夏政荒矣。〔二〕言者無罪，聞者足誡。言者、聞者，莫不兩盡其心焉。〔三〕

　　洎周衰秦興，採詩官廢。〔四〕上不以詩補察時政，下不以歌洩導人情。乃至於諂成之風動，救失之道缺。於時六義始刓矣。

　　《國風》變爲《騷》辭，五言始於蘇、李。〔五〕《詩》、《騷》〔六〕皆不遇者，各繫其志，發而爲文。故“河梁”之句，止於傷別；“澤畔”之吟，歸於怨思。彷徨抑鬱，不暇及他耳。然去《詩》未遠，梗概尚存。故興離別，則引“雙鳧”、“一鴈”爲喻；〔七〕諷君子小人，則引“香草”、“惡鳥”爲比。〔八〕雖義類不具，猶得風人之什二三焉。於時六義始缺矣。

　　晉、宋以還，得者蓋寡。以康樂之奧博，多溺於山水；以淵明之高古，偏放於田園。〔九〕江、鮑之流，又狹於此。〔一〇〕如梁鴻《五噫》之例者，〔一一〕百無一二。於時六義寖微矣。

　　陵夷至於梁、陳間，率不過嘲風雪、弄花草而已。〔一二〕噫！風雪花草之物，《三百篇》中豈捨之乎？顧所用何如耳！設如“北風其涼”，假風以刺威虐；〔一三〕“雨雪霏霏”，因雪以愍征役；〔一四〕“棠棣之華”，感華以諷兄弟；〔一五〕“采采芣苢”，美草以樂有子也。〔一六〕皆興發於此，而義歸於彼。反是者，可乎哉？然則“餘霞散成綺，澄江淨如練”、〔一七〕“離花先委露，別葉乍辭風”〔一八〕之什，麗則麗矣，吾不知其所諷焉。故僕所謂嘲風雪、弄花草而已矣。於時六義亦盡去矣。

　　唐興二百年,其間詩人不可勝數。所可舉者,陳子昂有《感遇》詩二十首,[一九]鮑防有《感興》詩十五篇。[二〇]又詩之豪者,世稱李、杜。李之作,才矣奇矣,人不逮矣。索其風雅比興,十無一焉。[二一]杜詩最多,可傳者千餘首。至於貫穿今古,覼縷格律,盡工盡善,又過於李焉。然撮其《新安吏》、《石壕吏》、《潼關吏》、《塞蘆子》、《留花門》之章,"朱門酒肉臭,路有凍死骨"之句,亦不過三四十首。杜尚如此,況不逮杜者乎![二二]

〔一〕　《虞書・益稷》篇載皋陶之歌曰:"元首明哉,股肱良哉,庶事康哉。"乃賡續虞帝之歌而成者也。虞帝歌曰:"股肱喜哉,元首起哉,百工熙哉。"蓋當時君臣唱和,而上下通力合作之精神,於斯可見矣。

〔二〕　《夏書・五子之歌》篇,閻若璩已證其爲僞古文。孔安國曰:"太康,啓子也。盤於遊田,不恤民事,爲羿所逐,不得反國。太康五弟與其母待太康於洛水之北,怨其不反,故作歌。"案:僞歌的大意,陳夏政已荒落,不復能繼陶唐之盛也。

〔三〕　《詩大序》云:"上以風化下,下以風刺上,主文而譎諫。言之者無罪,聞之者足戒,故曰風。"

〔四〕　孟軻云:"王迹(即"迋"字,古之採詩王官)熄而《詩》亡,《詩》亡然後《春秋》作。"則採詩官廢,當在東周之初。"秦興",謂秦先世之興,並非專指始皇也。

〔五〕　裴子野《雕蟲論》曰:"其五言爲詩家,則蘇、李爲首出。"

〔六〕　"《詩》"目下"河梁之句","《騷》"目下"澤畔之吟"。李陵《別蘇武》詩第二首起句曰:"攜手上河梁。"屈原《漁父》篇述其行吟之苦。

〔七〕　《初學記》、《古文苑》俱載漢蘇武"二鳧俱北飛,一鳧獨南翔"之
　　　詩,梁任公以爲六朝蘇子卿作,殆誤。《詩品序》云:"子卿雙鳧。"
　　　即指此。

〔八〕　《離騷》云:"蘭芷變而不芳兮,荃蕙化而爲茅。""蘭芷"、"荃蕙"皆
　　　香草,以喻忠貞。《離騷》又云:"吾令鴆爲媒兮,鴆告余以不好。
　　　鵙鳩之先鳴兮,使百草爲之不芳。""鴆"、"鵙鳩"皆惡鳥,以喻
　　　讒人。

〔九〕　謝靈運襲封康樂公,嘗仕宋。其詩多寫山水,而時時驅遣經語,或
　　　運以玄言,可見其學之奧博。陶淵明,晉人,有"羲皇上人"之號,
　　　其人品之高古可知。其詩如《歸田園居》諸首,並極有名。然淵明
　　　以不願仕宋,故放情於田園,其持節甚亮。後世顧以"田園詩人"
　　　諡之,未免失之淵明。蓋不特淵明本非問舍求田之輩,且其詩亦不
　　　能盡以"田家語"視之。此意惟鍾嶸最知之,《詩品》中嘗舉其"日
　　　暮天無雲"、"懽言酌春酒"等句,稱之爲"風華清靡"矣。白氏有
　　　《效陶潛體》詩十六首,中有句云:"竊慕其爲人。"何此書轉有微
　　　詞耶?

〔一〇〕　江淹,梁人,其詩以摹擬見長。鮑照,宋人,其詩操調險急,雕藻淫
　　　冶。江、鮑既好藻冶與摹古,其範圍甚狹,幾不聞有關係生民之什。

〔一一〕　《後漢書·逸民傳》載梁鴻《五噫》云:"陟彼北芒兮,噫!顧覽帝京
　　　兮,噫!宮室崔嵬兮,噫!人之劬勞兮,噫!遼遼未央兮,噫!"

〔一二〕　梁、陳詩人風雪花草之什,如何遜《酬范雲》詩云:"風光蕊上輕,日
　　　色花中亂。"又《夕望江橋》詩云:"風聲動密竹,水影漾長橋。"又
　　　《與蘇九德別》云:"春草似青袍,秋月如團扇。"《詠春雪》云:"可
　　　憐江上雪,迴風起復滅。本欲映梅花,翻悲似玉屑。"梁元帝《折楊
　　　柳》云:"山似蓮花冶,花如明月光。"徐陵《山齋》云:"山寒微有
　　　雪,石路本無塵。"陰鏗《渡青草湖》云:"沅水桃花色,湘流杜若

香。”江總《詒孔奐》詩云：“叢花曙後發，一鳥霧中來。”蓋多不勝舉。元稹亦云：“陵遲至於梁、陳，淫冶刻飾、佻巧小碎之詞劇，又宋、齊之所不取也。”

〔一三〕《詩·邶風·北風》小序云：“《北風》，刺虐也。衛國並爲威虐，百姓不親，莫不相攜持而去焉。”起句云：“北風其涼，雨雪其雰。”《毛傳》云：“興也。北風，寒涼之風。雰，盛貌。”《鄭箋》云：“寒涼之風，病害萬物。興者，喻君政教酷暴，使民散亂。”

〔一四〕《詩·小雅·鹿鳴之什·采薇》篇小序云：“《采薇》，遣戍役也。文王之時，西有昆夷之患，北有玁狁之難。以天子之命，命將率遣戍役，以守衛中國，故歌《采薇》以遣之。”末章云：“昔我往矣，楊柳依依。今我來思，雨雪霏霏。”《鄭箋》云：“序其往返之時，極言其苦以說之。”

〔一五〕《詩·小雅·鹿鳴之什·棠棣》篇小序云：“《棠棣》，燕兄弟也。閔管、蔡之失道，故作《常棣》焉。”起章云：“棠棣之華，鄂不韡韡。凡今之人，莫如兄弟。”《毛傳》云：“興也。常棣，棣也。韡韡，光明也。”《鄭箋》云：“承華者曰鄂。不，鄂足也。鄂足得華之光明，則韡韡然盛。興者，喻弟以敬事兄，兄以榮覆弟，恩義之顯，亦韡韡然。”

〔一六〕《詩·周南·芣苢》篇小序云：“芣苢，后妃之美也。和平則婦人樂有子矣。”起章云：“采采芣苢，薄言采之。”《毛傳》云：“芣苢，車前草也，宜懷妊焉。薄，辭也。采，取也。”馬瑞辰云：“采采，盛貌。”

〔一七〕謝朓《晚登三山還望京邑》詩，有“餘霞”二句。

〔一八〕鮑照《翫月城西樓廨中》詩，有“離花”二句。

〔一九〕陳子昂《感遇》詩，《文粹》作《感寄》。《唐音注》云：“感遇云者，謂有感於心而寓於言，以攄其意也。”又云：“感之於心，遇之於目，情發於中而寄於言。如《莊子》寓言之類是也。”

〔二〇〕鮑防，唐天寶末年進士。《全唐詩》載其詩八首。其《感興》詩十五篇均已失傳。錄現存八首中《雜感》一首如下，以見其譏切世敝之

意云："漢家海内承平久，萬國戎王皆稽首。天馬常銜苜蓿花，胡
人歲獻蒲萄酒。五月荔枝初破顔，朝離象郡夕函關。雁飛不到桂
陽嶺，馬走先過林邑山。甘泉御果垂仙閣，日暮無人香自落。遠物
皆重近皆輕，雞雖有德不如鶴。"

〔二一〕《全唐詩》李白小傳："白，字太白。天寶初，召見金鑾殿，有詔供奉
翰林，白猶與酒徒飲於市。帝坐沉香亭子，意有所感，欲得白爲樂
章，召入，而白已醉。左右以水頮面，稍解，援筆成文，婉麗精切。
數宴見，白常侍帝，醉，使高力士脱靴。力士素貴，恥之，摘其詩以
激楊貴妃。帝欲官白，妃輒沮止。白自知不爲親近所容，懇求還
山，帝賜金放還。乃浪迹江湖，終日沉飲。永王璘都督江陵，辟爲
僚佐。璘謀亂，兵敗，白坐長流夜郎，會赦得還。"案：白因醉忤人，
爲世所忌。故杜甫詩云："世人皆欲殺，我意獨憐才。"白樂天所謂
"人不逮矣"，當亦指此。又李太白詩多寄興天外，少著人事，本與
白氏注重社會問題者不同；且太白工於樂府，上規漢魏，多賦陳鋪
敍之詞，乏風雅比興之誼，故白氏以此譏之。

〔二二〕《新唐書・杜甫傳贊》曰："至甫渾涵汪茫，千彙萬狀，兼古今而有之。
他人不足，甫乃厭餘，殘膏賸馥，沾丐後人多矣。故元稹謂詩人以
來，未有如子美者。甫又善陳時事，律切精深，至千言不稍衰，世號
‘詩史’。"元稹又謂杜詩："鋪陳終始，排比聲韻，大或千言，次猶數
百。詞氣豪邁，而風調清深；屬對律切，而脱棄凡近。則李尚不能歷
其藩翰，況堂奧乎？"浦起龍《少陵編年詩目譜》："至德二年春，羈長
安賊中，作《塞蘆子》；乾元元年六月至冬，出爲華州司功參軍，作《留
花門》；乾元二年春夏，自東都回華州官所，作《新安吏》、《潼關吏》、
《石壕吏》；又天寶十四載，作《自京赴奉先詠懷五百字》，中有‘朱
門’二句。"今人張同光等校云："‘亦不過三四十首’句，《舊唐書》作
‘三三十’，無‘首’字。《四部叢刊》本《長慶集》作‘十三四’，亦無
‘首’字。作‘十三四’者是。"

僕常痛詩道崩壞，忽忽憤發，或廢食輟寢，不量才力，欲扶起之。嗟夫！事有大謬者，又不可一二而言，然亦不能不粗陳於左右。

僕始生六七月時，乳母抱弄於書屏下，有指"之"字、"無"字示僕者，僕雖口未能言，心已默識。後有問此二字者，雖百十其試，而指之不差。則知僕宿習之緣，已在文字中矣。及五六歲，便學爲詩。九歲，諳識聲韻。十五六始知有進士，苦節讀書。二十以來，晝課賦，夜課書，間又課詩，不遑寢息矣。以至於口舌成瘡，手肘成胝，既壯而膚革不豐盈，未老而齒髮早衰白。瞀瞀然如飛蠅垂珠在眸子中者，動以萬數。蓋以苦學力文所致，又自悲矣。家貧多故，年二十七方從鄉試。既第之後，雖專於科試，亦不廢詩。及授校書郎，詩已盈三四百首矣。或出示交友如足下輩，見皆謂之工，其實未窺作者之域耳。

自登朝來，年齒漸長，閱事漸多。每與人言，多詢時務。每讀書史，多求理道。[一]始知文章合爲時而著，歌詩合爲事而作。[二]是時皇帝[三]初即位，宰府有正人，[四]屢降璽書，訪人急病。僕當此日，擢在翰林。身是諫官，月請諫紙。啟奏之外，有可以救濟人病、裨補時闕，而難於指言者，輒詠歌之，欲稍稍[五]進聞於上。上以廣宸聽，副憂勤；次以酬恩獎，塞言責；下以復吾平生之志。豈圖志未就而悔已生，言未聞而謗已成矣。

又請爲左右終言之。凡聞僕《賀雨》詩，衆口籍籍，已謂非宜矣；〔六〕聞僕《哭孔戡》詩，衆面脈脈，盡不悦矣；〔七〕聞《秦中吟》，則權豪貴近者相目而變色矣；〔八〕聞《登樂遊園》寄足下詩，則執政柄者扼腕矣；〔九〕聞《宿紫閣村》詩，則握軍要者切齒矣。〔一〇〕大率如此，不可徧舉。不相與者，號爲沽譽，號爲詆訐，號爲訕謗。苟相與者，則如牛僧孺之戒焉。〔一一〕乃至骨肉妻孥，皆以我爲非也。其不我非者，舉世不過三兩人。有鄧魴者，見僕詩而喜，無何而魴死。〔一二〕有唐衢者，見僕詩而泣，未幾而衢死。〔一三〕其餘即足下，足下又十年來困躓若此。〔一四〕嗚呼！豈六義四始〔一五〕之風，天將破壞不可支持耶？抑又不知天之意，不欲使下人之病苦聞於上耶？不然，何以有志於詩者，其不利若此之甚也！

　　然僕又自思，關東一男子耳。除讀書屬文外，其他懵然無知。乃至書畫碁博，可以接羣居之歡者，一無通曉，即其愚拙可知矣。初應進士時，中朝無緦麻之親，〔一六〕達官無半面之舊。策蹇步於利足之途，張空弮於戰文之場。十年之間，三登科第。〔一七〕名入衆耳，迹升清貫。〔一八〕出交賢俊，入侍冕旒。始得名於文章，終得罪於文章，亦其宜也。

　　日者又聞親友間説，禮、吏部舉選人，〔一九〕多以僕私試賦判傳爲準的。〔二〇〕其餘詩句，亦往往在人口中。僕恧然自愧，不之信也。及再來長安，又聞有軍使高霞寓〔二一〕者欲聘倡妓，妓大誇曰：“我誦得白學士《長恨歌》，〔二二〕豈同他妓哉！”由是增價。又足下書云：到通州日，見江館柱間有題僕詩者，復何

人哉？又昨過漢南日，[二三]適遇主人集眾娛樂他賓，諸妓見僕
來，指而相顧曰："此是《秦中吟》、《長恨歌》主耳。"自長安抵
江西，三四千里，凡鄉校、佛寺、逆旅、行舟之中，往往有題僕詩
者。士庶、僧徒、孀婦、處女之口，每每有咏僕詩者。此誠雕篆
之戲，不足多也。然今時俗所重，正在此耳。雖前賢如淵、
雲[二四]者，前輩如李、杜者，亦未能忘情於其間。古人云："名
者公器，不可多取。"[二五]僕是何者，竊時之名已多。既竊時
名，又欲竊時之富貴，使己爲造物者，肯兼與之乎？今之屯窮，
理固然也。

　　況詩人多蹇，如陳子昂、杜甫，各授一拾遺，而屯剥至死；
李白、孟浩然輩，不及一命，窮悴終身；[二六]近日孟郊六十，終
試協律；[二七]張籍五十，未離一太祝。[二八]彼何人哉？彼何人
哉？況僕之才又不逮彼。今雖謫佐遠郡，而官品至第五，[二九]
月俸四五萬，寒有衣，飢有食，給身之外，施及家人，亦可謂不
負白氏之子矣。微之，微之，勿念我哉！

〔一〕　張同光等注釋："'理道'，即治道。唐諱'治'爲'理'。"
〔二〕　按：此二句極見要旨，上句謂文學乃時代的反映，下句謂詩歌要忌
　　　　無病的呻吟。
〔三〕　張等注釋："憲宗也。"
〔四〕　張等注釋："元和初，杜黃裳、武元衡、李吉甫、裴垍相繼爲相，皆
　　　　人望。"
〔五〕　張等校云："《四部叢刊》本《長慶集》'進聞'二字上有'遞'字。"

〔六〕《賀雨》詩起云：“皇帝嗣寶曆，元和三年冬。自冬及春暮，不雨旱
燀燀。上心念下民，懼歲成災凶。遂下罪己詔，殷勤告萬農。”中
云：“順人人心悦，祈天天意從。詔下纔七日，和氣生冲融。凝爲
油油雲，散作習習風。晝夜三日雨，淒淒復濛濛。”末云：“君以明
爲聖，臣以直爲忠。敢賀有其始，亦願有其終。”備見規諷之意。

〔七〕《哭孔戡》詩有云：“戡佐山東軍，非義不可干。拂衣向西來，其道
直如弦。從事得如此，人人以爲難。人言明明代，合置在朝端。或
望居諫司，有事戡必言。或望居憲府，有邪戡必彈。惜哉兩不諧，
没齒爲閒官。”詞甚激烈，易觸人諱。《爾雅》郭《注》：“脈脈，謂相
視貌也。”

〔八〕《秦中吟》十首，皆諷時事。一曰《議婚》，刺富家女輕夫，不如貧家
女也；二曰《重賦》，刺貪吏斂索民間而求媚於上也；三曰《傷宅》，
刺大官安居大宅，未必終享也；四曰《傷友》，刺貴顯不念同門之好
也；五曰《不致仕》，刺貪榮不知早致仕也；六曰《立碑》，刺無勳德
立碑者，而有勳德者雖不勒碑，而口碑載道也；七曰《輕肥》，刺内
臣輕裘肥馬，而民間苦旱，人相食也；八曰《五絃》，刺古調無人彈
也；九曰《歌舞》，刺法官歌舞樂飲，不念獄囚也；十曰《買花》，刺買
花者不知一叢花當十户賦也。白氏自云：“但傷民病痛，不識時忌
諱。遂作《秦中吟》，一吟悲一事。貴人皆怪怒，閒人亦非訾。”蓋
實語也。

〔九〕《全唐詩》卷四二四題作《登樂遊園望》，①其詩慨孔戡之死、元稹之
謫也。

〔一〇〕同上，題作《宿紫閣山北村》。張同光等云：“唐德宗貞元十二年，
始立左右神策護軍中尉，統禁旅，嗣是宦官之驕横日甚。此詩即記
十餘暴卒直入民家騷擾事。”此説是也。其詩云：“暴卒來入門，紫

_____

① “卷四二四”，原誤作“卷十五”，據《全唐詩》改。

衣挾刀斧。草草十餘人，奪我席上酒。”又云：“身屬神策軍。”又云：“中尉正承恩。”皆可證。

〔一〕　張等注釋：“憲宗元和三年，牛僧孺等以直言時事，無所避忌，而遭斥逐，故引以爲戒也。”

〔二〕　白氏有《讀鄧魴》詩云：“卷架多文集，偶取一卷披。未及看姓名，疑是陶潛詩。看名知是君，惻惻令我悲。詩人多蹇厄，近日誠有之。京兆杜子美，猶得一拾遺。襄陽孟浩然，亦聞鬢成絲。嗟君兩不如，三十在布衣。擢第祿不及，新婚妻未歸。少年無疾患，溘死於路歧。天不與爵壽，唯與好文詞。此理勿復道，巧曆不能推。”

〔三〕　白氏有《寄唐生》詩云：“唐生者何人，五十寒且飢。不悲口無食，不悲身無衣。所悲忠與義，悲甚則哭之。”又云：“我亦君之徒，鬱鬱何所爲？不能發聲哭，轉作樂府詩。篇篇無空文，句句必盡規。功高虞人箴，痛甚騷人辭。非求宮律高，不務文字奇。惟歌生民病，願得天子知。未得天子知，甘受時人嗤。”又有《傷唐衢》二首，第二首有云：“惟有唐衢見，知我平生志。一讀興嘆嗟，再吟垂涕泗。因和三十韻，手題遠緘寄。致吾陳（子昂）杜（甫）間，賞愛非常意。此人無復見，此詩猶可貴（謂唐衢詩也）。”

〔四〕　張等注釋：“據下文‘今年春遊城南時，與足下馬上相戲’，又‘潯陽臘月’云云，此書當爲居易初到江州之年所發。考居易貶江州司馬在元和十年，元稹亦以是年量移通州司馬。上距稹被貶爲江陵士曹參軍，即元和五年，首尾不過六年。此言‘十年’者，蓋指元稹由拾遺出爲河南尉以來而言耳。出爲河南尉在元和初年，至此已近十年矣。”

〔五〕　《詩大序》云：“以一國之事，繫一人之本，謂之風。言天下之事，形四方之風，謂之雅。雅者，正也，言王政之所由廢興也。政有小大，故有小雅焉，有大雅焉。頌者，美盛德之形容，以其成功告於神明者也。是謂四始，詩之至也。”《毛傳》云：“始者，王道興衰之所由。”

〔一六〕 張等注釋：“‘緦麻之親’，謂五服内最疏遠之親屬，喪期三月，喪服以麻布之細者爲之。”

〔一七〕 張等注釋：“貞元十五年，爲宣城守所貢，明年中春官第（《舊唐書》作貞元十四年，誤。清汪立名《白香山年譜》據居易《送侯權秀才序》及登科記正之），一也。貞元十八年，試判拔萃科，入等（汪立名《年譜》據《養竹記》），二也。元和二年，應才識兼茂、明於體用科，策入四等，除盩厔尉，三也。”

〔一八〕 《晉書·文苑傳》：“架彼辭人，共超清貫。”陳鴻《長恨傳》：“列在清貫，爵爲通侯。”《正字通》：“侍從之官曰清貫。”

〔一九〕 張同光等注釋：“古者舉士與舉官合一，士獲選即入官。至唐始以試士屬禮部，試吏屬吏部。於是以科目舉士，以詮選舉官。選舉之政由禮、吏二部主之，故曰‘禮、吏部’也。”

〔二〇〕 同上注釋：“《舊唐書》引此句無‘傳’字。‘判’，裁斷也，公文之一種。唐時銓法，試以身、言、書、判，見《唐書·選舉志》。又《舊唐書·職官志》（卷四十三）‘擇人以四才’注：‘四才，謂身、言、書、判也。’”

〔二一〕 同上注釋：“高霞寓，幽州范陽人。”

〔二二〕 《長恨歌》述楊妃馬嵬事。陳鴻《傳》云：“樂天爲《長恨歌》，意者不但感其事，亦欲懲尤物，窒亂階，垂於將來也。”

〔二三〕 同上注釋：“今湖北宜城縣。”

〔二四〕 江淹《別賦》云：“淵、雲之墨妙。”西漢王褒字子淵，揚雄字子雲，皆以賦名。

〔二五〕 《莊子·天運》篇云：“名，公器也，不可多取。”郭象注云：“名者，天下之所共用。矯飾過實，多取者也，多取而天下亂矣。”

〔二六〕 〔十二〕條注引其《讀鄧魴》詩，可參。

〔二七〕 孟郊卒，張籍謚之曰貞曜先生。韓愈《貞曜先生墓誌銘》云：“先生諱郊，字東野。年幾五十，始以尊夫人（指郊母裴氏）之命來集京師，從進士試。既得，即去。間四年，又命來，選爲溧陽尉，迎侍溧上。去尉二年，而故相鄭公尹河南，奏爲水陸轉運從事，試協律郎，親拜其母於門內。”

〔二八〕　張等引《唐書·張籍傳》：“張籍爲太常寺太祝，久次，遷秘書郎。”

〔二九〕　同上注釋：“《舊唐書·職官志》：上州司馬列從第五品下階。”

　　僕數月來，檢討囊帙中，得新舊詩，各以類分，分爲卷目。自拾遺來，凡所遇所感，關於美刺興比者；又自武德訖元和，〔一〕因事立題，題爲《新樂府》者，〔二〕共一百五十首，謂之諷諭詩（《英華》作“諷詩”）。又或退公獨處，或移病閑居，知足保和，吟翫性情者一百首，謂之閑適詩。又有事物牽於外，情理動於內，隨感遇而形於歎詠者一百首，謂之感傷詩。又有五言、七言長句、絶句，自百韻至兩韻者四百餘首，謂之雜律詩。凡爲十五卷，約八百首。異時相見，當盡致於執事。

　　微之！古人云：“窮則獨善其身，達則兼濟天下。”〔三〕僕雖不肖，常師此語。大丈夫所守者道，所待者時。時之來也，爲雲龍，爲風鵬，勃然突然，陳力以出。時之不來也，爲霧豹，爲冥鴻，寂兮寥兮，奉身而退。進退出處，何往而不自得哉？故僕志在兼濟，行在獨善。奉而始終之則爲道，言而發明之則爲詩。謂之諷諭詩，兼濟之志也。謂之閑適詩，獨善之義也。故覽僕詩者，知僕之道焉。其餘雜律詩，或誘於一時一物，或發於一笑一吟，率然成章，非平生所尚者。但以親朋合散之際，取其釋恨佐歡。今銓次之間，未能刪去。他時有爲我編集斯文者，略之可也。

微之！夫貴耳賤目，榮古陋今，人之大情也。僕不能遠徵古舊，如近歲韋蘇州之歌行，才麗之外，頗近興諷。其五言詩又高雅閑澹，自成一家之體。[四]今之秉筆者，誰能及之？然當蘇州在時，人亦不甚愛重，必待身後，人始貴之。今僕之詩，人所愛者，悉不過雜律詩與《長恨歌》已下耳。時之所重，僕之所輕。至於諷諭者，意激而言質。閑適者，思澹而詞迂。以質合迂，宜人之不愛也。今所愛者，並世而生，獨足下耳。然千百年後，安知復無如足下者出而知愛我詩哉！故自八九年來，與足下小通則以詩相戒，小窮則以詩相勉，索居則以詩相慰，同處則以詩相娛。知吾罪吾，率以詩也。

如今年春遊城南時，與足下馬上相戲，因各誦新豔小律，不雜他篇。[五]自皇子陂歸昭國里，[六]迭吟遞唱，不絕聲者二十里餘。樊、李[七]在傍，無所措口。知我者以爲詩仙，不知我者以爲詩魔。何則？勞心靈，役聲氣，連朝接夕，不自知其苦，非魔而何？偶同人，當美景，或花時宴罷，或月夜酒酣，一詠一吟，不知老之將至矣。雖驂鸞鶴、遊蓬瀛者之適，無以加於此焉，又非仙而何？微之，微之！此吾所以與足下外形骸、脫蹤迹、傲軒鼎、輕人寰者，又以此也。當此之時，足下興有餘力，且欲與僕悉索還往中詩，取其尤長者，如張十八古樂府，李二十新歌行，盧、楊二秘書律詩，竇七、元八絕句，博搜精掇，編而次之，號爲《元白往還詩集》。〔八〕衆君子得擬議於此者，莫不踴躍欣喜，以爲盛事。嗟乎！言未終而足下左轉，〔九〕不數月而僕又繼行。心期索然，何日成就？又可爲之太息矣。

又僕常語足下，凡人之爲文，私於自是，不忍於割截，或失於繁多。其間妍蚩，益又自惑。必待交友有公鑒無姑息者，討論而削奪之，然後繁簡當否，得其中矣。況僕與足下爲文尤患其多，〔一〇〕己尚病之，況他人乎？今且各纂詩筆，〔一一〕粗爲卷第。待與足下相見之日，各出所有，終前志焉。又不知相遇是何年，相見是何地，溘然而至，則如之何！微之，微之，知我心哉！潯陽臘月，江風苦寒，歲暮鮮歡，夜長少睡。引筆鋪紙，悄然燈前，有念則書，言無銓次。勿以繁雜爲倦，且以代一夕之話言也。

〔一〕　張等注釋：“‘武德’，唐高祖之年號。‘元和’，唐憲宗之年號。”
〔二〕　《新樂府》下注云：“并序。元和四年爲左拾遺作。”序曰：“凡九千二百五十二言，斷爲五十篇。篇無定句，句無定字，繫於意，不繫於文。首句標其目，卒章顯其志，《詩三百》之義也。其辭質而徑，欲見之者易喻也；其言直而切，欲聞之者深誡也；其事覈而實，使采之者傳信也；其體順而肆，可以播於樂章歌曲也。總而言之，爲君、爲臣、爲民、爲物、爲事而作，不爲文而作也。”
〔三〕　張等注釋：“見《孟子·盡心章上》，‘濟’作‘善’。”
〔四〕　韋應物歌行，如《漢武帝雜歌》，諷武帝求仙之無謂也；《夏冰歌》，諷工人鑿冰之苦也，白氏所謂“頗近興諷”者也。五言詩，如《寄全椒山中道士》云：“今朝郡齋冷，忽念山中客。澗底束荊薪，歸來煮白石。欲持一瓢酒,遠慰風雨夕。落葉滿空山,何處尋行迹?"正白氏所謂"高雅閑澹"之體。又如《寄恒璨》、《寄裴處士》等首,其體性亦並相同,不復備録。夫韋氏此二種之詩,前者同白氏之諷諭詩,後者同白氏之閑適詩,故白氏詩中嘗有"敢有文章替左司"之語,以表其嚶鳴相感之意也。

〔五〕 張等注釋:"元稹《酬樂天東南行》詩注:'九年,樂天除太子贊善,予從事唐州。'又曰:'十年春,自唐州詔予召入京。'是元稹於元和五年貶江陵以後,至十年,曾被召入京也(稹集有《西歸》絶句十二首,即記其事),故有同遊城南之事。十年三月,司馬通州,又與白樂天别。凡此各節,皆史所未載。"按:"新豔小律"當指絶句,惜不能舉其篇。

〔六〕 張等注釋:"'皇子陂',在長安南。《水經注》:'沈水上承皇子陂於樊川。'《寰宇記》:'陂北原上有秦皇子塚,因以名之。'、'昭國里',居易在長安所居之里名。《朝歸書寄元八(宗簡)》詩云:'歸來昭國里,人卧馬歇鞍。'又《昭國閑居》詩云:'何以養吾真官閑居處僻。'"

〔七〕 同上注釋:"'樊',謂杜牧(杜牧有《樊川集》);'李',謂李商隱,時亦稱李、杜。"

〔八〕 白氏有《逢張十八員外籍》詩,知即張籍。《唐書·張籍傳》云:"張籍爲詩長於樂府,多警句。"白氏《讀張籍詩集》曰:"張公何爲者,業文三十春。尤工樂府詞,舉代少其倫。"張戒《歲寒堂詩話》云:"張司業詩與元、白一律,專以道得人心中事爲工。但白才多而意切,張思深而語精,元體輕而詞躁爾。"籍與元、白往還之詩,如《病中寄白學士拾遺》、《雨中寄元宗簡(元八)》、《哭元九(稹)少府》、《答白杭州郡樓登望畫圖見寄》、《送元宗簡》、《寄白學士》等篇皆是。白氏亦有《酬張十八訪宿見贈》、《寄張十八》、《雨中招張司業宿》、《張十八員外以新詩二十五首見寄》、《郡樓月下吟翫通夕因題卷後封寄微之》各篇。"李二十"，名文略。白氏有《期李二十文略并王十八質夫不至獨宿仙遊亭》、《酬李二十侍郎》、《醉送李二十常侍赴鎮浙東渭村》、《酬李二十見寄》、《初授贊善大夫早朝寄李二十助教》、《遊城南留元九李二十晚歸》各篇。"盧秘書"，名拱。《全唐詩》卷四六三小傳云①："盧拱，秘書郎，終申州刺史，與白居易同時。"白氏有《酬盧秘書二十韻》、《題盧秘書夏日新栽竹二十韻》、《戲題盧秘書新移薔薇》各篇。元稹《酬盧秘書》詩有序云："予自唐回京之歲，秘書郎盧拱作《喜遇白贊善學士》詩二十韻，兼以見貽。白詩酬和先出，予草蹙未暇，盧頻有致師之挑，故篇末不無憤辭。""楊秘書"，名巨源。白氏有《贈楊秘書巨源》、（注云："楊嘗有《贈盧洺州》詩云：'三刀夢益州，一箭取遼城。'由是知名。"）《聞楊十二新拜省郎遙以詩賀》各篇。"竇七"，即竇鞏。《全唐詩》卷二七一小傳②："竇鞏，字友封，登元和進士。累辟幕府，入拜侍御史，轉司勳員外、刑部郎中。白居易編次往還詩尤長者，號《元白往還集》，鞏亦與焉。"白氏有《寄杜十四拾遺李二十助教員外竇七校書》詩。"元八"，名宗簡。白氏有《答元八宗簡同遊曲江後明日見贈》、《和元八侍御升平新居四絶句》、《曲江夜歸聞元八見訪》、《題新居寄元八》各篇。至白氏與元稹往還詩尤多，不可勝舉。《和微之詩二十三首》有序云："微之又以近作四十三首寄來，命僕續和。其間瘀絮四百字、車斜二十篇者流，皆韻劇詞彈，瓌奇怪譎。又題云：'奉煩只此一度，乞不見辭。'意欲定霸取威，置僕於窮地耳。大凡依次用韻，韻同而意殊；約體爲文，文成而理勝。此足下素所長者，僕何有焉？今足下果用所長，過蒙見窘。然敵則氣作，急則計生。四十二章麾掃並畢，不知大敵以爲如何？夫

① "卷四六三"，原誤作"卷十七"，據《全唐詩》改。
② "卷二七一"，原誤作"卷十"，據《全唐詩》改。

斸石破山,先觀鑱迹;發矢中的,兼聽弦聲。以足下來章,惟求相困,故老僕報語,不覺大誇。況曩者唱酬,近來因繼,已十六卷,凡千餘首矣。其爲敵也,當今不見;其爲多也,從古未聞。所謂'天下英雄,唯使君與操耳'。"

〔九〕 張同光等注釋:"按:下云'不數月而僕又繼行',則'左轉'係指通州司馬事。但《舊唐書》言'量移通州司馬',此言'左轉',官階升降有別矣。"

〔一〇〕 陸雲《與兄平原書》曰:"文實無貴乎爲多。"又曰:"文章實自不當多。"《文心雕龍‧鎔裁》篇曰:"雲之論機,亟恨其多。"

〔一一〕 案:六朝人"文"、"筆"對言,故"詩"、"筆"亦可對言。此風迄唐猶存,杜甫《寄賈司馬嚴使君》詩有"賈筆論孤憤,嚴詩賦幾篇"之句,趙璘《因話錄》復載:"韓文公與孟東野友善,韓文公文至高,孟長於五言,時號'孟詩韓筆'。"白此文復述所作分纂"詩"、"筆",並其證。

姚鼐〔一〕《古文辭類纂序》〔二〕

　　鼐少聞古文法於伯父薑塢先生〔三〕及同鄉劉才甫先生，〔四〕少究其義，未之深學也。其後游宦數十年，益不得暇，獨以幼所聞者實之胸臆而已。乾隆四十年，以疾請歸，伯父前卒，不得見矣。劉先生年八十，猶善談説，見則必論古文。〔五〕後又二年，余來揚州，少年或從問古文法。

　　夫文無所謂古今也，惟其當而已。得其當，則六經至於今日，其爲道也一。知其所以當，則於古雖遠，而於今取法，如衣食之不可釋；〔六〕不知其所以當，而敝棄於時，則存一家之言，以資來者，容有俟焉。

　　於是以所聞習者，編次論説爲《古文辭類纂》，其類十三，曰：論辨類、序跋類、奏議類、書説類、贈序類、詔令類、傳狀類、碑誌類、雜記類、箴銘類、頌贊類、辭賦類、哀祭類。一類內而爲用不同者，別之爲上、下編云。

〔一〕　清姚鼐，字姬傳，一字夢穀。範弟，淑之子。乾隆二十八年進士，改庶吉士，散館，改禮部主事，遷刑部郎中。嘉慶二十年卒，年八十五。著有《惜抱軒文集》二十卷。《清史・文苑》有傳。

〔二〕 按：姚鼐《古文辭類纂》一書向稱善本，衣被士林，至廣且久。謹冠以疏述，以彰其學：

一、釋名。姚氏所定“古文辭”，兼收詞賦，故其內涵視“散文”爲廣，其立名亦視前世所謂“古文”者爲正。阮氏元曰：“古人於籀史奇字，始稱古文，至於屬詞成篇，則曰文章。”又曰：“明人號唐、宋八家爲古文者，爲其別於《四書》文也，爲其別於駢偶文也。”然姚氏既已正名爲“文辭”，自不致混及文字。又所選上逮周、漢，即六代之作，亦間有甄録，則與局於唐、宋單行之語者自不同科。循名覈實，應無間然。“纂”字俗本誤“纂”，自當更正。姚永樸云：“今人易‘纂’以‘纂’，其誤起於李申耆先生爲康氏校刊時。光緒間，黎蓴齋先生續此書，又疑《説文》無‘纂’字，而易以‘饌’。不知‘纂’字出《漢書・藝文志》，顏注：‘纂’與‘撰’同。孟堅爲許君所稱通人之一，豈出叔重者足據，出孟堅者不足據乎？”

二、著旨。謝應芝《會稽山房文續》有《與胡念勤書》，論《類纂》之微旨曰：“《類纂》自《戰國策》、《離騷》以暨於方靈皋、劉才甫，其間可增損者，蓋尟矣。古文辭選本不勝縷數，而定唐、宋爲八家，始於茅鹿門。迄儲同人益以李習之、孫可之爲十家，吳晉望則欲於八家去子由而列熙甫。雖然，唐朝文自退之以前，李遐叔、元次山皆能成家，而皇甫持正、杜牧之亦與孫可之相上下。《類纂》獨取元次山《中興頌》以先退之，而又纂李習之，則存韓門之派也。於宋取張子《西銘》，銘之最也。而又取晁無咎《新城北山記》，以存蘇門之派也。外此如姚牧庵、虞道園、王遵巖、唐荊川、侯朝宗、魏叔子、汪堯峯皆不纂，而獨取歸、方，其見卓矣。方靈皋經術邁前人，而文格未能軼出於習之、子由，而獨臻神化。不纂此二人，則欲嗣熙甫者，不其難哉！纂此而并及晁無咎，則不獨歸、方固一派承傳,而劉才甫、姚姬傳、張皋文、惲子居、吳仲倫蒸蒸繼起,即朱斐瞻、彭秋士亦不得而遺之。所以爲學之矩矱者,其意微矣。"案:此述其篹集各家之微意。至於裁選文體,則未之及。《文粹序》云:"止以古雅爲命,不以雕篆爲工,故侈言曼辭,率皆不取。"姬傳之旨,差近於是。前姚後姚,其揆一也。

三、派別。按:今人王葆心氏以爲桐城一域不足範圍此派之文,不如以"桐城派"易稱"南派"。其言曰:"今世之文,啓之者爲桐城人,然不能出宋時南派歐、曾之範及明時南派震川之範。桐城諸家,特承流而衍之耳。近世南派之文,自以方、劉、姚爲其大師,而王悔生、姚石甫、劉孟塗、方植之、戴存莊、蘇厚子、方存之等爲之後起,得梅、曾而更大之,張、吳復相與引之,長沙王氏又力與表章之。海峯一傳錢伯坰,而陽湖遂奄有此派,惲子居、張皋文、陸祁孫其著也。更有姚春木、吳山子、毛生甫、吳仲倫、管異之並梅氏,皆親受姬傳之業,鄒壯節、許海秋又傳梅氏之業,[1]是茲派由江北而之江南者。而潘四農、魯通甫仍由江北賡其緒,邵位西、孫琴西於浙江衍其傳。姚氏之時,江西有羅臺山、魯絜非師朱梅崖而肇江右古文之傳,陳碩士更學於絜非與姬傳,而陳藝叔、廣敷、吳子序等又依時而迭出,是此派文之流於江西者。吕月滄與仲倫、春木交,以所學倡導廣西,而朱伯韓、彭子穆、龍翰臣、王定甫又受之伯言,是此派又入廣西矣。鄧湘皋善石甫,周星叔與爲後先,曾文正自稱私淑姬傳,而今人之稱吳南屏,謂與姚氏適合,孫子餘、舒伯魯、楊性農皆與姚氏不違舛,是此派文又流入湖南矣。王子壽與桐城文家多友處,龔定子又友子壽,而張濂卿、王鼎丞皆執業於曾文正,楊毓秀子堅受學於定子、子壽兩人,是此派文又流入湖北矣。張石州爲馮魯川師,魯川又曾師伯言,濂亭與摯甫久居保定,畿輔言古文者

---

[1] "鄒壯節、許海秋又傳梅氏之業",原脱漏,據王葆心《古文辭通義》卷十五補。

多師依之,故南派之北行者,惟直隸、山西有之。凡咸、同以前此派之流衍,有陸氏《七家文鈔序》、曾氏《歐陽生文集序》及今人《續古文詞類纂序》,皆可攷見,此南派流南之蹤迹也。"案:以南北分論文學,近儒劉師培亦嘗主之。王氏更以史證地,正名之説,蓋非無見。近人李詳更有《論桐城派》一文,於桐城並時同氣連枝之陽湖外,更舉出湘鄉派以續桐城,謂張裕釗、黎庶昌、吳汝綸、薛福成皆承湘鄉曾氏。然曾氏已自認私淑姚氏,固無須另有派稱也。

四、特色。按:此派之文,嚴於格律,善於記事,以清淡簡樸爲宗,不與沈思翰藻同科。此派大師自當推方、劉、姚、曾,而其品亦各異。張壽榮《答劉曼甫書》云:"望溪之文,謹嚴有餘,而不足於遠妙之趣。海峯有絶佳之篇,鏘然音節,而摹擬諸子,痕迹猶存,未爲上乘。惜抱厭望溪之理而精之,斂海峯之才而渾之,享年之高,積以學力,其文上方方、劉,而迂回蕩漾,餘味曲包,則又二家所未有。"曾文正欲以戴、段、錢、王之訓詁,發爲班、張、左、郭之文章,其蘄嚮甚遠。王先謙氏稱其雄直之氣,宏通之識,文章冠絶今古云。

五、異議。一議其選録之作家尚未平允,一議其尚有遺篇。前者如尚鎔《持雅堂集》中《讀〈古文辭類纂〉》一文,以爲姚氏舉方、姚繼震川,不免方隅之見。劉次白編十二家古文選,於唐、宋八家、歸、方、姚外加入一法鏡野(北方文家在山東者,盛於乾隆時。韓理堂序膠西法鏡野《海上廬集》,稱其能上繼震川。鏡野專講氣脈,文之清空宕往者也)而擯劉海峯。即曾文正亦以姚選闌入海峯爲稍涉私好云。(王葆心述其師鄧雲山繹《藻川堂譚藝》有爲海峯平反之説云:"歸熙甫爲文以雅潔自喜,傲然視王、李若不足,然根柢未敢望古人也。近世姚姬傳慕之,而奇氣不足自振發,其引海峯爲重者,意有在也。而時人反抑海峯於姬傳下,是真目論皮相者耳。")後者如陸祁孫(繼輅)遺篇之議,及曾國藩《雜鈔》、黎庶昌

《續籑》,皆有裨補姚選之闕之意。

〔三〕　姚範,字南青,號薑塢。乾隆七年進士,改庶吉士,授編修。著有
　　　　《援鶉堂文集》。

〔四〕　劉大櫆,字才甫,一字耕南,號海峯,清桐城人。著有《海峯詩
　　　　文集》。

〔五〕　姚姬傳《劉海峯先生八十壽序》云:“及長,受經學於伯父編修君,
　　　　學文於先生。游宦三十年而歸,伯父前卒,不得復見,往日父執往
　　　　來者皆盡,而猶得數見先生於樅陽。先生亦喜其來,足疾未平,扶
　　　　曳出與論文,每窮半夜。”

〔六〕　蘇伯衡《空同子瞽説》:“文宜如菽粟、如布帛之有補於世也。”

　　　論辨類者,蓋原於古之諸子,各以所學著書詔後世。〔一〕
孔、孟之道與文,至矣。〔二〕自老、莊以降,道有是非,文有工拙。
今悉以子家不録,〔三〕録自賈生始。〔四〕蓋退之著論,取於六經、
孟子,〔五〕子厚取於韓非、賈生,〔六〕明允雜以蘇、張之流,〔七〕子
瞻兼及於莊子。〔八〕學之至善者,神合焉;善而不至者,貌存
焉。〔九〕惜乎子厚之才,可以爲其至,而不及至者,年爲
之也。〔一〇〕

〔一〕　案:劉彦和以《論説》次《諸子》後,已明著其淵源所自,殆爲姚説
　　　　所本。彦和云:“論也者,彌綸羣言,而研精一理者也。仲尼微言,
　　　　稱爲《論語》;莊周《齊物》,以論爲名;不韋《春秋》,六論昭列。”蓋
　　　　諸子之作,理形於言,敍理成論,目以論體,稱以論名,固無不可也。

〔二〕　《文選序》云:“姬公之籍,孔父之書,與日月俱懸,鬼神爭奧,孝敬
　　　　之准式,人倫之師表,豈可重以芟夷,加之翦截。”

〔三〕　《文選序》云："老、莊之作，管、孟之流，蓋以立意爲宗，不以能文爲本。今之所選，又亦略諸。"

〔四〕　按：《文選》亦不録子家而録賈生《過秦論》，姚選本之，蓋可謂異代同謬者矣。章學誠云："賈誼《過秦》，蓋《賈子》之篇目也。（按：賈誼《過秦》在《賈子新書》中，本有三篇。蕭儲截其一，題以"論"字。）豈以有取斯文即可裁篇題'論'，而改子爲集乎？"

〔五〕　按：退之《進學解》自述其作文法，則云："上規姚、姒，渾渾無涯；周《誥》、殷《盤》，佶屈聱牙；《春秋》謹嚴，《左氏》浮夸；《易》奇而法，《詩》正而葩。"又其《讀儀禮》則謂："掇其大要奇詞奧旨著於篇。"近儒陳澧曰："昌黎掇奇辭，欲於作爲文章而上規之也。掇奧旨，即《送陳密序》論習三《禮》，所謂誦其文則思其義也。"又退之《讀荀子》一篇則曰："孟氏醇乎醇者也。"李耆卿亦謂："退之文學《孟子》。"又謂："如《原道》、《送文暢師序》等作，闢佛、老，尊孔、孟，正是韓文與六經相表裏處，非止學其聲響而已。"此並退之取於六經及《孟子》之證也。近儒劉師培云："韓文正誼明道，排斥異端，儒家之文也。"

〔六〕　按：劉彦和論文章體性，謂："賈生俊發，文潔而體清。"柳文峻潔，爲評文家所稱，而其雄深雅健，則同時昌黎亦亟稱之。例如柳文《封建論》、《天爵論》等首，與賈生《陳政事疏》諸作，殆相近似。至若柳文各篇設對，如《設漁者對智伯》、《愚溪對》、《對賀者》等首，又問答各首及《鶻説》、《祀朝日説》各首，並博喻釀采，與《韓非子》、內、外《儲説》近似。

〔七〕　《丹鉛總録·聞見後録》云："老泉文類《戰國策》。"蓋亦以老泉之文有蘇、張策士之風。《日録論文》云："蘇明允《上田樞密書》豪邁足賞，然自占地步，峻嶒逼人，使人忌而生厭。蓋既爲進干求知之事，而又爲傲岸不屑之言也。"此即策士之文實例也。

〔八〕　《文章精義》云："子瞻文學《莊子》，入虛處似，《凌虛臺記》、《清風閣記》之類是也。"《藝概》云:"東坡讀《莊子》,嘆曰:'吾昔有見,口未能言,今見是書,得吾心矣。'後人讀東坡文,亦當有是語。蓋其過人處在能説得出,不但見得到已也。"又云:"東坡文亦孟子,亦賈長沙、陸敬輿,亦莊子,亦秦、儀。心目窒隘者可資其博達以自廣,而不必概以純詣律之。"《修詞鑑衡》引《季方叔文集》云:"東坡教人讀《戰國策》,學説利害;讀賈誼、晁錯、趙充國疏,學論事;讀《莊子》,學論理性;讀韓、柳,知作文體面。"

〔九〕　按:此謂"神合",即《史通・模擬》篇所謂"貌異心同";此謂"貌存",即《史通・模擬》篇所謂"貌同心異"。劉知幾舉例云:"古者列國命官,卿與大夫有別。必於國史所記,則卿亦呼爲大夫,此《春秋》之例也。當秦有天下,地廣殷、周,變諸侯爲帝王,目宰輔爲丞相。而譙周撰《古史考》,思欲擯抑馬《記》,師仿孔經,其書李斯之棄市也,乃云:'秦殺其大夫李斯。'夫以諸侯之大夫名天子之丞相,以此而擬《春秋》(案:如《春秋》云"晉殺其大夫里克"是),所謂貌同而心異也。(下略)君父見害,臣子所恥,義當略説,不忍斥言。故《左傳》敍桓公在齊遇害,而云:'彭生乘公,公薨於車。'如干寶《晉紀》敍愍帝歿於平陽,而云:'晉人見者多哭,賊懼,帝崩。'以此而擬《左氏》,所謂貌異而心同也(下略)。"

〔一〇〕　案:子厚卒年四十七,其摹擬未臻至善之例,下文詳之。

序跋類者,昔前聖作《易》,〔一〕孔子爲作《繫辭》、《説卦》、《文言》、《序卦》、《雜卦》之傳,〔二〕以推論本原,廣大其義。《詩》、〔三〕《書》〔四〕皆有序,而《儀禮》篇後有記,〔五〕皆儒者所爲。其餘諸子,或自序其意,或弟子作之。《莊子・天下》篇、〔六〕《荀子》末篇,〔七〕皆是也。余撰次古文辭,不載史傳,以不可勝録也。惟載太史公、歐陽永叔表志序論數首,序之最工者也。〔八〕向、歆奏校書各有序,世不盡傳,傳者或僞。〔九〕今存子政《戰國策序》一篇,著其概。其後目録之序,子固獨優已。〔一〇〕

〔一〕　按:《繫辭傳》云:“《易》之興也,其當殷之末世,周之盛德邪?當文王與紂之事邪?”此言“《易》之興”,但揣度其“世”與“事”,而未明言爲誰作,後儒但當闕疑而已。

〔二〕　按:姚説本於《史記·孔子世家》及《漢書·藝文志》。

〔三〕　按:鄭玄《詩譜》以爲大序子夏作,小序子夏、毛公合作。後儒於《詩序》之説,聚訟紛紜,迄莫能定。《四庫提要》認小序首句爲子夏作,其下爲衛宏等(衛宏作《詩序》,見《後漢書·儒林傳》)所續。則以小序首句《魯詩》、《毛詩》各家皆同,斷其爲同出一源,故以説《詩》資格最老之子夏當之。然近儒陳澧亦不樂承其説,陳氏云:“如《終風序》云:‘衛莊姜傷己也。遭州吁之暴,見侮慢而不能正也。’若毛公時序但有首句,而無‘遭州吁之暴’云云,則次章‘莫往莫來’,傳云:‘人無子道以來事己,己亦不得以母道往加之。’所謂‘子’者誰乎?以‘母道’加誰乎?”其餘所舉反證尚多,不能備列。蓋陳氏終認爲小序出一人手筆也。

〔四〕　按:《書序》散置各篇之首,馬、班雖均謂孔子所作,然疑讞亦迄未能定。《史記·孔子世家》云:“孔子追迹三代之禮,序《書》傳,上紀唐、虞之際,下至秦穆,編次其事。”《漢書·藝文志》本之,云:“《書》之所起遠矣,至孔子纂焉。上斷於堯,下訖於秦,凡百篇而爲之序,言其作意。”此並古文《尚書》説也。《揚子法言·問神》篇云:“昔之説《書》者,序以百。如《書序》,雖孔子末如之何矣。”是雄意《書序》非孔子作。此則今文《尚書》之説也。

〔五〕　按:《儀禮》各篇,經後有記者十三篇,其無記者四篇。賈公彦云:

"凡言記者，皆是記經不備，兼記經外遠古之言。鄭注《燕禮》云：
'後世衰微，幽、厲尤甚，禮樂之書，稍稍廢棄。'蓋自爾之後有記
乎？又案：《喪服記》，子夏爲之作傳，不應自造還自解之。記當在
子夏之前，孔子之時，未知定誰所録云。"

〔六〕　按：《莊子·天下》篇歷敍各家學説，而并及周，蓋自序其意也。先
師洪君云："《天下》篇必係莊子所作。古人著書多有後序，若馬、
班之史，揚雄、王充之《太玄》、《論衡》及劉勰、劉知幾之《文心》、
《史通》皆然。先於《莊子》者，若《孟子》之七篇末章，亦啓後序之
體，不必疑於《莊子》也。"

〔七〕　按：此謂"《荀子》末篇"，乃舉《大略》篇以下《宥坐》篇、《子道》
篇、《法行》篇、《哀公》篇、《堯問》篇等六節是也。楊倞謂此等皆
弟子雜録荀卿之語，或引記傳雜事，故總推之於末。蓋皆非荀子所
自著也。

〔八〕　按姚鼐評子長《漢興以來諸侯年表序》云："筆勢雄遠，有包舉天下
之概。諸序皆然，而此尤雄遠。"又張廉卿評子長《秦楚之際月表
序》云："雄逸恣肆，千古一文。其奇宕則韓、歐之所自出也。"《初
月樓古文緒論》云："《史記》諸表序，筆筆有唱歎，筆筆是豎的。歐
陽文有一唱三歎者，多是橫闊的。"《藝概》云："歐陽公《五代史》
諸論，深得畏天憫人之旨。蓋其事不足言，而又不忍不言，言之怫
於己，不言無以懲於世，情見乎辭，亦可悲矣。"《文章精義》云："歐
陽永叔《五代史贊》首必有'嗚呼'二字，固是世變可嘆，亦是此老
文字遇感慨處便精神。"

〔九〕　按：劉向書録之文，見於嚴可均所輯《全漢文》(卷三十七)者，曰
《戰國策書録》、《管子書録》、《晏子敍録》、《孫卿書録》、《韓非子
書録》、《列子書録》、《鄧析書録》、《關尹子書録》、《子華子書録》、
《説苑敍録》，凡十篇。中如《韓非子敍録》，嚴可均校云："宋本不
著名，疑是劉向作。"又《關尹子書録》及《子華子書録》，嚴氏校云：

"疑皆宋人依託。"別有《於陵子敍》,嚴氏直斥爲明人作,不復入錄。又檢嚴輯《全漢文》卷四十,歆之書録文僅有《七略》殘句。又向之《鄧析書録》,嚴校云:"或據《書録解題》改屬劉歆,檢《書録解題》,無此説。而《意林》、《荀子》楊注、高似孫《子略》皆作劉向云。"

〔一〇〕 曾文正公《論文》云:"子固惟目録序能化,以其與生平文格不相似,而實能深入古人妙處。"

　　奏議類者,蓋唐、虞、三代聖賢陳説其君之辭,《尚書》具之矣。[一]周衰,列國臣子爲國謀者,誼忠而辭美,皆本謨、誥之遺,學者多誦之。其載《春秋》内、外傳者不録,[二]録自戰國以下。漢以來有表、奏、疏、議、上書、封事之異名,其實一類。惟對策雖亦臣下告君之辭,而其體少別,故寘之下編。兩蘇應制舉時所進時務策,又以附對策之後。[三]

〔一〕 曾氏《經史百家雜鈔·奏議類》選經僅《周書·無逸》一篇。近人王葆心則舉《商書》之《伊訓》、《周書》之《旅獒》爲例。

〔二〕 曾《鈔·奏議類》録《左傳·季文子諫納莒僕之辭》、《魏絳諫伐戎之辭》、《蓮啓疆諫恥晉之辭》三節,而《春秋外傳》(《國語》)亦不録。

〔三〕 按:表、奏、疏、議、上書、封事等,皆由作者主動爲之,而對策及時務策,則並作者出於被動爲之,時務策又當日士子功令之作也。"兩蘇"指軾、轍。

　　書説類者,昔周公之告召公,有《君奭》之篇。[一]《春秋》

之世,列國士大夫或面相告語,或爲書相遺,其義一也。〔二〕戰國説士,説其時主,當委質爲臣,〔三〕則入之奏議;其已去國,或説異國之君,〔四〕則入此編。

〔一〕　案:見《周書》。

〔二〕　案:書則彼此相遺,説則面相告語。

〔三〕　案:《左》僖二十三年《正義》曰:“質,形體也。拜則屈膝而委身體於地,以明敬奉之也。”此“委質爲臣”之義。

〔四〕　案:已去國而上書己國之君,如樂毅《報燕惠王書》之類是也。其説異國之君者,張儀説楚懷王之類是也。

　　贈序類者,〔一〕老子曰:“君子贈人以言。”〔二〕顔淵、子路之相違,則以言相贈處。〔三〕梁王觴諸侯於范臺,魯君擇言而進,〔四〕所以致敬愛,陳忠告之誼也。唐初贈人,始以“序”名,作者亦衆。至於昌黎,乃得古人之意,其文冠絶前後作者。〔五〕蘇明允之考名“序”,故蘇氏諱“序”,或曰“引”,或曰“説”。〔六〕今悉依其體,編之於此。

〔一〕　按:姚選以“贈序”與“序跋”分爲兩類,蓋以其用本不同而然。曾《鈔》則併贈序於序跋,雖約,亦未必遂勝也。

〔二〕　《史記·孔子世家》云:“孔子適周問禮,蓋見老子云。辭去,而老子送之曰:‘吾聞富貴者送人以財,仁人者送人以言。吾不能富貴,竊仁人之號,送子以言,曰:聰明深察而近於死者,好議人者也;博辯廣大危其身者,發人之惡者也。爲人子者,毋以有己;爲人臣者,毋以有己。’”

〔三〕　《禮記·檀弓下》云："子路去魯,謂顏淵曰:'何以贈我?'曰:'吾
聞之也,去國則哭於墓而後行,反其國不哭,展(注:"展,省視
之。")墓而入。謂子路曰:'何以處(注:"處,猶安也。")我?'子路
曰:'吾聞之也,遇墓則式,遇祀(疏:"祀,謂神位有屋位者。")則
下。(注:"居者主於敬。")'"

〔四〕　《國策·魏策》云:"梁王魏嬰觴諸侯於范臺,酒酣,請魯君舉觴。
魯君興,避席擇言曰:'昔者帝女令儀狄作酒而美,進之禹。禹飲
而甘之,遂疏儀狄,絶旨酒,曰:"後世必有以酒亡其國者。"齊桓公
夜半不嗛,易牙乃煎敖燔炙,和調五味而進之。桓公食之而飽,至
旦不覺,曰:"後世必有以味亡其國者。"晉文公得南之威,三日不
聽朝,遂推南之威而遠之,曰:"後世必有以色亡其國者。"楚王登
强臺而望崩山,左江而右湖,以臨彷徨,其樂忘死,遂盟强臺而勿
登,曰:"後世必有以高臺陂池亡其國者。"今君主之尊,儀狄之酒
也;主君之味,易牙之調也;左白台而右閭須,南威之美也;前夾林
而後蘭臺,强臺之樂也。有一於此,足以亡其國。今主君兼此四
者,可無戒與!'梁王稱善相屬。"姚永樸《國文學》卷四云:"案:此
篇於'贈序'發源,引《老子》、《檀弓》、《國語》當之。遷安鄭東父
(杲)曰:'《詩·崧高》云:"吉甫作頌,其詩孔碩。其風肆好,以贈
申伯。"蓋即贈序之權輿。'富陽夏伯定(震武)亦曰:'《燕燕序》
云:"莊姜送歸妾。"《渭陽》首云:"我送舅氏。"皆有贈言之意。'此
説似足補惜抱所未備。"朱邅先先生《中國文學史總論》云:"姚氏
特立'贈序'一類,謂贈人以言始於老子,擇言而進則有魯君。不
知當日贈言,非贈以文,即目爲文;與書説甚近,與序跋則甚
遠也。"

〔五〕　張廉卿曰:"唐人始以'贈序'名篇,作者不免貢諛,體亦近六朝。
至退之乃得古人'贈人以言'之義,體簡辭足,掃盡枝葉,所以空前
絶後。"此申姚氏之義也。《中國文學史總論》力糾姚説之謬云:

"唐初贈人本用詩歌,乃爲詩歌作序耳。張説之餞韋侍郎,孫逖之送紀參軍,宋之問之送裴司法,劉太真之送蕭穎士,或言賦詩,或言贈言,因而作序,非無端摘辭也。至於退之亦尚知此意,故其《送殷員外序》則云:'相屬爲詩,以道其行。'《送石處士序》則云:'各爲歌詩六韻,愈爲之序。'《送温處士序》則云:'留守相公首爲四韻詩歌其事,愈因推其意而序之。'《送韓侍御序》則云:'聞其歸皆相勉爲詩以推大之,而屬余爲序。'《送李正字序》則云:'重李生之還者皆爲詩,愈最故,故爲序。'《送鄭校理序》則云:'各爲詩五韻,且屬愈爲序。'《送浮屠令縱西遊序》則云:'賦詩道行。'《送李愿歸盤谷序》則云:'與酒爲歌。'此皆序爲詩歌而發,文體實與序跋同類。其贈序之無詩歌者,但以敍離道意,此爲變體,本不當名爲'序'。循名責實,當歸之'書説'類可耳。"

〔六〕 按:如蘇明允《送石昌言爲北使引》、《名二子説》,蘇子瞻《稼説一首贈張琥》皆其例。金元好問有《送秦中諸人引》,亦以"贈序"稱"引"。舊謂蘇氏之學行於北,遺山得之,即此亦可見。

詔令類者,原於《尚書》之誓、誥。〔一〕周之衰也,文誥猶存。〔二〕昭王制,肅强侯,所以悦人心而勝於三軍之衆,猶有賴焉。秦最無道,而辭則偉。〔三〕漢至文、景,意與辭俱美矣,後世無以逮之。〔四〕光武以降,人主雖有善意,而辭氣何其衰薄也。〔五〕檄令皆諭下之辭,韓退之《鱷魚文》,檄令類也,〔六〕故悉附之。

〔一〕 誓則《夏書》有《甘誓》,《商書》有《湯誓》,《周書》有《泰誓》、《牧誓》、《費誓》、《秦誓》等。誥則《商書》有《湯誥》,《周書》有《大誥》、《康誥》、《酒誥》、《召誥》、《康王之誥》等。曾《鈔·詔令類》收《書·甘誓》、《湯誓》、《牧誓》、《呂刑》、《文侯之命》、《費誓》、《秦誓》七篇。

〔二〕　按：如《周書·文侯之命》乃平王錫晉文侯而作。幽王爲犬戎所殺，平王立而東遷洛邑。晉文侯迎送安定之，故錫命焉。是周雖衰而文誥猶存。

〔三〕　姚選僅錄秦始皇《初併天下議帝號令》一首。按：嬴秦兼併六國，混一區宇，稽之於史，實空前之舉。其事絕偉，故載事之辭亦極見氣象。

〔四〕　如漢文帝《賜南粵王趙佗書》、景帝《令二千石修職詔》，可謂辭意俱美。然則劉彥和謂“文、景以前，詔體浮新”，宜紀氏評其未確也。

〔五〕　按：光武以降，如明帝《永平二年詔驃騎將軍三公》及《幸辟雍行養老禮詔》，章帝《建初四年使諸儒共正經義詔》、《令選高材生受古學詔》，皆屬人主善意，劉彥和所謂“雅詔間出”是也。然中興以後，儒風漸靡，故辭乏奇響，非復西京之觀。劉師培謂：“東漢之文均尚和緩。”即其證也。

〔六〕　曾國藩《論文》云：“《告鱷魚文》文氣似《諭巴蜀檄》，彼以雄深，此則矯健。”

傳狀類者，雖原於史氏，而義不同。劉先生云：“古之爲達官名人傳者，史官職之。文士作傳，凡爲圬者、種樹之流而已。其人既稍顯，即不當爲之傳，爲之行狀，上史氏而已。”余謂先生之言是也。〔一〕雖然，古之國史立傳，不甚拘品位，所紀事猶詳。又實錄〔二〕書人臣卒，必撮序其平生賢否。今實錄不紀臣

下之事,史館凡仕非賜諡及死事者,不得爲傳。乾隆四十年,
定一品官乃賜諡。然則史之傳者,亦無幾矣。余録古傳狀之
文,並紀兹義,使後之文士得擇之。昌黎《毛穎傳》,嬉戲之
文,其體傳也,〔三〕故亦附焉。

〔一〕　《國文學》云:"案:顧氏《日知録》云:'列傳始於太史公,蓋史體
　　　　也。不當作史之職,無爲人立傳者。'梁任昉《文章緣起》言傳始於
　　　　東方朔作《非有先生傳》,是以寓言而爲之傳。(案:方熊《文章緣
　　　　起補注》云:"按:字書云:傳者,傳也。自漢司馬遷作《史記》,創
　　　　爲列傳,而後世史家卒莫能易,或有隱德而勿彰,或有細人而可法,
　　　　則皆爲之作傳,寓其意。而馳騁文墨者,間以滑稽之術雜焉,皆傳
　　　　體也。其品有四:一曰史傳,二曰家傳,三曰託傳,四曰假傳。")韓
　　　　文公集傳三篇(案:其中有《圬者王承福傳》一篇),柳子厚集傳六
　　　　篇(案:其中有《種樹郭橐駝傳》一篇),皆微者與游戲之作,比於
　　　　稗官。若段太尉則曰'逸事狀'而不曰'傳',此惜抱論傳狀之
　　　　所本。"
〔二〕　按:"實録",史體之名,專紀帝王一人之事迹者也。明、清皆有實
　　　　録館,以記天子之事。
〔三〕　方望溪以退之《毛穎傳》爲別調。

　　碑誌類者,其體本於《詩》,〔一〕歌功頌德,其用施於金
石。〔二〕周之時有石鼓刻文,秦刻石於巡狩所經過,漢人作碑文
又加以序。序之體,蓋秦刻琅邪具之矣。〔三〕茅順甫譏韓文公
碑序異史遷,此非知言。〔四〕金石之文,自與史家異體。〔五〕如文
公作文,豈必以效司馬氏爲工耶?誌者,識也。或立石墓上,

或埋之壙中,古人皆曰誌。爲之銘者,所以識之之辭也。^{〔六〕}然恐人觀之不詳,故又爲序。世或以石立墓上,曰碑、曰表;埋,乃曰誌。及分誌、銘二之,獨呼前序曰誌者,皆失其義。蓋自歐陽公不能辨矣。^{〔七〕}墓誌文,録者尤多,今別爲下編。^{〔八〕}

〔一〕 按:劉勰既以《誄碑》列於有韻之文,并述碑文之爲體,"其敍事也該而要,其綴采也雅而澤,清詞轉而不窮,巧義出而卓立"。是説也,殆以碑文原於《詩》之《頌》乎?《洛陽伽藍記·城東》篇載隱士趙逸之言,有"生時中庸之人耳,及死也,碑文墓誌,必窮天地之大德,盡生民之能事,所謂生爲盜跖,死爲夷、齊"云云,此可爲"碑"、"誌"同類説之據。

〔二〕 司馬溫公云:"古人勳德,多勒銘鼎鐘,藏之宗廟,其葬則有豐碑以下棺耳。秦、漢以來,始作文褒讚功德,刻之於石,亦謂之碑。"李綽《尚書故實》云:"古碑皆有圓空,蓋本墟墓間物,所以懸窆者。後人因就紀功德,由是遂有碑表。"趙翼云:"後漢崔寔卒,袁隗爲之樹碑頌德。"(均見趙翼《陔餘叢考·碑表考》)

〔三〕 按:紀昀有言:"碑非文名,其誤始陸平原。"劉彦和謂:"碑實銘器,銘實碑文。"又謂:"其序則傳,其文則銘。"則亦不以"碑"爲文體也。夫既認"碑"非文體之顓名,則碑上所刻之文,或爲頌,或爲銘,有難以一體概之者矣。姚氏舉例,先石鼓文,舊多以爲周宣王時作(原石今尚存北平國子監),今人則有證其亦爲秦刻石者。次即秦刻石文,如《瑯邪刻石》、《之罘刻石》、《會稽刻石》諸文,皆造於始皇巡狩經過之時。此種刻石文,史遷明言皆頌秦德,其體實頌。故劉彦和《文心雕龍》、張守節《史記正義》並稱之爲"頌"。姚選另列有"頌"體一類,自可援古義納之。特以此頌既刻諸石,自亦可稱碑文,且與漢人碑文之體源流有關,故遂厠此。漢人碑文,如蔡邕所撰《郭有道》、《陳太丘碑》,皆有序冠篇,而秦《瑯邪刻石》,張守節固亦指其兩句爲韻者爲前後序也(秦刻石通行三句見韻)。

〔四〕 茅坤(順甫)《唐宋八大家文鈔·論例》曰:"世之論韓文者共首稱碑誌,予獨以韓公碑誌多奇崛險譎,不得《史》、《漢》序事法,故於風神或少遒逸。"又《韓文公文鈔引》曰:"昌黎之奇,於碑誌尤爲巉削。予竊疑其於太史遷之旨或屬一間,以其盛氣摇抉,幅尺峻而韻折少也。"(以上張同光等《文選注釋》引)按:史遷各紀傳,其本事奇,故其辭不求奇而自奇;昌黎碑誌,其本事本不奇,故多用新險之辭以文之,此其所以各有不相似也。劉紹攽《與鄭石幢論韓文書》頗發此義,其言曰:"昌黎之文類皆平易,獨其碑誌博奧險澀,或以陳言務去,或以好奇之弊,或又以晚年文趨於古。三説者,僕皆疑焉。夫古在氣體,不在句讀。若《曹成王碑》之屬,徒務新奇,常病破碎,其佳者無過樊宗師。故陳、隋以來,言之陳也甚矣。退之務去者,標新意以黜浮華,非以語不經見即爲不陳。幼讀其文,迄今二十年,抱疑未決。去冬爲虁郡司馬母壽言,僕素恥時俗靡靡,方搦管,輒惴惴以不能免俗爲懼,乃求新於句讀。既自取觀之,愧不古,猶幸無俗累。竊自歎曰:庶幾哉!耳目改觀乎?因恍然悟昌黎所以作碑志之意。蓋文之奇,奇以學,亦奇以事。蘇子由稱子長'文有奇氣',今觀其書,爲《項羽》、《留侯》、《刺客》、《平準》、《貨殖》諸篇最工,亦其事足聽聞,不碌碌耳。若碑板志銘,初無卓犖可述,不過族氏、姻婭、世次、德行綴輯成文。既不能抒其學之所得,又不甘爲時俗庸熟敷衍之陋,故不得已而出此。此雖非文之至,而率爾應酬者,與其失之庸熟敷衍,何如寧出於此,此固足爲應酬者式哉!"惟昌黎造辭雖異史遷,而義法仍以史遷爲歸,蓋貌變而神不變。方靈皋論文,曾闡發此義云:"碑記墓誌之有銘,猶史之有贊論,義法創自太史公。其指意辭事,必取之本文之外。班史以下,有括終始事迹以爲贊論者,則於本文爲複矣。此意惟韓子識之,故其銘辭未有義具於碑誌者。或體製所宜,事有覆舉,則必以補本文之闕缺。如《平淮西碑》,兵謀戰功詳於序,而既平後事情則以銘出之。其大指然也。"

〔五〕 按:碑文刊於金石,所以敍德,故文質相半。與史家實録之體不同。

〔六〕 《封氏見聞録》云:"魏侍中繆襲葬父母,墓下題版文。則誌銘之作,納於壙中者,起於魏晉無疑。"曾子固文集有云:"碑表立於墓上,誌銘則埋壙中,此誌銘與碑表之異制也。"趙翼云:"諸書所載,如楊盈川作《建昌公王公碑銘》,所謂'丘陵標榜,式建封碑',此碑之立於墓上者也。司馬温公誌吕誨云:'誨將死,囑爲其埋文誌。'張仲倩云:'譔次所聞,納諸壙。'此誌銘之藏於墓中者也。又范傳正作李白新墓銘,刻二石,一置壙中,一表道上。温公謂碑猶立於墓道,人得見之,誌藏於壙中,非開發,孰從而覩之?謂誌銘可不用也。"(均見趙翼《墓誌銘考》及《碑表誌銘之别》二文。)

〔七〕 黄宗羲《金石要例》云:"墓誌而無銘者,蓋敍事即銘也。所謂誌銘者,通一篇而言之。非以敍事屬志,韻語屬銘。猶作賦者末有重曰、亂曰,總之是賦,不可謂重是重、亂是亂也。"又云:"柳州葬令曰:凡五品以上爲碑,龜趺螭首;降五品爲碣,方趺圓首。此碑、碣之分。凡言碑者,即神道碑也。後世則碣亦謂之碑矣。"又云:"今制三品以上神道碑,四品以下墓表,銘藏於幽室,碑表施於墓上,雖名不同,其實一也。故墓表之書子姓與有銘,不可謂非也。"姚永樸云:"此惜抱論碑誌之所本。"

〔八〕 姚範《援鶉堂筆記》云:"誌止是立石爲辭以誌之。銘即誌耳,故或稱誌銘,或稱銘誌。劉顯卒,友人劉之遴啓皇太子爲之銘誌,今《梁書》載其詞。前人石刻有'有序'二字,以目其散文,《文選》謝朓《和伏武昌詩》善注引徐勉《伏曼容墓誌序》云云是也。若後無韻語,則即散文亦可謂之誌,唐宋諸公集皆有之。歐公《尹師魯墓誌銘》云'誌言'云云,'銘言'云云,是以誌、銘分爲二,以序獨爲誌,蓋是誤也。"張同光等云:"此説爲惜抱所本。"按:姚選録墓誌銘,自昌黎始,所録亦衆。曾文正《論文》云:"墓銘或先敍世系,而後銘功德;或先表其能,而後及世系;或有誌無詩,或有詩無誌,皆韓公創法。後來文家主之,遂援爲金石定例。"

　　雜記類者,亦碑文之屬。碑主於稱頌功德,記則所紀大小事殊,取義各異。故有作序與銘詩全用碑文體者,[一]又有爲紀事而不以刻石者。[二]柳子厚紀事小文,或謂之序,然實記之類也。[三]

〔一〕　按:碑文例如蔡邕《郭有道碑并序》,自"先生諱泰"以下,序也;自"其辭曰"以下,蓋銘詩也。姚選所收昌黎《鄆州谿堂詩并序》亦然,自"憲宗之十四年"以下,序也;自"其詩曰"以下,即銘詩也。此雜記之全用碑文體者。姚意特舉此以申上"雜記"亦"碑文"之屬之説耳。

〔二〕　上云"記則所紀大小事殊",本非一律,故當視其所記之事如何,以定刻石與不刻石焉。

〔三〕　按:柳子厚《序飲》、《序棊》二文,本集收入"序"類,然子厚自云"序其始與末"(見《序棊》),則自是"記"體。故姚選、曾《鈔》並入"雜記"類。

　　箴銘類者,三代以來有其體矣。聖賢所以自戒警之義,[一]其辭尤質而意尤深。若張子作《西銘》,[二]豈獨其意之美耶，其文固未易幾也。

〔一〕　唐寫本《文心雕龍》云："箴者，鍼也，所以攻疾防患，喻鍼石也。斯文之興，盛於三代。夏、商二箴，餘句頗存。及周之辛甲，百官箴闕，《虞箴》一篇，禮義備焉。"又云："銘者，名也，觀器必名焉。正名審用，貴乎慎德。"又云："昔帝軒刻輿几以弼違，大禹勒筍簴而招諫，成湯盤盂著日新之規，武王户席題必戒之訓，周公慎言於金人，仲尼革容於欹器，則先聖鑒戒，其來久矣。"兹録聖賢箴銘各一首，以見其所以自戒警之義：《虞人之箴》（見《左·襄四年》）："芒芒禹迹，畫爲九州，經啓九道。民有寢廟，獸有茂草。各有攸處，德用不擾。在帝夷羿，冒于原獸，忘其國恤，而思其麀（據龜甲文，此即"牝"字）牡。武不可重，用不恢于夏家。獸臣司原，敢告僕夫。"湯之《盤銘》（《禮記·大學》）："苟日新，日日新，又日新。"

〔二〕　張載，字子厚，世稱横渠先生。著有《正蒙》及《東銘》、《西銘》等。

頌贊類者，亦《詩》頌之流，^{〔一〕}而不必施之金石者也。^{〔二〕}

〔一〕　摯虞《文章流別論》云："頌，《詩》之美者也。古者聖帝明王，功成治定而頌聲興，於是史録其篇，工歌其章，以奏宗廟，告於鬼神。""贊"與"讚"同。《文心雕龍》云："讚者，明也，助也。颺言以明事，嗟歎以助辭。古來篇體，促而不廣，必結言於四字之句，盤桓乎數韻之辭，約舉以盡情，昭灼以送文，此其體也。大抵所歸，其頌家之細條乎！"

〔二〕　按：《文心雕龍·頌讚》篇云："秦政刻文，爰頌其德。"則頌固有施於金石者矣。

　　辭賦類者，《風》《雅》之變體也。〔一〕楚人最工爲之，蓋非獨屈子而已。〔二〕余嘗謂《漁父》及楚人《以弋説襄王》、宋玉《對王問遺行》，皆設辭無事實，皆辭賦類耳。太史公、劉子政不辨，而以事載之，蓋非是。〔三〕辭賦固當有韻，然古人亦有無韻者，以義在託諷，亦謂之賦耳。〔四〕漢世校書有《辭賦略》，其所列者甚當。〔五〕昭明太子《文選》分體碎雜，其立名多可笑者。〔六〕後之編集者，或不知其陋而仍之。〔七〕余今編辭賦，一以漢《略》爲法。〔八〕古文不取六朝人，惡其靡也。獨辭賦則晉、宋人猶有古人韻格存焉。〔九〕惟齊、梁以下則辭益俳而氣益卑，故不録耳。

〔一〕　《文心雕龍·辨騷》云：“自《風》、《雅》寢聲，莫或抽緒，奇文鬱起，其《離騷》哉！固已軒翥詩人之後，奮飛辭家之前，豈去聖之未遠，而楚人之多才乎！”按：劉氏此篇實總《楚辭》而言（標題曰“《騷》”，特舉其最著之一篇以代表全體），意謂《楚辭》足以嗣續《風》、《雅》也。此種《楚辭》，班固《藝文志》竟標以“賦”稱，蓋“辭”、“賦”本係同體耳。劉勰別有《詮賦》篇，舉班固所稱“古詩之流”以勘賦源，以爲“受命於詩人，而拓宇於《楚辭》”。蓋劉氏訹於名號，必以荀況《禮》、《智》，宋玉《風》、《釣》，始敢稱之，亦可謂滯於形迹者已。

〔二〕　《史記·屈原列傳》云：“屈原既死之後，楚有宋玉、唐勒、景差之徒者，皆好辭而以賦見稱。”此外尚有楚人佚名之作，若《九歌》諸篇，今人多證爲楚之祭歌，此前乎屈原者也；若楚人《以弋説襄王》，蓋與屈原同時或稍後者也。又《國策·楚策》所載“莊辛謂楚襄王”

章(並見劉向《新序·雜事》第二),姚氏亦以爲設辭無事實,入之於"辭賦"類,則莊辛亦楚人之工辭賦者歟?

〔三〕 《漁父》一篇,太史公全入《史記·屈原列傳》,劉向(子政)更約之以入《新序·節士》篇;楚人《以弋説襄王》,太史公全入《史記·楚世家》;宋玉《對楚王問》,劉向全入《新序·雜事》第一篇(姚據《文選》作襄王,《新序》則作威王);又姚選此類特收莊辛《説襄王》,劉向亦全入《新序·雜事》第二篇,蓋並以文人想像之辭,誤認爲史資耳。

〔四〕 《文史通義·詩教下》云:"傳曰:'不歌而誦謂之賦。'班氏固曰:'賦者,古詩之流。'劉氏勰曰:'六義附庸,蔚爲大國。'蓋長言詠嘆之一變,而無韻之文可通於詩者,亦於是而益廣也。屈氏二十五篇,劉、班著録以爲'屈原賦'也。《漁父》之辭,未嘗諧韻,而入於賦,則文體承用之流別,不可不知其漸也。"《漢書·藝文志》云:"大儒孫卿及楚臣屈原,離讒憂國,皆作賦以風。"即姚氏所謂"義在託諷"耳。

〔五〕 按:劉歆校奏《七略》,其一爲《辭賦略》。原書雖佚,但《漢書·藝文志·詩賦略》實本劉書,自足資覽。《詩賦略》分賦爲四類:曰"屈(原)賦之屬",蓋主抒情者也;曰"陸(賈)賦之屬",蓋主説辭者也;曰"荀(況)賦之屬",蓋主效物(即"體物"或"寫物")者也;曰"雜賦之屬",蓋多雜詼諧,或雜以寓言者也。(以上並用顧實《漢書藝文志講疏》)此種分列,蓋於賦之體系源流最爲昭晰,非蕭《選》雜碎者可比。

〔六〕 案:《文選》於辭賦分類最爲碎雜,計分八類:曰賦、曰騷、曰七、曰對問、曰設論、曰辭、曰符命、曰連珠。《文心雕龍》則分騷、賦及雜文三類,雜文實括七、對問、設論、連珠四體,較蕭《選》爲整飭。《文史通義·詩教下》評《文選》所分辭賦碎雜云:"七林之文,皆設問也。今以枚生發問有七,而遂標爲'七',則《九歌》、《九章》、

《九辨》亦可標爲‘九’乎？《難蜀父老》亦設問也，今以篇題爲‘難’，而別爲‘難’體，（案：此係實齋誤記，《文選》並無“難”體。長卿《難蜀父老》，《文選》入之“檄”類，尚非臆見。《文心雕龍》云：“相如之《難蜀父老》，文曉而喻博，有檄移之骨焉。”特由相如本傳觀之，謂：“相如使時，蜀長老多言通西南夷之不爲用，大臣亦以爲然。相如欲諫，業已建之，不敢，乃著書藉蜀父老爲辭，而己詰難之，以風天子，且因宣其使指，令百姓皆知天子意”云云，則明係藉端微諷，並非實紀，自可納於辭賦類也。）則《客難》（《文選》入“設論”類）當與同編，而《解嘲》（《文選》亦入“設論”類）當別爲‘嘲’體，《賓戲》（亦“設論”類）當別爲‘戲’體矣。”實齋糾彈，意有可取，而例頗失檢，不能無憾。鄭石君先生嘗釋蕭《選》例準之誤，在因事立名與就事命體。因事立名，如上文所舉“七”體是也；就事命體，如上文所舉“符命”、“對問”是也。説最覈切。

　　附錄劉師培氏《論雜文源流》：“劉彥和作《文心雕龍》，敘‘雜文’爲一類。吾觀雜文之體，約有三端：一曰答問，始於宋玉，蓋縱橫家之流亞也。厥後子雲有《解嘲》之篇，孟堅有《賓戲》之答，而韓昌黎之《進學解》亦此體之正宗也。一曰《七發》，始於枚乘，蓋《楚詞·九歌》、《九辨》之流亞也。厥後曹子建作《七啓》、張景陽作《七命》，浩瀚縱橫，體仿《七發》，蓋勸百諷一，與賦無殊，而盛陳服食游觀，亦近《招魂》、《大招》之作，誠文體之別出者矣。（柳子厚《晉問篇》，亦“七”類也。）一曰連珠，始於漢、魏，蓋荀子演《成相》之流亞也。首用喻言，近於詩人之比興；繼陳往事，類於史傳之贊辭；而儷語韻文，不沿奇語，亦儷體中之別成一派者也。三者而外，新體實繁，有所謂上梁文者矣（上梁文出於《詩·斯干》篇），有所謂祝壽文者矣（祝壽文始於華封人之祝堯）。而一二慧業文人，筆舌互用，多或累幅，少或數言，語近滑稽，言違典則，此則子雲稱爲‘小技’，而昌黎斥爲‘俳優’者也。古人謂‘小言破道’，其此之謂乎！"

〔七〕　即如李兆洛《駢體文鈔》所載緣情託興之作,中列設辭、七、連珠諸體,亦沿昭明舊習。

〔八〕　按:姚選"辭賦"類並未分標統屬,實不如漢《略》(即《漢志》)之精。特漢《略》所包諸賦,《文選》、《雕龍》均繁立名目,而漢《略》壹以"賦"名概之,實爲姚選所師。

〔九〕　按:姚選於六朝文自鮑照以下,等諸自鄶,此自是尊唐、宋八家者之微旨也。姚氏既録晉人陶潛《歸去來辭》、宋人鮑照《蕪城賦》,又稱鮑賦"驅邁蒼涼之氣,驚心動魄之詞,皆賦家之絶境",蓋以爲有古人之韻格存焉。元陳繹曾云:"六朝文氣衰緩,惟劉越石、鮑明遠有西漢氣骨。"蓋亦以鮑氏所作爲不靡,下此則皆卑闒。然考《南齊書·文學傳論》所評,實以新派目鮑,所謂"發唱驚挺,操調險急"者,即晉、宋人亦未嘗有,遑論兩京。韻乎格乎,果存古乎?姚氏倘於是爲失檢歟！

　　哀祭類者,《詩》有《頌》,〔一〕《風》有《黄鳥》、〔二〕《二子乘舟》,〔三〕皆其原也。楚人之辭至工,〔四〕後世惟退之、介甫而已。〔五〕

〔一〕　三頌以《周頌》、《商頌》多祭祀之辭,可舉《周頌·振鷺》、《商頌·殷武》爲例。

〔二〕　《秦風·黄鳥》篇小序云:"《黄鳥》,哀三良也。(《毛傳》:"三良,三善臣也,謂奄息、仲行、鍼虎也。")國人刺穆公以人從死,而作是詩也。"

〔三〕　《邶風·二子乘舟》篇小序云:"《二子乘舟》,思伋、壽也。衛宣公之二子争相爲死,國人傷而思之,作是詩也。"毛萇《傳》云:"宣公

爲伋取於齊女而美,公奪之,生壽及朔。朔與其母愬伋於公,公令
伋之齊,使賊先待於隘而殺之。壽知之,以告伋,使去之。伋曰:
'君命也,不可以逃。'壽竊其節而先往,賊殺之。伋至,曰:'君命
殺我,壽有何罪!'賊又殺之。"

〔四〕　案: 此指《九歌》。劉彥和云:"《九歌》靡妙以傷情。"

〔五〕　劉大櫆云:"祭文退之獨擅,介甫亦得其似,歐公則不免平矣。退
之祭文以《張員外》第一,《李使君》次之。"

　　凡文之體類十三,而所以爲文者八,曰: 神、理、氣、味、
格、律、聲、色。〔一〕神、理、氣、味者,文之精也;格、律、聲、色者,
文之粗也。然苟捨其粗,則精者亦胡以寓焉? 學者之於古人,
必始而遇其粗,中而遇其精,〔二〕終則御其精者而遺其粗者。〔三〕
文士之效法古人,莫善於退之,盡變古人之形貌,雖有摹擬,不
可得而尋其迹也。〔四〕其他雖工於學古,而迹不能忘。揚子
雲、〔五〕柳子厚,〔六〕於斯蓋尤甚焉,以其形貌之過於似古人也。
而遽擯之,謂不足與於文章之事,則過矣。然遂謂非學者之一
病,則不可也。

〔一〕　按: 姚氏謂"所以爲文者",蓋指文章構造之原理,與上十三類論文
章體裁者不同。下列八種原理,謝應芝《會稽山齋文集》中嘗詁之
云:"文以理爲主,神以運之,氣以充之,醞鬱以取味,抑揚以取韻,
聲貴能沈能飛,色淡而不黯,麗而不耀。"姚氏《答魯賓之書》申
"氣"、"聲"與"色"之旨云:"氣充而静者,其聲閎而不蕩;志章以
檢者,其色耀而不浮。"蓋與謝詁相合。又考劉大櫆《論文偶記》詮
釋"神"、"氣"之旨云:"氣隨神轉,神深則氣灝,神遠則氣逸,神偉

則氣高,神變則氣奇,神深則氣静,故神爲氣之主。氣者神之用,論氣不論勢,不備。"又釋"神氣"與"音節"、"字句"相關之旨云:"神氣者,文之最精處也;音節者,文之稍粗處也;字句者,文之最粗處也。然予謂論文而至於字句,則文之能事盡矣。蓋音節者,神氣之迹也;字句者,音節之矩也。神氣不可見,於音節見之;音節無可準,以字句準之。音節高則神氣必高,音節下則神氣必下,故音節爲神氣之迹。一句之中,或多一字,或少一字;一字之中,或用平聲,或用仄聲;同一平字、仄字,或用陰平、陽平、上聲、去聲、入聲,則音節迴異,故字句爲音節之矩。"又案:"味"之一義,發自唐司空圖之論詩。《容齋隨筆》引東坡云:"表聖論其詩,以爲得味外味,如'綠樹連村暗,黄花入麥稀',此句最善。又'棋聲花院閉,幡影石壇高',吾嘗入白鶴觀,松陰滿地,不見一人,惟聞棋聲,然後知此句之工。"

〔二〕 王葆心云:"姚氏'得粗遇精'之説,下一'遇'字最有味。張文襄《輶軒語》曾用其法爲治《易經》注疏之法,其言曰:'《易》道深微,語簡文古。訓詁禮制,在他經爲精,在《易》爲粗。所謂至精,乃在陰陽變化消息。然非得其粗者,無由遇其精者。此乃姚姬傳論學古文法,援以爲治《易》法。精者可遇而不可鑿,鑿則妄矣。'朱伯韓乃文襄學古文之本師,其所述即朱語也。吾謂此不但以治《易》,即他經無不皆然。司馬温公論讀經,必先審意正字。辨句讀,則粗者也;後再求其義,則精者也。朱子曉得文義是一重,所謂粗也;既得意思好處是一重,所謂精也。紀文達纂《四庫提要·五經總義類後敍》,亦引論文語,以例説經之變與不變。謂劉勰有言:'意翻空而易奇,詞微實而難巧。'故《易》一變再變而不已,《書》與《禮》雖欲變之而不能。可知究文之法,常可通之於治經。因申姚説而附論之。"

〔三〕 汪家禧《張惠言文集序》曰:"將必異乎古以爲文,則価規裂矩,其失也放；必循古以爲文，則尋聲逐影，其失也局。欲去乎放與局之失，則必師古人之意，而不摹其詞。韓氏愈之師兩司馬氏（遷、相如）、揚雄氏也，蘇氏洵之師戰國縱橫家言也，曾氏鞏之師劉向也，其文自成爲韓氏、蘇氏、曾氏之文也。"案：師意遺辭，即姚氏"御精遺粗"之説也。

〔四〕　韓退之嘗稱古之豪傑之士，若屈原、孟軻、司馬遷、相如、揚雄之雄。又謂："漢朝人莫不爲文，獨司馬相如、太史公、劉向、揚雄爲之最。"此退之之心折諸人，而願奉以爲師者也。至其所作亦頗擬諸氏，而尤有得於相如。姚氏與張翰宣尺牘云："昌黎詩文中效相如處極多，如《南海碑》中敍景瑰麗處，即效相如賦體也。而先生謂韓文無司馬體，則退之爲文，學人必變其貌而取其神，故不覺耳。韓公效相如處頗多，故其稱之不容口也。"曾文正《論文》曰："《南海神廟碑》筆力足以追捕相如作賦之才，而鋪敍少傷平直。《告鱷魚文》文氣似《諭巴蜀檄》，彼以雄深，此則矯健。"此並韓文追師相如之説也。曾文正《論文》又云："昌黎《讀荀子》與《讀鶡冠子》、《讀儀禮》、《讀墨子》四首，矜慎之至，一字不苟，文氣類史公各《年表序》。"此韓文追師史遷之説也。《升庵合集》論文云："唐余知古《與歐陽生論文書》：'韓退之作《原道》則崔豹《答牛亨書》，作《諱辯》則張昭《論舊名》，作《毛穎傳》則袁淑《大蘭王九錫》，作《送窮文》則揚子雲《逐貧賦》。'"蓋文家初祖之家法如此。曾文正又云："《進學解》仿東方《客難》、揚雄《解嘲》，氣味之淵懿不及，而論道、論文二段精實處過之。韓公於文用力絶勤，故言之切當有味如此。"此則并及東方朔、揚雄、張昭、崔豹、袁淑諸人矣。《文章精義》云："韓退之文學《孟子》，不及《左傳》。有逼真處，如《董晉行狀》中兩段辭命是也。"又云："退之《平淮西碑》是學《舜典》，《畫記》是學《顧命》。"又姚氏評其《答李翊書》，以爲善學《莊子》（見《古文緒論》）。此則并及經、子矣。以上證韓文之師古。曾文正稱：“昌黎志東野則仿東野，志樊宗師則仿宗師。（王葆心云：“案：此語本歐公。《後山詩話》謂此法之始，出於子長，爲長卿傳，如其文。惟其過之，故兼之也。”）其作《墨池碑》，亦似仿柳河東《零陵三亭記》爲之。”此則并同時人而亦效之。惟其才高辭富，故無施不可，曾不略滯於迹也。

〔五〕　曾文正《論文》云：“揚子雲作文，無一不摹仿前哲。傳（指本傳）稱其仿《論語》而作《法言》，仿《易》而作《太玄》，仿《凡將》、《急就》而作《訓纂》，仿《虞箴》而作《州箴》，仿相如而作賦，仿東方朔而作《解嘲》。姚惜抱氏又謂其《諫不許單于朝書》仿《戰國策·信陵諫伐韓書》，（吳摯甫云：“吾嘗疑此文類李斯《諫逐客書》，姚、曾均擬信陵，蒙所未喻。”）《長楊賦》仿《難蜀父老》，是皆然矣。余獨好其《酒箴》無所依傍，蘇子瞻亦好之，當取爲諸文之冠。”

〔六〕　柳文如《永州韋使君新堂記》起句云：“將爲穹谷嵁巖淵池於郊邑之中。”注云：“用《莊子·胠篋》文法。”又如《游黃溪記》起云：“北之晉，西適豳，東極吳，南至楚、越之交。其間名山水而州者以百數，永最善。環永之治百里，北至於浯溪，西至於湘之源，南至於瀧泉，東至於黃溪東屯，其間名山水而村者以百數，黃溪最善。”注云：“《漢書·西南夷傳》‘南夷君以十數，夜郎最大’，此下凡用‘滇最大’、‘邛都最大’、‘徙、莋都、冉駹最大’，公文勢本此。”

劉師培《南北文學不同論》[一]

夫聲律之始,本乎聲音。發喉引聲,和言中宫,危言中商,疾言中角,微言中徵、羽。[二]商、角響高,宫、羽聲下。[三]高下既區,清濁旋別。善乎《吕覽》之溯聲音也,謂:"塗山歌於候人,始爲南音;有娀謡乎飛燕,始爲北聲。"[四]則南音之始,起於淮、漢之間;北聲之始,起於河、渭之間。故神州語言雖隨境而區,而考厥指歸,則析分南、北爲二種。[五]

〔一〕 劉師培,又名光漢,字申叔,江蘇儀徵人。曾祖文淇,祖毓崧,伯父壽曾,均以傳《左氏春秋》名於清道、咸、同、光之世,列傳國史。三世傳經,世稱儀徵劉氏者也。父貴曾,亦以經術發名東南。師培少承先業,服膺漢學,著有《春秋左氏傳例略》一卷、《禮經舊説考略》如干卷、《周官古注集疏》二十卷,皆劉氏術業專攻所在,但均未正式刊布。經學僅《經學教科書》,現爲北平資研社翻印,易稱爲《經學傳授考》,盛行於世。《文學教科書》第一册專述小學,亦曾一度刊行。諸子之書,讎正譌脱,獨創新解亦不少。著有《老子斠補》一卷、《莊子校補》一卷、《荀子斠補》若干卷、《吕氏春秋斠補》一卷、《楚辭考異》八卷、《賈子新書斠補》一卷、《春秋繁露斠補》三卷。其文學宗尚，則在考型六代，撢源兩京，不愧爲其鄉先正阮元之嫡嗣。所著《文説》若干篇，以《和聲》、《耀采》、《宗騷》等篇尤著。尚有《廣文言説》、《文筆詩筆詞筆考》、《論説部與文學之關係》、《論近世文學之變遷》及本篇《南北文學不同論》，均散刊《國粹學報》中，而本篇則又《南北學術不同論》之一篇也。其餘《學報》所刊，尚有《論文雜記》若干則，近有北平樸社重印本。散篇裒次成集，鋟版行世者，則有北平隆福寺某書肆所刻《左庵集》八卷，但皆係早年所著。講義則有北京大學刊行之《中古文學史》。劉氏卒於民國八年，年僅三十六歲。身後蕭條，佚稿最多，可喟也。

〔二〕　《韓非子・外儲説右上》曰：“夫教歌者，使先呼而詘之，其聲反（顧廣圻曰：“‘反’當作‘及’。”）清徵者乃教之。一曰：教歌者，先揆以法，疾呼中宮，徐呼中徵。疾不中宮，徐不中徵，不可謂教。”

〔三〕　《文心雕龍・聲律》篇曰：“商、徵響高，宮、羽聲下。”黃侃曰：“此二句有訛字。當云：‘宮、商響高，徵、羽聲下。’《周語》曰：‘大不踰宮，細不踰羽。’《禮記・月令》鄭注云：‘凡聲尊卑，取象五行，數多者濁，數少者清。’案：宮數八十一，商數七十二，角數六十四，徵數五十四，羽數四十八（詳見《律曆志》），是宮、商爲濁，徵、羽爲清，角清濁中。”案：此則本文雖襲《雕龍》之誤，而易言“商、角響高”，亦頗足以訂舊説。

〔四〕　按：四句見《文心雕龍・樂府》篇。《呂氏春秋・季夏紀・音初》篇云：“塗山氏之女乃令其妾候禹於塗山之陽，女乃作歌，歌曰：‘候人兮猗。’實始作爲南音。（高注：“南方國風之音。”）周公及召公取風焉，以爲《周南》、《召南》。（高注：“取塗山氏女南音以爲樂歌也。”范文瀾云：“《曹風》有《候人》。”）有娀氏有二佚女，爲之九成之臺，飲食必以鼓。帝令燕往視之，鳴若隘隘。二女愛而爭搏之，覆以玉筐，少選，發而視之，燕遺二卵，北飛，遂不反。二女作歌,一終曰:'燕燕往飛.'實始作爲北音.(高注:"北音,北國之音."范文瀾云:"《邶風》有《燕燕》.")"

〔五〕　原注:"大抵北方語言,河西爲一種,則陝、甘是也;河北爲一種,則山西、直隸以及山東、河南之北境是也;河南爲一種,則山東、河南及江蘇、安徽北境是也。界乎南、北之間者,則淮南爲一種,則江蘇、安徽之中部及湖北東境是也;漢南爲一種,則湖北中部、西部及四川東部是也。南方語言則分五種:金陵以東爲一種,則江蘇南境、浙江東北境是也;金陵以西爲一種,則安徽南部及江西北部是也;湘、贛之間爲一種,則湖南全省及江西南境是也;推之閩、廣各爲一種;廣西、雲、貴爲一種。然論其大旨,則南音、北音二種,其大綱也。"

陸法言有言:"吳、楚之音,時傷清淺;燕、趙之音,多傷重濁。"此則言分南、北之確證也。〔一〕聲能成章者謂之言,言之成章者謂之文。古代音分南、北,〔二〕河、濟之間,古稱中夏,故北音謂之夏聲,〔三〕又謂之雅言。〔四〕江、漢之間,古稱荊、楚,故南音謂之楚聲,或斥爲"南蠻鴃舌"。〔五〕荀子有言:"君子居楚而楚,居夏而夏。"夏爲北音,楚爲南音,音分南、北,此爲明徵。〔六〕聲音既殊,故南方之文亦與北方迥別。大抵北方之地,土厚水深,民生其間,多尚實際;南方之地,水勢浩洋,民生其際,多尚虛無。民崇實際,故所著之文,不外記事、析理二端;民尚虛無,故所作之文,或爲言志、抒情之體。中國古籍以六藝爲最先,而《尚書》、《春秋》,記動記言,謹嚴簡直;〔七〕《禮》、《樂》二經,例嚴辭約,平易不誣,記事之文,此其嚆矢;《大易》

一書,索遠鈎深,精義曲隱,析理之作,此其權輿。〔八〕若夫兵農標目,醫曆垂書,炎、黃以降,著述浩繁。〔九〕然繩以著書之律,則記事、析理,實兼二長。此皆古代北方之文也。〔一〇〕惟《詩》篇三百,則區判北、南,《雅》《頌》之詩,起於岐、豐,而《國風》十五,太師所采,亦得之河、濟之間。故諷詠遺篇,大抵治世之詩,從容揄揚;〔一一〕衰世之詩,悲哀剛勁。〔一二〕記事之什,雅近典謨。〔一三〕北方之文,莫之或先矣。惟周、召之地,在南陽、南郡之間,〔一四〕故二《南》之詩,感物興懷,引辭表旨,譬物連類,比、興二體,厥製益繁,構造虛詞,不標實迹,與二《雅》迥殊。至於哀窈窕而思賢才,詠《漢廣》而思游女,屈、宋之作,於此起源。〔一五〕《鼓鐘》篇曰:"以雅以南。"〔一六〕非詩分南、北之證歟?

〔一〕　原注:"大抵時愈古則音愈濁,時愈後則音愈清;地愈北則音愈重,地愈南則音亦愈輕。"按:《顏氏家訓·音辭》篇云:"南方水土和柔,其音清舉而切詣,失在浮淺,其辭多鄙俗;北方山川深厚,其音沈濁而鈋鈍,得其質直,其辭多古語。"亦足與陸説相參。
〔二〕　自注:"如《説苑·修文》篇言:'舜以南風,紂以北鄙之音,互相不同。'又《家語》言:'子路鼓瑟,有北鄙殺伐之聲。'而《左傳》又言楚鍾儀鼓琴,操南音。亦古代音分南、北之證。"
〔三〕　原注:"《左傳》襄二十九年。"
〔四〕　原注:"《論語》言:'子所雅言。''雅',即'夏'也。"
〔五〕　原注:"《孟子》。"
〔六〕　原注:"餘杭章氏謂:'夏音即楚音。'不知夏音乃華夏之音。漢族由西方入中國,以黃河附近爲根據,故稱北方曰'華夏'。而南方之地,則古爲荒服,安得被以'華夏'之稱?不得以楚有夏水,而夏、楚音近,遂以夏音即楚音也。章説非是。"《荀子·儒效》篇:"居楚而楚,居越而越,居夏而夏,(楊注:"夏,中夏。")是非天性也,積靡使然也。(楊注:"靡,順也。順其積習,故能然。")故人知謹注錯,(楊注:"注錯,猶措置也。錯,干故反。")慎習俗,大積靡,則爲君子矣。"

〔七〕 按鄭氏《六藝論》云:"左史所記爲《春秋》,右史所記爲《尚書》,是以《玉藻》云:'動則左史書之,言則右史書之。'"韓愈《進學解》曰:"《春秋》謹嚴。"《初學記·文部》引《七略》云:"《尚書》,直言也。"

〔八〕 《文心雕龍·宗經》篇曰:"《易》惟談天,入神致用。故《繫》稱旨遠辭文,言中事隱。韋編三絕,固哲人之驪淵也。"

〔九〕 原注:"如兵家始於黃帝、鬼容區,農家始於神農,醫家始於神農、黃帝及岐伯諸人,曆學亦始於容成,皆見於《漢志》,實爲上古之書。"

〔一〇〕 原注:"因古帝皆都北方,而南方則爲苗族之地。"

〔一一〕 原注:"如《周頌》及《大雅》、《小雅》前半及《魯頌》、《商頌》是。"

〔一二〕 原注:"如《小雅》中《出車》、《采芑》、《六月》以及《秦風》篇,皆剛勁之詩也;而《小雅》、《大雅》之後半,則爲悲哀之詩。"

〔一三〕 原注:"如《七月》篇歷敍風土人情,而"篤公劉"諸篇,皆不愧詩史。"

〔一四〕 原注:"此《韓詩》説。予案:《周南》言'漢廣'、言'汝墳',則周南之地當在南陽、南郡之東;《召南》言'汝沱',則召南之地當在南陽、南郡之西。蓋文王兼牧荆、梁二州,故《國風》始於《周》、《召》。"

〔一五〕 卜商《毛詩序》云:"哀窈窕,思賢才,而無傷善之心焉,是《關雎》之義也。”劉氏《文説·宗騷》篇云：“《湘君》之什，遠追《漢廣》之吟。”又云：“推之感物興懷，援情記興。嫋嫋女蘿，寄離憂於公子；森森佳樹，望歸來於王孫。比興不乖夫六義，情思遠紹夫二《南》。此詩教之正傳也。”

〔六〕　自注：“《毛傳》云：‘言爲雅爲南也。舞四夷之樂，大德廣所及。’又言：‘南夷之樂曰南。’蓋以‘雅’爲中國之樂，以‘南’爲四夷之樂也。不知北方之詩謂之雅，雅者，北方之音也；南方之詩謂之南，南者，南方之音也。此音分南、北之證，非以南夷之樂該四夷之樂也。”

春秋以降，諸子並興。然荀卿、〔一〕呂不韋〔二〕之書最爲平實，剛志決理，軼斷以爲紀，其原出於古禮經，〔三〕則秦、趙之文也。故河北、關西，無復縱橫之士。韓、魏、陳、宋，地界南、北之間，故蘇、張之橫放，〔四〕韓非之宕跌，〔五〕起於其間。惟荆、楚之地，僻處南方，故老子之書，其説杳冥而深遠。〔六〕及莊、列之徒承之，〔七〕其旨遠，其義隱，其爲文也，縱而後反，寓實於虛，肆以荒唐譎怪之詞，淵乎其有思，茫乎其不可測矣。〔八〕屈平之文，音涉哀思，矢耿介，慕靈修，芳草美人，託詞諭物，志潔行芳，符於二《南》之比興；〔九〕而敍事紀游，遺塵超物，荒唐譎怪，復與莊、列相同。〔一〇〕南方之文，此其選矣。又縱橫之文，亦起於南。〔一一〕故士生其間，喜騰口説，甚至操兩可之説，設無窮之詞，以詭辯相高。〔一二〕故南方墨者，以堅白、同異之論相訾。〔一三〕雖其學失傳，然淺察以衒詞，纖巧以弄思，習爲背實擊虛之法，與莊、列、屈、宋之荒唐譎怪者，殆亦殊途而同歸乎！〔一四〕觀班固之志《藝文》也，分析詩、賦，屈原賦以下二十五家爲一種，陸賈賦以下二十一家爲一種，荀卿賦以下二十五家爲一種。蓋屈原、陸賈，籍隸荆南，〔一五〕所作之賦，一主抒情，一主騁辭，皆爲南人之作；荀卿生長趙土，所作之賦，偏於析理，則爲北方之文。〔一六〕蘭臺史册，固可按也。

〔一〕　荀卿見《史記》卷七十四，齊人。

〔二〕　呂不韋見《史記》卷八十五，陽翟大賈。

〔三〕　原注：“孔、孟之言，亦最平易近人。”按：《史記》卷四十七《孔子世家》：“孔子生魯昌平鄉陬邑，其先宋人。”孟軻見《史記》卷七十四，騶人。“騶”、“鄒”通，魯地，今山東鄒縣。

〔四〕　原注：“蘇秦爲東周人，張儀爲魏人。”按：蘇秦見《史記》卷六十九，東周雒陽人。張儀見《史記》卷七十，魏人。

〔五〕　原注：“非爲韓人。”按：韓非見《史記》卷六十三，韓諸王子。

〔六〕　原注：“老子爲楚國苦縣人。”按：老子見《史記》卷六十三，楚苦縣屬鄉曲仁里人。

〔七〕　原注：“莊爲宋人，列爲鄭人，皆地近荆、楚者也。”按：莊周見《史記》卷六十三，蒙人。蒙爲宋邑。今河南商丘縣東北有蒙縣故城，即其地。劉向《列子校録敍》云：“列子，鄭人。”

〔八〕　劉氏《論文雜記》云：“中國文學至周末而臻極盛，莊、列之深遠，蘇、張之縱橫，韓非之排奡，荀、呂之平易，皆爲後世文章之祖。”

〔九〕　原注：“觀《離騷經》、《九章》諸篇，皆以虛詞喻實義，與二《雅》殊。”劉氏《論文雜記》云：“《離騷》、《九章》，音涉哀思，矢耿介，慕靈修，傷中路之夷猶，怨美人之遲暮，託哀吟於芳草，驗吉占於靈茅，宛宛善懷，嬋娟太息，詩歌比興之遺也。”

〔一〇〕原注：“故《史記》之論《楚詞》也，謂：‘蟬蛻穢濁之中，浮游塵埃之外,皭然涅而不污,推此志也,雖與日月爭光可也.'"按:此注僅發原文"遺塵超物"之義,而不及"荒唐譎怪"之說。劉氏於《文說·宗騷》篇備論之曰:"瑰意奇行,超然高舉,緤馬閬風,驂螭西極,溘埃風而上征,過江皋而延佇,顧下土而愁予,與佺期而爲友,厭世之思,符於莊、列。"

〔一〕 原注:"如陳軫、黃歇之流是也。"按:陳軫見《史記》卷七十,但不著何地人。黃歇見《史記》卷七十八,楚人。

〔二〕 按:《荀子·不苟》篇楊倞注引劉向云:"鄧析好刑名,操兩可之說,設無窮之辭,數難子產爲政,子產執而戮之。"按:《漢書·藝文志·諸子略》以鄧析、公孫龍、惠施入名家,班固自注云:"鄧析,鄭人。"又云:"公孫龍,趙人。"《呂氏春秋·審應覽·淫辭》篇高注:"惠施,宋人。"

〔三〕 原注:"見《莊子》。"按:《莊子·天下》篇云:"南方之墨者苦獲、己齒、鄧陵子之屬,俱誦《墨經》而倍譎不同,相謂別墨,以堅白同異之辨相訾,以觭偶不仵之辭相應,以鉅子爲聖人,皆願爲之尸。"

〔四〕 江瑔云:"道家之言,半涉玄虛。老、莊、列、文之書,皆寄想於無何有之鄉,游神於寫宵寥廓之地,眇然而莫得其朕,名家宗之。名家堅白、異同之辯,以及'雞三足'、'卵有毛'之說,多涉虛想。故惠施爲名家之鉅子,嘗問道於莊周。尹文子亦名家之學,劉向謂其學本於黃、老。此名家出於道家之證也。"

〔五〕 原注:"賈亦楚人。"按:屈原見《史記》卷八十四,楚之同姓。陸賈見《史記》卷九十七,楚人。

〔六〕 按:劉氏《論文雜記》云:"賦之爲體,則指事類情,不涉虛象,語皆徵實,辭必類物。故賦訓爲鋪,義取鋪張。循名責實,惟記事、析理之文,可錫賦名。"又云:"《漢書·藝文志》敍詩賦爲五種,而賦則析爲四類:屈原以下二十家爲一類,陸賈以下二十一家爲一類,荀卿以下二十五家爲一類,客主賦以下十二家爲一類。而班《志》於區分之意不注一詞，近代校讎家亦鮮有討論及此者。自吾觀之，客主賦以下十二家，皆漢代之總集類也；餘則皆爲分集。而分集之賦，復分三類：有寫懷之賦，有騁詞之賦，有闡理之賦。寫懷之賦，屈原以下二十家是也；騁詞之賦，陸賈以下二十一家是也；闡理之賦，荀卿以下二十五家是也。寫懷之賦，其源出於《詩經》；騁詞之賦，其源出於縱橫家；闡理之賦，其源出於儒、道兩家。”按：《荀子‧賦篇》中，如《禮》、《知》、《箴》三篇，純係析理之作；其餘《雲》、《蠶》二篇，雖主效物，亦仍闡理。劉氏可謂知言。

西漢之時，文人輩出：賈誼之文，剛建篤實，出於韓非；鼂錯之文，辨析疏通，出於《呂覽》；〔一〕而董仲舒、劉向之文，咸平敞通洞，章約句制，出於荀卿。〔二〕蓋西漢北方之文，實分三體：或鎔式經誥，褒德顯容，其源出於《雅》、《頌》，頌讚之體本之；〔三〕或探事獻說，重言申明，其源出於《尚書》，書疏之體本之；〔四〕或文樸語飾，不斷而節，其源出於《禮經》，古賦之體本之。〔五〕又淮南之旨，雖近莊、列，〔六〕然衡其文體，仍在荀、呂之間，亦非南方之文也。〔七〕若夫史遷之作，排纍雄奇，書爲記事，文則騁詞。〔八〕而枚乘、司馬相如咸以詞賦垂名，然恢廓聲勢，開拓宦突，殆縱橫之流歟！〔九〕至於寫物附意，觸興致情，〔一○〕則導源楚《騷》，語多虛設。子雲繼作，亦兼二長。〔一一〕例以文體，遠北近南。東京文士，彪炳史編，然章奏書牘之文，咸通暢明達，雖屬詞枝繁，然銓貫有序。〔一二〕論辨之文亦然。〔一三〕若詞賦一體，則孟堅之作，雖近揚、馬，〔一四〕然徵材聚事，取精用弘，

《吕覽》類輯之義也,蔡邕之作似之;[一五]平子之作,傑格拮掫,
俶佹可觀,荀卿《成相》之遺也,王延壽之作似之。[一六]即有自
成一家言者,亦辭直義暢,雅懿深醇。[一七]蓋東漢文人,咸生北
土,且當此之時,士崇儒術,縱橫之學,屏絕不觀,《騷經》之
文,治者亦鮮,故所作之文,偏於記事析理。[一八]而騁辭抒情之
作,嗣響無人。惟王逸之文,取法《騷經》;[一九]而應劭、王充,
南方之彦,[二〇]故《風俗通》、《論衡》二書,近於詭辯,殆南方
墨者之支派歟! 於兩漢之文,別爲一體。蓋三代之時,文與語
分,排偶爲文,直言爲語。東漢北方之文,詞多駢儷,句嚴語
重,乃古代之文也;南方之文,多屬單行,語詞淺顯,乃古代之
語也。[二一]

〔一〕《史記》卷八十四《賈誼傳》:"誼,雒陽人。"又卷一百一《鼂錯傳》:
　　　"錯,潁川人。"劉氏《論文雜記》云:"西漢之時,論、辯、書、疏,源出
　　　於語。然大抵皆單行之語,不雜駢儷之詞。或出語雄奇,如史遷、
　　　賈生之文出韓非;或行文平實,如鼂錯、劉向之文出《吕覽》。"

〔二〕《史記》卷一百二十一《儒林傳》:"董仲舒,廣川人。"劉向,漢宗
　　　室,沛人。按:荀卿之文,其源出於《禮經》。劉熙載謂董仲舒深於
　　　《禮》,又謂劉向文足繼董仲舒。然則荀、董、劉三家之文,其章約
　　　句制,皆出於《禮經》,而平敞通洞,直樸有餘,則又三家體性之相
　　　類也。

〔三〕按:"鎔式經誥",則謂典雅(見《文心雕龍・體性》篇),蓋《雅》、
　　　《頌》之作風也。西京之文,惟王褒《聖主得賢臣頌》最足當之。王
　　　褒,見《漢書》卷六十四下,蜀人。

〔四〕　《史通・六家》篇云："原夫《尚書》之所記也,若君臣相對,詞旨可
　　　　稱,則一時之言,累篇咸載。如言無足紀,語無可述,若此(浦云:
　　　　"疑當作'止'。")故事,雖有脱略,(浦云:"四句言有事無言者不
　　　　收。")而觀者不以爲非。"西漢書、疏,例如賈誼《陳政事疏》、鼌錯
　　　　《論貴粟疏》、司馬遷《報任少卿書》、楊惲《報孫會宗書》皆是。

〔五〕　原注:"如孔臧、司馬遷、韓安國之賦是。"《文選・兩都賦》李注引
　　　　《孔臧集》曰:"臧,仲尼之後。"《史記》卷一百三十《太史公自序》:
　　　　"龍門人。"又卷一百八《韓安國傳》:"安國,梁城安人。"張惠言
　　　　《七十一家賦鈔序》云:"剛志決理,輐斷以爲紀,内而不汙,表而不
　　　　著,則荀卿之爲也。其原出於《禮經》,樸而飾,不斷而節。及孔
　　　　臧、司馬遷爲之,章約句制,纍不可理。其辭深而旨文,確乎其不頗
　　　　者也。"劉氏《論文雜記》云:"荀卿《賦篇》,觀物也博,約義也精,
　　　　簡直謹嚴,品物畢圖,樸質以謝華,輐斷以爲紀,其原出於《禮經》。
　　　　及孔臧、司馬遷爲之,章約句制,切墨中繩,排纍以立體,艱深以隱
　　　　詞,亦古典之遺型也。"

〔六〕　按:劉熙載云:"《淮南子》連類喻義,本諸《易》與《莊子》,而奇偉
　　　　宏富,又能自用其才,雖使與先秦諸子同時,亦足成一家之作。"又
　　　　云:"《淮南子》有先秦遺意。"

〔七〕　原注:"惟小山《招隱士》篇出於屈、宋。"王逸《招隱士序》曰:"《招
　　　　隱士》者,淮南小山之所作也。小山之徒閔傷屈原,身雖沈没,名
　　　　德顯聞,與隱處山澤無異,故作《招隱士》之賦以彰其志也。"

〔八〕　《文史通義・文理》篇云:"《史記》體本蒼質,而司馬才大,故能運
　　　　之以輕靈。"

〔九〕　原注:"如枚乘《七發》、相如《子虚賦》、《上林賦》是也。"《前漢書》
　　　　卷五十一《枚乘傳》:"乘,字叔,淮陰人。"《史記》卷一百十七《司
　　　　馬相如傳》:"相如,字長卿,初名犬子,蜀郡成都人。"張惠言《七十
　　　　一家賦鈔序》曰:"循有樞,執有廬,頡滑而不可居,開決窔突而與

萬物都,其終也芴莫,而神明爲之橐,則司馬相如之爲也。其原出
於宋玉。"

〔一〇〕原注:"如相如《長門賦》、《思大人》、枚乘《菟園賦》是也。"

〔一一〕原注:"如《羽獵賦》、《河東賦》,出於縱橫家者也。若《反離騷》諸
作,則出於《楚騷》者也。"《前漢書》卷八十七《揚雄傳》:"雄,字子
雲,蜀郡成都人。"

〔一二〕按:如樊準《興修儒學疏》,先述前古及光武之好學,次述永平儒學
之盛,末陳興修儒學之法。劉陶《上桓帝書》,先述時政貪虐,次述
進退忠佞之鑑,再次薦朱穆、李膺。又劉鑄《改鑄大錢議》,先言憂
不在貨,在乎民飢;次言禁鑄無益,宜止役禁奪;末言民窮則恐爲
亂。馮衍《奏記鄧禹》,先渾寫獻言之意;次陳中興之盛;次言諸將
無紀律,故以王者之師望鄧禹;末勸禹鎮撫并州,招納名賢。並皆
銓貫有序。劉氏《論文雜記》云:"東漢文人既與儒林分別,故文詞
古奧,遠遜西京。"即此"通暢明達"之説。又云:"東漢之文句法較
長,即研鍊之詞,亦以四字成一語。"即此"屬詞枝繁"之説。

〔一三〕原注:"如班彪《王命論》、朱穆《崇厚論》是。"《後漢書》卷七十《班
彪傳》:"彪,字叔皮,扶風安陵人。"朱穆,南陽宛人,附《後漢書》卷
七十三《朱暉傳》。

〔一四〕劉氏《論文雜記》云:"班固《兩都》,誦德銘勳,從雍揄揚,事覈理
舉,頌揚休明,遠則相如之《封禪》,近師子雲之《羽獵》。"

〔一五〕《後漢書》卷九十下《蔡邕傳》:"邕,字伯喈,陳留圉人。"按:蔡邕
賦,今存《述行賦》、《短人賦》二首。

〔一六〕《後漢書》卷八十九《張衡傳》:"衡,字平子,南陽西鄂人。"王延
壽,字文考,一字子山,南陽宜城人,見《後漢書》卷一百十上《文苑
傳》。張惠言《七十一家賦鈔序》曰:"張衡盱盱,塊若有餘,上與造
物爲友,而下不遺埃壚。雖然,其神也充,其精也荼。及王延壽、張
融爲之,傑格拮掇,鉤子敿牾,而俶佹可觀。其於宗也,無蜕也。"

〔一七〕　原注：“如荀悦《申鑒》、王符《潛夫論》是。”荀悦，字仲豫，潁川潁
　　　　陰人，附《後漢書》卷九十二《荀淑傳》。《後漢書》卷七十九《王符
　　　　傳》：“符，字節信，安定臨涇人。”劉熙載云：“《潛夫論》醇厚，略近
　　　　董廣川。”又云：“《潛夫論》皆貴德義、抑榮利之旨，雖論卜、論夢
　　　　亦然。”

〔一八〕　原注：“如《幽通》、《思玄》各賦以及《申鑒》、《潛夫論》之文，皆析
　　　　理之文也。若夫《兩都》、《魯靈光》各賦，則記事之文。”劉氏《論
　　　　文雜記》云：“《幽通》、《思玄》，析理精微，精義曲隱，其道杳冥而
　　　　有常，則《繫辭》之遺義也。”又云：“班固《兩都》，其原出於
　　　　《書經》。”

〔一九〕　原注：“王爲南郡人。”王逸，南陽宜城人，見《後漢書》卷一百十上
　　　　《文苑傳》。

〔二〇〕　原注：“劭爲汝南人，充爲會稽人。”應劭，字仲遠，汝南南頓人，附
　　　　《後漢書》卷七十八《應奉傳》。《後漢書》卷七十九《王充傳》：
　　　　“充，字仲任，會稽上虞人。”《文史通義·匡謬》篇云：“王充《論
　　　　衡》，則效諸《難》之文而爲之。效其文者，非由其學也，乃亦標儒
　　　　者而詰難之。且其所詰，傳記錯雜，亦不盡出儒者也。强坐儒説而
　　　　爲誌射之的焉，王充與儒何仇乎？且其《問孔》、《刺孟》諸篇之辨
　　　　難，以爲儒説之非也，其文有似韓非矣。韓非紬儒，將以申刑名也。
　　　　王充之意，將亦何申乎？觀其深斥韓非鹿馬之喻以尊儒，且其自敍
　　　　辨別流俗傳訛，欲正人心風俗，此則儒者之宗旨也。然則王充以儒
　　　　者而拒儒者乎？韓非宗旨，固有在矣。其文之雋，不在能斥儒也。
　　　　王充泥於其文，以爲不斥儒則文不雋乎？凡人相訴，多反其言以訴
　　　　之，情也。斥名而訴，則反訴者必易其名，勢也。今王充之斥儒，是
　　　　彼斥反訴，而仍用己之名也。”劉熙載曰：“王充《論衡》獨抒己見，
　　　　思力絶人。雖時有激而近僻者，然不掩其卓詣。”又云：“《論衡》奇
　　　　創，略近《淮南子》。”劉氏《論文雜記》自注云：“《論衡》語意尤淺，

其文在兩漢中殆別成一體者也。"

〔二〕　劉氏《論文雜記》申其義曰:"西漢之時,箴、銘、賦、頌,源出於文;論、辯、書、疏,源出於語。"按:此即六朝文、筆區分之説,劉氏追導其源於三代,以厚其歷史上之根據,亦爲其鄉先輩阮元張目。又按:《論文雜記》自注云:"東漢之儒,凡能自成一家言者,如《論衡》、《潛夫論》、《申鑒》、《中論》之類,亦能取法於諸子,不涉排偶之詞。"

建安之初,詩尚五言。七子之作,雖多酬酢之章,然慷慨任氣,磊落使才,造懷指事,不求纖密,隱義蓄含,餘味曲包,而悲哀剛勁,洵乎北土之音。〔一〕魏、晉之際,文體變遷,而北方之士,侈效南文。曹植詞賦,塗澤律切,憂遠思深,其旨開於宋玉;及其弊也,則採摘豔辭,纖冶傷雅。〔二〕嵇、阮詩歌,飄忽峻佚,言無端涯,其旨開於莊周;及其弊也,則宅心虛闊,失所旨歸。〔三〕左思詩賦,廣博沈雄,慷慨卓越,其旨開於蘇、張;〔四〕及其弊也,則浮囂粗獷,昧厥修辭。北方文體,至此始淆。又建安以還,文崇偶體;西晉以降,由簡趨繁。〔五〕然晉初之文,羲元尚存,雕幾未極。如杜預、荀勗、傅玄,咸吐詞簡直;若張華、潘岳、摯虞,始漸尚鋪張;三張、二陸,文雖遒勁,亦稍入輕綺矣。詩歌亦然。故力柔於建安,句工於正始,此亦文體由北趨南之漸也。〔六〕江左詩文,溺於玄風,辭謝雕采,旨寄玄虛,以平淡之詞,寓精微之理。故孫、許、二王,語咸平典,〔七〕由嵇、阮而上溯莊周,此南文之別一派也。惟劉琨之作,善爲淒戾之音,而

出以清剛；〔八〕郭璞之作，佐以彪炳之詞，而出以挺拔。〔九〕北方
之文，賴以不墮。

〔一〕《後漢書》卷一百《孔融傳》："融，字文舉，魯人。"《三國志》卷二十
　　　一《王粲傳》："粲，字仲宣，山陽高平人。""劉楨，字公幹，東平人。"
　　　"陳琳，字孔璋，廣陵人。""徐幹，字偉長，北海人。""應瑒，字德璉，
　　　汝南人。""阮瑀，字元瑜，陳留人。"《文心雕龍·明詩》篇曰："建
　　　安之初，五言騰踴。文帝、陳思，縱轡以騁節；王、徐、應、劉，望路而
　　　爭驅。並憐風月，狎池苑，述恩榮，敍酣宴，慷慨以任氣，磊落以使
　　　才。造懷指事，不求纖密之巧；驅辭逐貌，惟取昭晰之能。此其所
　　　同也。"又《隱秀》篇贊曰："深文隱蔚，餘味曲包。"又《樂府》篇曰：
　　　"魏之三祖，氣爽才麗，宰割辭調，音靡節平。觀其'北上'衆引，
　　　'秋風'列篇，或述酣宴，或傷羇戍，志不出於淫蕩，辭不離於哀思，
　　　雖三調之正聲，實韶夏之鄭曲也。"《詩品》云："曹公古直，甚有悲
　　　涼之句。"《文心雕龍·體性》篇曰："仲宣躁銳，故穎出而才果；公
　　　幹氣褊，故言壯而情駭。"又《詮賦》篇云："仲宣靡密，發端必遒；偉
　　　長博通，時逢壯采。"《詩品》云："劉楨仗氣愛奇，動多振絕，真骨凌
　　　霜，高風跨俗。但氣過其文，雕潤恨少。"並爲劉說所本。

〔二〕《三國志》卷十九："曹植，字子建。"按：植，沛國譙人。劉氏《論文
　　　雜記》曰："宋玉、景差塗澤以摛辭，繁類以成體，振塵滓之澤，發芳
　　　香之豔，亦《葩經》之嗣響也。"張惠言《七十一家賦鈔序》曰："塗
　　　澤律切，萼薂紛悅，則曹植之爲也，其端自宋玉。而枿其角，摧其
　　　牙，離其本而抑其末。浮華之學者，相與尸之，率以變古。曹植則
　　　可謂才士矣，撋撋乎改繩墨，易規矩，則倿之徒也。"

〔三〕《三國志》卷二十一《王粲傳》："嵇康，字叔夜，譙郡人。"《晉書》卷
　　　四十九《阮籍傳》："籍，字嗣宗，陳留尉氏人。"《文心雕龍·明詩》

篇曰："嵇旨清峻,阮旨遥深。"《詩品》曰："阮籍《詠懷》詩,言在耳目之内,情寄八荒之外,厥旨淵放,歸趣難求。"又曰："嵇康詩託喻清遠。"張惠言《七十一家賦鈔序》曰："言無端崖,傲倪以爲質,以天下爲郛廓,入其中者,眩震而謬悠之,則阮籍之爲也,其原出於莊周。雖然,其辭也悲,其韻也迫,憂患之辭也。"

〔四〕《晉書》卷九十二《文苑傳》："左思,字太冲,齊國臨淄人。"劉氏《論文雜記》曰："太冲之詩雄健英奇,近於縱橫家。"張惠言《賦鈔序》曰："左思博而不沈,贍而不華。"

〔五〕原注："凡晉人奏議之文,論述之文,皆日趨於偶,日趨於繁,與東漢殊。"

〔六〕《晉書》卷三十四《杜預傳》："預,字元凱,京兆杜陵人。"又卷三十九《荀勗傳》："勗,字公曾,潁川潁陰人。"又卷四十七《傅玄傳》："玄,字休奕,北地泥陽人。"又卷三十六《張華傳》："華,字茂先,范陽方城人。"又卷五十五《潘岳傳》："岳,字安仁,滎陽中牟人。"又卷五十一《摯虞傳》："虞,字仲洽,京兆長安人。"按:現存杜預文,以奏疏之作爲多,其《春秋左氏傳序》尤有名。荀勗亦多奏議文,其《爲晉文王與孫皓書》甚緊健。傅玄詞賦頗衆,其上疏陳要務,議服色,亦頗存古意。三家均不擅藻采,非張、潘運辭舒麗者可比。摯虞文多亡佚,《晉書》載其《思游賦》,亦藻耀可觀。《晉書》卷五十五《張載傳》："載,字孟陽,安平人。弟協,字景陽;亢,字季陽,同稱三張。"又卷五十四《陸機傳》："機,字士衡,吳郡人。弟雲,字士龍,與機齊名,號二陸。"《宋書·謝靈運傳論》曰:"降及元康,潘、陸特秀,律異班、賈,體變曹、王。縟旨星稠,繁文綺合。綴平臺之逸響,采南皮之高韻。遺風餘烈,事極江右。"《文心雕龍·明詩》篇曰:"晉世羣才,稍入輕綺。張、潘、左、陸,比肩詩衢,采縟於正始,力柔於建安。或析文以爲妙,或流靡以自妍,此其大略也。"

〔七〕原注:"孫綽、許詢、王羲之、獻之。"按:孫綽,字興公,太原中都人,附《晉書‧孫楚傳》。許詢，晉徵士，附《陳書‧許亨傳》，高陽新城人。王羲之，字逸少，琅邪臨沂人，見《晉書》卷八十。獻之，字子敬，羲之子。《續晉陽秋》曰：“正始中，王弼、何晏好莊、老玄勝之談，而世遂貴焉。至過江，佛理尤盛，故郭璞五言始會合道家之言而韻之。詢及太原孫綽轉相祖尚，又加以三世之辭，而《詩》、《騷》之體盡矣。詢、綽並為一時文宗，自此作者悉體之。”《文心雕龍‧明詩》篇曰：“江左篇製，溺乎玄風，嗤笑徇務之志，崇盛亡機之談。”又《時序》篇曰：“自中朝貴玄，江左稱盛，因談餘氣，流成文體。是以世極迍邅，而辭意夷泰，詩必柱下之旨歸，賦乃漆園之義疏。故知文變染乎世情，興廢繫乎時序。原始以要終，雖百世可知也。”《詩品序》云：“永嘉時，貴黃、老，稍尚虛談。於時篇什，理過其辭，淡乎寡味。爰及江表，微波尚傳，孫綽、許詢、桓、庾諸公詩，皆平典似《道德論》，建安風力盡矣。”黃侃曰：“孫、許之詩，但陳要妙，情既離乎比興，體有近於偈語，徒以風會所趨，仿效日衆。覽《蘭亭集》詩，諸篇共詣，所謂琴瑟專一，誰能聽之？達志抒情，將復焉賴？謂之《風》、《騷》道盡，誠不誣也。”按：二王父子所為文亦雜以玄言，乃為風尚所囿之證。

〔八〕原注：“孫楚、盧詢之作亦然。”《晉書》卷五十六《孫楚傳》：“楚，字子荆，太原中都人。”“盧詢”疑是“盧諶”之誤。諶，字子諒，范陽涿人。又卷六十二《劉琨傳》：“琨，字越石，中山魏昌人。”《文心雕龍‧才略》篇曰：“劉琨雅壯而多風。”《詩品序》云：“劉越石仗清剛之氣。”《劉琨品》云：“善為悽戾之詞，自有清拔之氣。琨既體良才，又罹厄運，故善敘喪亂，多感恨之詞。”

〔九〕《晉書》卷七十二《郭璞傳》：“璞，字景純，河東聞喜人。”《文心雕龍‧才略》篇曰：“景純豔逸，足冠中興，《郊賦》既穆穆以大觀，《仙詩》亦飄飄而凌雲矣。”又《明詩》篇曰：“江左篇製，溺乎玄風。袁、孫以下，雖各有雕采，而辭趣一揆，莫與爭雄。所以景純仙篇，挺拔

而爲俊矣。"《詩品》曰:"郭景純用儁上之才,變創其體。"又曰:
"郭璞詩彪炳可玩,始變永嘉平淡之體,故稱中興第一。"按:郭璞
《仙詩》,非關列仙之趣,實詠坎壈之懷。且其詩製,亦未嘗不假玄
語以寫中情。特景純才氣奇肆,故造語能舉其靈變,推爲傑出耳。

　　晉、宋以降,文體復更。淵明之詩,仍沿晉派。〔一〕至若慧
業文人,咸崇文藻,鏤雕雲風,模範山水。自顏、謝詩文,捨奇
用偶,鬼斧默運,奇情畢呈,句爭一字之奇,文采片言之貴,情
必極貌以寫物,辭必窮力以追新。〔二〕齊、梁以降,益尚豔辭,以
情爲裏,以物爲表,賦始於謝莊,〔三〕詩昉於梁武。〔四〕陰、何、吳、
柳,〔五〕厥製益工,研鍊則隱師顏、謝,妍麗則近則齊、梁。子山
繼作,掩抑沈怨,出以哀豔之詞,由曹植而上師宋玉。〔六〕此又
南文之一派也。〔七〕鮑照詩文,義尚光大,工於騁勢,然語乏清
剛,哀而不壯,〔八〕大抵由左思而上效蘇、張。此亦南文之一派
也。梁、陳以降,文體日靡。〔九〕惟北朝文人捨文尚質,崔浩、高
允之文,咸磽确自雄;〔一〇〕温子昇長於碑版,敍事簡直,得張、
蔡之遺規;〔一一〕盧思道長於歌詞,發音剛勁,嗣建安之佚
響;〔一二〕子才、伯起,亦工記事之文。〔一三〕豈非北方文體,固與
南方文體不同哉?自子山、總持身旅北方,〔一四〕而南方輕綺之
文,漸爲北人所崇尚。又初明、子淵身居北土,恥操南音,詩歌
勁直,習爲北鄙之聲,〔一五〕而六朝文體,亦自是而稍更矣。

〔一〕　《宋書》卷九十三《隱逸傳》:"陶潛,字淵明,或曰淵明字元亮,尋陽

柴桑人。"劉氏《論文雜記》曰："淵明之詩澹雅冲泊，近於道家。"
按：晉人詩什，多藻被玄思，淵明雖造語清新，而寓以微玅之旨，故
曰"仍沿晉派"。

〔二〕　原注："謝玄暉亦然。"《宋書》卷七十三《顏延之傳》："延之，字延
年，琅邪臨沂人。與謝靈運齊名，江左稱顏謝。"按：謝靈運、謝莊、
謝朓俱陳郡陽夏人。《文心雕龍·物色》篇曰："長卿之徒，詭勢瓌
聲，模山範水，字必魚貫，所謂詩人麗則而約言，辭人麗淫而繁句
也。"又《明詩》篇曰："宋初文詠，山水方滋，儷采百字之偶，爭價一
句之奇，情必極貌以寫物，辭必窮力以追新，此近世之所競也。"陸
時雍《詩鏡總論》云："詩至於宋，古之終而律之始也。體制一變，
便覺聲色俱開。謝康樂鬼斧默運，其梓慶之鐻乎？顏延年代大匠
斲而傷其手也。寸草莖能爭三春色秀，乃知天然之趣遠矣。"

〔三〕　謝莊之賦，現存《月賦》、《曲池賦》、《赤鸚鵡賦應詔》、《舞馬賦應
詔》四首，而《月賦》尤著名。《月賦》寫"白露曖空，素月流天"，末
復兩稱"歌曰"，其詞傷逝感暮，經情緯物，亦頗被以豔詞。

〔四〕　原注："簡文及元帝之詩亦然。"按：梁武父子俱尚側豔之詞，其詩
號曰"宮體"者是也。

〔五〕　原注："陰鏗、何遜、吳均、柳惲。"按：陰鏗，字子堅，《南史》附其父
《子春傳》，武威姑臧人。子春曾祖隨宋南遷，始家南平。《梁書》
卷四十九《文學傳》："何遜，字仲言，東海郯人。八歲能賦詩。""吳
均，字叔庠，吳興故鄣人。"又卷二十一《柳惲傳》："柳惲，字文暢，
河東解人。"四君之詩，新體俱著，此唐賢所以苦學陰、何也。

〔六〕　《周書》卷四十一《庾信傳》："信，字子山，南陽新野人。"按：庾信
入周以後，每有抒寫，彌見哀涼。杜甫詩曰："庾信平生最蕭瑟，暮
年詩賦動江關。"又曰："庾信文章老更成，凌雲健筆意縱橫。"皆著
其晚年作風之所由變也。張説詩曰："蘭成追宋玉，舊宅偶詞人。
筆涌江山氣，文驕雲雨神。"則其瓣香所自，又可見矣。

〔七〕 原注:"惟范雲、任昉,文詩淵懿;江總、沈約,亦無輕靡之辭,乃齊、梁文士之傑出者。"《梁書》卷十三《范雲傳》:"雲,字彥龍,南鄉舞陰人。"《梁書》卷十四《任昉傳》:"昉,字彥昇,樂安博昌人。"江總,詳下〔一四〕條注。《梁書》卷十三《沈約傳》:"約,字休文,吳興武康人。"

〔八〕 《宋書》卷五十一《臨川王道規傳》:"鮑照,字明遠,東海人。"《南齊書·文學傳論》曰:"發唱驚挺,操調險急,雕藻淫豔,傾炫心魂,亦猶五色之有紅紫,八音之有鄭、衛,斯鮑照之遺烈也。"

〔九〕 原注:"至陳後主而極矣。即劉孝標、劉彥和、陸佐公之文,亦多清新之句。"按:《南史·陸慧曉傳》:"子倕,字佐公,善屬文。武帝雅愛倕文,敕撰《新刻漏銘》、《石闕銘》。"

〔一〇〕 《魏書》卷五十五《崔浩傳》:"浩,字伯淵,清河人,小名桃簡。"又卷四十八《高允傳》:"允字伯恭,渤海人。"按:崔文如《冊封沮渠蒙遜爲涼王》、《議軍事表》二首,高文如《徵士頌》、《北伐頌》諸首,皆其例。

〔一一〕 《魏書》卷八十五《文苑傳》:"溫子昇,字鵬舉,自云嶠後,太原人。祖避難於濟陰冤句,因爲其郡縣人。"唐張鷟《朝野僉載》云:"溫子昇作《韓陵山寺碑》,庾信讀而寫其本。南人問信曰:'北方文字何如?'信曰:'惟有韓陵一片石堪共語。'"魏文帝《典論·論文》評王粲、徐幹之賦,舉張、蔡爲況。張、蔡,謂衡、邕也。《文心雕龍》謂:"後漢以來,碑碣雲起,才鋒所斷,莫高蔡邕。"《文選》收邕所製《郭林宗碑文》、《陳仲弓碑文》二首。衡碑文未見,誄文今存《司徒呂公誄》、《司空陳公誄》、《大司農鮑德誄》等首。《文心雕龍》以誄、碑合論,於體爲近。

〔一二〕 原注:"如《薊北歌詞》諸作是也。"

〔一三〕 原注:"邢邵、魏收。"《北齊書》卷三十六《邢邵傳》:"邢邵,字子才,河間鄚人。"《洛陽伽藍記》云:"永熙年中,詔國子祭酒邢子才爲景明寺碑文。子才志性通敏，風情雅潤，下帷覃思，温故知新。文學宗府，躡班、馬而孤上；英規勝範，陵許、郭而獨高。時戎馬在郊，朝廷多事，國禮朝儀，咸自子才出。所製詩、賦、詔、策、章、表、碑、頌、讚、記五百篇，皆傳於世。”《北齊書》卷三十七《魏收傳》：“魏收，字伯起，少字佛助，鉅鹿下曲陽人。”按：邢邵規模沈約，魏收私淑任昉，有“大邢、小魏”之稱。邢文如《廣平王碑文》、《冀州刺史封隆之碑》各篇，魏文如《後魏書》各紀傳皆擅記事。

〔一四〕原注：“江總。”《陳書》卷二十七《江總傳》：“江總，字總持，濟陽考城人也。”“身旅北方”，史未明載，殆指陳亡入隋時歟？

〔一五〕原注：“沈炯、王褒。”《陳書》卷十九《沈炯傳》：“炯，字禮明（《全陳文》卷十四小傳作“初明”），吳興武康人也。荆州陷，爲西魏所虜。魏人甚禮之，授炯儀同三司。炯以母老在東，恒思歸國，恐魏人愛其文才而留之，恒閉門却掃，無所交遊，時有文章，隨即棄毀，不令流布。嘗獨行經漢武通天臺，爲表奏之，陳己思歸之意。”《北史》卷八十三《王褒傳》：“褒，字子深，琅邪臨沂人也。及魏征江陵，元帝出降，褒遂與衆俱出見，柱國于謹甚禮之。褒曾作燕歌，妙盡塞北寒苦之狀。元帝及諸文士並和之，而競爲悽切之辭。褒與王克、劉轂、宗懍、殷不害等數十人俱至長安，周文喜曰：‘昔平吳之利，二陸而已。今定楚之功，羣賢畢至，可謂過之矣。’又謂褒及王克曰：‘吾即王氏甥也，卿等並吾之舅氏，當以親戚爲情，勿以去鄉介意。’於是授褒及殷不害等車騎將軍、儀同三司，常從容上席，資餼甚厚。褒等亦並荷恩眄，忘羈旅焉。”

　　隋煬詩文，遠宗潘、陸，一洗浮蕩之言；惟隸事研詞，尚近南方之體。〔一〕楊、薛之作，間符隋煬，吐音近北，摛藻師南。〔二〕故隋、唐文體，力剛於顔、謝，采縟於潘、張，折衷南體、北體之間,而別成一派。唐初詩文,與隋代同,制句切響,言務纖密。雖雅法六朝,然卑靡之音,於焉盡革。[三]四傑繼興,文體益恢,詩音益諧。[四]自是以降,雖文有工拙,然俳四儷六,益趨淺弱。惟李、杜古賦,詞句質素;[五]張、陸奏章,析理通明。[六]唐代文人,瞠乎後矣。昌黎崛起北陲,易偶爲奇,語重句奇,閎中肆外,其魄力之雄,直追秦、漢。雖模擬之習未除,然起衰之功不可没也。習之、持正、可之,咸奉韓文爲圭臬,[七]古質渾雄,唐代罕倫。子厚與昌黎齊名,然栖身湘、粵,偶有所作,咸則《莊》《騷》,謂非土地使然與?[八]若貞觀以後,詩律日嚴,然宋、沈之詞,以嚴凝之骨,飾流麗之詞,頌揚休明,淵乎盛世之音。[九]中唐以降,詩分南、北。少陵、昌黎,體峻詞雄,有黄鐘大吕之音;若夫高(適)、常(建)、崔(灝)、李(頎),詩帶邊音,粗厲猛起;張(籍)、孟(郊)、賈(島)、盧(仝),思苦語奇,繼幽鑿險,皆北方之詩也。[一〇]太白之詩,才思橫溢,旨近蘇、張;[一一]温、李之詩,緣情託興,誼符楚《騷》;[一二]儲、孟之詩,清言霏屑,源出道家,[一三]皆南方之詩也。晚唐以還,詩趨纖巧,拾六代之唾餘,自鄶以下,無足觀矣。

〔一〕《隋書》卷七十六《文學傳序》曰:"煬帝初習藝文,有非輕側之論,暨乎即位,一變其風。其《與越公書》、《建東都詔》、《冬至受朝詩》及《擬飲馬長城窟》,並存雅體,歸於典制。雖意在驕淫,而詞無浮蕩,故當時綴文之士,遂得依而取正焉。"

〔二〕《隋書》卷四十八《楊素傳》:"素,字處道,弘農華陰人也。嘗以五言詩七百字贈番州刺史薛道衡,詞氣宏拔,風韻秀上,亦爲一時盛作。"《隋書》卷五十七《薛道衡傳》:"道衡,字玄卿,河東汾陰人也。陳使傅縡聘齊,以道衡兼主客郎,接對之。縡贈詩五十韻,道衡和之,南北稱美。魏收曰:'傅縡所謂以蚓投魚耳。'"

〔三〕　《唐書》卷二百一《文藝傳》:"高祖、太宗,大難始夷,沿江左餘風,綺句繪章,揣合低印。"《四庫·〈東皋子集〉提要》云:"王績,字無功,太原祁人。嘗作《醉鄉記》、《五斗先生傳》、《無心子傳》。其《醉鄉記》爲蘇軾所稱,然他文亦疏野有致。其詩惟《野望》一首爲世傳誦,然如《石竹詠》意境高古,《薛記室收過莊見尋》詩二十四韻氣格遒健,皆能滌初唐俳偶板滯之習,置之開元、天寶間,弗能別也。"

〔四〕　《唐書》卷二百一《文藝傳》:"王勃,字子安,絳州龍門人。勃與楊炯、盧照鄰、駱賓王皆以文章齊名,天下稱王、楊、盧、駱四傑。炯嘗曰:'吾愧在盧前,恥居王後。'議者謂然。""炯,華陰人。""照鄰,字昇之,范陽人。""賓王,義烏人。"《四庫·〈盧昇之集〉提要》云:"照鄰之文,似不及王、楊、駱三家之宏放。"

〔五〕　《舊唐書》卷一百九十《文苑傳》:"李白,字太白,山東人。""杜甫,字子美,本襄陽人,後徙河南鞏縣。"姚鉉《唐文粹》收李白《明堂賦》、《大獵賦》、《大鵬賦》、《惜餘春賦》,杜甫《三大禮賦》(《朝獻大清宮賦》、《朝享太廟賦》、《有事於南郊賦》)、《鵰賦》等篇,皆古賦之不以雕篆爲工者也。李白《大獵賦序》云:"賦者,辭欲壯麗,義歸博達。"恉殊正大。

〔六〕　《唐書》卷一百二十五《張說傳》:"説,字道濟,或字説之,其先自范陽徙河南,更爲洛陽人。"《唐書》卷一百五十七《陸贄傳》:"贄,字敬輿,蘇州嘉興人。"張、陸奏疏,《唐書》俱有登載。《張説傳贊》曰:"觀贄論諫數十百篇,譏陳時病,皆本仁義,可爲後世法,炳炳如丹。帝所用纔十一,唐祚不競,惜哉!"紀昀曰:"其文雖多出於一時匡救規切之語,而於古今來政治得失之故,無不深切著明,有足爲萬世龜鑑者,故歷代寶重焉。"

〔七〕《唐書》卷一百七十六《韓愈傳》:"愈,字退之,鄧州南陽人。作《進學解》以自諭曰:'先生之於文,所謂閎其中而肆其外矣。'每言文章,自漢司馬相如、太史公、劉向、揚雄後,作者不世出,故愈深探本原,卓然樹立,成一家言。其《原道》、《原性》、《師説》等數十篇,皆奧衍閎深,與孟軻、揚雄相表裏,而佐佑六經云。至他文造端置辭,要爲不襲蹈前人者。然惟愈爲之,沛然若有餘,至其徒李翺、李漢、皇甫湜從而效之,遽不及遠甚。"又《贊》曰:"貞元、元和間,愈以六經之文爲諸儒倡,障隄末流,反刓以樸,剗僞以真。然愈之才,自視司馬遷、揚雄,至班固以下不論也。當其所得,粹然一出於正,刊落陳言,橫鶩別驅,汪洋大肆,要之無牴牾聖人者。"蘇軾《潮州韓文公廟碑》云:"文起八代之衰。"《唐書》卷一百七十七《李翺傳》:"翺,字習之,後魏尚書左僕射沖十世孫。從昌黎韓愈爲文章,辭致渾厚,見推當時。"《四庫·〈李文公集〉提要》云:"翺,字習之,隴西成紀人,涼武昭王暠之裔也。翺爲韓愈之姪婿,故其學皆出於愈。集中載《答皇甫湜書》,自稱《高愍女》、《楊烈婦傳》不在班固、蔡邕下,自許稍過。而立言具有根柢,大抵温厚和平,俯仰中度,不似李觀、劉蛻諸人有矜心作意之態。蘇舜欽謂其詞不逮韓,而理過於柳。誠爲篤論。"《唐書》卷一百七十六《皇甫湜傳》:"湜,字持正,睦州新安人。"《四庫·〈孫可之集〉提要》:"孫樵,字可之,又字隱之,自稱關東人。函谷以外,幅員遼闊,不知其籍何郡縣也。樵與《王霖秀才書》云:'某嘗得爲文真訣於來無擇,來無擇得之於皇甫持正,皇甫持正得之於韓吏部退之。'其《與友人論文書》又復云然。今觀三家之文,韓愈包孕羣言,自然高古,而皇甫湜稍有意爲奇,樵則視湜益有努力爲奇之態。其彌有意於奇,是其所以不及歟?《讀書志》引蘇軾之言,稱'學韓愈而不至者爲皇甫湜,學湜而不至者爲孫樵',其論甚微。"

〔八〕《唐書》卷一百六十八《柳宗元傳》:"宗元,字子厚,其先蓋河東人,後徙於吴。宗元少精敏絶倫,爲文章卓偉精緻,一時輩行推仰。貶永州司馬,既竄斥,地又荒癘,因自放山澤間,其堙厄感鬱,一寓諸文,倣《離騷》數十篇,讀者咸悲惻。"

〔九〕《唐書》卷二百二《文藝傳》:"宋之問,字延清,一名少連,汾州人。沈佺期,字雲卿,相州内黄人。魏建安後迄江左,詩律屢變,至沈約、庾信,以音韻相婉附,屬對精密。及之問、沈佺期,又加靡麗,回忌聲病,約句準篇,如錦繡成文。學者宗之,號爲沈、宋。"

〔一○〕《舊唐書》卷一百九十《文苑傳》引元稹論杜甫曰:"鋪陳終始,排比聲韻,大或千言,次猶數百,詞氣豪邁而風調清深,屬對律切而脱棄凡近。"張戒《歲寒堂詩話》引蘇子由曰:"韓詩豪,杜詩雄。杜詩之雄,可以兼韓詩之豪。"《唐書》卷一百四十三《高適傳》:"高適,字達夫,滄洲渤海人。年五十始爲詩,即工,以氣質自高。每一篇已,好事者輒傳布。"紀昀曰:"常建,不知其字,其里貫亦無可考。終於盱眙尉,詩家稱曰'常尉'。"《舊唐書》卷一百九十《文苑傳》:"開元、天寶間,文士知名者,汴州崔顥。"《全唐詩》小傳:"李頎,東川人,家於潁陽。"高適如《燕歌行》,常建如《弔王將軍墓》,崔顥如《古遊俠呈軍中諸將》,李頎如《塞下曲》,皆帶邊音。《唐書》卷一百七十六《張籍傳》:"張籍,字文昌,和州烏江人。爲詩長於樂府,多警句。"同卷《孟郊傳》:"孟郊,字東野,湖州武康人。爲詩有理致,最爲愈所稱。然思苦奇澀,李觀亦論其詩曰:'高處在古無上,平處下顧二謝云。'"同卷《賈島傳》:"島,字浪仙,范陽人。當其苦吟,雖逢值公卿貴人,皆不之覺也。"《全唐詩》小傳:"盧仝,范陽人,自號玉川子。"《歲寒堂詩話》云:"張司業詩,思深而語精。"韓愈論東野詩云:"橫空盤硬語,妥帖力排奡。"元范德機《木天禁語》亦評孟詩爲"奇險斬截"。《全唐詩》小傳評賈詩"苦吟入僻"。李東陽《麓堂詩話》評盧仝詩"有怪句"。

〔一〕　原注:"樂府則出《楚詞》。"劉氏《論文雜記》曰:"太白之詩超然飛
　　　　騰,不愧仙才,是爲縱橫家之詩。"

〔二〕　《舊唐書》卷一百九十《文苑傳》:"溫庭筠者,太原人,本名岐,字飛
　　　　卿。""李商隱,字義山,懷州河內人。"按:溫飛卿如《偶題》、《偶
　　　　遊》諸詩,李商隱如《無題》各篇,皆遠祖屈、宋抒情之賦。

〔三〕　《四庫提要》云:"《唐書·藝文志》'儲光羲《政論》'下注曰:'兗州
　　　　人。'又'《包融集》'條下注曰:'延陵人。'其里籍莫之詳也。"《唐
　　　　書》卷二百三《文藝傳》:"孟浩然,字浩然,襄州襄陽人。"殷璠謂:
　　　　"儲光羲詩格高調逸,趣遠情深。"《吕氏童蒙訓》謂:"浩然詩'掛
　　　　席幾千里,名山都未逢。泊舟潯陽郭,如見香爐峯',但詳看此等
　　　　語,自然高遠。"

　　宋代文人,惟老蘇之作間近昌黎。〔一〕歐、曾之文,雖沈詳
整靜,茂美淵懿,訓詞深厚,然平弱之譏,曷云克免?〔二〕豈非昌
黎之文,固非南人所能效哉!〔三〕若東坡之文,出入蘇、張、莊、
老間,亦爲南體。蘇門四子,更無論矣。〔四〕北宋詩體,初重西
崑,派沿溫、李。〔五〕蘇詩精言名理,有東晉之風。〔六〕西江一體,
雖遒峭堅凝,一洗凡豔,然雄厚之氣,遠遜杜、韓。〔七〕豈非杜、
韓之詩,亦非南人所克效歟!南宋詩文,多沿古製,惟同甫、水
心,文體縱橫;放翁、石湖,詩詞淡雅,〔八〕然咸屬南人。若真、
魏之文,縝密端愨,誠哉中流之砥柱矣!〔九〕

〔一〕　《宋史》卷四百四十三《文苑·蘇洵傳》:"蘇洵,字明允,眉州眉山
　　　　人。所著《權書》、《衡論》、《機策》,文多不可悉録,録其《心術》、

《遠慮》二篇。"

〔二〕 《宋史》卷三百十九《歐陽修傳》："修,字永叔,廬陵人。爲文天才
自然,豐約中度。其言簡而明,信而通,引物連類,折之於至理以服
人心。"又同卷《曾鞏傳》："曾鞏,字子固,建昌南豐人。立言於歐
陽修、王安石間,紆徐而不煩,簡奧而不晦,卓然自成一家。"

〔三〕 原注:"小蘇之文,愈傷平弱。介甫文雖挺拔,然渾厚之氣,亦遜昌
黎。"《宋史》卷三百三十九《蘇轍傳論》曰:"蘇轍論事精確,修辭
簡嚴,未必劣於其兄。"《宋史》卷三百二十七《王安石傳》:"安石,
字介甫,撫州臨川人。"劉氏《論文雜記》曰:"介甫之文,侈言法制,
因時制宜,而文辭奇峭,推闡入深,法家之文也。"又注曰:"介甫之
文最爲峻削,而短作尤悍厲絶倫,且立論極嚴,如其爲人。"

〔四〕 《宋史》卷三百三十八《蘇軾傳》:"蘇軾,字子瞻,眉州眉山人。"
劉氏《論文雜記》曰:"子瞻之文,以粲花之舌,運掉闔之詞,往復
卷舒,一如意中所欲出。而屬詞比事,翻空易奇,縱横家之文
也。"又注曰:"子瞻之文,説理多未確,惟工於博辯,層出不窮,
皆能自圓其説,於蘇、張之學殊有得也。"《宋史》卷四百四十四
《文苑傳》:"黄庭堅,字魯直,洪州分寧人。與張耒、晁補之、秦
觀俱游蘇軾門,天下稱爲四學士。而庭堅於文章尤長於詩,蜀江
西君子以庭堅配軾,故稱蘇、黄。軾爲侍從時,舉堅自代,其詞有
'瓌偉之文,妙絶當世;孝友之行,追配古人'之語,其重之也如
此。"又曰:"晁補之,字無咎,濟州鉅野人。才氣飄逸,嗜學不知
倦,文章温潤典縟,其凌麗奇卓,出於天成。尤精《楚詞》,論集
屈、宋以來賦詠爲《變離騷》等三書。"又曰:"秦觀,字少游,一字
太虚,揚州高郵人。見蘇軾於徐,爲賦《黄樓》。軾以爲有屈、宋
才,又介其詩於王安石,安石亦謂清新似鮑、謝。觀長於議論,文
麗而思深。"又曰:"張耒,字文潛,楚州淮陰人。有雄才,筆力絶
健,於騷詞尤長。"

〔五〕 《蔡寬夫詩話》：“祥符、天禧之間，楊文公（億）、劉中山（筠）、錢思公（惟演）專喜李義山，故崑體（“西崑體”之簡稱）之作，翕然一變。”

〔六〕 原注：“此出於道家，若歐、王之詩，於北宋亦爲特出。”劉氏《論文雜記》曰：“子瞻之詩，清言霏屑，是爲道家之詩。”

〔七〕 呂本中，字居仁，壽州人，《宋史》卷三百七十六有傳。居仁得黃庭堅、陳師道句法，著有《江西詩宗派圖》。陳師道謂黃庭堅詩得法杜甫，學甫而不爲者。郭祥伯釋“逋峭品”云：“趺宕容與，以觀其罅。翩然將飛，倘復可跨。”

〔八〕 原注：“一近張、蘇，一近莊、列。”《宋史》卷四百三十六《儒林傳》：“陳亮，字同甫，婺州永康人。才氣超邁，喜談兵，論議風生，下筆數千言立就。”又卷四百三十四《儒林傳》：“葉適，字正則，溫州永嘉人。爲文藻思英發。志意慷慨，雅以經濟自負。”又卷三百九十五《陸游傳》：“陸游，字務觀，越州山陰人。才氣超逸，尤長於詩。”又卷三百八十六《范成大傳》：“范成大，字致能，吳郡人。素有文名，尤工於詩，自號石湖。”

〔九〕 原注：“若夫東萊之文、稼軒之詞，亦近縱橫；朱子之文，雅近真、魏。”《宋史》卷四百三十七《儒林傳》：“真德秀，字景元，後更爲景希，建之浦城人。”德秀編有《文章正宗》，《四庫提要》稱：“其持論甚嚴，大意主於論理而不論文。”《宋史》卷四百三十七《儒林傳》：“魏了翁，字華父，邛州蒲江人。”又卷四百三十四《儒林傳》：“呂祖謙，字伯恭，自其祖始居婺府。”《四庫·〈東萊集〉提要》云：“祖謙雖與朱子爲友，而朱子嘗病其學太雜。其文詞閎肆辨博，凌厲無前，朱子亦病其不能守約。又嘗謂伯恭是寬厚底人，不知如何做得文字却似輕儇底人。”《宋史》卷四百一《辛棄疾傳》：“辛棄疾，字幼安，齊之歷城人。雅善長短句，悲壯激烈。”劉氏《論文雜記》曰：“稼軒之詞，才思橫溢，悲壯蒼涼，如《永遇樂》諸詞。例以古詩，遠法太冲，近師太白，此縱横家之詞也。"《宋史》卷四百二十九《道學傳》："朱熹，字元晦，一字仲晦，徽州婺源人。"

金、元宅夏，文藻黯然。惟遺山之詩，則法少陵，存中州之正聲。[一]子昂卑卑，非其匹也。[二]自元以降，惟劇曲一端，區分南、北。[三]若詩文諸體，咸依草附木，未能自闢塗轍，故無派別之可言。大抵北人之文，猥瑣鋪敘，以爲平通，故樸而不文；南人之文，詰屈彫琢，以爲奇麗，故華而不實。[四]當明代中葉，七子之詩，雄而不沈；[五]歸、茅之文，密而不茂。[六]至於明季幾社、復社之英，[七]發爲文章，咸感憤淋漓，悲壯蒼涼，傷時念亂，音哀於子山，氣剛於同甫。雖間失豪放，然南人之文，兼擅蘇、張、屈、宋之長者，自此始也。明社既墟，遺民佚士，睠懷故都，或發綿渺之文，[八]或效軼蕩之體，[九]咸有可觀。[一〇]

[一]　《金史》卷一百二十六《元德明傳》："元德明，系出拓拔魏，太原秀容人。子好問，字裕之，爲《箕山》、《琴臺》等詩，禮部趙秉文見之，以爲近代無此作也。金亡不仕。爲文有繩尺，備衆體。其詩奇崛而絕雕劌，巧縟而謝綺麗，五言高古沉鬱，七言樂府不用古題，特出新意，歌謠慷慨，挾幽、并之氣。其所著文章詩若干卷，《杜詩學》一卷，今所傳者有《中州集》若干卷。"趙翼《甌北詩話》云："唐以來律詩之可歌可泣者，少陵十數聯外，絕無嗣響。遺山則往往有之，如《車駕通入歸德》之'白骨又多兵死鬼，青山原有地行仙'、'蛟龍豈是池中物，蟣蝨空悲地上臣'，《出京》之'只知壩上真兒戲，誰謂神州竟陸沉'，《送徐威卿》之'蕩蕩青天非向日，蕭蕭春色

是他鄉',《鎮州》之'只知終老歸唐土,忽漫相看是楚囚。日月盡隨天北轉,古今誰見海西流',《還冠氏》之'千里關河高骨馬,四更風雪短檠燈',《座主閑閑公諱日》之'贈官不暇如平日,草詔空傳似奉天',此等感時觸事,聲淚俱下,千載後猶使讀者低徊不能置。"

〔二〕《元史》卷一百七十二《趙孟頫傳》:"趙孟頫,字子昂,湖州人。詩文清邃奇逸,讀之使人有飄飄出塵之想。"

〔三〕原注:"見本冊《論文雜記》。"《論文雜記》曰:"詩與樂分,然後詩中有樂府。樂府將淪,乃生詞曲。曲分南、北,自昔然矣。然南劇之調,多本於詞;而北劇之調,鮮本於詞,其故何哉?昔唐人祖孝孫有言:'梁、陳舊樂,用吳、楚之音;周、齊舊樂,涉胡、戎之技。'樂分南、北,分析昭然。而所謂音雜胡、戎者,皆北方之樂也。自是以後,胡角之音,漸輸中國。隋、唐以降,北方之樂,胡、漢雜淆;惟南方之地,古樂稍存。唐、宋之詞,雖失古音,然源出樂府,鮮雜夷樂之音。宋、元以降,南劇起於南方,南方爲古樂僅存之地,以調之出於古樂府也,故其調亦多出於詞。北劇起於北方,北方爲胡樂盛行之地,故音雜胡樂,而其調鮮出於詞。"

〔四〕《隋書》卷七十六《文學傳序》曰:"彼此好尚,互有異同。江左宮商發越,貴於清綺;河朔詞義貞剛,重乎氣質。氣質則理勝其詞,清綺則文過其意。理深者便於時用,文華者宜於詠歌。此其南、北詞人得失之大較也。"魏徵之說,無異於李延壽所謂"南人約簡,得其英華;北學深蕪,窮其枝葉",均足以概千古南、北之文人。

〔五〕《明史》卷二百八十六《文苑傳》:"李夢陽,字獻吉,慶陽人。才思雄驚,卓然以復古自命。弘治時,宰相李東陽主文柄,天下翕然宗之。夢陽獨譏其萎弱,倡言文必秦、漢,詩必盛唐,非是者弗道。與何景明、徐禎卿、邊貢、康海、王九思、王廷相,號七才子。""康海,字德涵,武功人。""王九思,字敬夫,鄠人。""何景明,字仲默,信陽

人。""徐禎卿,字昌穀,吳縣人。""邊貢,字廷實,歷城人。"又卷一
百九十四《王廷相傳》:"王廷相,字子衡,儀封人。"又卷二百八十
七《文苑傳》:"李攀龍,字于鱗,歷城人。與謝榛、王世貞、宗臣、梁
有譽、徐中行、吳國倫稱七子。攀龍爲之魁,其持論謂文自西京,詩
自天寶而下,俱無足觀。攀龍才思勁鷙,名最高,獨心重世貞,天下
並稱王、李。""宗臣,字子相,揚州興化人。""徐中行,字子與,長興
人。""吳國倫,字明卿,興國人。""謝榛,字茂秦,臨清人。""王世
貞,字元美,太倉人。"獨有譽里籍,《明史》失載。許學夷《詩源》後
集云:"于鱗七言律冠冕雄壯,俊亮高華,直欲逼唐人而上之。"

〔六〕《明史》卷二百八十七《文苑傳》:"歸有光,字熙甫,崑山人。爲古文,
原本經術。好太史公書,得其神理。""茅坤,字順甫,歸安人。善古
文,最心折唐順之。順之喜唐、宋諸大家文,所著《文編》,唐、宋人自
韓、柳、歐、三蘇、曾、王八家外,無所取。故坤選《八大家文鈔》,其書
盛行海內,鄉里小生,無不知茅鹿門者。鹿門,坤別號也。"

〔七〕《明史》卷三百七十七《陳子龍傳》:"陳子龍,字臥子,松江華亭人。
治詩賦古文,取法魏、晉,駢體尤精妙。與同邑夏允彝相負重名。
允彝,字彝仲,好古博學,工屬文。是時東林講席盛,蘇州高才生張
溥、楊廷樞等慕之,結文會,名復社。允彝與同邑陳子龍、徐孚遠、
王光承等亦結幾社相應和。"《明史》卷二百八十八《文苑傳》:"張
溥,字天如,太倉人。與同里張采共學齊名,號婁東二張。兩人名
徹都下。已而采官臨川,溥歸,集郡中名士,相與復古學,名其文社
曰復社。"

〔八〕原注:"如吳梅村之詩、毛西河之文是。"吳偉業,字駿公,號梅村,
太倉人。少游復社,張溥甚重之,因從受業。《四庫·〈梅村集〉提
要》云:"其少作大抵才華豔發,吐納風流,有藻思綺合、清麗芊眠
之致。及乎遭逢喪亂,閱歷興亡,激楚蒼涼,風骨彌爲遒上。暮年
蕭瑟,論者以庾信方之。其中歌行一體,尤所擅長。格律本乎四

傑,而情韻爲深;敍述類乎香山,而風華爲勝。韻協宮商,感均頑
豔,一時尤稱絶調。"《國朝先正事略》卷三十二《毛西河先生事
略》:"先生名奇齡,字大可,一字齊于,又名甡,字初晴,學者稱西
河先生,蕭山人。華亭陳公子龍,評爲才子之文。作《續哀江南
賦》萬餘言。嘗登嵩山,越數峯遠望,悽愴不能上,曰:'吾力衰矣,
傷哉! 貧且多難,芒芒者安歸乎?'"

〔九〕 原注:"如侯、魏之文,閻、萬之詩是。"《國朝先正事略》卷三十七
《侯朝宗先生事略》:"商丘侯方域朝宗先生,豪邁不羈,多大略。
少嘗與楊公廷樞、夏公允彝醉登金山,臨江悲歌,指評當世人物,而
料事尤多奇中。發憤爲詩古文,倡韓、歐學於舉世不爲之日。"同
卷《魏叔子先生事略》:"寧都三魏,伯曰祥,字善伯,改名際瑞;季
曰禮,字和公;而叔子先生禧尤著。先生字冰叔,號裕齋。肆力古
文辭,喜讀史,尤好《左氏傳》及蘇洵。其爲文主識議,凌厲雄傑,
遇忠孝節烈事則益感慨,摹畫淋漓。"又卷三十二《閻百詩先生事
略》:"先生名若璩,字百詩,山西太原人。五世祖居淮安,後改歸
原籍。"同卷《萬充宗先生事略》:"萬先生斯大,字充宗,浙江鄞
人。"同卷《萬季野先生事略》:"萬先生斯同,字季野,學者稱石園
先生,浙江鄞人。"劉氏《論文雜記》曰:"叔子洞明兵法,推論古今
之成敗,疊陳九土之險夷,落筆千言,縱橫奔肆,此兵家之支派也。
朝宗之文,詞源橫溢,此縱橫家之支派也。"自注曰:"明末陳卧子
等之文皆然。俞長城諸家之文亦然。若夫詞章之家,亦侈陳事物,
嫺於文詞,亦當溯源於縱橫家。"

〔一〇〕 原注:"大抵梨洲之文冗長,惟亭林詩文爲最佳,船山之文則又明
文之傑出者矣。"《國朝先正事略》卷二十七《黄梨洲先生事略》:
"黄梨洲先生宗羲,字太冲,浙江餘姚人。經史百家,無所不窺。
憤科舉之學錮人,思所以變之。"同卷《顧亭林先生事略》:"亭林先
生,初名絳,字寧人,江南崐山人。乙酉改名炎武。少讀《宋史·

劉忠肅傳》曰：'士當以器識爲先，一命爲文人，無足觀矣！'即終身
謝絕應酬文字。嘗曰：'文不關於經術政理之大，不足爲也。韓公
起八代之衰，若但作《原道》、《諫佛骨表》、《平淮西碑》、《張中丞
傳後序》諸篇，而一切諛墓之文不作，豈不誠山斗乎！今猶未
也。'"又同卷《王而農先生事略》："先生姓王氏，諱夫之，字而農，
號薑齋，湖南衡陽人。"

清代中葉，北方之士，咸樸僿塞冗，質略無文。南方文人，
則區駢、散爲二體。治散文者，工於離合激射之法，[一]以神韻
爲主，則便於空疏，以子居、皋文爲差勝；[二]治駢文者，一以摘
句尋章爲主，以蔓衍炫俗，或流爲詼諧，以稚威、容甫爲最
精。[三]若夫詩歌一體，或崇聲律，[四]或尚修詞，[五]或矜風
調，[六]派別迥殊。然雄健之作，概乎其未聞也。故觀乎人文，
亦可以察時變矣。

〔一〕 包世臣《藝舟雙楫·文譜》："余嘗以隱顯、回互、激射説古文，然行
文之法，又有奇偶、疾徐、墊拽、繁複、順逆、集散，不明此六者，則於
古人之文，無以測其意之所至，而第其詣之所極。墊拽、繁複者，回
互之事；順逆、集散者，激射之事；奇偶、疾徐，則行於墊拽、繁複、順
逆、集散之中，而所以爲回互、激射者也。回互、激射之法備，而後
隱顯之義見矣。"

〔二〕 原注："此所謂桐城派也，餘咸薄弱。"《國朝先正事略》卷四十三
《惲子居先生事略》："先生姓惲氏，諱敬，字子居，號簡堂，江蘇武
進人。治古文，得力於韓非、李斯，與蘇明允相上下，近法家言。敍
事似班孟堅、陳承祚。而先生自謂：'吾文皆自司馬子長出，子長

以下,無北面者。'"又卷三十六《張臯文先生事略》:"先生名惠言,
字臯文,江蘇武進人。少爲詞賦,嘗擬司馬相如、揚雄。及壯爲古
文,效韓氏愈、歐陽氏修。"

〔三〕　原注:"稚威之文以力勝,容甫之文以韻勝,非若王、袁之矜小慧
也。"《國朝先正事略》卷四十一《胡稚威先生事略》:"胡先生天
游,字稚威,號雲持,山陰人。於文工四六,得唐燕、許二公之遺。"
又卷三十六《汪容甫先生事略》:"汪先生中,字容甫,江蘇江都人。
少工詩,治古文,不取韓、歐,以漢、魏、六朝爲則。"

〔四〕　原注:"如趙執信及後世揚州詩派是。"《國朝先正事略》卷三十八
《趙秋谷先生事略》:"先生名執信,字伸符,號秋谷,山東益都人。
新城王尚書久以詩古文雄長壇坫,一時鴻生俊才多出門下。先生
掉臂其間,自樹一幟。古詩自漢、魏、六朝至初唐諸大家各成韻調,
談藝者多忽不講,與古詩戾。新城自負妙契,先生著《聲韻譜》以
發其秘。"

〔五〕　原注:"如宋琬之流是。"《國朝先正事略》卷三十七《宋荔裳先生事
略》:"宋先生琬,字玉叔,號荔裳,山東萊陽人。工詩古文詞,盛名
滿天下,有'南施北宋'之目。""施",謂愚山也。"

〔六〕　原注:"前有施、王,後有袁枚,皆宗此派。"《國朝先正事略·施愚
山先生事略》:"愚山先生諱閏章,字尚白,安徽宣城人。"又卷六
《王文簡公事略》:"公諱士禛,字貽上,號阮亭,別自號漁洋山人,
世爲新城右族。公以詩鳴海內五十餘年,士大夫識與不識,皆尊之
爲泰山北斗。當開國時,人皆厭明代王、李之膚廓,鍾、譚之纖仄,
公以大雅之材,起而振之,獨標神韻,籠蓋百家。論者謂如宋之東
坡、元之道園、明之青丘,屹然爲一代大宗。"又卷四十二《袁簡齋
先生事略》:"先生諱枚,字子才,號簡齋,錢塘袁氏,世稱隨園先
生。古文、四六體,皆能自發其思,於爲詩尤縱才力所至,世人心所
欲出不能達者,悉爲達之。"

王國維《人間詞話》〔一〕

卷　上

詞以境界〔二〕爲最上。有境界則自成高格，自有名句。①
五代、北宋之詞所以獨絶者在此。

〔一〕　王國維，浙江海寧人，遜清遺臣，殁於民國十六年，謚曰忠慤。新刊
　　　　《王忠慤公遺書》本收《人間詞話》兩卷，上卷曩曾單行，有勒德峻
　　　　注，於本篇所引詩詞均録其全首，頗便初學。本書不更標"靳曰出
　　　　某原作"云者，以其引文頗有譌誤，故不敢憚煩，重檢原書迻録之。
　　　　卷下尚無注本，由予創爲，如有謬戾，敬俟君子。

〔二〕　妙手造文，能使其紛沓之情思，爲極自然之表現，望之不啻爲真實
　　　　之暴露，是即作者辛勤締造之境界。若不符自然之理，妄有表現，
　　　　此則幻想之果，難詣真境矣。故必真實，始得謂之境界；必運思循
　　　　乎自然之法則，始能造此境界。

———————————

①　"自有名句"，原脱漏，據《人間詞話》補。

　　有造境,〔一〕有寫境,〔二〕此"理想"與"寫實"二派之所由分。然二者頗難分別,因大詩人所造之境必合乎自然,所寫之境亦必鄰於理想故也。

〔一〕　案:由創造之想象,締造文學之境界,謂之造境。温采斯德(Winchester)曰:"創造之想象者,本經驗中之分子,爲自然之選擇而組合之,使成新構之謂也。"
〔二〕　寫實之境,謂之寫境。

　　有有我之境,有無我之境。"淚眼問花花不語,亂紅飛過秋千去"、〔一〕"可堪孤館閉春寒,杜鵑聲裏斜陽暮",〔二〕有我之境也;"采菊東籬下,悠然見南山"、〔三〕"寒波澹澹起,白鳥悠悠下",〔四〕無我之境也。有我之境,以我觀物,故物皆著我之色彩;無我之境,以物觀物,故不知何者爲我,何者爲物。古人爲詞,寫有我之境者爲多,然未始不能寫無我之境,此在豪傑之士能自樹立耳。

〔一〕　近刊馮延巳《陽春集》箋本載《鵲踏枝》(即《蝶戀花》)十四首,其第十二首(各本作歐陽修詞)云:"庭院深深深幾許?楊柳堆煙,簾幕無重數。玉勒雕鞍遊冶處,樓高不見章臺路。　　雨横風狂三月暮,門掩黄昏,無計留春住。淚眼問花花不語,亂紅飛過秋千去。"毛稚黄曰:"永叔詞'淚眼問花花不語,亂紅飛過秋千去',因花而有淚,此一層也;因淚而問花,此一層意也;花竟不語,此一層意也;不但不語,又且亂落飛過秋千,此一層意也。人愈傷心,花愈惱人。語愈淺而意愈入,又絶無刻畫費力之迹,謂非層深而渾成耶?"《詞林紀事》謂:"'淚眼'二句,似本唐嚴惲詩'盡日問花花不語,爲誰零落爲誰開'意。"

〔二〕《彊村叢書》本秦觀《淮海居士長短句》中《踏莎行》云:"霧失樓臺,月迷津渡,桃源望斷無尋處。可堪孤館閉春寒,杜鵑聲裏斜陽暮。　驛寄梅花,魚傳尺素,砌成此恨無重數。郴江幸自遶郴山,爲誰流下瀟湘去?"宋翔鳳《樂府餘論》云:"《漁隱叢話》曰:'少游《踏莎行》,爲郴州旅舍作也。黃山谷曰:"此詞高絶,但'斜陽暮'爲重出。"欲改"斜陽"爲"簾櫳"。范元實曰:"只看'孤館閉春寒',似無簾櫳。"山谷曰:"亭傳雖未有簾櫳,有亦無礙。"范曰:"詞本摹寫牢落之狀,若曰'簾櫳',恐損初意。"今《郴州志》竟改作"斜陽度"。余謂"斜陽"屬日,"暮"屬時,不爲累,何必改。東坡"回首斜陽暮",美成"雁背斜陽紅欲暮",可法也。'按:引東坡、美成語是也,分屬日、時則尚欠明析。《說文》:'莫,日且冥也。從日在茻中。'(今作"暮"者俗。)是'斜陽'爲日斜時,'暮'爲日入時,言自日昃至暮,杜鵑之聲,亦云苦矣。山谷未解'暮'字,遂生轇轕。"

〔三〕丁刊《全晉詩》卷六陶淵明《飲酒》詩第五首云:"結廬在人境,而無車馬喧。問君何能爾?心遠地自偏。采菊東籬下,悠然見南山。山氣日夕佳,飛鳥相與還。此中有真意,欲辨已忘言。"《漁隱叢話》卷三云:"'采菊東籬下,悠然見南山',則本自采菊,無意望山,適舉首而見之,故悠然忘情,趣閑而景遠。此未可於文字精觕間求之。"又引《蔡寬夫詩話》評此二句云:"此其閑遠自得之意,直若超然邈出宇宙之外。"

〔四〕金元好問《遺山文集》卷一《潁亭留別》詩云:"故人重分攜,臨流駐歸駕。乾坤展清眺,萬景若相借。北風三日雪,太素秉元化。九山鬱崢嶸,了不受陵跨。寒波澹澹起,白鳥悠悠下。懷歸人自急,物態本閒暇。壺觴負吟嘯,塵土足悲咤。回首亭中人,平林澹如畫。"

　　無我之境,人惟於静中得之;有我之境,於由動之静時得之。故一優美,一壯美也。

　　自然中之物互相關係,互相限制。然其寫之於文學及美術中也,必遺其關係、限制之處。[一]故雖寫實家,亦理想家也。又雖如何虛構之境,其材料必求之於自然,[二]而其構造亦必從自然之法律。故雖理想家,亦寫實家也。

[一]　考自然界各物之存在,必有其存在之條件。然此物生存之條件,與彼物生存之條件,每呈現錯綜之狀態,既有相互之關係,復有個別之限制。任舉一花一草為例:凡此花草之種種營養條件,如天時、土壤、水分以及其他營養料等,皆無非此花或此草與一切外物之關係;而此花或此草又有個別之限制,以表現其各種之特徵,如所具雌、雄蕊之數以及顯花、隱花、單子葉生、雙子葉生等皆是。然此等並為生物學家之所詳究,而為文學家狀物時所略而不道者也。

[二]　案:此指寫景文言之。

　　境非獨謂景物也,喜怒哀樂亦人心中之一境界。故能寫真景物、真感情者,謂之有境界。否則謂之無境界。

　　"紅杏枝頭春意鬧",[一]著一"鬧"字而境界全出;"雲破月來花弄影",[二]著一"弄"字而境界全出矣。

[一]　《花庵絕妙詞選》卷三云:"宋子京名祁,張子野所稱'"紅杏枝頭春意鬧"尚書'者也。"《玉樓春》云:"東城漸覺風光好,①縠皺波紋迎

————————

①　"風光",原誤作"春",據《花庵絕妙詞選》改。

客棹。綠楊煙外曉寒輕,紅杏枝頭春意鬧。 浮生長恨歡娛少,
肯愛千金輕一笑?爲君持酒勸斜陽,且向花間留晚照。"

〔二〕 《彊村叢書》本張先《子野詞》卷二《天仙子》云:"水調數聲持酒
聽,午醉醒來愁未醒。送春春去幾時回?臨晚鏡,傷流景,往事有
期空記省。 沙上並禽池上暝,雲破月來花弄影。重重簾幕密
遮燈,風不定,人初靜,明日落紅應滿徑。"

　　境界有大小,不以是而分優劣。"細雨魚兒出,微風燕子
斜",〔一〕何遽不若"落日照大旗,馬鳴風蕭蕭"?〔二〕"寶簾閒掛
小銀鉤",〔三〕何遽不若"霧失樓臺,月迷津渡"〔四〕也?

〔一〕 《全唐詩》卷二二七杜甫《水檻遣心》第一首云:"①去郭軒楹敞,無
村眺望賒。澄江平少岸,幽樹晚多花。細雨魚兒出,微風燕子斜。
城中十萬户,此地兩三家。"

〔二〕 《全唐詩》卷十八杜甫《後出塞》第二首云:"②朝進東門營,暮上河
陽橋。落日照大旗,馬鳴風蕭蕭。平沙列萬幕,部伍各見招。中天
懸明月,令嚴夜寂寥。悲笳數聲動,壯士慘不驕。借問大將誰?恐
是霍嫖姚。"

〔三〕 《彊村叢書》本秦觀《淮海居士長短句》中《浣溪沙》第一首云:"漠
漠輕寒上小樓,曉陰無賴似窮秋。澹煙流水畫屏幽。 自在飛
花輕似夢,無邊絲雨細如愁。寶簾閒掛小銀鉤。"

〔四〕 秦觀《踏莎行》之句,已見前。

---

① "卷二二七",原誤作"卷八",據《全唐詩》改。
② "卷十八",原誤作"卷八",據《全唐詩》改。

　　嚴滄浪《詩話》謂："盛唐諸公唯在興趣,羚羊挂角,無迹可求。故其妙處,透澈玲瓏,不可湊拍。① 如空中之音,相中之色,水中之影,鏡中之象,言有盡而意無窮。"〔一〕余謂北宋以前之詞亦復如是。然滄浪所謂"興趣",阮亭所謂"神韻",〔二〕猶不過道其面目,不若鄙人拈出"境界"二字爲探其本也。

〔一〕　宋嚴羽著《滄浪詩話》,發爲"興趣"之論,蓋融合鍾嶸所謂"勝語"、"直尋"及司空圖所謂"味在酸鹽之外"兩説而成。"羚羊挂角"一語,出《傳燈録》:"雪峯云:'我若東道西道,汝則尋言逐句;我若羚羊挂角,汝向什麼處捫摸!'"按:羚羊似羊而大,角有圓繞蹙文,夜則懸挂其角於木上,示無形迹可尋,以避患焉。
〔二〕　清王士禎阮亭著《漁洋詩話》,標稱"神韻",以爲天然不可湊泊。而翁方綱則譏漁洋所謂"神韻"乃李滄溟"格調"之改稱也。

　　太白純以氣象勝,"西風殘照,漢家陵闕",〔一〕寥寥八字,遂關千古登臨之口。後世唯范文正之《漁家傲》、〔二〕夏英公之《喜遷鶯》〔三〕差足繼武,然氣象已不逮矣。

〔一〕　《全唐詩》卷八九〇《詞二》載李白《憶秦娥》:"②簫聲咽,秦娥夢斷秦樓月。秦樓月,年年柳色,灞陵傷別。　　樂遊原上清秋節,咸陽古道音塵絶。音塵絶,西風殘照,漢家陵闕。"按:吳衡照《蓮子居詞話》卷一云:"唐詞《菩薩蠻》、《憶秦娥》二闋,《花庵》以後,咸

①　"湊拍",嚴羽《滄浪詩話》原作"湊泊",許氏注文亦作"湊泊",因《人間詞話》諸版原即如此,姑仍其舊。
②　"卷八九〇",原誤作"卷三十二",據《全唐詩》改。

以爲出自太白。然太白集本不載,至楊齊賢、蕭士贇注始附益之。胡應麟《筆叢》疑其僞託,未爲無見。謂‘詳其意調,絶類溫方城’,殊不然。如‘暝色入高樓,有人樓上愁’、‘西風殘照,漢家陵闕’等語,神理高絶,却非《金荃》手筆所能。”

〔二〕《彊村叢書》本《范文正公詩餘・漁家傲・秋思》云:“塞下秋來風景異,衡陽雁去無留意。四面邊聲連角起,千嶂裏,長煙落日孤城閉。　　濁酒一杯家萬里,燕然未勒歸無計。羌管悠悠霜滿地,人不寐,將軍白髮征夫淚。”《皺水軒詞筌》云:“盧陵譏范希文《漁家傲》爲‘窮塞主詞’,自矜其‘戰勝歸來飛捷奏,傾賀酒,玉階遙獻南山壽’爲‘真元帥之事’。按:宋以小詞爲樂府,被之管絃,往往傳於宮掖。范詞如‘長煙落日孤城閉’、‘羌管悠悠霜滿地’、‘將軍白髮征夫淚’,令‘綠樹碧簾相掩映,無人知道外邊寒’者聽之,知邊庭之苦如是,庶有所警觸,此深得《采薇》、《出車》‘楊柳’、‘雨雪’之意。若歐詞止於諛耳,何所感耶?”

〔三〕《唐宋諸賢絶妙詞選》卷二載夏英公竦《喜遷鶯令》,注云:“景德中,水殿按舞,英公翰林内直。上遣中使取新詞,公援毫立成以進,大蒙天奬。”詞云:“霞散綺,月垂鈎,簾卷未央樓。夜涼銀漢截天流,宮闕鎖清秋。　　瑤臺樹,金莖露,鳳髓香盤煙霧。三千珠翠擁宸游,水殿按《涼州》。”《吳禮部詩話》云:“姚子敬嘗手選古今樂府一帙,以夏英公《喜遷鶯》宮詞爲冠。其詞富豔精工,誠爲絶唱。”(亦見楊慎《詞品》卷三)

張皋文謂飛卿之詞“深美閎約”。〔一〕余謂此四字唯馮正中〔二〕足以當之。劉融齋謂飛卿“精豔絶人”,〔三〕差近之耳。

〔一〕　張惠言皋文《詞選序》云:“唐之詞人,李白爲首,而溫庭筠(飛卿)

最高,其言深美閎約。"《介存齋論詞雜著》云:"皋文曰:'飛卿之詞,深美閎約。'信然。飛卿醞釀最深,故其言不怒不懾,備剛柔之氣。鍼縷之密,南宋人始露痕迹,《花間》極有渾厚氣象。如飛卿則神理超越,不復可以迹象求矣。然細繹之,正字字有脈絡。"

〔二〕《白雨齋詞話》卷一云:"馮正中(延巳)詞,極沈鬱之致,窮頓挫之妙,纏緜忠厚,與溫、韋相伯仲也。"

〔三〕劉融齋熙載《藝概》説。

"畫屏金鷓鴣",飛卿語也,〔一〕其詞品似之;"絃上黃鶯語",端己語也,〔二〕其詞品亦似之。正中詞品,若欲於其詞句中求之,則"和淚試嚴妝",〔三〕殆近之歟?

〔一〕王國維輯溫庭筠(飛卿)《金荃詞·更漏子》云:"柳絲長,春雨細,花外漏聲迢遞。驚塞雁,起城烏,畫屏金鷓鴣。　香霧薄,透簾幕,惆悵謝家池閣。紅燭背,繡簾垂,夢長君不知。"

〔二〕王國維輯蜀韋莊(端己)《浣花詞·菩薩蠻》第一首云:"紅樓別夜堪惆悵,香燈半捲流蘇帳。殘月出門時,美人和淚辭。　琵琶金翠羽,絃上黃鶯語。勸我早歸家,綠窗人似花。"

〔三〕近刻馮延巳《陽春集》箋本載《菩薩蠻》九首,其第六首云:"嬌鬟堆枕釵橫鳳,溶溶春水楊花夢。紅燭淚闌干,翠屏煙浪寒。　錦壺催畫箭,玉珮天涯遠。和淚試嚴妝,落梅飛曉霜。"

南唐中主詞:"菡萏香銷翠葉殘,西風愁起綠波間。"〔一〕大有眾芳蕪穢,美人遲暮之感。乃古今獨賞其"細雨夢回雞塞遠,小樓吹徹玉笙寒",〔二〕故知解人正不易得。

〔一〕　王國維輯《南唐中主詞·浣溪沙》第二首云：“菡萏香銷翠葉殘，西
　　　　風愁起綠波間。還與韶光共憔悴，不堪看。　　細雨夢回雞塞遠，
　　　　小樓吹徹玉笙寒。多少淚珠無限恨，倚欄干。”
〔二〕　馮延巳答中主，稱其“小樓”一句。王安石以爲“一江春水向東流”
　　　　未若“細雨”二句。

　　　溫飛卿之詞，句秀也；韋端己之詞，骨秀也；李重光之詞，
神秀也。①

　　　詞至李後主，而眼界始大，感慨遂深，遂變伶工之詞而爲
士大夫之詞。周介存置諸溫、韋之下，可謂顛倒黑白矣。〔一〕
“自是人生長恨水長東”、〔二〕“流水落花春去也，天上人
間”，〔三〕《金荃》、〔四〕《浣花》〔五〕能有此氣象耶？

〔一〕　周介存濟《論詞雜著》云：“李後主詞如生馬駒，不受控捉。毛嬙、
　　　　西施，天下美婦人也，嚴妝佳，淡妝亦佳。麤服亂頭，不掩國色。飛
　　　　卿，嚴妝也；端己，淡妝也；後主則麤服亂頭矣。”“飛卿”即溫庭筠，
　　　　“端己”即韋莊。
〔二〕　王國維輯《南唐二主詞》李後主《烏夜啼》云：“林花謝了春紅，太匆
　　　　匆。無奈朝來寒雨晚來風。　　胭脂淚，相留醉，幾時重？ 自是人
　　　　生長恨水長東！”
〔三〕　王國維輯《李後主詞·浪淘沙令》云：“簾外雨潺潺，春意闌珊。羅
　　　　衾不耐五更寒。夢裏不知身是客，一餉貪歡！ 　　獨自莫凭闌，無
　　　　限關山。別時容易見時難！ 流水落花春去也，天上人間！”

①　“之詞神秀也”，原脫漏，並與下一條誤併，據《人間詞話》補正。

〔四〕　“《金荃》”,温庭筠集名。

〔五〕　“《浣花》”,韋莊集名。

　　詞人者,不失其赤子之心者也。[一]故生於深宫之中,長於婦人之手,是後主爲人君所短處,亦即爲詞人所長處。

〔一〕　案：此“赤子之心”,謂童心也,與《孟子》所謂“赤子之心”不同。此説可以王氏他篇之文證之,《静庵文集·叔本華與尼采》篇引叔本華之《天才論》曰:“天才者,不失其赤子之心者也。蓋人生之七年後,知識之機關,即腦之質與量,已達完全之域,而生殖之機關尚未發達。故赤子能感也,能思也,能教也。其愛知識也,較成人爲深;而其受知識也,亦視成人爲易。一言以蔽之,曰：彼之知力盛於意志而已。即彼之知力作用,遠過於意志之所需要而已。故自某方面觀之,凡赤子,皆天才也;又凡天才,自某點觀之,皆赤子也。昔海爾台爾(Herder)謂格代(Goethe)曰‘巨孩’,音樂大家穆差德(Mozart)亦終生不脱孩氣。休利希台額路爾謂彼曰:‘彼於音樂,幼而驚其長老,然於一切他事,則壯而常有童心者也。’”

　　客觀之詩人不可不多閲世,閲世愈深則材料愈豐富,愈變化,《水滸傳》、《紅樓夢》之作者是也;主觀之詩人不必多閲世,閲世愈淺則性情愈真,李後主是也。

　　尼采謂:“一切文學,余愛以血書者。”[一]後主之詞,真所謂“以血書者”也。宋道君皇帝《燕山亭》[二]詞亦略似之。然道君不過自道身世之戚,後主則儼有釋迦、基督擔荷人類罪惡之意,其大小固不同矣。

〔一〕 尼采,德人,擅長哲學及藝術,富於破壞思想及革命精神,故其言如是。

〔二〕 宋徽宗禪位於皇太子,被尊爲教主道君太上皇帝。靖康二年,北狩。《彊村叢書》本《宋徽宗詞·燕山亭》云:"裁翦冰綃,輕疊數重,淡著燕脂勻注。新樣靚妝,豔溢香融,羞殺蕊珠宮女。易得凋零,更多少無情風雨。愁苦。閒院落淒涼,幾番春暮? 憑寄離恨重重,這雙燕何曾,曾人言語? 天遙地遠,萬水千山,知他故宮何處? 怎不思量? 除夢裏有時曾去。無據。和夢也,新來不做。"

　　馮正中詞雖不失五代風格,而堂廡特大,開北宋一代風氣。與中、後二主詞皆在《花間》範圍之外,宜《花間集》〔一〕中不登其隻字也。

〔一〕 《花間集》十卷,後蜀趙崇祚編。

　　正中詞除《鵲踏枝》、《菩薩蠻》十數闋最煊赫外,〔一〕如《醉花間》之"高樹鵲銜巢,斜月明寒草",〔二〕余謂韋蘇州之"流螢渡高閣"、〔三〕孟襄陽之"疏雨滴梧桐",〔四〕不能過也。

〔一〕 近刻《陽春集》箋錄《鵲踏枝》(即《蝶戀花》)十四首,其第十一首,王氏下文又稱引之,茲錄以示例。詞曰:"幾日行雲何處去? 忘却歸來,不道春將暮。百草千花寒食路,香車繫在誰家樹? 淚眼倚樓頻獨語。雙燕飛來,陌上相逢否? 撩亂春愁如柳絮,悠悠夢裏無尋處。"又馮氏《菩薩蠻》九首,上文已錄注其第六首,可參觀。

〔二〕 《陽春集》載《醉花間》四首,其第三首云:"晴雪小園春未到,池邊

梅自早。高樹鵲銜巢(按:"巢"字,《詞譜》作"窠",粟香室本亦作
"窠"),斜月明寒草。　　山川風景好,自古金陵道。少年看却
老。相逢莫厭醉金杯,別離多,懽會少。"

〔三〕　《全唐詩》卷一八七韋應物《寺居獨夜寄崔主簿》詩:"①幽人寂不
　　　　寐,木葉紛紛落。寒雨暗深更,流螢渡高閣。坐使青燈曉,還傷夏
　　　　衣薄。寧知歲方宴,離居更蕭索。"應物曾爲蘇州刺史,故人稱"韋
　　　　蘇州"。

〔四〕　《全唐詩》卷一六〇收孟浩然斷句云:"②微雲淡河漢,疏雨滴梧
　　　　桐。"注云:"王士源云:'浩然嘗閒遊秘省,秋月新霽,諸英聯詩。
　　　　次當浩然云云,舉坐嗟其清絶,不復爲綴。'"

　　歐九《浣溪沙》詞:"綠楊樓外出秋千。"晁補之謂:"只一
'出'字,便後人所不能道。"〔一〕余謂此本於正中《上行杯》詞
"柳外秋千出畫墻",〔二〕但歐語尤工耳。

〔一〕　"歐九"即歐陽修。《復齋漫録》云:"晁無咎(補之字)評本朝樂章
　　　　云:'歐陽永叔《浣溪沙》云:"堤上遊人逐畫船,拍堤春水四垂天。
　　　　綠楊樓外出秋千。"(按:此係前片,後片云:"白髮戴花君莫笑,六
　　　　么催拍盞頻傳。人生何處似尊前?")此等語絶妙。只一"出"字,
　　　　自是著意道不到處。'"

〔二〕　近刻《陽春集》箋本載《上行杯》云:"落梅著雨消殘粉,雲重煙輕寒
　　　　食近。羅幕遮香,柳外秋千出畫牆。　　春山顛倒釵橫鳳,飛絮入
　　　　簾春睡重。夢裏佳期,祇許庭花與月知。"

----

① "卷一八七",原誤作"卷七",據《全唐詩》改。
② "卷一六〇",原誤作"卷六",據《全唐詩》改。

　　梅舜俞《蘇幕遮》詞："落盡梨花春事了，滿地斜陽，翠色和煙老。"劉融齋謂少游一生似專學此種。〔一〕余謂馮正中〔二〕《玉樓春》詞："芳菲次第長相續，自是情多無處足。尊前百計得春歸，莫爲傷春眉黛促。"永叔一生似專學此種。

〔一〕　此梅堯臣《蘇幕遮·草》結三句也。《詞綜》卷四録其全詞云："露堤平，煙墅杳。亂碧萋萋，雨後江天曉。獨有庾郎年最少，窣地春袍，嫩色宜相照。　　接長亭，迷遠道。堪怨王孫，不記歸期早。落盡梨花春又了，滿地殘陽，翠色和煙老。"按：堯臣，字聖俞，作"舜俞"者誤。"春又了"之"又"字誤作"事"，應正。

〔二〕　《陽春集》載《玉樓春》云："雪雲乍變春雲簇，漸覺年華堪縱目。北枝梅蕊犯寒開，南浦波紋如酒緑。　　芳菲次第長相續，自是情多無處足。尊前百計得春歸，莫爲傷春眉黛蹙。"

　　人知和靖《點絳脣》、〔一〕舜俞《蘇幕遮》、永叔《少年游》三闋〔二〕爲詠春草絕調，不知先有正中"細雨濕流光"五字，〔三〕皆能攝春草之魂者也。

〔一〕　《詞綜》卷四林和靖《點絳脣》："金谷年年，亂生春色誰爲主？餘花落處，滿地和煙雨。　　又是離歌，一闋長亭暮。王孫去，萋萋無數，南北東西路。"

〔二〕　檢毛晉刻本《六一詞》，《少年游》三首無一詠春草者。《詞律》卷五收梅堯臣《少年游》，注引紀昀據吳曾説，斷此詞爲歐陽修作，蓋詠春草也。詞云："闌干十二獨凭春，晴碧遠連雲。千里萬里，二月三月，行色苦愁人。　　謝家池上，江淹浦畔，吟魄與離魂。更那堪疏雨滴黃昏,更特地憶王孫。"

〔三〕　《陽春集》載《南鄉子》云:"細雨濕流光,芳草年年與恨長。煙鎖鳳樓無限事,茫茫。鸞鏡鴛衾兩斷腸。　　魂夢任悠揚,睡起楊花滿繡牀。薄幸不來門半掩,斜陽。負你陽春淚幾行?"今人箋云:"'細雨濕流光',實本溫庭筠《荷葉杯》'朝雨濕愁紅'、皇甫松《怨回紇》'紅露濕紅蕉'而來。"劉熙載云:"馮延巳詞,歐陽永叔得其深也。"

　　《詩·蒹葭》一篇,〔一〕最得風人深致。晏同叔之"昨夜西風凋碧樹,獨上高樓,望盡天涯路",〔二〕意頗近之。但一灑落,一悲壯耳。

〔一〕　《詩·秦風·蒹葭》:"蒹葭蒼蒼,白露爲霜。所謂伊人,在水一方。遡洄從之,道阻且長。遡游從之,宛在水中央。　　蒹葭萋萋,白露未晞。所謂伊人,在水之湄。遡洄從之,道阻且躋。遡游從之,宛在水中坻。　　蒹葭采采,白露未已。所謂伊人,在水之涘。遡洄從之,道阻且右。遡游從之,宛在水中沚。"

〔二〕　毛晉刻本晏殊(同叔)《珠玉詞》載《蝶戀花》七首,其第六首云:"檻菊愁煙蘭泣露,羅幕輕寒,燕子雙飛去。明月不諳離恨苦,斜光到曉穿朱戶。　　昨夜西風凋碧樹,獨上高樓,望盡天涯路。欲寄彩箋無尺素,山長水闊知何處?"

　　"我瞻四方,蹙蹙靡所騁",〔一〕詩人之憂生也,"昨夜西風凋碧樹,獨上高樓,望盡天涯路"似之;"終日馳車走,不見所問津",〔二〕詩人之憂世也,"百草千花寒食路,香車繫在誰家樹"〔三〕似之。

〔一〕　《詩·小雅·節南山》第七章云：“駕彼四牡，四牡項領。我瞻四方，蹙蹙靡所騁。”

〔二〕　丁刊《全晉詩》卷六陶淵明《飲酒》詩第二十首云：“羲農去我久，舉世少復真。汲汲魯中叟，彌縫使其淳。鳳鳥雖不至，禮樂暫得新。洙泗輟微響，漂流逮狂秦。詩書復何罪，一朝成灰塵。區區諸老翁，爲事誠殷勤。如何絶世下，六籍無一親？終日馳車走，不見所問津。若復不快飲，空負頭上巾。但恨多謬誤，君當恕醉人。”

〔三〕　馮延巳《鵲踏枝》（即《蝶戀花》）第十一首之句，①已見前注。

　　古今之成大事業、大學問者，必經過三種之境界：“昨夜西風凋碧樹，獨上高樓，望盡天涯路”，此第一境也；“衣帶漸寬終不悔，爲伊消得人憔悴”，〔一〕此第二境也；“衆裏尋他千百度，回頭驀見，那人正在燈火闌珊處”，〔二〕此第三境也。此等語皆非大詞人不能道。然遽以此意解釋諸詞，恐晏、歐諸公所不許也。

〔一〕　《彊村叢書》本柳永（初名三變，字耆卿）《樂章集》中卷《鳳棲梧》其二云：“佇立危樓風細細，望極春愁，黯黯生天際。草色煙光殘照裏，無言誰會凭欄意。　　擬把疏狂圖一醉，對酒當歌，強樂還無味。衣帶漸寬終不悔，爲伊消得人憔悴。”

〔二〕　毛晉刻本辛棄疾《稼軒詞》卷三載《青玉案》云：“東風夜放花千樹，更吹落、星如雨。寶馬雕車香滿路，鳳簫聲動，玉壺光轉，一夜魚龍舞。　　蛾兒雪柳黃金縷，笑語盈盈暗香去。衆裏尋他千百度，驀

---

①　“鵲踏枝”，原誤作“鵲橋仙”，據《陽春集》改。

然迴首,那人卻在,燈火闌珊處。"王引有異文,或由未展原書,僅憑記憶耶?

永叔"人間自是有情癡,此恨不關風與月"、"直須看盡洛城花,始與東風容易別",[一]於豪放之中有沈著之致,所以尤高。

[一]　毛晉刻本歐陽永叔《六一詞》載《玉樓春》二十九調,其第四調云:"尊前擬把歸期説,未語春容先慘咽。人生自是有情癡,此恨不關風與月。　　離歌且莫翻新閵,一曲能教腸寸結。直須看盡洛城花,始共春風容易別。"王引亦間有異文。

馮夢華《宋六十一家詞選序例》謂:"淮海、小山,古之傷心人也。其淡語皆有味,淺語皆有致。"[一]余謂此唯淮海足以當之。[二]小山矜貴有餘,但可方駕子野、方回,未足抗衡淮海也。

[一]　今人馮夢華,名煦,有《六十一家詞選》。
[二]　《白雨齋詞話》卷六引喬笙巢云:"少游詞寄慨身世,閒雅有情思,酒邊花下,一往情深,而怨悱不亂,悄乎得《小雅》之遺。"《彊村叢書》本《淮海居士長短句上·滿庭芳》云:"山抹微雲,天連衰草,畫角聲斷譙門。暫停征棹,聊共引離尊。多少蓬萊舊事,空回首、煙靄紛紛。斜陽外,寒鴉萬點,流水遶孤村。　　銷魂當此際,香囊暗解。羅帶輕分,謾贏得青樓,薄倖名存。此去何時見也?襟袖上、空惹啼痕。傷情處,高城望斷,燈火已黃昏。"此詞多淺淡之

語,而味致甚永。(少游"寒鴉"、"流水"二語出隋煬帝《野望》詩,
見《升庵詩話》卷十。)

少游詞境最凄婉,至"可堪孤館閉春寒,杜鵑聲裏斜陽
暮",〔一〕則變而凄厲矣。東坡賞其後二語,〔二〕猶爲皮相。

〔一〕　二句見《踏莎行》詞,前注已録其全詞。
〔二〕　即"郴江"二句。

"風雨如晦,鷄鳴不已",〔一〕"山峻高以蔽日兮,下幽晦以
多雨。霰雪紛其無垠兮,雲霏霏而承宇",〔二〕"樹樹皆秋色,山
山盡落暉",〔三〕"可堪孤館閉春寒,杜鵑聲裏斜陽暮",氣象皆
相似。

〔一〕　《詩·鄭風·風雨》第三章:"風雨如晦,鷄鳴不已。既見君子,云
　　　胡不喜?"
〔二〕　四句見《楚辭·九章·涉江》中。王逸注:"垠,畔岸也。"朱熹注:
　　　"宇,屋簷也。"陳本禮云:"此正被放之所。"
〔三〕　《全唐詩》卷三十七王績《野望》詩云:"①東皋薄暮望,徙倚欲何
　　　依?樹樹皆秋色,山山唯落暉。牧人驅犢返,獵馬帶禽歸。相顧無
　　　相識,長歌懷采薇。"王引間有異文。

昭明太子稱陶淵明詩"跌宕昭彰,獨超衆類,抑揚爽朗,莫

---

① "卷三十七",原誤作"卷二",據《全唐詩》改。

之與京”，[一]王無功稱薛收賦“韻趣高奇，詞義曠遠，嵯峨蕭瑟，真不可言”，[二]詞中惜少此二種氣象。前者唯東坡，後者唯白石，略得一二耳。

〔一〕　按：此數語見昭明太子蕭統所撰《陶淵明集序》，言其辭興婉愜也。
〔二〕　按：此數語言其骨之奇勁也。劉熙載《藝概》卷三云：“王無功謂薛收《白牛溪賦》‘韻趣高奇，詞義曠遠，嵯峨蕭瑟，真不可言’。余謂賦之足當此評者，蓋不多有，前此其惟小山《招隱士》乎？”

　　詞之雅鄭，在神不在貌。永叔、少游雖作豔語，終有品格。方之美成，[一]便有淑女與倡伎之别。

〔一〕　《藝概》卷四云：“周美成詞，或稱其無美不備。余謂論詞莫先於品，美成詞信富豔精工，只是不得個貞字。是以士大夫不肯學之，學之則不知終日意縈何所矣。”

　　美成深遠之致不及歐、秦，唯言情體物，窮極工巧，故不失爲第一流之作者。但恨創調之才多，創意之才少耳。

　　詞忌用替代字。美成《解語花》之“桂華流瓦”，[一]境界極妙，惜以“桂華”二字代“月”耳。夢窗以下，則用代字更多。[二]其所以然者，非意不足，則語不妙也。蓋意足則不暇代，語妙則不必代。此少游之“小樓連苑”、“繡轂雕鞍”所以爲東坡所譏也。[三]

〔一〕　《彊村叢書》本周邦彦《片玉集》卷之七《解語花·元宵》云："風銷
焰蠟，露浥烘爐，花市光相射。桂華流瓦。纖雲散，耿耿素娥欲下。
衣裳澹雅，看楚女、纖腰一把。簫鼓喧、人影參差，滿路飄香
麝。　　因念都城放夜，望千門如晝，嬉笑遊冶。鈿車羅帕。相逢
處、自有暗塵隨馬。年光是也，唯只見、舊情衰謝。清漏移、飛蓋歸
來，從舞休歌罷。"

〔二〕　按：前於夢窗（吳文英）者，如張先《菩薩蠻》云："纖纖玉筍橫孤
竹。"以"玉筍"代手，以"孤竹"代樂器；《慶金枝》云："抱雲勾雪近
燈看。"以"雲"、"雪"代女子玉體，皆是。是代字不必在夢窗後始
多用也。

〔三〕　《彊村叢書》本秦觀《淮海居士長短句上·水龍吟》云："小樓連苑
橫空，下窺繡轂雕鞍驟。朱簾半捲，單衣初試，清明時候。破暖輕
風，弄晴微雨，欲無還有。賣花聲過盡，斜陽院落，紅成陣、飛鴛
鴦。　　玉佩丁東別後。悵佳期、參差難又。名韁利鎖，天還知
道，和天也瘦。花下重門，柳邊深巷，不堪回首。念多情，但有當時
皓月，向人依舊。"劉熙載《藝概》云："少游《水龍吟》'小樓連苑橫
空，下窺繡轂雕鞍驟'，東坡譏之云：'十三個字只說得一個人騎馬
樓前過。'語極解頤。"

　　沈伯時〔一〕《樂府指迷》云："說桃不可直說破'桃'，須用
'紅雨'、〔二〕'劉郎'〔三〕等字；說柳不可直說破'柳'，須用'章
臺'、〔四〕'霸岸'〔五〕等字……"若惟恐人不用代字者。果以是
爲工，則古今類書具在，又安用詞爲耶？宜其爲《提要》〔六〕所
譏也。

〔一〕　宋沈伯時，名義父，撰《樂府指迷》一卷。

〔二〕 《致虛閣雜俎》云:"唐天寶十三年,宮中下紅雨,色如桃。"

〔三〕 唐劉禹錫詩:"紫陌紅塵拂面來,無人不道看花回。玄都觀裏桃千樹,盡是劉郎去後栽。"又詩曰:"百畝庭中半是苔,桃花淨盡菜花開。種桃道士歸何處?前度劉郎今獨來。"

〔四〕 《全唐詩》卷二四五韓翃《寄柳氏》詩云:"①章臺柳,章臺柳,顏色青青今在否?縱使長條如舊垂,也應攀折他人手。"

〔五〕 "霸岸",謂霸陵岸也。"霸",一作"灞"。王粲《七哀詩》云:"南登霸陵岸,回首望長安。"指此。《三輔黃圖》云:"灞橋在長安,東漢人送客至此,手折柳贈別,名曰銷魂橋。"蓋橋旁兩岸多植柳樹,故詠柳輒及之。《佩文韻府·十五翰》"灞岸"條下引戎昱詩云:"楊柳含煙灞岸春,年年攀折爲行人。"靳注又引羅隱詩云:"柳攀霸岸狂遮袂,水憶池陽渌滿心。"(按:此羅隱《送進士臧濆下第後歸池州》句。)

〔六〕 《四庫·〈樂府指迷〉提要》云:"又謂説桃須用'紅雨'、'劉郎'等字,説柳須用'章臺'、'灞岸'等字,説書須用'銀鈎'等字,説淚須用'玉筯'等字,説髮須用'綠雲'等字,説簟須用'湘竹'等字,不可直説破。其意欲避鄙俗,而不知轉成塗飾,亦非確論。"

美成《青玉案》詞:"葉上初陽乾宿雨。水面清圓,一一風荷舉。"〔一〕此真能得荷之神理者。覺白石《念奴嬌》、《惜紅衣》二詞,猶有隔霧看花之恨。〔二〕

〔一〕 《彊村叢書》本周邦彥《片玉集》卷之四《蘇幕遮》云:"燎沈香,消溽暑。鳥雀呼晴,侵曉窺簷語。葉上初陽乾宿雨。水面清圓,一一

---

① "卷二四五",原誤作"卷九",據《全唐詩》改。

風荷舉。　　故鄉遥,何日去? 家住吳門,久作長安旅。五月漁郎相憶否? 小檝輕舟,夢入芙蓉浦。"按:"《青玉案》"調名當爲"《蘇幕遮》"之誤,應正。

〔二〕　《彊村叢書》本《白石道人歌曲》卷之四載《念奴嬌》云:"鬧紅一舸,記來時,常與鴛鴦爲侶。三十六陂人未到,水佩風裳無數。翠葉吹涼,玉容銷酒,更灑菰蒲雨。嫣然搖動,冷香飛上詩句。日暮。青蓋亭亭,情人不見,爭忍凌波去。只恐舞衣寒易落,愁入西風南浦。高柳垂陰,老魚吹浪,留我花間住。田田多少,幾回沙際歸路?"又卷之五載《惜紅衣》云:"簟枕邀涼,琴書換日,睡餘無力。細灑冰泉,并刀破甘碧。墻頭喚酒,誰問訊,城南詩客? 岑寂。高柳晚蟬,説西風消息。　　虹梁水陌,魚浪吹香,紅衣半狼藉。維舟試望故國,渺天北。可惜渚邊沙外,不共美人遊歷。問甚時同賦,三十六陂秋色?"按:白石二首亦並詠荷花,其曰"舞衣",曰"紅衣",蓋用擬人之格,未若美成直抒物理也。

東坡《水龍吟》詠楊花,[一]和韻而似元唱;章質夫詞,[二]原唱而似和韻,才之不可强也如是。

〔一〕　《彊村叢書》本蘇軾《東坡樂府》卷二《水龍吟·次韻章質夫楊花詞》云:"似花還似非花,也無人惜從教墜。拋家傍路,思量却是,無情有思。縈損柔腸,困酣嬌眼,欲開還閉。夢隨風萬里,尋郎去處,又還被、鶯呼起。　　不恨此花飛盡,恨西園、落紅難綴。曉來雨過,遺蹤何在? 一池萍碎。春色三分,二分塵土,一分流水。細看來、不是楊花,點點是離人淚。"

〔二〕　《詞綜》卷七章楶(字質夫)《水龍吟·柳花》云:"燕忙鶯懶芳殘,正堤上、柳花飄墜。輕飛亂舞,點畫青林,全無才思。閑趁游絲,静臨深院,日長門閉。傍珠簾散漫,垂垂欲下,依前被、風扶起。
蘭帳玉人睡覺,怪春衣、雪霑瓊綴。繡牀漸滿,香毬無數,才圓却
碎。時見蜂兒,仰黏輕粉,魚吞池水。望章臺路杳,金鞍遊蕩,有盈
盈淚。”

　　詠物之詞,自以東坡《水龍吟》爲最工,邦卿《雙雙燕》次
之。〔一〕白石《暗香》、《疏影》〔二〕格調雖高,然無一語道著,視古
人“江邊一樹垂垂發”〔三〕等句何如耶?

〔一〕《詞源》卷下《詠物門》云:“詩難於詠物,詞爲尤難。體認稍真,則
　　　拘而不暢;模寫差遠,則晦而不明。要須收縱聯密,用事合題,一段
　　　意思全在結句,斯爲絕妙。”叔夏並舉史邦卿《東風第一枝·詠春
　　　雪》、《綺羅香·詠春雨》、《雙雙燕·詠燕》諸詞爲佳例,惟不及東
　　　坡《水龍吟》。檢《彊村叢書》本《東坡樂府》,《水龍吟》凡六首:卷
　　　一載《水龍吟·贈趙晦之》一首;卷二載《水龍吟》“閭丘大夫”一
　　　首,又《水龍吟》“昔謝自然”一首,又《水龍吟·次韻章質夫楊花
　　　詞》一首;卷三載《水龍吟》一首,又一首舊題作“詠雁”。六首中詠
　　　物詞僅《次韻》及《詠雁》二首,尤以《次韻》爲工,詞已見前。史邦
　　　卿(達祖)《雙雙燕》云:“過春社了,度簾幕中間,去年塵冷。差池
　　　欲往,試入舊巢相並。還相雕梁藻井,又頓語、商量不定。飄然快
　　　拂花梢,翠尾分開紅影。　　芳徑,芹泥雨潤。愛貼地爭飛,競誇
　　　輕俊。紅樓歸晚,看足柳昏花暝。應自棲香正穩,便忘了、天涯芳
　　　信。愁損翠黛雙蛾,日日畫闌獨凭。”

〔二〕《詞源》卷下《意趣門》舉姜白石(夔)《暗香》、《疏影》二首,以爲皆
　　　清空中有意趣。《暗香》云:“舊時月色,算幾番照我,梅邊吹笛?
　　　喚起玉人,不管清寒與攀摘。何遜而今漸老,都忘却、春風詞筆。

但怪得、竹外疏花,香冷入瑤席。　　　江國,正寂寞。歎寄與路遙,夜雪初積。翠樽易泣,紅萼無言耿相憶。長記曾攜手處,千樹壓、西湖寒碧,又片片、吹盡也,幾時見得?"《疏影》云:"苔枝綴玉,有翠禽小小,枝上同宿。客裏相逢,籬角黃昏,無言自倚修竹。昭君不慣胡沙遠,但暗憶、江南江北。想佩環、月夜歸來,化作此花幽獨。　　　猶記深宮舊事,那人正睡裏,飛近蛾綠。莫似春風,不管盈盈,早與安排金屋。還教一片隨波去,又却怨、玉龍哀曲。等恁時、重覓幽香,已入小窗橫幅。"(二詞均在《彊村叢書》本《白石道人歌曲》卷之五)

〔三〕　杜甫《和裴迪登蜀州東亭送客逢早梅相憶見寄》:"東閣觀梅動詩興,還如何遜在揚州。此時對雪遙相憶,送客逢春可自由。幸不折來傷歲暮,若爲看去亂鄉愁。江邊一樹垂垂發,朝夕催人自白頭。"

　　白石寫景之作,如"二十四橋仍在,波心蕩、冷月無聲"、〔一〕"數峯清苦,商略黃昏雨"、〔二〕"高樹晚蟬,說西風消息",〔三〕雖格韻高絕,然如霧裏看花,終隔一層。梅溪、夢窗諸家寫景之病,皆在一"隔"字。北宋風流,渡江遂絕,抑真有運會存乎其間耶?

〔一〕　《彊村叢書》本《白石道人歌曲》卷之五自度曲《揚州慢》云:"①淮左名都,竹西佳處,解鞍少駐初程。過春風十里,盡薺麥青青。自胡馬窺江去後,廢池喬木,猶厭言兵。漸黃昏、清角吹寒,都在空城。　　　杜郎俊賞,算而今、重到須驚。縱豆蔻詞工,青樓夢好,難

————————————
　①　"《揚州慢》",原脫漏,據《白石道人歌曲》補。

賦深情。二十四橋仍在,波心蕩、冷月無聲。念橋邊紅藥,年年知
爲誰生?"

〔二〕《彊村叢書》本《白石道人歌曲》卷之三《點絳唇》第一首云:"燕雁
無心,太湖西畔隨雲去。數峯清苦,商略黃昏雨。　　第四橋邊,
擬共天隨住。今何許? 憑欄懷古,殘柳參差舞。"

〔三〕二句見上引《惜紅衣》詞。"高樹",一作"高柳"。

　　問"隔"與"不隔"之別,曰:陶、謝之詩不隔,[一]延年則稍
隔矣;[二]東坡之詩不隔,山谷則稍隔矣。[三]"池塘生春草"、[四]
"空梁落燕泥"[五]等二句,妙處唯在不隔,詞亦如是。即以一
人一詞論,如歐陽公《少年遊‧詠春草》上半闋云:"闌干十二
獨凭春,晴碧遠連雲。二月三月,千里萬里,行色苦愁人。"語
語都在目前,便是不隔;至云:"謝家池上,江淹浦畔。"則隔
矣。[六]白石《翠樓吟》:"此地。宜有詞仙,擁素雲黃鶴,與君遊
戲。玉梯凝望久,嘆芳草、萋萋千里。"便是不隔;至"酒祓清
愁,花消英氣",則隔矣。[七]然南宋詞雖不隔處,比之前人,自
有淺深厚薄之別。

〔一〕蕭統評淵明之詩爲"抑揚爽朗,莫之與京",鮑照評靈運之詩"如初
日芙蓉,自然可愛"。曰"爽朗",曰"自然",即此所謂"不隔"也。

〔二〕湯惠休評顏延年詩"如錯采鏤金",蓋病其雕繪過甚,即有勝義,難
以直尋。此王氏所以謂之"隔"也。

〔三〕沈德潛評東坡"詩筆超曠,等於天馬脱羈,飛躍游戲,窮極變幻,而
適如意中所欲出",趙翼評東坡之詩"爽如哀梨,快如并剪,有必達

之隱,無難顯之情",並足證東坡詩之"不隔"也。陳後山謂山谷學杜"過於出奇,不如杜之遇物而奇",沈德潛則以"太生"目之。"過於出奇"與"太生"云者,蓋指摘其失自然之義,即此"山谷稍隔"之説也。《許彥周詩話》引林艾軒云:"丈夫見客,大踏步便出去;若女子,便有許多粧裹。此坡、谷之别也。"喻蘇爽黃澀尤顯。

〔四〕　丁刊《全宋詩》卷三謝靈運《登池上樓》云:"潛虬媚幽姿,飛鴻響遠音。薄霄愧雲浮,棲川怍淵沈。進德智所拙,退耕力不任。徇禄反窮海,卧痾對空林。衾枕昧節候,褰開暫窺臨。傾耳聆波瀾,舉目眺嶇嶔。初景革緒風,新陽改故陰。池塘生春草,園柳變鳴禽。祁祁傷豳歌,萋萋感楚吟。索居易永久,離羣難處心。持操豈獨古,無悶徵在今。"

〔五〕　丁刊《全隋詩》卷二薛道衡《昔昔鹽》云:"垂柳覆金堤,蘼蕪葉復齊。水溢芙蓉沼,花飛桃李蹊。採桑秦氏女,織錦竇家妻。關山别蕩子,風月守空閨。恒斂千金笑,長垂雙玉啼。盤龍隨鏡隱,彩鳳逐帷低。飛魂同夜鵲,倦寢憶晨雞。暗牖懸蛛網,空梁落燕泥。前年過代北,今歲往遼西。一去無消息,那能惜馬蹄。"

〔六〕　《少年遊》詞全文已見前注。"謝家池上",用謝靈運"池塘生春草"句典;"江淹浦畔",用江淹《别賦》"春草碧色,春水渌波。送君南浦,傷如之何"四句。謝、江原作皆妙見興象,歐詞則鑿死妙語,意晦趣隔矣。

〔七〕　《彊村叢書》本《白石道人歌曲》卷之六自製曲《翠樓吟》云:"月冷龍沙,塵清虎落,今年漢酺初賜。新翻胡部曲,聽氈幕、元戎歌吹。層樓高峙。看檻曲縈紅,簷牙飛翠。人姝麗,粉香吹下,夜寒風細。

　　此地。宜有詞仙,擁素雲黃鶴,與君游戲。玉梯凝望久,歎芳草、萋萋千里。天涯情味。仗酒祓清愁,花銷英氣。西山外,晚來還捲,一簾秋霽。"

“生年不滿百，常懷千歲憂。晝短苦夜長，何不秉燭遊”、[一]“服食求神仙，多爲藥所誤。不如飲美酒，被服紈與素”，[二]寫情如此，方爲“不隔”；“采菊東籬下，悠然見南山。山氣日夕佳，飛鳥相與還”、“天似穹廬，籠蓋四野。天蒼蒼，野茫茫，風吹草低見牛羊”，[三]寫景如此，方爲“不隔”。

[一] 《文選·古詩十九首》第十五首云：“生年不滿百，常懷千歲憂。晝短苦夜長，何不秉燭遊？爲樂當及時，何能待來茲。愚者愛惜費，但爲後世嗤。仙人王子喬，難可與等期！”

[二] 《文選·古詩十九首》第十三首云：“驅車上東門，遙望郭北墓。白楊何蕭蕭，松柏夾廣路。下有陳死人，杳杳即長暮。潛寐黃泉下，千載永不寤。浩浩陰陽移，年命如朝露。人生忽如寄，壽無金石固。萬歲更相送，聖賢莫能度。服食求神仙，多爲藥所誤。不如飲美酒，被服紈與素。”

[三] 丁刊《全北齊詩》斛律金《敕勒歌》云：“敕勒川，陰山下。天似穹廬，籠蓋四野。天蒼蒼，野茫茫，風吹草低見牛羊。”

古今詞人格調之高，無如白石。惜不於意境上用力，故覺無言外之味，弦外之響，終不能與於第一流之作者也。

南宋詞人，白石有格而無情，劍南[一]有氣而乏韻，其堪與北宋人頡頏者，唯一幼安耳。近人祖南宋而祧北宋，以南宋之詞可學，北宋不可學也。學南宋者，不祖白石，則祖夢窗，以白石、夢窗可學，幼安不可學也。學幼安者率祖其粗獷、滑稽，以其粗獷、滑稽處可學，佳處不可學也。幼安之佳處，在有性情，有境界。即以氣象論,亦有"傍素波"、"干青雲"〔二〕之概,寧後世齷齪小生所可擬耶?

〔一〕　"劍南",即陸游。
〔二〕　蕭統《陶淵明集序》云:"横素波而傍流,干青雲而直上。"

東坡之詞曠,〔一〕稼軒之詞豪。〔二〕無二人之胸襟而學其詞,猶東施之效捧心也。

〔一〕　《藝概》云:"東坡詞具神仙出世之姿。"
〔二〕　《藝概》云:"稼軒詞龍騰虎擲。"《宋史》本傳稱其"雅善長短句,悲壯激烈"。

讀東坡、稼軒詞,須觀其雅量高致,有伯夷、柳下惠之風。白石雖似蟬蜕塵埃,然終不免局促轅下。

蘇、辛,詞中之狂,白石猶不失爲狷。若夢窗、梅溪、玉田、草窗、中麓輩,面目不同,同歸於鄉愿而已。〔一〕

〔一〕　按:"狂者進取,狷者則有所不爲",雖非中道之士,而孔門固猶有取。蘇、辛之詞,大抵皆具豪放之致,而白石之詞,劉熙載譬諸"藐姑冰雪",其與蘇、辛之異,亦猶狷之殊狂也。至吳文英(夢窗)、史達祖(梅溪)、張炎(玉田)、周密(草窗)及明人李開先(中麓)之詞,大抵好修爲常,性靈漸隱,亦猶鄉愿之色屬内荏,似是而非。害德害文,不妨同喻。

　　稼軒中秋飲酒達旦,用《天問》體作《木蘭花慢》[一]以送月曰:"可憐今夜月,向何處、去悠悠? 是別有人間,那邊才見,光景東頭。"詞人想像,直悟月輪遶地之理,與科學家密合,可謂神悟。

〔一〕　四印齋刻本辛棄疾《稼軒詞》卷四載《木蘭花慢》云:"可憐今夕月,向何處、去悠悠? 是別有人間,那邊才見,光景東頭。是天外空汗漫,但長風、浩浩送中秋。飛鏡無根誰繫? 嫦娥不嫁誰留? 　　謂經海底問無由。恍惚使人愁。怕萬里長鯨,縱橫觸破,玉殿瓊樓。蝦蟆故堪浴水,問云何、玉兔解沈浮? 若道都齊無恙,云何漸漸如鉤?"

　　周介存謂:"梅溪詞中喜用'偷'字,足以定其品格。"[一]劉融齋謂:"周旨蕩而史意貪。"[二]此二語令人解頤。

〔一〕　語見周濟《介存齋論詞雜著》。
〔二〕　《藝概》云:"周美成律最精審,史邦卿句最警鍊。然未得爲君子之詞者,周旨蕩而史意貪也。"

　　介存謂夢窗詞之佳者,如"水光雲影,搖蕩綠波,撫玩無極,追尋已遠。"余覽《夢窗甲乙丙丁稿》[一]中,實無足當此者;有之,其"隔江人在雨聲中,晚風菰葉生秋怨"[二]二語乎?

〔一〕　《夢窗甲乙丙丁稿》,毛氏汲古閣刻。
〔二〕　《彊村叢書》本吳文英《夢窗詞集補·踏莎行》云:"潤玉籠綃,檀櫻倚扇,繡圈猶帶脂香淺。榴心空疊舞裙紅,艾枝應壓愁鬟亂。

午夢千山,窗陰一箭,香瘢新褪紅絲腕。隔江人在雨聲中,晚風菰葉生秋怨。"

夢窗之詞,余得取其詞中一語以評之,曰:"映夢窗,淩亂碧。"〔一〕玉田之詞,余得取其詞中之一語以評之,曰:"玉老田荒。"〔二〕

〔一〕　《彊村叢書》本吳文英《夢窗詞集・秋思》云:"堆枕香鬟側。驟夜聲,偏稱畫屏秋色。風碎串珠,潤侵歌板,愁壓眉窄。動羅箑清商,寸心低訴敍怨抑。映夢窗,零亂碧。待漲綠春深,落花香泛,料有斷紅流處,暗題相憶。　　歡酌。簷花細滴。送故人、粉黛重飾。漏侵瓊瑟,丁東敲斷,弄晴月白。怕一曲《霓裳》未終,催去驂鳳翼。歎謝客、猶未識。漫瘦卻東陽,燈前無夢到得。路隔重雲雁北。"

〔二〕　《彊村叢書》本張炎(玉田)《山中白雲詞》卷八《踏莎行・跋寄傲詩集》云:"水落槎枯,田荒玉碎,夜闌秉燭驚相對。故家人物已無傳,一燈卻照清江外。　　色展天機,光搖海貝,錦囊日月奚童背。重逢何處撫孤松?共吟風月西湖醉。"靳注云:"'田荒'當爲'田荒玉碎'之意引。"

"明月照積雪"、〔一〕"大江流日夜"、〔二〕"中天懸明月"、〔三〕"黃河落日圓",〔四〕此種境界,可謂千古壯觀。求之於詞,唯納蘭容若塞上之作,如《長相思》之"夜深千帳燈"、〔五〕《如夢令》之"萬帳穹廬人醉,星影搖搖欲墜"〔六〕差近之。

〔一〕　丁刊《全宋詩》卷三謝靈運《歲暮》:"殷憂不能寐,苦此夜難頹。明月照積雪，朔風勁（或作"清"）且哀。運往無淹物，年逝覺已（或作"易"）催。"

〔二〕　丁刊《全齊詩》卷三謝朓《暫使下都夜發新林至京邑贈西府同僚》："大江流日夜，客心悲未央。徒念關山近，終知反路長。秋河曙耿耿，寒渚夜蒼蒼。引領見京室，宮雉正相望。金波麗鳷鵲，玉繩低建章。驅車鼎門外，思見昭丘陽。馳暉不可接，何況隔兩鄉。風雲有鳥路，江漢限無梁。常恐鷹隼擊，時菊委嚴霜。寄言罻羅者，寥廓已高翔。"朓字玄暉，陳郡陽夏人，①與靈運等同爲玄之後。

〔三〕　杜甫《後出塞》内句也，全詩見前。

〔四〕　《全唐詩》卷一二六王維《使至塞上》詩云："②單車欲問邊，屬國過居延。（一作"銜命辭天闕，單車欲問邊"。）征蓬出漢塞，歸雁入胡天。大漠孤煙直，長河落日圓。蕭關逢候吏（一作"騎"），都護在燕然。"王引偶有異文。

〔五〕　納蘭容若《飲水詞》卷上載《長相思》云："山一程，水一程。身向榆關那畔行，夜深千帳燈。　　風一更，雪一更。聒碎鄉心夢不成，故園無此聲。"

〔六〕　《納蘭詞補遺》載《如夢令》云："萬帳穹廬人醉，星影搖搖欲墜。歸夢隔狼河，又被河聲攪碎。還睡，還睡，解道醒來無味。"

　　納蘭容若以自然之眼觀物，以自然之舌言情。此由初入中原，未染漢人風氣，故能真切如此。北宋以來，一人而已。

　　陸放翁跋《花間集》，謂："唐季五代詩愈卑，而倚聲輒簡古可愛。能此不能彼，未可以理推也。"《提要》駁之，謂："猶

---

①　"陳郡陽夏"，原誤作"南齊下邳"，據《南齊書》本傳改。

②　"卷一二六"，原誤作"卷五"，據《全唐詩》改。

能舉七十斤者,舉百斤則蹶,舉五十斤則運掉自如。”其言甚辨。〔一〕然謂詞必易於詩,余未敢信。善乎陳臥子〔二〕之言曰:“宋人不知詩而强作詩,故終宋之世無詩。然其歡愉愁苦之致,動於中而不能抑者,類發於詩餘,故其所造獨工。”五代詞之所以獨勝,亦以此也。

〔一〕　《四庫提要》云:“《花間集》後有陸游二跋:其一稱:‘斯時天下岌岌,士大夫乃流宕如此,或者出於無聊。’不知惟士大夫流宕如此,天下所以岌岌,游未返思其本耳。其二稱:‘唐季五代詩愈卑,而倚聲者輒簡古可愛。能此不能彼,未易以理推也。’(參看下卷“詩至唐中葉以後”條注〔二〕。)不知文之體格有高卑,人之學力有强弱。學力不足副其體格,則舉之不足;學力足以副其體格,則舉之有餘。律詩降於古詩,故中晚唐古詩多不工,而律詩則時有佳作。詞又降於律詩,故五季人詩不及唐,詞乃獨勝。此猶能舉七十斤者,舉百斤則蹶,舉五十斤則運掉自如,有何不可理推乎?”

〔二〕　“陳臥子”,名子龍,更字人中,號大樽,明松江華亭人,有《詩問略》行世。(參看下卷“詩至唐中葉以後”條注〔二〕。)

　　四言敝而有《楚辭》,《楚辭》敝而有五言,五言敝而有七言,古詩敝而有律、絶,律、絶敝而有詞。蓋文體通行既久,染指遂多,自成習套。豪傑之士亦難於其中自出新意,故遁而作他體,以自解脱。① 一切文體所以始盛終衰者,皆由於此。故謂文學後不如前,余未敢信。但就一體論,則此説固無以易也。

———————

　　① 自“習套”至“以自”,原脱漏,據《人間詞話》補。

詩之《三百篇》、《十九首》，詞之五代、北宋，皆無題也；非無題也，詩詞中之意，不能以題盡之也。自《花庵》、〔一〕《草堂》〔二〕每調立題，并古人無題之詞亦爲作題。如觀一幅佳山水，而即曰此某山某水，可乎？詩有題而詩亡，詞有題而詞亡。然中材之士，鮮能知此而自振拔矣。

〔一〕　"《花庵》"，詞選名，宋黃昇編，凡二十卷。前十卷名《唐宋諸賢絕妙詞選》，始於唐李白，終於北宋王昴；方外、閨秀各爲一卷附焉。後十卷曰《中興以來絕妙詞選》，始於康與之，終於洪瑹。黃昇，字叔暘，號玉林，閩人。
〔二〕　"《草堂》"，即《草堂詩餘》，武林逸史編。詞家有小令、中調、長調之分，自此書始。凡四卷。武林逸史不詳何人。此書舊傳爲南宋人所編。

大家之作，其言情也必沁人心脾，其寫景也必豁人耳目，其辭脫口而出，無矯揉妝束之態。以其所見者真，所知者深也。詩詞皆然。持以衡古今之作者，可無大誤矣。

人能於詩詞中不爲美刺投贈之篇，不使隸事之句，不用粉飾之字，則於此道已過半矣。

以《長恨歌》之壯采，而所隸之事，只"小玉"、"雙成"四字，才有餘也。梅村歌行，則非隸事不辦。〔一〕白、吳優劣，即於此見。不獨作詩爲然，①填詞家亦不可不知也。

① "作"，原脫漏，據《人間詞話》補。

〔一〕　按：如吳梅村偉業《圓圓曲》，使事固多，亦由避觸時忌使然。白樂天《長恨歌》則有陳鴻之傳在前，故能運以輕靈。勢有不同，未可遽判其優劣。

近體詩體製，以五、七言絶句爲最尊，律詩次之，排律最下。蓋此體於寄興、言情兩無所當，殆有韻之駢體文耳。詞中小令如絶句，長調似律詩，若長調之《百字令》、《沁園春》等，則近於排律矣。

詩人對宇宙人生，須入乎其內，又須出乎其外。入乎其內，故能寫之；出乎其外，故能觀之。入乎其內，故有生氣；出乎其外，故有高致。美成能入而不出。白石以降，於此二事皆未夢見。

詩人必有輕視外物之意，故能以奴僕命風月；又必有重視外物之意，故能與花鳥共憂樂。

“昔爲倡家女，今爲蕩子婦。蕩子行不歸，空牀難獨守”、〔一〕“何不策高足，先據要路津？無爲久貧賤，轗軻長苦辛”，〔二〕可謂淫鄙之尤。然無視爲淫詞、〔三〕鄙詞〔四〕者，以其真也。五代、北宋之大詞人亦然。非無淫詞，讀之者但覺其親切動人；非無鄙詞，但覺其精力彌滿。可知淫詞與鄙詞之病，非淫與鄙之病，而游詞之病也。“豈不爾思，室是遠而”，而子曰：“未之思也，夫何遠之有？”〔五〕惡其游也。

〔一〕　《古詩十九首》第二首：“青青河畔草，鬱鬱園中柳。盈盈樓上女，

皎皎當窗牖。娥娥紅粉粧,纖纖出素手。昔爲倡家女,今爲蕩子
婦。蕩子行不歸,空牀難獨守。"

〔二〕《古詩十九首》第四首:"今日良宴會,歡樂難具陳。彈箏奮逸響,
　　新聲妙入神。令德唱高言,識曲聽其真。齊心同所願,含意俱未
　　申。人生寄一世,奄忽若飆塵。何不策高足,先據要路津? 無爲守
　　窮賤,轗軻常苦辛。"

〔三〕金應珪《詞選後序》云:"義非宋玉,而獨賦蓬髮;諫謝淳于,而唯陳
　　履舃。揣摩牀笫,汗穢中篝。是爲淫詞。"

〔四〕金應珪《詞選後序》云:"猛起奮末,分言析字,詼嘲則俳優之末流,
　　叫嘯則市儈之盛氣。此猶巴人振喉以和《陽春》,黽蜮怒嗌以調疏
　　越。是謂鄙詞。"

〔五〕《論語·子罕》云:"'唐棣之華,偏其反而。豈不爾思,室是遠而。'
　　子曰:'未之思也,夫何遠之有?'"

　　"枯藤老樹昏鴉。小橋流水平沙。古道西風瘦馬。夕
陽西下,斷腸人在天涯。"此元人馬東籬〔一〕《天净沙》小令
也。寥寥數語,深得唐人絕句妙境。有元一代詞家,皆不能
辦此也。

〔一〕"馬東籬",號東籬,名致遠,元大都人。所作曲存於《元曲選》中
　　者,凡《青衫淚》、《岳陽樓》、《陳搏高卧》、《漢宫秋》、《薦福碑》及
　　《任風子》等。

　　白仁甫《秋夜梧桐雨》劇沈雄悲壯,爲元曲冠冕。〔一〕然所
作《天籟詞》,粗淺之甚,不足爲稼軒奴隸。創者易工,而因者

難巧歟？抑人各有能、有不能也？讀者觀歐、秦之詩，遠不如詞，足透此中消息。

〔一〕　吳梅云："白樸(仁甫)《唐明皇秋夜梧桐雨》雜劇，結構之妙，較他種更勝，不襲通常團圓套格，而以夜雨聞鈴作結，高出常手萬倍。"

卷　下

白石之詞,余所最愛者亦僅二語,曰:"淮南皓月冷千山,冥冥歸去無人管。"〔一〕

〔一〕《彊村叢書》本《白石道人歌曲》卷三《踏莎行·自沔東來,丁未元日至金陵,江上感夢而作》:"燕燕輕盈,鶯鶯嬌頓,分明又向華胥見。夜長爭得薄情知,春初早被相思染。　　別後書辭,別時針線,離魂暗逐郎行遠。淮南皓月冷千山,冥冥歸去無人管。"

雙聲、疊韵之論盛於六朝,〔一〕唐人猶多用之。〔二〕至宋以後則漸不講,并不知二者爲何物。乾、嘉間,吾鄉周松靄先生(春)著《杜詩雙聲疊韵譜括略》,正千餘年之誤,可謂有功文苑者矣。其言曰:"兩字同母謂之雙聲,兩字同韵謂之疊韵。"〔三〕余按:用今日各國文法通用之語表之,則兩字同一子音者謂之雙聲,如《南史·羊元保傳》之"官家恨狹,更廣八分","官家"、"更廣"四字皆從 k 得聲;《洛陽伽藍記》之"獰奴慢罵","獰奴"二字皆從 n 得聲,"慢罵"二字皆從 m 得聲也。兩字同一母音者謂之疊韵,如梁武帝"後牖有朽柳",〔四〕"後牖有"三字,雙聲而兼疊韵,"有朽柳"三字,其母音皆爲 u;劉孝綽之"梁皇長康强","梁"、"長"、"强"三字,其母音皆爲 ian 也。自李淑《詩苑》〔五〕僞造沈約之説,以雙聲、疊韵爲詩中八病之二，〔六〕後世詩家多廢而不講，亦不復用之於詞。余謂苟於詞之蕩漾處多用疊韵，促節處多用雙聲，則其鏗鏘可誦，必有過於前人者。惜世之專講音律者，尚未悟此也。

〔一〕　如《宋書·謝莊傳》載莊答王玄謨："'玄護'爲雙聲，'碻磝'爲疊韻。"又《王玄保傳》："好爲雙聲。"又沈約所謂"一簡之内，音韻盡殊"，與劉勰所謂"響有雙疊，雙聲隔字而每舛，疊韻雜句而必睽"同理，皆論雙聲、疊韻之説也。

〔二〕　如杜詩最善運雙疊，周春曾爲譜以著之。

〔三〕　此與劉勰所謂"異音相從謂之和，同聲相應謂之韻"同理。

〔四〕　《韻語陽秋》引陸龜蒙詩序曰："疊音起自梁武帝，云：'後牖有朽柳。'當時侍從之臣皆唱和，劉孝綽云：'梁王長康强。'沈休文云：'載載每礙碌。'自後用此體作爲小詩者多矣。"

〔五〕　宋李淑《詩苑類格》三卷，書佚。《玉海》五十四云："翰林學士李淑承詔編爲三卷，上卷首以真宗御製八篇，條解聲律爲常格，另二篇爲變格，又以沈約而下二十八人評詩者次之；中卷敍古詩雜體三十門；下卷敍古人體製，別有六十七門。"

〔六〕　八病中有"傍紐"病，謂一句之内犯兩用同紐字之病也，亦即劉勰所謂"雙聲隔字而每舛"。又有"小韻"病，謂一句之内犯兩用同韻字之病也，亦即劉勰所謂"疊韻雜句而必睽"。

詩至唐中葉以後，〔一〕殆爲羔雁之具矣。故五代、北宋之詩，佳者絶少，而詞則爲其極盛時代。〔二〕即詩詞兼擅如永叔、少游者，詞勝於詩遠甚，以其寫之於詩者，不若寫之於詞者之真也。至南宋以後，詞亦爲羔雁之具，而詞亦替矣。此亦文學升降之一關鍵也。

〔一〕　案：唐中葉以後唱酬詩繁，和韻尤爲風行。竄步相尋，詩之真趣盡矣。

〔二〕　陸游云："詩至晚唐五季，氣格卑陋，千家一律。而長短句獨精巧高麗，後世莫及。"陳子龍云："宋人不知詩而强作詩，其爲詩也，言理而不言情。終宋之世無詩，然其歡愉愁苦之致，動於中而不能抑者，類發於詩餘，故其所造獨工。蓋以沈摯之思而出之必淺近，使讀之者驟遇之如在耳目之前，久誦之而得雋永之趣，則用意難也；以儇利之詞而製之必工鍊，使篇無累句，句無累字，圓潤明密，言如貫珠，則鑄詞難也；其爲體也纖弱，明珠翠羽，猶嫌其重，何況龍鸞必有鮮妍之姿，而不藉粉澤，則設色難也；其爲境也婉媚，雖以驚露取妍，實貴含蓄不盡，時在低徊唱歎之際，則命篇難也。宋人專事之，篇什既富，觸景皆會，雖高談大雅，而亦覺其不可廢也。"（見《歷代詩餘》卷一一二引，又卷一一八引。又前卷"陸放翁、陳臥子"條可參。）

曾純甫中秋應制，作《壺中天慢》詞，〔一〕自注云："是夜西興亦聞天樂。"謂宮中樂聲聞於隔岸也。毛子晉謂："天神亦不以人廢言。"近馮夢華復辨其誣。〔二〕不解"天樂"二字文義，殊笑人也。

〔一〕　曾覿，字純甫，汴人。孝宗受禪，以潛邸舊人，除權知閤門事。有《海野詞》，收入毛晉所刻《宋六十名家詞》。《壺中天慢》調下自注云："此進御月詞也。上皇大喜曰：'從來月詞，不曾用"金甌"事，可謂新奇。'賜金束帶、紫番羅、水晶盌，上亦賜寶盞。至一更五點還宮,是夜西興亦聞天樂焉。"詞曰:"素飆漾碧,看天衢穩送,一輪明月。翠水瀲壺人不到,比似世間秋別。玉手瑤笙,一時同色,小按《霓裳》疊。天津橋上,有人偷記新闋。　　當日誰幻銀橋?阿瞞兒戲,一笑成癡絕。肯信羣仙高宴處,移下水晶宮闕。雲海塵清,山河影滿,桂冷吹香雪。何勞玉斧,金甌千古無缺。"毛晉跋語云:"進月詞,一夕西興共聞天樂,豈天神亦不以人廢言耶?"

〔二〕　馮煦(夢華)《宋六十一家詞選例言》云:"曾純甫賦進御月詞(按:即《壺中天》詞),其自記云:'是夜西興亦聞天樂。'子晉遂謂'天神亦不以人廢言'。不知宋人每好自神其説,白石道人尚欲以巢湖風駛歸功於平調《滿江紅》,於海野何譏焉?《獨醒雜志》謂邏卒聞張建封廟中鬼歌、東坡燕子樓樂章,則又出他人之傅會,益無徵已。"

　　北宋名家,以方回爲最次。〔一〕其詞如歷下、新城之詩,〔二〕非不華贍,惜少真味。

〔一〕　沈雄《柳塘詞話》云:"方回作《青玉案》詞,黃山谷贈以詩云:'解道江南腸斷句,只今惟有賀方回。'其爲前輩推重可知。因詞中有'梅子黃時雨',人呼爲'賀梅子'。"陳廷焯《白雨齋詞話》卷一云:"方回《踏莎行・荷花》云:'斷無蜂蝶慕幽香,紅衣脫盡芳心苦。'下云:'當年不肯嫁東風,無端卻被秋風誤。'此詞騷情雅意,哀怨無端。讀者亦不自知何以心醉,何以淚墮。《浣溪沙》云:'記得西樓凝醉眼,昔年風物似而今,只無人與共登臨。'只用數虛字盤旋唱歎,而情事畢現,神乎技矣。世第賞其'梅子黃時雨'一章,猶是耳食之見。"沈、陳二氏論詞均推方回,而王氏竟以乏"真味"少之,可見詞壇定論之難。

〔二〕 李攀龍,明歷城人,詩主聲調。王士禛,清新城人,詩主神韻。

散文易學而難工,駢文難學而易工;近體詩易學而難工,古體詩難學而易工;小令易學而難工,長調難學而易工。

古詩云:"誰能思不歌? 誰能飢不食?"〔一〕詩詞者,物之不得其平而鳴者也。〔二〕故歡愉之辭難工,愁苦之言易巧。〔三〕

〔一〕 《子夜歌》云:"誰能思不歌? 誰能飢不食? 日冥當户倚,惆恨底不憶?"
〔二〕 韓愈《送孟東野序》云:"大凡物不得其平則鳴,其於人也亦然。孟郊東野始以其詩鳴,抑不知天將和其聲而使鳴國家之盛耶? 抑將窮餓其身,思愁其心腸,而使自鳴其不幸耶?"
〔三〕 《白雨齋詞話》卷七云:"詩以窮而後工,倚聲亦然。故仙詞不如鬼詞,哀則幽鬱,樂則淺顯也。"

社會上之習慣,殺許多之善人;文學上之習慣,殺許多之天才。

昔人論詩詞,有景語、情語之別。不知一切景語,皆情語也。

詞家多以景寓情。其專作情語而絶妙者,如牛嶠之"甘作一生拚,盡君今日歡"、〔一〕顧夐之"换我心爲你心,始知相憶深"、〔二〕歐陽修之"衣帶漸寬終不悔,爲伊消得人憔悴"、〔三〕美成之"許多煩惱,只爲當時,一餉留情",〔四〕此等詞,求之古今人詞中,曾不多見。

〔一〕　按：嶠，蜀人。檢原詞，"甘"字應作"須"字。王國維輯本《牛給事詞·菩薩蠻》其七云："玉爐冰簟鴛鴦錦，粉融香汗流山枕。簾外轆轤聲，斂眉含笑驚。　　柳陰煙漠漠，低鬢蟬釵落。須作一生拚，盡君今日歡。"賀裳《詞筌》云："小詞以含蓄爲佳，亦有作決絕語而妙者，如牛嶠'須作一生拚，盡君今日歡'，抑亦其次。"

〔二〕　按：顧夐，蜀人。王國維輯本《顧太尉詞·訴衷情》其二云："永夜抛人何處去？絕來音。香閣掩，眉斂，月將沈。爭忍不相尋？怨孤衾。換我心爲你心，始知相憶深。"

〔三〕　按：此係柳永詞，作歐陽，誤。全詞已見卷上，不贅引。賀裳《詞筌》云："小詞含蓄爲佳，亦有作決絕語而妙者，如韋莊'誰家年少足風流，妾擬將身嫁與，一生休。縱被無情棄，不能羞'之類是也。柳耆卿'衣帶漸寬終不悔，爲伊消得人憔悴'，亦即韋意而氣加婉矣。"

〔四〕　《彊村叢書》本《片玉集》卷六《慶春宮（越調）》云："雲接平岡，山圍寒野，路回漸轉孤城。衰柳啼鴉，驚風驅雁，動人一片秋聲。倦途休駕，澹煙裏，微茫見星。塵埃憔悴，生怕黃昏。離思牽縈。　　華堂舊日逢迎。花豔參差，香霧飄零。絃管當頭，偏憐嬌鳳，夜深簧暖笙清。眼波傳意，恨密約匆匆未成。許多煩惱，只爲當時，一餉留情。"

　　詞之爲體，要眇宜修。〔一〕能言詩之所不能言，而不能盡言詩之所能言。詩之境闊，詞之言長。

〔一〕　《九歌·湘君》："美要眇兮宜修。"

　　言氣質，〔一〕言神韻，〔二〕不如言境界。有境界，本也；氣質、神韻,末也。[三]有境界而二者隨之矣。

〔一〕 “氣質”指人之才分。自魏文帝已闡此義。

〔二〕 王士禎所謂“神韻”,翁方綱以爲即“格調”之改稱,說見《石洲詩話》。

〔三〕 “境界”之說,王氏自謂獨創,已見卷上。“境界”由文思構成,而以灝爛爲貴。“‘思君如流水’,既是即目;‘高臺多悲風’,亦惟所見”,鍾嶸論文境,雅重耳目之不隔,王氏之說果無所本乎?至以作者才分論文,以文字聲調論文,自未若以文學之境界論文爲更深切也。

“西風吹渭水,落日滿長安”,[一]美成以之入詞,[二]白仁甫以之入曲,[三]此借古人之境界爲我之境界者也。然非自有境界,古人亦不爲我用。

〔一〕 按:賈島原詩爲“秋風吹渭水,落葉滿長安”,王氏誤記一二字,應勘正。(陳子龍云:“賈詩,後人傳爲呂洞賓詩。”)

〔二〕 《片玉集》卷五《齊天樂(正宮)・秋思》云:“綠蕪凋盡臺城路,殊鄉又逢秋晚。暮雨生寒,鳴蛩勸織,深閣時聞裁翦。雲窗靜掩。歎重拂羅裀,頓疏花簟。尚有練囊,露螢清夜照書卷。　荊江留滯最久,故人相望處,離思何限。渭水西風,長安亂葉,空憶詩情宛轉。憑高眺遠。正玉液新篘,蟹螯初薦。醉倒山翁,但愁斜照斂。”

〔三〕 白仁甫《德勝樂・秋》第三段云:“玉露冷,蛩吟砌。聽落葉西風渭水,寒雁兒長空嘹唳,陶元亮醉在東籬。”(錄自任訥校補《陽春白雪補集》。《太和正音譜》首二句作“玉露泠泠蛩吟砌,落葉西風渭水”。)

長調自以周、柳、蘇、辛爲最工。美成《浪淘沙慢》二詞，[一]精壯頓挫，已開北曲之先聲。若屯田之《八聲甘州》、[二]東坡之《水調歌頭》，[三]則佇興之作，格高千古，不能以常調論也。

[一]　按：美成《浪淘沙》，本集只一篇。"二詞"若作一詞之前後片解，亦不經見。疑"二"字衍，應作"美成《浪淘沙慢》詞"。其詞云："晝陰重，霜凋岸草，霧隱城堞。南陌脂車待發，東門帳飲乍闋。正拂面、垂楊堪攬結。掩紅淚、玉手親折。念漢浦離鴻去何許，經時信音絕。　　情切。望中地遠天闊。向露冷風清、無人處，耿耿寒漏咽。嗟萬事難忘，惟是輕別。翠尊未竭。憑斷雲留取，西樓殘月。　　羅帶光銷紋衾疊。連環解、舊香頓歇。怨歌永、瓊壺敲盡缺。恨春去，不與人期，弄夜色，空餘滿地梨花雪。"

[二]　柳耆卿《樂章集》下卷《八聲甘州》云："對瀟瀟暮雨灑江天，一番洗清秋。漸霜風淒慘，關河冷落，殘照當樓。是處紅衰翠減，苒苒物華休。惟有長江水，無語東流。　　不忍登高臨遠，望故鄉渺邈，歸思難收。歎年來蹤迹，何事苦淹留。想佳人、妝樓顒望，誤幾回、天際識歸舟。爭知我、倚闌干處，正恁凝愁。"

[三]　檢《彊村叢書》編年本《東坡樂府》，得《水調歌頭》四首：一爲中秋歡飲，兼懷子由作；二爲和子由作；三爲快哉亭作；四爲櫽括退之《聽琴》詩作。茲錄其一示例："明月幾時有，把酒問青天。不知天上宮闕，今夕是何年？我欲乘風歸去，惟恐瓊樓玉宇，高處不勝寒。起舞弄清影，何似在人間。　　轉朱閣，低綺户，照無眠。不應有恨，何事長向別時圓？人有悲歡離合，月有陰晴圓缺，此事古難全。但願人長久，千里共嬋娟。"

稼軒《賀新郎》詞送茂嘉十二弟，[一]章法絕妙，且語語有
境界，此能品而幾於神者。[二]然非有意爲之，故後人不能
學也。

[一]　毛晉刻本《稼軒詞》卷一《賀新郎·別茂嘉十二弟》云："綠樹聽鵜
　　　鴂。更那堪、鷓鴣聲住，杜鵑聲切。啼到春歸無尋處，苦恨芳菲都
　　　歇。算未抵、人間離別。馬上琵琶關塞黑，更長門翠輦辭金闕。看
　　　燕燕，送歸妾。　　將軍百戰身名裂。向河梁、回頭萬里，故人長
　　　絕。易水蕭蕭西風冷，滿座衣冠似雪。正壯士、悲歌未徹。啼鳥還
　　　知如許恨，料不啼清淚長啼血。誰共我，醉明月？"
[二]　梁任公云："稼軒善用迴盪的表情法，此首却出之以堆壘式。"

稼軒《賀新郎》詞："柳暗淩波路。送春歸，猛風暴雨，一
番新綠。"又《定風波》詞："從此酒酣明月夜。耳熱。""綠"、
"熱"二字皆作上去用，與韓玉《東浦詞·賀新郎》以"玉"、
"曲"叶"注"、"女"，《卜算子》以"夜"、"謝"叶"食"、"月"，已
開北曲四聲通押之祖。[一]

[一]　謝章鋌《詞話續編》一云："詞之三聲互叶，非創自詞也。虞廷賡
　　　歌，已以'熙'韻'喜'、'起'矣。"就詞而言，則友人夏瞿禪云："《雲
　　　謠集·漁歌子》'悄'、'窵'、'禱'、'少'三聲相叶，爲最先見之例。
　　　又《樂府雅詞·九張機》'機'、'理'、'寐'、'白'、'碧'、'色'相
　　　叶。又此例金道人詞最多。"

譚復堂《篋中詞選》謂："蔣鹿潭《水雲樓詞》與成容若、項

蓮生,三百年間,分鼎三足。"〔一〕然《水雲樓詞》小令頗有境界,
長調惟存氣格;《憶雲詞》精實有餘,超逸不足,皆不足與容若
比。然視皋文、止庵〔二〕輩,則倜乎遠矣。

〔一〕　譚獻《篋中詞》五云:"文字無大小,必有正變,必有家數。《水雲
　　　詞》固清商變徵之聲,而流別甚正,家數頗大,與成容若、項蓮生三
　　　百年中,三分鼎足。咸豐兵事,天挺此才,爲倚聲家老杜。而晚唐、
　　　兩宋一唱三歎之意,則已微矣。"吳梅《詞學通論》駁之曰:"余謂復
　　　堂以鹿潭得流別之正,此言極是。惟以成、項二君並論,則鄙意殊
　　　不謂然。成、項皆以聰明勝人,烏能與《水雲》比擬?且復堂既以
　　　杜老比《水雲》,試問成、項可當青蓮、東川歟?此蓋偏宕之論也。"
　　　按:納蘭性德,原名成德,字容若,滿洲正白旗人,有《飲水詞》三
　　　卷。項鴻祚,字蓮生,錢塘人,有《憶雲詞》四卷。蔣春霖,字鹿潭,
　　　江陰人,有《水雲樓詞》二卷。錄納蘭、項、蔣諸詞以資參證。
　　　　　成德《浣溪沙·古北口》:"楊柳千條送馬蹄,北來征雁舊南
　　　飛,客中誰與換春衣?　　終古閑情歸落照,一春幽夢逐游絲,信
　　　回剛道別多時。"
　　　　　項鴻祚《阮郎歸·吳門寄家書》:"闔閭城下漏聲殘,別愁千萬
　　　端。蜀箋書字報平安,燭花和淚彈。　　無一語,只加餐,病時須
　　　自寬。早梅庭院夜深寒,月中休倚闌。"
　　　　　蔣春霖《卜算子》:"燕子不曾來,小院陰陰雨。一角闌干聚落
　　　花,此是春歸處。　　彈淚別東風,把酒澆飛絮。化了浮萍也是
　　　愁,莫向天涯去。"
　　　　　蔣春霖《木蘭花慢·江行晚過北固山》:"泊秦淮雨霽,又燈
　　　火,送歸船。正樹擁雲昏,星垂野闊,暝色浮天。蘆邊,夜潮驟起,
　　　暈波心月影蕩江圓。夢醒誰歌楚些,泠泠霜激哀絃。　　嬋娟,不

語對愁眠,往事恨難捐。看莽莽南徐,蒼蒼北固,如此山川。鉤連,更無鐵鎖,任排空檣艣自回旋。寂寞魚龍睡穩,傷心付與秋煙。"
〔二〕 張惠言,字皋文,有《茗柯詞》。弟琦,字翰風,有《立山詞》。周濟,字保緒,一字介存,號未齋,晚號止庵,有《止庵詞》。譚獻云:"宛鄰(張琦)、止庵(周濟)一流,學人之詞。"

　　詞家時代之説,盛於國初。竹垞謂:"詞至北宋而大,至南宋而深。"〔一〕後此詞人,羣奉其説,然其中亦非無具眼者。周保緒曰:"南宋下不犯北宋拙率之病,高不到北宋渾涵之詣。"〔二〕又曰:"北宋詞多就景敍情,故珠圓玉潤,四照玲瓏。至稼軒、白石,一變而爲即事敍景,使深者反淺,曲者反直。"〔三〕潘四農(德輿)曰:"詞濫觴於唐,暢於五代,而意格之閎深曲摯,則莫盛於北宋。詞之有北宋,猶詩之有盛唐,至南宋則稍衰矣。"〔四〕劉融齋(熙載)曰:"北宋詞用密亦疏,用隱亦亮,用沈亦快,用細亦闊,用精亦渾,南宋只是掉轉過來。"〔五〕可知此事自有公論。雖止庵詞頗淺薄,潘、劉尤甚,然甚推尊北宋,則與明季雲間諸公同一卓識也。〔六〕

〔一〕 説見朱竹垞彝尊所著《詞綜》。
〔二〕 周保緒濟《介存齋論詞雜著》云:"初學詞求空,空則靈氣往來;既成格調求實,實則精力彌滿。初學詞求有寄託,有寄託則表裏相宣,斐然成章;既成格調求無寄託,無寄託則指事類情,仁者見仁,智者見智。北宋詞下者在南宋下,以其不能空,且不知寄託也。南宋則下不犯北宋拙率之病,高不到北宋渾涵之詣。"

〔三〕　見同上。

〔四〕　潘德輿,字彥輔,一字四農,清道光舉人,著有《養一齋詩文集》。《篋中詞》卷三録潘詞,後附評語云:"四農大令《與葉生書》略曰:'張氏《詞選》抗志希古,標高揭己,宏音雅調,多被排擯。五代、北宋有自昔傳誦非徒隻句之警者,張氏亦多恝然置之。竊謂詞濫觴於唐,暢於五代,而意格之閎深曲摯,則莫盛於北宋。詞之有北宋,猶詩之有盛唐,至南宋則稍衰矣'云云。張氏之後,首發難端,亦可謂言之有故。然不求立言宗旨,而以迹論,則亦何異明中葉詩人之侈口盛唐耶? 宜《養一齋詞》平鈍淺狹,不足登大雅之堂也。然其鍼砭張氏,亦是諍友。"

〔五〕　見劉氏所著《藝概·詞曲概》。

〔六〕　王士禎《花草蒙拾》云:"雲間數公論詩持格律,崇神韻,然拘於方幅,泥於時代,不免爲識者所少。其於詞亦不欲涉南宋一筆,佳處在此,短處亦在此。"

　　唐、五代、北宋之詞,可謂生香真色。〔一〕若雲間諸公,則綵花耳。〔二〕湘真〔三〕且然,況其次也者乎。①

〔一〕　王士禎《花草蒙拾》云:"'生香真色人難學',爲'丹青女易描,真色人難學'所從出。千古詩文之訣,盡此七字。"

〔二〕　"雲間諸公",指陳子龍等。《花草蒙拾》云:"近日雲間作者論詞,有云:'五季有唐風,入宋便開元曲。'故尚意小令,冀復古音,屏去宋調,庶防流失。僕謂此論雖高,殊屬孟浪。"又云:"雲間數公於詞亦不欲涉南宋一筆,佳處在此,短處亦在此。"

---

　　①"也",原誤作"焉",據《人間詞話》改。

〔三〕　明末陳子龍,字臥子,有《湘真閣詞》。《花草蒙拾》云:"《湘真詞》首尾温麗,然不善學者,鏤金雕瓊,正如土木被文繡耳。"

《衍波詞》〔一〕之佳者,頗似賀方回。〔二〕雖不及容若,〔三〕要在浙中諸子〔四〕之上。①

〔一〕　鄒祗謨《遠志齋詞衷》:"金粟云:'阮亭《衍波》一集,體備唐、宋,珍逾琳琅,美非一族,目不給賞。如'春去秋來'二閱,以及'射生歸晚,雪暗盤雕'、'屈子《離騷》,史公《貨殖》'等語,非稼軒之託興乎?《揚子江上》之'風高雁斷',《蜀岡眺望》之'亂柳棲鴉',非坡公之弔古乎?《詠鏡》之'一泓春水碧如煙',《贈雁》之'水碧沙明,參横月落,遠向瀟湘去',非梅溪、白石之賦物乎?'楚簟涼生,孤睡何曾著。借錦水桃花箋色,合鮫淚和入隃糜,小字重封',非清真、淮海之言情乎?約而言之,其工緻而綺靡者,《花間》之致語也;其婉孌而流動者,《草堂》之麗字也。洵乎排黃軼秦,凌周駕柳,盡態窮姿,色飛魂斷矣。"《遠志齋詞衷》又引唐祖命《序衍波詞》云:"極哀豔之深情,窮倩盼之逸趣。其旖旎而穠麗者,則璟、煜、清照之遺也;其芊綿而俊賞者,則淮海、屯田之匹也。"

〔二〕　賀鑄《青玉案》云:"凌波不過橫塘路,但目送,芳塵去。錦瑟年華誰與度?月橋花樹,瑣窗朱戶,惟有春知處。　碧雲冉冉蘅皋暮,綵筆新題斷腸句。試問閒愁都幾許?一川煙草,滿城風絮,梅子黃時雨。"王士禎《點絳脣·春詞》云:"水滿春塘,柳緜又蘸黃金縷。燕兒來去,幾陣梨花雨。　情似黃絲,歷亂難成緒。凝眸處,白蘋紅樹,不見西洲路。"二詞皆融景入情,丰神獨絶。

---

①　本條原與下條誤併,兹據《人間詞話》改正。

〔三〕《白雨齋詞話》卷六云："容若《飲水詞》，才力不足，合者得五代人
　　　淒婉之意。余最愛其《臨江仙‧寒柳》云：'疏疏一樹五更寒，愛他
　　　明月好，憔悴也相關。'言中有物，幾令人感激涕零。容若詞亦以
　　　此篇爲壓卷。"
〔四〕《蓮子居詞話》卷三云："吾浙詞派三家：羨門（彭孫遹）有才子氣，
　　　於北宋中最近小山、少游、耆卿諸公，格韻獨絶。竹垞（朱彝尊）有
　　　名士氣，淵雅深穩，字句密緻。自明季左道言詞，先生標舉準繩，起
　　　衰振聾，厥功良偉。樊榭（厲鶚）有幽人氣，惟冷故峭，由生得新，
　　　當其沈思獨往，逸興遄飛，自成情理之高，無預搜討之末。"

　　近人詞如復堂詞之深婉，〔一〕彊村詞之隱秀，〔二〕皆在半塘
老人〔三〕上。彊村學夢窗，〔四〕而情味較夢窗反勝，蓋有臨川、廬
陵之高華，而濟以白石之疏越者。〔五〕學人之詞，斯爲極則。然
古人自然神妙處，尚未見及。

〔一〕　譚獻自書《復堂詞》首云："周美成云：'流潦妨車轂。'又云：'衣潤
　　　費鑪煙。'辛幼安云：'不知筋力衰多少，祇覺新來懶上樓。'填詞者
　　　試於此消息之。"則其詞蘄向可知。王氏下文並舉其《蝶戀花》中
　　　句，爲"寄興深微"之例。
〔二〕　朱祖謀，原名孝臧，自號上彊邨民。劉子庚先生《詞史》特舉其《天
　　　門謠》詞，詞曰："交徑新陰小，試吟袖、臘寒猶峭。人意好，爲當樓
　　　殘照。　奈芳事輕隨春去早，滿路香塵酥雨少。隨處到，恨羅襪
　　　不如芳草。"又王氏下文舉其《浣溪沙》二闋，注全録其詞，可參。
〔三〕　王鵬運，字幼霞，一字佑遐，中年自號半塘老人。其肆力於詞在朱
　　　彊邨先，而境詣轉遜。惟朱彊邨爲《半塘定稿》作序，則盛稱之云：
　　　"君詞導源碧山，復歷稼軒、夢窗，以還清真之渾化，與周止庵氏契

若鍼芥。"

〔四〕 按：王半塘嘗與朱彊邨約校《夢窗四稿》，其蘄向可知。

〔五〕 按："高華"謂其響高，"疏越"謂其餘韻。兼濟之者，則有激朗之音，復饒倡歎之情也。檢王安石《臨川先生文集》卷三十七《歌曲》，《桂枝香》云："登高送目，正故國晚秋，天氣初肅。千里澄江似練，翠峯如簇。歸帆去棹殘陽裏，背西風、酒旗斜矗。綵舟雲淡，星河鷺起，畫圖難足。　　念往昔、繁華競逐，歎門外樓頭，悲恨相續。千古憑高對此，謾嗟榮辱。六朝舊事隨流水，但寒煙、芳草凝綠。至今商女，時時猶歌，《後庭》遺曲。"此詞彊邨選入《宋詞三百首》中。歐陽修詞如《踏莎行》、《蝶戀花》等闋，均載入上卷注中。彊邨《宋詞三百首》於此諸闋，亦並入錄。姜夔詞如《點絳脣》、《踏莎行》、《念奴嬌》、《暗香》、《疏影》、《翠樓吟》等闋，彊邨既並選取，上卷注中亦均載之。

宋尚木《蝶戀花》："新樣羅衣渾棄卻，猶尋舊日春衫著。"〔一〕譚復堂《蝶戀花》："連理枝頭儂與汝，千花百草從渠許。"〔二〕可謂寄興深微。

〔一〕 按：明末宋徵璧，原名存楠，字尚木，松江華亭人。又有宋徵輿，亦松江華亭人，字直方，一字轅文，順治進士，官至副都御史，爲諸生時與陳子龍、李雯倡幾社。譚獻《篋中詞·今集》卷一兼收二宋之詞。惟此闋《蝶戀花》詞乃徵輿之作，王氏誤作徵璧，應訂正。全詞云："寶枕輕風秋夢薄，紅斂雙蛾，顛倒垂金雀。新樣羅衣渾棄却，猶尋舊日春衫著。　　偏是斷腸花不落，人苦傷心，鏡裏顏非昨。曾誤當初青女約，祇今霜夜思量著。"譚獻評云："悱惻忠厚。"

〔二〕 按：譚獻《篋中詞》附刻己作《復堂詞》，《蝶戀花》第四首全詞云：

"帳裏迷離香似霧，不燼爐灰，酒醒聞餘語。連理枝頭儂與汝，千花百草從渠許。　　蓮子青青心獨苦，一唱將離，日日風兼雨。豆蔻香殘楊柳暮，當時人面無尋處。"

《半塘丁稿》中和馮正中《鵲踏枝》十闋，乃鶩翁詞之最精者。"望遠愁多休縱目"等闋，鬱伊惝怳，令人不能爲懷。《定稿》只存六闋，[一]殊爲未允也。

[一]　王鵬運《鵲踏枝》序云："馮正中《鵲踏枝》十四闋，鬱伊惝怳，義兼比興，蒙者誦焉。春日端居，依次屬和。憶雲生（項鴻祚）云：'不爲無益之事，何以遣有涯之生？'三復前言，我懷如揭矣。"《定稿》所存六闋詞如下："落蕊殘陽紅片片，懊恨比鄰，盡日流鶯轉。似雪楊花吹又散，東風無力將春限。　　慵把香羅裁便面，換到輕衫，歡意垂垂淺。襟上淚痕猶隱見，笛聲催按《梁州遍》。""斜日危闌凝佇久，問訊花枝，可是年時舊？儂睡朝朝如中酒，誰憐夢裏人消瘦？　　香閣簾櫳煙閣柳，片霎氤氳，不信尋常有。休遣歌筵回舞袖，好懷珍重春三後。""風蕩春雲羅樣薄，難得輕陰，芳事休閒卻。幾日啼鵑花又落，綠牋莫忘深深約。　　老去吟情渾寂寞，細雨檐花，空憶燈前酌。隔院玉簫聲乍作，眼前何物供哀樂？""漫説目成心便許，無據楊花，風裏頻來去。恨望朱樓難寄語，傷春誰念司勳誤。　　枉把游絲牽弱縷，幾片閒雲，迷卻相思路。錦帳珠簾歌舞處，舊懽新恨思量否？""誰遣春韶隨水去？醉倒芳尊，忘卻朝和暮。換盡大堤芳草路，倡條都是相思樹。　　蠟燭有心燈解語，淚盡脣焦，此恨消沈否？坐對東風憐弱絮，萍飄後日知何處？""幾見花飛能上樹？難繫流光，枉費垂楊縷。箏雁斜飛排錦柱，只伊不解將春去。　　漫詡心情黏地絮，容易飄颺，那不驚風雨。倚遍闌

干誰與語？思量有恨無人處。”

　　固哉，皋文之爲詞也！飛卿《菩薩蠻》、永叔《蝶戀花》、子瞻《卜算子》皆興到之作，有何命意？皆被皋文深文羅織。[一] 阮亭《花草蒙拾》謂：“坡公命宮磨蝎，生前爲王珪、舒亶輩所苦，身後又硬受此差排。”[二] 由今觀之，受差排者，獨一坡公已耶？

〔一〕　張皋文惠言《詞選》卷一載飛卿《菩薩蠻》十四首，其第一首云：“小山重疊金明滅，鬢雲欲度香腮雪。懶起畫蛾眉，弄粧梳洗遲。照花前後鏡，花面交相映。新貼繡羅襦，雙雙金鷓鴣。”皋文云：“此感士不遇也。篇法仿佛《長門賦》。‘照花’四句，《離騷》‘初服’之意。”（按：《離騷》云：“進不入以離尤兮，退將復修吾初服。”）歐陽永叔《蝶戀花》詞，見卷上。皋文云：“‘庭院深深’，閨中既以邃遠也；‘樓高不見’，哲王又不寤也；（按：以上以永叔詞與《離騷》各句相比附。）‘章臺遊冶’，小人之徑；‘雨橫風狂’，政令暴急也；‘亂紅飛去’，斥逐者非一人而已，殆爲韓（琦）、范（仲淹）作乎？”蘇子瞻《卜算子》云：“缺月挂疏桐，漏斷人初靜。時有幽人獨往來，縹緲孤鴻影。　　驚起却回頭，有恨無人省。揀盡寒枝不肯棲，寂寞沙洲冷。”皋文云：“此東坡在黄州作。鮦陽居士云：‘“缺月”，刺明微也；“漏斷”，暗時也；“幽人”，不得志也；“獨往來”，無助也；“驚鴻”，賢人不安也；“回頭”，愛君不忘也；“無人省”，君不察也；“揀盡寒枝不肯棲”，不偷安於高位也；“寂寞沙洲冷”，非所安也。此詞與《考槃》詩極相似。’”以上皆皋文踵《小序》解《詩》、王叔師注《楚辭》之誼而以説詞者，附會穿鑿，莫此爲甚。

〔二〕　王士禛《花草蒙拾》斥〔一〕條所載鮦陽居士之説，謂："村夫子强作
　　　　解事，令人欲嘔。僕嘗戲謂坡公命宮磨蝎，湖州詩案，生前爲王珪、
　　　　舒亶輩所苦，身後又硬受此差排耶？"

　　　賀黃公謂："姜論史詞，不稱其'軟語商量'，而稱其'柳昏
花暝'，固知不免項羽學兵法之恨。"〔一〕然"柳昏花暝"自是
歐、秦輩句法，前後有畫工、化工之殊。吾從白石，不能附和黃
公矣。

〔一〕　賀黃公裳，有《皺水軒詞筌》，載此説。史達祖（字邦卿，號梅溪）
　　　　《雙雙燕·詠燕》云："過春社了，度簾幕中間，去年塵冷。差池欲
　　　　往，試入舊巢相並。還相雕梁藻井，又軟語、商量不定。飄然快拂
　　　　花梢，翠尾分開紅影。　　芳徑，芹泥雨潤。愛貼地爭飛，競誇輕
　　　　俊。紅樓歸晚，看足柳昏花暝。應自棲香正穩，便忘了、天涯芳信。
　　　　愁損翠黛雙蛾，日日畫欄獨憑。"

　　　"池塘春草謝家春，〔一〕萬古千秋五字新。傳語閉門陳正
字，〔二〕可憐無補費精神"。此遺山《論詩絶句》也。〔三〕夢窗、玉
田輩，當不樂聞此語。

〔一〕　謝靈運《登池上樓》詩有"池塘生春草"之句。
〔二〕　陳正字，即陳師道無己。當時有"閉門覓句陳無己"之誚。
〔三〕　元好問遺山《論詩》三十餘首，此其一也。

　　　朱子《清邃閣論詩》謂："古人有句，今人詩更無句，只是

一直説將去。這般一日作百首也得。”余謂北宋之詞有句，南宋以後便無句。如玉田、草窗之詞，所謂“一日作百首也得”者也。

朱子謂：“梅聖俞詩不是平淡，乃是枯槁。”余謂草窗、玉田之詞亦然。

“自憐詩酒瘦，難應接，許多春色”，〔一〕“能幾番遊，看花又是明年”，〔二〕此等語亦算警句耶？乃值如許筆力。

〔一〕　史達祖《喜遷鶯·元夕》云：“月波疑滴，望玉壺天近，了無塵隔。翠眼圈花，冰絲織練，黃道寶光相直。自憐詩酒瘦，難應接，許多春色。最無賴，是隨香趁燭，曾伴狂客。　　蹤迹。慢記憶。老了杜郎，忍聽東風笛。柳院燈疏，梅廳雪在，誰與細傾春碧？舊情拘未定，猶自學、當年游歷。怕萬一，誤玉人寒夜，窗際簾隙。”

〔二〕　友人夏瞿禪云：“見張炎《高陽臺·西湖春感》詞。”詞云：“接葉巢鶯，平波捲絮，斷橋斜日歸船。能幾番遊，看花又是明年。東風且伴薔薇住，到薔薇春已堪憐。更淒然，萬綠西泠，一抹荒煙。當年燕子知何處？但苔深韋曲，草暗斜川。見說新愁，如今也到鷗邊。無心再續笙歌夢，掩重門、淺醉閒眠。莫開簾，怕見飛花，怕聽啼鵑。”

文文山詞〔一〕風骨甚高，亦有境界，遠在聖與、叔夏、公謹〔二〕諸公之上。亦如明初誠意伯詞，〔三〕非季迪、孟載〔四〕諸人所敢望也。

〔一〕　《藝概》云：“文文山詞有‘風雨如晦，鷄鳴不已’之意。不知者以爲變聲，其實乃變之正也。故詞當合其人之境地觀之。”

〔二〕 王沂孫，字聖與。張玉田，字叔夏。周密，字公謹。

〔三〕 《蓮子居詞話》卷三載《摸魚兒・金陵秋夜》云：“正淒涼、月明孤館，那堪征雁嘹唳。不知衰鬢能多少，還共柳絲同膩。朱戶閉，有瑟瑟蕭蕭，落葉鳴莎砌。斷魂不繫。又何必殷勤，啼螿絡緯，相伴夜迢遞。　　樵漁事，天也和人較計。虛名枉誤身世，流年滾滾長江逝，回首碧雲無際。空引睇，但滿眼、芙蓉黃菊傷心麗。風吹露洗。寂寞舊南朝，憑闌懷古，零淚在衣袂。”

〔四〕 高啓，字季迪。楊基，字孟載。

和凝《長命女》詞：“天欲曉，宮漏穿花聲繚繞，窗裏星光少。　　冷霞寒侵帳額，殘月光沈樹杪。夢斷錦闈空悄悄，強起愁眉小。”〔一〕此詞前半不減夏英公《喜遷鶯》也。〔二〕

〔一〕 檢王國維輯本晉和凝《紅葉稿》，載此詞，題作“薄命女”，“長”字誤。

〔二〕 夏竦《喜遷鶯》詞已見卷上。

宋《李希聲詩話》曰：“唐人作詩，正以風調高古爲主。雖意遠語疏，皆爲佳作。後人有切近的當、氣格凡下者，終使人可憎。”余謂北宋詞亦不妨疏遠，若梅溪以降，正所謂“切近的當、氣格凡下”者也。〔一〕

〔一〕 按：王氏以爲北宋詞運語疏遠，而意境高超；南宋以降，構詞雖精，而未脫凡俗。此論當有所見。至貶薄梅溪，則亦隨評論家主觀之見,難以強同。陳廷焯《白雨齋詞話》卷二嘗舉梅溪詞云:"如'碧袖一聲歌,石城怨,西風隨去。滄波蕩晚,菰蒲弄秋,還重到,斷魂處',沈鬱之至。又'三年夢冷,孤吟意短,屢煙鐘津鼓。屐齒厭登臨,移橙後,幾番涼雨',亦居然美成復生。又《臨江仙》結句云:'枉教裝得舊時多。向來簫鼓地,曾見柳婆娑。'慷慨生哀,極悲極鬱。"蓋求梅溪之佳製,而推崇頗至。惟張鎡以爲梅溪過柳耆卿而並周邦彥、賀鑄,則廷焯亦認爲太過,故評隲南宋詞人次第云:"以白石、碧山爲冠,梅溪次之,夢窗、玉田又次之,西麓又次之,草窗又次之,竹屋又次之,竹山雖不論可也。"

自竹垞痛貶《草堂詩餘》而推《絕妙好詞》,[一]後人羣附和之。不知《草堂》雖有襃譏之作,[二]然佳詞恒得十之六七;[三]《絕妙好詞》則除張、范、辛、劉[四]諸家外,十之八九皆極無聊賴之詞。古人云:"小好小慚,大好大慚。"[五]洵非虛語。

〔一〕 朱彝尊《曝書亭文集》云:"詞人之作,自《草堂詩餘》盛行,屏去《激楚》、《陽阿》,而《巴人》之唱齊進矣。周公謹《絕妙好詞》選本中多俊語,方諸《草堂》所錄,雅俗殊分。"《白雨齋詞話》卷八云:"《花間》、《草堂》、《尊前》諸選,背謬不可言矣。所寶在此,詞欲不衰,得乎?"《四庫提要》云:"周密所編南宋歌詞,始於張孝祥,終於仇遠,凡一百三十二家。去取謹嚴,猶在曾慥《樂府雅詞》、黃昇《花庵詞選》之上。又宋人詞集今多不傳,并作者姓名亦不盡見於世,零璣碎玉,皆賴此以存。於詞選中最爲善本。"按:朱氏、紀氏均不及《絕妙好詞》著書之背景。宋翔鳳《樂府餘論》云:"南宋詞人繫情舊京,凡言歸路、言家山、言故國,皆恨中原隔絶。此周公謹氏《絕妙好詞》所由選也。公謹生宋之末造，見韓侂胄函首，知恢復非易言，故所選以張于湖爲首。以于湖不附和議，而早知恢復之難，不似辛稼軒輩率意輕言，後復自悔也。”由是言之，《絕妙好詞》所選，實函有真摯之民族意識，非同《草堂》一集，徒爲徵歌而設也。

〔二〕《四庫提要》云：“《草堂詩餘》乃南宋坊賈所編。”（見《〈竹齋詩餘〉提要》。）宋翔鳳《樂府餘論》云：“《草堂》一集，蓋以徵歌而設，故別題‘春景’、‘夏景’等名，使隨時即景，歌以娛客。題‘吉席’、‘慶壽’，更是此意。其中詞語，間與集本不同。其不同者恒平俗，亦以便歌。以文人觀之，適當一笑，而當時歌伎則必須此也。”

〔三〕《四庫提要》云：“朱彝尊作《詞綜》，稱‘《草堂》選詞，可謂無目’，其訛之甚至。今觀所錄，雖未免雜而不純，不及《花間》諸集之精善，然利鈍互陳，瑕瑜不掩，名章俊句，亦錯出其間。一概詆排，亦未爲公論。”

〔四〕張孝祥、范成大、辛棄疾、劉過。

〔五〕韓愈《與馮宿論文書》：“時時應事作俗下文字，下筆令人慚。及示人，則以爲好。小慚者亦蒙謂之小好，大慚者即必以爲大好矣。”

梅溪、夢窗、玉田、〔一〕草窗、〔二〕西麓〔三〕諸家，詞雖不同，然同失之膚淺。雖時代使然，亦其才分有限也。近人棄周鼎而寶康瓠，實難索解。

〔一〕周濟《宋四家詞選目錄敘論》云：“玉田才本不高，專恃磨礱雕琢。裝頭作脚，處處妥當。後人翕然宗之。”

〔二〕同上云：“草窗鏤冰刻楮，精妙絕論。但立意不高，取韻不遠。當與玉田抗行,未可方駕王、吳也。"

〔三〕　《白雨齋詞話》卷二云:"陳西麓詞在中仙、夢窗之間。沈鬱不及碧
　　　　山,而時有清超處;超逸不及夢窗,而婉雅猶過之。"

余友沈昕伯(紘)自巴黎寄余《蝶戀花》一闋云:"簾外東
風隨燕到,春色東來,循我來時道。一霎圍場生綠草,歸遲卻
怨春來早。　　錦繡一城春水繞,庭院笙歌,行樂多年少。著
意來開孤客抱,不知名字閒花鳥。"此詞當在晏氏父子間,〔一〕
南宋人不能道也。

〔一〕　周濟《宋四家詞選目錄敍論》云:"晏氏父子仍步溫、韋,小晏精力
　　　　尤勝。"

"君王枉把平陳業,換得雷塘數畝田",〔一〕政治家之言
也;〔二〕"長陵亦是閒丘隴,異日誰知與仲多",〔三〕詩人之言
也。〔四〕政治家之眼,域於一人一事;詩人之眼,則通古今而觀
之。詞人觀物,須用詩人之眼,不可用政治家之眼。故感事、
懷古等作,當與壽詞同為詞家所禁也。

〔一〕　檢羅隱《煬帝陵》詩,原作"君王忍把平陳業,只換(一作"博")雷
　　　　塘數畝田。"王氏所引誤記一二字,應勘正。魏徵《隋書·煬帝紀》
　　　　云:"化及葬煬帝吳公臺下,大唐平江南之後,改葬雷塘。"
〔二〕　詩蓋悼煬帝平陳大業不能久保,僅留區區葬身之所。此意自專弔
　　　　煬帝一人之得失,不得移之於古今任何人也。
〔三〕　唐彥謙仲山詩有"長陵"二句。《漢書·高帝紀》云:"上奉玉卮為

太上皇壽,曰:'始大人常以臣無賴,不能治産業,不如仲力。今某
之業所就孰與仲多?'"

〔四〕 詩意謂由歿後論之,則漢高亦何殊於其弟,同荒没於丘隴而已。憑
弔一人,而古今無數人無不可同此感慨,此之謂詩人造情之偉大。

宋人小説多不足信。如《雪舟脞語》〔一〕謂:台州知府唐
仲友眷官伎嚴蕊奴,朱晦庵繫治之。及晦庵移去,提刑岳霖行
部至台,蕊乞自便。岳問曰:"去將安歸?"蕊賦《卜算子》詞
云:"住也如何住"云云。案:此詞係仲友戚高宣教作,使蕊歌
以侑觴者,見朱子糾唐仲友奏牘。〔二〕則《齊東野語》所紀朱、唐
公案,〔三〕恐亦未可信也。

〔一〕 《説郛》卷五十七宋末邵桂子《雪舟脞語》云:"唐悦齋仲友,字與
正,知台州。朱晦庵爲浙東提舉,數不相得,至於互申。壽皇問宰
執二人曲直,對曰:'秀才爭閒氣耳。'悦齋眷官妓嚴蕊奴,晦庵捕
送囹圄。提刑岳商卿霖行部疏決,蕊奴乞自便。憲使問:'去將安
歸?'蕊奴賦《卜算子》,末云:'住也如何住,去也終須去。但得山
花插滿頭,莫問奴歸處。'憲笑而釋之。"

〔二〕 涂刻《朱子大全》卷十八《按唐仲友第三狀》云:"①仲友自到任以
來,寵愛弟妓。嚴蕊稍以色稱,仲友與之媟狎,雖在公庭,全無顧
忌,公然與之落籍,令表弟高宣教以公庫輜乘錢物津發歸婺州。"

① "涂刻",疑當作"浙刻"。朱熹文集傳世有閩本、浙本之分。四部叢刊本《晦庵先生
朱文公文集》卷首有明人黃仲昭《書成化補刊本晦庵朱先生文集後》,自稱"偶得閩本,公暇
因取浙本校之,其間詳略互有不同。如劾唐仲友數章,閩本俱不載其所劾事狀","故悉
增入"。

又卷十九《按唐仲友第四狀》云：“五月十六日筵會，仲友親戚高宣教撰曲一首，名《卜算子》，後一段云：‘去又如何去，住又如何住。但得山花插滿頭，休問奴歸處。’”

〔三〕　周密《齊東野語》卷十七“朱、唐交奏本末”條云：“朱晦庵按唐仲友，或云呂伯恭嘗與仲友同書會，有隙，朱主呂，故抑唐，是不然也。蓋唐平時恃才輕晦庵，而陳同甫頗爲朱所進，與唐每不相下。同甫遊台，嘗狎籍妓，囑唐爲脫籍，許之。偶郡集，唐語妓云：‘汝果欲從陳官人耶？’妓謝。唐云：‘汝須能忍飢受凍乃可。’妓聞大恚。自是陳至妓家，無復前之奉承矣。陳知爲唐所賣，亟往見朱。朱問：‘近日小唐云何？’答曰：‘唐謂公尚不識字，如何作監司？’朱銜之，遂以部内有冤獄，乞再巡按。既至台，適唐出迎少稽，朱益以陳言爲信，立索郡印，付以次官，乃摭唐罪具奏，而唐亦作奏馳上。時唐鄉相王淮當軸，既進呈，上問王，王奏：‘此秀才爭閒氣耳。’遂兩平其事。詳見周平園、王季海日記。而朱門諸賢所著《年譜》、《道統録》乃以季海右唐而並斥之，非公論也。其説聞之陳伯玉式卿，蓋親得之婺之諸呂云。”

“滄浪”、“鳳兮”二歌，已開《楚辭》體格。〔一〕然《楚辭》之最工者，推屈原、宋玉，而後此之王褒、劉向之詞不與焉。〔二〕五古之最工者，實推阮嗣宗、左太冲、郭景純、陶淵明，而前此曹、劉，後此陳子昂、李太白不與焉。〔三〕詞之最工者，實推後主、正中、永叔、少游、美成，而後此南宋諸公不與焉。

〔一〕　《孟子》載“滄浪”之歌曰：“滄浪之水清兮，可以濯我纓。滄浪之水濁兮，可以濯我足。”《論語》載楚狂接輿之歌曰：“鳳兮鳳兮，何德之衰。”二歌皆有“兮”字，用南方稽留語也。

〔二〕 王逸本《楚辭》收王褒《九懷》、劉向《九歎》，大抵皆摹擬原、玉《九章》、《九辨》之作。

〔三〕 王氏之意，蓋以曹植、劉楨之五古，尚係初創之製；阮、陶、左、郭各放奇彩，爲五古詩之最爛盛者；陳、李之於五古，亦猶向、褒之於《楚辭》，皆不足與原製爭先。

　　唐、五代之詞，有句而無篇；南宋名家之詞，有篇而無句。有篇有句，唯李後主降宋後之作，〔一〕及永叔、子瞻、少游、美成、稼軒數人而已。〔二〕

〔一〕 如《虞美人》、《望江南》、《浪淘沙令》等首皆是。

〔二〕 《詞源》卷下"句法"條舉東坡《楊花詞》云："似花還似非花，也無人惜從教墮。"又云："春色三分，二分塵土，一分流水。"又舉美成《風流子》云："鳳閣繡幃深幾許，聽得理絲簧。"以爲"皆平易中有句法。"惟不及歐、秦、稼軒。

　　讀《會真記》者，惡張生之薄倖，而恕其姦非；讀《水滸傳》者，恕宋江之橫暴，而責其深險，此人人之所同也。故豔詞可作，唯萬不可作儇薄語。龔定庵詩云："偶賦《淩雲》偶倦飛，偶然閒慕遂初衣。偶逢錦瑟佳人問，便說尋春爲汝歸。"其人之涼薄無行，躍然紙墨間。余輩讀耆卿、伯可詞，亦有此感。〔一〕視永叔、希文小詞何如耶？①

————————

① 此條原與下條誤併，茲據《人間詞話》改正。

〔一〕　《詞源》卷下云：“詞欲雅而正。志之所之，一爲情所役，則失其雅
　　　正之音。耆卿、伯可（康與之）不必論，雖美成亦有所不免。”

　　詞人之忠實，〔一〕不獨對人事宜然，即對一草一木，亦須有
忠實之意，否則所謂“游詞”〔二〕也。

〔一〕　《白雨齋詞話》卷八云：“無論詩古文詞，推到極處，總以一誠爲主。
　　　杜詩韓文所以大過人者在此。求之於詞，其惟碧山乎？明乎此則
　　　無聊之酬應與無病之呻吟，皆可不作矣。”
〔二〕　金應珪《詞選後序》云：“規模物類，依託歌舞，哀樂不衷其性，慮歎
　　　無與乎情。連章累篇，義不出乎花鳥；感物指事，理不外乎酬應。
　　　雖既雅而不豔，斯有句而無章。是謂游詞。”

　　讀《花間》、《尊前集》，令人回想徐陵《玉臺新詠》；〔一〕讀
《草堂詩餘》，令人回想韋縠《才調集》；〔二〕讀朱竹垞《詞綜》，張
皋文、董晉卿《詞選》，令人回想沈德潛三朝詩《別裁集》。〔三〕

〔一〕　《花間集》十卷，後蜀趙崇祚編。《尊前集》二卷（朱祖謀校輯本
　　　《尊前集》不分卷），不著編輯者名氏。紀昀謂：“就詞論詞，《尊
　　　前》不失爲《花間》之驂乘。”蓋二書實相類也。王士禎《花草蒙
　　　拾》云：“《花間》字法最著意設色，異紋細豔，非後人纂組所及。如
　　　‘淚沾紅袖黦’、‘猶結同心苣’、‘豆蔻花間趁晚日’、‘畫梁塵黦’、
　　　‘洞庭波浪颭晴天’，山谷所謂‘古蕃錦’，其殆是耶？”又云：“或問
　　　《花間》之妙，曰：蹙金結繡而無痕迹。”按：《花間》首登溫庭筠，以
　　　爲鼻祖；《尊前》則取唐明皇《好時光》，以冠其編。二書所錄，並多
　　　綺羅脂粉之詞，亦猶徐陵《玉臺新詠》之於詩也。《四庫提要》引劉

蕭《大唐新語》云:"梁簡文爲太子,好作豔詩,境內化之。晚年欲
改作,追之不及,乃令徐陵爲《玉臺集》,以大其體。"此即後人所謂
"玉臺體",以目淫豔之詞者也。

〔二〕《類編草堂詩餘》四卷,舊傳南宋人編。其書取流俗易解,實爲歌
伎而設,已見前引宋翔鳳之論矣。王士禛《花草蒙拾》云:"或問
《草堂》之妙,曰:'采采流水,蓬蓬遠春。'"是則阮亭以"纖穠"目
《草堂》一書也。蜀韋縠編《才調集》十卷,紀昀謂其"所選取法晚
唐,以穠麗宏敞爲宗。"合阮亭、曉嵐二家之說觀之,則詞有《草
堂》,亦同詩有《才調》矣。

〔三〕朱彝尊編《詞綜》三十四卷,汪森爲之增定。彝尊謂論詞必出於雅
正,故推重宋曾慥之《樂府雅詞》,以《雅詞》盡去諧謔及當時豔曲,
具有風旨,非靡靡之音可比,爲足尚也。張皋文《詞選》及其外孫
董毅子遠《續詞選》,均以《風》、《騷》之義裁量詩餘。即《詞選》後
鄭善長所附錄諸家詞,陳廷焯亦稱其"大旨皆不悖於《風》、《騷》"
(《白雨齋詞話》卷六),是均存雅正之旨者。沈德潛崇奉"溫柔敦
厚"之詩教,別裁僞體,故有唐、明、清三朝詩《別裁集》之選,與朱、
張選詞如出一轍。

　　明季國初諸老之論詞,大似袁簡齋之論詩,其失也纖小而
輕薄。〔一〕竹垞以降之論詞者,大似沈歸愚,其失也枯槁而
庸陋。〔二〕

〔一〕　如鄒祇謨《遠志齋詞衷》取柴紹炳"華亭腸斷,宋玉魂消"之語,以
爲論詞神到,賀裳《皺水軒詞筌》稱譽廖瑩中《箇儂》詞,皆略近袁
枚《隨園詩話》所論。

〔二〕　按:繼朱彝尊竹垞《詞綜》而起者,如御選《歷代詩餘》、張惠言《詞

選》等,均本尚雅黜浮之旨以張聲教,與沈德潛歸愚之各朝詩《別裁集》旨意相近。

東坡之曠在神,〔一〕白石之曠在貌。〔二〕白石如王衍,口不言阿堵物,而暗中爲營三窟之計,此其所以可鄙也。

〔一〕　俞彦《爰園詞話》云:“子瞻詞無一詞著人間煙火,此自大羅天上一種,不必與少游、易安輩較量體裁也。”
〔二〕　周濟《論詞雜著》云:“白石放曠,故情淺。”

蕙風詞,小令似叔原,〔一〕長調亦在清真、梅溪間,而沈痛過之。〔二〕彊村雖富麗精工,猶遜其真摯也。天以百凶成就一詞人,果何爲哉!〔三〕

〔一〕　晏幾道叔原有《小山詞》,其詞曲折深婉,淺處皆深。舉其《臨江仙》云:“夢後樓臺高鎖,酒醒簾幕低垂。去年春恨卻來時。落花人獨立,微雨燕雙飛。　記得小蘋初見,兩重心字羅衣。琵琶絃上説相思。當時明月在,曾照彩雲歸。”況周頤夔笙(晚號蕙風詞隱)亦有《臨江仙》詞云:“楊柳樓臺花世界,嘶驄只在銅街。金莖蘭畹惜荒萊。無多雙鬢綠,禁得幾徘徊?　暖不成晴寒又雨,昏昏過卻黃梅。愁邊萬一損風懷。雁箏猶有字,蠟炬未成灰。”叔原《浣溪沙》云:“日日雙眉鬥畫長,行雲飛絮共輕狂,不將心嫁冶遊郎。　潑酒滴殘歌扇字,弄花薰得舞衣香,一春彈淚説淒涼。”蕙風亦有《浣溪沙·綠葉成陰苦憶閶門楊柳》云:“翠袖單寒亦自傷,何曾花裏並鴛鴦,只拚陌路屬蕭郎。　黃絹竟成碑上字,紅綿誰見被中裝?可曾將恨付斜陽?”似皆略足相擬。

〔二〕 趙尊嶽《蕙風詞史》云："先生初爲詞，以穎悟好爲側豔語，遂把臂南宋竹山、梅溪之林。自佑遐進以'重大'之説，乃漸就爲白石，爲美成，以抵於大成。"其長調沈痛過於周邦彥清眞、史達祖梅溪者，例如《南浦·春草》云："南浦黯銷魂，共春波、誤入江郎《愁賦》。金谷悄和煙，王孫去、猶自萋萋無數。愁苗豔種，夕陽消盡成今古。依樣東風依樣綠，人老翠雲深處。　　憑闌無限芳菲，待輕陰薄暝，殷勤乞與。生意重低佪，長亭路、争忍玉驄輕去。春人似海，算來誰識紅心苦？何況深深深徑曲，猶有抱香蘅杜。"譚獻評之曰："字字《離騷》屈宋心。"周、史皆各有《南浦》詞，均無沈痛語。周詞云："淺帶一帆風，向晚來、扁舟隱下南浦。迢遞阻瀟湘，衡臯迥、斜艤蕙蘭汀渚。危檣影裏，斷雲點點遥天暮。菡萏裏，風偷送，清香時時微度。　　吾家舊有簪纓，甚頓作天涯，經歲羈旅。羌管怎知情，煙波上、黄昏萬斛愁緒。無言對月，皓彩千里人何處？恨無鳳翼身，只待而今，飛將歸去。"史詞云："玉樹曉飛香，待倩他、和愁點破妝鏡。輕嫩一天春，平白地，都護雨昏煙暝。幽花露濕，定應獨把闌干凭。謝屐未蠟，安排共文駕，重遊芳徑。　　年來夢雨揚州，怕事隨歌殘，情趁雲冷。嬌盼隔東風，無人會，鶯燕暗中性。深盟縱約，盡同晴雨全無定。海棠夢在，相思過西園，秋千紅影。"

〔三〕 彊村"富麗精工"之篇，如《丹鳳吟·和半塘四月二十七日雨霽之作依清眞韻》云："斷送園林如繡，雨濕朱簷，塵飄芳閤。黄昏獨立，依舊好春簾幕。分明俊侶，霎時乖阻，鏡鳳盟寒，衫鸞妝薄。漫託青禽寄語，細認銀鈎，珠淚潸透牋角。　　此後別腸寸寸，去魂總怯波浪惡。夜暝天寒處，拚鉛紅都洗，眉翠潛鑠。舊情未訴，已是一江潮落。紅燭玉釵，思已斷、悔圓紈重握。影娥夢裏，知時念時著。"或曰："此爲翁同龢罷相作。"況氏清末以文學顯，及入民國，客居海上，至貧無以舉炊，賣書遣日。《浣溪沙·無米》云："逃墨翻教突不黔，瓶罍何暇恥齏鹽，半生辛苦一時甜。　傳語枯螢共寧耐，每憐飢鼠誤窺觀，頑夫自笑爲誰憐。"《秋宵吟·賣書》云："似怨別侯門，玉容深鎖。字裏珠塵，待幻作、山頭飯顆。"（節錄）蓋況氏本勝朝遺老，晚遇侘傺，天挺騷才，逢此百凶，哀已！

　　蕙風《洞仙歌·秋日遊某氏園》[一]及《蘇武慢·寒夜聞角》[二]二闋，境似清真，集中他作不能過之。

〔一〕　況氏《洞仙歌·秋日獨遊某氏園》云："一霎間緣借，便意行散緩，消愁聊且。有花迎徑曲，鳥呼林罅。秋光取次披圖畫。恣遠眺，登臨臺與樹。堪瀟灑。奈眼斷征鴻，幽恨翻縈惹。　忍把。鬢絲影裏，袖淚寒邊，露草煙蕪，付與杜牧狂吟，誤作少年游冶。殘蟬肯共傷心話，問幾見、斜陽疏柳掛？誰慰藉，到重陽、插菊攜萸事真假。酒更貰，更有約、東籬下。怕蹉跎霜訊，夢沈人悄西風乍。"

〔二〕　《蘇武慢·寒夜聞角》云："愁入雲遙，寒禁霜重，紅燭淚深人倦。情高轉抑，思往難回，淒咽不成清變。風際斷時，迢遞天街，但聞更點。枉教人回首，少年絲竹，玉容歌管。　憑作出、百緒淒涼，淒涼惟有，花冷月閒庭院。珠簾繡幕，可有人聽？聽也可曾腸斷？除卻塞鴻，遮莫城烏，替人驚慣。料南枝明日，應減紅香一半。"（《詞荔》）

　　彊村詞，余最賞其《浣溪沙》"獨鳥衝波去意閒"二闋，[一]筆力峭拔，非他詞可能過之。

〔一〕　《彊村語業》卷一《浣溪沙》云："獨鳥衝波去意閒，壞霞如赭水如牋，爲誰無盡寫江天。　並舫風絃彈月上，當窗山髻挽雲還，獨經行地未荒寒。"又云:"翠阜紅厓夾岸迎,阻風滋味暫時生,水窗宮燭淚縱橫。　禪悦新耽如有會,酒悲突起總無名,長川孤月向誰明?"

蕙風聽歌諸作,自以《滿路花》爲最佳。[一]至《題香南雅集圖》諸詞,殊覺泛泛,無一言道著。

[一]　況氏《滿路花·呂聖求體》序云:"彊村有聽歌之約,詞以堅之。"詞云:"蟲邊安枕簟,雁外夢山河。不成雙淚落,爲聞歌。浮生何益,儘意付消磨。見説寰中秀,曼睩修蛾。舊家風度無過。　鳳城絲管,回首惜銅駝。看花餘老眼,重摩挲。香塵人海,唱徹《定風波》。點鬢霜如雨,未比愁多。問天還問嫦娥。(梅郎蘭芳以《嫦娥奔月》一劇蜚聲日下。)"

王國維《宋元戲曲考·元劇之文章》〔一〕①

元雜劇之爲一代之絕作，元人未之知也。明之文人始激賞之，至有以關漢卿比司馬子長者。〔二〕三百年來學者文人，大抵屛元劇不觀，其見元劇者，無不加以傾倒，如焦里堂《易餘籥錄》之説，可謂具眼矣。焦氏謂："一代有一代之所勝，欲自楚《騷》以下撰爲一集，漢則專取其賦，魏晉六朝至隋則專取五言詩，唐則專錄其律詩，宋專錄其詞，元專錄其曲。"〔三〕余謂律詩與詞固莫盛於唐、宋，然此二者果爲二代文學中最佳之作否，尚屬疑問。若元之文學，則固未有尚於其曲者也。

〔一〕　里籍已詳前篇。王氏晚年雖以文字學、史學名海内，而早年則治純文學甚篤。其文學見地最新穎，爲今人所樂崇。略條舉之：如論美術家之天職，則確認美術自有其獨立之價值，並非忠君愛國、勸善懲惡之工具。評論《紅樓夢》，則確認悲劇在藝術上之價值爲最高。能使人類離其生活之欲之爭鬭，而得其暫時之平和者，悲劇之

① "宋元戲曲考"，原無，據本書目錄補。

所指示也。論文學境界,則以"不隔"爲佳。内容不隔則行文自然,二者實相因也。其評論元曲,以爲元曲使用俗字,即是使用新言語,極符於自然之義。宋之大曲格律至嚴,運用不便。元雜劇各曲可增損字句,視大曲爲自由,遂認爲樂曲上之一進步。若南戲各色,有白有唱,故能曲折詳盡,又認爲樂曲上之一進步。是其求文學上之解放,實不亞於今之自命爲新文學家者。日本青木正兒欲編中國近代戲曲史,以續王氏之《宋元戲曲史》,請於王氏。王氏答曰:"明以後無足取。元曲,活文學;明、清之曲,死文學也。"其詞嚴峻閃爍,尤非一般猷髀之新文人可比。本篇爲王氏所著《宋元戲曲史》之一章(天津新刊《王忠愨公遺書》改稱《宋元戲曲考》),其論元曲意境,狀之曰"沁人心脾",曰"在人耳目",曰"如其口出",此實遠宗劉彦和"狀溢目前爲秀"之論,非創解也。至論元曲行文之勝,則亟稱其自然,倘亦有取於鍾仲偉"勝語多非補假"之説歟?

〔二〕 原注:"韓文靖邦奇。"

〔三〕 按:焦循意欲一代還其一代之所勝,故持論如此。《易餘籥録》卷十五詳述各體特色曰:"楚《騷》之體,《三百篇》所無也,此屈、宋爲周末大家。漢之賦爲周、秦所無,故司馬相如、揚雄、班固、張衡爲四百年作者。而東方朔、劉向、王逸之騷,仍未脱周、楚之窠臼。其魏晉以後之賦,則漢賦之遊氣餘魂也。楚《騷》發源於《三百篇》,漢賦發源於周末,五言詩發源於漢之《十九首》及蘇、李,而建安以後,歷晉、宋、齊、梁、周、隋,於此爲盛。一變於晉之潘、陸,宋之顔、謝,易樸爲雕,化奇爲偶。然晉、宋以前,未知有聲韻也。沈約卓然創始,指出四聲。自時厥後,變蹈厲爲和柔。宣城(謝朓)、水部(何遜)冠冕齊、梁,又開潘、陸、顔、謝所未有矣。齊、梁者,樞紐於古、律之間者也。至唐遂專以律傳,杜甫、劉長卿、孟浩然、王維、李白、崔顥、白居易、李商隱等之五律、七律,六朝以前所未有也。若陳子昂、張九齡、韋應物之五言古詩,不出漢魏人之範圍。故論唐人詩,以七律、五律爲先,七古、七絶次之,詩之境至是盡矣。晚唐漸有詞,興於五代而盛於宋,爲唐以前所無也。故論宋宜取其詞,前則秦(觀)、柳(永)、蘇(軾)、晁(補之),後則周(密)、吳(文英)、姜(夔)、蔣(捷),足與魏之曹、劉,唐之李、杜,相輝映焉。其詩人之有西崑、西江詩派,不過唐人之餘緒,不足評其乖合矣。詞之體盡於南宋、金、元,乃變爲曲,關漢卿、喬夢符、馬東籬、張小山爲一代鉅手。乃談者不取其曲,仍論其詩,失之矣!"

元曲之佳處何在?一言以蔽之,曰:"自然而已矣。"古今之大文學,無不以"自然"勝,而莫著於元曲。蓋元劇之作者,其人均非有名位學問也;其作劇也,非有藏之名山、傳之其人之意也;[一]彼以意興之所至爲之,以自娛娛人。關目之拙劣,所不問也;[二]思想之卑陋,所不諱也;[三]人物之矛盾,所不顧也。[四]彼但摹寫其胸中之感想與時代之情狀,而真摯之理與秀傑之氣,時流露於其間。故謂元曲爲中國最自然之文學,無不可也。[五]若其文字之自然,則又爲其必然之結果,抑又其次也。

[一]　王氏於《元劇之時地》章云:"元初名臣中,有作小令、套數者。唯雜劇之作者,大抵布衣。"又云:"元初之廢科目,爲雜劇發達之因。蓋自唐、宋以來,士之競於科目者,已非一朝一夕之事。一旦廢之,彼其才力無所用,而一於詞曲發之。且金時科目之學最爲淺陋,此種人士一旦失所業,固不能爲學術上之事,而高文典册又非其所素習也,適雜劇之新體出,遂多從事於此。而又有一二天才出於其

間，充其才力，而元劇之作，遂爲千古獨絕之文字。”

〔二〕　按：元人注重曲文，關目實非所長，故時有情理悖謬之處。如關漢卿《切鱠旦》雜劇，近人吳梅舉其劇中譚記兒事“情理欠圓”，謂：“豈有一夕江亭，并符牌盜去之理？在作者之意，蓋欲深顯衙內之惡，不復顧及夫人之失尊矣。”又如宮大用《范張雞黍》雜劇，吳梅謂：“劇中事實與范、張本傳不合，且以第五倫爲舉主，尤爲絕倒。”至於南戲，雖不在本篇範圍，亦附舉其關目之拙劣者，以備參考。李漁《曲話》“密針線”條云：“以針線論，元曲之最疏者，莫過於《琵琶》。無論大關節目，背謬甚多。如子中狀元三載，而家人不知；身贅相府，享盡榮華，不能自遣一僕，而附家報於路人；趙五娘千里尋夫，隻身無伴，未審果能全節與否，其誰證之？諸如此類，皆爲背理妨倫之甚者也。”

〔三〕　按：王氏《人間詞話》云：“‘昔爲倡家女，今爲蕩子婦。蕩子行不歸，空牀難獨守’、‘何不策高足，先據要路津。無爲久貧賤，轗軻長苦辛’，可謂淫鄙之尤也！然無視爲淫詞、鄙詞者，以其真耳。五代、北宋之大詞人亦然。非無淫詞，讀之者但覺其親切動人；非無鄙詞，讀之者但覺其精力彌滿。可知淫詞與鄙詞之病，非淫與鄙之病也。”詩詞如此，況曲託體本卑，其中思想卑陋之作，自必有之。謝婉瑩《元代的戲曲》一文舉之云：“元曲一部分作家，願望的卑陋，眼光的粗淺，人物的單調，卻也不能隱諱。神仙必稱呂洞賓，如《岳陽樓》、《城南柳》、《度柳翠》等劇；清官必稱包待制，如《灰闌記》、《留鞋記》、《蝴蝶夢》、《生金閣》等劇，層見疊出。”

〔四〕　如武漢臣《老生兒》雜劇，寫劉媼因愛女及婿而疏姪，聽婿及女爲奪產計而移置有孕之婢於別所。迨劉翁偕妻掃墓，親見僅姪一人，而無女及婿。劉媼已恍悟婿、女之非。在情理言之，則婢及所生子，劉媼此時，當自動向夫提出領養。乃劇中偏以爲是婿、女所提出，又謂婢及子置別所時，衣食均賴婿、女周給。是婿、女前後所爲,若出二人,所謂"人物之矛盾"者也。今人童斐評此劇,寫劉翁口中,前後重複,以煩見妙;劉媼口中,處處執拗,以峭見妙,皆曲曲描神。王氏下文亦以此劇爲"意匠慘淡"之作,是皆譽其精采,而諒其悖謬,不欲以論理眼光,嚴繩純粹之文學。王氏於此加"所不顧也"一語,蓋欲置瑕用瑜,深表其諒忱耳。抑吾觀古今偉大之文學作品,不能以論理相繩者正多。即如屈靈均《離騷》之篇,時而香草,時而靈修,時而冀求,時而訣絕,稱名不一,事若離奇,則尤習見之例也。

〔五〕 《宋元戲曲史序》云:"元人雜劇,道人情,狀物態,詞采俊拔,而出於自然。蓋古所未有,而後人所不能髣髴也。"

自明以後,傳奇無非喜劇,〔一〕而元則有悲劇在其中也。就其存者言之,如《漢宮秋》、〔二〕《梧桐雨》、〔三〕《西蜀夢》、〔四〕《火燒介子推》、〔五〕《張千替殺妻》〔六〕等,初無所謂先離後合、始困終亨之事也。其最有悲劇之性質者,則如關漢卿之《竇娥冤》、〔七〕紀君祥之《趙氏孤兒》,〔八〕劇中雖有惡人交構其間,而其蹈湯赴火者,仍出於其主人翁之意志。即列之於世界大悲劇中,亦無愧色也。

元劇關目之拙,固不待言。此由當日未嘗重視此事,故往往互相蹈襲,或草草爲之。然如武漢臣之《老生兒》、〔九〕關漢卿之《救風塵》,〔一〇〕其布置結構亦極意匠慘淡之致,寧較後世之傳奇,有優無劣也。

〔一〕 明人傳奇多以團圓結局,極少例外。

〔二〕　按:《漢宮秋》雜劇,馬致遠撰。記王昭君(嬙)事,以漢元帝於宮中憶之,故云"漢宮秋"。黃文暘《曲海·漢宮秋提要》略云:"單于呼韓邪請公主和婚,時元帝以後宮寂寞,毛延壽請選良家女入宮,圖形以進,按圖臨幸。延壽大索賄賂,王嬙獨無。延壽毀其狀,嬙不得幸。後於宮中彈琵琶,帝聞召見,遂獲大寵。知延壽納賄,將殺之。延壽逃入單于,圖嬙以獻。單于呼韓邪來朝,請居光禄塞下,求公主和婚,按圖索嬙。帝不許,朝臣皆請從之。嬙亦願以身報國,遂從之。出塞行至黑水,嬙投水死。單于感其義,葬之,而縛延壽送漢。元帝在宮中,秋夜憶嬙,形諸夢寐,醒而單于解延壽至,乃斬延壽祭嬙,中外和好如初。"

〔三〕　按:《梧桐雨》雜劇,白仁甫(樸)撰。采白居易《長恨歌》中"秋雨梧桐葉落時"句,以爲標目也。《曲海·梧桐雨提要》略云:"張守珪爲幽州節度使,裨將安禄山失機當斬,惜其驍勇,械送至京。丞相張九齡請誅之,明皇不從。召見,授以官。時貴妃方寵幸,命以禄山爲義子,賜洗兒錢。後與楊國忠不協,出爲范陽節度使。七月七日,妃陪上宴於長生殿,賜金釵鈿盒。酒酣,感牛女事,對星而盟,願生生世世爲夫婦。天寶十四載,方食荔枝,禄山反報至,倉皇幸蜀,次馬嵬驛,軍譁不行。龍武將軍陳玄禮請誅楊國忠,既誅,軍譁不止。玄禮復以貴妃爲請,明皇不得已,令高力士引至佛堂中自盡,六軍始行。肅宗收京,上皇居西宮,懸貴妃像於宮中,朝夕相對。一夕,夢與妃相見,而爲梧桐雨驚醒。追思往事,怨梧桐雨不置云。"吳梅云:"此劇結構之妙,較他種更勝,不襲通常團圓套格,而以夜雨聞鈴作結,高出常手萬萬。"

〔四〕　按:《西蜀夢》,全劇名《關張雙赴西蜀夢》,關漢卿撰。爲《古今雜劇》三十種之第一種。今人賀昌羣《元曲概論》摘其大意云:"敍關羽戰死荆州,張飛爲之復仇,中途反遇害。劉玄德遂盡起西蜀之師,爲二人雪恨。嘗在夢中與關、張相見,玄德悲痛至極,感傷不已。"

〔五〕　按：《火燒介子推》，全劇名《晉文公火燒介子推》，狄君厚撰。略謂："晉獻公聽驪姬之譖，貶東宮太子申生、重耳於藿地爲民。申生死。重耳出亡，賴介子推割股相救，其功甚偉。重耳後爲晉文公，介子推負母隱於綿山，獨不及祿。或勸其母作《龍蛇歌》以諷晉文公，其母不聽。晉文公悟，求子推，不能得，乃火綿山，子推與母俱爲火焚斃於山中云。"

〔六〕　按：《張千替殺妻》，爲《古今雜劇》三十種之一，失撰者姓名。該劇題目云："悍婦貪淫生惡計，良人好義結相知。"正名云："賢明待制翻疑獄，鯁直張千替殺妻。"大意謂張千本是提刀屠者，受員外賞識，結爲兄弟。員外有事他往，而張千與員外之妻同掃祖墳。在春景濃麗之時，員外之妻觸景生情，竟欲迫通張千。幸張千不忍背恩負義，堅執不從。及員外返里，在夜深酒醉之時，員外之妻欲圖害之。事爲張千所覺，因替義兄殺之，以絕禍根。員外旋解開封府，經包待制引問，張千直言不諱，案乃大白云。

〔七〕　按：《竇娥冤》，全劇名《感天動地竇娥冤》，關漢卿撰。今人枕江君《中國古代唯一的悲劇（竇娥冤）》云："《竇娥冤》連楔子共五幕。楔子中敍述一個楚州蔡婆，家頗小康，單生一男。另有一個竇秀才者，名天章，向蔡婆借銀數十兩而無力償還，自己亦欲進京，不得已將女兒名端雲者給了蔡婆爲媳，改名竇娥。這就是全劇中的重要主角。蔡婆既收了媳婦，便再送些盤川與竇秀才進京應舉。第一幕敍述一件意外的遭遇，即是賽盧醫（一醫者）借了蔡婆的錢而不能還，便把蔡婆誘至郊外，欲用繩絞死之。此時婆之子已死，恰值張驢兒與其父上場救之，賽盧醫也潛逃了。全劇中的波瀾便由此掀起。張驢兒與其父仗着救活的恩惠，隨蔡婆歸家。其父欲娶蔡婆，而自己欲娶竇娥。竇娥則執意不肯再嫁。第二幕敍述張驢兒路遇賽盧醫，欲毒死蔡婆，强迫向賽盧醫討些毒藥，由此即可

將竇娥娶來。不料他雖有了毒藥,而被伊父誤吃死。張驢兒在慌
張中强指係竇娥所爲,告之於官,將竇娥定了死罪。第三幕敍述竇
娥被殺的情景。這一幕乃是全劇的最高點,亦是世界上最慘痛文
字之一,什麼人讀了皆要戰慄。當竇娥臨死時,説她如是冤枉而被
殺,則頸血將飛濺在丈二白練上;而天亦必下雪,雖然是六月天氣;
那地方亦將亢旱三年。果然,一切都應了他的預言。第四幕叙述
竇天章做了廉訪使,到得楚州,調閱案卷。竇娥的鬼魂向伊父哭訴
冤枉,天章立即捉張驢兒及賽盧醫,給以相當的罪刑,總算是這樣
的報了竇娥的怨冤。雖然是如此結果,然而竇娥給我們的屈死心、
悲憤心還不能寧謐。"(廿四年三月八日《東南日報》附刊《吳越
春秋》)

〔八〕 按:《趙氏孤兒》,全劇名《趙氏孤兒大報讎》,紀君祥撰。《曲海提
要》略云:"晉靈公時,文臣趙盾,武臣屠岸賈。賈欲害盾,使鉏麑
刺之,麑觸槐死。靈公賜賈神獒,賈閉之密室,三四日不與飲食,而
以草紮盾狀,置羊心肺於草中,出神獒,使剖而噉之。且言於靈公
曰:'獒能識邪佞。'靈公使試於朝,獒噬盾。(《左傳》言公使鉏麑,
及嗾夫獒,不及賈,皆作者增飾。)提彌明搏殺之。盾出,賈預毀其
車馬,盾昔所救桑間餓夫靈輒掖之而去。賈復言於靈公,誅絶趙氏
一門三百口,盾子朔亦賜死。(按:《左傳》靈公欲殺盾,在魯宣公
二年;同、括之誅,在成公八年。此并作一時事。)朔妻公主有遺腹
子,賈搜之甚急。朔門下客程嬰,以醫得見公主。公主以孤授嬰,
而自縊死。嬰藏孤於藥籠中。時爲賈守公主門者,韓厥也。厥與
朔有舊,知嬰藏孤而出,縱之使去,亦自刎。(按:《左傳》武復得
立者,厥之力也。此云縱孤自盡,亦是隨手點竄耳。)然賈索孤益
急,欲盡收國中兒手刃之。嬰攜孤投公孫杵臼,(《史記》稱嬰、杵
臼皆朔客。此言杵臼以宰輔罷職,居山中,無所據。)將使杵臼匿
孤,而己挾所生兒,令杵臼告諸岸賈,與兒俱死。杵臼以己年老,恐

不及視孤成立,乃使嬰以所生兒易孤置山中,往告岸賈,謂孤在杵臼家也。(按:《國語》謂杵臼曰:"死與立孤孰難"云云,此言年老,亦是作者稍變其文。)岸賈執杵臼,即令嬰拷之。杵臼死,岸賈殺嬰子,德嬰,以孤爲嬰所生,養爲義兒,教以兵法,而令嬰教以詩書。越二十年(《史記》言十五年),嬰乃以盾、朔及孤遭岸賈害,并厥與杵臼死狀,共作一圖,對之而泣。孤疑而詢,始詳告之。孤乃告晉君六卿,殺岸賈,滅其家,以報積讎。晉君使復姓襲爵,而褒諸義士云。"

〔九〕 按:《老生兒》,全劇名《散家財天賜老生兒》,武漢臣撰。《曲海提要》略云:"東昌劉從善娶李氏,垂老無子。有女曰引張,贅婿曰張郎。從善之弟從道早亡,有子曰引孫,從善撫之甚篤。其妻李氏憎之,尤爲張夫婦所不容。從善乃以銀百兩、草房一所與引孫,令獨居訓蒙以自活。從善家本厚,憤妻女若婿之逐其姪,乃取藏券悉焚之。有婢小梅懷孕,從善他出,囑妻女善視之。女若婿相與謀曰:'小梅有子,則家產無復望矣。'乃移置小梅於別屋,與從善妻同告從善,謂:'小梅有私潛逃,不知所之矣。'從善心疑,然亦無可如何,浩嘆而已。旋念老年無子,皆宿孽所致,於是至開元寺捨財布施,救濟貧人。時引孫亦貧甚,來求錢,而鑰爲張婿掌握,不肯給鈔。從善陰以銀二錠付引孫去。值清明節,從善命婿備祭具掃墓,而囑其夫婦先往墓所陳設。二老當繼至,則不見張夫婦,而墓有焚紙一陌、澆酒一杯。徐迹張夫婦,則自往張墓設祭。從善大悲愴,妻亦悟婿不可爲後也。俄而引孫荷鍤來增土,向所謂一陌一杯,乃其所奠也。於是夫婦皆持引孫泣,攜之歸,產業盡付之,而拒張夫婦。張夫婦皆内慚,求昔所置別屋之小梅,則已生子三歲矣。小梅雖置別屋,張夫婦仍以衣食稍稍給之,故得存活。至是引見從善,具道其詳。從善大喜,以家貲分而爲三,一以與女,一以與姪,一以與子。"此劇結構,童斐亦優評之,詳見上文。

〔一〇〕　按：《救風塵》雜劇，關漢卿撰。記趙盼兒救義姊宋引章於風塵之中，故曰"救風塵"也。《曲海提要》略云："汴梁歌者，宋引章與鄭州人周同知之子周舍暱。周舍願娶，引章願嫁。而秀才安秀實亦曾與引章爲約。引章義妹趙盼兒，妓中之豪也。秀實浼盼兒通辭於引章，以探其意。引章方與周舍情甚濃，盼兒力勸其當從秀實，而引章不聽，竟嫁於周舍。於是秀實欲赴京應舉，盼兒曰：'姑緩，我當有以相復也。'周舍挾引章歸鄭州，不半載，日加鞭撻。引章不能堪，作書與盼兒求救，且深悔不從昔日之言。盼兒乃盛設裝具，買車遊鄭州，止宿店家，濃妝冶抹，囑張小閒者往勾周舍。周舍果至，欲娶盼兒。盼兒羅箱篋，陳酒饌，而勒舍休引章，始以貲嫁，陰使引章至店相鬧。周舍既貪盼兒，又怒引章，遂以休書付引章而逐之。盼兒頂約引章至店，相挈潛行，索引章所得休書，易以他紙。周舍知盼兒、引章俱去，追及於路，奪引章休書毀之，而告於官，不知其休書之已易也。舍謂盼兒設計誑其婦，盼兒亦告舍強佔有夫之婦，且既已願休，又復誣告。因出真休書爲據，而指秀實爲引章之原夫，盼兒其媒證也。舍辨不能勝，官乃杖舍，以引章歸秀實云。"按：此劇寫趙盼兒兼擅衆長，其情節奇變，自稱佳構。

　　元劇最佳之處，不在其思想、結構，而在其文章。其文章之妙，亦一言以蔽之，曰："有意境〔一〕而已矣。"何以謂之"有意境？"曰：寫情則沁人心脾，寫景則在人耳目，述事則如其口出是也。古詩詞之佳者，無不如是，元曲亦然。明以後，其思想、結構儘有勝於前人者，唯意境則爲元人所獨擅。茲舉數例以證之。其言情述事之佳者，如關漢卿之《謝天香》〔二〕第三折：

　　　　（正宮《端正好》）我往常在風塵，爲歌妓。不過多見了幾個筵席,回家來仍做個自由鬼,今日倒落在無底磨牢籠內。

馬致遠之《任風子》[三]第二折:

> (正宮《端正好》)添酒力,晚風涼。助殺氣,春雲暮。尚兀自腳趔趄,[四]醉眼模糊。他化的我一方之地都食素,單則俺[五]殺生的無緣度。

語語明白如畫,而言外有無窮之意。又如《竇娥冤》第二折:

> (《鬥蝦蟆》)空悲戚,沒理會。人生死,是輪迴。感著這般病疾,值著這般時勢。可是風寒暑濕,或是飢飽勞役,各人證候自知。人命關天關地,別人怎生替得?壽數非干一世,相守三朝五夕,說甚一家一計。又無羊酒緞匹,又無花紅財禮。把手爲活過日,撒手如同休棄。不是竇娥忤逆,生怕旁人論議。不如聽咱勸你,認個自家晦氣。割捨的一具棺材,停置幾件布帛。收拾出了咱家門裏,送入他家墳地。這不是你那從小兒年紀指腳的夫妻。我其實不關親,無半點悽愴淚。休得要心如醉,意似癡。便這等嗟嗟怨怨,哭哭啼啼。

此一曲直是賓白,令人忘其爲曲。元初所謂當行家,大率如此。至中葉以後,已罕覯矣。其寫男女離別之情者,如鄭光祖之《倩女離魂》[六]第三折:

> (《醉春風》)空服徧徧眩藥,不能痊。[七]知他這臟腑病,[八]何日起?要好時,直等的見他時,也只爲這症候因

他上得、得。一會家〔九〕縹渺呵,忘了魂靈;一會家精細呵,使著軀殼;一會家混沌呵,不知天地。

　　(《迎仙客》)日長也,愁更長;紅稀也,信尤稀;春歸也,奄然〔一〇〕人未歸。我則道相別也數十年,我則道相隔著數萬里。爲數歸期,則那竹院裏刻徧琅玕翠。〔一一〕

此種詞如彈丸脱手,後人無能爲役。唯南曲中《拜月》、《琵琶》〔一二〕差能近之。至寫景之工者,則馬致遠之《漢宮秋》第三折:

　　(《梅花酒》)呀!對著這迴野淒涼,草色已添黄。兔起早迎霜,犬褪〔一三〕得毛蒼。人搠〔一四〕起纓鎗,馬負著行裝。車運著餱〔一五〕糧,打獵起圍場。他他他,傷心辭漢主;我我我,攜手上河梁。他部從,入窮荒。我鑾輿,返咸陽。返咸陽,過宮牆;過宮牆,繞迴廊;繞迴廊,近椒房;〔一六〕近椒房,月昏黄;月昏黄,夜生涼;夜生涼,泣寒螿;泣寒螿,綠紗窗;綠紗窗,不思量。

　　(《收江南》)呀!不思量,便是鐵心腸;鐵心腸,也愁淚滴千行。美人圖,今夜掛昭陽,我那裏供養,便是我高燒銀燭照紅妝。〔一七〕

　　(尚書云)陛下回鑾罷,娘娘去遠了也。(駕唱)

　　(《鴛鴦煞》)我煞〔一八〕大臣行説一個推辭謊,又則怕筆尖兒那火〔一九〕編修講。不見那花朵兒精神,怎趁那草地裏風光?暢道〔二〇〕竚立多時,徘徊半晌。猛聽的塞雁

南翔,呀呀的聲嘹喨。卻原來滿目牛羊,是兀那載離恨的

氈車半坡裏響。

以上數曲,真所謂寫情則沁人心脾,寫景則在人耳目,述事則

如其口出者。第一期之元劇,[一]雖淺深大小不同,而莫不有

此意境也。

〔一〕　按:此“意境”之義,實本於劉勰之論“秀”,上文已發之。王氏《人
　　　　間詞話》亦有同樣之論,云:“大家之著作,其言情也必沁人心脾,
　　　　其寫景也必豁人耳目,其辭脱口而出,無矯揉妝束之態。以其所見
　　　　者真,所知者深也。詩詞皆然。持此以衡古今之作者,可無大
　　　　誤矣。”

〔二〕　按:《謝天香》,全劇名《錢大尹智寵謝天香》。賀昌羣《元曲概論》
　　　　述其略云:“錢塘柳耆卿性疏狂,多才思,愛戀名妓謝天香,因無意
　　　　於進取。柳有同學錢可時,官開封府尹,愛其才,恐其志墮,設計佯
　　　　娶天香爲妾,以絶其念,其實是爲他供養。後三年,耆卿得狀元歸,
　　　　錢招之,道其故,二人畢竟成爲伉儷。”

〔三〕　按:《任風子》,全劇名《馬丹陽三度任風子》,記任屠從馬真人成
　　　　道事。《曲海提要》略云:“真人馬丹陽中宵望氣,知終南山甘河鎮
　　　　有一任屠,號曰風子,有半仙之分,因至鎮中點化。以此人本是操
　　　　刃屠户,先化一鎮之人,皆斷葷茹素,使其買賣不行,必來傷害,因
　　　　而引之入道。任屠果與衆屠謀,謂屠行折本,皆此三丫髻道人化人
　　　　喫齋之故,必殺之而後快。衆推任屠勇,任屠遂持刀至草庵,欲殺
　　　　真人,反爲護法神所殺,向真人索頭,真人令其自摸,頭固在也。不
　　　　覺猛然省悟,投刀於地,願隨真人出家。真人命其擔水澆畦,誦經
　　　　修道。任屠之妻率其子弟到庵,勸屠還俗,而任屠皆不顧。後屢經
　　　　真人指示,去盡酒色財氣,一空人我是非,竟得證果云。”

〔四〕　“趔”，音列。“趔趄”，足不進也。

〔五〕　按：元曲中“則”字，與通俗用“只”字、“衹”字同。又北方稱“我”曰“俺”。

〔六〕　按：《倩女離魂》，全劇名《迷青瑣倩女離魂》。《元曲概論》述其大略云：“張倩女才貌雅麗，幼時已與王文舉訂婚。會文舉上京應試，過張門，得與倩女相見。女極愛慕其才華，心常切切。及王辭別上京，女思戀彌切，其靈魂遂偕張俱往矣。留京已三年，王得狀元歸，與之成婚，而倩女之魂始返原狀。”

〔七〕　按：“瞑眩”，亦作“瞑眩”，又作“眠眴”，皆同一義。《孟子·滕文公》章引《書》曰：“若藥不瞑眩，厥疾不瘳。”趙注：“瞑眩，藥攻人疾，先使瞑眩憒亂，乃得瘳愈。”

〔八〕　案：“腤”，音諳。“臜”，音簪。“腤臜”，又作“腌臜”，見元人填詞。

〔九〕　今人童斐云：“‘家’，元曲中語助詞。後來傳奇中改用‘價’字。”

〔一〇〕　按：“奄然”，應與“依然”同義。

〔一一〕　用竹報平安事。

〔一二〕　按：毛晉編刊《六十種曲》中，《拜月亭》易名《幽閨記》，相傳係元施（一云姓沈）惠君美作。王氏《元南戲之文章》篇謂：“此曲大都蹈襲關漢卿《閨怨佳人拜月亭》雜劇，但變其體製耳。”日本青木正兒述此曲之梗概云：“金之蔣世隆，中都路（今北平地方）人，熱衷於功名，以父喪，不能應科舉，和妹瑞蓮很寂寞的在家裏過活。適番兵來侵金界，金軍不能抗，遂有遷都汴梁（今開封）之議。忠臣陀滿海牙反對遷都，持主戰論，和奸臣聶賈列爭論甚烈，爲奸臣所讒，致遭賜死，並滿家誅戮。海牙有子名陀滿興福，年少好勇武，幸而逃出。當追兵窮迫之時，咄嗟之間，越牆入一室，原來即蔣世隆的住宅。世隆極力相救，設法使他逃出險境，兩人並結拜爲兄弟。興福逃至外縣，投入綠林之羣，做山寨的主子。有尚書王鎮，以國難方亟，奉旨赴邊城探聽消息，把夫人和女兒瑞蘭暫留家中。突然番兵侵入甚急,金朝的皇帝匆匆遷都於汴梁,古都的人都狼狽地避難。蔣世隆帶着妹瑞蓮同逃,王尚書的女兒瑞蘭跟着母親同逃。不幸途中被番兵窮追,兄妹遺失,母女分離。世隆尋妹,時呼瑞蓮、瑞蓮的名字,偶然被王尚書的女兒瑞蘭聽見,以爲叫她,她就應聲而至,卻是一個秀才。倉皇之際,談不到什麼男女的嫌疑,兩個人就相攜同走。這瑞蘭的母親叫瑞蘭時,而瑞蓮也誤以爲叫她,即應聲而至,一看是一個老太婆。兩人認爲母女,一路同行。世隆和瑞蘭走到一個叫作虎頭山的山下時,被山上的强盜捉去。强盜把他們帶到巨魁之前,不料巨魁即是興福,各人互驚奇遇。興福給他們路費,使他和瑞蘭再下山。不久兩人走到廣陽鎮,在一個酒館裏沽了一壺酒,慰藉旅情。是晚就在酒館內歇宿,世隆向瑞蘭求歡,瑞蘭不肯。中間虧得店主人的做媒,兩人終結奇緣。不幸世隆於第二天生起病來了,暫時不得不逗留在這酒館裏面養病。王尚書負了兩國通和的重責,急急向着南京的歸途。路過此地酒館,巧逢着自己的女兒瑞蘭。他聞知瑞蘭和世隆的事情,因看見世隆的窮途落魄,心中非常震怒,强迫女兒和世隆分離,自己帶了女兒回京。再說那邊王尚書的夫人和瑞蓮相攜,冒雪到了孟津驛,求得驛丞的允准,得在廊下歇宿一宵。剛巧王尚書這天也帶着女兒歇在這裏,夜間聽得有女人的哭聲,詢問驛丞,知道有老太婆和小女兩人,因爲受不起寒冷,所以啼哭。王尚書吩咐把她們帶到裏面來,相見之下,原來就是自己的夫人,驚爲奇遇。次日,大家同路而行。因瑞蓮無人依靠,遂認爲自己的義女,相攜至汴梁。再說世隆方面,此時還養病在酒館裏,興福聞風訪至,勸他去應科舉,世隆允諾。等到世隆病愈後,兩人一同上汴梁應試。一方面瑞蘭跟父母到京後,每每想起和世隆的事情,愁眉莫展。適值春光明媚之際,倍覺傷心。某一個晚上,獨自非常的幽悶,偷偷的安排香案在花蔭中,炷香膜拜掛在柳梢頭的新月,祈禱得和世隆再會同歡。這事剛被瑞蓮窺見,再三詢問她箇中情節,誰知他所祈禱的人就是自己的阿哥,天下真沒有這樣的巧遇。不久,世隆中了文狀元,興福也得了一個武狀元。王尚書打算以自己的兩個女兒招贅今科的兩個狀元郎,謀之媒婆。不料自己的女兒瑞蘭堅要爲丈夫守節,而世隆也不忘瑞蘭的事情,不肯答應王尚書的婚姻。後來事情弄明白,議婚方纔成立,世隆和瑞蘭、興福和瑞蓮,各各團圓了事。"(據鄭震譯本)

鬱藍生《曲品·神品二》云:"《拜月》出施君美筆,亦無的據。元人詞手,製爲南詞,天然本色之句,往往見寶。遂開臨川玉茗(明湯顯祖,臨川人,故人稱"湯臨川"。又其所居號玉茗堂,人稱爲"玉茗先生")之派。何元朗(良俊)絶賞之,以爲勝於《琵琶》。而談詞定論,則謂次之而已。"又按:《琵琶記》,係元末明初時高明所作。高明,字則誠,又號東嘉。青木正兒述《琵琶記》之梗概如下:"蔡邕(伯喈)在二十三歲之春娶妻趙五娘,纔及兩月,值春光明媚之際,張壽筵爲父母祝壽。(第二《高堂稱慶》)這時京中將會試,陳留郡的太守推薦蔡邕,蔡邕的父親命他去應試。蔡邕以父母年老,去後無人供養爲慮,意欲不往。惟嚴命又不敢違,適鄰人張太公來,答應一切事情自己都可盡力幫助。蔡邕乃決意進京,將家事托張太公照應,告別自己的父母和妻子即登程。(第四《張公逼試》、第五《南浦囑別》)途中和別的書生一同跋涉千里,到達京師,一試居然狀元及第,與榜眼、探花等共戴宮花,連騎赴杏園之宴。這正是'春風得意馬蹄疾'之時。(第七《才俊登程》、第八《文場選士》、第十《杏園賜宴》)當時相國牛僧儒有一個女兒在家未嫁。正暮春時,牛氏的婢女在深院裏無端遊玩,且入戲語,牛氏以正言規斥。(第三《牛氏規奴》)事情被其父相國知道,相國又加嚴誨,以後日治家不能約束爲戒,一面急急爲擇婿之準備。(第六《丞相訓女》)一日相國在朝,天子聞其女未嫁,命給新狀元蔡邕爲妻。相國乃遣官媒詣蔡狀元宅,告以旨。蔡邕固辭不肯,且思此事既出

自聖旨,一旦觸動上怒,害多益少,不若及早辭官還鄉。(第十二
《奉旨招婿》、第十三《官媒議婚》)相國得知蔡邕不肯許婚,非常震
怒,意欲訴之朝廷,可是相國的女兒認爲這事不能過於勉強。(第
十四《激怒當朝》、第十五《金閨愁配》)當蔡邕上奏時,以父母在
堂,欠缺孝養爲詞,乞辭官歸去。牛相國當時極力設法阻止,不允
所請。(第十六《丹陛陳情》)一方相國再遣官媒強迫蔡邕許婚,蔡
邕至此遂屈服,入贅於牛府。(第十八《再報佳期》、第十九《強就
鸞鳳》)其間蔡邕的鄉里自蔡邕去後,其妻趙五娘善侍舅姑,眼望
着丈夫衣錦還鄉,卻是石沉大海,一去無消息。不幸遇着歲歉,家
計日益窮困。(第九《臨妝感嘆》、第十一《蔡母嗟兒》)聞官有施
米,乃跟着其他饑民,當官乞得幾升糧。不料歸途又被惡漢奪去,
絕望之餘,意欲自盡,終以舅姑無人供養而止。(第十七《義倉振
濟》)自己乃歸家,賣去嫁時的衣裳釵釧之類,以養活舅姑。日食
益乏,自己乃以糟糠充飢。一面對於舅姑,仍勉強給以白飯,婆婆
又嫌沒有菜喫。(第二十《勉食姑嫜》)當五娘喫糠團子的時候,深
恐被公婆知道,反增加公婆的憂心。婆婆卻以爲她一人躲在別地
方獨喫,必有美食。因此有一次當她獨喫的時候,和公公去窺看,
看見五娘是在喫糠團子,這一驚便弄得一命歸天。幸得鄰家張太
公之助,給以棺葬。(第二十一《糟糠自厭》)在京師的蔡邕,自入
贅相府以後,身榮官陞,衣鮮食美,過着很幸福的生活。不過有時
想起故鄉父母和妻子,也不得不悶悶而不樂。一日和夫人牛氏在
水亭賞荷,牛氏要他彈奏一曲,他含混應命。原來牛氏要聽的是
《風入松》,而他彈的卻是《思歸引》,又是《別鶴怨》。牛氏不悅,
問他爲什麼要彈這種曲呢?他稍帶躊躇地説,自己只慣彈舊絃,這
新絃彈不慣。他有暗暗憶着舊妻的意思。(第二十二《琴訴荷
池》)他又時常想託人帶封信到家,不料又被拐兒僞造一封父親的
家書,騙了他的回信及路費,逃之夭夭。(這段情節寫得非常幼

稗。)(第二十四《宦邸憂思》、第二十六《拐兒紿誤》)一方在故鄉的五娘,自婆婆死後,公公亦得病。五娘親侍湯藥,看護不遺餘力。但老人風燭殘年,支持不住,終究死去。五娘家徒四壁,無法可想,只得鬻髮買棺。幸鄰家的張太公始終以全力幫助,送布帛米穀等,方得將公公安葬妥貼。(第二十三《代嘗湯藥》、第二十五《祝髮買葬》)(這裏還有第二十七齣《感格墳成》,因爲裏面講的鬼話,不敍。)五娘自公婆死後,乃描公婆肖像一幅,負之,自己作道姑裝,彈琵琶,唱行孝曲,沿途乞食,進京尋夫婿。(第二十九《乞食尋夫》、第三十二《路途勞頓》)蔡邕在牛氏宅,中秋夜和夫人賞月,怏怏不快。夫人再三問故,蔡邕乃懇切地將故鄉的事情告知。夫人極表同情,願和蔡邕回故鄉奉侍公婆。當時告知相國,相國怒不許。夫人以蔡邕貽誤父母和妻子是己之罪,乃終日悔恨。相國被女兒的誠意感動,不得已答應派人迎蔡邕的父母來邸供養。(第二十八《中秋賞月》、第三十《瞷問衷情》、第三十一《幾言諫父》、第三十三《聽女迎親》)這兒趙五娘已到京城,會彌陀寺有大法會,乃彈琵琶在那兒乞食,得着一點錢便追薦公婆的亡靈,簷下掛着公婆的肖像。正膜拜間,忽有貴人降臨,五娘匆匆迴避,未及將畫收去。原來這貴人就是蔡邕,他無意間望着這張畫像,很像是自己的父母,問左右僕人,知是道姑所遺,即命僕人去找尋道姑,已不知其去向。蔡邕命左右僕人把這畫像收起,帶回自己的公館,一面並祈父母的平安而去。(第三十四《寺中遺像》)至此五娘已知蔡邕在相國宅,乃故意彈琵琶,乞食至其門,由丫頭傳知牛氏。牛氏很可憐一個流落的女子,喚她進來,盤問底細,知道即是蔡邕的前妻。牛氏賢慧,把她留在邸內,換去她道姑的衣服,這事蔡邕毫不知道。(第三十五《兩賢相遘》)當蔡邕把父母的畫像拿回來時,即掛在自己書房的壁上。第三天,五娘乘蔡邕不在書房裏,偷偷在畫像上題了四句詩,詩云:‘向日受饑荒,雙親俱死亡。如今題詩句,報與薄

情郎。' 蔡邕回來，看見這首詩，非常奇怪，細問牛氏，得知這段情
節。牛氏並招五娘和蔡邕對面。（第三十六《孝婦題真》、第三十
七《書館悲逢》）再説牛府派出迎蔡邕父母的使者李旺，他到蔡邕
的家中時，並不見一個人，東西詢問，巧遇着那位張太公。張太公
把蔡家的不幸從頭至尾訴説了一遍，痛罵蔡邕不孝和薄情。李旺
悄然回京復命。（第三十八《張公遇使》、第四十《李旺回話》）蔡
邕得知道父母死亡的消息，請假歸鄉守制，兩妻相隨，浩浩蕩蕩，回
到故鄉來。雖然是死了父母，但終得衣錦榮歸。後來滿門旌獎，萬
事完結。（第三十九《散髮歸林》、第四十《風木餘恨》、第四十二
《一門旌獎》）"鬱藍生《曲品・神品一》云："高則誠作《琵琶》，蔡
邕之託名無論矣。其詞之高絕處，在佈景寫情，真有運斤成風之
妙。串插甚合局段，苦樂相錯，具見體裁。可師可法，而不可
及也。"

〔一三〕 "褪"，吐困切，色減也。

〔一四〕 "搠"，音朔。《博雅》云："塗也。"此處疑另有新解。"纓鎗"，當係
二物。

〔一五〕 徐鉉曰："今人謂飯乾爲餱。"

〔一六〕 今人童斐注引《爾雅翼》云："椒實多而香。漢世皇后所居，稱椒
房。取其實蔓延盈升，以椒塗屋，亦取其溫煖。

〔一七〕 按：許守白先生《作曲法》論"疊句法"，即舉此劇《梅花酒》、《收江
南》二曲，評云：《梅花酒》曲，轉六字句以下，本不拘多少。此次
六字句化爲三字句，用疊句之法，聯貫而下，一氣呵成，將漢元帝悲
楚情態曲曲傳出，真傑構也。"

〔一八〕 童注云："'我煞'二字不可解，疑有脱誤。"

〔一九〕 童注："《木蘭辭》：'出門看火伴，火伴皆驚忙。'今所謂合作一事曰
'同夥'，'同夥'即'同火'也。"

〔二〇〕 童注："'暢道'，元曲中語助詞。《後庭花》劇有句云：'暢道殺人

賊不在海角天涯。'‘暢道'意謂酌量其大概而言之也。臧刊本作
‘唱道竚立多時',‘唱'與‘暢'雖同爲假借字,然他處通用‘暢
道',則此處不當獨作‘唱道',故改從一律。"

〔二〕 王氏於《元劇之時地》章,據《録鬼簿》分期。考其第一期爲蒙古時
代,自太宗取中原以後,至至元一統之初,《録鬼簿》卷上所録之作
者五十七人,大都在此期中。其有雜劇存於今者,如關漢卿、楊顯
之、張國寶(一作"國賓")、石子章、王實甫、高文秀、鄭廷玉、白樸、
馬致遠、李文蔚、李直夫、吳昌齡、武漢臣、王仲文、李壽卿、尚仲賢、
石君寶、紀君祥、戴善甫、李好古、孟漢卿、李行道、孫仲章、岳百川、
康進之、孔文卿、張壽卿等。

　　古代文學之形容事物也,率用古語,其用俗語者絶無,又
所用之字數亦不甚多。獨元曲以許用襯字故,故輒以許多俗
語,或以自然之聲音形容之。此自古文學上所未有也。兹舉
其例。如《西廂記》〔一〕第四劇第四折:

　　(《雁兒落》)綠依依牆高柳半遮,静悄悄門掩清秋
夜,疏剌剌林梢落葉風,昏慘慘雲際穿窗月。

　　(《得勝令》)驚覺我的是顫巍巍竹影走龍蛇,虚飄飄
莊周夢蝴蝶,〔二〕絮叨叨促織兒無休歇,韻悠悠砧聲兒不
斷絶。痛煞煞傷別,急煎煎好夢兒應難捨,冷清清的咨
嗟。嬌滴滴玉人兒何處也?

此猶僅用三字也。其用四字者,如馬致遠之《黄粱夢》〔三〕第
四折:

　　(《叨叨令》)我這裏穩丕丕〔四〕土坑上迷颩没騰〔五〕的

坐,那婆婆將粗剌剌陳米喜收希和[六]的播,那寒驢兒柳
陰下舒著足乞留惡濫[七]的臥,那漢子去脖項上婆娑沒
索[八]的摸。你則早醒來了也麽哥,[九]你則早醒來了也麽
哥。可正是窗前彈指時光過。

其更奇絕者,則如鄭光祖之《倩女離魂》第四折:

　　(《古水仙子》)全不想這姻親是舊盟,則待教袄廟火
刮刮匝匝烈焰生。[一○]將水面上鴛鴦忒楞楞騰[一一]分開
交頸,疏剌剌沙轍雕鞍撒了鎖鞋,[一二]廝琅琅湯偷香處喝
號提鈴,[一三]支楞楞爭絃斷了不續碧玉箏,[一四]吉丁丁璫
精磚上摔破菱花鏡,[一五]撲通通東井底墜銀瓶。[一六]

又無名氏《貨郎旦》劇[一七]第三折,則所用疊字其數更多:

　　(《貨郎兒》六轉)我則見黯黯慘慘天涯雲布,萬萬點
點瀟湘夜雨。正值著窄窄狹狹溝溝塹塹路崎嶇,黑黑黯
黯形雲布。赤留赤律[一八]瀟瀟灑灑斷斷續續,出出律律
忽忽魯魯[一九]陰雲開處,霍霍閃閃電光星注。正值著颼
颼摔摔風,淋淋渌渌雨。高高下下凹凹答答一水模糊,撲
撲簌簌濕濕渌渌[二○]疏林人物,卻便似一幅慘慘昏昏瀟
湘水墨圖。[二一]

由是觀之,則元劇實於新文體中自由使用新言語。在我國文
學中,於《楚辭》、內典[二二]外,得此而三。然其源遠在宋、金二
代,不過至元而大成。其寫景、抒情、述事之美,所負於此者,
實不少也。

〔一〕　按：全劇名《崔鶯鶯待月西廂記》。《曲海提要》云：“《西廂記》，元王實甫撰。《草橋驚夢》後四齣，關漢卿補。事據《會真傳》‘待月西廂’而作，乃元稹（微之）實事，而嫁名於張生也。”又録《會真傳》云：“唐貞元中有張生者，年二十三，遊於蒲，寓於蒲東之普救寺，適有崔氏孀婦者亦止焉。崔氏婦，鄭女也。張出於鄭，緒其親，乃異派之從母。是歲，丁文雅不善於軍，軍士大掠蒲人，崔氏惶駭。張與蒲將之黨有善，請史護之，遂不及於難。會杜確將天子命，以統戎節，令於軍中，軍由是戢。鄭厚張之德甚，因設饌以宴之，命其子歡郎出見，次命女鶯鶯出拜。至則顔色豔異，光輝動人，張自是惑焉。崔之婢曰紅娘，張私爲之禮者數四，乘間遂道其衷。婢曰：‘崔善屬文，君試爲喻情詩以亂之。’張立綴春詞二首以授之。是夕紅娘復至，持綵箋以授張，曰：‘崔所命也。’題其篇曰：‘明月三五夜。’其詞曰：‘待月西廂下，迎風戶半開。拂牆花影動，疑是玉人來。’張亦微喻其旨。既望之夕，張踰牆而達於西廂。及崔至，則端服儼容，大數張，復翻然而逝。張自失者久之，復踰而出。數夕之後，忽紅娘攜衾枕而至，撫張曰：‘至矣，至矣。’天將曉，紅娘又捧之而去。自是同會於曩所謂西廂者幾一月，是夕旬有八日也。張生俄以文戰及期，西之長安。明年，生文戰不利，止於京，因遺書於崔，以廣其意。崔氏緘報之。張生發其書於所知，人多聞之，以爲異，然而張亦絶志矣。後半年，崔已委身於人，張亦有所娶矣。後乃因其夫，求以外兄見，而崔終不爲出。自是絶不復知。”

〔二〕　《莊子·齊物論》云：“昔者莊周夢爲胡蝶，栩栩然胡蝶也，自喻適志與，不知周也。俄然覺，則蘧蘧然周也。不知周之夢爲胡蝶與？胡蝶之夢爲周與？”

〔三〕　按：全劇名《邯鄲道省悟黃粱夢》雜劇，馬致遠撰。演漢鍾離度吕洞賓事，亦本《列仙傳》而緣飾之。《曲海提要》云：“大略言洞賓應舉，與雲房遇於旅店。方炊黃粱作飯，飯未熟而洞賓倦睡，遂入夢

中。拜官兵馬大元帥，入贅高太尉家，生子女二人。及領兵征吳元
濟於蔡州，太尉與洞賓送行，飲酒吐血，因此斷酒。征蔡時，受元濟
金珠賣陣，回家獲罪，刺配沙門島，因此斷財。回家時，覷妻高氏有
姦，休還母家，因此斷色。刺配時，率兒女跋涉山谷，投一老母家。
其子獵回，摔殺洞賓子女。洞賓方怒，為獵戶所追殺。醒而見雲房
在旁，怒氣亦斷。於是洞賓酒色財氣皆斷，從雲房入道。"

〔四〕 按："丕丕"，自係元時方言，疑與今之俗語"乖乖"相似，有疑訝其
多其甚之意。鄭德輝《倩女離魂》劇，倩女唱云："諕得我心頭丕丕
實驚怕。"

〔五〕 臧氏《音釋》："'飚'音嵯。"按："迷飚没騰"，亦係元時俗語，想是
形容仙人鍾離坐時之神態。

〔六〕 "喜收希和"，亦係元時俗語，疑是播米之聲。

〔七〕 "乞留惡濫"，亦係元時俗語，疑是形容疲驢卧態。

〔八〕 "没索"，似即"没趣"之意。臧氏《音釋》："'摸'音磨。"

〔九〕 "也麽哥"，係語助詞。

〔一〇〕 "祆"，希煙切，胡神也。波斯火教神名火祆，故稱其教曰祆教。
"祆廟"，祆神之廟。"刮刮匝匝"，火焰騰騰之意。《西廂》作"撲
騰騰點著祆廟火"，可證。

〔一一〕 "忒楞楞騰"，象"分開"之聲。

〔一二〕 按："沙韂"與下"雕鞍"對文，"沙"即"紗"字，"韂"同"韂"，裝束
馬也。"鞓"亦作"靯"，皮帶也。"疏刺刺沙"，象撒散之聲。

〔一三〕 "廝琅琅湯"，象"喝號提鈴"之聲。《梧桐雨》作"廝琅琅鳴殿鐸"。

〔一四〕 "支楞楞爭"，象"絃斷"之聲。

〔一五〕 "吉丁丁璫"，象破鏡聲。《梧桐雨》作"吉丁当玉馬兒向簷間鬧"。

〔一六〕 "撲通通東"，象瓶墜之聲。許守白先生論"重疊譬喻法"，舉此曲
《水仙子》云："此曲除第一句之外皆是譬喻語，質而言之，即是'破
裂'二字耳。看他却寫得異樣新奇！元人凡用譬喻之筆，必用重

疊之句,以見奇崛。如《西廂》之‘白茫茫溢起藍橋水,撲騰騰點著
祆廟火,碧澄澄清波,撲剌剌把比目魚分破’數句,亦是一樣作法,
然不如此曲之較爲奇崛也。”

〔七〕　按:全劇名《風雨像生貨郎旦》,元人無名氏作。《曲海提要》略
云:“長安李彥和,富翁也。有妻劉氏,有子春郎。春郎有乳母張
三姑。彥和耽花柳,與妓張玉娥往來甚密,後遂娶爲妾。玉娥悍凌
劉氏,劉氏以鬱死。玉娥又與當差人魏邦彥通,欲嫁之,相與謀放
火焚彥和家,竊其財而奔,使邦彥艤舟河上以相待。火發,玉娥與
彥和、春郎、三姑俱奔至河喚渡,登邦彥舟。玉娥推彥和墮水,並欲
縊殺三姑及春郎,遇他舟至,救免。邦彥、玉娥逸去。有拈各千户,
以公幹過河,見三姑及春郎,欲買春郎爲義子。適唱《貨郎兒》張
憋古者,亦在河上。拈各千户令三姑寫賣契,三姑不能書,憋古代
書之。春郎歸千户,憋古見三姑無依,收爲義女,教之唱《貨郎》,
是爲‘貨郎旦’。千户無子,撫春郎如己出。稍長,習騎射,襲職千
户。臨歿,出賣契,告春郎以所自來,囑其往尋本生父。春郎既葬
千户,以催趲窩脱銀至河南館驛,驛中獨飲無聊,命吏呼唱《貨郎
兒》者。時憋古已死,三姑欲歸洛陽,道逢牧人呼其名,徐視之則
彥和也。錯愕相詢,知墮河不死,流落爲人牧牛。於是與三姑爲兄
妹,而亦習唱《貨郎》以度活。逢吏召,俱至驛,見春郎貌,心雖疑
而不敢言。俄見春郎遺一紙,檢視之,則即憋古所書的賣契,乃知
其爲春郎無疑,然猶不敢直陳。而憋古常以彥和事編成《貨郎曲》
十二回,教三姑。三姑遂向春郎唱之,春郎果一一詳問,知唱者即
三姑,並知三姑之兄即其父彥和。父子重逢,相持慟哭,而吏役緝
獲侵欺窩脱銀人犯,解送春郎正法,犯乃魏邦彥也。乃並收玉娥,
並誅之以復父讎,瀝血祭告其亡母劉氏云。”

〔一八〕　“赤留赤律”,元人俗語。

〔一九〕　“出出律律忽忽魯魯”,亦元人俗語。《梧桐雨》作“忽魯魯風閃得

銀燈爆"。

〔二〇〕　按:"簌",音速。"撲簌簌",飛聲。衍言之,則爲"撲撲簌簌"。
　　　　《梧桐雨》作"撲簌簌動珠箔"。"渌",當與"漉"同,滲也。

〔二一〕　許守白先生論"疊字法",舉此曲云:"元曲所用疊字,以此曲爲最
　　　　多,繪影繪聲,極淋漓盡致之妙。亦如一幅風雨圖,活現紙上矣。"

〔二二〕　佛教中稱經論爲"内典"。

　　元曲分三種,雜劇之外,尚有小令與套數。〔一〕小令只用一
曲,與宋詞略同。套數則合一宮調中諸曲爲一套,與雜劇之一
折略同。但雜劇以代言爲事,而套數則以自敍爲事,〔二〕此其
所以異也。元人小令、套數之佳,亦不讓於其雜劇。兹各録其
最佳者一篇以示其例,略可以見元人之能事也。

　　小令:

　　《天净沙》(無名氏。此詞庶齋〔三〕《老學叢談》及元
刊《樂府新聲》均不著名氏。《堯山堂外紀》〔四〕以爲馬致
遠撰,朱竹垞《詞綜》仍之,不知何據):

　　枯藤老樹昏鴉。小橋流水人家。古道西風瘦馬。夕
陽西下,斷腸人在天涯。〔五〕

　　套數:

　　《秋思》(馬致遠。見元刊《中原音韻》、《樂府
新聲》):

　　(《雙調夜行船》)百歲光陰如夢蝶,重回首往事堪
嗟。昨日春來,今朝花謝,急罰盞夜闌燈滅。(《喬木

查》)秦宮漢闕,做衰草牛羊野。不恁漁樵無話説。縱荒墳,横斷碑,不辨龍蛇。(《慶宣和》)投至狐蹤與兔穴,多少豪傑。鼎足三分半腰折,魏耶?晉耶?(《落梅風》)天教富,不待奢。無多時好天良夜。看錢奴硬將心似鐵,空辜負錦堂風月。(《風入松》)眼前紅日又西斜,疾似下坡車。晚來清鏡添白雪,上牀與鞋履相别。莫笑鳩巢計拙,[六]葫蘆提[七]一就裝呆。(《撥不斷》)利名竭,是非絕。紅塵不向門前惹。綠樹偏宜屋角遮。青山正補牆東缺,竹籬茅舍。(《離亭宴煞》)蛩吟罷,一枕纔寧貼。雞鳴後,萬事無休歇。算名利,何年是徹?密匝匝蟻排兵,亂紛紛蜂釀蜜,鬧穰穰蠅争血。裴公綠野堂,[八]陶令白蓮社。[九]愛秋來那些,和露滴黄花,帶霜烹紫蟹,煮酒燒紅葉。人生有限杯,幾個登高節?囑付與頑童記者,便北海[一○]探吾來,道東籬醉了也。

《天净沙》小令純是天籟,仿佛唐人絕句。[一一]馬東籬《秋思》一套,周德清評之,以爲"萬中無一",明王元美等亦推爲"套數中第一",誠定論也。此二體雖與元雜劇無涉,可知元人之於曲,天實縱之,非後世所能望其項背也。

〔一〕 《曲律易知》云:"小令者,僅取曲之短調,填一二支,其法與作詞無異,每牌自爲一片段,固無所謂律也。"《曲律通論》云:"套數者,合數曲或十餘曲以成一套之謂。凡戲劇之一折,或散套(《曲律易知》云:"散套者,不論南北曲,自首迄尾,如長歌然,按詞以填曲,惟無引子，無賓白，而宮調仍須一貫，牌名仍有次序也。"）之一套，可以被以管絃者，均謂之套數。"按：王氏此處所謂"套數"，既與小令、雜劇並稱，則自係指散曲之"套數"，所謂"散套"是也，與劇曲聯套之稱"套數"者無關。任訥《散曲之研究》云："散曲，對於有科白之劇曲而言。分散套與小令兩種。"又釋"散套"云："散套爲散曲之一種，各套獨立而不聯貫謂之散，對於劇曲中有聯絡之套而言。"又釋"套數"云："一、本意：有首有尾者（兼包劇曲之套與散曲之套）。因必以套計數，曰一套、二套，故名。二、別意：即散套。"又釋"小令"云："一、本意：爲散曲之一種，體製較爲短小，對於成套之曲而言。與詞中所謂五十字以内之小令者不同。二、別意：即街市俚歌，雖亦合樂可唱，但其辭未經文學上之陶冶。"解最明白。又案：散套與小令同爲敍述體而非代言體，又同爲抒情體而非演史事體，迥與劇曲不同。

〔二〕　按：套數亦有自成一體，與小令、雜劇鼎峙者，如上文所舉馬東籬《秋思》一套是也。此種套數既無科白，故曲文中當以自敍爲事；而雜劇既用科白，即可於科白中敍事，故曲文全爲代言。

〔三〕　元盛如梓，號庶齋。

〔四〕　《堯山堂外紀》，明蔣一葵著。

〔五〕　許守白先生云："六字句節短而韻長者，當首推元馬東籬《天浄沙》一曲。明人最喜摹做此曲，而終無如此自然。妙在'枯'字、'老'字、'昏'字、'瘦'字，將一片蒼涼景象一一繪出，而'斷腸人在天涯'一語，自有無限神味。白仁甫亦有此調，曲云：'一聲畫角譙門。半亭新月黄昏。雪裏山前水濱。竹籬茅舍，淡煙衰草孤村。'張小山亦有此調，曲云：'碧桃花下籬旌。綠楊影裏旗亭。幾處鶯啼燕請。馬嘶芳徑，典衣索做清明。'此二曲亦極佳，尤以小山爲勝，然仍不及東籬之渾厚也。"

〔六〕　《辭源》引《禽經》："鳩拙而安。"注："鳩，鳴鳩也。"《方言》云："蜀謂之拙鳥，不善營巢，取鳥巢居之，雖拙而安處也。”

〔七〕　《辭源》：“‘葫蘆提’，即‘葫蘆蹄’。”《明道雜志》：“錢文穆内相決一大滯獄，蘇長公譽以‘霹靂手’。錢曰：‘僅見葫蘆蹄耳。’”《演繁露》引此作“鶻鷺啼”，云即“俳優以爲鶻突者”也。亦作“葫蘆提”，元曲中多用之。“鶻突”，不曉事之意。吕原明《家塾記》：“太宗欲相吕正惠公，左右或曰：‘吕端之爲人糊塗。’”注：“‘糊塗’，讀爲‘鶻突’。”

〔八〕　唐裴度嘗建别墅於都中，號緑野堂。

〔九〕　晉陶潛嘗作彭澤令，因稱“陶令”。白蓮社爲晉高僧慧遠等所組織，潛實未參加，而與社人頗有往還。《蓮社高賢傳》：“時遠法師與諸賢結蓮社，以書招淵明。淵明曰：‘若許飲則往。’許之，遂造焉。忽攢眉而去。”

〔一〇〕　後漢孔融曾爲北海相，好客，有“坐上客常滿，樽中酒不空”之譽。

〔一一〕　《人間詞話》云：“馬東籬《天净沙》小令，寥寥數語，亦深得唐人絶句妙境。有元一代詞家，皆不能辦此也。”

　　元代曲家，自明以來，稱“關、馬、鄭、白”。然以其年代及造詣論之，寧稱“關、白、馬、鄭”之爲妥也。〔一〕

　　關漢卿一空倚傍，自鑄偉詞，而其言曲盡人情，字字本色，〔二〕故當爲元人第一。白仁甫、馬東籬高華雄渾，情深文明；〔三〕鄭德輝清麗芊綿，自成馨逸，〔四〕均不失爲第一流。其餘曲家均在四家範圍内，惟宫大用瘦硬通神，獨樹一幟。〔五〕

　　以唐詩喻之，則漢卿似白樂天，仁甫似劉夢得，東籬似李義山，德輝似温飛卿，而大用則似韓昌黎。以宋詞喻之，則漢卿似柳耆卿，〔六〕仁甫似蘇東坡，〔七〕東籬似歐陽永叔，〔八〕德輝似秦少游，[九]大用似張子野。[一〇]雖地位不必同，而品格則略相似也。

明寧獻王"曲品"躋馬東籬於第一，而抑漢卿於第十。[一一]蓋元中葉以後，曲家多祖馬、鄭而祧[一二]漢卿，故寧王之評如是。其實非篤論也。

〔一〕　據《録鬼簿》所載，關、白、馬爲第一期作家，鄭爲第二期作家。《人間詞話》云："白仁甫《秋夜梧桐雨》劇沉雄悲壯，爲元代冠冕。"此作者揚白之意。

〔二〕　涵虚子"曲品"云："關漢卿如瓊筵醉客。"許守白先生云："漢卿諸作，大都雄豪爽朗，不屑爲靡麗之語。放筆直幹，惟意所之。"陳斠玄先生云："其《續西廂》四折，不事雕繢，惟尚白描，的是元人本色。金聖歎不辨，妄加譏彈，非知音也。"

〔三〕　涵虚子"曲品"云："白仁甫如鵬搏九霄。""馬東籬如朝陽鳴鳳。"許守白先生云："《元人百種曲》中，如馬致遠之《漢宮秋》、白仁甫之《梧桐雨》，皆沈雄蒼老，爲元劇中最上乘者，非後人所易及也。"

〔四〕　涵虚子云："鄭德輝如九天珠玉。"許守白先生云："鄭德輝之《倩女離魂》，俊語絡繹。"

〔五〕　涵虚子云："宮大用如西風雕鶚。"又云："其詞鋒穎犀利，神彩燁然。若健翮摩空，下視林藪，使狐兔縮頸於蓬棘之勢。"

〔六〕　王氏以白樂天、柳耆卿、關漢卿爲一組，其風格可概以淺俗目之。徵録作品如下：

白樂天《夜聞歌者》："夜泊鸚鵡洲，秋江月澄澈。鄰船有歌者，發調堪愁絶。歌罷繼以泣，泣聲通復咽。尋聲見其人，有婦顏如雪。獨倚帆檣立，娉婷十七八。夜淚似真珠，雙雙墮明月。借問誰家婦，歌泣何凄切？一問一沾襟，低眉終不説。"

　　柳耆卿《晝夜樂》：“一場寂寞憑誰訴？算前言，總輕負。早知
恁地難拚，悔不當初留住。其奈風流端正外，更別有、繫人心處。
一日不思量，也攢眉千度。”

　　關漢卿《謝天香》第三折：“（正宮《端正好》）我往常在風塵，
爲歌妓，不過多見了幾個筵席，回家來仍作個自由鬼，今日倒落在
無底磨牢籠內。”

〔七〕　王氏以劉夢得、蘇東坡、白仁甫爲一組，其風格可概以豪放目之。
徵録作品如下：

　　劉夢得（禹錫）《平蔡州》：（樂天嘗敍其詩曰：“彭城劉夢得，
詩豪者也。其鋒森然，少敢當者。”）“蔡州城中衆心死，妖星夜落
照壕水。漢家飛將下天來，馬箠一揮門洞開。賊徒崩騰望旗拜，有
若羣蟄驚春雷。狂童面縛登檻車，太白矢矯重捷書。相公從容來
鎮撫，常侍郊迎負文弩。四人歸業閭里閑，小兒跳浪健兒舞。”

　　蘇東坡（軾）《念奴嬌·赤壁懷古》：（劉師培云：“東坡之詞，
慨當以慷，間鄰豪放，如《滿庭芳》、《大江東去》、《江城子》諸詞
是。”）“大江東去，浪淘盡，千古風流人物。故壘西邊，人道是、三
國周郎赤壁。亂石穿空，驚濤拍岸，捲起千堆雪。江山如畫，一時
多少豪傑。　　遙想公瑾當年，小喬初嫁，了雄姿英發。（“了”字
屬下讀，前人已有此説，今人吳梅尤力主之。）羽扇綸巾，談笑處、
檣櫓灰飛煙滅。故國神遊，多情應笑我，早生華髮。人生如夢，一
樽還酹江月。”

　　白仁甫（樸）《梧桐雨》第四折：“（正宮《端正好》）自從幸西
川，還京兆，甚的是月夜花朝，這半年來白髮添多少！怎打疊愁
容貌！”

〔八〕　王氏以李義山、歐陽永叔、馬東籬爲一組，其風格可概以精雅目之。
徵録作品如下：

　　李義山（商隱）《馬嵬》：（《詩藪》云：“義山精深。”）“海外徒

聞更九州,(原注:"鄒衍云:'九州之外,復有九州。'")他生未卜此生休。空聞虎旅傳宵柝,無復雞人報曉籌。此日六軍同駐馬,當時七夕笑牽牛。如何四紀爲天子,不及盧家有莫愁。"

歐陽永叔(修)《蝶戀花》:(劉子庚先生云:"其詞亦出南唐,而加以深致。")"庭院深深深幾許,楊柳堆煙,簾幕無重數。玉勒雕鞍游冶處,樓高不見章臺路。　　雨橫風狂三月暮,黃昏梨花,無計留春住。淚眼問花花不語,亂紅飛過秋千去。"

馬東籬(致遠)《漢宮秋》第三折:"(《殿前歡》)則什麼留下舞衣裳,被西風吹散舊時香。我委實怕宮車再過青苔巷,猛到椒房。那一會想菱花鏡裏妝,風流相,兜的又橫心上。看今日昭君出塞,幾時似蘇武還鄉。"

〔九〕王氏以溫飛卿、秦少游、鄭德輝爲一組,其風格可概以輕綺目之。徵錄作品如下:

溫飛卿(庭筠)《利州南渡》:"淡然空水對(一作"帶")斜暉,曲島蒼茫接翠微。波(一作"坡")上馬嘶看櫂去,柳邊人歇待船歸。數叢沙草羣鷗散,萬頃江田一鷺飛。誰解乘舟尋范蠡,五湖煙水獨忘機。"

秦少游(觀)《踏莎行》:"霧失樓臺,月迷津渡,桃源望斷無尋處。可堪孤館閉春寒,杜鵑聲裏斜陽暮。　　驛寄梅花,魚傳尺素,砌成此恨無重數。郴江幸自遶郴山,爲誰流下瀟湘去?"

鄭德輝(光祖)《倩女離魂》第三折:"(迎仙客)日長也,愁更長;紅稀也,信尤稀;春歸也,奄然人未歸!我則道相別也數十年,我則道相隔著數萬里。爲數歸期,則那竹院裏刻徧琅玕翠。"

〔一〇〕王氏以韓昌黎、張子野、宮大用爲一組,其風格可概以桀驁目之。徵錄作品如下:

韓昌黎(愈)《山石》:(元好問《論詩》云:"有情芍藥含春淚,無力薔薇臥曉枝。拈出退之《山石》句,始知渠是女郎詩。")"山石犖确行徑微，黃昏到寺蝙蝠飛。升堂坐階新雨足，芭蕉葉大支（即"栀"字）子肥。僧言古壁佛畫好，以火來照所見稀。鋪牀拂席置羹飯，疏糲亦足飽我飢。夜深靜臥百蟲絕，清月出嶺光入扉。天明獨去無道路，出入高下窮煙霏。山紅澗碧紛爛漫，時見松櫪皆十圍。當流赤足蹋澗石，水聲激激風吹衣。人生如此自可樂，豈必局束爲人鞿。嗟哉吾黨二三子，安得至老不更歸。"

張子野（先）《熙州慢》：（近人論張先詞，謂以勁峭見長。）"武林鄉，占第一湖山，詠畫爭巧。鷲石飛來，倚翠樓煙靄，清猿啼曉。況值禁垣師帥，惠政流入歡謠。朝暮萬景，寒潮弄月，亂峯回照。　　天使尋春不早。併行樂，免有花愁花笑。持酒更聽，紅兒肉聲長調。瀟湘故人未歸，但目送游雲孤鳥。際天杪。離情盡寄芳草。"

宮大用（天挺）《七里灘》第一折："（《混江龍》）自從夏桀將禹喪，獨夫殷紂滅成湯。丕顯立弔民伐罪，丕承立守緒成康。瑤池上筵開穆滿，湘流中淬殺昭王。自開基起運，立國安邦。坐籌幃幄，竭力邊疆。百十萬陣，三五千場。滿身矢簇，遍體金瘡。尸橫草野，鴉啄人腸。未曾立兩行墨迹在史書中，却早臥一丘新土在芒山上。咱看這富貴如蝸牛角半痕涎沫，功名似飛螢尾一點光芒。"

〔一〕　寧獻王朱權，號曰涵虛子，明太祖之第十六子也。其品曲家：一、馬東籬；二、張小山；三、白仁甫；四、李壽卿；五、喬夢符；六、費唐臣；七、宮大用；八、王實甫；九、張鳴善；十、關漢卿。（下略）

〔二〕　按：遠祖世次，逾定制以上，則遷主於祧，故遷廟（家廟）曰"祧"。

元劇自文章上言之，優足以當一代之文學。又以其出於自然故，故能寫當時政治及社會之情狀，足以供史家論世之資者不少。又曲中多用俗語，故宋、金、元三朝遺語所存甚多。
輯而存之，理而董之，自足爲一專書。此又言語學上之事，而
非此書之所有事也。

附　　録

一、《詩品釋》刊言

　　刊《詩品釋》三卷垂成，予作而歎曰：此仲偉表彰正統詩派之所作也。後之讀此書者，止就其編列之卷次，囂囂然於品第之辨，而不審作者之用心，亦奚可乎？予樂治仲偉之書，深知仲偉心目中對於自漢迄梁之詩，別有三派之分畫，不雜廁也。一派以曹子建爲首，子建所製，得乎懽怨中和。仲偉既推以爲五言有主名詩之正宗，更擬諸四言之有《國風》，殆稱詩教之極詣已。子建而後，陸士衡循其規矩者也，謝靈運則能光大其體法者也。此派之詩，至謝超宗、顏則輩而繼響漸盡。一派以嵇康爲首，而輔以元瑜、堅石及二嵇等之七君，並稱不失古體。惟詩旨清峻，往往雜以名理之説，有乖婉厚之致。此派之詩，至張欣泰、范縝而不絕如縷。一派以張華爲首，喜用華豔之體，頓缺風人之義。休、鮑後出，則變爲淫靡險急之風。及沈休文憲章明遠，又爲王元長輩所宗附，卒致演成宮體之陋習焉。此派之詩，在齊、梁時代，其勢力已掩盡以前二派，一時士流，罔不景慕，於是用事辨聲，文多拘忌。仲偉傷之，乃發其正體之論，申以真美之旨，源推於周代之《國風》，品起於漢京之古詩，以語由直尋爲貴，以辭出補假爲非，務革當日拘攣補衲之弊,而區八代涇渭清濁之流,厥績偉已! 予誠恐今世復有謝茂秦、王漁洋輩紛紛爲皮相之論,無由起仲偉千年就埋之旨也,故亟釋之,俾學者無惑焉。十八年九秋鶴唳之辰,奉化許文玉識於校次。

二、《詩品釋》序

許文玉

　　總我國之史觀之，中古之中世期，乃混亂最久而最甚之時代也。漢之末也，則爲三國鼎峙之局；晉之亂也，則爲十六國割據之局；及過江以還，則爲南北朝對立之局。因國土之分裂，與種族之殊異，排擠淩轢之端，播爲風氣，卒其推衍所至，久而彌熾。三國之世，縱橫騁詞，震動敵國，已有所聞。并以九品設官定制，寒門世族，浸以養成。迨夫典午失馭，海內分崩，南北區號，歷久爲梗。《宋書》"索虜"，《魏書》"島夷"，肆其穢詞，互相醜詆。至若出使專對，行人之選，尤必誇其才地，抵掌談論，抑揚盡致，以與鄰國爭勝衡長焉。是爲屬於政治之批評。又因其時異族雜處，種類混淆，衣冠之族，輒自標異，門閥積習，無可移易。以士庶之別，而爲貴賤之分，矜己斥人，所爭尤嚴。是則起於風俗之批評。夫競爭正統，指斥僭號，矜尚門地，區別流品，既悉爲當時政治、風俗習見之例，則其他之文化學術，有不蒙其影響者乎？歷覽藝林，前世文士，頗矜作品，鮮事論評。及曹丕褒貶當世文人，肆爲之辭，於是搦筦論文，多以甄別得失爲己任。在梁一代，蕭子顯秉其史論之識，以繩文學；劉勰更逞其雕龍之辯，以評衆製；庾肩吾則載書法之士，而品之有九；鍾嶸亦錄五言之詩家，而次之爲三。衡鑒之作，於斯稱最矣。余治漢魏六朝詩，服膺於鍾嶸之書已久，閒有理董，得成此書。竊謂嶸處於政治、風俗譏議相尚之秋，殆自有所默授而作。若蕭、劉、庾諸氏，亦蔚然並起於此時，更足證風會之有自也。爰就論世之義，略闡明之，以弁卷首，爲讀書知人之先導云爾。十八年初秋，許文玉書於家樓。

三、古詩書目提要——藏書自記

閱丁福保氏《全漢三國晉南北朝詩·緒言》，有"余書室中，漢魏六朝人詩略備矣"之豪語，頗爲欽異。及按其所列書目，則曰："唐以前詩之見於別集者，不過二十餘種，曰：《蔡邕集》、《曹植集》（文玉按：有《金陵叢書》本朱緒曾《曹集考異》，甚覈實。丁晏《曹集詮評》亦尚可用）、《阮籍集》（文玉按：有蔣師爚《阮嗣宗詠懷詩注》，雖多傅會事實，而理解亦不少）、《嵇康集》、《潘岳集》、《陸機集》、《陸雲集》、《陶潛集》（文玉按：陶詩之注頗衆，以陶澍注較佳。黃文煥《析義》本已極難得，顧嶠《陶集發微》、溫汝能《陶詩彙評》亦頗便覽觀）、《謝靈運集》（文玉按：有順德黃先生《謝康樂詩注》，甚覈實）、《鮑照集》（文玉按：有錢振倫《鮑參軍集注》，順德黃先生《鮑參軍詩補注集説》，均學鮑善本）、《謝惠連集》、《顏延之集》、《謝朓集》、《沈約集》、《梁武帝集》、《梁昭明太子集》、《梁簡文帝集》、《梁元帝集》、《江淹集》、《任昉集》、《陶弘景集》、《何遜集》、《陰鏗集》、《徐陵集》（文玉按：有吳兆宜《徐孝穆集箋注》，尚佳。又有屠隆評點《徐孝穆集》、《庾子山集》合刊本，可參）、《庾信集》（文玉按：有吳兆宜、倪璠二家之注，倪行吳廢）。見於總集者，亦不過二十餘種，曰：梁昭明《文選》、陳徐陵《玉臺新詠》、宋郭茂倩《樂府詩集》、元左克明《古樂府》、明馮惟訥《詩紀》、李攀龍《詩删》、陸時雍《詩鏡》、梅鼎祚《八代詩乘》（文玉按：《漢魏詩乘》別有單行本）及《古樂苑》、曹學佺《歷代詩選》、楊德明《建安七子集》、汪士賢《漢魏名家二十一集》、張溥《漢魏六朝百三家集》、臧懋循《古詩所》、張之象《古詩類苑》、鍾惺、譚元春《古詩歸》、屠畯《情采編》、唐汝諤《古詩解》。有清一代之總集，採輯唐以前之詩者，亦不過數種，曰：王士禎《古詩選》、沈德潛《古詩源》、張琦《古詩録》、劉大

橛《列朝詩約選》、王錫光《詩義標準》、王闓運《八代詩選》。"以上丁氏書
目,全錄無缺。竊謂別集之類,大略稱是;總集則殊多失收,不足以副其
言。姑以鄙人所藏爲丁氏所未及者,錄諸下方,並爲提要以記之。其丁氏
已舉者,不重出焉。

《文選顏鮑謝詩評》四卷傳鈔本

方回撰。回取《文選》所錄顏延之、鮑照、謝靈運、謝惠連、謝朓之詩,
各爲論次,以成斯編。其旨似頗黜顏、存鮑、尊謝,而大謝尤尊。嘗以鮑照
"雕繢滿眼"之説,裁顏延之詩;評明遠"多爲不得志之辭",而頗許其言之
富;評惠連自有"對偶親的,綺靡細潤"之句;評玄暉"工巧太甚,已開唐人
律詩";而最推靈運"情多於景",爲謝氏詩之冠焉。覈其所云,《詩品》鑿
然可見。四庫諸公譏其"好標一字爲句眼,仍不出宋人窠臼",要係其細
節已。

《選詩補注》八卷石印本

上虞劉履編。就蕭統《文選》所錄之詩重加訂選,得二百十有二首,合
其所補《文選》之遺者,總二百四十六首。其重選大旨,本於真德秀《文章
正宗》,以本於性情而關於世教者爲準。《補注》則取朱子《詩傳》爲法,先
明訓詁,次述作者之命意。而訓義又大抵本之曾原《演義》,曾書之詳而不
要、略而不明者,此頗用他説或己意斷之,是以箋釋評論頗稱詳贍焉。至
其每篇分標賦、比、興之義,亦以取便閱者。明黃庭鵠之《古詩冶》亦沿用
此法。四庫諸公以"漢魏篇章强分比興,未免刻舟求劍"譏之,是以瀆經之
罪論履此書,亦豈可乎? 抑三代詩之稱經,猶稱爲詩之極則耳。即擬《三
百篇》之極則,以論漢魏詩,又何不當而謂之瀆耶? 蓋坐昧於尊古之見
而已。

以上元選本。

《古詩冶》二十六卷雲間馬君和寫刻本

雲間黃庭鵠評注。姚士慎叙載庭鵠語云:"前乎殷、周者,後乎魏、晉

者,離之則剖枂良楛,靡所不殊;合之則融液金鑛,靡所不叶。"斯本書包容之時代,所以溯上古而迄六朝也。本書《凡例》云:"凡以天韵勝、以情勝、以醞味勝者,詩人詩也;凡以豪勝、以議論勝、以故實勝者,文人詩也。"又其《自叙》云:"自文人之詩與詩人之詩混,而粗豪組織之詞雜然並作。蓋多儒生之書袋,而乏風人之性情,詩道大受魔障!"斯本書所以分編十八卷爲"詩人詩",又八卷爲"文人詩"也。《自叙》又有云:"要之於性情爲近,而其詩得比興居多。"斯本書"詩人詩"之部所以均標賦、比、興之義,而"文人詩"之部則無之也。綜其編旨,大略如是。較諸各家選本,猶覺稍勝。惟取材亦不免仍沿《詩品》、《詩紀》、《詩宿》、《詩所》、《詩源》、《詩歸》、《詩雋》諸刻之習,尟有別擇。即其各章評語,亦多録時人之説,少發己意。是纂集之功與論斷之見,胥無足語矣。

《詩源辯體》三十八卷海上聚廬重印本

江陰許學夷著。其書之首論曰:"代分以舉其綱,人判而理其目。諸家之説,實悟者引證之,疑似者辯明之。反覆開闔,次第聯絡,積九百五十六則。爰自《三百》,下至五季,采其撰論所及有關一代者一百六十九人并無名氏,共詩四千四百七十四首,以盡歷代之變,名曰《詩源辯體》。"今案:九百五十六則皆論詩之語,即此重印之三十八卷改定本也。其所選詩四千四百七十四首,即惲《跋》所云三十卷。惟是選既未見刊本,不知惲氏曷由得其卷數也。據予懸揣,則辯語之作原以取證詩選,是辯語爲輔品,而詩選乃主物,亦猶沈用濟、費錫璜之《漢詩説》冠以《總説》耳。且顧名以思,自亦如清顧大申所撰《詩原》二十五卷,總輯《三百》以後之詩者。蓋存詩方見其源,不能徒託空言而已焉。至《三百篇》與後人總集同選,此例爲四庫諸公所斥爲僭瀆者,實亦囿於時代之見,非本書所應任咎也。

《名媛詩歸》三十六卷勉善善堂藏板

景陵鍾惺點次。此本書首無書坊識語,自非四庫諸公所見之本。其書真僞雜出,視《詩歸》猶遠勿如,歷受清代學人之譏,宜矣。然明人習氣本以矜博爲長,怯於疑古,因之僞收滋衆,炫惑後學,固不能獨罪竟陵一派也。

以上明選本。

船山《古詩評選》六卷湖南官書報局本

衡陽王夫之撰。卷一録古樂府歌行,卷二録四言,卷三録小詩,卷四、卷五録五言古詩,卷六録五言近體。分體之義,最稱愜當。綜其所評,恒有客觀持平之説。如曰:"建安去西京,無時代之隔,何遽不當如西京?黄初之於建安,接迹耳,亦何遂不如建安?"此直搥破尊古賤今之心理,而另具真正衡量文學之眼光也。又如曰:"文、筆兩塗,至齊而衰,非腴澤之病也。欲去腴澤以爲病,是涸天之雨,童地之山,髡人之髮,存虎之鞟焉耳矣!文因質立,質資文宣,衰王之由,何關於此?"是尤反對齊、梁塗澤之譏議,而仍申文質相須之要旨也。故此書不特就選體論之,較各本依時代排列者爲勝;更就評詩言之,亦殊無學究倖倖氣矣!或曰:"此書而農痛胡馬南渡,祖國淪亡,寓情月旦,以抒其悲憤者也。"夫既有爲而發,復不至逞情以立言,其亮鑒洵不可及焉。

《漢詩評》十卷康孟謀録本

中南山人李因篤音評。一本題"漢詩音注",卷數及書之内容均不差,只增序數首,而此本僅載康孟謀手録《漢詩評》一序耳。《四庫存目》本則前五卷題曰"漢詩音注",後五卷題曰"漢詩評"。是合計之而得三種刻本,皆書賈翻新之技,以便銷售也。漢世聲詩與徒詩分途,五言代四言而興,固詩界之一大變象。下開魏晉南北朝之詩基,至唐而始結局。是論詩於漢、唐,如一首而一尾矣。故推創始之績,則漢京諸作,殊有全輯單行之至要。因篤此書之優,宜即在此。四庫諸公斥其音、評兩有疏失,置之《存目》,蓋猶未瞭漢詩爲功之首,故於此書無稱焉。惜哉!

《漢詩統箋》一卷《陳本禮四種》本

江都陳本禮著。此書實與名不該,僅載漢三大樂歌,所謂《鐃歌》、《安世房中歌》、《郊祀歌》是也。三歌之中,以《鐃歌》爲最難治。本禮此箋,每

遇疑難,輒謂聲詞,漫不加察,亦坐爲舊説所誤而已。尚有明人董説之《鐃歌
發》及清莊葆琛之《漢鐃歌句解》、譚儀之《漢鐃歌十八曲集解》、王先謙之
《漢鐃歌釋文箋正》,而以譚、王二家之書爲後來居上焉。至《安世房中歌》
及《郊祀歌》,王先謙亦曾箋釋,載入《漢書·樂志補注》,不別刊行。

《漢詩説》八卷掣鯨堂精刻本

錢唐沈用濟、成都費錫璜同述。附列論正之人,各卷不同。卷首載
《漢詩總説》,極力表彰,爲初學漢詩之門徑。書中辨別《郊祀》體之謹嚴
莊重,《鐃歌》則體稍肆,爲對上帝郊祀與出軍鐃樂之不同;《安世》樂肅穆
敦和,而《郊祀》少加奇誦,爲由於武帝好尚乃爾,論皆入微。又謂漢詩例
多分合之辭,以釋《淮南王》篇"我欲渡河"以下文,詩旨頓然昭晰。又《俳
歌辭》世多不解,此釋爲兩小兒讀以嘲兩蹉子之詞,亦足使古義發明也。

《采菽堂古詩選》三十八卷、補遺四卷武林翁氏訂定本

虎林陳祚明評選。祚明此選會王、李、鍾、譚諸家之説,通其蔽而折衷
之,甚有當於治詩之旨。其自揭評義,曰情、曰辭、曰法。以言情爲本,而
擇辭歸雅。辭之雅者,尤不限於一義。子建之華,康樂之蒼,元亮之古,玄
暉之亮,明遠之壯,子山之俊,子堅、仲言之秀,休文、彦昇之警,此祚明所
深許而仰贊者也。情非辭勿顯,辭又非理精不能工,故祚明論修辭而主尚
理焉。至言之有緒有則,莫非循法。士衡、文通、玄暉,循法之流;子建、休
文,化於法;嗣宗、元亮、康樂、子山,神於法。祚明所評詩法造詣有此數
等,但仍嫌士衡、文通之徒以法勝,其辭直而言情淺也。然則祚明固以法
爲微矣。準斯三義,就馮氏纂集之《詩紀》而評選之,以成此書。故祚明不
特有功於古詩,而尤爲北海之勳人也。

《漢魏六朝詩選》八卷餘閒堂本

延令季貞録。前二卷題"漢魏詩選",後六卷題"六朝詩選"。貞序自
云:"自豐沛迄大業,其詩不可勝紀。嘗取而諷詠之,見有所爲橫空入渺,
有所爲幽清静碧,且有所爲柔婉曼衍,有所爲淡漠岑寂。置其痴肥嘽緩之
詞,擷其怡愉感嘆之致,取而録之,分爲八卷。性情所接,無不具是"云云。

惜季貞此録旨在欣賞，而頗乏鑑識。如漢樂府録《木蘭詩》，蔡文姬詩只録
《胡笳十八拍》，則時代之誤與僞作之混，不能免其咎矣。即以編法言之，
每代既冠以樂府，而獨擯雜曲歌辭於第八卷之末，亦不可解也。

《古詩箋》三十二卷松江文萃堂藏板

王士禎選本，雲間聞人倓箋。凡五言詩十七卷、七言詩十五卷。五言
則漢幾取其全，魏、晉迄隋，遞嚴而遞有所録，唐僅録五人；七言自古辭下，
八代兼采，放乎唐、宋、金、元諸大家。視李攀龍《古今詩删》不録宋、元人
之作者，真"耳食"與"眼見"之分矣。四庫諸公論此乃"一家之書，不足以
盡古今之變"，列諸《存目》。然士禎手鈔《凡例》已自揭"鈔不求備"之意，
蓋其書一以正調爲歸，謹守宗流，本未嘗以盡變自詡。四庫諸公亦責之過
厚，而置之又太忽矣！人倓服膺此書，爲之箋釋，固卓然稱士禎之勳人。
然如"董嬌嬈"題字尚沿明人之誤，《孔雀東南飛》之"新婦入青廬"句下引
《酉陽雜俎》，"北朝"誤作"北方"，亦有小小可訕焉。

《古詩十九首解》一卷《藝海珠塵》本

秀水張庚篡。古詩不止十九首，據《選》詩乃有"十九"之稱。此書所
篡，大抵用吳淇《選詩定論》之説。[①]《四庫總目》擯斥吳氏甚力，良由其
書高而不切，繁而鮮要。庚頗能別擇其説，取其較精之義以資發揮，故視
前人爲勝焉。如"涉江采芙蓉"章，吳氏謂"芙蓉，芳草，喻仁義"；"迢迢牽
牛星"章，吳氏謂"臣不得於君之詩"，其迂遠甚似叔師之注《楚辭》。庚書
雖陳其説，猶未固執其義，其見解固不卑已。

《古詩十九首説》一卷《嘯園叢書》本

朱筍河口授，徐昆筆述。首載昆《自叙》及錢大昕《序》，述昆此書由
於筍河讌談之餘論，推衍而成。大抵昆師弟及錢氏均信《十九首》乃古詩
之完作，以爲一切説詩之歸宿。是欲張以己説，不惜過於武斷爾。昆之總
説稱《十九首》不入理障，不落言詮，其見自超。而又曰《十九首》中，凡五

①　"吳淇"，原誤作"吳湛"，蓋沿《四庫全書總目》之誤。

倫道理,莫不畢該。試問以倫理大義詮解《十九首》之詩怡,有不墮入理障者乎? 昆乃自持矛盾之説,陋矣!

《古詩賞析》二十二卷蘇州振新書社藏板

吴縣張玉穀選解。自唐、虞、三代、秦、漢迄隋之詩,悉以代分,以人次。與馮氏《詩紀》及各選本目唐、虞三代之作概曰"古逸"者,於例已純。惟選録之詩,如蘇伯玉妻、丁令威、蘇耽諸作,雜然並題後漢詩,亦仍沿前人之誤,漫不加考耳。詩後之解,玉穀固自詡"立定主意,然後逐節批導其郤窾"者,恰不知此實自證其所斷之武。安有諷諭譎詭之古選,可同科學定義之達詁者乎? 俞樾氏詬病此書言韵襲毛西河《古今通韵》之説,蓋猶其小節也已。

《多歲堂古詩存》八卷多歲堂藏本

長白成書選評。首録古逸,以次録自漢迄隋之詩,末附仙鬼詩各如干首。書首自揭例言,有云:"漢有詩人,無詩家。魏、晉以來,詩家出,詩人少。"是頗重民間自然流露之作,而不貴士大夫門户謹嚴之詩。其傾羨純净之藝術,可以想見。抑其時代今古之觀念亦仍有所不免,故言《十九首》必不可删,嗣宗《詠懷》必不容不删。使非因時之先後以定詩之去留者,則蕭統集翰藻士夫所選十九之數,豈無可一首增减? 而嗣宗《詠懷》八十二首大可作爲一首讀者,反當盡情快意以删之耶? 由此觀之,則所載《封禪頌》、《誡子詩》之類,亦可思得其故,決不在廣選其體耳。

《詩比興箋》四卷武昌重刻本

蘄水陳沆譔。一、二兩卷録漢魏六朝詩,三、四兩卷録唐人詩。昔人嘗謂《三百篇》後,詩人不解用興。沆此書舉漢以後詩所用比、興之誼,肆爲作箋,是舊説可不攻自破,殊令人快。然詩人隱志,本所難求。就其比、興之章,解以事物之實,鮮有不失之鑿者。沆此書斷鐃歌《聖人出》、《上陵》、《上之回》、《遠如期》四章悉爲漢宣帝時事,厥徵甚微;又録《玉臺新詠》所載枚乘詩九首,一一解以事實;蘇武詩則各冠以題,皆逞臆立説,轉離詩人本旨。是此箋實不盡可訓也。

《古詩鈔》二十卷、附目四卷武彊賀氏新刊本

桐城吳汝綸評選。卷一至十三鈔五言古詩,起漢迄唐;卷十四至二十鈔七言古詩,起漢迄元;附目四卷,則此刻二十卷之擴而加詳者也。所選大抵以王士禎《古詩選》及曾國藩《十八家詩鈔》爲本,薈二家之刊而一之。所評則大抵取方東樹《昭昧詹言》及曾氏"氣勢"、"識度"之論,乃桐城人論文之法移之於評詩,實無他奇也。故書中圈點,施之尤密;轉捩之句,夾以旁批,亦時見之;題頂更有圈與不圈,以別其詩之優劣,亦即姚鼐、王先謙纂古文辭之法耳。夫詩人悟在諷諭,辭恒奇詭,斷難同於平實之文。評點例意,有何可施乎? 若然,則詩、文夷爲一道,義界茫然,終失其所以爲詩而已。

以上清選本。

《古今體詩約選》四卷國羣鑄一社石印本

桐城吳闓生評選。自漢以來下至元遺山,凡鈔古近體詩若干首,略加詮次,以授學僮課讀也。句旁頗標"提"、"挺"、"轉"、"變"等字,略示初學小生構接之法。有所詮評,亦止是桐城文人之口頭禪,至簡且陋。所施圈點之類,似承其父汝綸之教者,殆視詩藝爲一種平板工作已。附有高步瀛箋釋,乃掇拾各注本而成,殊乏新見。闓生之書既爲學僮讀本,則此自是學僮讀本之參考書耳。

《全漢三國晉南北朝詩》五十四卷無錫丁氏校刊本

無錫丁福保編纂。其書仍録隋詩,而書名止乎"南北朝",實有所未晐也。所録全本馮惟訥《詩紀》,特將其"古逸"之部截去,以就今名。略有損益訂正,又出馮舒《詩紀匡謬》。竊謂丁氏稱能刊書者,值茲《詩紀》已極難得之時,何如爲之重印,更附以《匡謬》於後,使讀者得一完書,而丁氏亦有存古之功耶! 計不出此,而欲獵一"編纂"之名,陋矣! 卷首載有《緒言》頗長,全用各種詩話原句湊成,又掩其書名,以示無他襲。然合各種碎錦以成一衣,補衲之狀,一望可咞。蓋臨時鈔書,又烏能盡融其迹,如出諸

己口者哉！

《八代詩精華録箋注》四卷 文明書局排印本

　　無錫丁福保編輯。卷一題曰“漢詩菁華録箋注”，卷二曰“魏詩菁華録箋注”，卷三曰“晉詩菁華録箋注”，卷四曰“南北朝詩菁華録箋注”。蓋福保不知東晉已在南北朝之列，而隋又不在南北朝之限，故卷四無東晉詩而反有隋詩也。其書稱曰“箋注”，亦止掇拾《詩鏡》等書，毫無獻替。尤可訝者，《十九首》注引陳祚明説，則稱其名；陶詩則稱其字，例之不純，固不待言。實則其陶詩之箋注全竊温汝能纂訂之《陶詩彙評》，有減無增。温書既不稱“陳祚明”而稱“陳倩父”，故福保亦沿其稱，初不辨“陳倩父”即“祚明”之字也。因復疑其《十九首》箋注所引，亦未必稽采菽堂原書録之，或亦竊諸他種彙評之本耳。噫，亦妄矣！

《漢魏樂府風箋》十五卷、補遺一卷 北京大學排印本

　　順德黃先生箋釋。此爲先生稍早之作，故尚用朱嘉徵以風、雅、頌編排樂府詩之説，而顔此箋曰“風”。即箋説亦樂用嘉徵《廣序》，初無所謂刻意擬經之嫌也。然嘉徵好以事實鑿樂府，實有其過。須知《三百篇》序説有所傳授而來，嘉徵更傳自何人，而可以擬爲耶？先生箋釋雖存嘉徵之言，而仍集諸家之説者，殆亦有微意焉。至漢魏古音，上不同於《三百篇》，下亦異諸六朝以後之作。毛奇齡《古今通韻》頗有參證，所説雖未盡瑩，要亦不失爲空前之業。先生釋音即本其書，俾初學得略聞用韻之説。厥意亦未嘗不是，不得以俞樾議張玉穀《古詩賞析》者論之也。先生近注曹子建、阮嗣宗各家之詩，凡所箋釋，多出創獲，洵足以欿止谿而驚西河，又不可與此《風箋》者同論已。

　　以上近人選本。

四、《評〈詩品注〉》後語

昔曹子建《與楊德祖書》曰:"世人之著述,不能無病。僕嘗好人譏彈其文,有不善者,應時改定。"此真爲學者下一鍼砭。蓋著述一事,談何容易。以仲尼之聖,猶云"述而不作",況其下焉者乎? 既已著述,而言不病者,亦實未之見也。然學者多闇於自見,惡人攻其短,所謂"家有敝帚,享之千金,斯不自見之患也"。僕不揆檮昧,强注《詩品》,已覺薄劣不足觀,且又絶少參證,乖謬實多,遂乃敢灾梨棗,愈見其不自量已。儻海内通人老宿一爲指正者,當不護已短,虛心改定,蓋有味乎陳思之言焉。

昨閱《中外評論》,得見許文玉君評拙撰《詩品注》一文,方私心自慰,以爲必有讜言妙論,可以匡正紕繆者,幸得他山助矣。乃讀之三四反,殊覺不愉。計所指摘拙撰有十誤。僕文質無所底,其妄注此書,寧止十誤。使許君攻得其當,信可欣會。乃間有不但不能正其誤,且反自誤者。大道多歧,誠非所望於許君也。言鄙陋之意,則若逆指而文過;若默而不言,又失言。故敢就許君所指摘者,略陳其愚,非所云辨也。

一曰不明文法。

總品云:"平原兄弟。"拙注云:"陸機、陸雲。"許君案:"此因不知'其'一代詞,即指'平原兄弟',故致此誤。蓋楨、粲自不得爲機、雲羽翼也,應改注平原侯曹植兄弟。"

此條許君攻之極有理。昔頗疑鍾氏此文有訛誤,以爲上文云"曹公父子",已含曹植兄弟在内;下文云"劉楨、王粲",則此所云"平原兄弟"明非晉二陸可知,而又不敢決其必爲曹植兄弟焉,姑妄云二陸,此僕之大誤者。去年春,以此質於陳伯弢先生,云:"建安十六年,曹植封平原侯。此殆指丕、植者。"僕云:"植爲弟,不可以弟代表其兄。且上文已'曹公父子',則此仍有疑義。"先生云："六朝人之文不點檢,大率類此。"既而問僕曰："白馬王彪能詩否?"僕曰："能詩。鍾嶸置彪下品云:'白馬與陳思答贈。'胡應麟亦謂:'白馬名存鍾品。'則彪當亦能詩也。"先生曰："若然,則此'平原兄弟',殆謂植與彪者;上云'曹公父子',乃指操與丕者。"僕恍然始悟先生之説爲不可易矣。僕在中央大學講《詩品》,已以此告諸生,並正其誤於《詩品補》講義之末,許君恐未見及。今拙著再版,已改定。

　　總品云："學謝朓,劣得'黃鳥度青枝'。"拙注云:"今宣城集中不見此詩,想是玄暉逸句也。"許君案:"此與吳騫《拜經樓詩話》同一錯誤,皆不知'學劣得'爲指學者而言耳。應據《詩紀·別集》原注作虞炎《玉階怨》改正。"

許君説是也。宋本《玉臺》虞炎《有所思》作"黃鳥間青枝",初不敢決,而不知即以此致誤。僕講《詩品》時,早經更正矣。

二曰不解句讀。

　　"魏侍中應璩"品云:"至於濟濟今日所華靡可諷味焉。"許君案:"所用點號,荒謬絶論。試問'至於濟濟'成何意?'今日所華'復成何意?句讀之不知,毋怪乎惑之不解也。應改爲'至於濟濟今日所'點斷,'華靡可諷味焉'圈斷。"

許君所讀句絶甚是,惟責僕似太過。僕雖不文,亦嘗側聞君子長者之言矣,又何至讀"至於濟濟"爲句絶,"今日所華"爲句絶乎?原讀爲"至於濟濟今日所"句絶,此爲印工誤點者。攷《詩品》之例,往往以詩句證其風格者,若"古詩"品云:"'客從遠方來'、'橘柚垂華實',亦爲驚絶矣。"此以"驚絶"證二詩者;"魏文帝"品:"惟'西北有浮雲'十餘首,殊美贍可翫。"此以"美贍"評其詩者;"郭璞"云:"其云:'奈何虎豹姿。'又云:'戢翼棲榛梗。'乃是坎壈詠懷,非列仙之趣也。"此評其詩旨者;"陶潛"品云:"至如'歡言酌春酒'、'日暮天無雲',風華清靡,豈直爲田家語耶?"此亦評其詩趣者。嶸以"華靡"二字評應詩"濟濟今日所",其例與上所舉者正同。豈有知其例而不能斷句乎?且出注引《詩藪》駁昌穀謂"休璉《百一》

微傷於媚”爲不當,此正以“媚”之一字證“華靡”者。僕雖不在不通之列,恐鹵莽不至此。

　　“宋監典事區惠恭”品:“惠恭末作《雙枕》詩以示謝,謝曰:‘君誠能,恐人未重,且可以爲謝法曹。’(圈斷。)造遣大將軍,(點斷。)見之賞嘆。”許君案:“陳君不知‘可以爲’之主詞即‘《雙枕》詩’,故致此誤。今試補足主詞,照陳君圈斷讀之,直令人噴飯。蓋詩乃一中性名詞,胡能作活官耶?而‘造遣大將軍’句亦不詞,應以‘造遣’二字改爲屬上讀,‘大將軍’三字改爲屬下讀。”

　　僕注《詩品》,以此條最無參證,故從闕,甚以爲憾。第就句讀論之,恐許君亦未爲得也。許君謂“可以爲”之主詞即《雙枕》詩,猶言惠恭可以爲《雙枕》詩焉,則“君誠能”一句之主詞又爲何?而“謝法曹造遣”句亦不詞,況“遣”字乃“遺”字之誤耶。僕試一繹之:君誠信能爲《雙枕》詩也,且可以爲謝法曹者,尚也,不徒能詩,尚可以爲謝法曹之詩,故大將軍見之,以爲謝法曹詩,即以錦賜之,是其證焉。

　　三曰不符原文。

　　“晉記室左思”品云:“謝康樂嘗言:‘左太冲詩、潘安仁詩,古今難比。’”拙注引《詩藪》曰:“‘詠史’之名,起自孟堅。……太冲題實因班,體亦本杜,而造語奇偉,創格新特。……遂爲古今絶唱。”許君案:“原文左、潘聯稱,注却引《詩藪》所述‘詠史詩’之流變,是於潘何與焉?”

　　許君説甚是,拙注當移置“得諷諭之致”注下。

　　“齊史部謝朓”品云:“奇章秀句,往往驚遒,足使叔源失步,明遠變色。”拙注:“《詩藪》曰:‘如《游敬亭山》、《和伏武昌》、《劉中丞》之類,雖篇中綺繪間作,而體裁鴻碩,詞氣冲澹,往往與靈運、延之逐鹿。’”許君案:“原文之叔源、明遠,注却引《詩藪》所述之靈運、延之,何其刺謬耶!”

　　許君説非也。謝宣城清俊,差可與叔源、明遠比肩,其警遒則過之。

拙注引胡應麟之説,是證其所以"使叔源失步,明遠變色"者,何"刺謬"之有?

四曰不瞭原旨。

"梁常侍虞羲、梁建陽令江洪"品云:"子陽詩奇句清拔。洪雖無多,亦能自迴出。"拙注:"江洪詩似徐幹,微傷於靡。"許君案:"洪詩如果'微傷於靡',則鍾嶸又何必與虞羲之'奇句清拔'者同置一品?陳君此注,殊失原旨。……又考洪他作如《秋風曲》三首,亦屬絶句妙法,皆一代迴出之作也。鍾嶸以虞、江連評,正以二人詩並迴拔絶人耳。"

許君説誤。《玉臺新詠》江洪詩有《歌姬》、《舞女》、《紅箋》、《薔薇》、《美人治裝》諸詠,又有《采菱》、《淥水曲》等,詞旨並纖巧。即所謂《秋風曲》者,亦近豔體,絶非迴出之作。近人古直《詩品箋》謂:"洪詩多詠歌姬、詠舞女之類,纖靡甚矣,豈迴出者今不傳耶?"據此知僕注"微傷於靡"者,非一人之偏見矣。且《詩品》之例,凡同置一品,其作風相似,其格調究自有異。若何晏、孫楚、王讚、張翰、潘尼同品,其文采雖俱"高麗",而平叔"鴻鵠"、子荆"零雨"、正長"朔風"、季鷹"黄華"、正叔"緑繁",亦各有其貌,不必强不同以爲同者也。若陸雲、石崇、曹攄、何劭等同品,而鍾嶸云:"篤而論之,朗陵爲最。"是同品亦有等差者。劉琨、盧諶同品,雖咸有"清拔之氣",然子諒質羸,究末可與劉公蒼茫相敵,故記室亦云:"中郎仰之,微不逮者矣。"此又有別者。若謝瞻、謝混、袁淑、王微、王僧達等,此五人以其源同出於張華,故置一品,然又有差降,記室所謂"豫章、僕射,宜分庭抗禮;微君、太尉,可託乘後車;征虜卓卓,殆欲度驊騮前"者是也。其他凡同品者,可以是推之。虞、江雖同品,究自有別,試一讀子陽《詠霍將軍北伐》詩,文體清屬,又豈江洪《詠荷》諸詩所可比擬哉!

五曰不知義例。

"晉散騎常侍夏侯湛"品云:"孝冲雖曰後進,見重安仁。"拙注云:"《世説》曰:'夏侯湛作《周詩》成,示潘安仁。安仁曰:"此非徒温雅，乃別見孝悌之性。”’”許君案：“湛《周詩》乃四言之章，揆諸鍾嶸總品‘所錄止乎五言’之例，則說已衝突。陳君於總品及此處均無釋例之語，可證其尚未顧及此層也。愚意古人著書，例不甚嚴，即嶸所評小謝‘綺麗風謠’，亦非盡五言，湛詩或亦其比。”

鍾氏之言，蓋不過以爲夏侯湛詩之佳話耳。故拙注引《世說》者，正以證成其事實者，初不關乎五言、四言者焉。此例在《詩品》內已數見不鮮，若“陸機”品：“張公嘆其大才，信矣！”“張華”品：“謝康樂云：‘張公雖復千篇，猶一體耳。’”“謝惠連”品引《謝氏家錄》一段；“江淹”品夢郭璞一段；“區惠恭”品作《雙枕》詩一段；“齊釋寶月”品：《行路難》是東陽柴廓所造，寶月嘗憩其家，會廓亡，因竊而有之。廓子賫手本出都，欲訟此事，乃厚賂止之。”諸如此類，大都以爲佳事佳話，非云例五言也。許君何所見之隘焉？

六曰不求旁證。

　　總品云：“王微‘風月’”。拙注云：“王微今止傳《雜詩》一首，無言‘風月’者。”許君案：“考古斷非一說了事，若直證不得，則資旁搜；再無所獲，則從蓋闕，斯例然也。陳君一稽原著不得，遽言其無，殊背吾人考古之精神。須知微此詩雖不傳，江淹《雜體》詩尚有《王微君微養疾》一首，中云：‘清陰往來遠，月華散前墀。’寫‘風月’也。原詩自應有此。”

王微“風月”詩，鍾嶸或見及之，今恐散佚。故僕注云今微詩無言“風月”者，非謂王微詩無寫月者也。但原詩既不傳，何能借他人擬作，而强謂之旁證也哉？

七曰誤存爲佚。

　　“晉驃騎王濟、晉征南將軍杜預”品，拙注：“王濟、杜預詩並佚。”許君案：“王濟《平吳後三月三日華林園》詩尚存，不得概曰佚。”

王濟《華林園》詩係四言，而非五言詩。僕注《詩品》，依總品“止乎五言”之例，故曰佚。若如許君說，則是自亂其例，乃所謂不知義例者也。

“齊黄門謝超宗、齊潯陽太守丘靈鞠、齊給事中郎劉祥、齊司徒長史檀超、齊正員郎鍾憲、齊諸暨令顔則、齊秀才顧則心”品，拙注云：“七君詩並佚。”許君案：“謝超宗詩，如《齊南郊樂章》十三首、《齊北郊樂歌》六首、《齊明堂樂歌》十五首、《齊太廟樂歌》十六首均存。又鍾憲詩如《登羣峯標望海》，顧則心詩如《望廨前水竹》，亦均有載。陳君第一檢《詩紀》或近刊《八朝全詩》即得。竊不知陳君據何書而遽云其佚也。”

《南齊書·樂志》，《南郊樂章》十三首、《北郊樂歌》六首，皆三言、四言體；《太廟樂歌》十六首，皆四言體。即云超宗辭，亦背《詩品》之例，況又盡謝作而多增損顔延之、謝莊其辭者乎？至若鍾憲《登羣峯標望海》一首，此詩見謝朓集，題云《和劉西曹望海臺》，《拾遺》作鍾憲。此首風旨清俊，蓋類宣城作，清巧絶倫，狀景多形似之言。顧則心《望廨前水竹答崔録事》又見何遜集，《拾遺》作顧則心，此首蓋學謝朓者，其爲水部之作無疑。王闓運《八代詩選》録爲何遜詩，甚是。據此以觀，則謝超宗、鍾憲、顧則心之詩已根本動摇，故直注曰佚，非無據也。《詩紀》及《八朝全詩》采録多龐雜，何可依耶？

八曰苟取塞責。

總品云：“至於謝客集詩，逢詩輒取。”拙注云：“‘謝客’，謝靈運也。”許君案：“即須此注，亦當移在上文‘謝客爲元嘉之雄’句下。上文既不注，此處却略去‘謝客集詩’之書名，而注一爲讀《詩品》者所盡知之名字，是非有意圖圖塞責而何？查《隋書·經籍志》載謝靈運集《詩英》九卷，雖不敢遽定即是，而陳君何妨舉之，以備一説。”

許君責之甚當，唯拙著去歲六月再版，此條補注云：“《隋志》：《詩集》五十卷，謝靈運撰。”稿已改定。許君所舉《詩英》，恐非“逢詩輒取”者。

九曰徒事敷衍。

“宋參軍鮑照”品云：“其原出於二張。”拙注：“明遠文詞贍逸，有

似景陽；其麗而稍靡，則學茂先焉。”許君案：“此品已接續云：‘得景
陽之詼詭，含茂先之靡嫚。’曰‘得’，曰‘含’，即‘原’之謂也。是原文
固自說明，不勞作注。況陳君所謂‘文詞瞻逸’，即敷衍‘詼詭’二字；
‘麗而稍靡’，即敷衍‘靡嫚’二字，實毫無新義也。”

僕注《詩品》，凡鍾說非是者，則以己意駁正之；其當者，則從而敷衍
之，蓋注之體例然焉。許君責拙注“毫無新義”，誠有之；乃加以“徒事敷
衍”四字考語，一若長官之責下僚者，過矣。

十曰動輒闕疑。

“晉徵士戴逵”品，許君案：“評語脫，無注說。”又案：“有品無評，
寧非呫呫怪事？繹全書止此一處，自係脫文，非本無也。陳君不注
脫，亦不示疑，一若戴逵品下當無評。此誠未喻其用心，豈‘蓋闕’之
例，觸處可以運用耶？”

僕曩讀此品，亦頗懷疑，畢竟有無評語，尚不敢必，故未遽下注說也，
識者更詳。茲勉就愚心所及，略如右述，非敢質辯，亦藉以揚榷鬱旨耳。
讀許君此篇，深惟其失，殆應璩所謂“宋人遇周客，慚愧靡所如”者歟！

五、閲《評〈詩品注〉後語》
後答陳延傑君

許文玉

　　去臘我從漢花園移住景山東街的一條小胡同裏，忘將新通訊處奉告舊友宓汝卓先生，所以他按期寄給我的《中外評論》報就一起"付之洪喬"了。在這失落的許多期當中，却有一篇陳延傑君《評〈詩品注〉後語》（第十六期），昨天我在書肆偶然瞧見，才買了一本回寓。

　　陳君的《後語》，我已拜讀了。我所評陳君誤處十條（見《中外評論》獨立發行第十一期，及拙著《詩品釋》附錄二），計有第一評"不明文法"條、第二評"不解句讀"條第一證、第三評"不符原文"條第一證、第八評"苟取塞責"條、第九評"徒事敷衍"條，陳君都認爲"極有理"，"甚是"，"甚當"，"誠有之"了。陳君的結語是引應璩詩"宋人遇周客，慚愧靡所如"——這詩假定補足上二句來看，就是"避席跪自陳，賤子實空虛。宋人遇周客，慚愧靡所如"——向鄙人道歉，並一再聲明"非敢質辯"。這樣的客謙，使我如何敢當！不過既承抬舉，那末陳君《後語》的引子又何必那麽盤旋抑揚，大做其文章呢？須知這種空衍的議論，即寫千言萬言，亦只能表明陳君的心術，於鄙人却毫無損益！難道陳君因爲引子是"中外觀瞻所係"，不能不多張幾張幌子麽？還有我原評已指明是評"近年刊行之陳君《詩品注》"，陳君偏要用"中央大學課堂更正"及"稿已改定"等話答辯，其實天涯遠隔的"中大課堂"和藏在陳君肚裏的稿子，與鄙人又有什麽相干呢？

　　陳君這篇《後語》在"寧止十誤"以外，却更干犯了"批評的道德"。如第四評"不瞭原旨"條，原品云："子陽（虞羲）詩奇句清拔。洪（江洪）雖無多，亦能自迴出。"陳君注："洪詩微傷於靡。"我的原評云："案：江洪詩如果'微傷於靡',則鍾嶸又何必與虞義之'奇句清拔'者同置一品？陳君此注,殊失原旨。今略爲徵證,以正其説。考成書《古詩存》評江洪《胡笳曲》云:'詞極斬截,韻極鏗鏘,壯志悲音,如聽清笳暮奏。'又考洪他作如《秋風曲》三首,亦屬絕句妙法,皆一代迥出之作也。鍾嶸以虞、江連評,正以二人詩並迥拔絕人耳。"陳君這次發表的《後語》,却將我的原評"今略爲徵證"以下共四十字關於"迥拔"意義的考證用刪節號掩住,乃大舉其"纖靡"的反證,大概這又是他所謂"凡鍾説非是者,則以己意駁正之"的話了！可是陳君原注並無隻字駁及鍾品"迥拔"的話,倒還是陳君挾以自重的古君老實發一句疑問道:"豈'迥出'者今不傳耶？"陳君因爲自己没有見到江洪《胡笳曲》,就索性把我引的成書評語抹殺,來反脣相稽,難道這也是所謂"側聞君子長者之言"的陳君麼？還有第十評"動輒闕疑"條下,我原評有"《對雨樓叢書》本引《吟窗雜録》補入評語"一説,亦爲陳君削去,輕拈"識者更詳"四字來彌縫住,也是和前例用的手段一樣！

陳君還有並不把原評刪節去,只是置之不理,儘管寫他矛盾的話。現在録第五、第七兩條的原評和陳君《後語》排列着合看:

原評:"案:夏侯湛《周詩》乃四言之章,揆諸鍾嶸總品'所録止乎五言'之例,則説已衝突。陳君於總品及此處均無釋例之語,可證其尚未顧及此層也。愚意古人著書,例不甚嚴,即嶸所評小謝'綺麗風謠',亦非盡五言,湛詩或亦其比。"

《後語》:"拙注引《世説》者,正以證成其事實,初不關乎五言、四言,許君何所見之隘焉？"

原評:"案:王濟《平吳後三月三日華林園》詩尚存,不得概曰佚。"

《後語》:"王濟《華林園》詩係四言,而非五言詩。僕注《詩品》,依總品'止乎五言'之例,故曰佚。若如許君説,則是自亂其例。"

陳君既謂"證成事實"可不管四、五言,然則詩之存佚,是否亦係事實問題呢？陳君真"何所見之隘耶"！況且就論鍾氏所評詩藝,我原評也早已舉出小謝"風謠"等,證明書中"例不甚嚴"的了。區區所見,還不至甚隘的嗎?

陳君對於我的原證既是用删節號掩住,或是存而不問,而對於我的旁證,如第六"王微'風月'"條,陳君就乾脆説"原詩不傳,何能旁證"了。這種心氣浮躁的態度,真是誠非所望於"鹵莽不至如此"的陳君啦!我的旁證是用江淹《雜體》詩《王微養疾》篇"清陰往來遠,月華散前墀"二句。因爲普通擬詩,既將原題指定,無論深淺正反,見仁見智,總與原作有關,何況是"有擬必似"的江淹(見《滄浪詩話》),更何況是"善於摹擬,筋力於王微"的江淹(見《詩品》)!

陳君既將原證、旁證一切都不管,故往往有"不符原文"的注解。如第三條"謝朓"品"奇秀警遒,使叔源失步,明遠變色",陳君引《詩藪》"鴻碩沖澹,與靈運、延之逐鹿"作爲注解,却不知鍾品"奇秀"、"警遒"乃是指宣城的工密(詳見拙著《詩品釋》頁九六、九七),若論"鴻碩沖澹",則以明遠之"鴻碩",叔源之"冲澹",對於宣城,那里會至於"失步"、"變色"呢? 陳君將《詩藪》所述的"靈運、延之"移來證本品的"叔源、明遠",不惜鑿死原文,真是錯得可駭! 還虧陳君能硬著説是"證其所以,何剌謬之有"啦!

陳君既可不管鍾品説些什麽,自然對於鍾品的句讀也儘可馬馬夫夫。如原評第二條第二證有一句,陳君曾讀爲"《雙枕》詩可以爲謝法曹",就是説"中性名詞作活官"也可以的了! 陳君《後語》還問我:"'君誠能'之主詞爲何?"這是誰也知道是"君"字,何勞下問? 陳君又將我改正的"且可以爲謝法曹造遣"句省去"且可以爲"四字,而讀"謝法曹造遣"爲"亦不詞",這倒是要請陳君自己負責!(撮引甚多,不過這裏討論句讀,須引足句。)至於陳君説"遣"字乃"遺"字之誤,現在我手邊還留着二種本子,《歷代詩話》本即作"遣",《對雨樓叢書》本作"遺","遺"、"遣"形近易譌,陳君既無確證,如何可以硬定呢?

陳君對於校勘既可不問本子,隨便決定,總算是够主觀的了。還有隨便用一種選本來決定作者,也是一件咄咄怪事! 如第七條我引顧則心《望癬前水竹》詩,陳君却以爲"《八代詩選》錄爲何遜詩,甚是"。但是《八代詩選》亦並無隻字考證,何況論到時代,題爲顧則心的《選詩拾遺》且早在《八代詩選》之先哩!（因陳君有"《拾遺》作顧則心,《八代詩選》錄爲何遜詩"語,故比較之。）至於陳君説:"此首學謝朓,爲水部之作無疑。"却不知道李白也有時而學崔顥,顧則心爲什麼不可一學謝朓呢?陳君用自己猜想,再拉一毫無考證的近人選本作證,還要回頭來排斥"《詩紀》龐雜",這可説是"虛心"的嗎?這裏我老實把陳君説穿,如果陳君作《詩品注》時見過這部《詩紀》,那末虞炎《玉階怨》的句子也不會誤作謝朓的逸句了。（見拙著《詩品釋》頁十二引《詩紀・別集》。）

　　以上已把陳君對我誣解的話一一疏證了。其實我只是把陳君將我原證掩住的重揭出來,將陳君矛盾的話排列着令他自攻,以及陳君種種猜想武斷,都還給他一些質證罷了!我想上次我的淺評,以自謂"不在不通之列"的陳君,何至於如此誣解呢?不過我上次十評陳君之誤,沒有一些揚善之意,確是我的過失!（北平友人都以此責我。）但我仍求陳君恕我這副肉眼確不曾窺見大著《詩品注》的好處啦。記得前月過吳雨生先生處,先生檢出蠹舟君《評〈詩品注〉》一文贈給我看,這裏恰有一段稱道的話,讓我抄在下方,敬一敬陳君罷:

　　　　陳氏《詩品注》有一事須特加稱道者,即注釋後附錄諸家詩,極便讀者參考,不必翻閱他書。然不注出處,亦其一病。（《大公報・文學副刊》二十七期）

六、《詩品》例略

許文雨

　　《詩品》體例，分品取九品、《七略》之意；論域限以五言之目；評見則宗尚自然，頗與《雕龍》同趣，斯皆鍾氏序中顯訂之例。顧按之本書，悉未有符。一者則自弛其説，云"三品升降，差非定制"，若應璩、謝混，一名兩品，次於何有？二者如夏候湛《家風》之詩、謝惠連風謡之製，均見品及，則四言、雜言，概乎遭混。三者則且屈例以求，"加事義"、"表學問"云云，胥妨"英旨"，自不煩言。其餘標例所無，隨文敷陳，讀者或習而不察，著者則厥旨未彰。頃既從事釋述，特表其緒餘，示諸卷首，釋例附見。

　　一曰見分體置品之微。記室品第之説，第以其卷次求之，殊多未盡。彼之心目中固尚有明劃之三派焉。一派爲正體詩，以曹子建爲首。子建所製，得乎懽怨中和，有五言正宗之目。子建而後，陸士衡循其規矩者也，謝靈運則能光大其體法者也。此派之詩，至謝超宗、顏則輩而繼響漸絕。一派爲古體詩，以應璩爲首，而輔以元瑜、堅石諸人，造懷指事，頗申古語。嵇康、阮籍，雖復矯異，勢未甚違。此派之詩，至張欣泰、范縝而不絕如縷。一派爲新體詩，以張華爲首，托體華艷。休、鮑後起，美文動俗。王、沈以下，流爲宮體。此派之詩，風靡一時，固無論矣。記室就此三體，分次三卷，先正體派，次爲古體、新體二派，蓋有揚正抑俗之微意存焉。惟其間厠列，頗多所抽換，以顯優劣。如顏、謝分品（采湯惠休説），休、鮑亦分品（所謂"商、周不敵"也），皆其例，餘得類推。要以大體觀之，則異派分卷，殆屬恒例。如曹公氣態蒼莽，子建"詞采華茂"，其體迥異，故析置之也。同派必表源流，即非同卷，亦絕無源下流上之例。此應璩、陶潛以簡樸同其體系者，雖曰青出，終當共厠一卷也。斯蓋記室千年就埋之旨，足與蕭子顯《文學傳論》之説合調，殆所謂"百慮而一致"歟？余誠恐今世復有王漁洋輩斤斤不釋者,爰爲銷解其略云爾。

二曰標作家風格之觀。《雕龍·體性》僅及八體,以言文態,未見總盡。《詩品》援源以論作家就人而贊風格,合論理甚順之序,無範圍作風之嫌。竊謂風格品語,爲記室微旨所寄,令人玩索不置。箋釋之責,繋此最重。芻蕘之獻,因詳於斯。與其他非論文之書僅訓詁字句者,自不同科。

三曰存知人論世之義。如上卷品李陵詩,中卷品秦嘉、徐淑詩,皆其例。蓋與謝靈運《鄴中八詠詩》小序同旨。

四曰明一代文變所自。本書以詳於流變聞,故入品者,文或未工,而身繋風會,實有足多。如孫綽、許詢之詩,頗表晉代玄風,蕭《選》未收,此則序品悉詳。

五曰不廢平側之理。記室惡用四聲,除文拘忌,唯平側之理,初未委棄。其"清濁通流,口吻調利"云云,與"浮聲"、"切響"之説亦復何殊?然則此謂"清濁",自不離乎平側之意也(與切韵家所謂"清濁"絶非一事)。更就其所舉音韵爲重諸例,曰"置酒高堂上",曰"明月照高樓",平側皆調,尤可證。

六曰行文無後世之精確。如云:"曹公父子,篤好斯文;平原兄弟,鬱爲文棟。"令後人爲之,必以異辭同義爲戒。《藝苑巵言》有云:"太原兄弟,俱擅菁華;汝南父子,嗣振《騒》《雅》。"斯其例也。六代則無論詩文,都無此戒。陸機《五等諸候論》云:"三代所以直道,四王所以垂業。"則"四王"與"三代"義併。謝靈運詩"揚帆"、"挂席",用偶句而實則一事。厥例頗多。今人不省,強分"曹公父子"指操、丕,"平原兄弟"指植、彪。不知白馬與陳思贈答,有"以莛扣鐘"之誚,何能並稱"文棟"乎?本書嘗稱魏文足以"對揚厥弟",《雕龍·明詩》篇則謂"文帝、陳思,縱轡以聘節",《才略》篇又謂"文帝以位尊減才,思王以勢窘益價",由於"俗情抑揚"。然則"文棟"自係借譽丕、植,不得以後世行文之法,刻舟而求也。書此,聊見中古修詞之一例。

七、《人間詞話講疏》序言

余曩篹《文論講疏》二十餘萬言，既付正中書局刊以行世矣，而局中同好復抽刊其中《人間詞話講疏》，以廣其傳，意至深也。因採掇王氏論詞之說，以弁其端，曰：夫詞之爲文學，固亦不越夫作者之意與所作之對象，涵內藻外，以成就其體製。其上焉者，則意融於象，殆與莊生物我雙遣之旨同符，而王氏則謂之意境兩渾矣。其次則或以意勝，或以境勝，偏美之擅，亦各有當，然固非超卓之詣也。觀夫五代以降之詞人，獨李後主、馮正中所作，神餘象表，秀溢物外，爲得於意境之深。北宋則歐陽公意餘於境，秦少游境多於意。珠玉、小山，抑又其次。美成晚出，所貴仍在意境，以殿北宋一代。南渡詞人，稼軒、白石，差足稱述。若夢窗砌字，玉田疊句，雕琢敷衍，同歸淺薄，此則惟文字是務之失也。歷元迄明，斯道獨曠。迨清初納蘭性德始以天才崛起，悲涼頑豔，意境至真，異夫乾、嘉以降之審體格與韻律者矣。蓋王氏所主詞之義界及其賞析之見略如是。其所自爲，例如《浣谿沙》之詞曰："天末同雲黯四垂，失行孤雁逆風飛，江湖寥落爾安歸？　陌上挾丸公子笑，座中調醯麗人嬉，今宵歡宴勝平時。"《蝶戀花》之詞曰："昨夜夢中多少恨，細馬香車，兩兩行相近。對面似憐人瘦損，衆中不惜搴帷問。　陌上輕雷聽漸隱，夢裏難從，覺後那堪訊。蠟淚窗前堆一寸，人間只有相思分。"又曰："百尺朱樓臨大道，樓外輕雷，不問昏和曉。獨倚闌干人窈窕，閒中數盡行人小。　一霎車塵生樹杪，陌上樓頭，都向塵中老。薄晚西風吹雨到，明朝又是傷流潦。"殆足以當意境兩忘、物我一體之優譽乎！讀者就其述旨與其自例加以審思，則此書之義諦，已得其概要矣。二十五年歲暮，許文雨識。

八、《人間詞話講疏》例略

許文雨

一、本書就新刊《王忠慤公遺書》增補本《人間詞話》錄出，仍分上下兩卷，加以疏釋。

一、疏釋義解，多玩索原作者《靜庵文集》中評論文學之旨，以爲注說。蓋以己説證己説，尤爲確允。

一、疏證例篇，悉就原書迻錄，並注出卷數，以便稽查。